林田愼之助
亀田一邦
著

久坂玄瑞全訳詩集

久坂天籟詩文稿　併録

明徳出版社

まえがき

久坂玄瑞と高杉晋作は松下村塾で、吉田松陰の薫陶を受けた門下生のなかでの双璧である。維新の変革期に、二人は身を挺して新しい時代をつくるべく奔走した志士であったが、ついに明治という近代国家の出現を見届けることなく、中途で倒れた。

玄瑞が蛤御門の変で討死にしたのは二十四歳。まことに短い生涯であったが、そのなかで、玄瑞はよく詩を賦した。

現存する彼の漢詩は三百三十余篇に及ぶが、その詩型は五・七言の絶句から律詩、さらに古詩にいたるまで自在によくこなした。日本の漢詩人の多くは作りやすい七言絶句を好む傾向にあるなかで、玄瑞はたしかに異能の漢詩人であった。しかも彼の詩心は深く、その詩才は高い。幕末維新期の最も傑出した詩人のひとりだとみてよいであろう。

高杉晋作もこの時代の気鋭な詩人であったことは、衆目の一致するところであるが、詩の表現に典故を巧みに使いこなす技倆においては、玄瑞の詩は晋作の詩をはるかにしのいでいた。若くして玄瑞は本格的な漢詩人の領域に到達していた。

玄瑞は自分の心につよく映るものがあれば、それを漢詩に表現し、自分の心を深く揺さぶるものがあれば、それを漢詩の姿に写し取っていくことにおいて、すこぶる熱心であった。それほどに玄瑞は自らが詩人であることに自覚的であったといえるであろう。

玄瑞の漢詩の典故表現ひとつをとりあげてみても、その学識教養は半端なものではない。それを誰から学んだのか。そこには蘭方医であった兄の玄機、玄機の友人の詩僧月性と中村九郎、そしてなによりも師の吉田松陰、口羽憂庵、さらには玄瑞が江戸に出向いた際に入門した芳野金陵などの指南が介在していたと考えられる。もうひとつ、玄瑞が二十歳過ぎたころに参加した「嚶鳴社」で漢詩作りの鍛錬を受け、そこには萩藩の学舎明倫館出身の名士たちがいて、その人たちから受けた影響も見逃せないであろう。

久坂玄瑞という詩人像は彼の天性の詩人としての資質と、こうした彼の青年期に培った学問の蓄積と詩作の鍛錬がなければ、実を結ぶことはなかったであろう。

西郷隆盛が維新政府の参議であったときに木戸孝允にむかって、「久坂先生がいまごろ存生なれば、お互いに参議などと威張ってはいられませんな」と語ったという。西郷は、「敬天愛人」の思想に徹した至誠の人であった。その西郷の玄瑞観である。玄瑞もまた至誠の人であった。

さてこの至誠の人玄瑞の詩三百三十余篇の一篇一篇の詩心を読み解いてきたのが、この『久坂玄瑞全訳詩集』である。

これに『久坂天籟詩文稿』を併録しているが、天籟は玄瑞の兄の久坂玄機の号である。玄機は緒方洪庵の適塾で塾頭をつとめたほどの蘭方医であったが、のちに萩毛利藩の藩医に招かれて早逝した。その遺文も併せて読み解くことにした。

なお、昨年は明治になってから百五十年の節目にあたり、また今年は記念すべき改元の年を迎えた。本書の刊行が久坂兄弟の新しい詩文研究に役に立ち、その人物事績にたいする再評価の端緒になることを心から願っている。

令和元年五月一日

林田愼之助　識

目次

目次

久坂玄瑞全訳詩集

「東遊稿」（安政五年）

「辛酉詩稿」（文久元年）――330

「雜詩」(年次不明) 425

久坂天籟詩文稿

詩編（二）　546

【第二部　文編】

【第三部　参考資料編】

参考資料（伝記及び蘭学関係）

久坂玄瑞全訳詩集

凡　例

一、本書は幕末の萩藩にあって尊攘志士として活躍した久坂玄瑞の漢詩集である。玄瑞の詩集を本編とし、これに長兄・久坂玄機の詩文集を併録して一書を構成した。後者については別に凡例を設けたのでそちらを参照されたい。また巻末には両者の略年譜を掲載した。

一、本編には久坂玄瑞の漢詩三百三十六篇を収録し、本文を示した後、訓読を行い、現代語訳、語注の順に配置してある。内訳は、「丙辰草稿」二十三首（「八月念五夜」を長古一篇とする）、「西遊稿」（上）二十五首、「西遊稿」（下）二十四首、「丁巳鄙稿」三十七首（「有感」を長古一篇とする）、「東遊稿」十六首、「己未鄙稿」二十二首、「庚申詩稿」（「庚申草稿」を含む）三十四首、「辛酉詩稿」六十七首、「癸亥詩稿」一首（『江月斎稿』は「甲子春日作」とする）、「雑詩」八十七首である。

一、底本には福本義亮著『松下村塾偉人　久坂玄瑞』（誠文堂、昭和九年刊）に収める「久坂玄瑞詩歌文稿」を用いた。当時、玄瑞の詩文が殆ど坊巷に出回っていなかったのは、遺児・秀次郎（母は佐々木ヒロ）が大切に保管していたからであった。福本は昭和三年秋に遺稿の譲渡を懇望した結果、信頼を得て後事を託された。しかし「破損断片虫触乱離而かも表裏両面に雑然混記」（同稿、自序）された草稿の判読は困難を極め、半年以上の時間を費やして翌四年六月にひとまず整輯を終えた。これは現在においても第一級の資料的価値を有し、また収録詩数も最多である。ただし福本の急逝（昭和三十七年没、享年七十七）により、貴重な自筆稿の大部分は散佚したとされ（田中助一「福本義亮さんを偲ぶ」）、もはや原本に当たることは不可能となっている。

一、前掲書は昭和五十三年にマツノ書店から『久坂玄瑞全集』として改題復刻された。その際、約千か所に及ぶとされた誤植が、三坂圭治、高橋政清両氏によって訂正されている。しかし勿論全てを網羅するには至っておらず、特に漢詩については平仄押韻の正誤の見極めが難事であったためか、一字の改訂もなされていない。今回の訳解作業においても事情は同様であり、極力原詩の尊重に努めたが、詩意の通じない箇所も多く、これらについては慎重に検討した上で文字を改めた。

一、玄瑞の詩集で最も早く出版されたものは、久坂の親友・大楽源太郎の編集になるとされる（内田伸『大楽源太郎』）、慶応四年刊の『江月斎稿』（七十三首）であり、次いで明治十年に久坂道明編（養嗣子・粂次郎。実は楫取素彦次男。後に秀次郎を嗣子に据えて自らは離籍）『江月斎遺集』（八十一首）が刊行された。本編では両者と福本の収録詩の比較を行い、重複して掲載されている作品については字句の異同を示した。

一、詩中には「一本に曰く」として、異なる字句を小字で添えるものがままあるが、これらは出典を明記しておらず、前掲の『稿』及び『遺集』以外は全てを割愛した。

一、詩文の掲出には旧字体を用いたが、訓読文及び語注には新字体を用いた。

一、訓読に際しては、流暢で簡明さを重んずる伝統的なスタイルに固執せず、口語訳の前段階となる翻訳文としての機能に留意し、できる限り丁寧な読み下しを心がけた。

一、訓読文には現代仮名遣いを採用し、全ての漢字に対しても現代仮名遣いで振り仮名を付した。この点に関しては読者の便宜を優先した点を諒とされたい。

一、詩意の理解を助けるため、煩雑となることを厭わず詳注を加えた。語句、人物、地名はもとより、久坂日記との照合が可能な部分については出来る限りこれを参照し、関連情報をも加えた。

一、底本に記入のある吉田松陰、口羽杷山、入江九一、村上仏山、恒遠醒窓の評は、ここでは一切を省略した。

一、故事、語意、解釈等、かなり検討を重ね、意味の通ずるようにしたが、中には疑問のままに残った部分もある。よって十分に意を尽くさぬ解釈もあろうが、現時点における理解としてご寛恕を願いたい。今後さらに充実を期するため、博雅の君子のご教示を乞う次第である。

「丙辰草稿《へいしんそうこう》」（安政三年）

澤江謁村田翁墓

翁以清風號
或以松齋通
人士盡草偃
君子之德風
慷慨有高節
老松翠色同
想昔龍門上
突如謁此翁
低牀亂書帙
高架掛槍弓
蜀營星忽落
天公甃英雄

沢江《さわえ》に村田翁《むらたおう》の墓《はか》に謁《まい》る

翁《おう》は清風《せいふう》を以《もっ》て号《ごう》とし
或《あるい》は松斎《しょうさい》を以《もっ》て通《つう》ず。
人士《じんし》は尽《ことごと》く草偃《そうえん》して
君子《くんし》の徳風《とくふう》あり。
慷慨《こうがい》して高節《こうせつ》を有《たも》つは
老松《ろうしょう》の翠色《すいしょく》あるに同《おな》じ。
想《おも》う昔《むかし》　竜門《りゅうもん》の上《ほとり》
突如《とつじょ》として此《こ》の翁《おう》に謁《まみ》ゆ。
低牀《ていしょう》に書帙《しょちつ》は乱《みだ》れ
高架《こうか》に槍弓《そうきゅう》を掛《か》く。
蜀営《しょくえい》に星《ほし》は忽《たちま》ち落《お》ち
天公《てんこう》は英雄《えいゆう》を甃《たお》す。

訃至吾匍匐
憂心頗冲冲
新墓牛眠地
蕭索生蒿蓬
慨然顧往事
濕襟血涙紅
海風時含恨
聲激倔強松

訃《ふ》至《いた》って吾《われ》は匍匐《ほふく》し
憂心《ゆうしん》は頗《すこぶ》る冲 冲《ちゅうちゅう》たり。
新墓《しんぼ》は牛眠《ぎゅうみん》の地《ち》なるも
蕭索《しょうさく》として蒿蓬《こうほう》を生《しょう》ず。
慨然《がいぜん》として往事《おうじ》を顧《かえり》みれば
襟《えり》を湿《うる》おして血涙《けつるい》は 紅《くれない》なり。
海風《かいふう》は時《とき》として恨《うら》みを含《ふく》み
声《こえ》は激《げき》す 倔強《くっきょう》の松《まつ》。

村田翁は清風と号し、
一方で松斎という号でも知られた。
翁は士民の教化に成功し、
その優れた人格は藩内に大きな影響を与えた。
意気盛んで高潔な節操を保っている様子は、
松の老樹がいつまでも緑の葉を茂らせるのとよく似ている。
思い起こせば昔この立派な方の住まいで、
意外にも私は老翁にお目にかかることがあった。
畳の上には書物が乱雑に広げられ、

長押には槍や弓が掛けてあった。
しかしかつて蜀の陣営でにわかに諸葛孔明が亡くなったように、
天帝はまたもや英雄の命を奪ってしまった。
訃報が届いたとき私は驚きのあまり倒れころげ、
一気に不安がわき起こって暗澹たる気持ちに駆られた。
新しい墓は葬るにふさわしい土地にあるというのに、
何ともわびしげで寒々しくよもぎが生い茂っている。
高ぶる気持ちで生前の活躍を思い起こすにつけても、
真っ赤な血の涙が頬を伝わり襟を濡らしてしまう。
海から吹く風までもが時おり痛恨の極みであるかのように、
激しい音を立ててすっくと立つ松樹を揺さぶっている。

○村田清風　一七八三―一八五五。萩藩における天保改革の指導者。越荷方《こしにかた》や専売制の拡充によって藩財政の再建を図った。また人材登用や海防策にも熱心であった。その改革路線は周布政之助《すふまさのすけ》による安政期の改革に継承された。　○人士尽草偃　本来この第三句は「参政臥草偃」に作る。「偃草《えんそう》」は風が草を吹き倒す意で、民衆の教化が成功する比喩として用いられるが、ここは平仄《ひょうそく》の関係で転倒させてある。「臥草偃」は未熟な措辞で訓読しがたいので、今これを松陰が添削した「人士盡草偃」の句に改めた。　○竜門　人望の高い優れた人物の邸宅。
○蜀営星忽落　三国・蜀の宰相であった諸葛孔明の五丈原における陣没をいう。『十八史略』巻三（三国）に「亮病篤し。大星有り。赤くして芒あり。亮の営中に墜つ。未だ幾《いくばく》ならずして亮卒《しゅっ》す」とある。○天公　天帝。上帝。宇宙を支配する神。造物主。○沖沖　憂えること。○牛眠地　葬るべき地をいう。晋の陶侃が、仙人のいう通りに前崗の牛の眠る地に父を埋葬した故事。話は『晋書』周光伝に見える。本文はもと「半眠地」に作るが、今これを改めた。○蕭索　ひっそりとして物寂しいさま。○蒿蓬　蓬蒿。よもぎの類。荒れた土地に生える雑草。○慨然　悲しみ嘆く様、また嘆き憤る様。

偶作　三首

蟹行文籍自夷蕃
簸弄是非長策存
却懼區區天下士
變爲毀冕裂冠魂

偶作《ぐうさく》　三首《さんしゅ》

蟹行《かいこう》の文籍《ぶんせき》は自《おのずか》ら夷蕃《いばん》
是非《ぜひ》を簸弄《はろう》して長策《ちょうさく》を存《そん》す。
却《かえ》って懼《おそ》る　区区《くく》たる天下《てんか》の士《し》
変《へん》じて毀冕裂冠《きべんれっかん》の魂《こん》と為《な》るを。

横文字で書かれた西洋の書物は当然のごとく未開で野蛮、
真実を覆い隠しては巧みに策謀をめぐらしている。
かえって私が警戒するのは世の中のつまらぬ連中がこういった洋書を読んで、
本来あるべき日本人らしい精神を捨ててしまいはせぬかということなのだ。

○蟹行　西洋の文字。　○夷蕃　未開で野蛮なこと。　○簸弄　うそをつき、そそのかして問題を起こさせる。　○長策　優れたはかりごと。　○区区　取るに足りず、愚かである。　○毀冕裂冠　『春秋左氏伝』昭公九年に「冠《かん》を裂《さ》き冕《べん》を毀《こぼ》ち、本《もと》を抜《ぬ》き源《みなもと》を塞《ふさ》ぐ」とある。「抜本塞源《ばっぽんそくげん》」は根本的原因を除き去る意であるが、ここは「冠冕を壊す」ことを大和魂を失って西洋化してゆく憎むべき状態に喩える。

其二

洋船製出極精微
要使水軍如指揮
請見鄱陽湖上役
何人一敗失兵機

其《そ》の二《に》

洋船《ようせん》の製出《せいしゅつ》は精微《せいび》を極《きわ》むれば
水軍《すいぐん》をして指揮《しき》するが如《ごと》くならしむるを要《よう》す。
請《こ》う見《み》よ　鄱陽湖上《はようこじょう》の役《えき》
何人《なんぴと》か一《ひと》たび敗《やぶ》れ兵機《へいき》を失《うしな》うを。

西洋の船舶は極めて精巧に造られているから、水軍をたくみに指揮させるようにすることが肝要である。見たまえ、元朝末期における鄱陽湖の戦いで、いったいどんなものが敗北を喫して軍事上の策略で失敗したのかを。

○鄱陽湖上役　鄱陽湖の戦。元末の至正二十三年（一三六三）、朱元璋と陳友諒の間で起こった天下分け目の湖上戦。陳軍の兵力は六十万、巨艦数百艘を擁し、小型船中心の朱軍二十万を圧倒したが、朱軍は火器を有効に使用して大勝、陳友諒は戦死した。これを機に朱元璋は群雄割拠の時代を制し、全国統一にはずみをつけることとなった。

○兵機　軍事上の策略。

其三

羽書烽燧屢嚴兵
轉礮輸糧到塞城
何日桃林華山畔
馬牛相放就清平

其《そ》の三《さん》

羽書烽燧《うしょほうすい》　屢《しば》しば兵《へい》を厳《げん》にし
礮《ほう》を転《てん》じ糧《りょう》を輸《おく》って塞城《さいじょう》に到《いた》らしむ。
何《いず》れの日《ひ》にか桃林華山《とうりんかざん》の畔《ほとり》に
馬牛《ばぎゅう》を相放《あいはな》って清平《せいへい》に就《つ》かんや。

羽書とのろしで兵員を召集して外敵への守りを固め、
大砲や糧秣を辺境の城塞へと運び込ませている。
一体いつになったら周の武王が殷を討って桃林と華山の地で、
いくさに用いた牛馬を放したような平和が訪れるのだろうか。

○羽書　非常時や緊急時に兵を集めるための触れ文。　○烽燧　戦争の合図や事件の起こった知らせとしてあげた煙。のろし。　○塞城　辺境に設けた外敵の侵入を防ぐための小城。　○転・結句　周の武王の「牛を桃林の野に放つ」（戦争に使用した牛を桃林の原野に放してやる。戦乱の治まったことをいう）の故事をふまえる。

○桃林華山　『書経』（周書、武成篇）に「馬を華山の陽に帰し、牛を桃林の野に放つ」とある。ともに上古の地名。「桃林」は現在の河南省霊宝県以西、陝西省潼関県以東の地。「華山」は陝西省華県の西にあり、秦嶺山脈中の高峰。五岳の一で西岳ともいう。周の武王が殷を討ち滅ぼし、軍用の牛馬を放した場所として知られる。

○清平　太平。静かでよく世が治まっている状態。

肥前島國華來游府下賦贈（國華將遊關東）

肥前《ひぜん》の島国華《とうこっか》、府下《ふか》に来游《らいゆう》すれば、賦《ふ》し贈《おく》る（国華《こっか》、将《まさ》に関東《かんとう》に遊《あそ》ばんとす）

丈夫圖報忘其軀
一劍輕裝上客途
秋冷函關看富嶽
雲紅伏水拜皇都
蒼生偸安幕頭燕
唱和縉紳轅下駒
期汝振起皇國氣
長教邊海絕窺窬

丈夫《じょうふ》の図報《とほう》　其《そ》の軀《み》を忘《わす》れ
一剣軽装《いっけんけいそう》して客途《きゃくと》に上《のぼ》る。
秋冷《しゅうれい》の函関《かんかん》に富嶽《ふがく》を看《み》
雲紅《うんこう》の伏水《ふくすい》に皇都《こうと》を拝《はい》さん。
蒼生《そうせい》の偸安《とうあん》は幕頭《ばくとう》の燕《えん》
唱和《しょうわ》の縉紳《しんしん》は轅下《えんか》の駒《く》。
汝《なんじ》に期《き》す　皇国《こうこく》の気《き》を振起《しんき》し
長《なが》く辺海《へんかい》をして窺窬《きゆ》を絶《た》えしめよ。

立派な男児が報国の念に燃えて我が身のことなど顧みず、
両刀を腰に帯びるだけの身軽な装いで旅に出た。
秋冷の時分には箱根の関で富士山を眺め、
紅の雲がたなびく頃には伏見で王城を拝していることだろう。
民草の眼前にある泰平は極めて危うい状況にあるというのに、
幕府の役人は附和雷同するばかりで迅速な対処もできずにいる。
私が君に期待するのは日本の正気を振るい起こし、
近海で隙をうかがう西洋列強の野望を絶つことなのだ。

○島国華　一八二二―一八七四。佐賀藩士・島義勇《しまよしたけ》（三百石）。江戸の佐藤一斎、水戸の藤田東湖に学ぶ。維新後は地方官、教学関係の諸役を歴任したが、佐賀の乱に憂国党首領として参加、鎮圧されて斬刑梟首となった。○蒼生　民衆。人々。○偸安　将来のことを考えず、目先の安泰だけを求める。○幕頭燕　「幕上《ばくじょう》の燕巣《えんそう》」（「幕燕」、「巣幕燕」）。幕の上に巣を作っている燕。巣がいつ取り去られるか分からない意から、極めて危険で安らかでないことの喩え。話は『左伝』襄公二十九年に見える。○縉紳　高位高官。ここは山積する内外の諸問題に対して無為無策の幕閣をいう。○轅下駒　車のながえにつながれた二歳馬。力が弱くて勢いよく車を引けない馬。転じて何かに束縛されて思う通りにならず、ぐずぐずしている人々に喩える。話は『史記』魏其武安侯伝に見える。○窺窬　ひそかに不相応なことをうかがい望む。

讀洋史　五首

志氣振來演劇場
掌中忽落泰西洋
請看虐暴誤鴻業
孤島抽身孤島僵

洋史《ようし》を読《よ》む　五首《ごしゅ》

志気《しき》は振来《しんらい》す　演劇場《えんげきじょう》
掌中《しょうちゅう》に忽《たちま》ち落《お》つ　泰西洋《たいせいよう》。
請《こ》う看《み》よ　虐暴《ぎゃくぼう》にして鴻業《こうぎょう》を誤《あやま》れば
孤島《ことう》に身《み》を抽《ひ》き　孤島《ことう》に僵《たお》るるを。

パリの劇場でこころざしを奮い立たせた男は、
あっという間に諸国を手中に収めてヨーロッパの覇者となった。
だが見たまえ、暴虐な政治をして帝王の大事業を間違えると、
離れ小島に流されてその地で果てることになるのだ。

○演劇場　仏軍の砲兵将校となったナポレオンが、レイオンの劇場でウィリアム・テルの劇を観た際、敵国に勝利したことを祝って民衆が「フレイヘイド」（自由）を連呼する場面があった。ナポレオンも精神の高揚を覚え、思わず「ヤー、ヤー、フレイヘイド、フレイヘイド」と大声で叫んでいた。話は蘭リンデン撰、小関三英訳『那《な》波《ぽ》列《れ》翁《おん》伝』（安政四年序刊）巻一に見える。○孤島　ナポレオンの追放地セント・ヘレナ島（イギリス領）。アフリカ大陸の西海岸から二千キロ以上離れた南大西洋上の孤島。この地で六年間を過ごし、一八二一年に逝去した。享年五十一。

其二

屹然封國一豪英
臣妾何得祖宗名
大雪埋蹄人馬凍
環街直破佛郎兵

其《そ》の二《に》

封国《ほうこく》に屹然《きつぜん》たり　一豪英《いちごうえい》
臣妾《しんしょう》は何《なん》ぞ祖宗《そそう》の名《な》を得《え》たる。
大雪《たいせつ》に蹄《ひづめ》を埋《うず》めて人馬《じんば》は凍《い》て
街《まち》を環《かこ》まれ直《ただ》ちに破《やぶ》らる仏郎兵《ふらんすへい》。

ヨーロッパに高くそびえ立つ一人の英雄がいた、
側近も愛妾も何とそのおかげで権力の座につけたのだ。
しかしロシア遠征では大雪に進退きわまりついに人馬もろとも凍てつき、
街を包囲されてたちまち破られフランス軍は手痛い敗北を喫した。

○大雪云々　ナポレオンのロシア遠征（一八一二年の冬）における大敗をいう。『那波列翁一代記』（嘉永七年刊）巻下に「十月十七日、已《や》ムコトヲ得ズ兵ヲ退《ひ》ク。コノ時大雪降布《ふりしきっ》テ、大軍ノ兵士凍死《とうし》相望《あいのぞ》ミ、生《いき》テ還《かえ》ル者、二三千ニスギズ」とある。この後、ナポレオンはヨーロッパ連合軍との戦いにも敗れ、一八一四年に退位を表明、エルバ島に流された。

其三

大擧摧城震武威
美人帳下涙沾衣
蹶然割愛何英斷
愧我新田誤時機

其《そ》の三《さん》

大挙《たいきょ》して城《しろ》を摧《くだ》きて武威《ぶい》を震《ふる》えば
美人《びじん》は帳下《ちょうか》に涙《なみだ》して衣《ころも》を沾《うるお》す。
蹶然《けつぜん》として愛《あい》を割《さ》くは何《なん》の英断《えいだん》ぞ
愧《は》ずらくは我《わ》が新田《にった》の時機《じき》を誤《あやま》るを。

大軍で各地の城を攻めて諸国と戦争を繰り返すたびに、
空閨を守る美人は淋しさの余りとばりの中でしとどに涙を流す。
新妻への恋情をきっぱりと断ち切るとは何と立派な決断であろうか、
それにひきかえ恥ずべきは新田義貞が勾当内侍を溺愛して出兵の好機を逃がしたことだ。

○美人　ナポレオンの最初の妻・ジョゼフィーヌ。この話は「那波列翁伝」に「此《この》婦人容姿頗《すこぶ》ル美ナリ。ボナバルテ婚媾《こんこう》ノ床《とこ》ヨリ起テ直《ただ》チニ意太里亜《いたりあ》ノ軍戦ニ赴《おもむ》キケリ」とある。ナポレオンは新婚三日目には、愛する新婦を残してイタリアへと出陣した。○蹶然　むっくと起き上がるさま。○新田　鎌倉幕府を滅亡させた南朝の功臣・新田義貞。建武政権はその恩賞として勾当内侍《こうとうのないし》を与えた。義貞はこの美女との愛に溺れ、尊氏追撃の好機を逸した。『太平記』（巻二十）はこのことが自身の滅亡の原因となったと説く。

其四

圖畫傳來大駭神
五兒乳哺擬慈親
如今巾幗皇州氣
輸與西洋一婦人

其《そ》の四《し》

図画《ずが》の伝来《でんらい》は大《おお》いに神《しん》を駭《おどろ》かし
五児《ごじ》の乳哺《にゅうほ》は慈親《じしん》に擬《ぎ》せり。
如今《じょこん》の巾幗《きんかく》　皇州《こうしゅう》の気《き》あり
輸《おく》り与《あた》えん　西洋《せいよう》の一婦人《いちふじん》に。

ナポレオンの肖像が我が国にもたらされてその容貌を初めて見たときは実に驚き、しかも五人の弟妹への扱いは慈母が乳飲み子を育むかのごとく情愛濃いものだった。ところで近ごろは我が国の女性の髷飾りには皇国の正気が宿っているから、ひとつ孔明の故事にあやかって女と見紛うナポレオンにその髪飾りを進呈するとしよう。

○図画　『那波列翁伝』の巻頭に掲げるナポレオンの肖像画「波利稔王像《なぽれおんおうぞう》」（『海国図志』巻四十一には「法蘭西《ふらんす》那波利稔王《なぽれおんおう》」とあるから、「那」を脱するか）。松岡台川の序によると、原本は壮年期の姿を描いた舶来の洋画で、これを菊池樺郷《きくちかきょう》が模写したものという。○承句　未詳。ナポレオンは覇業実現のために五人の兄弟妹（長兄ジョゼフはスペイン国王、三弟リュシアンは内相、カニーノ公、妹エリザはトスカーナ大公国の女君、四弟ルイはオランダ国王、五弟ジェロームはヴェストファリア国王）を要職に据え、欧州各国の君主とした。今ひとまずこれら肉親に対する深い恩愛を喩えた表現と解した。○巾幗…輸与　『三国志』魏志、明帝紀の裴注引『魏志春秋』

や『晋書』宣帝紀に見える「巾幗《きんかく》の贈《ぞう》」の故事。すなわち、蜀の諸葛亮が渭南に屯し、魏軍と対峙した際、司馬懿は籠城の策をとり、城外に出て戦おうとしなかった。そこで亮は懿に女性用の髪飾りを贈り、その人物の臆病で女々しいことをあてこすった。『十八史略』巻三（三国）には「遺るに巾幗婦人の服を以てす」（婦人用の髪飾りと衣服）と見える。○西洋一婦人　ナポレオンのこと。収載の肖像は容貌や髪型・表情から一見すると女性をイメージさせる。

其五

三條良策德聲隆
胸臆千兵幾戰功
誰知和蘭泰西國
紫髯綠眼出英雄

其《そ》の五《ご》

三条《さんじょう》の良策《りょうさく》　徳声隆《とくせいたか》く
胸臆《きょうおく》の千兵《せんぺい》　幾戦功《いくせんこう》。
誰《たれ》か知《し》らん　和蘭《おらんだ》は泰西《たいせい》の国《くに》にして
紫髯緑眼《しぜんりょくがん》の英雄《えいゆう》を出《い》だすを。

国旗に込められた三つの思いはすばらしく徳望も名声も世にとどろき、
心の中に蓄えたあまたの軍勢を動かして何度てがらを立てたことか。
だが誰が知っていようか、オランダがヨーロッパに存在する国であって、
その国から紫の髯を蓄え緑色の瞳を持つこの英雄を世に送り出したということを。

○三条良策　オランダの三色国旗（トリコロール）が象徴する、勇気（赤）、信仰（白）、忠誠（青）の三つか。オラニエ公ウィレム一世が蜂起で使用、八十年戦争でも用いた。○英雄　ワーテルローの戦いで英蘭連合軍の第一軍団長として奮戦、負傷したフレデリック・ジョルジュ・ローデウェイク（一七九二―一八四八、後のオランダ国王ウィレム二世）のこと。前哨戦のカトル・ブラの攻防でも活躍した。この話は嘉永期に刊行された『仏《ふ》蘭西《らんす》偽帝《ぎてい》那波列翁《なぽれおん》一代記』巻下に「戦ヒ極メテ劇《はげ》シク、而《しか》シテ涅垤爾蘭甸《ねえでるらんど》ノ太子ハ必死トナリテ敵ニ中《あた》リ、驍勇《ぎょうゆう》比《たぐ》ヒナシ。是《ここ》ニ於《おい》テ那波列翁ガ兵尽《ことごと》ク敗レテ、巴里斯《ぱりす》ニ向ッテ潰《くず》レ走ル」とある。世子の奮戦については、早く吉雄永宜・青地林宗訳『別埒阿利安設《べれありあんせ》戦記』（文政九年稿）に見え、また『泰西兵話』（文久二年刊）にも掲載された。

夜過割木松

天暮途昏氣益豪
滿山松籟北風號
妖靈怪鬼驚逃去
腰下橫來日本刀

夜《よる》、割木松《わりごまつ》を過《す》ぐ

天暮《てんく》れ途昏《みちくら》きも気《き》は益《ます》ます豪《さか》んなり
満山《まんざん》の松籟《しょうらい》　北風《ほくふう》は号《さけ》ぶ。
妖霊怪鬼《ようれいかいき》は驚《おどろ》きて逃《に》げ去《さ》らん
腰下《ようか》横《よこ》たえ来《きた》る日本刀《にほんとう》。

日も暮れて道中は暗いが意気はますます盛んである、
全山が松樹に吹きつける風の音で溢れ北風が激しく吹きすさぶ。

危害を加えようと待ち構えている妖怪どももきっと驚き逃げるに違いない、なぜならば私の腰には日本刀がたばさんであるのだから。

○割木松　わりごまつ。旧山陽道にあった峠。また峠の西側斜面にあった集落名。宇部市大字山中。この地が長門（厚狭《あさ》郡）と周防（吉敷《よしき》郡）の国境であった。

八月念五夜、江戸變災。國弘平治所贈詩歩韻却呈

八月念五夜《はちがつねんごや》、江戸《えど》に変災《へんさい》あり。国弘平治《くにひろへいじ》の贈《おく》る所《ところ》の詩《し》に歩韻《ほいん》して却呈《きゃくてい》す

奔雷霹靂黑雲駛
颶風捲地雨如矢
檜仆杉折松柏摧
阿房不出蜀山峙

奔雷霹靂《ほんらいへきれき》　黒雲《こくうん》は駛《は》せ
颶風《ぐふう》は地《ち》を捲《ま》き雨矢《あめや》の如《ごと》し。
檜《ひのき》仆《たお》れ杉《すぎ》折《お》れ松柏《しょうはく》は摧《くだ》け
阿房《あぼう》は出《い》でずして蜀山《しょくざん》峙《そばだ》つ。

雷鳴がとどろき稲妻が走って黒い雲がすばやく流れ、
烈しい風が土を巻き上げ雨は矢のように降りそそぐ。
檜は倒れ杉は折れて松柏も打ち砕かれてしまい、
阿房宮のごとき大宮殿など築かれてもいないのに今や秦時の蜀山にも似た禿山ばかり。

※本詩は長句の古詩であるが、福本は松陰の批評を挿入する都合からか、七段に分割している。本書もこれに倣ったが、最後の二段については一つに合わせ、便宜的に六段にして掲げた。
○八月念五夜江戸変災　安政三年（一八五六）八月二十五日の夜半に襲来した台風による被害。激しい暴風雨の他、江戸湾では高潮が発生、安政大地震の二倍の死者を出し、関東・東海に甚大な被害をもたらした。○国弘平治　萩藩士。平治兵衛。安政五年二月二十九日に明倫館で行われた試験の答案集（山口県立文書館蔵）中に、後出の周布や国弘等の名前が確認され、この頃、書生として学んでいたことが確認される。○阿房不出蜀山峙「阿房」は秦始皇帝が築いた宮殿名。また「蜀山」は蜀地方の山。杜牧《とぼく》「阿房宮賦《あぼうきゅうのふ》」（『古文真宝』一、『文章軌範』七）に「蜀山は兀《こつ》として、阿房出ず」（蜀の山は禿山となり、阿房宮が聳え立つようになった）とある。ここは大規模な土木工事が行われていないにもかかわらず、甚大な自然災害によって山々の樹木がすっかり失われてしまったことを述べる。

其二

甍瓦霰飛椋樹崩
天動地震壊邸市
洪瀾百尺決堰來
江戸生靈多浪死

其《そ》の二《に》

甍瓦《ぼうが》は霰飛《さんぴ》して椋樹《りょうじゅ》崩《くず》れ
天動《てんうご》き地震《ちふる》いて邸市《ていし》を壊《こわ》す。
洪瀾《こうらん》百尺《ひゃくしゃく》　決堰《けつえん》し来《きた》れば
江戸《えど》の生霊《せいれい》　浪死《ろうし》多《おお》し。

屋根瓦があられのように砕け散り椋の木も倒れた、
天地は震動して家屋や町を壊滅させた。
巨大な高潮が堤防を決壊させて押し寄せたため、
江戸の市民の中には溺死するものが多数あった。

○洪瀾　大波。　○生霊　人民。

其三

河靖海晏二百春
方今變災不觸耳
天譴素在國勢衰
曲突猶是不薪徙
吟花嘯月偸清年
幕上有火燕兒喜

其《そ》の三《さん》

河靖海晏《かせいかいあん》なること二百春《にひゃくしゅん》
方今《ほうこん》の変災《へんさい》　耳《みみ》に触《ふ》れず。
天譴《てんけん》は素《もと》より国勢《こくせい》の衰《おとろ》うるに在《あ》るも
曲突《きょくとつ》して猶《な》お是《こ》れ薪《まき》を徙《うつ》さざるがごとし。
吟花嘯月《ぎんかしょうげつ》　清年《せいねん》を偸《ぬす》むは
幕上《ばくじょう》に火《ひ》有《あ》るも燕児《えんじ》の喜《よろこ》ぶがごとし。

外敵の侵略もなく河や海が安らかであった鎖国後の二百年間、
今日のような変災は耳にしたことがなかった。

天の怒りはもちろん国勢の衰微と関わっているというのに、
煙突は曲げたが薪は移さずで災いを未然に防ごうとする意識などまるでありはしない。
花月を愛でては詩歌を詠み太平に安閑として将来を考えずにいる様子は、
幔幕に火がついているのも知らずに巣の中で子燕が嬉々としているのに等しい。

○二百春　寛永十年（一六三三）の鎖国令が発せられてから、嘉永六年（一八五三）のペリー来航までの期間をいう。　○天譴　天罰。天のとがめ。　○曲突薪徙　「曲突徙薪《きょくとつししん》」の故事。煙突を曲げて薪を他へ移すことで、災厄を未然に防ごうとする喩え。昔、淳于髠《じゅんうこん》は隣家が煙突を真っ直ぐに出し、そばに薪を積んでいるのを見て注意を与えたが、隣家のものが耳を貸さなかった結果、案の定、火事になってしまった。話は『漢書』霍光《かっこう》伝に見える。　○清年　太平の御世。

其四

洋夷霜田促報書
闌入攝海逞虎視
兩邊忽識失天心
砂磧渺茫海嘯起

其《そ》の四《し》

洋夷《ようい》は霜田《しもだ》に報書《ほうしょ》を促《うなが》し
摂海《せっかい》に闌入《らんにゅう》して虎視《こし》を逞《たくま》しうす。
両辺《りょうへん》忽《たちま》ち識《し》る　天心《てんしん》を失《うしな》うを
砂磧《させき》は渺茫《びょうぼう》として海嘯《かいしょう》起《お》く。

西洋の列強が下田において条約の調印を急き立て、
みだりに大阪湾に侵入しては虎視眈々と我が国土を狙っている。
この二つの出来事が天意に背くものであったことはすぐに知られた、
なぜならば不毛の砂礫の地が果てしなく広がり高潮が襲来したのだから。

○霜田　静岡県下田市。伊豆半島南端に位置し、安政元年（一八五四）、日米和親条約で開港場となり、幕末期外交の舞台となった。同年の日米和親条約の付録（下田追加条約）、同四年の日米約定（下田条約）はこの地で締結された。また安政元年にプチャーチンとの間で交わされた日露通好条約も下田条約と称される。○摂海　大阪湾。摂海の防禦は京都守護の観点から最も重要な海防上の問題とされた。安政元年には函館から回航したプチャーチンが大阪湾に侵入して大騒動となった。○闌入　無断で入り込む。○虎視　トラが鋭い日つきで獲物を見つめること。転じて雄大な志を抱いて情勢をうかがう喩え。○天心　天意。天帝の意思。○砂磧　砂漠。砂や小石の多い河原。○海嘯　地震などで生じ、沿岸部を襲う高潮や津波。

「丙辰草稿」（安政三年）

其五

東海地震五十驛
陵崩谷塞盡塡委
災禍遂及鳳凰闕

其《そ》の五《ご》

東海《とうかい》地《ち》震《ふる》う　五十駅《ごじゅうえき》
陵《おか》は崩《くず》れ谷《たに》は塞《ふさ》がり　尽《ことごと》く塡委《てんい》す。
災禍《さいか》遂《つい》に及《およ》ぶ　鳳凰《ほうおう》の闕《けつ》

一炬焦土走簪珥

一炬《いっきょ》の焦土《しょうど》　簪珥《さんじ》を走《はし》らす。

先に東海道を襲った地震では五十余の宿場が被害にあい、
丘は崩れ谷は塞がり残らず土砂で埋め尽くされてしまった。
災厄はあろうことか禁裏にまで及び、
ひとたび上がった火の手は町々を焼き払って尊い身分の方々をも逃げ惑わせた。

○東海地震　安政元年十一月五日に発生した安政東海地震、同六日の安政南海地震、並びに安政二年十月二日に起こった安政江戸地震では、東海〜京畿まで甚大な被害をもたらした。○塡委　うずまり積もる。○鳳凰闕　本文は「闋」に作るが意味をなさず、今これを「闕」に改めた。鳳凰は天子の象徴であり、「鳳闕」は宮城をいう。なお内裏炎上は安政元年四月六日のことで、上京区のほぼ南半を焼いた。ただし安政の大地震とは無関係である。○一炬焦土　一つのかがり火によって焦土と化す。「阿房宮賦」に「楚人の一炬、憐れむべし土を焦がす」とある。ここでは燃え上がった火の手で町が焼残したと解した。○簪珥　冠を髪に固定させる長い針と冠の垂玉。高位高官の人々を指す。

其六

其《そ》の六《ろく》

君不聞

君《きみ》聞《き》かずや

「丙辰草稿」（安政三年）

五雨十風無淫烈
周成臨民國政美
又不聞
伊川洛水涸不流
夏桀暴斷多役使
天變地妖人所爲
宜絶覦覬張綱紀
嗚呼宜攘洋夷張綱紀

五雨十風《ごうじっぷう》　淫烈《いんれつ》無《な》きは
周成《しゅうせい》民《たみ》に臨《のぞ》んで国政美《こくせいうるわ》しければなりと。
又《ま》た聞《き》かずや
伊川洛水《いせんらくすい》　涸《か》れて流《なが》れざるは
夏桀暴断《かけつぼうだん》して役使多《えきしおお》ければなりと。
天変地妖《てんぺんちよう》は人《ひと》の為《な》す所《ところ》
宜《よろ》しく覦覬《ゆき》を絶《た》って綱紀《こうき》を張《は》るべし
嗚呼宜《ああよろ》しく洋夷《ようい》を攘《はら》いて綱紀《こうき》を張《は》るべし。

君は知らないのか、
天候が安定し長雨も日照りもなく作物がよく実ったのは、
周の成王が仁政を行って平和をもたらしたときであったということを。
また知らないのか、
伊水や洛水の川の水が涸れて流れなくなったのは、
夏の桀王が悪政を行って人民を酷使したときであったということを。
天変地異は人間の行為そのものに発生の原因があるのだ、
だから当然為政者は横暴な要求をやめて善政を布かねばならない、
ああ西洋の列強を追い払って廃れ緩んだ政道を立て直さねばならない。

○五雨十風　十風五雨。十日に一度、風が吹き、五日に一度、雨が降る。天候が順調で、農作物の成長に適していること。　○滛烈　もと「滛」に作るが、今これを「淫」の俗体「滛」とみて改めた。長雨と日照り。　○周成　周の成王。西周王朝第二代の君主。武王の子であったが、若齢の即位であったため、叔父・周公旦が摂政となって補佐した。在位三十七年、享年五十という。安定した治世は次の康王とともに「成康の治」と称され、中国史上の名君の一人とされる。　○伊川　河南省を流れる川の名。洛水の支流。　○洛水　河南省西部を流れる川の名。　○夏桀　夏王朝最後の桀王。暴虐な政治により国力を衰えさせ、殷の湯王に滅ぼされた。　○覦覬　覬覦。身分・限度を越えたことを望む。またその希望や計画。　○綱紀　政道。国家を治める大法と細則。

偶作　三首　用周布留槌韻

偶作《ぐうさく》　三首《さんしゅ》　周布留槌《すふとめつち》の韻《いん》を用《もち》う

虜船衝浪捲車輪
瞬息飛來駭海神
介冑蒼頭論戰伐
縉紳白面守和親
滿清絶市勢終蹙
孛露禁交力不伸
良策固無酬萬一

虜船《りょせん》は浪《なみ》を衝《つ》いて車輪《しゃりん》を捲《ま》き
瞬息《しゅんそく》に飛来《ひらい》して海神《かいじん》を駭《おどろ》かす。
介冑《かいちゅう》の蒼頭《そうとう》は戦伐《せんばつ》を論《ろん》じ
縉紳《しんしん》の白面《はくめん》は和親《わしん》を守《まも》る。
満清《まんしん》は市《いち》を絶《ぜっ》して勢終《せいつい》に蹙《すく》み
孛露《はいろ》は交《まじわ》りを禁《きん》ぜられて力《ちから》伸《の》びず。
良策《りょうさく》は固《もと》より無《な》し　万一《まんいち》に酬《むく》ゆるを

仰天俯地獨哀呻

天《てん》を仰《あお》ぎ地《ち》に俯《ふ》して独《ひと》り哀呻《あいしん》するのみ。

西洋列強の軍艦が浪をけたてて外輪を動かし、
あっという間に飛ぶようにやって来ては海の神々を驚かしている。
甲冑で身を固めた武士たちは戦争について議論し、
幕閣や公家は外国と友好関係を築くことを主張する。
清朝はアヘンに関連して英国との貿易を中断してからついに国勢が衰退し、
プロイセンは大陸封鎖令が出されてより国力は伸長せずじまいであった。
もちろん我が国の場合も万一に備える良策は見つからないので、
私は天を仰ぎ地に俯してひたすら悲しみ呻くしかないのだ。

○周布留槌　一八五〇―一九二一。萩藩士（七十八石）。兼徳、金槌、公平。水石と号す。周布政之助の兄・児玉伝兵衛の次男であったが、周布家の養子となって家督を嗣ぐ。維新後、男爵、枢密顧問官と栄進した。当時は明倫館の書生であった。○虜船　異民族の船舶に対する蔑称。ここは西洋列強の鋼鉄張りの蒸気式軍艦をいう。○瞬息　瞬息の間。あっという間の短い時間。本文はもと「嚼息」に作るが意味をなさず、今これを「瞬息」（一度またたきし、息をする間の意味）に改めた。○介冑　よろいとかぶと。○蒼頭　兵卒。昔、中国では青い頭巾で頭をつつんだことからいう。ここは武士をいう。○白面　顔色の白い人。貴族、公家。○孛露禁交　「孛露」はプロイセン（プロシア）。一八〇六年七月、フランスがライン同盟（三十六か国）の盟主となったことに憤慨したプロイセンは、ロシアと結んで対ナポレオン戦争に踏み切るが、イエナの会戦で大敗を喫し、ティルジット条約（一八〇七年七月）を結んで停戦した。その結果、欧州におけるフランスの覇権が確立し、プロイセンは東方の広大な領土を失い、かつ対英経済断交を約束させられた。これが「禁交」であり、世にいう「大陸封鎖令」（ベルリン勅令）である。本来の目的は敵対するイギリスを経済的に追い込むことにあったが、かえって諸国で輸入製品・産物の不足、物価の騰貴を招き、プロイセンをはじめとする大陸諸国は大きな損害を被った。

其二　用中谷正亮韻

丈夫立志在忠良
溫飽生來何不償
萬古盛衰陵谷變
一朝緩急死未忘
恩威本是深根策
器械纔看收末方
非有千尋萬分力
誰能挫折犬羊腸

其《そ》の二《に》　中谷正亮《なかたにしょうすけ》の韻《いん》を用《もち》う

丈夫《じょうふ》の立志《りっし》は忠良《ちゅうりょう》に在《あ》れば
温飽《おんぽう》の生来《せいらい》は何《なん》ぞ償《つぐな》わざらんや。
万古盛衰《ばんこせいすい》して陵谷《りょうこく》の変《へん》ずるも
一朝緩急《いっちょうかんきゅう》あらば死《し》すとも未《いま》だ忘《わす》れず。
恩威《おんい》は本《もと》と是《こ》れ深根《しんこん》の策《さく》にして
器械《きかい》は纔《わず》かに看《み》て末方《まっぽう》を収《おさ》むるのみ。
千尋万分《せんじんまんぶん》の力《ちから》有《あ》るに非《あら》ずんば
誰《たれ》か能《よ》く挫折《ざせつ》せしめんや　犬羊《けんよう》の腸《はらわた》を。

男子たるものの目標は忠実で善良な士人となることにあるのだから、

生まれながらの安楽な暮らしを賜っている君恩に報いぬわけにはいかない。
幾千年このかた栄枯盛衰は世の常であるが、
ひとたび急を要する事態が起こったならば命を投げ出す覚悟を忘れてはならない。
恩恵と威光を合わせ用いるのは古来変わらぬ統治の根本原理であり、
新式の利器を目にしてその一端を利用し始めたのはつい最近のことである。
これからは西洋の諸物を徹底的に分析・研究する能力がなければ、
いったい誰が列強諸国の野望を阻止することができるだろうか。

○中谷正亮　一八二八―一八六二。萩藩士（百八十三石）。実之、賓卿。吉田松陰の盟友。松陰の死後、その遺志を継ぎ、松下村塾の門人を教導した。久坂とともに尊攘派として奔走したが、文久二年、江戸祇役中に急死した。○温飽　暖かい衣服を着てぬくぬくとし、十分な食事をとること。安楽な生活のたとえ。○陵谷変　高い丘が谷となり、その反対に深い谷が丘となる。つまり、物事が大きく変化する様子をいう。また栄枯盛衰の激しいこと。○恩威　恩恵と威光。慈しみと厳しさ。○千尋万分　本文は「円分」に作るが意味不通。「千尋万問」（いろいろ尋ね問う）の熟語があるので、「円（圓）」は「万（萬）」の誤とみて、今これを改めた。要するに、西洋の優れた利器の徹底研究を主張しているのである。

其三　用齋藤狂藏韻

河海今來難晏清
因循維持若爲情
眼前時勢撫孤劍
筐裡存亡親短檠
忠誠素期原野骸
諂諛敢索冕冠榮
一身圖報平生志
陽氣精神何不成

其《そ》の三《さん》　斎藤狂蔵《さいとうきょうぞう》の韻《いん》を用《もち》う

河海《かかい》は今来晏清《きんらいあんせい》なり難《がた》く
因循維持《いんじゅんいじ》して情《じょう》を若為《いかん》せん。
眼前《がんぜん》の時勢《じせい》　孤剣《こけん》を撫《ぶ》し
筐裡《きょうり》の存亡《そんぼう》　短檠《たんけい》に親《した》しむ。
忠誠素《ちゅうせいもと》より期《き》す　原野《げんや》の骸《むくろ》
諂諛敢《てんゆあ》えて索《もと》めんや　冕冠《べんかん》の栄《さかえ》。
一身《いっしん》の図報《とほう》は平生《へいぜい》の　志《こころざし》
陽気《ようき》の精神《せいしん》あらば何《なに》ごとか成《な》らざらんや。

今や我が国の海上は平穏でなくなったというのに、
役人どもがぐずぐずと対処をためらい続けているのは何ともやりきれない。
眼前の時勢に対し私はもどかしさを抱いてひとり大刀の柄に手をかけ、
本箱から歴史の書物を取り出しては丈の短い燭台に親しみつつ読み耽っている。
もとより原野に屍をさらすとも藩国に忠誠を尽くすと決意しており、
こびへつらって立身出世の栄誉など断じて求めたりするものか。
私は日頃から考えている志を実行して天下国家に酬いたいのだ、

果敢に剛勇な精神を発揮すればどうして物事が成就しないことがあろうか。

○斎藤狂蔵　未詳。あるいは当時、明倫館書生であった斎藤栄蔵（邦栄）か。○因循　ぐずぐずしてためらう。○若為情　「難為情」（情を為し難し／とてもやりきれない）と同意。初句で「難」を用いたので、やむなく「若為」を使い、反語としたのであろう。○筐裡存亡　「筐」は本箱。「存亡」は「存亡の迹《あと》」の意で、人や国家の治乱興亡の歴史。すなわち、本箱の中にある史書のことである。○冕冠栄　高位高官となって立身出世すること。本文はもと「冕冠策」に作るが、本詩の下平八庚の韻に合わず、今これを「冕冠榮」に改めた。○陽気　能動的で剛勇な性向。『朱子語類』の「陽気の発する所、金石も亦《ま》た透《とお》る。精神一到何事か成《な》らざらん」（巻二）という一節がよく知られる。陽気が動けば金石をも貫く。精神が集中すると、どんな困難にも打ち克つことができるという意味。

「丙辰草稿」（安政三年）

次韻某氏詩

承平暖飽免飢寒
恩露靄然天地寛
誓得回天倒瀾力
陵夷今日敢傍看

某氏《ぼうし》の詩《し》に次韻《じいん》す

承平《しょうへい》の暖飽《だんぽう》　飢寒《きかん》を免《まぬか》れ
恩露靄然《おんろあいぜん》として天地《てんち》は寛《ひろ》し。
誓《ちか》い得《え》たり　回天倒瀾《かいてんとうらん》の力《ちから》
陵夷《りょうい》の今日《こんにち》　敢《あ》えて傍看《ぼうかん》せんや。

長い太平の世に暖かい衣服をまとい美味いものをたらふく食って飢えと寒さから逃れ、
君公の恩恵にたっぷり浴しているものがあるがいやはやまことに天地は寛容である。
私は世の中を改革して天下の形勢を変えるために尽力することを心に誓った、
国威が次第に衰えつつある現状をこのまま見過ごすことなどできはしない。

○承平　政治が行き届いてよく治まった社会を受けついで、平和な世が長く続くこと。○靄然　包むようにおおう。満ちあふれる。○回天倒瀾　天下の形勢を変えること。○陵夷　物事が次第に衰えすたれること。

其二

羯虜跳梁東又西
妖氛萬里望將迷
請看邊備有良策
天下同心是礙堤

其《そ》の二《に》

羯虜《かつりょ》は跳梁《ちょうりょう》す　東《ひがし》又《ま》た西《にし》
妖氛万里《ようふんばんり》　望《のぞ》めば将《まさ》に迷《まよ》わんとす。
請《こ》う看《み》よ　辺備《へんび》に良策《りょうさく》有《あ》るを
天下《てん》心《かこころ》を同《おな》じうすれば是《こ》れ礙堤《ほうてい》。

西洋の列強が日本の東から西までのさばり、
不祥の気がはるか彼方まで漂い今にも進路を見失ってしまいそうだ。
知っておきたまえよ、辺境の防備を固めるのに良策があるということを、天下万民が心を合せて結束すれば砲台にも等しい力を発揮するのだから。

○羯虜　中国北部の異民族を蔑む呼称。幕末では外敵への蔑称として使われた。○妖氛　何か不吉なことが起こりそうな怪しい気配。○同心　互いに同じ意見を持つこと。心を合わせること。○礟堤　砲台。砲塁。敵を防ぐために、海岸や山、島などの高台に築いて、大砲を備えた陣地。台場ともいう。

寄月性上人在京師（寓東山）

月性上人《げっしょうしょうにん》の京師《けいし》に在《あ》るに寄《よ》す（東山《ひがしやま》に寓《ぐう》す）

祖孫笑戲樂承平
恩露霈然及此生
感泣憐君揮涙去
紫雲深處拝皇城

祖孫《そそん》は笑戯《しょうぎ》して承平《しょうへい》を楽《たの》しみ
恩露《おんろ》は霈然《はいぜん》として此《こ》の生《せい》に及《およ》ぶ。
感泣《かんきゅう》して君《きみ》を憐《あわ》れんでは涙《なみだ》を揮《ふる》い去《さ》り
紫雲《しうん》の深《ふか》き処《ところ》に皇城《こうじょう》を拝《はい》さん。

老人も子供も笑い戯れて太平を謳歌し、
天朝の恩恵は隅々まで行き渡って我が身にも及んでいる。
天子をお慕いする余り泣き濡れて涙ながらにその場を去り行く上人は、
紫雲に包まれた御所に向かって深々と拝礼をしたことだろう。

○寓東山　安政三年八月、月性は本願寺の徴に応じて海路上京し、九月十日ごろ着京、十月に昇階、以来、東山の翠紅館に長く滞在した。○霈然　沛然と同じ。盛んに行き渡るさま。○君　一天万乗の君、すなわち天子のこと。○揮涙　涙をぽたぽたとこぼす。一説に涙を払いのける。

次韻兒玉某詩（某在江戸）
児玉某《こだまぼう》の詩《し》に次韻《じいん》す（某《ぼう》は江戸《えど》に在《あ》り）

雲烟花柳誤英雄
文武唯期酬國忠
天下安危今日在
何須輕薄佚游風

雲烟花柳《うんえんかりゅう》は英雄《えいゆう》を誤《あやま》らしむれば
文武《ぶんぶ》唯《た》だ期《き》す　酬国《しゅうこく》の忠《ちゅう》。
天下《てんか》の安危《あんき》は今日《こんにち》に在《あ》り
何《なん》ぞ軽薄《けいはく》にして佚游《いつゆう》の風《ふう》を須《もち》いんや。

数多くの妓女が英雄に失敗を犯させてきたことを忘れずに、
君は学問と武術をしっかり学んで藩国に忠誠を尽くすことだけを心がけて欲しい。
天下の安危は今日の対応が全てのかぎを握っている、
放逸にふらふらと遊び回ることなど断じて許されないのだ。

○児玉某　『東遊稿』（安政五年）の冒頭の七律にその名が見える児玉之修（一八四〇―一九三〇）と思われる。

萩藩大組士。通称は愛二郎。雲堂と号す。干城隊小隊長となって国事に活躍したが、藩内では俗論派に属し、井上馨暗殺未遂事件に関わった。維新後は宮内省に出仕、大膳頭、図書頭等を歴任した。享年九十一。○雲烟花柳　あまたの遊女・妓女。○佚游　気ままに遊ぶ。

偶成

裘葛匆匆十八春
梅花蕾盡翠楊津
堪憐歳月東流水
講史論經未日新

偶成《ぐうせい》

裘葛《きゅうかつ》匆匆《そうそう》　十八《じゅうはち》の春《はる》
梅花《ばいか》蕾《つぼみ》は尽《つ》く翠楊《すいよう》の津《しん》。
憐《あわ》れむに堪《た》えたり　歳月《さいげつ》東流《とうりゅう》の水《みず》
講史論経《こうしろんけい》　未《いま》だ日《ひ》び新《あら》たならず。

寒暑の移ろいもあっという間に過ぎてはや十八の春を迎えた、
梅のつぼみはすっかりなくなって船着き場には青い柳がみずみずしい。
歳月は川の水と同じで再び戻ることはないのだとしみじみ思う、
歴史を習い経書を学んでいるというのに毎日進歩せずにいることよ。

○裘葛　冬着る皮衣と夏身に着けるかたびら。寒暑の推移、また一年間をいう。○匆匆　あわただしいさま。
○東流水　川。中国の河川は多く西から東へと流れる。また物事が消え去って戻らぬ喩え。

中元後二日、與中村清節遊小畑、觀拔底蠟船、慨然賦贈

中元《ちゅうげん》の後二日《のちふつか》、中村清節《なかむらせいせつ》と小畑《おばた》に遊《あそ》び、抜底蝋船《ばっていらせん》を観《み》て慨然《がいぜん》として賦《ふ》し贈《おく》る

長防本海國
潮勢通夷域
嶋嶼伏復起
怒涙撲城閾
異帆有時飛
蔽海妖氛黑
天角望渺茫
外寇固難測
紫築城北小畑邊
官命鑄礮且制船
瀝青銅銕船堅緻
必誅羯虜絶垂涎
遠征何日逞威烈
舳艫相銜驅魚鼈
不滅此賊終不還

長防《ちょうぼう》は本《もと》と海国《かいこく》
潮勢《ちょうせい》は夷域《いいき》に通《つう》ず。
嶋嶼《とうしょ》は伏《ふ》し復《ま》た起《お》き
怒浪《どろう》は城閾《じょういき》を撲《う》つ。
異帆《いはん》時《とき》に飛《と》ぶ有《あ》って
海《うみ》を蔽《おお》いて妖氛《ようふん》黒《くろ》し。
天角《てんかく》望《のぞ》めば渺茫《びょうぼう》として
外寇《がいこう》は固《もと》より測《はか》り難《がた》し。
紫築《しづき》の城北《じょうほく》なる小畑《おばた》の辺《ほとり》
官《かん》は命《めい》じて礮《ほう》を鋳《い》且《か》つ船《ふね》を制《つく》らしむ。
瀝青銅銕《れきせいどうてつ》　船《ふね》は堅緻《けんち》にして
必《かなら》ずや羯虜《かつりょ》を誅《ちゅう》して垂涎《すいぜん》を絶《た》たん。
遠征《えんせい》して何《いず》れの日《ひ》にか威烈《いれつ》を逞《たくま》しうし
舳艫《じくろ》を相銜《あいつら》ねて魚鼈《ぎょべつ》を駆《か》らん。
此《こ》の賊《ぞく》を滅《ほろぼ》さずんば終《つい》に還《かえ》らずと

「丙辰草稿」（安政三年）

祖逖誓江楫忽折
聖東囒哰殺氣連
叱咤群賊目眦裂
虞詡錯盤試利器
韓威饑渇甘肉血
碽礮霹靂震天雷
人馬盡斃腥氣熱
慷慨談益豪
不覚手按刀
此志非容易
放眼睨風濤
吾歌長句贈君洩憤懣
若使西人聞之必遯逃

祖逖《そてき》は江《こう》に誓《ちか》って楫《かじ》を忽《たちま》ち折《お》る。
聖東《せいとう》に囒哰《らんろう》して殺気《さっき》連《つら》なり
群賊《ぐんぞく》を叱咤《しった》すれば目眦《もくし》裂《さ》く。
虞詡《ぐく》は錯盤《さくばん》して利器《りき》を試《ため》し
韓威《かんい》は饑渇《きかつ》して肉血《にくけつ》に甘《あま》んず。
碽礮《こうほう》の霹靂《へきれき》は天雷《てんらい》を震《ふる》わせ
人馬《じんば》は 尽《ことごと》 く斃《たお》れて腥気《せいき》は熱《あつ》からん。
慷慨《こうがい》の談《だん》　益《ます》ます豪《さか》んにして
覚《おぼ》えず手《て》を刀《かたな》に按《か》く。
此《こ》の 志《こころざし》 は容易《ようい》に非《あら》ず
眼《め》を放《はな》って風濤《ふうとう》を睨《にら》む。
吾《われ》は長句《ちょうく》を歌《うた》い君《きみ》に贈《おく》って憤懣《ふんまん》を洩《も》らす
若《も》し西人《せいじん》をして之《これ》を聞《き》かしむれば必《かなら》ずや遯逃《とんとう》せん。

防長二州はもともと三方を海に囲まれた土地であり、
潮流は諸外国と通じている。
海上には多くの島々が起伏し、
萩の城下には荒波が打ち寄せている。

時おり外国船が飛ぶように帆走する姿が見えるが、
そんなとき海は黒々とした不吉な気配に蔽われてしまう。
天空は果てしなく広がっているから、
列強がどこから攻めて来るのかまるで見当もつかない。
指月城の北方に位置する小畑の一帯に、
藩命によって大砲の鋳造所と造船所が建設された。
瀝青を塗り銅や鉄を使って船体を堅固に造るならば、
必ずや外敵を討伐してその領土侵略の魔の手を絶つことができるだろう。
そうしていつかはこちらから西洋に遠征して国威を見せつけ、
大艦隊を編成して魚や鼈のごとき連中を追い払ってやろう。
私の思いは「眼前の敵を一掃せぬ限り、絶対に戻って来ないぞ」と、
晋の祖逖が敵地に向かう際に船の楫をへし折って必死の覚悟を示したものにも等しい。
神聖な日本で言葉の通じぬ外国人が跋扈すれば人々はますます反感を抱いて殺気立ち、
侵略者どもを大声で怒鳴りつけようとまなじりも裂けんばかりの勢いである。
虞詡は対処が困難な複雑な状況下に鋭利な武器を試し、
韓威は飢饉の地で胡虜の血肉を進んで啜り食らって奮戦した。
大砲の大音響は自然の雷を感応させるほどであり、
その威力で人も馬も無数に死傷し血なまぐさい臭いが盛んに立ち込めるだろう。

感情が高ぶって話はますます熱気を帯び、
思わず刀に手をかけてしまった。
この志をなしとげることはそう簡単ではないが、
決意も新たに大海を向いて吹きすさぶ風浪をにらみつけた。
私はここに長古一篇を作って君に贈り心中に鬱積した憤りを聞かせたが、
もしも西洋人がこの内容を知ればやつらは必ず尻尾を巻いて逃げ出すに違いない。

○中元後二日　七月十七日のこと。「中元」は道教の節日で陰暦七月十五日。この日、仏教では盂蘭盆会《うらぼんえ》を行って死者の霊を供養する。毛利敬親は七月二十六日に藩営の戎ケ鼻造船所に臨幸し、完成したバッテーラ船を見学、監督者、大工等の労をねぎらった。○中村清節　未詳。萩藩士・中村九郎（清旭、淡海）か。○抜底蝋船　バッテーラ（ポルトガル語）。ボートなどの小型船のこと。久坂らが見学したものは一檣二段帆の帆船で、全長二丈六尺五寸（九メートル弱）であった。○小畑　小畑浦（萩市小畑）。城下北東の海岸部に位置する。安政三年、萩藩は浦の西端にある戎ケ鼻《えびすがはな》新湊《しんみなと》に造船所を設け、洋式艦船（バッテーラ型及びスクーナー型帆船）を建造して、防寇体制の強化・充実を図ろうとした。最初の洋式船となるバッテーラ型帆船は、五月二十三日から建造が開始され、約二か月後の六月末に完成をみた。○城闉　初句～八句までの押韻は「入声十三職」で、「闉」も合致する。今「域」と同意と考え、ひとまず城下町の意と解した。○紫築城　萩城。毛利氏三十七万石の居城。指月山《しづきやま》にあったことから指月城とも呼ばれる。○癧青　松脂に油を加えて練った塗料。木材の防腐剤として用いた。○舳艫相銜　意は「銜尾《かんび》相随《あいしたがう》」（前後が続き合って行くこと）と同じ。軍船が艦隊となって前後密接してて連なり進むこと。　○祖逖誓江　『蒙求』（巻下）の標題。祖逖は六朝・晋の人。慷慨義節の人物で、予州刺史のとき、石勒《せきろく》討伐のため江を渡ろうとした際、中原を清めることができなければ再び生還しないと、楫をたたき折って誓いを立てた。　○虞詡　後漢の官僚。永初年間、羌人《きょうじん》の叛乱に抗戦を主張して涼州放棄に反対した。また地方官として治績をあげ、武都太守のときには羌人を撃破し、中央官僚に栄進した。　○錯盤　盤錯に同じ。入り混じってごちゃごちゃになる様子。また「盤根錯節」の略で、物事が複雑で処理するのが困難なこと。　○囒啐　もと「囒噸」に作るが義未詳。よって今これを「囒啐」（言葉がくだくだしくて通じない意）に改め、開国後の日本で外国人が跋扈《ばっこ》する現状を憂える心情と理解した。　○韓威　前漢～後漢にかけての武官。北方の地が深刻な飢饉に見舞われた際、辺境の軍隊を解散し、匈奴《きょうど》との和議をすすめるものがあったが、校尉の韓威は「自分に勇士五千人を与えて下されば、たとえ兵糧が尽きても、胡虜の肉を食らい、その血を飲んで奮戦を続けましょう」と反対し、国威発揚の後退を憂えた。これを聞いた王莽《おうもう》はその言を壮とし、韓威を将軍に取り立てた。話は『漢書』王莽伝にある。また南宋の忠臣・岳飛の有名な「満江紅《まんこうこう》」にも、「壮志あっては饑え餐《くら》う胡虜の肉／笑談しては渇《かわ》き飲む匈奴の血」と韓威の故事に拠る句がある。

送山縣子厚于役相模

山県子厚《やまがたしこう》の相模《さがみ》に役《えき》するを送《おく》る

咄彼髯虜本蕞爾
何爲闌入逞虎視

咄《ああ》彼《か》の髯虜《ぜんりょ》　本《も》と蕞爾《さいじ》たり
何《なん》為《す》れぞ闌入《らんにゅう》して虎視《こし》を逞《たくま》しうせんや。

「丙辰草稿」（安政三年）

火船箭飛海風駛
黿鼉吹浪雪山峙
羊犬謀算都譎詭
毒心甘言請交市
不憚風濤千萬里
頻繁航海豈無已
昇平□□綱紀弛
煙花絲竹趁華侈
神州興廢如累棋
勤王誰人安寶璽
白面廟堂列簪珥
海風揚浪肝膽褫
人心恇怯已如此
處女豈謂脫兎似
金皷旌旗先整理
耳目專一不亂紀
左救右援如臂指
常山之蛇致首尾

火船箭飛《かせんせんび》して海風《かいふう》に駛《は》せ
黿鼉吹浪《げんだすいろう》して雪山《せつざん》は峙《そばだ》つ。
羊犬《ようけん》の謀算《ぼうさん》は都《すべ》て譎詭《きっき》にして
毒心甘言《どくしんかんげん》　交市《こうし》を請《こ》う。
風濤《ふうとう》を憚《はばか》らざること千万里《せんばんり》
航海《こうかい》を頻繁《ひんぱん》にして豈《あ》に已《や》むこと無《な》し。
昇平《しょうへい》は□□して綱紀《こうき》は弛《ゆる》み
煙花糸竹《えんかしちく》　華侈《かし》に趁《はし》る。
神州《しんしゅう》の興廃《こうはい》は累棋《るいき》の如《ごと》く
勤王《きんのう》して誰人《たれびと》か宝璽《ほうじ》を安《やす》んぜんや。
白面《はくめん》は廟堂《びょうどう》に簪珥《さんじ》を列《つら》ね
海風《かいふう》は浪《なみ》を揚《あ》げて肝胆《かんたん》を褫《うば》う。
人心《じんしん》の恇怯《きょうきょう》たること已《すで》に此《かく》の如《ごと》し
処女《しょじょ》は豈《あ》に謂《おも》わんや　脱兎《だっと》の似《ごと》しと。
金皷旌旗《きんこせいき》　整理《せいり》を先にし
耳目専一《じもくせんいつ》にして紀《き》を乱《みだ》さず。
左救右援《さきゅうゆうえん》して臂指《ひし》の如《ごと》くならしめ
常山《じょうざん》の蛇《へび》　首尾を致《いた》さん。

人士憤夷深切齒
磨劍拭槍欲試技
環海邊備乃足矣
不來無恃有待恃
縣子書生又武士
投筆從軍出桑梓
意氣凌秋大劍倚
富嶽雪寒映刀鞸
男子遠征不顧死
伏波馬革出交阯
滿天漠漠妖氣瀰
直前斬賊賊風靡
乘勝追北絕海涘
圖石千仭不可止
風捲旌旗凱歌起
橫槊賦詩海山紫
縣子如此鴻績美
班將軍名輝青史

人士《じんし》は夷《い》を憤《いきどお》ること深《はなは》だ切歯《せっし》すれば
剣《けん》を磨《みが》き槍《やり》を拭《ぬぐ》いて技《わざ》を試《ため》さんと欲《ほっ》す。
環海《かんかい》の辺備《へんび》は乃《すなわ》ち足《た》り
来《きた》らずんば恃《たの》む無《な》きも待《ま》ちて恃《たの》む有《あ》り。
県子《けんし》は書生《しょせい》にして又《また》た武士《ぶし》
筆《ふで》を投《とう》じて軍《ぐん》に従《したが》い桑梓《そうし》を出《い》ず。
意気《いき》は秋《あき》を凌《しの》いで大剣《たいけん》に倚《よ》り
富嶽《ふがく》は雪寒《ゆきさむ》くして刀鞸《とうへい》に映《えい》ず。
男子《だんし》は遠征《えんせい》すれば死《し》を顧《かえり》みず
伏波《ふくは》は馬革《ばかく》して交阯《こうち》に出《い》ず。
満天漠漠《まんてんばくばく》として妖気《ようき》瀰《みなぎ》るも
直《ただ》ちに前《すす》んで賊《ぞく》を斬《き》らば賊風靡《ぞくふうび》せん。
勝《か》ちに乗《じょう》じて北《きた》に追《お》えば海涘《かいし》に絶《た》え
図石《とせき》は千仭《せんじん》にして止《や》むべからず。
風《かぜ》は旌旗《せいき》を捲《ま》いて凱歌《がいか》起《お》こり
槊《ほこ》を横《よこ》たえ詩《し》を賦《ふ》せば海山《かいざん》紫《むらさき》なり。
県子《けんし》此《かく》の如《ごと》くんば鴻績《こうせき》は美《うるわ》しく
将軍《しょうぐん》と名《な》を班《わか》ちて青史《せいし》に輝《かがや》かん。

臨別寄書君能耳
願入虎穴獲虎子

別《わか》れに臨《のぞ》んで書《しょ》を寄《よ》すれば君《きみ》能《よ》く耳《き》け
願《ねが》わくは虎穴《こけつ》に入《い》りて虎子《こじ》を獲《え》よ。

「丙辰草稿」（安政三年）

ああ西洋の列強たちも元々は小さな国々であった、
そんな連中がどうしてみだりに入り込み侵略の機会をうかがっているというのか。
彼らの蒸気船は矢のようなスピードで走りまるで海風のように速く駆け抜け、
その様子はアオウミガメとワニが浪を吹いて作った雪山のように高くそびえて見える。
西洋人どもの企みは全てでたらめで怪しげなものであり、
凶悪な心をもって言葉巧みに交易を願い出る。
彼らは万里の波濤をものともせず、
何と際限なく頻繁に渡来して来ることか。
我が国は太平が長く続いて規律がゆるみ、
妓女と音楽にうつつをぬかし派手で贅沢なことを好むようになった。
神州・日本の運命は碁石を重ねたように不安定で危険な状態に陥っているというのに、
いったい誰が天皇に対して忠勤を励み玉璽をお守り申し上げるというのだろうか。
京の公家たちが宮中で冠冕を列ねている間に、
海風に乗った西洋の船は浪を蹴立てて来航し彼らの度肝を抜くことになった。
人心の怖じ懼れる様子はすでにこのようである、

列強がいつまでも乙女のようだと思ってはならず最後は脱兎に変じて急襲してくるのだ。
だからいまはまず軍隊のかたちを正しく整え、
詳しく調査を行って多くの情報を収集して道義を乱さないようにすることが大切だ。
皆で力をあわせて両腕の十本の指のように助け合い、
常山の蛇が首尾を使って攻撃するように油断なく敵に立ち向かおう。
人々の西洋人に対する憤怒は歯ぎしりするほどに烈しく、
刀の刃を磨き槍の穂先をぬぐって技量を試そうと待ち構えている。
ともかくも沿岸の防備さえ堅固に整っていれば、
平時は頼る必要はないがいったん外艦来襲の変事が出来した際には強い味方となるのだ。
山県君は書生であると同時に武士でもある、
それゆえ藩命に従って故郷を離れて遠く浦賀に赴任しようとしている。
心意気は秋天に高く聳えて一振りの大剣を頼りに旅行けば、
冷たい雪を頂く富士山がその刀の鞘に美しい姿を映すことだろう。
男子が遠く故郷を離れて出征するに際し死ぬことを恐れないのは、
かの後漢の伏波将軍・馬援が交阯に遠征して陣没したのがよい例である。
空一面に妖気が強く漂い全体がぼうっとしてはっきりしないが、
すぐさま進んで侵略者を斬るならば彼らはなびき従うはずだ。
勝ちに乗じて彼らを北方に駆逐すれば海岸には誰もいなくなるに相違なく、

それゆえに我が国土防衛の遠大な計画を中止することはできないのだ。
風は軍旗をはためかせ勝利の凱歌が湧き起こり、
武器を置いて詩を作る頃には妖気も消えて海も山も紫の瑞光に包まれることだろう。
山県君がこのようにするならば君の偉大な功績は称賛され、
伏波将軍と名声を二分してその名は長く歴史の書物に残って輝きを放つことになろう。
別れにあたって一書を与えるのでよくよく聞いて欲しい、
どうか虎の棲む穴に入ることを恐れず必ず虎の子を捕まえてくれよ。

○山県子厚　久坂の同志・大和国之助（一八三五―一八六四）か。萩藩士・山県弥九郎の次男。安政二年に大和家（六百七十石）の養子となる。翌年、先鋒隊として相模国浦賀に出張、帰国して家督を継ぐ。正義派として活躍したが、恭順派によって刑殺された。野山十一烈士の一人。○蕞爾　国や体などが小さいこと。○黿鼉　アオウミガメとワニ。○羊犬　西洋人の蔑称。○譎詭　怪しくでたらめなこと。○航海　もと「抗海」に作るが、今これを「航海」に改めた。○已　やめる。しりぞく。本詩は上声四紙の韻を用いて毎句押韻する。しかも一字の重複もなく作られている。本文はもと「建」（去声十四願）に作るが韻が合わず、意味も通じないので、今これを同韻の「已」に改めた。○昇平□□　本詩は七言古詩であるが、この句のみ五字で構成される。よって二字が脱落したものとみなし、句意に即して脱落の疑われる箇所に□□を加えた。○煙花糸竹　妓女と音楽。○累棋　碁石を重ねるような極めて危険な状況の喩え。『戦国策』秦策に見える。本文はもと「累卵」に作るが「卵」（上声十四旱）では押韻しない。句意から考えて「累棋」が相応しいが、しかし「棋」（上平四支）

も韻が異なる。あるいは「棋」を上声四紙と誤ったか。ここは「卵」よりも音の近い「棋」を取った。○宝璽 玉璽。天子の印。国土を支配するものとしての証。○恇怯 恐れて尻込みすること。○処女豈謂脱兎似 『孫子』九地篇に「始めは処女の如く、後は脱兎の如し」（初めは敵を油断させ、のちに急襲する喩え）とあるのを踏まえる。○金皷旌旗 軍隊で用いる鐘（進軍）と太鼓（停止）と旗。○耳目 詳しく調査すること。○左救右援 「左右救援」に同じ。仲間となって助け合うこと。○常山蛇 孫子の兵法の一つ。常山に棲む蛇は、頭を撃つと尾が応じ、尾を撃つと頭が、真ん中を撃つと頭と尾がいっしょに攻撃してくる。そこから、軍隊の陣形などに隙や欠点のない喩えとして用いる。一般には「常山《じょうざん》の蛇勢《だせい》」という。○首尾 「尾」（上声五尾）は本詩と韻が合わない。しかし詩意の上から違和感がないため、ここも久坂自身の韻字に対する誤解とみてそのまま残し、別字（例えば「首施」＝ぐずぐずとためらう意）に改めることをしなかった。○桑梓 故郷。ふるさと。○刀鞞 刀のさや。「鞞」はもと「鞸」に作るが字義未詳のため、今これを改めた。○伏波 後漢の伏波将軍・馬援のこと。伏波将軍は漢代に置かれた水軍を率いる将軍。馬援は光武帝に仕え、異民族の討伐中に陣中で没した。○馬革 「馬革裹屍《ばかくりし》」の略で、馬の革で死体を包むこと。戦死をいう。『後漢書』馬援伝に詳しい。『十八史略』巻三（東漢）には「堂々たる男子は戦場で討死して、その屍を馬の革に包んで故郷に還り葬られるのが本望である。なんで婦女子の看護のもとに死ねようぞ」といったと見える。○交阯 交趾、交址。漢・武帝の時代に交州となる。今の広東省、広西省、及びベトナム北部を含む地域。○漠漠 雲・霧などがあたり一面にたれこめて、薄暗くはっきりしない様子。○海涘 海辺。海岸部。○図石 石画。遠大な計画。「石」は「碩」と同意。○青史 歴史書。○虎子 本文はもと「虎兒」に作るが、「兒」（上平四支）では押韻しない。よって今これを同韻の「子」に改めた。

偶作（歳晩）

日月如馳裘葛更
梅花鴈語幾回驚
讀書得地抛塵事
論古無人獨短檠
忠赤素期原野骨
諂諛敢索冕冠榮
區區就老非吾志
陽氣精神何不成

偶作《ぐうさく》（歳晩《さいばん》）

日月《じつげつ》は馳《は》するが如《ごと》く裘葛《きゅうかつ》は更《あらた》まり
梅花鴈語《ばいかがんご》　幾回《いくかい》か驚《おどろ》く。
読書地《どくしょち》を得《え》て塵事《じんじ》を抛《なげう》ち
古《いにしえ》を論《ろん》ぜんとするも人無《ひとな》く独《ひと》り短檠《たんけい》のみあり。
忠赤《ちゅうせき》素《もと》より期《き》す　原野《げんや》の骨《ほね》
諂諛《てんゆ》敢《あ》えて索《もと》めんや　冕冠《べんかん》の栄《さかえ》。
区区《くく》として老《ろう》に就《つ》くは吾《わ》が志《こころざし》に非《あら》ず
陽気《ようき》の精神《せいしん》あらば何《なに》ごとか成《な》らざらんや。

歳月は駆けるように流れて再び新年がめぐって来た、
梅の花の咲くのをどれほど目にし雁の鳴く声を何度聞いたことだろう。
読書するのにふさわしい土地を見つけ俗世の雑事を放棄して、
歴史の話をしたいが語る相手もなくただ丈の短い燭台があるだけ。
いつわりのない忠義の心で原野に骨をさらす覚悟はもちろん出来ているので、
どうして世にへつらいおもねって出世や栄達を求めたりしよう。
こせこせした料簡で年老いて行くのは私の本意ではない、

「丙辰草稿」（安政三年）

剛勇の精神をもって活発に行動すればどんなことでもなしとげられるのだ。

○裘葛　寒暑の移ろい。一年間。　○鴈語　ガンの鳴き声。　○諂諛　こびへつらう。　○冕冠栄　高位高官となって立身出世すること。

「西遊稿《さいゆうこう》」(上)　(安政三年)

出郷

男子蓬桑志
飃然出覇城
雲烟三月好
書剣九州行
月落林花暗
鞭風帯馬聲
江山吟眼裡
随處託予評

郷《きょう》を出《い》ず

男子蓬桑《だんしほうそう》の志《こころざし》
飃然《ひょうぜん》として覇城《はじょう》を出《い》ず。
雲烟三月《うんえんさんがつ》や好《よ》し
書剣《しょけん》九州《きゅうしゅう》の行《こう》。
月《つき》は落《お》ち林花《りんか》暗《くら》く
鞭風《べんぷう》は馬声《ばせい》を帯《お》ぶ。
江山《こうざん》は吟眼《ぎんがん》の裡《うち》
随処《ずいしょ》に予《よ》が評《ひょう》を託《たく》さん。

一人の男児が大きな志を胸に抱いて、
ふらりと萩の城下を旅立って行く。
かすみたなびく三月は旅をするにはもってこいの季節、

そんな中を私は書剣をたずさえて九州へと向かう。
月は沈んで道は暗く林の中に咲く花も見えず、
勢いよく鞭を振るうと馬のいななきが暁の闇に響く。
山水は詩材の宝庫ゆえそこで湧き起こる感興を詩に詠み、
各地で披露しては諸家に批評をお願いするとしよう。

○蓬桑志　桑蓬の志。男子が生まれると、クワの木で作った弓とヨモギの矢を使い、天地四方を射て、将来の雄飛を祈ったことから、大きな志をいう。○覇城　山口県萩市。毛利氏三十七万石の城下町。久坂の九州遊歴は三月六日に萩を出発、遅くとも五月上旬には帰郷したものと思われる。○第六句　後出の「村上仏山を訪う云々」と題する七古に、「書剣匇々として旧郷を辞し、和日春暖匹馬を鞭つ」と見えるから、しばらく馬に乗って旅したことが分かる。○江山　本文はもと「江戸」に作るが意味をなさず、今これを武田勘治『久坂玄瑞』(昭和十九年)に従って「江山」に改めた。山水の風景が人の詩情を助けて佳作を生むことを「江山の助」(『唐書』張説伝)という。○吟眼　吟眸。詩人の目、詩人の視野。久坂は後掲の「古屋より九州の諸山を望む」や「新年の作」(丁巳鄙稿)でもこの語を用いる。意味は「詩眼」(詩の価値を理解する力)よりも「詩思」(詩を作りたい気持ち。詩情・詩興)に近いようである。

別半井氏（嚮約西遊、有故不遂）

半井氏《なからいし》に別《わか》る（嚮《さき》に西遊《さいゆう》を約《やく》するも、故有《ゆえあ》りて遂《と》げず）

林塘風暖杏桃辰　　林塘風《りんとうかぜ》は暖《あたた》かく杏桃《きょうとう》の辰《しん》
到處山川各得眞　　到《いた》る処《ところ》の山川《さんせん》は各《おの》おの真《しん》を得《え》たり。
休憾西遊終不果　　憾《うら》むるを休《や》めよ　西遊終《さいゆうつい》に果《は》たさざるを
歸來爲説鎭西春　　帰来《きらい》して説《と》くを為《な》さん　鎮西《ちんぜい》の春《はる》。

堤を吹く風は暖かく杏や桃の花が今を盛りと咲いている、
この節は各地の山川もそれぞれ本来あるべき自然の姿を取り戻している。
西遊が実現しなかったからといってくよくよするなよ、
無事に帰郷したならば君に九州の春のすばらしさを話して聞かせるから。

○半井氏　萩藩医・半井春軒。一八三七－一九〇六。安政五年、江戸に遊学し、久坂の盟友となる。当時は萩藩の医学校・好生堂に在籍していた。維新後は海軍軍医となる。

秋吉臺

行李蕭然探勝來
青松到處路程開
遠嶽雨霽唫眸潤
春色也佳秋吉臺

秋吉台《あきよしだい》

行李《こうり》蕭然《しょうぜん》　探勝《たんしょう》し来《き》たれば
青松《せいしょう》到《いた》る処《ところ》　路程《ろてい》開《ひら》く。
遠嶽《えんがく》雨《あめ》霽《は》れ唫眸《ぎんぼう》は潤《ほしいまま》なり
春色《しゅんしょく》也《ま》た佳《よ》し　秋吉台《あきよしだい》。

旅人はさびしい思いで景勝の地を探していたが、
青々と松樹が茂る所まで出て来ると遥か彼方へと街道が伸びていた。
遠くの山々は雨もあがり眺望は存分に詩心をかきたてる、
春景色もまたすばらしい秋吉台であることよ。

○秋吉台　美祢市にある日本最大のカルスト台地。　○行李　旅人。　○青松　江戸時代、秋吉台草原に位置した大久保台には石畳が敷かれ、多くの街道松が植えられていた。　○唫眸潤　詩歌を作りたいという気持ちが大いにわき起こること。

口占

留袖春風獨上程
青山緑水已清明
千里行途無人伴
唯有櫻花慰客情

口占《こうせん》

袖《そで》に春風《しゅんぷう》を留《とど》めて独《ひと》り程《みち》に上《のぼ》れば
青山緑水《せいざんりょくすい》は已《すで》に清明《せいめい》。
千里《せんり》の行途《こうと》人《ひと》の伴《ともな》う無《な》く
唯《た》だ桜花《おうか》の客情《きゃくじょう》を慰《なぐさ》むる有《あ》るのみ。

袖に春風を受けてただひとりで旅に出ると、
山水は青々と鮮やかではや清明の時節を迎えている。
はるかな行程に連れもなくたいそう心細いけれども、
ただ桜だけが我が旅情を慰めてくれる。

發河原別中村清節

桃李花發楊柳新
東風萬里艷陽辰
神飛魂去不可遇
好訪山水九州春

河原《かわら》を発《はっ》して中村清節《なかむらせいせつ》に別《わか》る

桃李《とうり》は花発《はなひら》いて楊柳《ようりゅう》新《あら》たに
東風万里《とうふうばんり》　陽辰《ようしん》艶《つや》やかなり。
神飛《しんと》び魂去《こんさ》って遇《あ》うべからず
好《よ》し山水《さんすい》を訪《と》わん　九州《きゅうしゅう》の春《はる》に。

桃や李の花が咲き柳の葉も鮮やかで、
東風が大地の隅々にまでそよぎ暖かい春の陽はつややかで美しい。
この風景は魂も飛び去るほど素晴らしく二度と会うことは出来ないだろう、
よしそれでは九州に自分を待つ美しい春景色を急ぎ訪ねるとしよう。

○河原　赤間関街道（中道筋《なかみちすじ》）にあった河原宿。現在の美祢市伊佐町河原。○陽辰　暖かな春の日。

其二

丙辰三月初六日
短衣長鋏下城闉
送者誰中村清節
別離於君見意淳

其《そ》の二《に》

丙辰三月《へいしんさんがつ》　初六日《しょろくじつ》
短衣《たんい》長鋏《ちょうきょう》　城闉《じょういん》を下《くだ》る。
送《おく》る者《もの》は誰《たれ》ぞ　中村清節《なかむらせいせつ》
君《きみ》と別離《べつり》して意《い》の淳《あつ》きを見《み》る。

安政丙辰（三年）の三月六日のこと、
粗末な着物に長剣を腰に差して城門を後にした。
私を見送ってくれるのは他でもない中村清節である、

あなたと別れてその深い思いを初めて知ることになった。

○短衣　短褐と同じく、丈の短い粗末な衣服と解した。　○長鋏　刀身の長い刀。亡兄玄機の遺刀かと思われる。安政二年に描かれた「月性剣舞の図」で、月性が手に持っている長尺の日本刀がそれである（『偲采択録《しさいたくろく》』）。

○城闉　城の門。ここは萩城下への出入口をいう。

其三

鹿寨峻兮横瀬険
殷勤送別投河原
淡味親酔臥客窗
聞鶏起坐天已晨

其《そ》の三《さん》

鹿寨《ろくさい》は峻《しゅん》たり　横瀬《おうらい》は険《けん》たり
殷勤《いんぎん》に送別《そうべつ》して河原《かわら》に投《とう》ず。
淡味《たんみ》に親酔《しんすい》して客窓《きゃくそう》に臥《ふ》し
鶏《にわとり》を聞いて起坐《きざ》すれば天已《てんすで》に晨《あ》けんとす。

鹿の侵入を防ぐための柵は高く道中に横たわる瀬は険しい、
丁重な見送りを受け今宵はこの河原の旅館に泊ることとした。
薄い酒ながら心地よく酔って宿屋の窓辺で寝てしまったが、
鶏鳴を聞いて起き上がるとすでに夜が明けようとしていた。

○鹿寨　さかもぎ。本文はもと「鹿賨」に作るが意味をなさず、今これを「鹿寨」に改めた。先の尖った木や竹を組んで地上に立て、外敵の侵入を防ぐもの（鹿柴・鹿角・鹿砦）。ここは野生の鹿が農作物を荒らすことを防ぐために作られた柵であろう。

其四

清節可去我行矣
参商一別胡與秦
歸後爲我報諸子
明朝獨渡赤馬津

其《そ》の四《し》

清節《せいせつ》去《さ》るべし　我行《われゆ》かんとす
参商《しんしょう》の一別《いちべつ》　胡《こ》と秦《しん》とのごとし。
帰《かえ》るの後《のち》　我《わ》が為《ため》に諸子《しょし》に報《ほう》ぜよ
明朝《みょうちょう》は独《ひと》り赤馬《あかま》の津《しん》を渡《わた》らんと。

中村清節は萩へ戻ろうとし私はさらに旅を続けようとする、
これはあたかも参と商が一たび別れて匈奴と秦とに離ればなれになるようなものだ。
帰郷したならば私のために友人たちに伝えてくれ、
明朝には玄瑞はひとり下関から九州へと渡海しているだろうよと。

○参商一別　参宿（オリオン座の三つ星）と商宿（さそり座のアンタレスを含む三つ星）は正反対に位置し、同時に見えることがない。そのことから、常にすれ違いで、出合うことがない喩えに用いる。○胡与秦　蘇武の

「李陵に別るるの詩」(『芸文類聚《げいもんるいじゅう》』巻二十九引)に「一別秦胡の如し」とある。親しいもの同士の永遠の別離をいう。　○赤馬津　赤間関(下関)から九州(門司)への渡海口となる堂崎《どうさき》の渡《わたし》。

古屋望九州諸山

海天纔闢水雲閑
彷彿已看豊筑山
他日那邊着鞋杖
却馳吟眼向斯間

古屋《こや》より九州《きゅうしゅう》の諸山《しょざん》を望《のぞ》む

海天《かいてん》は纔《わず》かに闢《ひら》け水雲《すいうん》は閑《のど》かなり
彷彿《ほうふつ》として已《すで》に看《み》る　豊筑《ほうちく》の山《やま》。
他日《たじつ》那辺《なへん》に鞋杖《あいじょう》を着《つ》け
却《かえ》って吟眼《ぎんがん》を馳《は》せて斯間《しかん》に向《む》かわん。

海と空はわずかに一線を画して分かれ水も雲も穏やかそのもの、
見渡せば早くも豊前と筑前の山々がくっきりと姿を見せている。
一体この先どの辺りを旅したらよいのやら訪ねる場所に迷ってしまうが、
私の詩心はいっそうかき立てられ九州への思慕はつのるばかりだ。

○閑　閑々。広くておおらかな様子。　○古屋　発音は「こや」であり、下関市を流れる木屋川《こやがわ》(二級河川)下流を指すか。吉田川とも称し、同市小月で周防灘に注ぐ。山陽道は吉田宿を出ると、木屋川河口の西岸を南下し、小月、清末へと向かう。現在も晴天には九州の国東《くにさき》半島まで眺望される。　○斯間　ここでは九州を指す。

清末路上

小月南過路正平
和風妍日動吟情
一堤松樹翠雲裡
粉壁依稀清末城

清末路上《きよすえろじょう》

小月《おづき》より南過《なんか》すれば路《みち》は正《まさ》に平《たい》らかにして
和風妍日《わふうけんじつ》　吟情《ぎんじょう》を動《うご》かす。
一堤《いってい》の松樹《しょうじゅ》　翠雲《すいうん》の裡《うち》
粉壁《ふんぺき》は依稀《いき》たり　清末城《きよすえじょう》。

小月を南に下ると道は平坦となり、
風はやわらぎ日はうるわしく詩を口ずさみたくなった。
堤に生えた松が翠の雲に向かって天をつくばかりに聳え、
清末の町並の白い壁が遠くぼんやりと浮かんで見える。

○清末　下関市清末。萩藩の支藩・清末藩（一万石）の陣屋所在地。なお清末藩は正しくは長府支藩で、萩藩の孫藩にあたる。同様の関係は仙台—宇和島—吉田藩の例がある。○小月　下関市小月。木屋川湾口の三角州の上に位置し、古くより山陽道の宿場町として栄えた。

舟發赤間關

鷗影漁歌春幾灣
水波暖處海雲閑
輕帆一片東風便
回首防長鄕國山

舟《ふね》、赤間関《あかまがせき》を発《はっ》す

鷗影漁歌《おうえいぎょか》　春《はる》は湾《わん》に幾《きざ》す
水波《すいは》暖《あたた》かき処《ところ》　海雲《かいうん》は閑《のど》かなり。
軽帆一片《けいはんいっぺん》　東風《とうふう》便《よろ》し
首《こうべ》を回《めぐ》らせば防長郷国《ぼうちょうきょうこく》の山《やま》。

かもめの姿が見え漁師の歌が聞こえて春の気配が入江に少しずつ現れている、
波は穏やかで暖かく海の上に浮かぶ雲ものんびり。
船足も軽やかに帆に吹きつける東風も好ましい、
ふと振り返ると故郷防長の山々が遠ざかりつつあった。

雨發大橋

輕烟十里綠將迷
寂寂飛花委馬蹄
獨恨朝來一犂雨
彥山隔在水雲西

雨《あめ》ふって大橋《おおはし》を発《はっ》す

軽烟十里《けいえんじゅうり》　緑《みどり》将《まさ》に迷《まよ》わんとす
寂寂《せきせき》たる飛花《ひか》　馬蹄《ばてい》に委《しお》る。
独《ひと》り恨《うら》む　朝来《ちょうらい》の一犂雨《いちりう》
彦山《ひこさん》は隔《へだ》てて在《あ》り　水雲《すいうん》の西《にし》に。

薄いもやが十里先まで立ちこめしかも青葉が一面に生い茂って今にも道に迷いそうだ、
その道には音も無く散った花が馬の蹄に踏まれるままになっている。
まことに残念なのは明け方からしとしとと春雨が降り続き、
かの彦山が雨雲にさえぎられて西にあるはずの姿を望めぬことだ。

○大橋　豊前国仲津郡大橋。現在の行橋市中心部にあたる。当時は中津街道の半宿であり、小倉藩領屈指の商業地を形成していた。○犂雨　春雨。田畑を耕作するのにほどよい潤いの雨。○彦山　福岡県田川郡と大分県中津市にまたがる福岡県第二の高峰。標高一一九九メートル。古来、我が国有数の修験道の聖地として知られる。

春日會水哉園、分韵得無（會者村上達次郎、紫洋、東雲）

春日《しゅんじつ》、水哉園《すいさいえん》に会《かい》し、韵《いん》を分《わ》かちて無《む》を得《え》たり（会《かい》する者《もの》は、村上達次郎《むらかみたつじろう》、紫洋《しよう》、東雲《とううん》なり）

千里辭來孤客軀
偶逢吟客共拈鬚
蔦蘿何幸依喬木
猫狗不圖交猛貙
斜日一林雲似紫

千里《せんり》辞《じ》し来《きた》る　孤客《こかく》の軀《み》
偶《たま》たま吟客《ぎんかく》に逢《あ》って共《とも》に鬚《ひげ》を拈《ひね》る。
蔦蘿《ちょうら》は何《なん》ぞ幸《さいわ》いならん　喬木《きょうぼく》に依《よ》れるを
猫狗《びょうく》は図《はか》らざりき　猛貙《もうちゅう》に交《まじ》わるとは。
斜日一林《しゃじついちりん》　雲《くも》は紫《むらさき》の似《ごと》く

落花半地雨爲酥
歸心忽望郷天遠
白馬峯頭看欲無

落花半地《らっかはんち》　雨《あめ》は酥《そ》と為《な》る。
帰心《きしん》忽《たちま》ち望《のぞ》めば郷天《きょうてん》は遠《とお》く
白馬峯頭《はくばほうとう》　看《み》れども無《な》からんと欲《ほっ》す。

遠く故郷に別れを告げてひとりこの地へやってきたが、
たまたま詩作を好む人々に出会い詩会を開いていっしょに佳句を思案した。
つたやかずらが大木によりすがっていられるのは何とも幸運なことであり、
犬猫にも等しい私どもが猛虎のごとき大詩人と交わりを持てるなど夢にも思わなかった。
日は西に傾き林に隠れて雲は紫に染まり、
散った花は地面を半ばうずめて降る雨はあたかも酥のように滑らかである。
急に里心がついて恋しい方角を望むと故郷ははるかに遠く、
すぐそばにある白馬峰の頂きさえその姿を見ることはできなかった。

○水哉園　豊前国京都《みやこ》郡上稗田《かみひえだ》村（現行橋市稗田）にあった村上仏山《むらかみぶつざん》の漢学塾。幕末から明治にかけ、全国から三千人の入門者があり、恒遠醒窓《つねとおせいそう》の蔵春園《ぞうしゅんえん》とともに「北豊《ほっぽう》の二大塾」と並称された。○村上達次郎　村上仏山の養嗣子。実兄・村上義暁（下本家）の次男。医を長州厚狭《あさ》郡黒石村の梅本健明（真逸、広瀬淡窓・旭荘門下）に学んだが、明治三年、紀州の華岡塾に遊学の際、客死した。享年二十八。久坂が来訪した折は十代の青年であった。なお本文はもと「村山」に作るが、今これを「村上」に改めた。○紫洋　仏山の門下生と思うが未詳。

○東雲　安政二年六月四日入門の敬覚寺東雲（摂州兎原郡味泥）であろう（「水哉園門人帳」）。○拈鬚　ひげをつまんで、字句を案出することをいうのであろう。「拈出」「拈題」が近いか。○貙　虎の大きいもの。猛獣の類。○酥　牛や羊の乳汁から取った脂肪。バター、クリームの類。柔らかく、なめらかなものの様子を形容する場合にも用いる。○白馬峯　近傍にあった馬ケ岳（後出）のことであろう。

同前次諸子所示韵

山澤雨濃春意加
牕邊論志煮清茶
稗川幾曲水常激
馬嶽欲眺烟忽遮
綠滴低籬千縷柳
紅侵舊砌一林花
東風明日天涯別
閑話何妨及暮鴉

同前諸子《どうぜんしょし》の示《しめ》す所《ところ》の韵《いん》に次《じ》す

山沢《さんたく》に雨濃《あめこま》やかにして春意加《しゅんいくわ》わり
牕辺《そうへん》に志《こころざし》を論《ろん》じて清茶《せいちゃ》を煮《に》る。
稗川《はいせん》は幾《いく》たびか曲《ま》がって水常《みずつね》に激《はげ》しく
馬嶽《ばがく》は眺《なが》めんと欲《ほっ》して烟忽《もやたちま》ち遮《さえぎ》る。
緑《みどり》は低籬《ていり》に滴《したた》る　千縷《せんる》の柳《やなぎ》
紅《くれない》は旧砌《きゅうせつ》を侵《おか》す　一林《いちりん》の花《はな》。
東風《とうふう》の明日《みょうにち》　天涯《てんがい》の別《わか》れ
閑話何《かんわなん》ぞ妨《さまた》げんや　暮鴉《ぼあ》に及《およ》ぶを。

山も沢も雨にしっとりと潤い春めいた雰囲気に包まれた中、
窓辺で志を語っては清らかな茶を煮る。

稗田川はいくたびも曲がって水の流れは常に激しく、
馬ケ岳は眺めようと思ってもすぐにもやがかかって姿が隠れてしまう。
丈の低い垣根には緑濃き幾条もの柳の枝が垂れ下がり、
林の花は散り落ちて古びた階段を赤く染めている。
春風が吹く明日私は遠くへと旅立ちお別れをすることになるので、
せめてカラスの鳴く夕暮れ時までは諸君と世間話を楽しんでいたいものだ。

○稗川　長峡川《ながおがわ》。稗田村の辺りでは稗田川《ひえだがわ》と呼ぶ。京都《みやこ》平野を東流する二級河川。行橋市から周防灘に注ぐ。河口部はかつて豊前国内有数の海港として栄えた。○馬嶽　馬ケ岳《うまがだけ》。行橋市の南西部、みやこ町との境に位置する山（二一六メートル）。山上には秀吉から豊前六郡を与えられた黒田官兵衛が最初に居城とした馬ケ岳城（大谷城）があった。上稗田村から見て南東方向に位置する。

其二

十里模糊抹瀑烟
磵溪新漲満平田
飛花幽砌風香處
垂柳長竹水緑邊

其《そ》の二《に》

十里模糊《じゅうりもこ》として瀑烟《ばくえん》を抹《は》き
磵渓《かんけい》新漲《しんちょう》して平田《へいでん》に満《み》つ。
花《はな》は幽砌《ゆうせつ》に飛《と》んで風香《かぜかお》る処《ところ》
垂柳長竹《すいりゅうちょうちく》は水緑《みずみどり》なる辺《ほとり》。

半夜夢歸雲影遠
一朝談罷雨聲連
休言橋沒當難去
丈夫元是四方身

半夜《はんや》帰《かえ》るを夢《ゆめ》み雲影《うんえい》遠《とお》く
一朝《いっちょう》談《かた》り罷《おわ》って雨声《うせい》連《つら》なる。
言《い》うを休《や》めよ　橋《はし》は没《ぼっ》して当《まさ》に去《ゆ》き難《がた》しと
丈夫《じょうふ》は元《も》と是《こ》れ四方《しほう》の身《み》。

水煙のような春雨につつまれ景色は十里先までぼうっとかすみ、
谷川の水も勢いを増して見渡す限りの稲田には水が満々と漲っている。
ひっそりとしたきざはしには散り落ちた花の香りが漂い、
しだれやなぎと長い竹は水辺を緑に彩っている。
夜中に見た夢では出発には雲が遠のいていたというのに、
翌朝は歓談が終わっても相変わらず雨音はひっきりなし。
「この様子では橋は水没して出発は無理だろう」などと言わないでおくれ、
立派な男児は天下を安んじようとする志を抱いて旅をしているのだから。

○瀑烟　清・魏源「天台の石梁に雨後観瀑するの歌」に「瀑烟蒼々たり」（滝の水煙で景色がぼんやりとかすんで見える）との使用例がある。ここは春雨が霧状に降っている状況を、滝壺に水しぶきが飛び散って水煙が立つ様子に喩えたものと解した。○磵渓　谷川。○丈夫　本文はもと「大夫」に作るが意味が通じない。今これを「丈夫」に改めた。○四方身　「四方の志を抱く身」の略か。天下を安定させようとする考えを持つ身。

其三

秦胡一別最堪憐
此去碧蹄加鐵鞭
他日崎陽礮墩下
激然決眥火船烟

其《そ》の三《さん》

秦胡《しんこ》の一別《いちべつ》は最《もっと》も憐《あわ》れむに堪《た》えたり
此《こ》の碧蹄《へきてい》を去《さ》れば鉄鞭《てつべん》を加《かさ》ねん。
他日崎陽《たじつきよう》　礮墩《ほうとん》の下《もと》
激然決眥《げきぜんけっし》す　火船《かせん》の烟《けむり》。

蘇武と李陵が秦と胡の地に離ればなれになったように今朝の別れは実にたえがたい、あたかも碧蹄館のごとく手厚く歓待された水哉園を辞去した後は多くの苦労が待とう。このさき私は長崎に行って砲台のもとに立ち、感情を高ぶらせては蒸気船の吐く煙に怒りをあらわにすることだろう。

○秦胡一別　永遠の別離の喩え。既出（七四頁）。　○碧蹄　碧蹄館。昔、朝鮮の京城の北方の碧蹄にあった迎賓館。明朝の使者が京城に入る一日前、この地で歓迎の宴が盛大に開かれた。　○鉄鞭　武器の名称。鉄製のむち。○礮墩　砲台。台場。頼山陽「西遊稿」上（『山陽詩鈔』巻三）所収の「荷蘭船行」に「碕港……二十五堡」とある。　○決眥　まなじりが裂ける。激怒の目つき。

其四

蠻兵十萬豈難當
奮激張拳意氣揚
他日邊陲飛羽檄
直提大劍擲吟嚢

其《そ》の四《し》

蛮兵十万《ばんぺいじゅうまん》　豈《あ》に当《あ》たり難《がた》からんや
奮激《ふんげき》して拳《こぶし》を張《は》れば意気《いき》揚《あ》がる。
他日辺陲《たじつへんすい》に羽檄《うげき》を飛《と》ばさば
直《ただ》ちに大剣《たいけん》を提《ひっさ》げて吟嚢《ぎんのう》を擲《なげう》たん。

西洋列強の軍勢が十万を数えても少しも恐れることはない、
激しい怒りをもって敵を威嚇すればこちらの意気はますます盛んとなる。
いつの日か兵を辺境の地に非常招集する触れ文が届いたならば、
私はすぐさま大刀を手に馳せ参じ詩を蓄えた袋など投げ捨ててしまおう。

中津途上

澗溪過去又嶙峋
眼濶忽知近海濱
一劍揚揚振勇進
轟天巨礟是中津

中津途上《なかつとじょう》

澗渓《かんけい》過《す》ぎ去《ゆ》けば又《ま》た嶙峋《りんしゅん》
眼《ながめ》は濶《ひろ》がって忽《たちま》ち知《し》る　海浜《かいひん》に近《ちか》きを。
一剣揚揚《いっけんようよう》　勇《ゆう》を振《ふ》るいて進《すす》まば
轟天《ごうてん》の巨礟《きょほう》は是《こ》れ中津《なかつ》。

谷川を過ぎてさらに険しいがけが続いていたが、
視界がひらけたかと思うとすぐに海岸に近いことが知られた。
一刀を腰に帯びて意気揚々と勇ましげに歩みを進めると、
天に鳴り響く大砲の音がしたから中津の城下は間もなくだろう。

○中津　大分県中津市。県北の政治・経済の中心都市。奥平氏（譜代）十万石の城下町。○嶙峋　山のがけが重なって奥深い様子。本文はもと「岣」に作るが「峋」の誤である。今これを改めた。

久留米訪和田逸平不遇　久留米《くるめ》に和田逸平《わだいっぺい》を訪《と》うも遇《あ》わず

天外尋來再叩門　天外《てんがい》尋《たず》ね来《きた》りて再《ふたた》び門《もん》を叩《たた》けば
憐君去在水雲村　憐《あわ》れむ　君《きみ》去《さ》って水雲《すいうん》の村《むら》に在《あ》るを。
落花滿砌無人掃　落花《らっか》は砌《みぎり》に満《み》ちて人《ひと》の掃《はら》う無《な》く
胡蝶雙雙過短垣　胡蝶《こちょう》は双双《そうそう》として短垣《たんえん》を過《す》ぐ。

せっかく遠方からやって来たので二度まで訪問してはみたものの、
残念ながらまたもあなたはお留守で川の上に雲が湧くあの辺りの村においでのご様子。

石段をおおうばかりにたくさんの花が散っているが誰も掃除をするものもなく、
二匹の蝶が仲良く低い垣根のあたりをふわふわと飛んで行く。

○和田逸平　朝倉郡甘木の人。広瀬淡窓、権藤延陵門下。文政期に高良山座主蓮台院《こうらさんざすれんだいいん》の抱儒《かかえじゅ》となって以来、久留米を中心に六カ所で開塾、安政六年に六十一歳で逝去するまでの二十余年を郷村での講説に捧げた。○叩門　人の家を訪れる。○水雲　水の上に出た雲。

柳川途上

孤客探春去國賒
輕風開遍滿堤花
仰看餘烈存今日
畔圃能馴高麗鴉

柳川途上《やながわとじょう》

孤客《こかく》は探春《たんしゅん》して国《くに》を去《さ》ること賖《とお》きも
軽風《けいふうひら》開くこと遍《あまね》し　満堤《まんてい》の花《はな》。
余烈《よれつ》を仰《あお》ぎ見《み》るは今日《こんにち》に存《あ》り
畔圃《はんぽ》能《よ》く馴《な》る　高麗《こうらい》の鴉《からす》。

春興を求めてひとり旅を続け故郷を遠く離れてしまったが、
この地にはそよ風が吹き長堤は花々に埋まって何ともすばらしい。
さて今日ほど先人の功績を思い知らされたことはなかった、
あぜや畑には人慣れしたカササギの姿を目にすることができたのだから。

○柳川　福岡県柳川市。立花氏（外様）十万九千石の城下町。○賒　遠い。○堤　江戸初期の柳川藩主・田中吉政が築いた「慶長本土居」と呼ばれる三十二キロに及ぶ長大な堤防。○余烈　祖先の残した功績。○高麗鴉　カササギの別名。筑後平野から佐賀平野一帯を中心に見られ、地域を限って国の天然記念物に指定されている。自注に「土人云う、高麗鴉は征韓の役に、立花宗重公の獲《え》て以て帰る所なり」とある。

熊基訪宮部鼎藏賦贈

熊基《くまもと》に宮部鼎蔵《みやべていぞう》を訪《と》い賦《ふ》し贈《おく》る

來訪熊城奇士廬
海防大議竟何如
語盡辭迫無復餘
草莽更存林則徐
旌旆徒連吾弛備
瀾濤忽起彼伺虚
藤公之廟應非遠
請見當年威武舒

来訪《らいほう》す　熊城奇士《ゆうじょうきし》の廬《ろ》
海防《かいぼう》の大議《たいぎ》　竟《つい》に何如《いかん》。
語尽《ごつ》き辞迫《じせま》って復《ま》た余《あま》す無《な》し
草莽更《そうもうさら》に存《そん》す　林則徐《りんそくじょ》。
旌旆徒《せいはいいたず》らに連《つら》ねて吾《わ》が備《そな》えを弛《ゆる》めば
瀾濤《らんとう》は忽《たちま》ち起《お》こって彼《かれ》は虚《きょ》を伺《うかが》わん。
藤公《とうこう》の廟《びょう》は応《まさ》に遠《とお》くに非《あら》ざるべし
請《こ》う見《み》よ　当年《とうねん》に威武《いぶ》を舒《の》ぶるを。

熊本城下に一人の奇傑の住む家を訪ね、

「いったい日本は今後どうなるのか」と海防の策を大いに議論した。
その所説はよく行き届き語りにも迫力があって内容は完璧なものであった、
在野の臣にも林則徐のごとき剛直な人物は存在するのだ。
「軍旗を連ねて何もせず我が国の武備をいい加減にすると、
大波は不意に起こって列強はこちらの隙を狙って攻め寄せるだろう。
ここから清正公の菩提寺はそう遠くないはずだ、
どうか今こそ清正公のように列強に対して武威を振るうべき時だとお察し願いたい」と。

○熊基　肥後熊本。細川藩（五十四万石）の城下町。後出の「熊城」も同じ。○宮部鼎蔵　一八三〇―一八六四。家は代々医家であったが、山鹿流兵学を修め、熊本藩の軍学師範に登用された。同藩の尊皇攘夷派の中心的人物であったが、池田屋の変で自刃。享年四十五。江戸で吉田松陰と深交を持ち、東北旅行にも同行した。○林則徐　一七八五―一八五〇。清朝後期の政治家。広東でアヘン禁止政策を実行し、その結果アヘン戦争が起こった。○藤公　初代熊本藩主・加藤清正。清正を祀る「浄池廟」が本妙寺（日蓮宗）にある。

其二

熊城偶叩偉人家
國勢不伸堪嘆嗟

其《そ》の二《に》

熊城《ゆうじょう》に偶《たま》たま叩《と》う　偉人《いじん》の家《いえ》
国勢《こくせい》は伸《の》びずして嘆嗟《たんさ》に堪《た》えたり。

廟算模稜蘇味道
布衣慷慨賈長沙
無如蠻虜來縱毒
乃使英雄心若麻
説起藤公當日事
長矛排浪伐蛟蛇

廟算《びょうさん》の模稜《もりょう》は蘇味道《そみどう》
布衣《ふい》の慷慨《こうがい》は賈長沙《かちょうさ》。
如《いか》んともする無《な》し　蛮虜来《ばんりょきた》りて毒《どく》を縦《ほしいまま》にするを
乃英雄《なんじえいゆう》の心《こころ》をして麻《あさ》の若《ごと》くならしむ。
説《と》き起《お》こす　藤公当日《とうこうとうじつ》の事《こと》
長矛浪《ちょうぼうなみ》を排《はい》して蛟蛇《こうだ》を伐《う》つと。

熊本城下に思いがけず才識の卓越した人物の家を訪ねたが、国勢は一向に伸張せずこの状況を嘆かずにいられようか。幕府の対応策はごまかしばかりで蘇味道に等しく、在野の志ある人々の憤りは匈奴の侵略を警戒し続けた賈長沙にも匹敵する。これでは西洋列強がやって来てわざわいを好き放題にもたらすことなど防げはしない、あなたのような英雄の心は乱れもつれて収拾がつかなくなってしまうのだ。ときに宮部氏は清正公が渡海した当時の話を聞かせてくれたが、清正は長い矛を手にして波を押し開き蛟蛇を攻めたということだ。

○蘇味道　則天武后時代の宰相。国事について聞かれた際、牀稜（腰掛の角）をなでて、はっきりと返事をしなかったことから、「摸稜宰相《もりょうさいしょう》」（明確な政策を持たず、曖昧な返事をしてごまかす宰相）と呼ばれた。話は『新唐書』蘇味道伝にある。○賈長沙　賈誼。前漢の政治家、思想家、文章家。二十余歳の若さで中央政界に推挙され、一年で大中大夫へと進んだが、多くの廷臣に嫉視されて失脚した。その「治安策」の第二において、匈奴の侵略を警戒し、蛮夷を侮らず、警戒すべきことを説いた。『史記』に賈誼伝がある。

買酒　　　　　　　酒《さけ》を買《か》う

杖銭買酒酔将僵　　杖銭《じょうせん》もて酒《さけ》を買《か》い酔《よ》って将《まさ》に僵《たお》れんとす
行歩頽然一路長　　行歩《こうほ》頽然《たいぜん》として一路《いちろ》長《なが》し。
憶起青鞋舊詩句　　憶《おも》い起《お》こす　青鞋《せいあい》の旧詩句《きゅうしく》
不知何處是他郷　　知《し》らず　何《いず》れの処《ところ》か是《こ》れ他郷《たきょう》ならんや。

百文で酒を買い酔っ払って今にも倒れんばかり、
こんなふらふらとした足取りでは目的地まではさぞ遠かろう。
草鞋ばきの旅先で作った数々の詩句を思い起こしてみると、
かつて訪れた町々村々がみな我がふるさとのように感じられた。

○杖銭　杖頭銭《じょうとうせん》。酒を買う金。酒代。晋の阮修が外出の際、常に杖の先に百銭の金を掛けていたという故事（『晋書』阮修伝）による。○僵　もと「殭」に作るが、今これを「僵」（たおれる）に改めた。○頽然　酔っぱらって体のふらつく様。○青鞋　わらじ。

舟達大村

西辭瓊浦僦舟行
雲渚烟洲潮汐平
此際不須篙楫力
海風吹送大村城

舟《ふね》、大村《おおむら》に達《たっ》す

西《にし》のかた瓊浦《けいほ》を辞《じ》して舟行《しゅうこう》を僦《な》せば
雲渚烟洲《うんしょえんしゅう》　潮汐《ちょうせき》平《たい》らかなり。
此《こ》の際《さい》は須《もち》いず　篙楫《こうしゅう》の力《ちから》
海風《かいふう》吹《ふ》き送《おく》る　大村城《おおむらじょう》。

西にある長崎に別れを告げ舟に乗って移動すると、海も岸も春がすみに包まれ潮の流れも穏やかである。この日は竿も楫の力も何ら必要とせず、海風がほどよく吹いて大村の城下へと送り届けてくれた。

○大村　長崎県大村市。大村氏（外様）二万七千石の城下町。長崎街道の宿駅でもあった。○瓊浦　長崎の別名。

訪恒遠醒窗

封侯不羨羨詩家
流水江山不厭賖
吾器斗筲深有愧
君詩蛟鳳少人遮
布帆雲疊周洋浪
苔砌雪翻轟谷花
樓上新晴春更好
一聯未就手徒叉

恒遠醒窓《つねとおせいそう》を訪《と》う

封侯《ほうこう》を羨《うらや》まずして詩家《しか》を羨《うらや》めば
流水江山《りゅうすいこうざん》　賖《とお》きを厭《いと》わず。
吾《わ》が器《うつわ》は斗筲《としょう》にして深《ふか》く愧《は》ずる有《あ》り
君《きみ》が詩《し》は蛟鳳《こうほう》にして人《ひと》の遮《さえぎ》ること少《まれ》なり。
布帆《ふはん》の雲畳《うんじょう》　周洋《しゅうよう》の浪《なみ》
苔砌《たいせつ》の雪翻《せっぽん》　轟谷《ごうこく》の花《はな》。
楼上《ろうじょう》は新《あら》たに晴《は》れて春更《はるさら》に好《よ》し
一聯《いちれん》未《いま》だ就《な》らずして手《て》は徒《いたず》らに叉《さ》するのみ。

私は諸侯となることを願わずむしろ詩人となることを夢見ているから、
美しい山水があると聞けば遠路をいとわずどこへでも出かけて行く。
己の才識などは一斗を盛る器ほどしかないのでまことにお恥ずかしい限り、
いっぽう先生の詩は蛟や鳳の霊獣神鳥にも等しく行く手を妨げるものなどありはしない。
周防灘に浮かぶ舟の帆が波のまにまに層雲のように遠望され、
求菩提山の轟谷の苔むした石畳には白い花が雪のように舞い散る様子が眺められる。
遠帆楼からの眺望は何とも爽やかで心地よく改めて春の素晴らしさを満喫できる、

その景色に見とれてとうとう一句も作れぬままただ懐手をして思案するばかりであった。

○恒遠醒窓　一八〇三―一八六三。江戸後期の儒者。日田の広瀬淡窓に学び、咸宜園では塾頭にのぼる。出身地の豊前国上毛《こうげ》郡薬師寺《やくしじ》村（現豊前市）に帰郷して私塾・蔵春園《ぞうしゅんえん》を開き、多くの師弟を教育した。かつて月性もここに学んだ。詩集に『遠帆楼《えんぱんろう》詩集』等がある。享年六十一。○詩家　本文はもと「韓家」に作るが意味をなさず、今これを「詩家」に改めた。醒窓は旧師淡窓の詩学重視の教育を信奉し、蔵春園でもこれを実践、自らも漢詩人として世に知られた。○賒　遠い。○斗筲　食物を盛る竹の器。一斗二升が入る。○布帆　布の帆。転じて舟をいう。○雲畳　畳雲。積み重なる雲。層雲。○周洋　豊前市の東方に広がる周防灘《すおうなだ》。○苔砌　こけむした石畳。○轟谷　山岳修験の地として知られる求菩提山《くぼてさん》（豊前市）にある谷。醒窓の別号でもある。○叉手　手を袖の中に入れ、平行して組む。

「西遊稿《さいゆうこう》」（下）（安政三年）

壇浦懐古

山陽地勢欲盡頭
青巒相近是九州
周洋當腹玄海背
咽喉海門水天浮
想昔蛭島脱虎兕
軍勢猖獗白旗起
二弟執鉞向無前
一谷八島忽風靡
堪憐春浪御鷁船
崖山戰敗宋運遷
剖魚漳水得爪甲
煙波至今海雨羶

壇浦懐古《だんのうらかいこ》

山陽《さんよう》の地勢《ちせい》尽《つ》きんと欲《ほっ》する頭《あたり》
青巒相近《せいらんあいちか》きは是《こ》れ九州《きゅうしゅう》。
周洋《しゅうよう》は当《まさ》に腹《はら》にして玄海《げんかい》は背《せ》なるべく
咽喉《いんこう》たる海門《かいもん》は水天《すいてん》に浮《う》かぶ。
想《おも》う昔《むかし》　蛭島《ひるがしま》に虎兕《こじ》を脱《のが》れ
軍勢《ぐんぜい》猖獗《しょうけつ》して白旗《はっき》起《お》こる。
二弟《にてい》鉞《ふ》を執《と》れば向《むか》い前《たちはだか》る無《な》く
一谷《いちのたに》　八島《やしま》　忽《たちま》ちに風靡《ふうび》す。
憐《あわ》れむに堪《た》えたり　春浪《しゅんろう》鷁船《げきせん》を御《あやつ》り
崖山《がいざん》に戦《いくさ》敗《やぶ》れて宋運《そううん》の遷《うつ》るを。
魚《うお》を漳水《しょうすい》に剖《さ》けば爪甲《そうこう》を得《え》
煙波《えんぱ》今《いま》に至《いた》るも海雨《かいう》羶《なまぐさ》し。

悠悠六百年間事
將使行人灑涕淚
落日寒濱數聲鐘
海雲慘淡彌陀寺

悠悠《ゆうゆう》　六百年間《ろっぴゃくねんかん》の事《こと》
将《まさ》に行人《こうじん》をして涕涙《ているい》を灑《そそ》がしめんとす。
落日寒浜《らくじつかんぴん》　数声《すうせい》の鐘《かね》
海雲惨淡《かいうんさんたん》　弥陀《みだ》の寺《てら》。

山陽の土地や山川の有様が終わろうとする赤間関のあたり、
青い山々が連なって間近く見えるがあれはもう九州である。
内は周防灘に面して外は玄界灘が広がり、
要害の地たるこの海峡の町は水と空が溶け合う中に浮かんでいる。
思い起こせば平氏の油断から頼朝は処刑を免れて伊豆に流されたのが幸いし、
そののち源氏は一気に勢いを増して各地に兵を挙げた。
範頼と義経の両弟は平氏追討の軍勢を率いて連戦連勝し、
一ノ谷・屋島では敵をあっという間に撃破した。
だが何とも痛ましいのは春波に天子貴人の乗る船が翻弄されたあげく、
崖山の戦に敗れた宋王朝と同じ運命が平氏一門にも待ち受けていたこと。
かつて漳水の魚腹からは人の爪が出てきたというが当地でも似たようなことが起こり、
もやって薄暗くなった海面に雨が降ると相変わらず血なまぐさい臭いが漂うと聞く。
源平の合戦ははるか六百年も前の話だというのに、

今もってこの地を訪れる旅人の涙を誘い続けている。
夕陽が人気のない浜辺を照らして入り相の鐘の音が鳴り渡ると、
海上には雲霧が立ちこめて阿弥陀寺は一段ともの寂しい気配に包まれる。

○壇浦　文治元年（一一八五）三月、源平最後の合戦が行われた関門海峡の最狭部分。激闘の末、源氏の勝利に終わった。平氏は知盛以下、多くが戦死、清盛の妻・平時子（二位尼）も安徳幼帝と神器の宝剣を抱いて入水、ここに平氏一門は滅亡した。○周洋　周防灘。瀬戸内海の最西端に位置する海域。○玄海　玄界灘。日本海の九州北部に広がる海域。○咽喉　要害、要衝の地のたとえ。守りやすく攻めにくい地勢の険しい土地をいう。○海門　海峡。二つの陸地に挟まれて狭くなった所。○想昔蛭島脱虎兕　「想昔」は追憶、追想のこと。「虎兕」は「虎兕、柙《おり》より出ず」（『論語』季氏篇）をふまえる。すなわち、虎や野牛がおりの中から走り出て、勝手にふるまうことから、守るものの不注意、油断をいう。久坂はここに「清盛、頼朝を流す。観る者曰く、是れ猶お虎を野に放つがごときのみ」と自注する。清盛は継母・池禅尼の助命嘆願を聞き入れ、永暦元年（一一六〇）、頼朝を伊豆国の蛭ケ島《ひるがしま》（静岡県伊豆の国市蛭ケ小島）に流罪とした。頼朝はこの地で約二十年を過ごし、治承四年（一一八〇）、源氏再興の兵を挙げた。○白旗　源氏の用いた旗。平氏は赤旗。もと「白旄」に作るが、これは白い唐牛の尾を竿先に付けた軍の指揮官の旗であり、詩意に合致しない。よって今これを改めた。○二弟　源頼朝の異母弟にあたる範頼、義経のこと。頼朝の配下として平氏追討に東奔西走した。○鉞　まさかり。斧鉞《ふえつ》は征伐の象徴。○一谷　元暦二年（一一八四）二月、摂津国一の谷（神戸市）において、源範頼・義経の平氏追討軍と平氏との間で行われた戦い。義経の鵯越《ひよどりごえ》の奇襲に平氏側は大敗、重衡が生け捕られた他、通盛、忠度ら一門の多くを失った。○八島　屋島。文治元年（一一八五）二月、讃岐国屋島（高松市）で源義経と平氏の間に行われた合戦。平氏は敗北し、奔逃して本州最西端に位置する長門国彦島に拠った。○鷁船　船首に鷁鳥（サギに似た水鳥）を描いた船。天子貴人の乗る御座船の印とされた。○厓山　厓山。厓門山。広東省新海県の南方海上にある島。南宋末、臨安の陥落に際し、張世傑らは端宗を奉じて福州から海上に逃れた。端宗の没後は幼主を立て、天険の要害・崖山に拠って死守したが、祥興二年（一二七九）、元将の張弘範、李恒に攻められ、宋軍は全滅した。その際、左丞相・陸秀夫は八歳の祥興帝を負い、海に投じて死んだ（『宋史』張世傑伝）。この崖山の戦により南宋王朝は九代で滅亡した。その悲劇的状況が安徳帝入水の様子に通じることから、後世の詩歌に故事として用いられることも多かった。話は『十八史略』巻七（南宋）にもあり、後宮・諸臣の従死するもの甚だ多く、七日たっても海上には十余万の屍が浮いていたという。○剖魚漳水得爪甲　自注に「斉《せい》の顕祖《けんそ》、諸元《しょげん》を誅《ちゅう》し、尸《しかばね》を漳水《しょうすい》に棄《す》つ。魚《うお》を剖《さ》けば、往々人《おうおうひと》の爪甲《そうこう》を得《う》」とある。この話は『北斉書』や『北史』にも見えるが、久坂の引く語句は出典が『資治通鑑《しじつがん》』（巻一六七）であることを示している。「斉の顕祖」は北斉の建国者・文宣帝（高洋）。内外に威を示したが、奇行の暴君としても知られる。「元」は首長、かしら。顕祖は東魏の禅譲を受けて王朝を樹立した後、旧勢力の一掃を図るため、孝静帝以下三千人を殺戮した。○煙波　もやって薄暗くなった水面。○惨淡　荒涼として寒々しい様子。○弥陀寺　下関市にあった阿弥陀寺《あみだいじ》（真言宗）。安徳天皇の廟所や平氏一門の墓があった。明治の廃仏毀釈により廃寺、明治初年に赤間宮となり、昭和十五年、赤間神宮と改称された。

訪村上佛山。席上賦贈

佛山堂　佛山堂
堂在稗田馬嶽傍
吾聞其名墻外望
書劍匆匆辭舊鄉
和日春暖鞭匹馬
赤關浪穩艤輕航
昨夜來宿大橋驛
曉來雨發路程長
雲煙藏紫色皆沒
溪間新漲滿野塘
莎蓑蒻笠行十里
竹外送來讀書聲
初知君家行不遠
檜杉苑屋水一方
未設帳授徒馬融
負笈出鄉傚蘇章

村上《むらかみ》仏山《ぶつざん》を訪《と》う。席上賦《せきじょうふ》し贈《おく》る

仏山堂《ぶつざんどう》　仏山堂《ぶつざんどう》
堂《どう》は稗田《ひえだ》に在《あ》り　馬嶽《ばがく》の傍《かたわ》ら。
吾《われ》其《そ》の名《な》を聞《き》く　墻外《しょうがい》の望《ぼう》
書剣《しょけん》匆匆《そうそう》として　旧郷《きゅうきょう》を辞《じ》す。
和日《わじつ》春《はる》暖《あたた》かくして匹馬《ひつば》を鞭《むち》うち
赤関《せっかん》浪《なみ》穏《おだ》やかにして軽航《けいこう》を艤《ぎ》す。
昨夜《さくや》は来《きた》り宿《やど》る　大橋駅《おおはしえき》
暁来《ぎょうらい》雨《あめ》発《ふ》って路程《ろてい》長《なが》し。
雲煙《うんえん》は　紫《むらさき》を蔵《ぞう》して色《いろ》皆《みな》没《ぼっ》し
渓間《けいかん》は新《あら》たに漲《みなぎ》って野塘《やとう》に満《み》つ。
莎蓑《ささ》 蒻笠《じゃくりゅう》　十里《じゅうり》を行《ゆ》けば
竹外《ちくがい》に送《おく》り来《きた》る　読書《どくしょ》の声《こえ》。
初《はじ》めて知《し》る　君《きみ》が家《いえ》の行《ゆ》くこと遠《とお》からざるを
檜杉《かいさん》の苑屋《えんおく》　水《みず》の一方《いっぽう》。
未《いま》だ帳《ちょう》を設《もう》けずして授《さず》くるは馬融《ばゆう》に徒《たぐい》し
笈《おい》を負《お》って郷《きょう》を出《い》ずるは蘇章《そしょう》に倣《なら》う。

茶酒交膝談方靜
殷勤依我一唫嚢
詞賦幾十首溫意
咳唾玉玕金石鏘
且吟且誦起呼快
當軒群嶽勢欲驤
更仰崔巍拔然出
佛山雲散雲後蒼

茶酒《ちゃしゅ》もて膝《ひざ》を交《まじ》うれば談《だん》方《まさ》に静《しず》かにして
殷勤《いんぎん》に我《われ》に依《よ》る　一唫嚢《いちぎんのう》。
詞賦《しふ》幾十《いくじゅう》　温意《おんい》を首《しゅ》とす
咳唾《がいだ》玉玕《ぎょっかん》　金石《きんせき》の鏘《そう》。
且《か》つ吟《ぎん》じ且《か》つ誦《しょう》し起《た》ちて快《かい》を呼《さけ》べば
当軒《とうけん》の群嶽《ぐんがく》　勢《せい》驤《あが》らんと欲《ほっ》す。
更《さら》に崔巍《さいぎ》を仰《あお》げば抜然《ばつぜん》として出《い》で
仏山《ぶつざん》に雲散《くもさん》じて雲後《うんご》に蒼《あお》し。

仏山堂よ、仏山堂よ、
堂は豊前稗田村の馬ケ嶽の近くにある。
私はその名を耳にして以来遠くにあって先生の名声を仰ぎ慕い、
文武の修業が許された途端あわただしく故郷を飛び出してきた。
陽光はうらうらと暖かく一頭の馬に鞭をくれて道を急げば、
関門海峡は波も穏やかで九州へと渡る小舟が出港の準備を整えていた。
昨晩からは大橋宿（行橋）に泊っているが、
明け方から雨が降り出しここまでの道程が長く感じられた。
辺り一面に紫がかったもやが立ちこめ周囲の光景もよく見えないが、

谷川の水はいよいよ勢いを増して田野の水路に溢れんばかりである。
カヤの蓑と細かい目の笠をつけて十里ほど歩くと、
竹林の外にまで読書の声が響いてきた。
そこで初めて先生の家が近いことを知ったが、
檜や杉に囲まれた庭のあるその家は川のそばに建っていた。
先生は華美なとばりこそないものの熱心に弟子を教えるその姿は大儒の馬融に似ているし、
私はといえば笈を背負って遊学の道に上った蘇秦そのもの。
茶や酒のもてなしを受け膝を交えての談話は本当にもの静かで、
「その袋の中の漢詩をお見せなさい」と年少の私にまで丁寧に話しかけてくれる。
仏山師の多くの漢詩はどれもみな穏やかな調子にもとづき、
各句は珠玉のごとく美しく金石の触れ合うような澄んだ音がする。
吟誦すれば何とも心地よく思わず「すばらしい」と叫んで立ち上がったところ、
陪席の門人たちも師に負けじといっそう競って力作をものしはじめた。
しかし師の作品は一段と高くそびえて他の峰々を圧倒した、
仏山は雲からその姿を現し雲が切れたのち緑に包まれた立派な姿を見せていた。

○墻外望　「宮墻外望」（いまだ師門に学ばず、師学の真髄に接していない状況をいう）の故事をふまえる。話は『論語』子張篇にあるが、明・丘濬『故事必読成語考』（巻上・師生の条）や清・程允升『幼学故事瓊林』（巻二、師生類）に「未だ門に及ぶを得ざるを宮墻外より望むと曰う」（巻上、師生の条）とあるのが直接の出典である。○匆匆　あわただしい様。そわそわとして落ち着かない様。○和日　うららかな日差し。もと「秋日」に作るが意味をなさず、今これを「和日」に改めた。平仄の関係で「春日和暖」を入れ替えたのであろう。○莎蓑　カヤ（チガヤ、ススキ、スゲ、シバなどの草の総称。種類によっては葉をかさ、みの、むしろなどに利用する）で作った蓑《みの》。○蒻笠　若いガマで編んだ細かい目の笠。○馬融　後漢の学者。『後漢書』馬融伝に、馬融は儒者の節に拘わらず、居宅から器服に至るまで贅沢で華やかなものを好み、その講堂には赤い垂れ幕が張ってあったとある。これより「馬帳」、「絳帳」をもって学者の書斎、講壇をいうようになった。○徒　似かよう。共通点をもつ。○蘇章　戦国時代の遊説家・蘇秦のこと。『蒙求』（巻下）に「蘇章負笈《そしょうふきゅう》」があり、師を探して遊学の旅に出ることをいう。「負笈千里《ふきゅうせんり》」も同じ意味。○唫嚢　作った詩を保管しておく袋。○咳唾　詩文のこと。「咳唾《がいだ》珠《たま》を成《な》す」（『後漢書』趙壹伝）とは、詩文の一句一句がみな珠玉のように美しいこと。詩文の才能が豊かであることを喩える。○玉玕　宝石や美しい石。もと「刋」に作るが、意味をなさず、今これを「玕」に改めた。○鏘　金属や石などが触れ合って生じる澄んだ音。「鏘金」は音がはっきりして、詩句が優美な喩え。○当軒群嶽　意気軒昂な（当軒）門人たち（群嶽）に対する比喩的表現と考えられる。久坂が水哉園の門人たちと詩会を楽しんだことは西遊稿（上）で既に見た。○驤　馬が頭を上げて早く走ること。○崔巍　崔嵬に同じ。山が高くそびえる様子。仏山の詩才のすばらしさをも示す。○仏山　行橋市の南西部に位置するホトギ山。御所ケ岳。標高二四七メートル。上編の水哉園詩に詠まれた馬ケ嶽と隣接し、国指定史跡・神護石があることで知られる。この山が「仏山」の雅号の由来となった。明治九年、東側の中腹に仏山の著作、刀剣等を漆塗りの箱に納め、石室に埋めた。その地には今も「蔵詩巌」と彫られた大石が置かれている。○蒼　単に仏山の見事さを形容するのではあるまい。例えば「蒼鬱」は、樹木が青々と盛んに茂る様子の他、詩文の風格が力強く、雄々しいさまをもいう。ここも詩才の称賛が含まれると解釈してよい。

耶馬溪　四首

天下幾阿嶽
耶摩世所稀
危巖汾水脈
老樹着苔衣
花落魚爭聚
雲低鳥倦歸
激流人語亂
鞺鞳撲幽磯

耶馬渓《やばけい》　四首《ししゅ》

天下《てんか》　幾阿嶽《いくあがく》
耶摩《やば》は世《よ》よ稀《まれ》なる所《ところ》。
危巌《きがん》は水脈《すいみゃく》を汾《わか》ち
老樹《ろうじゅ》は苔衣《たいい》を着《つ》く。
花落《はなお》ち魚《うお》は争《あらそ》い聚《あつま》り
雲低《くもひく》くして鳥《とり》は帰《かえ》るに倦《う》みたり。
激流《げきりゅう》は人語《じんご》を乱《みだ》し
鞺鞳《とうとう》として幽磯《ゆうき》を撲《う》つ。

天下にはあまたの大きな丘陵や高い山々があるが、
なかでも耶馬渓は比類なき景勝の地である。
奇岩は水の流れを分断し、
老樹は苔の衣を身にまとう。

桜の花がはらはらと水面に散ると魚たちは我先にと集まり、
雲が低く垂れ込めると鳥たちはねぐらへ帰るのも倦んでそのまま留まっている。
激しい流れは人々の話し声をもかき乱し、
静かな川岸にぶつかってはドウドウと音をとどろかす。

○耶馬渓　第二句の「耶摩」も同じ。大分県中津市の山国川の上・中流域にある景勝地。文政元年、この渓谷を訪れた頼山陽の命名になる。奇岩の連なる絶景は紅葉の名所として文人墨客に愛された。大正十二年に国の名勝となり、一帯は耶馬日田英彦山国定公園に指定されている。○阿嶽　大きな丘陵と高い山。○奇巌　耶馬渓には競秀峰等の切り立った巨岩群が多数ある。○帰　もと「還」（上平十五刪）に作るが、本詩は上平五微の韻ゆえ合致せず、よって今これを「歸」に改めた。○鞺鞳　鐘やつづみの音。激流や滝の落ちる音にも喩える。

其二

覔句微吟去
岩花笠上翻
淵含龍窟影
樹掛鶻巣痕
羅漢雲邊寺

其《そ》の二《に》

句《く》を覔《もと》めて微吟《びぎん》し去《ゆ》けば
岩花《がんか》は笠上《りゅうじょう》に翻《ひるがえ》る。
淵《ふち》は竜窟《りゅうくつ》の影《かげ》を含《ふく》み
樹《き》は鶻巣《こっそう》の痕《あと》を掛《か》く。
羅漢《らかん》は雲辺《うんぺん》の寺《てら》

平田竹外村
水清山益瘦
梢牙武陵源

平田《ひらた》は竹外《ちくがい》の村《むら》。
水清《みずきよ》くして山《やま》は益《ます》ます瘦《や》せ
梢《こずえ》は牙《めぶ》く　武陵源《ぶりょうげん》。

詩材を求めて小声でつぶやきながら谷を進み来ると、
岩肌に咲く花が笠の上にはらはらと舞う。
淵の底には竜が潜む岩屋の様子が見て取れ、
樹の上にはハヤブサが巣を掛けたあとがうかがえる。
羅漢寺は世俗を離れた所にあり、
平田の村落は竹林の茂る外に広がっている。
水は清らかに流れて山々はさらにそそり立ち、
梢はめぶいてどことなく桃源郷の趣がある。

○鶻　ハヤブサ。　○羅漢　羅漢寺。羅漢山の中腹にある曹洞宗寺院。約千三百年前に開かれた古刹。　○雲辺　世俗を離れた場所。　○平田　現中津市本耶馬渓町大字平田。耶馬渓には珍しく広々とした田園風景が広がる地域。近世、黒田二十四騎の一・栗山利安の所領となる。利安は中世以来の豪族・野仲氏の支城であった平田城を修築し、これを居城と定めた。耶馬渓六十六景の一つ。　○梢牙　こずえのめぶき。「牙」は「芽」に通じ、発芽の意となる。　○武陵源　桃源境。俗世間と無縁の平和な別天地。ユートピア。

其三
東風十三里
流峙帯春顔
巖洞人聲大
溪村馬影閑
斷崖無盡水
古木自然山
幽鳥窺將下
新詩石上刪

其《そ》の三《さん》
東風《とうふう》　十三里《じゅうさんり》
流《ながれ》に峙《そばだ》ちて春顔《しゅんがん》を帯《お》ぶ。
巌洞《がんどう》に人声大《じんせいだい》なるも
渓村《けいそん》に馬影閑《ばえいかん》なり。
断崖《だんがい》は水《みず》尽《つ》くる無《な》く
古木《こぼく》は自《おのずか》ら山《やま》に然《も》ゆ。
幽鳥《ゆうちょう》　窺《うかが》いて将《まさ》に下《くだ》らんとし
新詩《しんし》を石上《せきじょう》に刪《さん》す。

中津から十三里ほど春風に吹かれて歩いて来たが、
清流にそびえる耶馬渓の景色もすっかり春めいて見える。
洞穴には人の声が響き渡るが、
谷川の村々には馬の姿もまばらである。
切り立った険しいがけには水が絶えることなく、
老樹にも花が咲いて山全体が燃えるように美しい。
深山にひそむ鳥が辺りの様子をうかがって近づこうとする中、

出来上がったばかりの詩を石に腰かけて推敲にふける。

○十三里　中津から南西十三里に耶馬渓は位置する。　○巌洞　青の洞門。中津市本耶馬渓町樋田にある隧道。険しい崖を通行するしかなかった人々の苦難を見かねた禅海和尚が、トンネルの開鑿を発起、石工を雇って掘り進め、宝暦十三年（一七六三）に全通した。全長は約三四二メートル（トンネル部分は約一四四メートル）、三十年の歳月を費やしたという。　○刪　刪改。詩文の字句を整え、誤りを直す。

其四

絶壁尖如削
雨餘新綠溪
林間日田路
溪際彥山流
雲淡時埋笠
嶺松欲攫頭
行邊自清脫
耶馬在遐陬

其《そ》の四《し》

絶壁《ぜっぺき》は尖《とが》って削《けず》るが如《ごと》く
雨余《うよ》 緑渓《りょっけい》 新《あら》たなり。
林間《りんかん》は日田《ひた》の路《みち》
渓際《けいさい》は彦山《ひこさん》の流《なが》れ。
雲《くも》淡《あわ》く時《とき》に笠《かさ》を埋《おさ》むれば
嶺松《れいしょう》は頭《あたま》を攫《かす》めんと欲《ほっ》す。
行辺《こうへん》 自《おのずか》ら清脱《せいだつ》にして
耶馬《やば》は遐陬《かすう》に在《あ》り。

絶壁はそそり立って削ったようであり、
雨後の緑濃き渓谷は一段と鮮やかである。
林間をぬう道は日田へと続き、
渓谷に沿って英彦山に発する川が流れる。
雲が淡く雨の心配がなければ菅笠を取るが、
そんな時は山道のそばにある松の枝が頭をかすめる。
歩みを進めるにつれ辺りは自ずと清らかで俗気も消え、
すでに耶馬渓ははるか遠くにある。

○日田　豊後国日田（現大分県日田市）。筑後川の上流に位置する九州の幕領支配の要地。日田代官所、後に西国筋郡代役所が置かれた。○彦山　既出（七八頁）。○遐陬　辺境の地。

羅漢寺

巖跳澗激幾層崖
佛閣鐘樓雲霧裡
本未攀來將決眥
諸峯脚底可加鞋

羅漢寺《らかんじ》

巌《いわお》は跳《は》ね澗《たにみず》は激《げき》す　幾層崖《いくそうがい》
仏閣《ぶっかく》と鐘楼《しょうろう》は雲霧《うんむ》の裡《うち》。
本《もと》と未《いま》だ攀来《はんらい》せざれば将《まさ》に眥《まなじり》を決《けっ》せんとし
諸峯《しょほう》の脚底《きゃくてい》に鞋《わらじ》を加《くわ》うべし。

奇岩がおどりあがり谷川には激流がながれて絶壁の重なるところ、
仏閣も鐘楼も雲や霧におおわれて姿がかすんで見える。
攀じ登る気がなかなか起こらずにいたがここで気持ちを奮い起こし、
続く峰々を前にまずはふもとから登ろうと決意した。

※本詩はもと「長崎雑詩」の前に置かれていたが、本来そこに配置されるべきものではなく、前後のつながりを重視して、今これを正しく配置し直した。

○裡　もと「理」に作るが、今これを「裡」に改めた。　○未　もと「末」に作るが、今これを「未」に改めた。

○決眥　気力を奮い起こす。決意をあらわにする。　○脚底　「脚下」に同じ。古訓は「ふもと」と読む。

秋月與戸俊輔賦

孤簦雙劍出家鄉
未上龍門解客裝
清話適心茶一昪
放吟呼快酒三觴
松林洩月座方靜
竹筧引泉庭卻荒

秋月《あきつき》の戸俊輔《としゅんすけ》と賦《ふ》す

孤簦双剣《ことうそうけん》　家郷《かきょう》を出《い》で
未《いま》だ竜門《りゅうもん》に上《のぼ》らざるに客装《きゃくそう》を解《と》く。
清話《せいわ》して心《こころ》に適《かな》えば茶一昪《ちゃいっせき》
放吟《ほうぎん》して快《かい》を呼《さけ》んで酒三觴《さけさんしょう》。
松林《しょうりん》の洩月《せつげつ》　座方《ざまさ》に静《しず》かならんとし
竹筧《ちっけん》の引泉《いんせん》　庭却《にわかえ》って荒《あ》れたり。

無奈今宵萍水會
河梁分手又參商

奈《いか》んともする無《な》し　今宵萍水《こんしょうひょうすい》の会《かい》
河梁《かりょう》に手《て》を分《わ》かたば又《ま》た参商《しんしょう》たらん。

かさを一つ手に両刀を腰に差して故郷を出て、
たいした身の程でもないのにこちらの屋敷に旅装を解くことになった。
俗気の抜けた話に満足してはまず茶を一杯、
高らかに詩を吟じては心地よく酒盃を口にすること三度。
松林から月の光が差し込むとやがて座敷は落ち着きを取り戻し、
掛け樋を使って泉の水を引いた庭に目をやればそこは思いのほか荒れていた。
こよい旅の途中で偶然に知り合いとなったが別離はどうすることもできない、
橋のたもとで別れてしまえば参と商のように二度と会うこともないだろう。

○秋月　筑前国秋月（現福岡県朝倉市秋月）。福岡支藩の秋月藩五万石（城主格）の陣屋町。○戸俊輔　後に尊攘派として活躍する戸《と》原《ばら》卯《う》橘《きつ》（一八三五—一八六三）か。久坂より五歳年長。名は継明、字公実。通称卯橘であるが、俊輔の別称があったか。久坂の「備忘雑録」には「戸原庸甫／秋月人」とメモがある。戸原家は代々藩医の家柄で、父一伸の四男。肥後の木下犀潭の門人。江戸では塩谷宕陰等に学ぶ。医は吉益・村井の古方を学んだ。但馬生野の変に参加したが、こと敗れて自刃した。享年二十九。○簦　かさ。おおいがさ。○家郷　もと「家卿」に作るが、今これを「家郷」に改めた。○上竜門　登竜門。有力者の引き立てを待って出世すること。

○竹筧　掛樋《かけひ》。地上に架け渡して水を引き入れる竹製の樋《とい》。○萍水会　「萍水相逢ふ」に同じ。浮き草と水とが出合う。旅の途中で偶然に、人と知り合いになる喩え。○河梁　川に架けた橋。また「河梁の別」（李陵「蘇武に与うるの詩」）は、人を見送って橋の畔で別れることをいう。○分手　人と別れること。○参商　別離して久しく逢わない喩え。既出（七四頁）。

所見

十里菜花外
春風野雉鳴
何人牽犢至
縄帯短刀横

所見《しょけん》

十里《じゅうり》　菜花《さいか》の外《そと》
春風《しゅんぷう》に野雉《やち》は鳴《な》く。
何《いず》れの人《ひと》か犢《こうし》を牽《ひ》きて至《いた》り
縄帯《じょうたい》に短刀《たんとう》を横《よこ》たう。

十里の先まで菜の花が一面にきれいに咲き、
心地よい春風が吹いてキジの声も聞こえる。
子牛を連れてやって来たがいったいどこの誰であろう、
無造作に荒縄の帯に短刀をはさんでいる。

熊基謁加藤肥州廟

藤公元是萬人豪
羯虜肝寒日本刀
釜海濤崩帆影疾
蔚山雲迸磤聲高
啼兒警懼夜叉到
群獸逃奔猛虎嗥
地下英魂瞑不得
如今甘受犬羊臊

熊基《くまもと》にて加《か》藤肥州《とうひしゅう》の廟《びょう》に謁《まい》る

藤公《とうこう》は元《もと》と是《こ》れ万人《ばんにん》の豪《ごう》もて
羯虜《かつりょ》は肝《きも》を寒《さむ》からしむ　日本刀《にほんとう》。
釜海《ふかい》に濤《なみ》は崩《くず》れて帆影《はんえい》は疾《と》く
蔚山《うるさん》に雲《くも》は迸《はし》って磤声《ほうせい》は高《たか》し。
啼児《ていじ》の警懼《けいく》は夜叉到《やしゃいた》ると
群獣《ぐんじゅう》の逃奔《とうほん》は猛虎《もうこ》嗥《ほ》ゆと。
地下《ちか》の英魂《えいこん》は瞑《ねむ》り得《え》ずして
如今甘受《じょこんかんじゅ》す　犬羊《けんよう》の臊《なまぐさ》きを。

「西遊稿」（下）　（安政三年）

清正公はもとより万人に並はずれた気迫を持ち、海外の異族たちをその日本刀の威力で恐れさせた。釜山へと続く海原は荒波が逆まいたが船はすばやく攻め寄せ、蔚山の籠城戦は風雲急を告げ砲声が高々と天地にこだました。彼地では泣く子には「夜叉が来たよ」といって恐れ黙らせ、獣たちは「猛虎が吠えている」と勘違いしては逃げ惑った。しかし清正公のみたまは泉下で安らかに眠ることもできず、いまや西洋列強の生ぐさい臭気を仕方なく受け入れている。

○釜海　韓国最南端に位置する釜山に向けての海路。文禄の役（第一次朝鮮侵攻）では日本軍の上陸地点となった。○蔚山　韓国南東端にある都市。慶長の役（第二次朝鮮侵攻）では加藤清正が鶴城山に城（甑城、島山城）を築いたが、明・朝鮮の連合軍に包囲され、約二か月にわたって籠城、水と食糧の不足に悩まされながらも固守し、毛利秀元らの援軍によってようやく窮地を脱した。世にいう「蔚山の戦」である。○夜叉　古代インドの鬼神。容貌は醜く人を害する性質の荒い悪神。清正の驕勇は韓人に「鬼上官」と呼ばれて恐れられた。頼山陽『日本楽府』に石田・小西と清正の確執を扱う「夜叉来」の一篇があり、「夜叉来る、児啼くこと勿れ」と詠み出される。なお山陽には「加藤公の廟に謁す」（二首、『山陽詩鈔』巻三、「西遊稿」上）、「重ねて加藤肥州の廟に謁するの引」（巻四、同下）があり、玄瑞詩にはその影響が見られる。○臊　なまぐさい。動物に等しい臭気。異民族を嘲罵する際によく用いられる。

三月二十一日至松橋。舟將渡天草、時風雨狂猛、遂爲之所沮

三月二十一日《さんがつにじゅういちにち》、松橋《まつばせ》に至《いた》る。舟《ふね》、将《まさ》に天草《あまくさ》に渡《わた》らんとするも、時《とき》に風雨狂猛《ふううきょうもう》にして、遂《つい》に之《これ》が為《ため》に沮《はば》まる

山陽壯士日下氏
一葦欲踰天草水

山陽《さんよう》の壮士《そうし》　日下氏《くさかし》
一葦《いちい》踰《こ》えんと欲《ほっ》す　天草《あまくさ》の水《みず》。

「西遊稿」（下）　（安政三年）

雙劍横腰出熊基
春風飄然五十里
海天碧路抵松橋
楫師引去舟已艤
夜深篷窗何所有
崖樹依稀黑雲駛
鶱地颶風來自西
鯨鰐吹浪雨如矢
敗篷欲裂檣欲摧
天將奇危試壯士
終宵鞳鞺天已明
雨益暴矣風不死
起望遙空海杳茫
天草一髮僅可指
我若王喬雙鳧飛
我若魯班木鳶赴
木鳶雙鳧遂不來
風雨横海大濤峙

双剣腰《そうけんこし》に横《よこ》たえ熊基《くまもと》を出《い》で
春風飄然《しゅんぷうひょうぜん》として五十里《ごじゅうり》。
海天碧路《かいてんへきろ》　松橋《まつばせ》に抵《いた》る
楫師《しゅうし》引《ひ》き去《さ》れば舟《ふね》は已《すで》に艤《ぎ》す。
夜深《よるふか》ければ篷窓《ほうそう》は何《なん》の有《あ》る所《ところ》ぞ
崖樹《がいじゅ》は依稀《いき》とし黒雲《こくうん》駛《は》せたり。
地《ち》を鶱《おどろ》かし颶風《ぐふう》来《きた》ること西《にし》よりす
鯨鰐《げいがく》は浪《なみ》を吹《ふ》き雨《あめ》は矢《や》の如《ごと》し。
敗篷《はいほう》は裂《さ》けんと欲《ほっ》し檣《ほばしら》は摧《くだ》けんと欲《ほっ》す
天《てん》は将《まさ》に奇危《きき》もて壮士《そうし》を試《ため》さんとす。
終宵《しゅうしょう》は鞳鞺《とうとう》として天《てん》は已《すで》に明《あ》くるも
雨《あめ》は益《ます》ます暴《ぼう》にして風《かぜ》は死《し》せず。
起《た》ちて遙空《ようくう》を望《のぞ》めば海《うみ》は杳茫《ようぼう》たり
天草《あまくさ》は一髪《いっぱつ》　僅《わず》かに指《ゆびさ》すべし。
我《われ》に王喬《おうきょう》の若《ごと》く双鳧《そうふ》あらば飛《と》ばん
我《われ》に魯班《ろはん》の若《ごと》く木鳶《ぼくえん》あらば赴《ゆ》かん。
木鳶双鳧《ぼくえんそうふ》は遂《つい》に来《きた》らず
風雨海《ふううみ》に横《よこ》たわり大濤《だいとう》峙《そばだ》つ。

山陽の血気盛んな男子たる日下氏は、
小舟で天草に渡ろうとしていた。
両刀を腰に帯びて熊本を出発してから、
心地よい春風に吹かれながら歩くこと五十里。
海と空が青い一本の道を間にはさんで一つに見えるなか松橋に到着した、
船頭に導かれるまま行くと岸に舟が準備を整えて待っていた。
夜更けの出港ゆえ景色は闇に包まれて粗末な窓はあっても何の役にも立たない、
がけの樹々がぼんやりと見えるようになるころ黒雲が素早く流れて行くのが見て取れた。
やがて大地を驚かさんばかりの凄まじい風が西から吹いてきた、
海洋では鯨や鰐が暴れ回って波浪を吹き上げ放たれた矢のように激しい雨も降ってきた。
破れ窓は吹っ飛びそうだし帆柱などは今にも折れそうな様子である、
これは天がわざと危難に遇わせて私の胆力を試そうとしているに違いない。
昨夜は一晩中ドウドウと波がぶつかり合う音が響いていたが朝が来ても、
雨はいよいよ激しさを増し風も相変わらず吹き荒れている。
起き上がって彼方の空を眺めると海はどこまでも暗くてはっきりせず、
天草はというと一筋の髪の毛のように細く長く遠望され「あれだろう」と指すのが精一杯。
王喬のように空飛ぶ二羽のカモがいればすぐさま飛び立とう、
魯班のように木製のトンビダコがあれば一刻も早く飛び去りたい。

だが危機を脱出できる双鳧も木鳶もとうとう手元には届かなかった、
風雨はいまだ海上に居座ったままで依然として大波が荒れ狂っている。

○松橋　現宇城《うき》市松橋町。松橋宿は宇土《うと》半島の付根に位置する陸路の要地であり、また大野川の河口港として海運・商業で栄えた。明治になって半島の先端部に三角《みすみ》西港が築かれるまで、天草への渡海口としても賑わった。○天草　天草諸島。文政元年三月、頼山陽は茂木から三角に向けて渡海したが、途中、暴風雨に遭遇した。到着後は富岡に開塾していた渋江竜淵を訪ねた。天草は天領で富岡に代官所があった。久坂は果たさずに終わったが、本詩は山陽の「天草灘に泊す」、「松橋より舟に上り、促句詩を作す」（「西遊稿」下）が意識されており、まずは天草下島《しもしま》に渡り、富岡を目指したのではないかと思う。なお一本に「念四（二十四）日に至り益《ます》ます甚《はなは》だし。遂《つい》に之《これ》が為《ため》に沮《はば》まるること数日」と題するものがある。○王喬　後漢の仙人。『蒙求』の標題に「王喬双鳧」がある。参内にも車騎を使用せず、二羽のカモを履物として天空を飛行して来たという。○魯班　公輸班のこと。春秋時代、魯の人。木工の祖と仰がれる。兵器の開発に優れ、雲梯（雲まで届く梯子）や木鳶（鳥の形をした木製の凧）を作り、敵陣の様子を空から偵察させたと伝える。

「西遊稿」（下）　（安政三年）

春盡

春歸孤客來歸家
桃李飄零夕日斜

春尽《しゅんじん》

春帰《はるゆ》きて孤客家《こかくいえ》に来《きた》り帰《かえ》らば
桃李《とうり》は飄零《ひょうれい》して夕日斜《せきじつなな》めならん。

満架薫風山店外
幽蜂飛上紫藤花

満架《まんか》の薫風《くんぷう》　山店《さんてん》の外《そと》
幽蜂《ゆうほう》は飛上《ひじょう》す　紫藤《しとう》の花《はな》。

春も終わろうとする今ひとり旅を続ける私が故郷の家に戻ったとすれば、桃や李の花は舞い落ちてちょうど夕陽が沈もうとする頃おいであろう。藤棚には五月の風が吹き渡って峠の茶屋の外は何とも爽やか、ゆったりとした動きの蜂が紫色の花のまわりを飛んでいる。

○春尽　春の終わり。晩春。○春帰　春が過ぎ行くこと。杜甫に「春帰」（五言排律）と題する詩があり、旅に出ていた作者が花の時節に留守宅に戻った際の感慨を詠む。あるいは本詩への影響があるか。○来帰　長らく放浪していたものが、住み慣れた故郷の我が家に帰って来る。○山店　山中で物を売る店。峠の茶屋。

長崎

路到長崎意氣豪
青山斷處是鯨濤
慨然放眼撫孤劍
横海蠻船百尺高

長崎《ながさき》

路《みち》は長崎《ながさき》に到《いた》って意気《いき》は豪《さかん》なり
青山《せいざん》断《た》ゆる処《ところ》　是《こ》れ鯨濤《げいとう》。
慨然《がいぜん》として眼《め》を放《はな》って孤剣《こけん》を撫《ぶ》す
横海《こうかい》の蛮船《ばんせん》　百尺《ひゃくしゃく》高《たか》し。

ようやく長崎に到着したが意気はますます盛んである、
緑濃き山々が尽きる所には大海原が広がり荒波が押し寄せている。
高ぶる気持を抑えきれず海の彼方に目をやると思わず佩刀に手を掛けてしまった、
そこには百尺もあろうかという見上げるばかりの外国船が横たわっていたのだから。

○撫　もと「枕」に作るが意味をなさず、今これを「撫」に改めた。○蛮船百尺高　水際から百尺ほども抜け出ていること。山陽「荷蘭船行」の第十三句に「蛮船出水百尺高」（蛮船の水を出ずること百尺高し）とある。

崇福寺

登來崇福寺
翼翼倚青山
門秀群竜伏
鐘疎孤鳥還
鷗飛春靄水
帆影夕陽灣
遠望尤堪慨
閭街雑夏蠻

崇福寺《そうふくじ》

登《のぼ》り来《きた》る　崇福寺《そうふくじ》
翼翼《よくよく》として青山《せいざん》に倚《よ》る。
門《もん》は秀《ひい》でて群竜《ぐんりゅう》伏《ふ》せ
鐘《かね》は疎《そ》にして孤鳥還《こちょうかえ》る。
鷗《かもめ》は飛《と》ぶ　春靄《しゅんあい》の水《みず》
帆《ほ》は影《あらわ》る　夕陽《せきよう》の湾《わん》。
遠望《えんぼう》して尤《もっと》も慨《なげ》くに堪《た》えたり
閭街夏蛮《りょがいかばん》を雑《まじ》う。

坂を登って崇福寺に来てみると、
寺の姿は整然と美しく青々と樹木の繁る山を背にして建っていた。
楼門は立派で竜神の棲む海中の御殿の朱門と見紛うばかりにそびえ、
打ち出す鐘が間遠に響けば一羽の鳥がねぐらへと帰ってゆく。
春のもやがかかった水面をカモメが飛び、
夕陽の照らす湾には帆を張った船の姿が見える。
遠くから眺めていてもっとも心を痛めるのは、
町の中に中華と蛮夷が雑居していることだ。

○崇福寺　長崎市鍛冶屋町にある黄檗宗《おうばくしゅう》寺院。寛永六年（一六二九）に創建、我が国最古の中国様式の寺院（唐寺）として知られる。歴代住職にも名僧が多く、四代に隠元隆琦《いんげんりゅうき》、五代に即非如一《そくひにょいつ》があり、国宝、重文等、貴重な文化財を多数有する。　○翼翼　形が整って美しい様。　○倚　接近する。近づく。本文はもと「猗」に作るが意味をなさず、今これを改めた。多く「倚山臨水」、「背山臨水」などと熟して、泉石花鳥の勝地、清幽な環境にあることを表す。　○門秀　「三門」（楼門）と「第一峰門」が有名で、それぞれ重文と国宝に指定されている。
○群竜伏　嘉永二年再建の「三門」の漆喰は鮮やかな朱色に塗られ、中国趣味が濃厚に漂う。その華麗な姿は竜宮城を思わせることから、「竜宮門」の別名で親しまれて来た。中央には隠元禅師の筆といわれる「聖寿山」の扁額がかかる。　○夏蛮　「夏」は華夏（中華、当時は清国）、「蛮」は蛮夷（西洋、オランダ）をいう。

舟自彼杵抵時津。舟中作。嚮至松橋將渡天草、爲風濤所沮及之
舟《ふね》、彼杵《そのぎ》より時津《ときつ》に抵《いた》る。舟中《しゅうちゅう》の作《さく》。嚮《さきご》ろ松橋《まつばせ》に至《いた》り、将《まさ》に天草《あまくさ》に渡《わた》らんとするも、風濤《ふうとう》の為《ため》に沮《はば》まれば之《これ》に及《およ》ぶ

渺茫島嶼浪連天
數幅輕帆破海煙
不似松橋風雨惡
白鷗夢穩夕陽邊

渺茫《びょうぼう》たる島嶼《とうしょ》　浪《なみ》は天《てん》に連《つら》なり
数幅《すうふく》の軽帆《けいはん》　海煙《かいえん》を破《やぶ》る。
松橋《まつばせ》の風雨悪《ふううあ》しきに似《に》ず
白鷗《はくおう》の夢《ゆめ》は穏《おだ》やかなり　夕陽《せきよう》の辺《ほとり》。

薄ぼんやりとした島影は海と空との区別がつかない中に浮かび、数隻の足の速い帆掛け舟が海を包むもやの中を進んで来る。その様子は松橋で経験した悪天候に似ても似つかない、夢見心地の白いカモメが夕陽の沈む辺りに見える。

○彼杵　現長崎県東彼杵郡東彼杵町。長崎街道の宿駅であり、かつ平戸街道の起点でもあった。○時津　旧大村藩領。長崎街道には大村・諫早を通らず、大村湾を横断する海路街道があった。これが彼杵―時津ルートの時津街道であり、行程が一日短縮された。時津には大村藩の茶屋（本陣）があり、港町、宿場街として繁栄した。

自梅崎歸途上口占

蠻兵十萬一身當
撫劍觀瀾眉欲揚
若有妖氛汚皇國
直前斬賊若探囊

梅崎《うめがさき》より帰《かえ》る途上《とじょう》の口占《こうせん》

蛮兵十万《ばんぺいじゅうまん》　一身《いっしん》もて当《あ》たり
剣《けん》を撫《ぶ》して瀾《なみ》を観《み》れば眉《まゆ》は揚《あ》がらんと欲《ほっ》す。
若《も》し妖氛《ようふん》の皇国《こうこく》を汚《けが》す有《あ》らば
直《ただ》ちに前《すす》んで賊《ぞく》を斬《き》ること探嚢《たんのう》の若《ごと》くせん。

外敵十万にこの一身で立ち向かおうとして、
剣の柄に手をかけて波濤を見るといよいよ意気は盛んとなる。
もしも列強諸国の妖気が皇国を冒し汚すようなことになれば、
私は迷うことなく自ら進んでいとも簡単に賊を斬ってみせようぞ。

※原注に「慶長十四年、阿媽港《マカオ》人二百、長崎に至る。幕府は原城主・有馬晴信、長崎奉行・長谷川藤寅に命じて港人を撃鏖《げきおう》せしめたり」とある。世にいうマードレ・デ・デウス号事件（ノッサ・セニョーラ・ダ・グラサ号事件）である。一六〇九年十二月、肥前国日野江城主・有馬晴信が徳川家康の了解を得て、長崎でポルトガル船を撃沈した事件。前年に晴信の朱印船がマカオで紛争を起こし、乗員が官憲に殺害されたことに発端する。

○梅崎　梅香崎町。現長崎市梅ケ崎町。長崎港に注ぐ中島川下流左岸に位置する。○揚眉　厳しい目つきをする。意気盛んな様子。○探嚢　物事の容易なたとえ。

其二

魯戈回日向虞淵
碧血淋漓滑馬韉
英魂今日吊何處
落日寒烟西渡船

其《そ》の二《に》

魯戈《ろか》もて日《ひ》の虞淵《ぐえん》に向《む》かうを回《めぐ》らせば
碧血《へきけつ》は淋漓《りんり》として馬韉《ばせん》を滑《すべ》らす。
英魂《えいこん》は今日《こんにち》何《いず》れの処《ところ》にか吊《とむら》わん
落日寒烟《らくじつかんえん》　西渡《さいと》の船《ふね》。

意気盛んな楚の魯陽公は戈をふるって虞淵に沈んだ太陽を呼び戻し、忠義を貫いた周の萇弘の血は後に碧色に変わり馬鞍の敷物をしとどに濡らした。義士たちの魂は今日どこで悼み慰められているというのだろうか、この夕暮れ時ものさびしげなもやが立ち込め西へと向かう船を包んでいる。

※『江月斎稿』所収の「筑後川を渡る」は、文字に若干の異同あるが、ほぼ同内容である。

○魯戈　いわゆる「魯陽《ろよう》の戈《ほこ》」の故事。出典は『淮南子《えなんじ》』覧冥訓。「魯戈回日《ろかかいじつ》」、「魯陽揮戈《ろようきか》」ともいう。戦国時代、楚の魯陽侯は韓と戦い、接戦の最中に日没を迎えようとした。そこで戈を手にして日をさしまねくと、太陽は再び中天に戻ったという。後に勢力の盛んな喩えに用いる。○虞淵　中国の神話で太陽が沈むとされる場所。

○碧血　周の萇弘《とうこう》は忠義の士であったが讒言のため、蜀に流されて自害した。その意気に感じた蜀人が櫃《ひつぎ》にあった血を盛った所、三年後に碧玉《へききょく》に変わったという故事。出典は『荘子』外物論。そこから後世、忠烈の士の殉難をいい、また正義のために尽力して命を落としたものを称える語となった。　○馬韉　馬の鞍の下に敷く敷物。

長崎雑詩

春暖閭門動午埃
蠻奴耽視叨徘徊
女兒或解侏離語
花柳樓邊扶得來

長崎雑詩《ながさきざっし》

春暖《しゅんだん》の閭門《りょもん》に午埃《ごあい》動《うご》けば
蛮奴《ばんど》は耽視《たんし》して叨《みだ》りに徘徊《はいかい》す。
女児《じょじ》に解《かい》する或《あ》り　侏離《しゅり》の語《ご》を
花柳楼辺《かりゅうろうへん》　扶《たす》け来《きた》るを得《え》たり。

春の暖かさで町への出入り口の門は昼下がりの土ぼこりが舞い、
異国のものどもが熱っぽく見つめてしきりと街中をうろついている。
女児の中には外国の言葉を理解するものがあり、
色町の妓楼の辺りで異人と彼女たちが仲よく歩いている。

※三首ともに山陽の「西遊稿」上に収める「長碕謡十解」及び「長碕雑詩」はじめ、長崎で詠んだ諸作品の影響がうかがえる。

○閭門　村の出入り口の門。　○叨　みだりに。　○侏離語　異国の言語。

其二

満港烟波百尺檣
燦然如畫映斜陽
箋毫錦繍舶來品
市上吹薫蘭麝香

其《そ》の二《に》

満港《まんこう》の烟波《えんぱ》　百尺《ひゃくしゃく》の檣《ほばしら》
燦然《さんぜん》として昼《ひる》の如《ごと》く斜陽《しゃよう》に映《えい》ず。
箋毫《せんごう》錦繍《きんしゅう》は舶来《はくらい》の品《しな》
市場《しじょう》に吹《ふ》き薫《かお》る蘭麝《らんじゃ》の香《かおり》。

港全体をもやが包むなか百尺もあろうかという帆柱が高々とそびえる。マストは昼間のようにくっきりと姿を見せて夕陽に照り映えている。紙や筆や美しい絹織物はどれも海外から船載された品々ばかり、街の中には異国情緒あふれるえもいわれぬ香りが漂っている。

○烟波　もやが立ち込めている水面。　○昼　もと「畫（画）」に作るが、今これを「晝（昼）」に改めた。
○箋毫　紙と筆。　○品　もと「日」に作るが、今これを「品」に改めた。　○蘭麝香　ランと麝香。高級な香料。

其三

市店連邊賣蘭器

其《そ》の三《さん》

市店《してん》の連《つら》なる辺《あたり》に蘭器《らんき》を売《う》り

烟霞佳處記唐詩
行行忽訝投胡地
風外罽旄腥氣吹

烟霞《えんか》の佳《よ》き処《ところ》に唐詩《とうし》を記《しる》す。
行行《ゆくゆく》忽《たちま》ち訝《いぶか》る　胡地《こち》に投《とう》ずるかと
風外《ふうがい》の罽旄《けいもう》　腥気《せいき》を吹《ふ》く。

商店が連なる辺りではオランダの器物を売り、
景色の美しい場所には唐詩が記してある。
見て回るうちにふと遠い異域にいるのではないかとの錯覚に陥った、
蛮夷の毛織物の旗からは生臭い匂いが漂っている。

○烟霞　もやとかすみ。また山水の美しい景色。○訝　いぶかる。疑い怪しむ。もと「㤉」に作るが、今これを「訝」に改めた。○風外　化外。天子の教化の及ばない地。蛮地。○罽旄　毛織物の旗。もと「罽」に作るが、今これを「罽」に改めた。

濱崎途上

海接玄洋狂浪驚
松林帶雨綠烟橫
偶逢漁父行相語

浜崎途上《はまさきとじょう》

海《うみ》は玄洋《げんよう》に接《せっ》して狂浪《きょうろう》驚《おどろ》き
松林《しょうりん》は雨《あめ》を帯《お》びて緑烟《りょくえん》横《よこ》たわる。
偶《たま》たま漁父《ぎょふ》に逢《あ》いて行《ゆく》ゆく相語《あいかた》り

指點豐公所築城
指点《してん》す　豊公《ほうこう》の築城《ちくじょう》せし所《ところ》なりと。

唐津湾は玄界灘に続いているので激しく波立ち、
松林は雨に濡れて全体が青くうち煙っている。
たまたま地元の漁師に出くわしたので道々話しながら歩いたが、
「あの辺りが秀吉公の築いた名護屋城の跡じゃよ」と指さして教えてくれた。

※原注に「豊公嘗《かつ》て奈古屋に築城す。而して今之を唐津に移すと云う」とある。
○浜崎　現唐津市浜玉町浜崎。幕藩期は対馬藩領。田代代官所（鳥栖市）の出張所として浜崎役所が置かれた。博多―唐津を結ぶ往還の馬継地点で、茶屋、高札場があり、宿場的な町として活気があった。○海　地理的に考えて唐津湾と思われる。○松林　虹の松原。国の特別名勝。「日本三大松原」のひとつ。長さ五キロ、幅一キロにわたって約百万本のクロマツ林が続く。浜崎は唐津湾に面する虹の松原の東端、玉島川河口の左岸に位置する。○豊公所築城　朝鮮の役に際して出撃基地となった肥前名護屋城（現唐津市鎮西町）。文禄元年頃、東松浦半島の先端に近い台地に完成し、当時としては大阪城に次ぐ規模を誇った。

箱崎有感
箱崎《はこざき》にて感有《かんあ》り

鎌倉太郎眞英傑
鎌倉太郎《かまくらたろう》は真《しん》の英傑《えいけつ》なり

斷然斬使三尺鐵
蒙古憤恚飛艨艟
黑雲蔽海奔魚鱉
小醜豈窺大八洲
捲天颶風忽颲颲
神兵縱横若無人
賊艦靡粉妖氣絕
六百年後丙辰年
吾來慷慨目眥裂
如今國威何衰頹
萬里妖氛委凌蔑
浩歌一曲上前途
風雨蕭索滴簑薜
嚴然照照廟頭字
敵國降伏千古揭

断然《だんぜん》として使《し》を斬《き》る　三尺《さんじゃく》の鉄《てつ》。
蒙古《もうこ》は憤恚《ふんい》して艨艟《もうどう》を飛《と》ばせば
黒雲《こくうん》は海《うみ》を蔽《おお》いて魚鱉《ぎょべつ》を奔《はし》らしむ。
小醜《しょうしゅう》は豈《あ》に窺《うかが》わんや　大八洲《おおやしま》
天《てん》を捲《ま》いて颶風《ぐふう》忽《たちま》ち颲颲《りつれつ》す。
神兵《しんぺい》縦横《じゅうおう》にして人《ひと》無《な》きが若《ごと》く
賊艦《ぞっかん》靡粉《びふん》して妖気《ようき》は絶《た》えたり。
六百年《ろっぴゃくねん》の後《のち》　丙辰《へいしん》の年《とし》
吾来《われきた》り慷慨《こうがい》して目眥《もくし》は裂《さ》けんとす。
如今国威《じょこんこくい》は何《なん》ぞ衰頽《すいたい》して
万里妖氛《ばんりようふん》　凌蔑《りょうべつ》に委《ゆだ》ねんや。
一曲《いっきょく》を浩歌《こうか》して前途《ぜんと》に上《のぼ》れば
風雨《ふうう》は蕭索《しょうさく》として簑薜《させつ》に滴《したた》る。
厳然《げんぜん》照照《しょうしょう》たり廟頭《びょうとう》の字《じ》
敵国降伏《てきこくこうぶく》　千古《せんこ》に掲《かか》げん。

鎌倉太郎こと北条時宗はまことの英傑であり、
迷わず蒙古の使者を太刀で切り捨てた決断は見事であった。

しかし蒙古は大いに怒って大船団を派遣し、
黒雲は海をおおって魚や海亀を慌てさせた。
つまらぬ連中がどうして我が日本国を征服することなどできようか、
そのとき天空を逆巻く暴風がにわかに吹き荒れた。
神兵が遠慮なく思う存分に働いてくれたおかげで、
敵の艦隊は粉々に砕け海の藻屑と消えて邪悪な企みも潰えたのである。
それから約六百年を経た丙辰の年（安政三年）、
私はこの地にやって来たが強い憤怒にまなじりも裂けんばかりであった。
いまどうして我が国の威信が衰えて、
果てしなく広がる悪気によってほしいままに辱められたりしようか。
大きな声で一曲を朗誦しながら道を進めば、
風雨はものさびしく蓑笠にしたたる。
厳粛な雰囲気の神門には額が掛かりくっきりと文字が浮かび上がる、
「敵国降伏」の四字は永く後世にまで掲げ続けられることであろう。

○箱崎　福岡市東区箱崎にある筥崎宮。旧筑前国一宮。日本三大八幡の一つ。○鎌倉太郎　相模太郎を称した北条時宗（一二五一―一二八四）。鎌倉幕府の第八代執権として、文永（一二七四）・弘安の役（一二八一）に対処し、元軍の侵攻を退けた。○斬使　建治元年（一二七五）、元の皇帝フビライは日本に再度の服属を要求、その使者として杜世忠が派遣されたが、幕府は拒絶、鎌倉の竜ノ口でこれを斬殺した。○靡粉　粉々に散らす。また「靡」には勢いに押されて退却する意もある。○凌蔑　凌辱に同じ。ばかにして辱める。○浩歌　浩唱に同じ。大きな声で歌う。○簑薛　みのとすげがさ。もと「薜」に作るが、今これを改めた。○廟頭　もと「廟顔」に作るが意味をなさず、今これを「廟頭」に改めた。○敵国降伏　元寇の際に亀山上皇が戦勝を祈願し、神門に「敵国降伏」の扁額が掲げられた。現在も国重要文化財に指定された楼門（伏敵門）に大きな扁額が掛かる。

自小倉達赤馬關舟中作

小倉《こくら》より赤馬関《あかまがせき》に達《たっ》する舟中《しゅうちゅう》の作《さく》

蒼茫海色夜將闌
滿眼郷雲心自寛
孝子復讐眼龍島
豐公碎艦與兵灘
帆過睡鴨影邊穩
月在跳魚聲裡寒
笑見龜山舟已達
街烟華表映銀瀾

蒼茫《そうぼう》たる海色《かいしょく》　夜将《よるまさ》に闌《たけなわ》ならんとし
満眼《まんがん》の郷雲《きょううん》　心《こころおのずか》自ら寛《かん》なり。
孝子《こうし》は復讐《ふくしゅう》す　眼竜島《がんりゅうじま》
豊公《ほうこう》は艦《ふね》を砕《くだ》く　与兵灘《よへいなだ》。
帆《ほ》は睡鴨《すいおう》を過《す》ぎて影辺穏《えいへんおだ》やかに
月《つき》は跳魚《ちょうぎょ》に在《あ》って声裡寒《せいりさむ》し。
笑見《しょうけん》す　亀山《きざん》に舟已《ふねすで》に達《たっ》し
街烟華表《がいえんかひょう》　銀瀾《ぎんらん》に映《えい》ずるを。

海の色もぼんやりとかすみ夜が深まろうとしている、
空には故郷の雲がいっぱいに広がって見ているだけでくつろいだ気持ちになる。
海上には孝子の復讐譚で有名な巌流島があり、
手前には太閤秀吉の御座船が座礁した予次兵衛ケ瀬が見えている。
帆船はまどろむ水鳥の横を通り過ぎたが鳥は驚きもせず静かなまま、
月に跳ねる魚の水音もまた寒々としてものさびしい。
だが自然に顔がほころぶのは亀山下の船着場まであとわずかとなって、
町に立ち上る炊煙や八幡宮の鳥居の姿が銀色に光る波のまにまに映り始めたから。

○蒼茫　ぼんやりとかすむ様子。　○第三句　関門海峡に浮かぶ舟島《ふなじま》（巌流島《がんりゅうじま》）は宮本武蔵と佐々木小次郎の決闘の場所として名高い。試合の背景や様子については諸説あるが、江戸期を通じて最も人口に膾炙したのは、実は久坂も述べる通り、孝子の復讐譚であった。武蔵が佐々木巌流の奸計で両親を殺され、その父母の仇を舟島で討ったとする話は、浅田一鳥『花筏岩流島《はないかだがんりゅうじま》』（延享三年刊）と題する浄瑠璃本が最初であり、本話はよく流行したと見え、佐川藤太による増補版が文化七年に出た。以後、明治まで広く世上に知られた内容であった。　○与兵灘　彦島（下関）と大里（門司）の間にあった岩礁の名。与次兵衛ケ瀬《よじべえがせ》。旧名を篠瀬《しのせ》（死の瀬）と称し、海峡中の難所であった。文禄元年、大政所《おおまんどころ》危篤の報に接した秀吉は、肥前名護屋城から急ぎ上坂したが、帰途この地に座礁、船将の明石与次兵衛は責任を問われ、切腹（一説では斬首）させられた。後世、ここで亡霊が度々目撃され、海難が続発するようになると、世間では非業の死をとげた与次兵衛の祟りであろうと噂された。以来、誰いうとなく与次兵衛ケ瀬と呼ぶようになり、岩礁の上には供養塔が建立された。明治になって関門航路の安全確保のため岩礁は破砕されたが、現在、供養塔は門司区のめかり公園内に移されている。○亀山　下関市中之町に鎮座する亀山《かめやま》八幡宮。赤間関の総鎮守として大内・毛利両家から崇敬を受けた。石段下が山陽道の終点であり、隣接する堂崎《どうさき》の渡《わたし》から大里・小倉方面へと渡海した。

馬關所見

黛色遷延九國山
千帆曉散海雲間
波頭縹渺春如畫
淡墨松連文字關

馬関所見《ばかんしょけん》

黛色《たいしょく》遷延《せんえん》す　九国《きゅうこく》の山《やま》
千帆《せんぱん》暁《あかつき》に散《さん》ず　海雲《かいうん》の間《かん》。
波頭《はとう》縹渺《ひょうびょう》として春《はる》は画《えが》くが如《ごと》く
淡墨《うすずみ》の松《まつ》は連《つら》なる　文字関《もじがせき》。

濃い青緑色をした九州の山々はずっと後方に連なって見え、
夜明けとともにあまたの帆船が海上の雲の中を走り抜けて行く。
もう初夏だというのに波の上はぼんやりと霞んでまるで春を描いた絵のようで、
加えて「薄墨の松」と「文字ケ関」が海峡を隔てて相対するのもまた趣き深い。

○黛色　まゆずみのような黒みを帯びた濃い青色。遠い山の色をいう。○遷延　後退する。○波頭　海面。

波の上。 ○縹渺　ぼんやりとしていてかすかな様子。 ○淡墨松　薄墨の松。阿弥陀寺《あみだいじ》(赤間宮)の安徳帝古廟の東南にあった。口碑によると、元弘三年(一三三三)二月、この地を訪れた足利尊氏が「何《いず》れより名を顕《あら》はさん薄墨の松漏る月の文字の夕暮」と詠んだことから命名されたという。 ○文字関　北九州市門司区。幕藩期は文字ケ関村(小倉藩領)と称した。早く律令期に「門司」が見えるが、後世の文人墨客は同音の「文字」を好み、一連の発想から「硯《すずり》の海《うみ》」(関門海峡)、「筆立山《ふでたてやま》」、「薄墨の松」などの名称が誕生したと考えられる。

「丁巳《ていし》鄙稿《ひこう》」（安政四年）

新年作

下階放吟眼
宇宙即逢春
雪晴楳花潔
煙浮草色新
林泉時寄樂
筆硯更堪親
男子有鴻業
莫爲雲水人

新年《しんねん》の作《さく》

下階《かかい》に吟眼《ぎんがん》を放《はな》てば
宇宙《うちゅう》は即《すなわ》ち春《はる》に逢《あ》う。
雪《ゆき》晴《は》れて楳花《ばいか》潔《きよ》く
煙《かすみ》浮《ただよ》いて草色《そうしょく》新《あら》たなり。
林泉《りんせん》は時《とき》に楽《たの》しみを寄《よ》せ
筆硯《ひっけん》は更《さら》に親《した》しむに堪《た》えたり。
男子《だんし》は鴻業《こうぎょう》有《あ》って
雲水《うんすい》の人《ひと》と為《な》る莫《な》かれ。

世の中を詩人の眼をもって眺めると、
天地はすっかり春めいて来た。
雪はやんで梅は清らかな花をほころばせ、

春霞もただよって草葉の色合いも鮮やかである。
私は山林や池泉を折々楽しみで訪れては、
詩文を作ることにいっそうの親しみを感じている。
だが男と生まれたからには国家の大事業をなしとげるべきであって、
行方定めず諸国をへめぐる行脚僧のようになってはならない。

○下階　下界。人間の住むこの世。○宇宙　世界。天地。○楳花　もと「楳光」に作るが、今これを「楳花」に改めた。○筆硯　詩文を作ったり、書物を著したりすること。○鴻業　帝王の大事業。○雲水人　修行のため諸国をめぐり歩く僧。行脚僧。

「丁巳鄙稿」（安政四年）

偶作。用巖佐氏韵

齢少看書無所收
偉勳未建歳光流
文詩省己尤堪笑
論議向人徒自抽
操節千秋要松柏
浮沈一世愧鳧舟

偶作《ぐうさく》。巌佐氏《いわさし》の韵《いん》を用《もち》う

齢《よわい》少《わか》ければ書《しょ》を看《み》ても収《おさ》むる所《ところ》無《な》く
偉勲《いくん》を未《いま》だ建《た》てずして歳光《さいこう》は流《なが》る。
文詩《ぶんし》己《おのれ》を省《かえり》みれば尤《もっと》も笑《わら》うに堪《た》えたり
論議《ろんぎ》人《ひと》に向《む》かえば徒《た》だ自《みずか》ら抽《ぬき》んでんとするのみ。
操節《そうせつ》は千秋《せんしゅう》にして松柏《しょうはく》を要《もと》め
浮沈《ふちん》は一世《いっせい》にして鳧舟《ふしゅう》を愧《は》ず。

何須風雪烟花地
日月飄然付俗遊

何《なん》ぞ須《すべか》らく風雪烟花《ふうせつえんか》の地《ち》に
日月《じつげつ》飄然《ひょうぜん》として俗遊《ぞくゆう》に付《つ》くべけんや。

年少のため書物を読んでも深く理解することがなく、
大きな手柄もたてぬままにただ歳月だけが流れて行く。
自作の詩文を見直すと余りの拙さに笑いをこらえることができず、
議論の場ではひたすら人よりも目立つことばかりを考えていた。
松柏のごとき永遠に滅びぬ堅固な節操を求めるべきなのに、
栄枯の移ろいも知らずに優美な船に乗って遊び耽るのは恥ずかしいことだ。
わざわざ四季の美しい風物の世界にひたり、
歳月の空しく過ぎ行くままに浮世を楽しんでなどいられようか。

○巌佐氏　未詳。萩藩医の岩佐氏（本道・道三流、一九四石）か。　○節操　信念を固く守り、正しい道理を守ろうとする態度。　○松柏　松とコノデガシワ。ともに常緑樹で葉の色が変わらない所から、人の節操の堅い様子に喩えられる。　○浮沈　栄枯盛衰。　○鳧舟　カモの形をした船。またカモの形を刻んだ船。貴人が優雅な池沼の遊びに用いた。ここは華奢に耽って無為に時を費やすことに喩えたのであろう。　○烟花　美しい春景色。

口羽氏見示舊作。次韻却呈

口羽《くちば》氏《し》旧作《きゅうさく》を示《しめ》さる。次韻《じいん》して却呈《きゃくてい》す

近聞滿清干戈起
英艦捲浪海氣紫
虎爭龍攫戰不決
所以來我事遂止
隣家有災猶晏然
牕下高枕薄輕子
草竊惡漢逞覬覦
長城鎖鑰誰是恃
膠漆結交口羽君
弱冠東行志偉矣
羽塾讀書桃門劍
至誠報國文武士
苟且因循何偸安
廣東戰塵堪一水
穴蟻知雨草蟲霜

「丁巳鄙稿」（安政四年）

近《ちか》ごろ聞《き》く　満清《まんしん》に干戈《かんか》起《お》こり
英艦《えいかん》は浪《なみ》を捲《ま》いて海気《かいき》紫《むらさき》なりと。
虎争竜攫《こそうりょうかく》　戦《たたか》いは決《けっ》せず
所以《ゆえ》に我《われ》に来《きた》る　事《こと》遂《つい》に止《や》みたり。
隣家《りんけ》に災《わざわ》い有《あ》るも猶《な》お晏然《あんぜん》として
牕下《そうか》に高枕《こうちん》するは薄軽子《はくけいし》。
草窃《そうせつ》の悪漢《あっかん》は覬覦《きゆ》を逞《たくま》しうすれば
長城《ちょうじょう》の鎖鑰《さやく》は誰《たれ》か是《こ》れを恃《たの》まん。
膠漆《こうしつ》の交《まじ》わりを結《むす》ぶは口羽君《くちばくん》
弱冠《じゃっかん》の東行《とうこう》　志《こころざし》は偉《い》なり。
羽塾《うじゅく》の読書《どくしょ》　桃門《とうもん》の剣《けん》
至誠報国《しせいほうこく》　文武《ぶんぶ》の士《し》。
苟且因循《こうしょいんじゅん》して何《なん》ぞ偸安《とうあん》せんや
広東《かんとん》の戦塵《せんじん》は一水《いっすい》に堪《た》えんや。
穴蟻《けつぎ》は雨《あめ》を知《し》り草虫《そうちゅう》は霜《しも》を

士人游優幕燕似
終始與誰護國家
男子之業蓋棺已
起揮大劍氣成風
賊能來我盍畏死

士人《しじん》は游優《ゆうゆう》として幕燕《ばくえん》の似《ごと》し。
終始《しゅうし》誰《たれ》と与《とも》に国家《こっか》を護《まも》らんや
男子《だんし》の業《ぎょう》は棺《ひつぎ》を蓋《おお》いて已《や》む。
起《た》ちて大剣《たいけん》を揮《ふる》えば気《き》は風《かぜ》を成《な》し
賊《ぞく》能《よ》く我《われ》に来《きた》るも盍《なん》ぞ死《し》を畏《おそ》れんや。

ちかごろ満清の地で戦争（アロー戦争）が勃発し、
英国の軍艦が波浪を巻き上げて海上は紫煙におおわれたと聞く。
二人の英雄が激しく戦ってもなかなか勝負はつかず、
そのおかげでイギリスの長崎再入港は辛くも避けられることとなった。
隣の家の災いを見てこっちは気楽なものだと思い、
窓辺に枕を高くして眠るのは軽薄でまごころのない男である。
盗みを働こうとする悪漢が大それた計画を立てたならば、
防御の要となる万里の長城など何の役にも立ちはしない。
以前から親密な交際を続けている口羽氏は、
若くして江戸に遊学した立派な志の持ち主である。
羽倉塾で学問を積み桃井道場で剣術の修業に励み、
至誠をもって藩国に報いようとする文武両道の士である。

かりそめにもぐずぐずして目先の安泰だけを求めてはならない、
広東における戦場の土煙は海を越えてあっという間に我が国に押し寄せて来よう。
侵略の魔の手が我が国に及ぶ前にこれを察知して対処すべきなのに、
武士たちはのんびりと構えて目前に危急が迫りつつあるのも知らない。
一体こんな状況で最後まで誰とともに国を守ればよいのだろう、
男子の生涯は棺のふたを閉じた時に初めて評価が定まるというのに。
起ちあがって長剣を振り回すと全身にみなぎる意欲と勇気が湧き起こり、
たとえ侵略者が我が国に攻め寄せても私は命がけで闘って死など恐れはしない。

○第四句目に自注が「去秋《きょしゅう》、英夷《えいい》来《きた》りて長崎《ながさき》に泊《はく》し、今年《こんねん》も亦《ま》た来《きた》ると曰《い》う」とある。○口羽氏　口羽徳祐（一八三四―一八五九）。萩藩寄組士（七百二十石）。憂庵と号した。萩藩上士層にあって人物・才識ともに抜きんで、早くから将来の国相候補と期待されたが、コレラに感染して急逝した。享年二十六。玄瑞にとっては月性、松陰と並ぶ教導者の一人であった。○近聞満清干戈起　「干戈」（戦争）はもと「于戈」に作るが、今これを改めた。詩中の「広東」は第一次阿片戦争でも交戦地域となったが、ここは「近聞」とあるから大保末の第一次戦争をいうのではなく、安政三～四年にかけて広州城が攻撃・占領された第二次阿片戦争（アロー戦争）を指すと思われる。本件は英国の領土拡張の野心、さらなる東洋侵略を予感させ、日本国内にいっそうの緊張をもたらした。○虎争竜攫　「虎擲竜拏《こてきりょうだ》」に同じ。虎と竜が打ち合い、つかみ合う。両雄が激しく争う様。○晏然　落ち着いている様子。のんびりと気楽な様。○草窃　窃盗を働くこと。○覬覦　身分不相応な希望や計画。

○長城　万里の長城。　○鎖鑰　軍事的重要地点や出入りの要所。防御の拠点をいう。　○膠漆結交　互いに打ち解け合って親密なこと。　○羽塾　幕臣・羽倉簡堂《はくらかんどう》（一七九〇―一八六二）の私塾。簡堂は各地代官、勘定吟味役等を歴任、天保の改革にも参画した。晩年は講学と著述に専念、その家塾からは幕末維新期に活躍する人材が輩出した。　○桃門　桃井《もものい》春蔵《しゅんぞう》（一八二五―一八八五）門下の意味。桃井家は剣術の鏡心明智流宗家《きょうしんめいちりゅうそうけ》で、その道場を士学館といった。四代・春蔵のとき、士学館は千葉周作（北辰一刀流）の玄武館、斎藤弥九郎（神道無念流）の練兵館とともに幕末江戸の三大道場と並称された。　○苟且　かりそめに間に合わせる様。　○因循　先延ばしにする。ぐずぐずしてためらう。　○広東戦塵　広東における戦禍。一八五六年（安政三）十月、広州城は陥落、英軍は入城し、翌年一月に一時撤退するが、その間も攻撃は断続的に行われた。九月には英仏連合軍が広東に到着、十一月に広州城砲撃が水陸両面から始まり、清軍は大敗、再占領を許した。その際、英軍は清側の交渉責任者であった対外強硬派の両広総督・葉名琛《ようめいしん》を捕虜（後にカルカッタに移送。収監中に病死）とした。　○堪　こらえる。もちこたえる。もと「湛」に作るが意味をなさず、今これを「堪」に改めた。　○穴蟻知雨草虫霜　明・劉基『郁離子《いくりし》』に「天の将《まさ》に雨ふらんとするや、穴蟻之《けつぎこれ》を知る。野の将に霜ふらんとするや、草虫（イナゴ、キリギリスの類）之を知る。之を将に萌《きざ》さんとするに於《お》いて知り、之を未《いま》だ至らざるに於いて避《さ》く」とある。　○游優　優游。のんびりして気ままな様子。

聞小方音祐戍役相模、有此寄

小方音祐《おがたおとすけ》の相模《さがみ》に戍役《じゅえき》するを聞《き》き、此《これ》に寄《よ》する有《あ》り

投筆班超奮
斃牀馬援恥
期君敵愾心
赫赫張綱紀

筆《ふで》を投《とう》じては班超《はんちょう》の奮《ふん》
牀《しょう》に斃《たお》るるは馬援《ばえん》の恥《はじ》。
君《きみ》に期《き》す　敵愾《てきがい》の心《こころ》
赫赫《かくかく》たる綱紀《こうき》を張《は》らんことを。

学問をなげうって軍事に従う時には班超のごとくに力の限りを尽くして戦い、たとえ陣没するとも最期まで意気盛んであった馬援に恥じぬようにしたいものだ。君にはとことん敵を倒そうとする闘志を燃やして、堂々たる自覚と責任をもって臨んでくれることを期待している。

※『江月斎稿』No.一一。「稿」は転・結を「妖氣賊未殲／豈敢問生死」（妖気の賊は未《いま》だ殲《つ》きず／豈《あ》に敢《あ》えて生死を問わんや）に作る。

○小方音祐　未詳。萩藩大組士・小方謙九郎か。　○戍役相模　「戍」はもと「戌」に作るが今これを改めた。「戍役」は辺境を守ること。嘉永六年、ペリー来航後、相模国の沿岸警備は彦根、川越藩等から、萩、熊本藩に交代した。萩藩は三浦半島の南西海岸一帯を担当し、安政五年に兵庫警衛に転ずるまで当地に藩士が駐屯した。

○投筆　学問をやめ、従軍すること。　○班超　後漢の武将。定遠侯。西域を押さえ、部下を大秦国（ローマ帝国）に派遣した。「虎穴に入らずんば虎子を得ず」（『後漢書』班超伝）の故事で知られる。　○馬援　後漢の武将。伏波将軍。光武帝に仕えてしばしば戦功を立てた。建武二十四年、官軍が武陵蛮の鎮定に失敗すると、馬援は六十二歳ながら出陣を願い出て許された。しかし馬援の軍は多くの兵が疫病に命を奪われて苦戦を強いられた。南地の暑熱はことのほか厳しく、馬援自らも発病、暑熱を避けるため岸辺に穴を掘らせ、その中に病身を横たえた。それでも敵が高所に登って太鼓を叩いて示威するたびに馬援は足を引きずりながら出て来てはこれをにらみつけた。周囲のものはその壮意を哀れんで皆涙を流した。やがて馬援は陣中に没したが、戦意は死ぬまで少しも衰えなかったという。話は『後漢書』馬援伝に見える。　○赫赫　名声や威勢が盛大な様。

挽金子重輔

聞汝奇男子
布衣爲國憂
風濤漂一葦
囹圄斃孤囚
成敗何須問
忠誠本自酬
恨他無半面

金子重輔《かねこしげのすけ》を挽《いた》む

聞《き》くならく汝《なんじ》は奇男子《きだんし》
布衣《ふい》なるも国憂《こくゆう》を為《な》すと。
風濤《ふうとう》に一葦《いちい》を漂《ただよ》わせ
囹圄《れいぎょ》に孤囚《こしゅう》として斃《たお》れたり。
成敗《せいばい》は何《なん》ぞ問《と》うを須《もち》いんや
忠誠《ちゅうせい》は本《も》と自《おのずか》ら酬《むく》いられん。
恨《うら》むらくは他《かれ》と半面《はんめん》無《な》きも

泉下路悠悠

泉下《せんか》の路《みち》に悠悠《ゆうゆう》たらん。

あなたは優れた男子であり、
庶民の身ながら国の行末を嘆き心を悩ましていたと聞き及んでいた。
風浪のただなかアシの葉のような小舟を操って志をとげようとしたが、
不幸にも計画は失敗し獄舎につながれ誰にも看取られずに死んでいった。
世間の人々はとかく行動の成否を気にするがそんなことは問題ではなく、
まごころを尽くそうとする気持ちがあれば自然と報われるものなのだ。
私としては生前に面識がなかったのは返すがえすも残念ながら、
今ごろはあの世で静かに落ち着いてお暮らしのことでしょう。

※本詩は吉田松陰編の金子追悼詩歌集「冤魂慰草《えんこんいそう》」にも収録がある。字句に異同はない。

○題名の後に自注が「嘉永甲寅六月、米利幹《めりけん》、下田に泊す。重輔、吉田寅二郎と策を決して海に入《い》り、事敗れて獄に繫《つな》がる。未《いま》だ幾《いくば》くならずして重輔病死す」とある。○金子重輔　一八三一―一八五五。もと商家に生まれ、萩藩足軽・金子家の養子となる。初め土屋蕭海等に学び、後に吉田松陰の弟子となる。嘉永七年、米艦隊の再来に際し、師とともに下田からの乗船渡海を企てたが果たさず、自訴に及んだ。国元蟄居の判決を受けて江戸から萩に檻送され、安政二年、萩の岩倉獄で病没した。享年二十五。○布衣　庶民。○一葦　一枚のアシの葉のような小舟。○半面　一面識程度の軽いつきあいの形容。顔を知っている程度のつながりを『半面の識』という。　○泉下路　泉界。あの世。死後に行くという所。

拭剣

一剣多年恨
鬱然天地横
未嘗羊犬血
匣裡有時鳴

剣《けん》を拭《ぬぐ》う

一剣《いっけん》多年《たねん》の恨《うら》み
鬱然《うつぜん》として天地《てんち》に横《よこ》たわる。
未《いま》だ羊犬《ようけん》の血《ち》を嘗《な》めざれば
匣裡《こうり》に時《とき》として鳴《な》る有《あ》り。

一ふりの剣が長年使われないことを恨み、
晴れぬ思いを抱いて世に横たわったままになっている。
これまで一度も外夷の血にありついていないので、
鞘の中にあって時おり音をたてている。

○欝然　心が沈んで晴ればれしない様。　○嘗　なめる。味わう。吸う。もと「嘗」に作るが、今これを「嘗」に改めた。　○羊犬血　「羊犬」は外夷のこと。　○匣裡　刀身を収める鞘。　○鳴　いわゆる「鞘鳴《さやな》り」である。古くから刀剣には霊が宿るとされ、早く実力を発揮したくて、ひとりでにカタカタと音を立てて反応する様子をいう。また敵と戦おうとして、心がはやることをも意味する。

病中作

未塡溝壑未逢難
淸時養疾一枕安
檐雨風微花影濕
山雲月小雁聲殘
糢糊溫藥烟輕上
蕭然照牕燈正寒
衾底暖邊春如海
恩波萬頃渺漫漫

「丁巳鄙稿」（安政四年）

病中《びょうちゅう》の作《さく》

未《いま》だ溝壑《こうがく》を塡《うず》めず　未《いま》だ難《なん》に逢《あ》わず
清時《せいじ》に疾《やまい》を養《やしな》いて一枕《いっちん》は安《やす》らかなり。
檐雨《せんう》風微《かぜび》にして花影《かえい》湿《うるお》い
山雲月小《さんうんつきしょう》にして雁声《がんせい》残《のこ》る。
糢糊《もこ》たる温薬《おんやく》　烟《けむり》は軽《かる》く上《あ》がり
蕭然《しょうぜん》たる照窓《しょうそう》　灯《ひ》は正《まさ》に寒《さむ》し。
衾底《きんてい》の暖辺《だんぺん》　春海《はるうみ》の如《ごと》く
恩波万頃《おんぱばんけい》　渺《びょう》として漫漫《まんまん》たり。

いまだ野たれ死にもせず災難や不幸にもあわず、
しかもこの太平の時節に病気で寝ていられるとは全く気楽なものだ。
軒先に降る雨に風はやさしく吹きつけ花の姿もしっとりと濡れている、
山には雲がかかり月はわずかに姿を現して雁の鳴き渡る声が響く。
温めた煎じ薬からはゆらゆらと湯気が立ちのぼり、
さびしく窓を照らす灯火は寒々しいことこの上ない。
しかし寝床の中の暖かさといったらまるで春の海のよう、

藩公の恩恵は波のように押し寄せてどこまでも広大で果てしがない。

○塡溝壑　野たれ死をする。出典は『孟子』滕文公《とうのぶんこう》・下（「志士は溝壑に在るを忘れず」）である。○清時　この三首あとに置かれた「春風」と題する詩に、清明節のことが詠まれているので、あるいは「清明の時節」（陽暦四月五、六日頃。この日、郊外に出て遊び、墓参をする習慣がある）の略とも考えられるが、ここでは戦乱もなく穏やかな現在の意に解釈した。○模糊　ぼんやりしていて、はっきりしない様子。○温薬　本文はもと「欒」に作るが、今これを「藥」（薬）に改めた。ここは四性（温・涼・熱・寒）に配された「温薬」（熱薬に比して作用がやや弱い薬物で、寒証を改善する）の意ではなく、単に火に掛けて加熱した薬湯のことをいうのであろう。○恩波　波のように伝播する君主の恵み。○万頃　極めて広大な様。○渺漫々　どこまでも果てしない様。

其二

天地之間不正氣
枕床終作采薪憂
休言骸骨癯如鶴
本是胸腔氣似矛
筆硯几書疎且廢

其《そ》の二《に》

天地《てんち》の間《かん》に正気《せいき》あらざれば
床《とこ》に枕《まくら》して終《つい》に采薪《さいしん》の憂《うれい》を作《な》す。
言《い》うを休《や》めよ　骸骨《がいこつ》は癯《や》せて鶴《つる》の如《ごと》しと
本《もと》より是《こ》れ胸腔《きょうこう》の気《き》は矛《ほこ》の似《ごと》し。
筆硯几書《ひっけんきしょ》　疎《うと》んじ且《か》つ廃《はい》すれば

星霜烏兎去難留
丈夫生世莫徒斃
海嶽君恩猶未酬

星霜烏兎《せいそううと》　去《ゆ》きて留《とど》め難《がた》し。
丈夫《じょうふ》は世《よ》に生《う》まれて徒斃《とへい》する莫《な》かれ
海嶽《かいがく》の君恩《くんおん》に猶《な》お未《いま》だ酬《むく》いざれば。

このごろは天地の間に正気がみなぎっていないので、
私は床に伏せってとうとう病気になってしまった。
体はやせ細ってまるで鶴のようだなどと言ってくれるな、
胸中には相変わらず矛のごとき英気が燃え盛っているのだ。
病気だからといって机に向かってものを書くことを面倒に思ってやめてしまえば、
その間に失われて行く貴重な歳月はとり戻すことが難しい。
男としてこの世に生まれたからには犬死は許されない、
今もって殿様の広大なご恩に報いることができていないのだから。

◯気　本詩の韻は下平十一尤（憂・矛・留・酬）で、「気」（去声五未）は押韻していない。七言詩の場合、第一句末の押韻は原則的なものであるから、踏まぬこともある。よってここでは別字を想定せず、詩意の上からも違和感のない「正気」のままとした。◯采薪憂　病気で薪を採りに行けないことへの心配。自分の病気を婉曲に表現したもの。『孟子』公孫丑下による。◯星霜烏兎　歳月。◯海嶽　大きな恩の喩え。

送布施氏

本生男子國
豈以女兒居
文武宜圖報
邊陲患未除

布施氏《ふせし》を送《おく》る

本《もと》より男子《だんし》として国《くに》に生《うま》るれば
豈《あ》に女児《じょじ》を以《もっ》て居《お》らんや。
文武《ぶんぶ》宜《よろ》しく図報《とほう》すべきも
辺陲《へんすい》の患《かん》は未《いま》だ除《のぞ》かれず。

もとよりこの国に男子として生を受けたからには、
どうして女児のように家にじっとしておられようか。
文武の道を磨いて君恩に報いることこそ第一だというのに、
辺境での外敵侵入の危機はいまだに取り除かれていない。

○布施氏　未詳。萩藩大組士（百十五石）の布施御牆《ふせみかき》の息・清介（樫雨）か。　○辺陲患　中央から遠く離れた国境地域における外敵侵入の心配。

春風

春風吹兮山綠緩

春風《しゅんぷう》

春風《しゅんぷう》は吹《ふ》いて山緑《さんりょく》は緩《ゆる》み

雲樹雪消小草暖
春風吹兮蜂蝶飛
桃李滿堤柳陰葳
春風吹兮清明早
社頭鼕鼕酒旗掃
暖飽承平雨露新
人臣是花國恩春
宜發清香酬芳辰

雲樹《うんじゅ》の雪《ゆき》は消《き》えて小草《しょうそう》は暖《あたた》かし。
春風《しゅんぷう》は吹《ふ》いて蜂蝶《ほうちょう》は飛《と》び
桃李《とうり》は堤《つつみ》に満《み》ちて柳陰《りゅういん》は葳《しげ》し。
春風《しゅんぷう》は吹《ふ》いて清明早《せいめいはや》く
社頭《しゃとう》は鼕鼕《とうとう》として酒旗《しゅき》を掃《はら》う。
暖飽承平《だんほうしょうへい》　雨露《うろ》は新《あら》たなり
人臣《じんしん》は是《こ》れ花《はな》　国恩《こくおん》は春《はる》
宜《よろ》しく清香《せいこう》を発《はっ》して芳辰《ほうしん》に酬《むく》ゆべし。

「丁巳鄙稿」(安政四年)

春風が吹いて山々の芽吹きもしだいに進めば、
高く聳える木々からも雪が消えて下草も暖気に包まれる。
春風が吹いて蜂や蝶が飛び交えば、
堤には桃や李の花が咲き誇り柳は盛んに茂って緑のかげを作る。
春風が吹いてはや清明の時節を迎えると、
社前には太鼓の音が響き風は酒旗をさっとかすめる。
衣食に満ち足りて平和を謳歌する広大な恵みの季節がまためぐってきた、
いわば人臣は花であって国恩は春にあたる、
我々は花として清々しい香りを放ちこの良き季節に報いるのがふさわしいのだ。

※本詩は奇数句で構成される。奇数句の古詩は用例がないわけではなく、後漢・梁鴻の「五噫《ごい》の歌」などは五句構成で聯も押韻もない。形式は騒体とも楽府とも分類されるが、古い民間歌謡のスタイルを踏襲するものである。この「春風」は二句一聯で、末三句がひとまとまりとなっているように見えるが、六句と七句の間に「春風吹きて云々」の一句が脱落している可能性も否定できない。押韻は初聯が「緩」「暖」(上声十四旱)、二聯が「飛」「葳」(上平五微)、三聯が「早」「掃」(上声十九皓)、末の三句が「新」「春」「辰」(上平十一真)で換韻する。また松陰の評語には「国風の遺法を窺《うかが》い得たるが似《ごと》し」とあり、『詩経』の地方諸国の歌謡を思い浮かべると述べたかと思うと、そのいっぽうで「奇想奇体」とも感想を記していることにも注意したい。

○柳陰　柳の木のかげ。○葳　草木が盛んに茂り、枝葉が下に垂れている様。もと「蕤」に作るが意味をなさず、押韻の関係からも今これを「葳」に改めた。第四句は南宋・陸游「山西の村に遊ぶ」の「柳暗花明《りゅうあんかめい》」(緑の柳が濃いかげを作り、花が色鮮やかに咲く美しい情景)をふまえて春の佳景を述べた内容と思われる。陸游は対金抗戦派で、愛国心を吐露した詩も数多い。○鼕鼕　つつみや太鼓の鳴り渡る音。○酒旗　酒屋の目印として立てる旗。○承平　政治が行き届いてよく治まった社会を受け継いで、平和な世が永く続くこと。○雨露　雨や露のように広く恵みを与えること。また大きな恵み。○芳辰　花の盛りの時節。春の美称。

鶴江眺望

鶴江《つるえ》の眺望《ちょうぼう》

春帆出空際

春帆《しゅんぱん》は空際《くうさい》に出《い》で

「丁巳鄙稿」（安政四年）

落日白雲残
鯖島浮如躍
鶴臺高欲搏
礮墩千仞岸
城郭對晴瀾
百濟新羅遠
水天望渺漫

落日《らくじつ》は白雲《はくうん》に残《つ》きんとす。
鯖島《さばしま》は浮《う》きて躍《おど》るが如《ごと》く
鶴台《かくたい》は高《たか》くして搏《はばた》かんと欲《ほっ》す。
礮墩《ほうとん》は千仞《せんじん》の岸《きし》
城郭《じょうかく》は晴瀾《せいらん》に対《たい》す。
百済新羅《ひゃくさいしんら》は遠《とお》く
水天《すいてん》を望《のぞ》めば渺漫《びょうまん》たり。

うららかな春の海の水面と空のちょうど境界に帆が浮かぶなか、
夕陽が白い雲の中に沈もうとしている。
鯖島はまるで海に浮かんでとび跳ねているように見え、
鶴江台は小高くて空に向かいはばたこうとするかのごとき形勢にある。
大筒台場は切り立った高いがけの上にあり、
指月城は晴れた日も波が連なる海と向き合っている。
当地より百済・新羅は遥かに遠く、
望み見ても果てしなく海と空が広がっているだけだ。

○鶴江　萩市の椿東《ちんとう》地区北部、松本川河口にある鶴江台。萩城の東約二キロに位置する鶴江浦の東側にあった。

安政二年、鶴江台と長添山の間に姥倉《うばくら》運河が竣工、舟運の利便が図られた。近世には漁業の拠点として栄え、また萩藩の大筒台場《おおづつだいば》もあった。後出の「鶴台」も同じ。○鯖島　萩市の三見浦《さんみうら》の北方約四キロの日本海に浮かぶ無人島。面積〇・三九平方キロ、最高点は一四一・七メートル。険しい海食崖が島を取り巻き、山腹傾斜も急である。一部クロマツが植林された他は自然林に蔽われ、その断崖絶壁は壮観である。○搏　風にはばたく、空を飛びかける。本詩は上平十四寒の韻を用い、「搏」（入声十薬）では韻が合わぬが、今そのままとし、「鶴」からの連想と解した。○城郭　毛利氏の居城である萩城（指月城）。既出（五七頁）。○百済新羅　日本海を隔てて防長と相対する朝鮮半島をいう。「百済《くだら》」は半島の西南部にあった古代国家（前一八？—六六三）。日本の保護を受けたが、任那《みまな》の日本府が滅亡してから、唐・新羅の連合軍に滅ぼされた。「新羅《しらぎ》」は半島南部にあった古代国家（前五七？—九三五）。百済、高句麗《こうくり》を亡ぼして朝鮮半島を統一したが、後に高麗《こうらい》に滅ぼされた。

有感

青年何心徒飄然
鳩車竹馬送流年
秋林木脱貪梨棗
春野風和放紙鳶

感《かん》有《あ》り

青年《せいねん》は何《なん》の心《こころ》ぞ　徒《た》だ飄然《ひょうぜん》として
鳩車竹馬《きゅうしゃちくば》に流年《りゅうねん》を送《おく》る。
秋林《しゅうりん》は木脱《きお》ちて梨棗《りそう》を貪《むさぼ》り
春野《しゅんや》は風和《かぜおだ》やかにして紙鳶《しえん》を放《はな》つ。

少年は誰しももっぱら無邪気な心を宿しており、

鳩車や竹馬に夢中になって過ぎ去る歳月など気にもかけない。
秋の林では枝葉の枯れ落ちた果樹の下で梨や棗の実を夢中でほおばり、
春の野に出ては穏やかな風に向かって紙ダコを揚げて楽しんでいる。

※『江月斎稿』（以下、『稿』と略す）No.五三、『江月斎遺集』（以下、『集』と略す）No.一〇。本書では七首に分けたが、『稿』『集』ともに長古一篇として掲載する。また字句にもずいぶんと異同が見られる。
○飄然　ものごとにとらわれない。○鳩車竹馬　『潜確類書』に「児年五歳、鳩車の楽有り。七歳、竹馬の歓有り」とある。「はとぐるま」は孝鳥の鳩をかたどった車（高さ二寸二分、長さ三寸）に両輪を加え、長いひもを付けて幼児がこれを曳いて遊ぶ玩具。「たけうま」は紙凧と並ぶ児童遊戯の双璧で、古く『後漢書』郭汲伝に記載がある。日本の「竹馬」には、①一本の生竹に跨って、両手で竹の先を握って遊ぶもの、②別名「春駒《はるこま》」。煉物細工の馬の首に竹胴を付け、その下端に車を取り付けた写実的なもの、③別名「高足《たかあし》」「鷺足《さぎあし》」。七、八尺の竿に縄で横木を括り付け、足がかりとするもの、の三種があった。これらは江戸時代も併存しており、久坂のものがどれであったかを特定するのはむずかしいが、最も簡便な①ではあるまいか。○流年　去り行く年月。

「丁巳鄙稿」（安政四年）

其二

十四不幸母就木
香花掃墳悲且哭

其《そ》の二《に》

十四《じゅうし》のとき不幸《ふこう》にして母《はは》は木《き》に就《つ》く
香花《こうげ》もて墳《はか》を掃《はら》いて悲《かな》しみ且《か》つ哭《こく》す。

哀哀生我轉劬勞
詩至蓼莪不忍讀

哀哀《あいあい》たるは我《われ》を生《う》んで転《うた》た劬労《くろう》せしを
詩《し》の蓼莪《りくが》に至《いた》れば読《よ》むに忍《しの》びず。

十四歳のとき不幸にも母が亡くなり、
香華を手向けて墓を掃除しては悲しみの余り声をあげて泣いた。
本当に悲しいのは私を生んで母がますます苦労したことだ、
『詩経』の「蓼莪」まで来ると王褒ではないが流涕して次へと進まなくなる。

※『稿』『集』ともに承・転句なし。
○就木　死んで棺の中に入ること。　○転句　後出の『詩経』「蓼莪」に「哀々たる父母、我を生みて労瘁《ろうすい》す」（痛わしく哀しき父母よ。両親は私を生んで育て上げながら病み労れてしまった）とある。苦労を重ねた父母の死を哀れみ悲しんでいう。　○蓼莪　『詩経』小雅の「蓼莪」の篇。孝子が労役に従っていたため、親の生前に孝養を尽くせなかった悲しみを述べた詩。また『蒙求』に「王褒柏惨《おうほうはくさん》」の故事があり、本詩はこれをふまえる。晋の王褒は父を無実の罪で殺されたが、『詩経』を講じて「蓼莪」の「哀々たる父母云々」の所まで来ると、必ず涙を流したことから、門人はこの一篇を廃したという。

其三

十五家兄隨父亡
醫林繼職杏花場
向人謾稱醫天下
胸臆不畜療人方

其《そ》の三《さん》

十五《じゅうご》のとき家兄《かけい》に随《つ》いて父《ちち》も亡《う》せ
医林《いりん》職《しょく》を継《つ》ぐ杏花《きょうか》の場《ば》。
人《ひと》に向《む》かって謾《みだ》りに称《しょう》す　天下《てんか》を医《い》すと
胸臆《きょうおく》畜《たくわ》えず　人《ひと》を療《りょう》するの方《ほう》。

十五歳のとき長兄の後を追うように父も亡くなってしまい、
医者の家業を継いで藩の医学所で学ぶこととなった。
人々には「天下を治療するのだ」とうそぶくばかりで、
肝心の人を治療する方法など何一つ身につけていなかった。

○家兄　もと「家兒」に作るが、今これを「家兄」に改めた。長兄の玄機のことをいう。なお起・承句は、嫡子玄機が安政元年二月二十七日に病没し、父良廸もそれから一週間も経たぬ三月四日に遠逝した結果、三男であった玄瑞が急きょ家督を相続することになった事情を述べている。○杏花場　「杏壇」、つまり学問所のこと。玄瑞は萩藩の医学所である好生堂に学んだ。○畜　『稿』は「蓄」に作る。

其四

十七有志博眼眺
決策西遊劍鳴鞘
瀾潮猶激伏敵處
花木遺芳藤公廟

其《そ》の四《し》

十七《じゅうしち》のとき 志《こころざし》有《あ》って眼眺《がんちょう》を博《ひろ》めんとし
策《さく》を西遊《さいゆう》に決《けっ》して剣《けん》は鞘《さや》に鳴《な》る。
瀾潮《らんちょう》猶《な》お激《げき》するは伏敵《ふくてき》の処《ところ》
花木芳《かぼくほう》を遺《のこ》すは藤公《とうこう》の廟《びょう》。

十七歳のとき生涯の目的を定めて見聞を広めるために、九州遊歴の旅を思い立つとはやる思いに剣が鞘の中で鳴った。昔ながらに激しい波が打ち寄せていたのは蒙古軍を撃退した博多の湾岸、今もなお草花の芳しい香りを漂わせていたのは熊本の清正公廟であった。

※『稿』『集』ともにこの四句なし。

○伏敵処　文永・弘安の役で蒙古の大軍を迎え撃った博多湾の西岸一帯。　○遺芳　冬になっても香りを残す草花。また生前のよい評判や名声が残ることの喩え。　○藤公廟　熊本市の本妙寺にある加藤清正を祀る浄池廟。既出（八八頁）。

其五

維歳十八爲何效
國恩海山毫不酬
百感懷舊如一夢
開花落葉春復秋

其《そ》の五《ご》

維《こ》の歳《とし》十八《じゅうはち》　何《なん》の効《こう》をか為《な》さんや
国恩《こくおん》は海山《かいざん》にして毫《ごう》も酬《むく》いず。
百感《ひゃっかん》懐旧《かいきゅう》すれば一夢《いちむ》の如《ごと》し
開花落葉《かいからくよう》　春《はる》復《ま》た秋《あき》。

今年は十八になったがどんな功を挙げることができようか、国恩は海山のように深く高いというのに私はわずかばかりも報いていない。心に様々な思いが起こって昔を思い出すとまるで夢を見ていたような気がする、花が咲いたかと思えばもう落葉の季節でこうして歳月はまたたく間に過ぎ行く。

※『稿』『集』ともに第二句以下を「於君未忠親未孝／日月如馳志難償／百感懷舊一夢覺／黽勉一語荀卿」（君に於《お》いて未《いま》だ忠ならず親に未だ孝ならず／日月《じつげつ》馳《は》するが如《ごと》く志《こころざし》償《つぐな》い難《がた》し／百感旧を懐《おも》えば一夢覚《さ》め／黽勉《びんべん》として一たび荀卿《じゅんけい》を語らん）に作る。

其六
千廚萬縷炊烟綠
吾輩國蠹能食粟
天下議論屬空虛
身家生計陷鄙俗

其《そ》の六《ろく》
千厨万縷《せんちゅうばんる》　炊烟《すいえん》は緑《みどり》なり
吾輩《わがはい》は国蠹《こくと》にして能《よ》く粟《ぞく》を食《は》む。
天下《てんか》の議論《ぎろん》は空虚《くうきょ》に属《ぞく》し
身家《しんか》の生計《せいけい》は鄙俗《ひぞく》に陥《おちい》る。

城下の方々の台所からは幾筋もの煮炊きをする緑の煙が立ち上っているが、
それこそ我々が藩の利益を害する悪人として無駄に扶持米を口にしている証拠。
天下の議論などといっても中身はからっぽで、
我が身のためのはかりごとは卑しく下品この上ない。

※『稿』『集』ともにこの四句なし。

○千厨　城下の各家々の台所。もと「半」に作るが、今これを「千」に改めた。○万縷　糸のように細長いものがたくさんある様子。○炊煙緑　家々から立ち上る煮炊きの煙。「緑」は黒に近い濃緑色。○国蠹　国家の利益を害する悪人。○身家生計　身計。我が身のためのはかりごと。官途の栄達など。

其七
生死圖報貫日誠
兀兀勉勵何不成
丈夫須記荀子語
積水成淵蛟龍生

其《そ》の七《しち》
生死《せいし》の図報《とほう》　貫日《かんじつ》の誠《まこと》
兀兀《こつこつ》と勉励《べんれい》すれば何《なん》ぞ成《な》らざらんや。
丈夫《じょうふ》は　須《すべか》らく記《しる》すべし　荀子《じゅんし》の語《ご》
積水《せきずい》の成淵《せいえん》　蛟竜《こうりゅう》を生《しょう》ずと。

命がけで君恩に報いることを思って日々誠実な取り組みを重ね、ひたすら努力を続けるならばどうして達成できないことがあろうか。志のある男は何があっても『荀子』の次の言葉を忘れてはならない、「水は積もりて淵を成さば蛟竜を生ず」（努力を重ねれば必ず報われる）という言葉を。

※『稿』『集』ともに第一・二・三句なし。其五の末に第四句を据える。

○貫日　日数が立つ。日を重ねる。なお本文では起句の冒頭に「嗟乎《ああ》」が加わって、一句九字に作っている。しかしこの二字は直前の松陰の評語の一部が混入したものと思われ、今これを削除した。　○兀々　ひたすら努力する様。　○荀子語　出典は『荀子《じゅんし》』の勧学篇。「積水成淵《せきすいせいえん》」は、努力を積み重ねていけば、願いを叶えることが出来るという喩え。

偶作　用某氏韵

鳳城鶏唱太平春
佩玉鏘金車馬塵
萬里江山王氣簇
鶯花豈敢付胡人

偶作《ぐうさく》　某氏《ぼうし》の韵《いん》を用《もち》う

鳳城《ほうじょう》の鶏《にわとり》は唱《とな》う　太平《たいへい》の春《はる》
佩玉鏘金《はいぎょくしょうきん》は車馬《しゃば》の塵《ちり》をあぐ。
万里江山《ばんりこうざん》　王気《おうき》簇《むらが》れば
鶯花《おうか》豈《あ》に敢《あ》えて胡人《こじん》に付《あた》えんや。

天子の住まう都の群鶏が太平の春の訪れを告げると、
佩び玉や金銀の飾りを身につけた人々がひっきりなしに往来する。
あらゆる山河から王者のある所に昇るという地気がむらがり起こっており、
この素晴らしい春景色をどうして進んで西洋人に与えることなどできようか。

○鳳城　宮城。天子のいる都。　○車馬塵　人の往来や客の来訪のひっきりない様子。　○鶯花　「鶯鳥花海《おうちょうかかい》」の意。あちらこちらでウグイスがさえずり、あたり一面に花が咲いている春景色のすばらしさ。

其二

五大之洲一水通

其《そ》の二《に》

五大《ごだい》の洲《しゅう》　一水通《いっすいつう》ずれば

洪瀾萬里駕長風　洪瀾《こうらん》万里《ばんり》　長風《ちょうふう》に駕《が》す。
慨他天下驕奢弊　他《か》の天下《てんか》驕奢《きょうしゃ》の弊《へい》を慨《なげ》けども
猶在春花秋日中　猶《な》お春花《しゅんか》の秋日《しゅうじつ》の中《なか》に在《あ》るがごとし。

世界は一つの海でつながっているから、
巨大な波が雄大な風に乗って遥か彼方から次々と打ち寄せて来る。
私は世の人々が慢心して相手をあなどっていることの弊害を憂えるが、
彼らが長く栄華を誇ることはできないのはあたかも春の花が秋に咲くようなものだ。

○五大之洲　地上の五大陸。世界のこと。○通　もと「道」（上平十九皓）に作るが、本詩は上平一東の韻ゆえ合致しない。よって今これを「通」に改めた。○洪瀾　大波、巨浪。○長風　遠くから吹いてくる風。

送勝田氏東行　（余嚮西遊見示一絶。今因用其韵）
勝田氏《しょうだし》の東行《とうこう》を送《おく》る（余《よ》が嚮《さき》の西遊《さいゆう》に一絶《いちぜつ》を示《しめ》さる。今因《いまよ》って其《そ》の韵《いん》を用《もち》う）

單衣孤劍遠征身　単衣孤剣《たんいこけん》　遠征《えんせい》の身《み》
萬里江山三月春　万里江山《ばんりこうざん》は三月《さんがつ》の春《はる》。
男子須酬四方志　男子《だんし》は須《すべか》らく四方《しほう》の志《こころざし》に酬《むく》いて

豈爲花外柳邊人

豈《あ》に花外柳辺《かがいりゅうへん》の人《ひと》と為《な》るべけんや。

ひとえの衣に一剣を腰に差して従軍を目的に旅立てば、
見渡す限りの山河は弥生の春景色に包まれている。
男子たるもの今こそしっかりと国家を侵略から守る方策を練り、
軽々しく色里に出入りして遊興に耽ることなど許されないのだ。

○勝田氏　未詳。萩藩士に勝田（しょうだ）氏は一家しかないから、後に陸軍中将・男爵になった八組士の七三郎嫡子・勝田四方蔵（雲痴）であろうか。○四方之志　天下を征服し、国家を安定させようとする考え。
○花外柳辺　「花街柳巷《かがいりゅうこう》」「花街柳市《かがいりゅうし》」は、遊郭、遊里をいう。ここもその意味か。

贈洋學者

議論紛攘互喧呼
闕下無人奏遠圖
審虜强看文似蟹
調兵何學步如鳧
保機深慮語摹漢

洋学者《ようがくしゃ》に贈《おく》る

議論《ぎろん》は紛攘《ふんじょう》して互《たが》いに喧呼《けんこ》するも
闕下《けっか》に人《ひと》の遠図《えんと》を奏《そう》する無《な》し。
虜《りょ》を審《つまび》らかにするに強《し》いて看《み》んや　文蟹《ぶんかに》の似《ごと》きを
兵《へい》を調《ととの》えんとするに何《なに》をか学《まな》ばんや　歩鳧《あゆみふ》の如《ごと》きに。
保機《ぼき》は深慮《しんりょ》して語《ご》は漢《かん》に摹《のっと》り

主父輕編服倣胡
願汝短長能取捨
莫將皇國屬羶區

主父《しゅほ》は軽編《けいへん》して服は胡《こ》に倣《なら》う。
願《ねが》わくは汝《なんじ》は短長《たんちょう》を能《よ》く取捨《しゅしゃ》し
将《まさ》に皇国《こうこく》をして羶区《せんく》に属《ぞく》すること莫《な》からしめよ。

議論はごたごたと混乱してやかましく叫び合うばかりだが、
天子に対して遠い将来の計略を奏上するものは誰もいない。
夷情を知ろうと無理に洋書を見ると文字はあたかも蟹の横這い、
兵隊の教練を学ぼうにもその歩き方ときたらまるで水鳥のヨチヨチ歩き。
しかし遼の太祖・耶律阿保機は漢字をヒントにして契丹文字を考え出し、
趙の武霊王も胡人にならって能動性に優れた戦闘衣を進んで採用した。
諸君もまた彼我の長所と短所を見極めて必要なものは取り不要なものは捨て、
我が皇国を獣臭の漂う連中の領土にすることがないようにしてくれたまえよ。

○紛攘　ごたつく。みだれる。もと「紛還」に作るが意味をなさず、今これを「紛攘」に改めた。「攘」は「擾」と同義。　○闕下　天子の宮門の下の意。転じて天子そのものをいう。　○保機　遼（九一六―一一二五）の建国者・耶律阿保機《やりつあぼき》（太祖。八七二―九二六）。遼は契丹《きったん》人による遊牧国家ながら、中国風の文明と統治機構を取り入れ、強国となった。内モンゴルを中心に中国の北部を支配した征服王朝であり、中国進出をも図ったが、太祖の死によって実現しなかった。　○深慮語摹漢　「摹」はもと「禁」に作るが、今これを改めた。遼は契丹語と漢語を公用語としたが、太祖は契丹語を表記するために「契丹大字《きったんたいじ》」を作り、新冊五年（九二〇）に公布した（『遼史』巻二、本紀下）。唐王朝の滅亡後、周辺諸族は独自文化を形成しようとする動きを見せたが、契丹文字（大字・小字）の創出もその一環である。『新五代史』巻七十二、「四夷附録第一」には、「阿保機に至り、稍々《ようやく》旁《かたわ》らの諸小国を并服し、而して漢人を多用す。漢人之に教うるに隷書の半ば之を増損するを以てし、文字数千を作る」と、漢字を模倣して契丹文字が考案されたことが述べてある。遼朝の滅亡後、金が明昌二年（一一九一）に廃止令を出すまでの約三百年間、北方中国において使用され続けた。○主父　戦国時代、趙《ちょう》の武霊王のこと。○軽偏　もと「偏」に作るが今これを「褊」に改めた。軽くて動き易い服装。○服傚胡　趙の武霊王は中華世界の伝統戦法であった車戦を廃し、同時に戦闘時の着衣も優雅な寛衣を止めて、遊牧民族の「胡服騎射《こふくきしゃ》」（筒袖・ズボン）を採用し、軍事強国化に成功した。この話は『戦国策』趙策に詳しい。○羶区　生臭い獣臭の漂う土地。

訪南氏賦贈

雨後尋明春意長
煙霞佳處會高堂
森森松樹大夫色
灼灼櫻花皇國香
置酒何須弄棊局
煮茶更愛吐心腸

南氏《みなみし》を訪《と》い、賦《ふ》し贈《おく》る

雨後《うご》に明《めい》を尋《たず》ぬれば春意《しゅんい》は長《なが》く
煙霞《えんか》の佳《よ》き処《ところ》　高堂《こうどう》に会《かい》す。
森森《しんしん》たる松樹《しょうじゅ》は大夫《たいふ》の色《いろ》
灼灼《しゃくしゃく》たる桜花《おうか》は皇国《こうこく》の香《かおり》。
置酒《ちしゅ》して何《なん》ぞ須《もち》いんや　棊局《ごきょく》を弄《ろう》するを
茶《ちゃ》を煮《に》て更《こも》ごも愛《あい》す　心腸《しんちょう》を吐《は》くを。

文詩談了客將散
入座泉山暮靄蒼

文詩談《ぶんしだん》じ了《おわ》って客《きゃく》は将《まさ》に散《さん》ぜんとし
入《い》って泉山《せんざん》に座《ざ》せば暮靄蒼《ぼあいあお》し。

雨あがりに賞玩すべき景色を探せば四方には春の気配が広がっていた、
そんなか山水の佳景に恵まれた君の立派な家を訪問した。
高くそびえる松は始皇帝が雨宿りした泰山の松に劣らぬ風格を見せ、
ひかり輝く桜の花は我が大和の誇るかぐわしい香りを漂わせている。
酒の用意をして碁を打って楽しんだりする必要がどこにあろう、
我々は茶を煮て互いの思いを語り合えればそれでもう十分なのだ。
詩文の話題も尽きいよいよお暇する段となったが、
腰かけて庭の山水を眺めると暮れ方のもやが周囲を青く包んでいた。

○南氏　南貞吉（貞助、亀五郎、一八四七—一九一五）であろう。萩藩大組士（百六十石）。高杉晋作の従兄弟。一時、松陰にも従学した。久坂とは同年齢、家も近隣にあり、ともに吉松塾に学んだ竹馬の友であった。禁門の変では、久坂に随って御所に戦うが、久坂より敗戦を報告せよとの命を受けて京中を脱し、君公に報じた。高杉の支援により早く英国に留学、維新後の再遊では、法律及び銀行・商務の実際を学んだ。新政府では外務、兵部、東京府等に出仕したが、二十代半ばから活躍の場を実業界に移した。なお本邦初の国際結婚をしたことでも知られる。享年六十九。○尋明　春めいた景色を探し求めることか。○春意　春の気配。○煙霞　山水の美しい景色。 ○高堂　棟が高く立派な家。 ○森森　高くそびえ立つ様。 ○大夫色　秦の始皇帝が泰山に登り、にわか雨にあって松の大樹の下で雨宿りをし、その松を五大夫に封じた故事（『史記』始皇本紀）に基づく。これにより松の別称を「大夫樹《たいふじゅ》」という。 ○灼灼　ひかり輝く様。

送中村氏之江戸

陶侃對樽常有限
謝安愛妓未爲淫
誰言雙斧伐孤樹
酒色必壞凡俗心

中村氏《なかむらし》の江戸《えど》に之《ゆ》くを送《おく》る

陶侃《とうがん》は樽《たる》に対《たい》して常《つね》に限《かぎ》り有《あ》り
謝安《しゃあん》は妓《ぎ》を愛《あい》して未《いま》だ淫《おぼ》るるを為《な》さず。
誰《たれ》か言《い》わん　双斧《そうふ》は孤樹《こじゅ》を伐《き》ると
酒色《しゅしょく》は必《かなら》ずしも凡俗《ぼんぞく》の心《こころ》を壊《こわ》さんや。

陶侃は自らの酒量をわきまえて限度が来ると飲むのを止めたし、
謝安は芸妓を愛しても分別があって決してのめり込むことはなかった。
いったい誰が「双斧は孤樹を伐る」などと言うのだろうか、
酒色は必ずしも世間の人々の心を損うとは限らないのだ。

○中村氏　未詳。中村九郎（清旭）か。 ○陶侃　二五九—三三四。西晋〜東晋期の政治家・武人。『晋書』の陶侃伝によれば、飲酒には常に限度を設け、余りがあっても限度がくると飲むのをやめた。その理由は、若い頃に酒でよく失敗したこともあり、亡き親と約束をしたことに由来すると述べた。○謝安　三二〇―三八五。西晋～東晋の政治家。風流な宰相として知られる。かつて謝安は朝廷の意向に背いて出仕せず、臨安の山中に隠棲し、しかも遊ぶに必ず芸妓を伴った。しかし名声はいよいよ高く、人々は三公となって国政に参与することを切望した。かくして四十才で初めて仕官の志を持つようになった。『蒙求』（巻上）に「謝安高潔」のエピソードを載せる。○双斧伐孤樹　出典は『元史』阿沙不花《あしゃぶは》伝。酒色を好んで身を持ちくずすことをいう。

寇準《こうじゅん》　詠史《えいし》

澶州城外《せんしゅうじょうがい》に賊《ぞく》は群《む》れを成《な》すも
輦《れん》を回《めぐ》らし河《かわ》を渡《わた》って六軍《りくぐん》を振《ふ》るわす。
一戦《いっせん》して敵《てき》を駆《か》り尽《つ》くす無《な》きを惜《お》しむ
幽燕《ゆうえん》の風月《ふうげつ》は妖氛《ようふん》に属《ぞく》したり。

寇準　詠史

澶州城外賊成群
回輦渡河振六軍
一戦惜無駆敵尽
幽燕風月属妖氛

澶州城外に賊軍がむらがり起こったけれども、天子の輦車が河を渡って進軍したので軍隊は大いに奮起した。ただ残念なのはもう一戦して敵を全滅に追い込まなかったことだ。そのために幽・燕の地は異民族に奪われ不祥の気が漂う敵領となってしまった。

「丁巳鄙稿」（安政四年）

※『稿』No.五一、『集』No.一。

○寇準　九六一―一〇二三。北宋初期の政治家。剛直な性格で知られ、二代太宗から深く信頼された。契丹（遼）の大軍の南下に際しては、徹底抗戦を主張、三代真宗の親征を実現し、「澶淵《せんえん》の盟《めい》」を結び、財貨を贈って領土割譲を免れた。しかし南遷を主張した王欽若《おうきんじゃく》らに恨まれ、後に失脚する。なお本文は「冠準」に作るが、今これを改めた。○詠史　歴史上の事実を主題にして詩歌を作ること。松陰にも「靖献遺言を読む。因って作る／詠史八首」（安政元年）、「咏史」（安政二年）、「道中詠史」（安政六年）などがあり、和漢の忠臣烈士を中心に作詩されている。玄瑞も影響を受けたであろう。なお寇準の話は『十八史略』巻六（宋）に拠ったと思われる。○澶州　雅名を「澶淵」という。河北省濮陽県の西南。遼の聖宗と宋の真宗とが対陣した地。「澶淵の役」では、寇準が真宗に勧めて河を渡らせ、澶州の北城に登って天子の印である黄色い旗や幟を掲げると、将兵たちは勇躍万歳を連呼した。この宋軍の勢に呑まれて契丹は退却、ついに講和を願い出た。寇準は追撃して全滅させるよう求めたが、帝は人民の苦しみを見るに忍びないとして講和の申し出を受諾した。○輦　天子の乗る車。○六軍　天子に直属する軍隊。○尽　『稿』はこれを「去」に作る。○幽燕　地名。現在の河北省北部から遼寧省の一帯。

王旦

邦家興廢片言無
尊酒發封皆美珠
最怪俚論比曹寇

王旦《おうたん》

邦家《ほうか》の興廃《こうはい》に片言《へんげん》無《な》く
尊酒封《そんしゅふう》を発《ひら》けば皆《あまね》く美珠《びしゅ》。
最《もっと》も怪《あや》しむ　俚論《りろん》の曹寇《そうこう》に比《ひ》するを

枉随五鬼拝神符

枉《ま》げて五鬼《ごき》に随《したが》いて神符《しんぷ》を拝《はい》せり。

国家の興廃に関わる大事を前にして名宰相が一切諫言しなかったのは、
前もって美しい真珠で満たされた酒樽を賄賂として与えられていたからだ。
しかし最も怪訝《けげん》に思うのは世間では寇準と同列に並べて高く評価するけれども、
結論からいえば王旦は信念を曲げて五鬼を祀り符瑞の予言を信じたではないか。

※『稿』No.五二、『集』No.二。

○王旦　九五七―一〇一七。北宋初期の政治家。真宗治世の半ば（十二年）を補弼し、寛容大器の名宰相として慕われた。また自らの後任には硬骨厳格な寇準を指名し、再登用させた。なお本文は「旦」に作るが、今これを改めた。　○尊酒発封皆美珠　『稿』は「尊」を「樽」に作る。宝貨をもって諫臣の口をふさいだ故事。この話は『十八史略』にはないが、『宋史』の王旦伝に次の話がある。真宗は封禅の儀を行いたいと考えたが、きっと王旦が反対するに違いないと思った。そこで先手を打って宮中に招宴し、「この酒は極佳であるから、妻子家人にも飲ませてやるがよい」といって樽ごと持ち帰らせた。帰宅して酒樽を開けると、中にはぎっしり真珠が詰まっていた。この一件があって以来、王旦は封禅を諫め、異議を唱えることがなくなった。　○俚論　俚談。世間の人々の鄙陋な議論。大衆の意見。張詠はかつて「深沈にして才徳を以て鎮服するは王公（旦）に如《し》くはなし、面折廷争して風采あるは寇公（準）に如くはなし」と語った。　○曹寇　もと「冠」に作るが、『稿』『集』ともに「寇」に作る。詩意からも「ともがらの寇準」の意味が適当と思われ、後者を是として今これを改めた。　○随五鬼拝

神符　真宗は張守真ら道士を重用し、熱心に道教を崇拝した。また各地で天から神符が降ったとの報告が相次いだ。この符瑞によって年号は大中祥符と改められ、泰山で封禅の儀が執り行われた。王旦は臨終に際し、僧形で葬られることを遺言したが、これは天書の件を諫言しなかったことを実は後悔していたためだという。なお五鬼は道教で祀られる神々のこと。

用神原氏韻

丈夫生世要英豪
茶酒何須事怠傲
廉恥宜振皇國氣
議論常舐羯夷糟
必將效力奏勳績
不傚□□□褒賞
莫大君恩似天地
微軀至死不辭勞

神原氏《こうはらし》の韻《いん》を用《もち》う

丈夫《じょうふ》は世《よ》に生《う》まれて英豪《えいごう》たるを要《よう》し
茶酒《ちゃしゅ》何《なん》ぞ須《すべか》らく怠傲《たいごう》を事《こと》とすべけんや。
廉恥《れんち》宜《よろ》しく皇国《こうこく》の気《き》を振《ふ》るい
議論《ぎろん》常《つね》に羯夷《かつい》の糟《かす》を舐《な》めるべけんや。
必《かなら》ず将《まさ》に力《ちから》を効《つく》して勲績《くんせき》を奏《そう》するも
□□□褒賞《ほうしょう》を傚《いた》さざらんや。
莫大《ばくだい》なる君恩《くんおん》は天地《てんち》の似《ごと》し
微軀《びく》死《し》に至《いた》るも労《ろう》するを辞《じ》せず。

男子たるものこの世に生まれたからには文武に秀でた英傑でなければならず、
どうして茶酒を愛して怠惰に遊び回ってばかりいられようか。

無欲で心正しく恥を知ってしっかりと皇国の気を奮い立たせるべきであり、
議論する際には西洋列強の理論をそのまま受け売りにしてはならない。
必ずや力の限り取り組んで立てた手柄の報告はしても、
（自ら働きかけて褒美や賞詞を求めたりはしないものだ。）
君恩は天地にも似てこれほど広大なものは世の中に存在せず、
ちっぽけな体ながら粉骨砕身して死ぬまで仕えることをいとわない。

※第六句の三字分は原欠である。詩意から推測して今この部分を補って訳した。

○神原氏　未詳。あるいは萩藩医（本道・道三流、百三十三石）の神原仁庵の息の元亮か。○英豪　英傑。非常にすぐれた人物。○怠傲　なまけて遊びまわる。○廉恥　無欲で恥を知る心。○羯夷糟　異民族の食べ残したかす。

春夜與諫早子制賦　四首

春夜《しゅんや》、諫早子制《いさはやしせい》と賦《ふ》す　四首《ししゅ》

書生心交話非凡
書生《しょせい》の心交《しんこう》は話《はな》すこと凡《ぼん》に非《あら》ず

胸裡洒然無所緘
胸裡《きょうり》は洒然《しゃぜん》として緘《と》ずる所無《ところな》し。

驚犬吠空月光暗
驚犬《きょうけん》は空《そら》に吠《ほ》えて月光暗《げっこうくら》く

落花林外雨聲銜
士人未覺茶濤鼎
論議古今劍響巖
一壁青燈夜將半
忽聞清籟度松杉

花《はな》は林外《りんがい》に落《お》ちて雨声《うせい》銜《つら》なる。
士人《しじん》は未《いま》だ覚《さ》めずして茶鼎《ちゃかなえ》に濤《なみだ》ち
古今《ここん》を論議《ろんぎ》して剣《けん》は巌《いわお》に響《ひび》く。
一壁《いっぺき》の青灯《せいとう》　夜《よる》将《まさ》に半《なか》ばならんとし
忽《たちま》ち聞《き》く　清籟《せいらい》の松杉《しょうさん》を度《わた》るを。

書生同士の心の交わりだからといって扱う話題は平凡ではなく、
またお互い性格がさっぱりしているから何でも言い合って腹蔵なくいられる。
今宵何かに驚いた犬が空に吠え厚い雲にさえぎられた月影も暗く、
咲き始めた花々は林外に飛び散って雨音が途切れることなく続く。
武士はいまだ泰平の眠りから覚めぬが茶釜の中は激しく波だっている、
我らは古今の出来事を議論して熱を帯び思わず刃の音を峰々に響かせる。
青みがかった灯が壁を照らして深夜になろうとする頃、
急に松杉の間を吹きわたる清らかな風の音が聞こえてきた。

※『集』No.三。両者の間にはかなり異同がある。以下に掲げておく。「書窗一夜話非凡／胸裡洒然無所緘／狗吠空園月光暗／花飛春樹雨聲街（「銜」の誤）／士人未覺煙霞夢／風浪忽懸戎虜帆／生死酬君吾輩志／趨難何避幾酸鹹」（書窓一夜話凡《しょそういちやはなしぼん》に非《あら》ず／胸裡洒然《きょうりしゃぜん》として緘《かん》する所無《ところな》し／狗《いぬ》は空園《くうえん》に吼《ほ》えて月光暗《げっこうくら》く／花《はな》は春樹《しゅんじゅ》に飛《と》んで雨声銜《うせいつら》なる

／士人《しじん》未《いま》だ覚《さ》めず煙霞《えんか》の夢《ゆめ》／風浪《ふうろう》忽《たちま》ち懸《か》かる戎虜《じゅうりょ》の帆《はん》／生死《せいし》もて君《きみ》に報《むく》ゆるは吾輩《わがはい》の志《こころざし》／難《なん》に趨《おもむ》いて何《なん》ぞ避《さ》けん幾酸鹹《いくさんかん》)。

○諫早子制　「久坂秋湖東行送別詩集」に「諫早忠義」の名が見え、この人物が該当すると思われる。父の名が「忠道」(大組士、三百一石)であることから推測して、松門の諫早生二(半三郎、巳次郎、一八三二—一九一五)であろう。高杉の従兄であったが、恭順派に属し、一時、藩政より斥けられた。久坂よりも七歳年長。吉田松陰の兵学門弟でもあった。維新後は教部省等に出仕、東京松陰神社の創建に尽力、赤間宮宮司などをつとめた。享年八十三。　○洒然　心に汚れやわだかまりがなく、さっぱりしている様。　○緘　内に閉じ込める。しまい込む。　○銜　もと「街」に作るが、「街」は上平九佳の韻で、本詩の下平十五咸の韻と合わない。よって詩意をふまえて、今これを「銜」(つらなる意)に改めた。　○茶濤鼎　「茶鼎」は茶を煎ずる器。茶が鼎の中で激しく煮え立つ様子を述べて、ペリー来航以来の騒然たる国内情勢に喩えたのであろう。　○巌　もと「焉」に作るが、「焉」は下平一先でやはり韻が合わない。恐らく「巌」(高い峰)か「嵌」(深い谷)の誤と思われる。一応、山中にこだましたと理解し、今これを「巖」に改めた。　○聞　もと「開」に作るが文意が通じないため、今これを「聞」に改めた。　○清籟　清らかな風の音。もと「青籟」に作るが、今これを「清籟」に改めた。

其二

天風炊烟釜底黰
游優國蠹尚貪饞

其《そ》の二《に》

天風《てんぷう》の炊烟《すいえん》　釜底《ふてい》の黰《すみ》
游優《ゆうゆう》たる国蠹《こくと》　尚《な》お貪饞《どんざん》。

士人未覺鶯花夢
夷舶忽隨潮浪颿
塵世生謀多賊鄙
丈夫偉業任排讒
祈君文武宜精力
圖報何辭酸且鹹

士人《しじん》は未《いま》だ覚《さ》めず　鶯花《おうか》の夢《ゆめ》
夷舶《いはく》は忽《たちま》ち随《したが》う　潮浪《ちょうろう》の颿《はん》。
塵世《じんせい》の生謀《せいぼう》は賊鄙《ぞくひ》多《おお》く
丈夫《じょうふ》の偉業《いぎょう》は排讒《はいざん》に任《た》えたり。
祈《いの》る君《きみ》　文武《ぶんぶ》に宜《よろ》しく力《ちから》を精《つ》くし
図報《とほう》して何《なん》ぞ酸且《さんか》つ鹹《かん》を辞《じ》すべけんや。

風に吹かれている煮炊きの煙は鍋底のこげついた黒い色をしているというのに、のんびり暮らして国益を害する悪人どもはそれでもなお食物を貪り続けている。武士は相も変わらず美しい春景色に夢中だが、そこへ突然に西洋列強の軍艦が帆を張り波を蹴立てて次々とやって来た。世の中というものははかりごとをめぐらそうとすれば敵が増え、優れた人物が立派な事業を起こそうとするとけなして退けようとするものだ。私は君が文武の両道にしっかりと精進し、君恩に報いることを考えてどんな辛苦にも耐え抜いてくれることを願っている。

○黬　なべずみ。　○貪饞　食物をむさぼりたべる。　○颿　風を受けて舟を進める帆。　○生謀　生計。はかりごとをおこす。　○賊鄙　寇賊《こうぞく》（悪者、内外の敵）と鄙夫《ひふ》（愚者。心が狭くいやしい者）。

其三

胡羯跳梁難斬芟
席頭論議盡呫喃
三人生返紫洋雨
八道逃奔釜海帆
姑息失機終窘蹙
惰驕置伐未精嚴
慨然談及今古事
起坐仰天着袂挽

其《そ》の三《さん》

胡羯《こかつ》の跳梁《ちょうりょう》は斬芟《ざんさん》し難《がた》く
席頭《せきとう》の論議《ろんぎ》は尽《ことごと》く呫喃《ちょうなん》たり。
三人生返《さんにんせいへん》す　紫洋《しよう》の雨《あめ》
八道逃奔《はちどうとうほん》して釜海《ふかい》を帆《わた》れり。
姑息《こそく》に機《き》を失《うしな》い終《つい》に窘蹙《きんしゅく》し
惰驕《だきょう》して伐《う》つを置《お》き未《いま》だ精厳《せいげん》ならず。
慨然《がいぜん》として談《だん》じ及《およ》ぶ　今古《きんこ》の事《こと》
起坐《きざ》して天《てん》を仰《あお》ぎ袂《たもと》を挽《ひ》くに着《いた》る。

異民族が我がもの顔にふるまってもはや動乱の平定が困難となっては、軍議の席上に堂々たる議論はなく誰もが小声でひそひそと語り合うばかり。三人の奉行（石田三成・増田長盛・大谷吉継）は雨の玄海灘を渡って生還し、朝鮮全土から日本軍は撤退して釜山の海から船に乗って帰国した。三人の指揮官たちはその場しのぎの策を用いて好機を見失いとうとう窮地に陥り、おごりたかぶってなすべきことを怠り攻伐を放棄して態勢を整えなかった。話題がそう遠くない昔のことに及ぶと気持ちはいよいよ高ぶり、立ち上がっては天を仰ぎ腕まくりをして意気込んだことよ。

○斬芟　賊を取り除き、動乱を平定する。　○呫喃　小声でぺちゃくちゃしゃべる。　○三人生返　加藤清正、黒田長政、福島正則らの闘将と対立した三人の朝鮮奉行を指す。すなわち石田三成、増田長盛、大谷吉継の三名で、文禄の役では渡海して漢城に駐留、主に占領地の統治、兵站を任務としたが、統括者の三成は戦略にも深く関わった。　○紫洋　紫灘。筑海。筑紫の海のこと。筑前・筑後は古く筑紫国と称した。ここは特に日本海側の外海、すなわち玄海灘をいう。　○八道　李氏朝鮮における八つの行政区画（平安道、咸鏡道、黄海道、江原道、忠清道、全羅道、慶尚道、京畿道）。転じて朝鮮全土をも表現するようになった。　○姑息　一時しのぎ。気休め。○窘蹙　窮地におちいる様。　○惰驕　驕惰。おごりたかぶって、なすべきことを怠る様。　○精厳　態勢を整える。また細かく厳密であること。　○着　もと「看」に作るが意味をなさず、今これを「着」に改めた。○袂挽　「挽袖《ばんしゅう》」と同じ。着衣のたもとをまきあげる。腕まくり。意気込んだ様子の意に用いる。なおここは押韻の関係で、本来「挽袂」とする所を転倒してある。

其四

莫逆談心尤至誠
夜深林苑雨髟髟
茶聲一鼎洗塵耳

其《そ》の四《し》

莫逆《ばくぎゃく》の談心《だんしん》　尤《もっと》も至誠《しせい》
夜《よる》は林苑《りんえん》に深《ふか》くして雨髟髟《あめさんさん》たり。
茶声一鼎《ちゃせいいってい》　塵耳《じんじ》を洗《あら》い

剔燭煤火照敝衫
愚俗謀身屢蹉跌
英雄趍道幾嵒巉
忠誠着實丈夫學
浮誕何須晉阮咸

燭《しょく》を剔《き》れば煤火《ばいか》は敝衫《へいさん》を照《て》らす。
愚俗《ぐぞく》は身《み》を謀《はか》って屢《しば》しば蹉跌《さてつ》し
英雄《えいゆう》は道《みち》に趍《おもむ》けば嵒巉《がんざん》に幾《ちか》し。
忠誠着実《ちゅうせいちゃくじつ》は丈夫《じょうふ》の学《がく》
浮誕《ふたんなん》何ぞ須《すべか》らく晋《しん》の阮咸《げんかん》たるべけんや。

意気投合した友と語る心は誠実この上ない、
いつの間にか夜は更けて樹木の繁る庭には雨がしとしとと降っている。
茶を煮る鼎の音が俗界のことで汚れた耳を洗い、
灯心をかきたてては蝋燭の炎が粗末な着衣を照らし出す。
世俗の愚かな連中は自分本位に考えるから何度も失敗するのであって、
英雄が信ずる道に突き進む際にはまず険しい難関を避けて通ったりはしないものだ。
忠誠心と正直な態度は立派な人物の学び取るべき理想の姿であり、
どうして晋の阮咸のように礼節を軽んじての勝手放題が許されようか。

○莫逆　互いに思いが一致して、意気投合する様。　○誠　本詩の韻は下平十五咸（髟・衫・巉・咸）で、第一句末の「誠」（下平八庚）は異なる。今これを意図的な破調と見て、同韻の「諴」（誠意）に改めずに据え置いた。　○髟髟　一般に「髟」は「ひょう」と発音するが、それでは韻（下平二蕭）が合わない。しかし『集韻』は「髟髟《さんさん》」

（長髪の意）を下平十五咸としており、今これに従う。髪が乱れ垂れるように、ものが細長く垂れ下がる様子を表す。「鬖鬖」に同じ。○塵耳　俗界のことで汚れた耳。○燭剔　灯心をかきたてる。○煤火　ろうそく。もと「楳花」に作るが意味をなさず、今これを改めた。○敝衫　破れた着物。ぼろ衣。もと「敞」に作るが今これを改めた。○嵒巉　山が険しい様。○着実　まじめに落ち着いて、物事を確実に処理できる様。○浮誕　勝手ほうだいな様。○阮咸　魏～西晋の文人。竹林の七賢の一人。『世説新語』及び『晋書』阮咸伝によれば、おじの阮籍とともに飲酒遊宴を好んだ。性格は放誕で、礼節を軽んじたため、時の儒士から誹謗されたという。

無題

精神益見凜如矛
雨晴孔榻花陰濕
月小遠林鴈語幽
男兒生世莫徒死
海岳君恩毫未酬

無題《むだい》

精神《せいしん》は益《ます》ます見《あらわ》れ凜《りん》たること矛《ほこ》の如《ごと》し
雨《あめ》晴《は》れ孔榻《こうとう》は花陰《かいん》に湿《うるお》う。
月《つき》は遠林《えんりん》に小《ちい》さく鴈語《がんご》幽《かす》かなり
男児《だんじ》世《よ》に生《う》まれて徒《と》死《し》する莫《な》かれ
海岳《かいがく》の君恩《くんおん》に毫《ごう》も未《いま》だ酬《むく》いざればなり。

気力はいよいよ充実し身も心もひきしまって鋭い矛のようになっている、
雨は上がったが腰かけは花かげにしっとりと潤っている。
月は遠い林の上に小さい姿を見せ雁の鳴き声がかすかに聞こえる。

男子はこの世に生を受けたからには無駄な死に方をしてはならない。
いまだ広大な君恩にわずかばかりも報いていないのだから。

※本詩もまた前掲「春風」と同様に奇数句より構成される。韻字は「矛」「幽」「酬」が下平十一尤で押韻するが、第二句末の「濕」が入声十四緝で合わない。また詩意も一、四、五と、二、三句で噛み合わない。あるいは句の脱落や混入等があろうか。

○精神　元気。気力。○凜　緊張で心身のひきしまる様子。○孔榻　もと「搨」に作るが今これを改めた。「孔」は大きい意か。「榻」は幅が狭くて長めの座具。長椅子。寝台。

「丁巳鄙稿」（安政四年）

夜抵生雲

満堤緑草露生涼
月影娟娟流入塘
荒驛蕭森夜將半
隔林山犬一聲長

夜《よる》、生雲《いくも》に抵《いた》る

満堤《まんてい》の緑草《りょくそう》　露《つゆ》涼《りょう》を生《しょう》じ
月影《げつえい》は娟娟《けんけん》として流《なが》れて塘《いけ》に入《い》る。
荒駅《こうえき》は蕭森《しょうしん》として夜将《よるまさ》に半《なか》ばならんとし
隔林《かくりん》の山犬《さんけん》　一声長《いっせいなが》し。

土手をおおい尽くす緑草の上に夜露が降りて涼しく、
清らかな月の光は水に映じたまま流れにまかせて溜池へと注ぐ。

辺鄙な宿場はやたらと寂しく時はちょうど真夜中、
林を隔てて山犬の遠吠えがひとこえ長く響き渡った。

※『集』No.一二。

○生雲　山口市阿東生雲。旧藩時代は奥阿武宰判に属した。この地に久坂の母・富子の実家である大谷家があった。大谷家は代々大庄屋の家柄で、苗字帯刀を許された豪農。九代忠兵衛が玄瑞の伯父にあたる。十代久七とともに尊王の志が厚く、一時、七卿の一人である沢宣嘉もここに潜伏した。久坂は当地をしばしば訪れ、とりわけ別邸の楽山亭を気に入っていたという。○娟娟　清らかで繊細な美しさ。○塘　ためいけ。貯水池。○荒駅　辺鄙な宿場。ここは荒廃した意ではなく、城下を遠く隔てた生雲をいう。○蕭森　もと「夜深」に作るが、『集』は「蕭森」（静かで寂しい様子）に作る。下に「夜将半」とあるため後者を是とし、今これを改めた。

早發

遠山旭日上三竿
郊樹如煙露始乾
厭暑行人來往急
蟬聲早已滿林巒

早《つと》に発《はっ》す

遠山《えんざん》に旭日《きょくじつ》上《のぼ》ること三竿《さんかん》
郊樹《こうじゅ》は煙《けむり》の如《ごと》く露始《つゆはじ》めて乾《かわ》く。
厭暑《えんしょ》の行人《こうじん》は来往急《らいおうきゅう》にして
蝉声《せんせい》は早《つと》に已《すで》に林巒《りんらん》に満《み》つ。

遠い山に朝日が顔をのぞかせて空高く昇りはじめると、
郊外の木々が煙のような朝もやの中にかすみ夜露もようやく乾き始める。
昼間の暑熱をいやがる旅人たちの往来がせわしくなる頃には、
樹木におおわれた峰々はあっという間に蝉の声に満ちあふれる。

※『集』No.一三。

○遠　「集」は「東」に作る。　○三竿　竹竿を三本つないだほどの高さの意から、日や月が空高く昇ること。

○厭　『集』は「畏」に作る。　○林巒　樹木におおわれた峰々。

「丁巳鄙稿」(安政四年)

仲元拜父母兄墓

秋雨慘憺寺門暮
墓樹煙凝香一炷
年少不幸喪父兄
無奈人生草上露
吾衣慈母嘗織縫
吾卷父兄半點註
看花對月都有感

仲元《ちゅうげん》、父母兄《ふぼけい》の墓《はか》を拝《はい》す

秋雨《しゅうう》は慘憺《さんたん》たり　寺門《じもん》の暮《くれ》
墓樹《ぼじゅ》に煙《けむり》は凝《とどま》る　香一炷《こういっしゅ》。
年少《ねんしょう》不幸《ふこう》にして父兄《ふけい》を喪《うしな》う
奈《いか》んともする無《な》し　人生《じんせい》は草上《そうじょう》の露《つゆ》。
吾《わ》が衣《い》は慈母《じぼ》嘗《かつ》て織縫《しょくほう》し
吾《わ》が巻《かん》は父兄《ふけい》半《なか》ば点註《てんちゅう》す。
花《はな》を看《み》て月《つき》に対《むか》えば都《すべ》て感《かん》有《あ》り

獨吊形影仰天籲
子欲養兮親不在
寒風暴矣動老樹
遂無鷄豚及存時
深愧烏雛能反哺
寒暑數年兒亦長
紹述唯須慰追慕
墜葉蕭索雨無聲
孤子和涙掃墳墓

独《ひと》り形影《けいえい》を吊《あわれ》んでは天《てん》を仰《あお》いで籲《さけ》ぶ。
子《こ》は養《やしな》わんと欲《ほっ》するも親《おや》在《あ》らず
寒風暴《かんぷうはげ》しく老樹《ろうじゅ》を動《うご》かす。
遂《つい》に鶏豚《けいとん》の存時《そんじ》に及《およ》ぶ無《な》く
深《ふか》く烏《う》雛《すう》の能《よ》く反哺《はんぽ》するに愧《は》ず。
寒暑数年《かんしょすうねん》　児《じ》も亦《ま》た長《ちょう》ずれば
紹述《しょうじゅつ》して唯《た》だ須《すべか》らく慰《なぐさ》め追慕《ついぼ》すべし。
墜葉《ついよう》は蕭索《しょうさく》として雨《あめ》に声《こえ》無《な》く
孤子《こし》は涙《なみだ》に和《わ》して墳墓《ふんぼ》を掃《はら》う。

秋雨がものさびしく降る夕暮れどき墓参りのために寺を訪れた、
手向けた線香の煙は墓の傍らに立つ木の辺りでじっと動かずにいる。
私は不幸にも幼い時分に父母兄と死に別れ、
天涯孤独の身となってその心細さといったらたとえようもなかった。
私が着ている衣服はかつて母が縫ってくれたもの、
読んでいる書物は父と兄が半ばは訓点や注を書き入れたもの。
花と月とを見るにつけついつい故人を思い出しては、
一人残された我が身と影とで薄倖を嘆き天を仰いでは大声で孤独の辛さを訴える。

子が孝養を尽くそうと思ったときには親はもうこの世にはいないのだ、
寒風が激しく吹きつけては年を経た立木を揺り動かしてゆく。
生前にご馳走を食べさせたいと思ってもいざという時にはもはや親はこの世になく、
結局は親の養育の恩に報いることができなかったのを後悔してしまう。
あれから数年の歳月が流れて私も成長したので、
今後は先人の事業を受け継ぎひたすら尊霊を慰めて思い出を懐かしむとしよう。
枯葉も散って周囲は何とも寂しくそのうえ雨は音もなく降っている、
孤児となった私は涙を流しつつ墓石に積もった落葉を取り除いた。

※『稿』No.四九、『集』No.一四。

○惨憺　ものさびしい。後出の「蕭索」も同じ。○草上露　物事のはかなさの喩え。○吊　いたむ。悲しみ嘆く。あわれむ。○形影　自分と影法師の二人。孤独を表現する。○仰天籲　「籲天《ゆてん》」は天に向かって大声で訴えること。○在　もと「止」に作るが、『集』に従って今これを「在」に改めた。○鶏豚及存時　生活が安定すると、老人はいつも肉を食べる暮らしができるようになる。『孟子』梁恵王上に、「鶏豚《けいとん》狗彘《くてい》の畜、其の時を失う無くんば、七十の者、以て肉を食うべし」とある。栄養価の高い肉類を老父母に食べさせられるのは孝行であった。○烏雛能反哺　子が親の恩に報いて孝養を尽くす喩え。カラスのひなは親に養育された恩返しに、成長してから食べ物を口移しで親を養うという。話は梁武帝「孝思賦」や『事文類聚』に見える。○寒暑　寒温。歳月のこと。○紹述　先人の事業を受け継ぐ。

憶友

賓鴻聲冷不勝愁
千里回頭山水幽
想汝今霄還想我
白雲明月各天秋

友《とも》を憶《おも》う

賓鴻《ひんこう》の声《こえ》は冷《ひや》やかにして愁《うれ》うるに勝《た》えず
千里《せんり》に頭《こうべ》を回《めぐ》らせば山水《さんすい》は幽《ゆう》なり。
汝《なんじ》を想《おも》えば今霄《こんしょう》還《ま》た我《われ》を想《おも》わん
白雲明月《はくうんめいげつ》　各《おの》おの天秋《てんしゅう》。

渡り鳥の鳴き声が寒々しく響いて心は悲しみに重く沈み、
彼方を振り返って見ると山水の景色は奥深くひっそりしている。
私は君を思うが今宵また君も私のことを思っているだろう、
白雲も明月も美しくそれぞれに秋の深まりを実感する。

※『集』No.一五。

○賓鴻　白鳥やガン、ヒシクイなど、水辺に群居する渡り鳥の類。　○幽　『集』は「悠」に作る。　○天秋　秋という季節。

斬虎行

絶域失兒肝膽熱
夜寒沙磧天飛雪
食我兒者虎虎印痕
一聲高吼山破裂
擐甲按劍虎張鬚
爪牙雖利奈尺鐵
人進虎蹙人屠虎
風捲腥氣雪和血
君不見
慈爺愛子心何切
單身不顧投虎穴

斬虎行《ざんここう》

絶域《ぜついき》に児《じ》を失《うしな》って肝胆熱《かんたんあつ》し
夜《よる》は沙磧《させき》に寒《さむ》く天雪《てんゆき》を飛《と》ばす。
我《わ》が児《じ》を食《く》らう者《もの》は虎《とら》にして虎《とら》は痕《あと》を印《しる》す
一声高《いっせいたか》く吼《ほ》ゆれば山《やま》は破《やぶ》れ裂《さ》く。
甲《こう》を擐《つ》け剣《けん》を按《あん》じて虎《とら》のごとく鬚《ひげ》を張《は》れば
爪牙《そうが》は利《と》しと雖《いえど》も尺鉄《せきてつ》を奈《いか》んせん。
人進《ひとすす》めば虎蹙《とらすく》み人《ひと》は虎《とら》を屠《ほふ》り
風《かぜ》は腥気《せいき》を捲《ま》いて雪《ゆき》は血《ち》に和《わ》す。
君見《きみみ》ずや
慈爺《じや》の子《こ》を愛《あい》するは心何《こころなん》ぞ切《せつ》にして
単身顧《たんしんかえり》みず虎穴《こけつ》に投《とう》ずるを。

「丁巳鄙稿」(安政四年)

辺境に子を失って腹の中は怒りと憎しみで燃えている、
夜は寒さも厳しく砂漠には雪が舞っているというのに。
子供が虎に食われたと知れたのは虎が足あとを残していたからだ、
虎が一声激しく吼えると山も破けようとする。

だが甲冑を身にまとい剣の柄に手をかけていかめしい頬ひげをピンと張れば、
たとえ相手の爪や牙がどれほど鋭くともわずかな凶器も体に食い込みはしない。
人が進み迫ると虎は恐れて縮みあがり人が虎を退治するに及んでは、
風はなまぐさい臭いを巻き上げて雪は血潮に染まる。
君よ知っておきたまえよ、
愛情深い父親の子供をいとおしむ心がどんなにか切実で、
たった一人でも危険をいとわず虎のひそむ穴に進み入るということを。

※『稿』No.五〇、『集』No.一六。
○斬虎行　楽府題《がふだい》に「猛虎行」はあるが、「斬虎行」はない。久坂の創出になるか。内容的には張籍、李賀、高青邱等の「猛虎行」が近い。○絶域　中央から遠く離れた土地。○寒　『集』は「深」に作る。○沙磧　砂漠。『集』は「砂磧」に作る。○印痕　めじるしを残す。なお『稿』はこの第三句を「食我兒虎虎留蹤」（我が児《わじ》を食《くら》うは虎《とら》にして虎《とら》は蹤《あと》を留《とど》む）に作る。○慈爺　愛情深い父親。

詠物　六首　　詠物《えいぶつ》　六首《ろくしゅ》

燈　　灯《とう》

燈火一穂照殘編　　灯火《とうか》の一穂《いっすい》　残編《ざんぺん》を照《て》らすも

螢雪誰知却出賢
机畔終霄儼然立
應嗤吾輩枕書眠

蛍雪《けいせつ》は誰《たれ》か知《し》らん　却《かえ》って賢《けん》を出《い》だすを。
机畔《きはん》　終霄《しゅうしょう》　儼然《げんぜん》として立《た》ち
応《まさ》に嗤《わら》うべし　吾輩《わがはい》の書《しょ》を枕《まくら》にして眠《ねむ》るを。

ともしのひとすじの炎が読みかけの本を照らしているが、
蛍の光と雪明かりが意外にも立派な人物を育てたことを誰が知ろう。
それでも行灯は机の横に一晩中きちんと立ったままで、
たぶん私が本を枕に居眠りするのをあざわらっていることだろう。

※『集』No.一七。なお同書はこの「詠物」について「六首」とせず、「原十二首」と注記している。
○詠物　花鳥風月・草木虫魚などの自然界に存在するものや、人間が作り出した物品・器具などを題材として詩歌を作ること。　○灯火　油皿に灯心を差し入れて火をつける照明用具。江戸時代のことであるから、広く普及した置行灯と解した。　○蛍雪　「蛍雪の功」、「蛍窓雪案」の故事。苦労して学問に励むこと。東晋の車胤《しゃいん》と孫康は、ともに貧しく灯油《ともしあぶら》が買えなかった。そこで車胤はホタルの光で、孫康は雪明かりで読書した。『蒙求』に「車胤蛍光、孫康映雪」の句がある。　○終霄　「霄」は「宵」に通ず。一晩中。　○儼然　おごそかな様。きちんと整った様。

爐

一爐滿室暖如春
龜手曲身始得伸
衾枕伴君眠不覺
誰知天下有寒民

炉《ろ》

一炉室《いちろしつ》に満《み》ちて暖《あたた》かきこと春《はる》の如《ごと》く
亀手曲身《きんしゅきょくしん》　始《はじ》めて伸《の》ばし得《え》たり。
衾枕《きんちん》に君《きみ》を伴《ともな》えば眠《ねむ》って覚《さ》めず
誰《たれ》か知《し》らん　天下《てんか》に寒民《かんみん》有《あ》るを。

火鉢のぬくもりが部屋中に行き渡り春のように暖かく、
あかぎれの手も縮こまった体もはじめて伸ばすことができた。
夜具の中におまえを連れて入ると寒さで目が覚めることもない、
今どき着るものにも事欠く若者がいることなどどなたもご存じあるまい。

※『集』No.一八。

○炉　暖をとるのに用いる火鉢。手あぶり。　○亀手　あかぎれのできた手。　○寒民　着るものにも事欠く人々。

箸

子房指畫漢家隆

箸《はし》

子房《しぼう》は指画《しかく》して漢家隆《かんかさか》んなり

劉備驚雷欺悍雄
可憐今日豪啖客
携汝空過肴蔌中

劉備《りゅうび》は驚雷《きょうらい》して悍雄《かんゆう》を欺《あざむ》く。
憐《あわ》れむべし　今日豪啖《こんにちごうたん》の客《きゃく》
汝《なんじ》を携《たずさ》うるも空《むな》しく過《す》ぎん　肴蔌《こうそく》の中《うち》。

張良が栄陽で酈食其の愚策を見抜き箸を使って劉邦と密談したから漢朝の隆盛があり、
劉備は曹操と会食して思わず箸を落としたが雷鳴のせいにして本心をはぐらかした。
それに比べて気の毒なのは何でも食べたがるいやしん坊のこの私、
おまえを手にしてもご馳走なんかどこにもありはしないというのに。

※『集』No.一九。

○子房指画漢家隆　「子房」は張良の字。前漢の政治家。劉邦の軍師となり、漢の建国を助け、蕭何《しょうか》、韓信とともに漢の三傑と並称された。「指画」は指や手で意図を示す動作。多くは謀《はかりごと》をする際に秘密の漏れるのを防ぐためになされた。『史記』留侯世家に次の話がある。栄陽で項羽軍に包囲されて危難に陥った劉邦は、酈食其《れきいき》の献策を採用し、安心して食事をしていた。そこへ張良が入ってきて、劉邦の箸を奪い取って天下の形勢を説明し、酈食其の雄弁に惑わされ、その愚策を実行してはならぬと教えて感謝された。劉邦はこの助言で対処を誤らずに済み、漢王朝の創始へと歩みを進めた。なお本話は『十八史略』巻二（西漢）にもある。○劉備驚雷欺悍雄　ある時、劉備と曹操が会食した。曹操の側近はこれを好機として、将来の禍根を断つべしと劉備の暗殺を進言した。会食の際、劉備は各地の英雄の名をあげたが曹操は取り合わず、「いま天下の英雄といえるのは、尊公とそれがしだけでござるぞ」と告げた。劉備は思わず箸を取り落としたが、折しも鳴った雷のせいにして曹操の気をそらした。話は『十八史略』巻三（東漢）に見える。〇豪啖客　大食の人。ここは久坂自身をいう。〇肴蔌　鯉の料理と野菜の料理。転じてごちそうのことをいう。

鑰

偸児跡斷戸蕭然
魚目中霄不就眠
鎖鑰終無北門守
神州容易受腥羶

鑰《かぎ》

偸児《とうじ》の跡《あと》は断《た》え戸《と》は蕭然《しょうぜん》たり
魚目《ぎょもく》は中霄《ちゅうしょう》も眠《ねむ》りを就《な》さず。
鎖鑰《さやく》して終《つい》に無《な》し　北門《ほくもん》の守《まも》り
神州《しんしゅう》は容易《ようい》に腥羶《せいせん》を受《う》けん。

泥棒がめっきり減ったことで家々はひっそりと静まり返っている、
各家を守るかぎは魚の目と同じくまんじりともせず一晩中仕事をして眠らない。
翻って領土にかぎをかけた鎖国制度を見るにずっと北方の守りはがら空きの状態、
これでは我が日本国が西洋列強の侵略を受けるのは当たり前であろう。

※『集』No.二〇。

〇偸児　泥棒。こそどろ。〇蕭然　もの静かでひっそりした様子。〇魚目　上・下の瞼《まぶた》や瞬膜《しゅんまく》がない目。閉じることがない目。○中霄　夜中。○鎖鑰　鎖国。○北門　北の果て。ここでは蝦夷地《えぞち》をいう。

井　　井《い》

孝子辛艱誠感天　　孝子《こうし》の辛艱《しんかん》　誠《まこと》は天《てん》を感《かん》ぜしめ
金蒲城主得君堅　　金蒲《きんぽ》の城主《じょうしゅ》は君《きみ》を得《え》て堅《かた》し。
惜佗世上才望士　　惜《お》しむらくは佗《た》の世上《せじょう》才望《さいぼう》の士《し》
掘井多皆不及泉　　井《い》を掘《ほ》るも多《おお》くは皆泉《みないずみ》に及《およ》ばざるを。

孝行者の舜は親に憎まれて井戸で殺されかけたが天に誠意が通じて奇跡が起こり、
金蒲で水源を断たれた耿恭は天に祈って井戸水が自噴し守りは再び堅固となった。
ただ残念なことは世の中の才能のあるものたちが、
井戸を掘っても多くの場合は肝心の水源に達しないことである。

※『集』No.二一。

○孝子辛艱誠感天　劉向《りゅうきょう》『孝子伝』に次の話がある。舜は両親と弟に憎まれ、何度か殺されそうになった。ある日、井戸掘りを命ぜられたが、これも舜を亡きものにするための企てであった。親切な隣人がそのことを教えると、舜は平然として、「ただ父母の言うがままにするのが孝行です。逃げて親不孝をするつもりはありません」

と答えた。舜がかなり深くまで井戸を掘ると、上から土を落としてきた。しかし事前に横道を掘っていたため難を逃れることができた。その後、両親は零落したが、舜と再会、舜が天を仰いで悲しむと、父は目が開き、母も耳が聞こえるようになった。『二十四孝』には「孝感動天」の話として見え、むごい仕打ちを受けても両親を敬い、弟を可愛がることを止めなかったとある。○金蒲城主得君堅　『後漢書』耿恭伝《こうきょうでん》に次の話がある。東漢の章帝の時、西域に対する守りを固めるため、耿恭を戊己校尉《ぼきこうい》に任じ、金蒲城《きんぼじょう》に駐屯させた。これを匈奴《きょうど》の大軍が囲み、澗水をせきとめ、城内の水源を断った。耿恭は井戸を掘ったが、十五丈になっても水は出ず、味方はのどの渇きに苦しんだ。そこで耿恭は天を仰ぎ、「かつて李広利将軍は刀で地面を突き刺すと泉が自噴したと聞くが、今、漢の徳は明らかである。我が方が窮することなどあるはずがない」と、衣服を整えて井戸に向かって再拝した所、水が勢いよく噴き出した。兵は万歳を叫び、敵にこれを見せつけた所、相手は神業と懼れて引き上げた。○掘　本文は「堀」に作るが今これを改めた。

箒

魏勃諂諛爲舍人
文侯友愛待佳賓
掃除小室非吾事
借汝一驅天下塵

箒《ほうき》

魏勃《ぎぼつ》は諂諛《てんゆ》して舎人《しゃじん》と為《な》り
文侯《ぶんこう》は友愛《ゆうあい》して佳賓《かひん》を待《ま》つ。
小室《しょうしつ》を掃除《そうじ》するは吾《わ》が事《こと》に非《あら》ず
汝《なんじ》を借《か》りて一《ひと》たび駆《か》らん　天下《てんか》の塵《ちり》。

斉の魏勃は宰相のご機嫌をとるため屋敷の門前を毎日箒で掃除して仕官を求め、
魏の文侯は箒を抱えて師事すべき子夏を礼儀正しく待っていた。
小部屋を掃除するなどというのは私にふさわしい役目ではない、
いっそそなたの力を借りて天下の汚れを一掃してくれようぞ。

※『集』No.二二。

○魏勃諂諛為舎人　『史記』斉悼恵王世家、及び『漢書』高五王伝に次の話がある。魏没は若い頃、斉の宰相・曹参に面会を求めたが、貧家の出身であったため、かなわなかった。そこで早朝と深夜にその屋敷に参上して門前を掃き清めることを続けた。これを見た曹家の舎人が理由を問いただした。訳を知った舎人は魏没の心意気に感じ入り、曹参に引き合わせてくれた。その後、魏勃は人物を認められ、出世することができた。なお本文はもと「諂」に作るが、今これを「諂」に改めた。○文侯友愛待佳賓　孔子の門人・子夏は魏の国に来て、西河のほとりに住んでいた。魏の文侯は子夏に師事するため、箒を抱えて待っていた。つまり、その箒で先生の歩み来る道路の塵を掃い清めるとの気持ちを態度で示し、賓師を迎える礼をとったのである。『文選《もんぜん》』（巻二十）に収める阮籍の奏記「蒋公《しょうこう》に詣《いた》す」（蒋大尉の辟召を辞するの奏記）に、「子夏西河《しかせいか》の上《ほとり》に処《お》りて文侯《ぶんこう》 箒《ほうき》を擁《よう》す」と見えるが、李善注はその話の出典を『呂氏春秋』とする。

「東遊稿《とうゆうこう》」（安政五年）

児玉之修招余別飲。席上次諌早子制韻
児玉之修《こだましじゅう》、余《よ》を招《まね》きて別飲《べついん》す。席上《せきじょう》、諌早子制《いさはやしせい》の韻《いん》に次《じ》す

一杯芳醸惜離分
耐聴黄鸝鳴喚群
柳暗池頭春色緑
花飛簾外夕陽薫
功名何日垂青史
郷國従茲幾白雲
別後東風三百里
江山佳處輒思君

一杯《いっぱい》の芳醸《ほうじょう》に離分《りぶん》を惜《お》しめば
聴《き》くに耐《た》えたり　黄鸝《こうり》鳴《な》いて群《む》れを喚《よ》ぶを。
柳《やなぎ》は池頭《ちとう》に暗《くら》く春色《しゅんしょく》　緑《みどり》にして
花《はな》は簾外《れんがい》に飛《と》んで夕陽《せきよう》に薫《かお》る。
功名《こうみょう》は何《いず》れの日《ひ》にか青史《せいし》に垂《た》れん
郷国《きょうこく》は茲《ここ》より幾白雲《いくはくうん》ならん。
別後《べつご》の東風《とうふう》　三百里《さんびゃくり》
江山《こうざん》の佳処《かしょ》に輒《すなわ》ち君《きみ》を思《おも》わん。

かぐわしい一杯の酒に別れを惜しめば、
ウグイスが仲間を呼ぶ声をまともに聴くことはできない。

柳は池のほとりにほの暗く繁って春景色は新緑に包まれ、
花はすだれの外に舞い散って夕暮れには芳香が立つ。
いつになったら手柄を立てて有名になり歴史の書物に名を残すことができようか、
故郷はこれから幾重もの白雲に隔てられどれほど遠くなることやら。
別離ののち私は春風の吹く三百里の彼方にあっても、
美しい山水とめぐりあうごとに君のことを思い出すだろうよ。

○児玉之修・諫早子制　既出（五二頁）。○黄鸝　正しくはコウライウグイスを指すが、日本の漢詩では邦土のウグイスをいう。○青史　歴史書。

「東遊稿」（安政五年）

將發

行李蕭蕭出舊關
腰間鋏劍響如環
此行若不償微志
何面重來見故山

将《まさ》に発《た》たんとす

行李《こうり》 蕭蕭《しょうしょう》として旧関《きゅうかん》を出《い》ずれば
腰間《ようかん》の鋏剣《てっけん》は響《ひび》くこと環《かん》の如《ごと》し。
此《こ》の行《こう》若《も》し微志《びし》を償《つぐな》わずんば
何《なん》の面《かんばせ》あって重来《ちょうらい》して故山《こざん》に見《まみ》えんや。

旅人がひっそりと住みなれた城下をあとにすると、

腰に帯びた両刀が玉環のように澄んだ音をたてる。
もしもこの東遊で我が志を実現しなければ、
どの面さげてふるさとの人々と再会できようか。

○将発　久坂の江戸行（三か年の自費遊学）は萩出足が二月二十日（妻木忠太説。福本義亮・武田勘治は二月二十六日説）、三月十六日に入京（宿所は京藩邸内の願就院）、四月七日に江戸（麻布藩邸）に到着した。○行李　旅人。○環　玉環。平たいドーナッツ状の玉器。○微志　自分の志を謙遜していう表現。○償　みたす。○結句　『史記』項羽本紀の「我何の面目あって之に見《まみ》えん」と帰郷を拒絶する場面や、晩唐の詩人・杜牧《とぼく》の七絶「烏江亭《うこうてい》に題す」（捲土重来《けんどちょうらい》）を意識した一句となっている。○故山　故郷。ふるさと。

山口途上

緑竹開筵飛羽觴
誰圖鼙鼓起漁陽
鴻峯落日龜山雨
満路春風引感長

山口途上《やまぐちとじょう》

緑竹《りょくちく》の開筵《かいえん》に羽觴《うしょう》を飛《と》ばし
誰《たれ》か図《はか》らん　鼙鼓《へいこ》の漁陽《ぎょよう》に起《お》こるを。
鴻峯《こうほう》の落日《らくじつ》　亀山《きざん》の雨《あめ》
満路《まんろ》の春風《しゅんぷう》　引《ひ》くこと長《なが》きに感《かん》ず。

青々と竹が繁り酒宴を繰り広げては羽觴を高く差し上げて歓楽に耽っていたあの頃、

そもそも誰が漁陽のごとくこの地に陣太鼓が鳴り響き反乱が起こるのを予想したろうか。
鴻ノ峰に隠れる夕日も亀山にそぼ降る雨も穏やかそのもので昔を偲ぶよすがはなく、
今や春風のごとき藩公の恩恵が街道の隅々に行き渡り永く吹き続ける様は感に堪えない。

○山口　周防山口。現在の山口市。室町期には守護大名・大内氏の本拠地として繁栄した。近世は萩城下から三田尻（防府）を結ぶ「萩往還」の最も重要な宿駅として町制が布かれ、幕末には藩庁（政事堂）が移設された。○開筵　宴を開く。宴席を設ける。○羽觴　スズメが羽を広げた形を模して作った杯。○鼙鼓　軍用の小さい太鼓。攻めつづみ。白居易の「長恨歌」に「漁陽《ぎょよう》の鼙鼓《へいこ》地を動《どよも》して来《きた》る」とある。○漁陽　唐の玄宗の天宝十四年（七五五）、節度使の安禄山が謀反を起こした地。本詩の場合、天文二十年（一五五一）に武断派重臣の陶《すえ》晴隆《はるたか》の謀反により大内義隆が山口を追われた史実に重ねたか。その後、陶氏が滅び、毛利氏の支配となってからも政治的不安定は続き、弘治三年（一五五七）の杉重輔の乱、永禄十二年（一五六九）の大内輝弘の乱で山口の街は相次いで炎上、多くの貴重な文化財が焼失した。○鴻峯　鴻ノ峰《こうのみね》。山口市上宇野令《かみうのれい》にある標高三三八メートルの山。山頂に大内義長が築いた高嶺城《こうのみねじょう》があった。○亀山　同市亀山町にある標高六十六メートルの山。鴻ノ峰の南東に位置する。山頂には毛利秀元により築かれようとして断念された長山城跡がある。○春風　文字通り「春の風」の意味の他、温かい恵み、恩沢の意もある。

富海舟中

巒光島影綠如透
滿海烟波春色富
此際倶誰唱且酬
舟中商賈利談陋

富海《との み》舟中《しゅうちゅう》

巒光島影《らんこうとうえい》は緑《みどり》透《す》けるが如《ごと》く
満海《まんかい》の烟波《えんぱ》は春色《しゅんしょく》に富《と》む。
此《こ》の際《さい》誰《たれ》と倶《とも》に唱《とな》え且《か》つ酬《むく》いんや
舟中《しゅうちゅう》の商賈《しょうこ》　利談陋《りだんいや》し。

山々の景色も海上に浮かぶ島の姿も青く透けたようで、
見渡す限りの海面にはもやが立ち込めていかにも春めいた情趣にあふれている。
この佳景を前に誰と詩歌や文章のやりとりをすればよいのだろう、
乗り合わせた商人ときたら儲け話に夢中でその無風流さにはうんざりさせられる。

〇富海　山陽道の半宿のあった富海宿。旧徳山藩領。防府市の東端に位置し、富海港には大小の飛船問屋があり、廻船・倉庫業で栄えた。幕末には中山忠光、三条実美以下の七卿が一時潜居したこともある。また急ぎイギリスから帰国した井上聞太（馨）、伊藤俊輔（博文）も当地に上陸し、ここから藩庁の置かれた山口に入った。　〇巒光　連なる山々のありさま。「光」は光景、風光の意味。「湖色巒光」、「水色巒光」などと対にして用いる。

〇透　隙間などからちらちらと姿が見えること。　〇烟波　もやって薄暗くなった水面。

阿月訪秋良氏主人、數日前東上不在家

阿月《あつき》に秋良氏《あきらし》の主人《しゅじん》を訪《と》うも、数日前《すうじつまえ》、東上《とうじょう》して家《いえ》に在《あ》らず

満地東風吹虜塵
山林豈作臥雲身
憐君舊砌花開日
去入皇城故見春

満地《まんち》の東風《とうふう》　虜塵《りょじん》を吹《ふ》けば
山林《さんりん》豈《あ》に臥雲《がうん》の身《み》を作《な》さんや。
憐《あわ》れむ君《きみ》　旧砌《きゅうせつ》に花開《はなひら》くの日《ひ》
去《さ》って皇城《こうじょう》に入《い》れば故《つね》の春《はる》を見《み》んや。

世の中では東から吹く風が外敵の災いを蔓延させつつあるというのに、
どうして山林にこもって隠者のように暮らしてなどいられましょうか。
ただ私が同情するのはあなたが古い苔むした石段に桜が咲いた日に、
上京の途に就いたため故郷の見慣れた春景色をご覧になれぬだろうという点です。

○阿月　室津半島の南東部にある地。現柳井市阿月。当地は萩藩の寄組士（三千七百石余）・浦家の宰邑で居館があった。幕末の元襄《もとまさ》（靱負《ゆきえ》、一七九五―一八七〇）は弘化四年以降、当職・当役を歴任、長州の藩政を主宰し、革新派重臣として活躍した。禁門の変の責めを負い、切腹させられた国司信濃《くにししなの》は実家の当主。天保末に設立した郷校《ごうこう》・克己堂《こっきどう》からは赤根武人、白井小助、世良修蔵らの志士が輩出した。○秋良氏　浦家家老・秋良貞温（敦之助、一八一一―一八九〇）。執政浦氏の側近として多数の功績を残し、防長四陪臣の一人に数えられる。浦

家の家政改革を主導した他、海防策を講じ、尊攘運動にも月性らとともに積極的に関わった。維新後は教部省に出仕、諸社の宮司を歴任した。享年八十。〇数日前東上　この年正月、幕府はハリスの強請による通商条約調印の勅許を得るため、閣老・堀田正睦を上京させたが、世論は一斉に沸騰し、各地志士も状況探索のため続々と入京した。秋良は白井小助を先発させ、その後、自らも上京した。吉田松陰は久坂を阿月に派し、まず秋良を訪ねて指示を仰ぐよう命じた。ところが既に出発した後であった。同月二十八日付の久坂宛松陰返信に「阿月の貴書達し候」と見えるため、久坂の阿月訪問は二十五日前後と推定される。〇虜塵　欧米列強によってもたらされつつある混乱や戦難をいう。嘉永のペリー来航以来の江戸における内政外交上の失策を比喩的に表現したもの。〇臥雲　仕官せずに隠者のような生活を送ること。〇旧砌　古砌。古い苔むした石段。

岩國訪陶周洋、次所示韵却呈

岩国《いわくに》に陶周洋《とうしゅうよう》を訪《と》い、示《しめ》す所《ところ》の韵《いん》に次《じ》して却呈《きゃくてい》す

一面開心如舊盟
山醪野蔌説平生
邦家頽厦誰能撐
人海狂瀾不足驚
論議尤嫌多畫餅
忠誠所志是干城

一面《いちめん》して心《こころ》を開《ひら》くこと旧盟《きゅうめい》の如《ごと》く
山醪《さんろう》と野蔌《やそく》もて平生《へいぜい》を説《と》く。
邦家《ほうか》の頽厦《たいか》は誰《たれ》か能《よ》く撐《ささ》えんや
人海《じんかい》の狂瀾《きょうらん》は驚《おどろ》くに足《た》らずや。
論議《ろんぎ》するを尤《もっと》も嫌《きら》うは画餅《がべい》多《おお》ければなり
忠誠《ちゅうせい》の志《こころざ》す所《ところ》は是《こ》れ干城《かんじょう》なりと。

可憐離合雲萍會
交臂何時挑短檠

憐《あわ》れむべし　離合雲萍《りごううんぴょう》の会《かい》
交臂《こうひ》して何《いず》れの時《とき》にか短檠《たんけい》を挑《かか》げん。

一たび対面して心を開いて語れば昔からの盟友のように思え、山家の濁り酒に野菜を供しては普段からの思う所を話してくれる。「我が国の崩れかかった屋台骨を一体誰が支えるというのか、世俗の混乱は何とも驚くばかりではないか。議論は実際の役に立たないことが多いので好まず、国家を守ろうとする忠誠の志こそが大切なのだ」と力説する。残念ながら私は雲や浮草のようにさすらう身で再びお目にかかれるかどうかは判らない、しかし必ずやまた逢いに参りますのでそのときは夜を徹して語り合いましょう。

「東遊稿」（安政五年）

○岩国　周防岩国。現山口県岩国市。吉川家《きっかわけ》六万石の城下町。吉川氏は本来ならば諸侯として独立すべき位置にあったが、関ヶ原以来、代々宗家と疎遠で、毛利家中で最高の石高をもつ一門家老に留め置かれていた。しかし、幕府はこれを柳間詰として大名並の待遇を与えた。幕末の当主・経幹《つねまさ》は宗家をよく助け、国事に尽力したため、明治元年、宗藩主・敬親の計らいにより、死後ながら正式に大名に列せられた。○陶周洋　末永周洋《すえながしゅうよう》（一七九七―一八七一）。岩国藩士。通称修助。筑前の亀井昭陽に学び、詩・書・画の三才を兼ねた。中年に及んで居を玖珂郡《くかぐん》室木村《むろのきむら》に移し、これを此君山亭《しくんさんてい》と命名、風流自適の生活を楽しんだが、晩年は産衰え、同村茶屋口の一宅に逝去した。享年七十五。○野蔌　野菜の総称。○人海　人の多く集まっている喩え。沢山な人出。○狂瀾　荒れ狂う波濤。○画餅　絵にかいた餅。実際の役には立たないものの喩え。○干城　盾と城。すなわち国の守り。○雲萍会　雲も浮草も方々をさまよい歩いて、居住が一定しないことをいう。○交臂　人が相逢う喩え。○短檠　丈の短いろうそく立て。

嚴島

海自茫漫嶽戳巍
風光千歳事多違
廊前苔綠春潮遠
鹿背花鮮夕照微
相國興工廟尤壯
先公誅賊浪含威
東風滿路黃塵動
借問賽人何是祈

厳島《いつくしま》

海《うみ》は自《おのずか》ら茫漫《ぼうまん》　嶽《やま》は戳巍《さつぎ》たり
風光《ふうこう》の千歳《せんざい》　事多《ことおお》く違《たが》わんや。
廊前《ろうぜん》の苔《こけ》は緑《みどり》にして　春潮《しゅんちょう》遠《とお》く
鹿背《ろくはい》の花《はな》は鮮《あざ》やかにして　夕照《せきしょう》微《かす》かなり。
相国工《しょうこくこう》を興《おこ》して　廟《びょう》は尤《もっと》も壮《さか》ん
先公賊《せんこうぞく》を誅《ちゅう》して　浪《なみ》は威《い》を含《ふく》む。
東風路《とうふうみち》に満《み》ちて　黄塵《こうじん》動《うご》き
借問《しゃもん》す　賽人《さいじん》は何《なに》をか是《ここ》に祈《いの》ると。

海はもちろん広大で果てしなく山々は高くそびえ立って、この美しい景色は千年ものあいだ何も変わることなく続いてきたに違いない。

干潮時の廻廊の前にはアオサが広がり春のうしおは遠く沖へと退いて、
海岸に遊ぶ鹿の背には白い花が鮮やかに咲き夕陽が優しく照らしている。
相国（平清盛）が造営した神廟は何よりも壮麗ですばらしく、
先公（毛利元就）もこの地で悪天候のなか賊（陶晴賢）を討って大いに武名を高めた。
春風は道いっぱいに吹き広がって砂けむりを送り届けようとしているが、
私は参拝者に「一体ここで何を祈っているのか」と尋ねたい気がする。

○厳島　芸州宮島。安芸国一宮の厳島神社の所在地。同社は国宝、重文を多数所持し、特に海中の大鳥居と平家納経が名高い。○茫漫　遠く広がって果てしがない様。○巀嶭　山が高くそびえる様。○廊　本文はもと「廓」に作るが、今「廊」に改めた。左右に柱だけあって壁のない廊、つまり透廊、透渡殿（すいわたどの）であり、厳島神社の各社殿が廻廊でつながれた構造をいったものと思われる。○苔　ここは湿地に生える地衣・蘚苔類ではなく、海岸で目にする海苔やアオサといった海藻の類であろう。厳島神社は満潮時には床下まで水没するが、干潮時には大鳥居の先まで海水が遠のき、広大な水底が露出する。○鹿背花鮮　鹿の背中に点在する白毛の文斑を花に見立てた表現。○夕照　夕方の陽光。落日。もと「夕昭」に作るが、今これを「夕照」に改めた。○相国　平清盛（一一一八―一一八一）。清盛は久安二年（一一四六）に安芸守に就任して以降、厳島神社を庇護し、壮麗な社殿群を整備した。○先公誅賊　「先公」は萩藩祖となる毛利輝元の祖父・毛利元就（一四九七―一五七一）、「賊」は陶晴賢（一五二一―一五五五）。ここは天文二十四年（一五五五）に起こった厳島の戦いを指す。元就は大内氏の傘下にあったため、主君を滅ぼした陶氏を討つことを「賊を誅す」と表現した。○賽人参拝者。参詣人。

吉田拝洞春公廟恭賦

吉田《よしだ》に洞春公《どうしゅんこう》の廟《びょう》を拝《はい》し、恭《つつし》んで賦《ふ》す

微臣猶碌碌
何以慰靈神
風凜十州草
苔青孤廟春
林中唯啼鳥
場外是他人
男子目無涙
不知已濕巾

微臣《びしん》は猶《な》お碌碌《ろくろく》たり
何《なに》を以《もっ》て霊神《れいしん》を慰《なぐさ》めんや。
風《かぜ》は凜《さむ》し　十州《じっしゅう》の草《くさ》
苔《こけ》は青《あお》し　孤廟《こびょう》の春《はる》。
林中《りんちゅう》唯《た》だ啼鳥《ていちょう》のみあって
場外《じょうがい》是《こ》れ他人《たにん》あらんや。
男子《だんし》は目《め》に涙無《なみだな》きも
已《すで》に巾《きん》を湿《うる》おすを知《し》らず。

私は身分低き藩臣で凡庸な男であるから、
どうやって洞春公のみたまをお慰め申し上げたらよいのやら見当もつかない。
風はまだ冷たく我が毛利家の旧領であった中国十州の草木に吹きつけるが、
この俗気のない御廟の春は青々とみずみずしい苔に彩られている。

林の中からはただ鳥のさえずりが聞こえるばかりで、
墓前には私の他に人影は見えない。
涙を流した覚えはとんとないのに、
いつの間にか手ぬぐいが濡れていたことよ。

○吉田　広島県安芸高田市吉田町。毛利輝元が広島城に移るまで毛利氏の居城の郡山城があった。築城は十四世紀前半とされるが、天文年間の尼子合戦頃には元就によって城域が整備された。城主は山頂の主郭に居住し、城内には多数の家臣屋敷や寺院を内包した。典型的な戦国期の拠点城郭として知られ、城下町はふもとの谷に形成された。○洞春公　毛利元就。元亀二年、七十五才で吉田に没した。三回忌に孫の輝元が菩提寺となる洞春寺を建立、境内に墓が建てられた。現在も郡山城跡山麓の洞春寺跡に墓所が残る。毛利氏の防長移封後も地元民や芸州浅野家の保護により旧観を保ち、石垣、石階、石灯籠が残る。但し標樹として植えられたハリイブキは枯死した。頼山陽の「吉田駅。毛利典厩の事に感ずるの作」（『山陽遺稿』巻四）に「塋上の老木槁れんとして死せず、隧道深厳にして華表峙つ」（文政十二年二月十七日参詣）との描写がある。久坂が訪問した四年後となる文久二年、萩藩は墓所のある大通院谷を購入して一帯を霊域とした。○碌碌　平凡無能で人に従うしかない様子。○十州　毛利元就・輝元は、大内、尼子両氏を滅ぼして、安芸、周防、長門、備中、備後、因幡、伯耆、出雲、隠岐、石見の十か国を支配し、中国地方に覇を唱えた。「十州」は過去最大の版図であったこれら旧領を指す。○凜寒い。○場外　墓前。墓所の周囲。「場」は祭場、墓地のこと。ここは元就の墓域の一帯、やや広い範囲で捉えてよかろう。本文はもと「楊外」に作るが意味をなさず、今これを詩意に即して「場外」に改めた。

乃美途上

竹出松横一路荒
暁風剪剪拂征装
山中自有春寒在
三月上旬梅放香

乃美《のみ》途上《とじょう》

竹《たけ》は出《い》で松《まつ》は横《よこ》たわって一路《いちろ》荒《あ》れ
暁風《ぎょうふう》は剪剪《せんせん》として征装《せいそう》を払《はら》う。
山中《さんちゅう》　自《おのずか》ら春寒《しゅんかん》の在《あ》る有《あ》り
三月上旬《さんがつじょうじゅん》　梅《うめ》は香《か》を放《はな》つ。

竹が道に向かって突き出して松は横倒しのままに街道は荒れ果て、
そこへ早朝の冷たい風がさっとかすめて旅の装いを乱して行く。
山の中は名ばかりの春でまだまだ寒く、
三月上旬にも関わらずここではまだ梅がよい香りを放っている。

○乃美　旧広島県豊田郡乃美村。現東広島市豊栄町乃美。山陽道から北上して三次《みよし》方面に向かう往還に位置した宿駅であった。　○剪剪　風がさっと吹き、寒さを感じる様。

本郷途上

本郷東去路平平

本郷途上《ほんごうとじょう》

本郷《ほんごう》東《ひがし》に去《ゆ》けば路《みち》は平平《へいへい》たり

沙白松青春水明
此地不無懐古感
高山突兀撐天横

沙《いさご》は白《しろ》く松《まつ》は青《あお》く春水《しゅんすい》明《あき》らかなり。
此《こ》の地《ち》　懐古《かいこ》の感《かん》無《な》きにしもあらず
高山《こうざん》は突兀《とっこつ》として天《てん》を撐《うが》って横《よこ》たう。

本郷から東に向かって歩けば道はずっと平らかで、砂は白く松は青々と茂って春の水はきらきらと輝いている。ここは毛利家にとって所縁の土地であるから懐古の思いがないわけではないが、今や往時を偲ぶよすがは何もなく高い山が槍のように尖って天を突く姿があるだけだ。

○本郷　旧広島県豊田郡本郷町。現在は三原市に含まれる。三原城に移る前は当地の新高山城が小早川氏の本拠であった。また近世は山陽道の宿駅として本陣が置かれた。　○突兀　山の頂が槍のように尖って見える様子。

久明訪坂田氏

把臂團欒主歟賓
文章吟哦話方新
山醪酒洌於芳醇
客友交親如舊倫

「東遊稿」（安政五年）

久明《くみょう》に坂田氏《さかたし》を訪《と》う

臂《うで》を把《と》って団欒《だんらん》すれば主《しゅ》か賓《ひん》か
文章《ぶんしょう》を吟哦《ぎんが》して話《はなし》は方《まさ》に新《あらた》なり。
山醪《さんろう》と酒洌《しゅれつ》は芳醇《ほうじゅん》を於《な》し
客友《きゃくゆう》の交親《こうしん》は旧倫《きゅうりん》の如《ごと》し。

秀竹妍花幽砌趣
白雲青岫僻郷珍
丈夫離合如萍梗
何日樽前重賞春

秀竹妍花《しゅうちくけんか》は幽砌《ゆうせつ》の趣《おもむき》
白雲《はくうん》青岫《せいしゅう》は僻郷《へききょう》の珍《ちん》。
丈夫《じょうふ》の離合《りごう》は萍梗《ひょうこう》の如《ごと》し
何《いず》れの日《ひ》にか樽前《そんぜん》に重《かさ》ねて春《はる》を賞《め》でん。

和やかにともに時を過ごせば主人か客人かの見分けもつかぬほどに打ち解け、
文章談義も詩の吟唱も楽しくどの話題も新鮮である。
山家の濁酒も清酒も香り高く味わいにはこくがあり、
手厚いもてなしと親密な交際の様はまるで古くからの仲間のようである。
優雅に茂る竹やぶに麗しい花々の咲く庭は趣深く、
そのうえ白い雲と青い山々がこの片田舎の景色に一段と興を添える。
立派な男子は旅から旅の根無草のような人生を送るから出会いと別離を繰り返す。
しかしいつの日かまたこの地を訪れて再び樽前に春を愛でたいと思う。

○久明　旧備中国川上郡九名村（現岡山県井原市美星町）。○坂田氏　坂田警軒（一八三九—一八九九）。漢学者、政治家。阪谷朗廬の甥にあたる。一橋家郷校の興譲館で館主の朗廬に学んだ後、肥後の木下犀潭のもとに遊学、竹添井々、井上毅とともに木門三才と称された。江戸では安井息軒に学び、帰郷後は岡山藩家老池田氏の賓師に迎えられ、二代目興譲館主となった。明治期には衆議院議員に三度当選した。○把臂　手を相携える。友と連れだって。　○吟哦　吟詠する。声に抑揚をつけて詩を詠ずる。　○山醪　山中の人家で醸造したにごり酒。○酒冽　平仄の関係で「冽酒」を倒置したのであろう。冷たく清らかな酒。清酒。　○於　別字のようにも思われるが、ひとまず「なす」（～である、～とする）と訓じた。　○旧倫　本詩は上平十一真の韻を用いる。「倫」はもと入声十三職の「識」に作るが、これでは韻が一致しない。久坂の踏みはずしとも考えられるが、「旧識」は見知っている人の意味であり、やや詩意も弱いと思うため、「旧倫」（仲間・ともがら）を是として、今これを改めた。　○幽砌　ひっそりと静かな庭。　○萍梗　水にしたがって漂流し、土中に固定されないもの。居所の定まらぬものの喩えとして用いる。

呈森田節齋

滿檐春雨一燈寒
談及海防屢浩嘆
老鰐揮髻瀾浪黑
壯夫扼腕膽心丹
舌頭討賊吾何願
文氣泣神君豈安
天下誰人不流涕
幕謀姑息國威殫

森田節斎《もりたせっさい》に呈《てい》す

満檐《まんえん》の春雨《しゅんう》　一灯《いっとう》寒《さむ》く
談海防《だんかいぼう》に及《およ》んで屢《しば》しば浩嘆《こうたん》す。
老鰐《ろうがく》は　髻《もとどり》を揮《ふる》いて瀾浪黒《らんろうくろ》く
壮夫《そうふ》は扼腕《やくわん》して胆心丹《たんしんあか》し。
舌頭賊《ぜっとうぞく》を討《う》たば吾《われ》は何《なに》をか願《ねが》わんや
文気神《ぶんきかみ》を泣《な》かせて君《きみ》は豈《あ》に安《やす》んぜんやと。
天下誰人《てんかたれびと》か流　涕《りゅうてい》せざる
幕謀《ばくぼう》は姑息《こそく》にして国威《こくい》は殫《つ》きんとす。

軒からしたたる春雨に寒々しげな灯火がともっている、
話題が海防のことに及ぶと翁は何度となく嘆き憤った。
「私のような老練な鰐魚が髪を振り乱して動き回れば波浪は黒々とうねりを生じ、
君のような豪傑が切歯扼腕すれば忠誠のまごころが発揮されるに違いない。
弁舌を通して賊を討つことは私の願いであり他に一体何を望んだりしよう、
しかし君は文才で鬼神を泣かすことに安閑としていてはいけないぞ」と語ってくれた。
現在の国情を見て涙を流さぬものが世の中のどこにいるだろう、
幕府の対応はその場しのぎの拙策ばかりで全く国家の威信は尽きようとしている。

○森田節斎　一八一一―一八六八。漢学者。尊王家。大和五条の出身であるが、過激な尊攘論によって幕府から要注意人物とされ、諸方を転々、備中にも匿われ、倉敷等で多くの門弟を育成した。吉田松陰は京都で開塾中の節斎に入門し、尊攘思想の影響を受けた。久坂は備後沼隈郡藤江村の山路機谷の別邸に寄寓中であった節斎を訪ねた。日付は未詳ながら三月上旬と思われる。○老鰐　年老いた鰐魚。節斎自身を喩えたのであろう。○揮髻　髪を振り乱して行動することか。○壮夫　血気盛んな男。豪傑。玄瑞のことか。○扼腕　自分の腕を強く握りしめ、激しく怒ったり、残念がったりする様。○舌頭討賊　節斎は「中川親王に上る書」で「刀槍報国」と「文筆殉国」を同列に扱うよう進言した。つまり自身は「閑窓下に驚天動地の文を写出す」ることを任としたのであり、「舌頭討賊」は「文筆殉国」と同じ内容といえる。

松山進昌一郎招余飲其別墅

松山《まつやま》の進昌一郎《しんしょういちろう》、余《よ》を招《まね》きて其《そ》の別墅《べっしょ》に飲《の》む

危峯幽壑遠高臺
起向春風呼快哉
池水緑皺長檜古
園苔香動落花堆
論鋒愧乏掣鯨力
詩賦輸他倚馬才
邂逅不徒一杯酒
胸中壘塊忽時開

危峯幽壑《きほうゆうがく》は高台《こうだい》に遠《とお》く
起《た》ちて春風《しゅんぷう》に向《む》かいて快哉《かいさい》を呼《さけ》ぶ。
池水《ちすい》の緑皺《りょくしゅん》に長檜《ちょうかい》は古《ふ》り
園苔《えんたい》の香《かおり》は動《うご》きて落花《らっか》堆《うずたか》し。
論鋒《ろんぽう》は乏《とぼ》しきを愧《は》ず　掣鯨《せいげい》の力《ちから》
詩賦《しふ》は他《かれ》に輸《ゆ》す　倚馬《きば》の才《さい》。
邂逅《かいこう》して徒《ただ》に一杯《いっぱい》の酒《さけ》のみならず
胸中《きょうちゅう》の塁塊《るいかい》　忽時《こつじ》として開《ひら》く。

険しい峰々も深い谷もこの高台よりもさらに遠くにあるから、
立ち上がって春風に向かって大声で「愉快この上なし」と叫んだ。
池の水面には緑のさざなみが立って周囲には檜の古木がそびえ、
庭園には苔の香りが漂って散り落ちた花が重なり合っている。
自らの議論の勢いに鯨を押さえつけるだけの力が備わらぬことを恥じ、
詩賦もまた袁虎のごとき優れた文才を持つあなたの後塵を拝するのみ。

「東遊稿」（安政五年）

めぐりあって一杯の酒を酌み交わしたばかりでなく、
胸中にたまっていた鬱憤が今日ここにまたたく間に晴れた気がする。

○松山　備中松山（現高梁市）。板倉家五万石の城下町。幕末の藩主・勝静は老中首座となった。藩内では山田方谷を登用して藩政改革を進め、進鴻渓《しんこうけい》、三島中洲《みしまちゅうしゅう》、川田甕江《かわたおうこう》ら多くの逸材が門下から育った。当時、昌平黌に在学中であった三島中洲のもとに、藩人某から書簡が届き、その中で久坂の来藩を告げ、緑陰楼で歓迎の宴を催したことを伝えている。「年少才鋭、詩を賦すること流れるがごとく、慷慨の論説は一座を傾く」と報じ、久坂への高い評価がうかがえる。折しも山田方谷が藩兵を率いて、西洋式の軍事調練を行っており、砲声が楼を震わした。玄瑞は驚き起って、演習の見学に出かけ、長藩が遅れをとったことを恥じつつ、方谷に謁して、熱心に兵事を問うたという（「日下玄瑞の詩の後に書す」、明治二十四年一月）。○進昌一郎　号鴻渓。一八二一―一八八九。山田方谷門下にあって最も秀才とされた。後に備中松山藩士に登用されて、有終館学頭、撫育局総裁等を歴任した。享年六十四。○緑皺　緑色のさざなみ（緑漪）に喩える。「皺」は「皺」「皴」の別体であろう。本文はもと「緑雛」に作るが意味をなさず、玄瑞自筆の「緑陰樓席上賦呈」（今治市河野美術館所蔵）に拠って今これを改めた。欧陽修の「玉楼春詞」に「池面の緑羅は風皺を巻く」とある。○倚馬才　優れた文才のこと。晋の袁虎が馬によりかかりながら、あっという間に七枚の長文を書き上げた故事（『世説新語』文学）による。○壘塊　心にたまっている不平。わだかまり。

與坂谷朗盧訪山鳴弘齋於梁瀬

坂谷朗盧《さかたにろうろ》と山鳴弘斎《やまなりこうさい》を梁瀬《やなせ》に訪《と》う

山靜林亭嵐氣清
芳茶香酒結同盟
檐花影淡春雲動
泉水色高驟雨鳴
小酌或還賓作主
交情何問熟兼生
不妨閑話及深夜
書劍明朝又遠征

山《やま》は林亭《りんてい》に静《しず》かにして嵐気《らんき》清《きよ》く
芳茶香酒《ほうちゃこうしゅ》　同盟《どうめい》を結《むす》ぶ。
檐花《えんか》の影《かげ》は淡《あわ》くして春雲《しゅんうん》動《うご》き
泉水《せんすい》の色《いろ》は高《たか》くして驟雨《しゅうう》鳴《な》る。
小酌《しょうしゃく》して或《ある》いは還《ま》た賓《ひん》の主《しゅ》と作《な》れば
交情《こうじょう》は何《なん》ぞ問《と》わんや　熟《じゅく》と生《せい》とを。
妨《さまた》げず　閑話《かんわ》の深夜《しんや》に及《およ》ぶを
書剣《しょけん》　明朝《みょうちょう》　又《ま》た遠征《えんせい》。

山々は静寂に包まれて林中のあずまやを吹き抜ける風も清らかで、
芳しい茶と香り高い酒を供されて互いに胸襟を開き語り合った。
軒の花影は淡いものの春雲は流れ走って雨の気配を感じさせ、
やがて澄み切った泉水の上に突然雨粒が落ちて音を立てた。
短時間の歓酌ながら時に接待する側とされる側の立場を忘れるほど打ち解け合ったから、
人と交わるには馴染みとか初対面とかは何ら問題でないことがよく分かった。

「東遊稿」（安政五年）

あれこれと世間話をしたが深夜に及んでも一向に構うものか、
私はまた明朝になればこの地を後に遊歴へと旅立つのだから。

○坂谷朗廬　「阪」が正しい。一八二二―一八八一。漢学者。もと九名村の造酒屋の三男。大坂、江戸で諸名家に学び、古賀侗庵門下にあっては「竜門の三才子」と称された。後に帰郷し、梁瀬村に桜渓塾を開き、次いで一橋家領の郷校・興譲館の初代督学に招かれた。玄瑞の兄・玄機とは知己であった。詳しくは玄機の項を参照されたい。　○山鳴弘斎　梁瀬の庄屋で蘭方医でもあった山鳴大年の養子。江戸の坪井信道のもとで蘭医学を修め、緒方洪庵の親友となる。学成って帰郷開業、足守藩における洪庵の種痘事業にも進んで協力した。　○梁瀬　旧備中後月郡芳井町梁瀬。現在は井原市に編入。　○熟兼生　「兼」は並列。「熟」は慣れる、馴染む、深く理解する、「生」はぎこちない、よく知らない、親しんでいない意。　○書剣　書物と刀。古来、文人・学者が常に携行したもの。ここは「書剣遠征」で士人が客となって各地を遊歴することを表現した。

淀河

満岸蘆花夕日殷
都言鄙語一篷間
箇中獨有蕭然客
回首金剛天末山

淀河《よどがわ》

満岸《まんがん》の芦花《ろか》　夕日殷《せきじつさかん》なり
都言鄙語《とげんひご》は一篷《いっぽう》の間《かん》。
箇中《かちゅう》に独《ひと》り有《あ》り　蕭然《しょうぜん》たる客《きゃく》
首《こうべ》を回《めぐ》らす　金剛天末《こんごうてんまつ》の山《やま》。

見渡す限りの岸辺に芦の花が咲き夕日が盛んに照り映える中、
京ことばと田舎の方言とが一そうの舟の上で賑やかに飛び交っている。
だがこの人々の間に一人だけ元気のない客が乗り合わせ、
振り向いては楠公の活躍した河内の金剛山の姿を見つけようとしていた。

※『稿』No.一六。

○淀河　淀川。近畿地方最大の河川。水源を琵琶湖に発し、宇治川、桂川、木津川を合わせ、大阪平野を東北から西南に貫流して大阪湾へと注ぐ。古くより京坂間の交通路として舟運が発達した。○一篷　いっそうの篷舟。とまぶきの舟。小舟。○箇中　この中。『稿』は「此」に作る。○金剛天末山　奥河内にある金剛山。別に葛城山、高天山、高間山とも称された。奈良県と大阪府にまたがる金剛（葛城）山地の最高峰。標高一一二五メートル。修験道の開祖・役小角が修行した地として名高い。また千早城の別名が金剛山城であることからも分かるように、周辺には楠木正成ゆかりの史跡が点在する。

「東遊稿」（安政五年）

戊午春密示諸友

負譴久杜門
雅非爲守素

戊午《ぼご》の春《はる》、密《ひそ》かに諸友《しょゆう》に示《しめ》す

譴《けん》を負《お》って久《ひさ》しく門《もん》を杜《とざ》せば
雅《もと》より守素《しゅそ》を為《な》すに非《あら》ず。

坐臥愧素餐
聊自勵志趣
旦晝注洪範
竊擬萬言疏
獨夜繙軍書
坐使青燈曙
夷患將以勵
國步須深慮
諸友公爪牙
何視儔衆庶
壯圖非一旦
不踞在所預
協志期報國
不逮相偕助
執業如良驥
奮發思軒翥
勿復玩日月
優游鈍騁步

坐臥《ざが》して素餐《そさん》を愧《は》ずるも
聊《いささ》か自《みずか》ら志趣《ししゅ》を励《はげ》ます。
旦昼《たんちゅう》には洪範《こうはん》に注《ちゅう》し
窃《ひそ》かに万言《まんげん》の疏《そ》に擬《ぎ》す。
独夜《どくや》には軍書《ぐんしょ》を繙《ひもと》き
坐《そぞ》ろに青灯《せいとう》をして曙《あ》けしむ。
夷患《いかん》の将《まさ》に以《もっ》て励《れい》せんとすれば
国歩《こくほ》は須《すべから》く深慮《しんりょ》すべし。
諸友《しょゆう》は公《おおやけ》の爪牙《そうが》たれば
何《なん》ぞ衆庶《しゅうしょ》に儔《ちゅう》するを視《み》んや。
壮図《そうと》は一旦《いったん》に非《あら》ず
踞《おご》らずして預《あらかじめ》する所在《ところあ》り。
志《こころざし》を協《あわ》せて国《くに》に報《むく》いんことを期《き》し
相偕《あいとも》に助《たす》くるに逮《およ》ばざらんや。
業《ぎょう》を執《と》ること良驥《りょうき》の如《ごと》く
奮発《ふんぱつ》して軒翥《けんしょ》を思《おも》え。
復《ま》た日月《じつげつ》を玩《もてあそ》んで
優游《ゆうゆう》して騁歩《ていほ》を鈍《にぶ》らすこと勿《なか》れ。

私は譴責を受けて長らく謹慎しているので、
もちろん宿志を実現することはできない。
幽室に寝起きしては粗食に耐え、
絶えず自らの志を励ましている。
昼間は「洪範」に注を加えているが内実は現今の政治を論じており、
ひそかに万言の上疏にも匹敵すると自負している。
ひとり寂しく過ごす夜には兵書をひもとき、
じっと青い灯を明け方までともし続ける生活を送っている。
外敵の脅威が一段と高まった今だからこそ、
国家の命運について熟慮する必要があるのだ。
諸君は朝廷の手足となって働く位置にあるのだから、
どうして普通の人々と同類であってよいものか。
遠大な計画は一朝一夕に実現できるものではない、
おごらず事前に十分な下準備を整えておくべきだ。
思いをひとつにして天下国家に報いることを決意し、
皆で協力して物事に対処すべきことを忘れてはならない。
仕事をする際には千里を駆ける名馬のように頑張り、

「東遊稿」（安政五年）

奮闘努力して高く飛翔することを考えよ。
二度と歳月をもてあそぶことなく、
ぐずぐずと決断を迷って駆け抜けることをためらうな。

※本詩は久坂の作ではなく、佐久間象山の漢詩と断定される。全く同題の詩が『象山先生詩鈔』下（北沢正誠編、明治十一年刊）に収録されており、二、三の文字の相違があるのみで、内容は完全に一致をみる。象山からの梁川星巌宛書簡にも「旧臘幷今春の拙詩録往奉乞正候。詩中に相見え候洪範解には国語を以て相認候」（安政五年一月二十六日付、「日本思想大系」五五所収）とあり、この「洪範解」は詩の割注（後掲）に出る「洪範今解」に他ならず、これによって作詩の時期も特定される。おそらく久坂は松陰ら旧門生に送られた本詩を読む機会を得て、象山の有志者に対するメッセージに深い感銘を受け、その教えを心に刻み、今後の行動の指針とするために「東遊稿」の末尾に書き添えたのではないかと推論する。久坂の初度の松代行は文久元年であり、象山を詠じた「信州松代に佐久間象山翁を訪う」、「信州客中の作」等を残し、著しい傾倒を示している。編者・福本は久坂の作として掲げるため、ひとまず本書ではこれを削除せず、参考資料の扱いをもって訳出した。

○負譴久杜門　象山は吉田松陰の密航未遂事件に連座し、安政元年以来、国元蟄居を命ぜられていた。松代では家老・望月氏の下屋敷の一角にある聚遠楼に住まいし、来客には高義亭の二階にある七畳半の部屋で面会した。蟄居は文久二年に赦免されるまでの九年に及んだ。安政戊午（五年）は蟄居五年目となる。○雅　もとより。「故」と同義。○志趣　意気。こころばせ。○注洪範　『書経』周書の洪範篇に対する注釈。「洪範」は天の常道と治世の要道を九つの範疇によって示す。割注して「著《あらわ》す所の『洪範令《こうはんれい》（「今《きん》」の誤）解《かい》』は専《もっぱ》ら以て時事に託《たく》諷《ふう》す」(『詩鈔』には「近ごろ著す所に『洪範今解《こうはんきんかい》』有り。専ら以て時事に託諷す」とある。)と加える。宮本仲『佐久間象山』(昭和七年、岩波書店)によれば、『洪範今解』は象山の経学関係の著作として掲載があるが、早く散佚して伝わらない。○疏　注疏。経典などの解釈をした説明文。○励　奮い立つ。努め励む。『詩鈔』は「膚」(立派である・大きい)に作る。○国歩　国家の命運。○諸友　詩題にもあるが、おそらく江戸で教えた有志の門下生たちのことであろう。当然ながら、吉田松陰もここに含まれている。○公　朝廷。天下。○爪牙　助力してくれる部下や仲間。○踞　おごる。いばりのさばる。『詩鈔』は「跆《たい》」(足で踏みつける)に作る。○良驥　駿馬。千里を走る名馬。○軒翥　飛び上がる。○優游　「優游少断」の意。「優柔不断」と同様、ぐずぐず迷い、物事の決断の鈍いさま。○騁歩　速く駆ける。

「己《き》未《び》鄙《ひ》稿《こう》」（安政六年）

五月二十五日、我二十一回先生執拘于江戸。余賦此詩言別
五月二十五日《ごがつにじゅうごにち》、我《わ》が二十一回先生《にじゅういっかいせんせい》、江戸《えど》に執拘《しゅうこう》せらる。余《よ》、此《こ》の詩《し》を賦《ふ》して別《わか》れを言《い》う

關左多魑魅
陰氛轉鬱塞
美人死如歸
含笑入不測
愽望志曾違
貫高謀復踣
荏苒六寒暑
幽囚苦荊棘
白馬與黄河
何其慘憺極
清流因益彰

関左《かんさ》に魑魅《ちみ》多《おお》く
陰氛《いんぷん》は転《うた》た鬱塞《うっそく》す。
美人《びじん》は死《し》すとも帰《き》するが如《ごと》く
含笑《がんしょう》して不測《ふそく》に入《い》る。
愽望《はくぼう》の志《こころざし》は曾《かつ》て違《たが》い
貫高《かんこう》の謀《はかりごと》も復《ま》た踣《つまず》く。
荏苒《じんぜん》たり六寒暑《ろくかんしょ》
幽囚《ゆうしゅう》せられて荊棘《けいきょく》に苦《くる》しむ。
白馬《はくば》と黄河《こうが》とは
何《なん》ぞ其《そ》の惨憺《さんたん》を極《きわ》めんや。
清流《せいりゅう》は因《よ》って益《ます》ます彰《あらわ》れ

萬世金石勒
函嶺應慨嘆
檻車三攀陟
蓮岳横碧霄
玲瓏照顏色
韓愈感惡魚
宗澤泣老賊
人心未磨滅
眞誠堪辨惑

万世金石《ばんせいきんせき》に勒《きざ》まれん。
函嶺《かんれい》は応《まさ》に慨嘆《がいたん》すべし
檻車《らんしゃ》の三《み》たび攀陟《はんちょく》するを。
蓮岳《れんがく》は碧霄《へきしょう》に横《よこ》たわり
玲瓏《れいろう》として顔色《がんしょく》を照《て》らさん。
韓愈《かんゆ》は悪魚《あくぎょ》を感《かん》ぜしめ
宗沢《そうたく》は老賊《ろうぞく》を泣《な》かしむ。
人心《じんしん》は未《いま》だ磨滅《まめつ》せざれば
真誠《しんせい》もて弁惑《べんわく》するに堪《た》えんや。

「己未鄙稿」（安政六年）

江戸では化け物どもが思いのままに勢力を振るい、
陰鬱な空気がよどんでますます気持ちは晴れない。
才知と徳望を兼ね備えた人物は少しも死を恐れる様子がなく、
悠然と笑みを浮かべて何が起こるか分からない敵地に向かおうとする。
西域に行って苦労の末に成功を収めた張騫とは違い先生の密航策は不首尾に終り、
主君を軽んじた無礼者の暗殺を計画した貫高を思わせる閣老要撃策も今また頓挫した。
あの日から六か年のあいだ空しく歳月だけが流れ、
先生は獄舎に囚われの身となって悪人どものために行動が妨げられている。

唐末に白馬駅で多数の高官が殺され黄河に遺体を投げ棄てられたが、
その現場はどれほど酸鼻を極めたことであろうか。
だが禍難があればこそ清廉潔白な人物はいっそう世に知られることとなり、
その名を永遠に金石に刻むこととなるのだ。
箱根の山々よ嘆き悲しんでおくれ、
三度目となる唐丸駕籠での護送の旅を。
富士山は青く澄み渡った空にどっしりと横たわり、
明るく清らかな陽光は先生の表情を照らすことであろう。
韓愈は左遷された潮州で人民の苦を思い文章を作ってワニどもの心を動かし、
宗沢は単騎で巨賊王善の説得に赴きその愛国心は敵将を感涙にむせばせた。
人の心は古より変わることなくいまだ滅び去っていないので、
まごころを込めて申し開きをすれば必ずや無実が証明できるに違いない。

※『稿』No.四〇、『集』No.二三。なお後者は詩題を「送二十一回先生執拘于江戸」（二十一回先生の江戸に執拘せらるるを送る）に作る。

○二十一回先生　吉田松陰。松陰の別号に「吉田」を分解した「二十一回猛士」がある。安政五年、松陰は日米修好通商条約を批判、老中（間部詮勝《まなべあきかつ》）要撃を策したこと等から、学術不純で人心を動揺させる危険人物と判断され、叔父の玉木文之進家の一室に厳囚となり、十二月には再び野山獄に投ぜられた。翌年四月十九日、幕府は萩藩に松陰の東送を内命し、これを長井雅楽《ながいうた》が萩へ持ち帰り、実兄の杉梅太郎から松陰に告げられた。五月二十五日、松陰は錠前付の網掛駕籠《あみかけかご》（目籠《めかご》、唐丸籠《とうまるかご》）に腰縄をつけられて萩を出発した。〇于『稿』は「如」に作る。〇関左　関東。幕府のある江戸を指す。〇魑魅　化け物。〇陰氛　晴れ晴れとしない雰囲気。〇鬱塞　気持ちが沈んで晴れ晴れしない。〇美人　才知と人徳の優れた人。〇死如帰　死に向かうことが家に帰るのを楽しむようなものである。つまり、死に臨んで恐れることがない様子。「死を視ること帰するが如し」（『大戴礼《だたいれい》』）をふまえた表現。〇含笑入不測　「含笑入地」（『後漢書』韓韶伝）をふまえた表現。笑いながら、悠然と死んで土に帰って行くこと、悔いを残さず心穏やかに死ぬことをいう。〇愽望　「愽」は「博」の異体字。漢の武帝の時代、博望侯に封ぜられた張騫《ちょうけん》のこと。西域に派遣され、辛酸を舐めつつも数々の新情報をもたらした。詳しくは「庚申詩稿」（万延元年）に収載する「追懐古人詩十首」中の第三首に付した注「張騫」を参照されたい。なお広瀬豊は『吉田松陰の研究』（昭和十八年、東京武蔵野書院刊）において、久坂の「追懐古人詩十首」の第八首に「愽浪は一撃を誤り、貫高の心に自ずから擬す」と一対の表現となっている点に注目し、「愽望」は「愽浪」の誤りで、本詩の第五句は博浪沙における張良の秦王襲撃に失敗した故事を踏まえると考えた。これを張騫（愽望）とすれば、松陰の海外渡航の失敗を意味し、張良（愽浪）とすれば、松陰の間部要撃策の失敗を意味することになるという。筆者は一応、文字に忠実に前者の意に取ったが、傾聴に値する意見である。〇貫高　もと「貴高」に作るが、今これを改めた。漢初の趙王張敖《ちょうおうちょうごう》の相。高祖が趙王のもとを訪れた際、箕踞《ききょ》（無作法で礼儀にはずれた座り方）したまま趙王を罵倒したことがあった。貫高はこの非礼を許さず、六十余歳の高齢ながら、趙王のために高祖の殺害を願い出た。その言が漏れ捕えられたが、貫高は王をかばい続けて拷問に耐えた。高祖はその姿に感じ赦免した。貫高は主君を窮地に陥れた責めを負い、その後、自ら命を絶った。この一句は朝廷をないがしろにし、尊攘派志士の弾圧を主導した老中・間部詮勝の暗殺計画を松陰が企てていたことをいう。同右、第八首に付した注「貫高」をも参照されたい。○荏苒　月日が移り行くまま何もせずにいる様子。○六寒暑　六か年。安政元年、ペリーは日米和親条約を締結するため再来したが、その際、松陰は米艦による密航を企てて失敗、幕府へ自訴した。当初は江戸伝馬町の牢屋に入れられていたが、十月になって萩の野山獄に移された。そのとき以来の歳月をいう。○荊棘　人を傷つけ、行動の妨げとなるような事態、悪意、悪人のたとえ。○白馬唐末の朱全忠（後梁の太祖）による「白馬の禍」をいう。権力を掌握した朱全忠は数百人の宦官を殺戮して宮中から勢力を一掃、次いで天祐二年（九〇五）、高官を占めた門閥貴族系の前宰相・裴枢《はいすう》、工部尚書・王溥《おうふ》ら三十余人を黄河のほとりの滑州白馬駅（河北省）で殺害し、遺体を黄河に投棄した。久坂はこの「白馬の禍」を「安政の大獄」に重ね合わせている。○清流　名門の出身者。また清廉潔白な人。「白馬の禍」で殺された三十余人は「衣冠清流」と表現され、前者である。朱全忠に屍の遺棄を進言したのは、咸通・乾符年間の科挙試に落第し、門閥貴族に反感を抱く李振であった。『新唐書』（裴枢伝）及び『資治通鑑』（巻二六四）によると、李進は「此の輩、常に自ら清流と謂えり。宜しく之を黄河に投じて濁流を為《つく》らしむべし」と教唆し、李全忠は笑ってこれに従ったという。松陰の場合、後者の意と考えられる。○金石勒　青銅器や石碑に銘文を彫り込む。○函嶺　箱根の山。○応　『集』は「須」に作る。○檻車三　「檻車」は四方を板で囲った罪人や猛獣などを運ぶ車。ここは前述の通り唐丸駕籠をいう。「三」は三度、三回。すなわち最初が下田平滑《ひらなめ》の獄から江戸伝馬町の獄舎へ、二度目が江戸から萩への移送、そして今回の萩から江戸への檻送が三度目となる。○攀陟　よじのぼる。何かにつかまって這うようにして登る。○蓮岳　富士山のこと。山頂には剣峰が八つあって火口を囲む。これが八朶《はちだ》の蓮華《れんげ》のように見えることから、「蓮岳」とか「芙蓉峰」とも呼ばれる。○碧霄　青く澄みきった空。○玲瓏　明るく清らかな様。　○韓愈感悪魚　中唐の大文章家・韓愈は潮州に左遷された折、土地のものがワニの害に苦しんでいることに心を痛め、「鰐魚《がくぎょ》を祭《まつ》るの文《ぶん》」を書いて賊害を除く儀式を執り行った。それ以来、潮州からワニは消え、人々は大いに喜び安んじたという。なお『集』はこれ以下、末句に至るまでの四句を欠く。○宗沢泣老賊　北宋末〜南宋初に対金主戦派として聞こえ、宋朝の滅亡を防いだ忠臣・宗沢は、配下七十万、万乗の車を擁した河東の巨寇・王善に京城からの撤退を促すため、単騎でその陣営に乗り込み、涙ながらに宋朝の危難を訴え、今こそ立功の好機と説いた。王善は宗沢の誠忠に深く打たれ、感泣して投降、抗金の軍勢に加わったという。話は『宋史』巻三六〇の「宗沢伝」に見える。○弁惑　人のまどいを諭して、わからせる。

次韻回先生東行歌

丹誠動賊兮
宗澤須希矣
皓首持節兮
蘇武太偉哉
時有秦檜兮
施全敢苟生
世無元璋兮
孝孺難老才

回先生《かいせんせい》の東行《とうこう》の歌《うた》に次韻《じいん》す

丹誠賊《たんせいぞく》を動《うご》かし
宗沢《そうたく》須《すべから》く希《ねが》うべし。
皓首節《こうしゅせつ》を持《じ》し
蘇武《そぶ》太《はなは》だ偉《い》なるかな。
時《とき》に秦檜《しんかい》有《あ》れば
施全《しぜん》は敢《あ》えて苟生《こうせい》せんや。
世《よ》に元璋無《げんしょうな》くんば
孝孺《こうじゅ》は老才《ろうさい》たり難《がた》し。

皦皦夕日兮
其心不可誣
黯黯陰氛兮
斯人去安回
賊焔可炙兮
再會不可測
我心之痛兮
隨誰復游陪

皦皦《きょうきょう》たる夕日《せきじつ》あれば
其《そ》の心《こころ》は誣《し》うべからず。
黯黯《あんあん》たる陰氛《いんぷん》あれば
斯《か》の人《ひと》は去《ゆ》きて安《いず》くんぞ回《かえ》らんや。
賊焔《ぞくえん》は炙《あぶ》るべくんば
再会《さいかい》は測《はか》るべからず。
我《わ》が心《こころ》は之《こ》れ痛《いた》む
誰《たれ》に随《したが》って復《ま》た游陪《ゆうばい》せんや。

男子たるものまごころで叛徒の首領を感動させ、
必ずや南宋の忠臣・宗沢のようになることを願うべきだ。
白髪頭になるまで天子から賜った節杖を持ち続け、
前漢の蘇武のようにたいそう立派な人物になりたいものだ。
宋朝には対金主戦派を弾圧した奸臣・秦檜があったからこそ、
施全のようにその暗殺を企て無為に生き長らえることを潔しとせぬ義士が出たのだ。
朱元璋が戦乱の世を終わらせ明朝を創始していなければ、
方孝孺のような立派な忠臣が現れることもなかったであろうよ。
松陰先生は明るく鮮やかに光る夕日のような方であるから、

その澄んだ心に濡れ衣を着せて無理やり弾劾することなどできはしない。
しかし行く手には暗鬱な気配が漂っているので、
先生はもはや二度と当地には戻っておいでになるまい。
姦賊どもの権勢はたいそう盛んで、
再会できるかどうかは予測もつかない。
私の心は悲しみと心配で張り裂けんばかり、
これから先いったい誰に教えを乞えばよいというのだろう。

○東行歌　松陰の「肖像自賛」のことと想われる。韻字については、「哉」「才」「回」「陪」が全て一致しており、「兮」字を用いた五言古詩である体裁も同じである。この詩は「東行前日記」（全集巻七）、五月十六日の条に見える。松陰は十七日に跋を書き、「己未五月、吾に関左の厄有り。時に幕疑深だ重く、帰すること復た期し難し。余は因って永訣を以て諸友に告げたり」と述べている。○丹誠　うそいつわりのない心。まごころ。○蘇武　前一四〇？―前六〇。前漢の名臣。武帝に仕えて中郎将となり、使者として匈奴に派遣された。単于《ぜんう》は降伏を勧めたがきかず、十九年もの間、捕虜となって北海のほとりに抑留された。その間、朝廷から賜った節《せつ》（牛の尾をぶら下げた旗指物《はたさしもの》）を杖つき、羊を牧して暮らした。武帝が没して昭帝となり、匈奴と和睦が成立して帰国、昭帝はその節義を称えて典属国に任じ、宣帝のときには関内侯《かんだいこう》に封じられた。『漢書』に「蘇武伝」がある。○秦檜　一〇九一―一一五五。南宋の政治家。金軍の開封占領に際して捕えられ、三年に及ぶ抑留を経験した。帰国後はただ一人の敵情に通ずる官僚として高宗の信任を得て宰相となり、反対を押し切って金と和議を結んだ。宰相の地位にあること約三十年、高宗の寵臣として権勢を振るい、一族の繁栄のみを願い、軍閥を抑圧、抗戦派の岳飛を謀殺したことにより、売国奴として悪名高い人物である。『宋史』に「秦檜伝」がある。本詩では違勅条約を締結し、尊攘派を弾圧した幕閣の井伊・間部を喩える。○施全　南宋の対金強硬派の義士。独立した伝はなく、『宋史』高宗本紀と秦檜伝に断片的記述がある。それによると、殿司小校の官にあった施全は、紹興二十年正月、肩輿で参朝する秦檜を路傍に待ち伏せて刺殺しようとしたが失敗、市中で磔刑に処せられたと伝える。清朝の小説『説岳全伝』では岳飛の義兄弟として登場し、衆安橋下で捕らえられた施全は正気凜然、「天下は主戦論で固まっているのにおまえだけが反対している。だから命を貰おうというのだ」と秦檜を大声で罵り、激怒した檜に磔殺される。本詩では死を賭して奸臣の暗殺を企てた吉田松陰に喩える。○苟生　いたずらに生き長らえる。行き当たりばったりにいい加減な態度で生きている。○元璋　朱元璋。明朝の創始者・太祖（洪武帝）。一三二八―一三九八。貧農から出て群雄を降し、次いで元を蒙古に駆逐、漢民族による中国統一を成し遂げ、胡風の一掃、唐宋への復帰を実現した。本詩では我が国を統一し、その後、二百数十年に及ぶ太平をもたらした徳川氏と江戸幕府に喩える。○孝孺　方孝孺。一三五七―一四〇二。明代初期の学者。世に方正学と称する。三代の治の再興を任とし、皇太孫たる二代建文帝（恵帝）に召し出され、国政の枢機に参与した。燕王（太祖の第四子。後の永楽帝）の起こした反乱（靖難の変）の鎮定に意を用いたが失敗、南京陥落とともに捕えられた。主君の恵帝を敗死させ、帝位を簒奪した永楽帝から即位の詔書を書くよう命ぜられたが拒み、かえってその非道を罵倒したため、ついに磔刑に処せられた。妻子もまた自殺し、連座して処刑されたものは八七三人にのぼった。『明史』に「方孝孺伝」がある。本詩では反幕の立場を鮮明にして、尊王の大義を貫こうとする松陰に喩える。○皦皦　あきらか。はっきりと鮮明な様。○誣　いつわって言う。人に無実の罪を着せてそしる。○賊焔　奸賊の気勢。

○炙　もと「灸」に作るが、今これを「炙」に改めた。「炙手可熱《しゃしゅかねつ》」（手を炙れば熱すべし）の意と同じく、手をかざせばやけどをするほど火の盛んな様子、すなわち権勢が盛んなたとえ。

羽君曾次韻余詩。澹水亦所和余。今疊其韻言志　二首

羽君《うくん》、曾《かつ》て余《よ》が詩《し》に次韻《じいん》す。澹水《たんすい》も亦《ま》た余《よ》に和《わ》する所《ところ》あり。今《いま》其《そ》の韻《いん》を畳《かさ》ねて志《こころざし》を言《い》う　二首《にしゅ》

豈遑熱門邀遐福
安忍口腹飽粱肉
圖報未成人欲老
却見薫風吹草木
（此間欠）
國病腰腫勝痛哭
噫人安瘦忠興奸
上天咫尺嚴衆目
螻蟻何時答國恩
思之如醉仰觀屋
滿城炎日慘黃塵
每思白雲鎖空谷

豈《あ》に遑《いとま》あらんや　熱門《ねつもん》は遐福《かふく》を邀《むか》うるに
安《いずく》んぞ忍《しの》ばんや　口腹《こうふく》は粱肉《りょうにく》に飽《あ》くを。
図報《とほう》は未《いま》だ成《な》らずして人《ひと》は老《お》いんと欲《ほっ》し
却《かえ》って見《み》る　薫風《くんぷう》の草木《そうもく》を吹《ふ》くを。
（此《こ》の間欠《かんか》く）
国《くに》は腰腫《ようしゅ》を病《や》んで痛哭《つうこく》に勝《た》えたり。
噫人《ああひと》は安《いずく》んぞ忠《ちゅう》に痩《や》せ奸興《かんおこ》らんや
上天《じょうてん》は咫尺《しせき》にして衆目《しゅうもく》は厳《きび》しきに。
螻蟻《ろうぎ》は何《いず》れの時《とき》にか国恩《こくおん》に答《こた》えんや
之《これ》を思《おも》いて酔《よ》えるが如《ごと》く観屋《かんおく》を仰《あお》ぐ。
満城《まんじょう》の炎日《えんじつ》は黄塵《こうじん》に惨《くら》く
毎《つね》に思《おも》う　白雲《はくうん》の空谷《くうこく》を鎖《とざ》すを。

經世濟時難可爲
清節只要南山竹

経世済時《けいせいさいじ》は為《な》すべきこと難《かた》きも
清節《せいせつ》只《た》だ要《もと》む　南山《なんざん》の竹《たけ》。

権門勢家は自分たちの幸せが少しでも永続きすることを考えるのに忙しく、
彼らは美食に飽きることを知らず際限なく贅沢な食物を求めようとする。
私は心に報恩を誓ってもなし得ずいたずらに馬齢を重ねるばかりで、
今年もまた意に反して薫風が青葉をゆらすのを見るはめになった。
（此の間、句を欠く）
国は腰に腫れ物を病み大声をあげて激しく泣いている。
ああ人はどうして忠義を尽くしては痩せ衰え奸賊は栄えるのであろうか、
天威はすぐそばにあるし衆目とて間違いやごまかしを少しも許さぬというのに。
取るに足りない我々は一体いつになったら国恩に報いることができるのだろう、
私はそのことを考えつつぼんやりと御所のある方角を仰ぎ見る。
強い夏の日差しは黄色い土埃に遮られて市中は昼なお薄暗く、
白雲が人気のない静かな谷を蔽いはせぬかとそればかりをしきりと心配する。
世の中を治めて危難を乗り越えて行くのは難しいことながら、
それでもひたすら「南山の竹」のようにまっすぐな信念を貫かねばならない。

○羽君　口羽憂庵。既出（一三七頁）。○澹水　赤川澹水。一八三三―一八六四。萩藩士・佐久間佐兵衛（百八十五石）。禁門の変における長州四参謀の一人。中村九郎の実弟にあたる。○熱門　「熱」には「ときめく」意があり、権勢ある役人を「熱官」、権力者を「熱勢」というから、「熱門」は高い地位にあって栄える家柄、権力を持ってときめく人々をいう。○遐福　非常に大きな、永続する幸福。○口腹　もと「復」に作るが、今これを「腹」に改めた。飲んだり食べたりすることのたとえ。○粱肉　もと「梁」に作るが、今これを「粱」に改めた。贅沢な食物。○腰腫　腰にできた腫物。○輿　もと「與」に作るが、今これを「輿」に改めた。

○上天咫尺　「上天」は万物を創造し支配するもの。「咫尺」は極めて接近していること。『左伝』僖公九年に「天威、顔に違《とお》からず、咫尺にあり」（天の監察は遠くにあるわけではなく、その威厳は常にすぐ顔面の前にある）とあることをふまえる。○螻蟻　ケラとアリ。つまらぬもの、取るに足らぬもののたとえ。○観屋　観宇に同じ。宮闕、禁裏のこと。○思　もと「恩」に作るが、今これを「思」に改めた。○白雲鎖空谷　「白雲」は開国派の奸臣、「空谷」（人気のない寂しい谷）は御所・朝廷を喩えたものと思われる。○経世　世の中を治める。

○済時　世の中の困難を救う。○南山竹　「南山の羽括」の故事に基づく。『孔子家語』（子路初見第十九）に、「南山の竹は矯めなくても自然にまっすぐで、切って使えば厚い犀革でも通すという。天から与えられた才能があるものは、学問する必要などありはせぬ」と子路が孔子に向かって豪語した。しかし孔子はこの南山の竹を矢筈とし、さらに羽をつければ立派な箭ができると、学問の大切さを諭した。但しここは竹の真っ直ぐさをいうに過ぎない。○清節　私利私欲のない志と行動。本来やろうと思ったことや、自分の主義・主張を曲げず、正しい道義を保持して初志を貫くこと。

其二

富貴浮雲不足福
素餐廿年愧走肉
國事今日益繽紛
我力非支頽厦木
河水滔滔流不止
西山風雲教人哭
忠奮只要植綱常
功名何必驚耳目
百責一身無所容
回首乾坤小似屋
死其所惡生無補
我在此際吾事谷
日暮悲時獨惆悵
凄風南來憂新竹

其《そ》の二《に》

富貴《ふうき》は浮雲《ふうん》にして福《さいわい》とするに足《た》らず
素餐《そさん》廿年《にじゅうねん》 走肉《そうにく》たるを愧《は》ず。
国事《こくじ》は今日益《こんにちます》ます繽紛《ひんぷん》として
我《わ》が力《ちから》は支《ささ》うるに非《あら》ず 頽厦《たいか》の木《ぼく》。
河水《かすい》は滔滔《とうとう》として流《なが》れて止《や》まず
西山《せいざん》の風雲《ふううん》は人《ひと》をして哭《こく》せしむ。
忠奮《ちゅうふん》は只《た》だ要《もと》む 綱常《こうじょう》を植《た》つるを
功名《こうみょう》は何《なん》ぞ必《かなら》ずしも耳目《じもく》を驚《おどろ》かさんや。
一身《いっしん》を百責《ひゃくせき》すれば容《い》るる所無《ところな》く
乾坤《けんこん》を回首《かいしゅ》すれば小《ちい》さきこと屋《おく》の似《ごと》し。
死《し》は其《そ》の悪《にく》む所《ところ》なるも生《せい》は補《おぎな》う無《な》く
我《われ》は此《こ》の際《さい》に在《あ》りて吾《わ》が事谷《ことき》わまる。
日暮《にちぼ》の悲時《ひじ》に独《ひと》り惆悵《ちゅうちょう》たれば
凄風《せいふう》は南来《なんらい》して新竹《しんちく》を憂《う》つ。

財貨と地位は浮雲のように不安定で幸福とするだけの値打ちが十分にはない、

私は何もせずに二十年このかた禄を頂いているが殿様のお役に立てぬのを恥じている。
藩国を取り巻く政治的局面は現在ますます複雑に変化しつつあり、
私の力では崩壊しつつある天下の屋台骨を支えることはできない。
孔子は川の水の絶えず勢いよく流れるのを見て万物の変転を悟って嘆いたが、
こと人倫に関しては千古不変で今でも西山の伯夷・叔斉の話は人々を哭泣させる。
忠節を抱き奮闘するにはただ人倫を守ることだけが求められ、
必ずしも手柄を立てて世間の注目を集める必要などありはしないのだ。
過去をふり返って我が身を何度も責め咎めると許される所は何一つなく、
四方を見回せば国土はたかだか人家ほどの広さでまことに狭く小さい。
死は憎むべきものであるがかといって生きながらえても過ちを正すことはできず、
私はこの現状に直面して進退きわまってしまった。
日暮れのもの悲しげな気配が漂う中に一人もだえ苦しんでいると、
冷たい風が南から吹きつけて鮮やかに芽吹いた竹を揺らした。

○素餐　才能がない上に職務を怠り俸禄を受ける。功労もないのに高位・高官であること。○走肉　存在価値のないものを侮蔑していう。○繽紛　乱れて入り混じる様。萩藩は安政六年の段階では、いまだ「天朝に忠節、幕府に信義、祖先に孝道」を三綱領と称し、藩是に掲げていた。文久元年三月から始まる長井雅楽の「航海遠略策」をもちいての公武周旋活動もその延長線上に位置する。久坂らはこれを天朝一尊論へと転換することを目指し、急進的な変革運動を展開しつつあった。○頽厦　崩壊しようとする大きな家。ここは藩や幕府ではなく、天下国家の意味に解した。○河水　孔子の「川上《せんじょう》の嘆《たん》」（『論語』子罕篇）をふまえる。万物の移り変わって止まないことへの嘆きを表す。○西山　首陽山。伯夷・叔斉が餓死した地。夷・斉兄弟は、周の武王の殷討伐を道徳に反すると諌めたが聞き入れられなかった。それ以来、周の禄を受けるのを恥じ、首陽山に隠棲して薇を採って食べたが、ついに餓死した。○風雲　才能や行動が抜きんでている。○忠奮　忠義な心に基づいて奮闘する気持ち。○綱常　三綱五常。人の守るべき道。君臣・父子・夫婦の道を三綱、仁・義・礼・智・信を五常という。○植　立てる。○谷　きわまる。苦境に陥った様。○惆悵　もと「帳」に作るが、今これを「悵」に改めた。失意・失望により、悲しみ、もだえる様。○凄風　冷たい風。○戞　うつ。うちあたる。

書慨

作人或悔具四端
綱常咫尺忍苟安
生世毎愧列士籍
飽暖廿年無所益
我本齷齪刀圭兒
讀書幾歳不知醫
千古追隨明哲蹟

慨《がい》を書《しょ》す

作人或《さくじんあるい》は悔《く》いんや　四端《したん》を具《そな》うるを
綱常《こうじょう》は咫尺《しせき》にして苟安《こうあん》を忍《しの》ぶのみ。
世《よ》に生《しょう》じて毎《つね》に士籍《しせき》に列《つら》なり
飽暖廿年《ほうだんにじゅうねん》　益《えき》する所無《ところな》きを愧《は》ず。
我《われ》は本《も》と齷齪《あくさく》たる刀圭《とうけい》の児《じ》
読書幾歳《どくしょいくさい》なるも医《い》を知《し》らず。
千古追随《せんこついずい》す　明哲《めいてつ》の蹟《あと》を

躬行實踐不易爲
今日浮薄索名義
誰挽杞天且就墜
滿腹精血凝爲塊
淋漓灑之向何地
生平只合潛聲息
一發龍雲驚魑魅
蠢愚何識國事顚
餘盃殘炙轉陶然
却見慨然說道士
鳶肩含笑趨勢權
噫嘻我竟不能醫君國
一腔風霜守孤直
今日鴻業豈容易
我耳我口姑聾黙

躬行実践《きゅうこうじっせん》は為《な》し易《やす》からず。
今日《こんにち》の浮薄《ふはく》に名義《めいぎ》を索《もと》めんとするも
誰《たれ》か挽《ひ》かんや　杞天《きてん》の且《まさ》に就墜《しゅうつい》せんとするを。
満腹《まんぷく》の精血《せいけつ》は凝《こ》って塊《かい》と為《な》り
淋漓《りんり》として之《これ》を灑《そそ》ぎて何《いず》れの地《ち》にか向《む》かわんや。
生平《せいへい》は只《た》だ合《まさ》に声息《せいそく》を潜《ひそ》むるも
一《ひと》たび竜《りゅう》の雲《くも》を発《おこ》せば魑魅《ちみ》を驚《おどろ》かすべし。
蠢愚《しゅんぐ》は何《なん》ぞ識《し》らんや　国事《こくじ》の顚《てん》たるを
余盃残炙《よはいざんしゃ》　転《うた》た陶然《とうぜん》たり。
却《かえ》って見《み》る　慨然《がいぜん》たる説道《せつどう》の士《し》
鳶肩《えんけん》　含笑《がんしょう》して勢権《せいけん》に趨《おもむ》くを。
噫嘻《ああ》　我《われ》は竟《つい》に君国《くんこく》を医《い》する能《あた》わず
一腔《いっこう》の風霜《ふうそう》に孤直《こちょく》を守《まも》る。
今日《こんにち》の鴻業《こうぎょう》は豈《あ》に容易《ようい》ならんや
我《わ》が耳《みみ》　我《わ》が口《くち》　姑《しば》らく聾黙《ろうもく》たり。

民を教化するに際し人間が四端を備えることを残念に思うものは誰もいない、人の守るべき道はすぐ身近にあってただ一時の安楽を我慢するだけでよいのだ。

世に生まれてこのかた藩士の身分につらなり、
衣食に不自由せず二十年を経たがまだ何の役にも立っていないことを恥ずかしく思う。
私はもともと忙しく働きづめの医者の息子であるが、
何年医書を読み続けても学問が身につかなかった。
いにしえの聖人賢者の事蹟をまねようとしても、
自ら実践することはそうたやすいことではない。
近年は人情人心も軽薄となったがそれでも私は名誉と道義の大切さを求めている、
だが杞憂が現実のものとなった今もはや一体誰がこの状況を挽回できるというのだろう。
腹中に充満する混じりけのない誠忠の血潮は凝り固まって一つの塊りとなり、
この汚れなき血潮を滴らせ惜しみなくそそぐためにはどこの地にでも出向いて行こう。
普段はただひたすら声を殺して息をひそめているけれども、
ひとたび竜が雲を呼ぶように行動を起こせば必ずや地上の妖怪どもを驚かすに違いない。
愚かな連中はいま国事が危機に直面していることをどうして知っていよう、
彼らときたら貴顕のおこぼれにあずかることをいよいよ喜んでいる。
しかもかえって目にするのは高らかに人倫道徳を説いた儒者たちが、
誇らしげに笑みを浮かべて権勢をふるう要人におもねる姿ばかり。
ああ私は結局のところ上医となって藩国の病気を治療することはできないが、
体いっぱいの苦悩を抱きながらも己ひとり誠実さを固く守って実行している。

今日は帝王の大事業をなしとげることは到底容易なことではあるまい、
それを思うとしばし音は耳に入らず言葉も失せて茫然自失の感に襲われてしまうのだ。

○書概　『九仞日記《きゅうじんにっき》』、安政六年六月二十七日の条に、「夜《よる》、『概《がい》を書《しょ》す』の詩《し》を作《つく》る」とある。○作人　人民を教化し、人材を育てること。『詩経』大雅、「棫樸《よくぼく》」を出典とする。○四端　仁・義・礼・智の四種の徳のいとぐち。具体的には、「惻隠の心」（他人への思いやり）、「羞悪の心」（不正に対する憎しみ）、「辞譲の心」（謙譲の気持ち）、「是非の心」（道徳的な認識・判断力）をいう。これらの説は『孟子』（公孫丑上）に見える。○綱常　道徳。人の守るべき道。○咫尺　とても短い距離。○苟安　将来を考えず、一時の安楽を楽しむこと。○士　もと「土」に作るが、今これを「士」に改めた。○齷齪　ゆとりや落ち着きがない様子。○刀圭　刀圭家。医者。○躬　もと「軀」に作るが、今これを「躬」に改めた。○杞天　「杞人憂天」、つまり「杞憂」のことである。無用の心配。とりこし苦労。杞の国の人が、天の崩れてくることを憂えたという故事（『列子』天瑞篇）に由来する。○精血　混じりけのない誠心のこもった血。○魑魅　山林の精気から生じる怪物。すだま。人面獣心で人を迷わせると伝える。○蠢愚　愚か者。○余盃残炙　残盃冷炙。飲み残しの酒と冷えた炙り肉。冷たい待遇の喩え。本文はもと「灸」に作るが、今これを「炙」に改めた。○説道士　人倫道徳を説く士人。ここは藩教学を担う儒員をいう。後出する「無題十五首（一首欠、己未冬）」の第六首の内容が、この十六〜十八句を解釈するのに参考となる。○鳶肩　いかり肩。角張って見える肩。ここは肩を高くそびやかして、他を威圧するような態度をいう。○医君国　藩国の病巣を見つけ、治療に手腕を発揮すること。『国語』晋語に「上医は国を医す」とあるのにちなみ、抜群の手腕を持つ医者のことを「国手」と称する。○一腔　「満腔」と同じ。体いっぱいの。　○風霜　困難。苦しみ。　○鴻業　帝王の大事業。　○聾黙　耳が聞こえず、話すことも出来ない。

寄懐回先生

炎日蒸白草
黯風頻飛沙
檻輿去方遠
君子意奈何
爛爛神京雲
君思更轉迫
璨璨芙峰雪
照君心之赤
君去君所喜
竹帛凜義名
吾留倶誰語
天地青山横
濁世豈容清

懐《おも》いを回先生《かいせんせい》に寄《よ》す

炎日《えんじつ》は蒸《む》して草《くさ》を白《しろ》うし
黯風《あんぷう》は頻《しき》りに沙《すな》を飛《と》ばす。
檻輿《らんよ》は去《さ》って方《まさ》に遠《とお》ざかれば
君子《くんし》の意《い》や奈何《いかん》。
爛爛《らんらん》たる神京《しんきょう》の雲《くも》は
君《きみ》を思《おも》いて更《さら》に転《うた》た迫《せま》らん。
璨璨《さんさん》たる芙峰《ふほう》の雪《ゆき》は
君《きみ》が心《こころ》の赤《あか》きを照《て》らさん。
君《きみ》の去《さ》るは君《きみ》の喜《よろこ》ぶ所《ところ》にして
竹帛《ちくはく》に義名《ぎめい》を凜《う》けんとすればなり。
吾《われ》は留《とど》まり誰《たれ》とか倶《とも》に語《かた》らんや
天地《てんち》に青山横《せいざんよこ》たわる。
濁世《だくせい》は豈《あ》に清《きよ》きを容《い》れんや

大鵬安避弋
正路有仁義
綱常須扶植
國家興何日
君子歸難期
我心酷耿耿
不勝靜斯思

大鵬《たいほう》は安《いず》くんぞ弋《いぐるみ》を避《さ》けんや。
正路《せいろ》に仁義《じんぎ》有《あ》り
綱常《こうじょう》は須《すべから》く扶植《ふしょく》すべし。
国家興《こっかおこ》るは何《いず》れの日《ひ》ならんや
君子《くんし》は帰《かえ》ること期《き》し難《がた》し。
我《わ》が心《こころ》は酷《はなは》だ耿耿《こうこう》として
静《しず》かに斯《これ》を思《おも》うに勝《た》えず。

「己未鄙稿」（安政六年）

強い夏の日差しに草はみずみずしさを失って白っぽくなり、
不吉な風が吹き付けては盛んに砂埃を巻き上げている。
唐丸駕籠はもう随分と遠くまで行っていることだろうが、
先生はどんなお気持ちで乗っておいでだろう。
まばゆいばかりに光りたなびく京都の雲は、
あなたのことを思ってますます近づいて来ることでしょう。
富士山の頂きで鮮やかに輝く白雪は、
あなたの至誠の心をはっきりと照らし出すことでしょう。
萩から江戸に召喚されたことをあなたはたいそう喜んでおいでです、
それというのも歴史に正義の士として名を留めることになるからです。

ですが萩に残された私は一体誰と語り合えばよいのやら、
果てしない天地には青い山が横たわっています。
道徳や風俗が乱れた世はどうして清廉潔白なものを受け入れることができましょう、
こういう時代では大鵬のような偉大な人物もいぐるみを避けることができません。
人の踏み行なうべき正道が行われている所では仁義の士が尊ばれます、
人倫道徳の大切さを必ずや人々の心に植えつけて下さい。
天下の士気は一体いつになったら回復するのでしょうか、
先生が無事に帰国なさることはまずもって難しいと考えます。
私の心はたいそう不安にさいなまれて眠ることもできず、
静かに先生の身の上を思うことに耐えられないのです。

○回先生　二十一回猛士、すなわち吉田松陰のこと。久坂の『九仭日記』を見ると、安政六年六月二十四日の条に、「夜、『懐いを二十一回（先生を脱するか）に寄す』の詩作る。先生、前月二十五日を以て発すれば、計るに当《まさ》に着府すべし。追懐して遏《とど》むべからず」とあることから、同日に作られた詩と判明する。○蒸　熱気が盛んな様。○黯風　薄暗い風。音などのない不吉な風。希望のない風。○輿　もと「與」に作るが、今これを「輿」に改めた。○爛爛　明るく光り輝く様。○璨璨　美しく輝く様。○竹帛　歴史。史書。○大鵬　オオトリ。伝説上の最も大きな鳥。偉大な人物に喩える。○弋　いぐるみ（鳥をからめ捕えるために糸をつけた短い矢）を用いた狩猟。松陰の受難をいう。○耿耿　もと「耿耽」に作るが、今これを「耿耿」に改めた。心安らかでない。気にかかることがあり眠れない。

六月二十八日作幷引

余時自前昨夜、絶粒腹無一粒。余生二十年、於茲苟温偸飽、未嘗餓莩凍死、爲何物。因試絶粒二日、雖未及知飢、亦或足解事情。而非眞窮餓者、則欲食白粲在前、欲飲茶酒唯意所命、國家之恩與祖先之勞、何其易言哉。

六月二十八日《ろくがつにじゅうはちにち》の作《さく》。幷《なら》びに引《いん》。

余《よ》は時《とき》に前昨夜《ぜんさくや》より、絶粒《ぜつりゅう》して腹《はら》に一粒無《いちりゅうな》し。余《よ》は生《う》まれて二十年《にじゅうねん》、茲《ここ》に於《お》いて苟温偸飽《こうおんとうほう》、未《いま》だ嘗《かつ》て餓莩凍死《がひょうとうし》せざれば、何《なん》の物為《ものた》らんや。因《よ》って試《こころ》みること絶粒二日《ぜつりゅうふつか》、未《いま》だ飢《う》えを知《し》るに及《およ》ばずと雖《いえど》も、亦《ま》た或《あるい》は事情《じじょう》を解《かい》するに足《た》らん。而《しか》して真《しん》の窮餓者《きゅうがしゃ》に非《あら》ざれば、則《すなわ》ち白粲《はくさん》を食《しょく》せんと欲《ほっ》すれば前《まえ》に在《あ》り。茶酒《ちゃしゅ》を飲《の》まんと欲《ほっ》すれば、唯《た》だ意《い》の命《めい》ずる所《ところ》のままなり。国家《こっか》の恩《おん》と祖先《そせん》の労《ろう》と、何《なん》ぞ其《そ》れ易言《いげん》せんや。

六月二十八日の作。幷びに引。

私は一昨晩から絶食して、腹の中には穀粒が全く入っていない。私は生まれて二十年になるが、いま衣食にも不自由せず、ぬくぬくと暮らし、これまで飢え凍えて死を覚悟するということもなく、それがどういう状況であるのかを知らない。そこで二日間の絶食を体験したが、まだ飢餓の状態に達していないというのに、はやすでに状況を理解することができた。しかし本当の飢餓ではないので、白飯を口にしようと思えばすぐ目の前にあり、茶や酒を飲もうとするのも意のままである。藩公の御恩と先祖の苦労とに対し、どうしてこれを軽視するような発言ができるだろうか。

○六月二十八日　『九仞日記《きゅうじんにっき》』、安政六年六月二十七日の条に、「余《よ》窃《ひそ》かに謂《おも》えらく、我《われ》生《う》まれて二十年《にじゅうねん》、未《いま》だ嘗《かつ》て一日《いちじつ》も飢《う》えず。試《こころ》みに絶食《ぜっしょく》す。竟《つい》に昨夜《さくや》より片粒《へんりゅう》を食《しょく》せず」とある。また翌日には「予《よ》の絶粒《ぜつりゅう》、未《いま》だ飢《う》えを知《し》るに及《およ》ばずと雖《いえど》も、或《あるい》は時情《じじょう》を解《かい》するに足《た》れり。因《よ》って日暮《にちぼ》少《すこ》しく糜粥《びしゅく》を食《しょく》す」とある。二十八日の日記には「詩《し》を作《つく》って志《こころざし》を言《い》う」とあるから、絶食の体験をもとに何らかの作詩をしたことは疑いない。しかし『久坂全集』にはこの「引」しか収載がないから、詩は恐らく散佚したのであろう。○引　「序」の簡略なもので、唐以降に成立した。ことに北宋・蘇洵（老泉）は父の諱「序」を避けて「引」を使用した。○易言　みくびって言う。軽視した物言いをする。

送提山上人

飄然飛錫不留痕
千里尋師志酷敦
小舴白埋春雪渡
濕衣香撲早梅村

提山上人《ていざんしょうにん》を送《おく》る

飄然《ひょうぜん》と錫《しゃく》を飛《と》ばして痕《あと》を留《とど》めず
千里《せんり》に師《し》を尋《たず》ねて志《こころざし》は酷《はなは》だ敦《あつ》し。
小舴《しょうさく》は白《しろ》く埋《うず》む　春雪《しゅんせつ》の渡《わたし》
湿衣《しっい》は香《かぐわ》しく撲《う》つ　早梅《そうばい》の村《むら》。

心猿意馬猶雖掣
槁木死灰安易言
憐子塵樊蟬脱去
江山如屋嶮乾坤

心猿意馬《しんえんいば》は猶《な》お掣《せい》すと雖《いえど》も
槁木死灰《こうぼくしかい》は安《いず》くんぞ易言《いげん》せんや。
憐《あわ》れむ　子《し》の塵樊《じんぱん》より蟬脱《せんだつ》し去《さ》るを
江山《こうざん》は屋《おく》の如《ごと》く乾坤《けんこん》は嶮《せま》し。

風のように錫杖をついて各地を飛び歩き、
遥か彼方まで導師を求める篤志は誠実この上ない。
春の雪に白く埋もれた小舟に乗って渡し場をあとにし、
湿り気を帯びた僧衣に馥郁たる香りを宿して早咲きの梅に見送られて村を抜ける。
猛然と沸き起こる様々な欲望をうまく抑えつけたとしても、
簡単に「無意無欲の境地に達した」などと口にしてはならない。
私は君が俗界から逃れて悟得することを残念に思う、
天地は人家ほどの小さなものだし世の中は実に狭いのだから。

「己未鄙稿」（安政六年）

○提山上人　一八三九―一九〇七。周防国佐波郡田島村（防府市）の出身。農家に生まれ仏門に入るが、十九才で松陰門下となり、禁門の変前後に還俗、松本鼎（鼎造）と称した。萩藩士として戊辰戦争で活躍し、維新後は和歌山県令等の地方官を歴任、同県から衆議院議員に立候補して当選、その後、貴族院議員、元老院議官となり、男爵を授かった。享年六十九。なお本詩の作成時期についても明確で、『江月斎日乗』の安政七年一月十七日の条に、『提山師《ていざんし》の鎮西《ちんぜい》（将《まさ》に柳河《やながわ》の福厳寺《ふくごんじ》に往《ゆ》かんとす）に游《あそ》ぶを送《おく》る』を作《つく》る。詩《し》成《な》って半夜《はんや》に寝《い》ぬ」とある。○飄然　風にひるがえる様。○錫　錫杖。僧や修験者が持ち歩く杖。杖頭部に鐶があり、そこに数個の小さな鉄の輪をつける。○舴「舴艋」は小舟。○渡　渡津。渡し場。○撲　あまねく行き渡る。○心猿意馬「意馬心猿」と同じ。欲情が猛然と起こって、自分ではどうにも抑えきれないたとえ。○槁木死灰　無欲無為の境地に達した人のたとえ。○塵樊　汚れた人間世界（塵世《じんせい》）をとりかご（樊籠《はんろう》）になぞらえた表現。○蟬脱　世俗から離れる。○江山　国土。

無題　十五首

白面擧有司
磊落怗無耻
金爐畫屏暖
芳樽浮綠蟻
反咍傷時人
鹹苦何如彼

無題《むだい》　十五首《じゅうごしゅ》（一首欠《いっしゅをかく》）　己未冬《きびのふゆ》

白面《はくめん》にして有司《ゆうし》に挙《あ》げられ
磊落怗《らいらくちょう》として耻《は》ずる無《な》し。
金爐画屏《きんろがへい》は暖《あたた》かく
芳樽《ほうそん》に緑蟻《りょくぎ》浮《う》く。
反《かえ》って咍《わら》う　時《とき》を傷《いた》むの人《ひと》を
鹹苦《かんく》は彼《かれ》を何如《いかん》せん。

年若く見識も浅いのに役人に登用され、
悠々と構えてこれといって何もせずにいながら恥じる様子もない。

金の手あぶりや豪華な屏風に囲まれてぬくぬくとし、
よい酒には緑色の泡が浮かんでいる。
かえって現今の時世を悲しみ憂える人々を嘲笑しているが、
今後艱難にあったならば彼は一体どうするつもりなのだろうか。

※『稿』No.二二五。

※五言六句の古詩は珍しいが、久坂も影響を受けた頼山陽に「癸丑の歳、偶作」（『山陽詩鈔』巻一）、「春秋戦国の人物を詠む／十二首」（同巻七）、及び「文房七詠」（『山陽遺稿』巻二）、「蘭」（同巻六）がある。

○白面　「白面書生」「白面郎」の略。年若く見識の浅いもの。○磊落　心が広く、細かいことにこだわらず、率直であけっぴろげなこと。○恬　安らかで静かな様子。○金爐画屏　もと「金画」に作るが、『稿』に従って今これを「爐」に改めた。黄金作りの火や香をたく道具と絵を描いて彩りをした豪華な屏風。○緑蟻　発酵した酒の表面に浮かんだ緑色の泡。緑酒は上質な美酒。○咍　あざわらう。○鹹苦　にがい苦しみ。

其二

有司飽膏粱
朱顔含澤色
富貴易迷溺

其《そ》の二《に》

有司《ゆうし》は膏粱《こうりょう》に飽《あ》き
朱顔《しゅがん》に沢色《たくしょく》を含《ふく》む。
富貴《ふうき》は迷溺《めいでき》し易《やす》く

貪心黑於墨
可怪茆葦上
豪語嘗憂國

貪心《たんしん》は墨《すみ》よりも黒《くろ》し。
怪《あや》しむべし　茆葦《ぼうい》の上《ほとり》
豪語《ごうご》せり　嘗《かつ》て国《くに》を憂《うれ》うと。

役人どもはうまいものに食べ飽き、
血色のよい顔がいっそうつややかである。
財貨と地位は人の心を迷わせやすく、
連中の際限のない欲望は墨よりも黒い。
奇妙なのはチガヤやアシが生えている人気のない所に来ると、
自慢げに「私は以前から藩国の行末を憂えている」と語ることだ。

※『稿』No.二六。
○膏粱　うまい食物。もと「粱」に作るが、今これを「粱」に改めた。○茆葦　茅葦。水辺に生えるチガヤとアシ。丈高く密生しているため、姿を隠しやすい。もと「茚」に作るが、今これを「茆」に改めた。

其三

其《そ》の三《さん》

苛政猛於虎

苛政《かせい》は虎《とら》よりも猛《もう》にして

寒烟冷荒村
輓近不治本
魚鹽何足言
寄語廟堂士
皮盡毛何存

寒烟《かんえん》は荒村《こうそん》に冷《ひや》やかなり。
輓近《ばんきん》は本《もと》を治《おさ》めず
魚塩《ぎょえん》は何《なん》ぞ言《い》うに足《た》らんや。
語《ご》を寄《よ》す　廟堂《びょうどう》の士《し》に
皮《かわ》尽《つ》きて毛《け》は何《なん》ぞ存《そん》せんやと。

厳しい政治は民衆を苦しめるので虎よりも恐ろしいとされるが、今も寒々しい煙が荒廃した村からわびしく立ち上っている。近ごろは国を治め維持していく根本の農業を大切にせずに、海産物の売り買いの話などをするとはもっての他だ。藩庁の役人に一言いってやりたい、「体をおおう表皮がなくなれば毛や頭髪が失われるのはわかりきっているではないか」と。

※『稿』No.二七。

○苛政猛於虎　厳しい政治は民衆の生活を苦しめ、多くの損害をもたらすのでトラよりも恐ろしいということ（『礼記《らいき》』檀弓《だんぐう》下）。○寒烟　ものさびしげな煙。○輓近　近ごろ。最近。○不治本　古来、諸書に「農は天下の大本《たいほん》」（『漢書』文帝紀）、「農は政《まつりごと》の本《もと》為《な》り」（『帝範』務農）等とあり、儒学では伝統的に農業は天下の人々が生活していくおおもとで、治国の根本は農政にありとされた。久坂は農業・農民を重視すべき農本主義が軽視されていることを懸念し、幕末の防長における農村の疲弊を憂えたのである。○魚塩　海産物の総称。ここは「魚塩の利」（『史記』斉太公世家）をいうのであろう。この頃、萩藩では坪井九右衛門が梅田雲浜（小浜藩浪人）を長州産物御用掛に任じ、京坂との間で物産売買を行う計画が進められていた。長州からは塩・蝋・紙などを輸出し、上方の呉服・小間物・薬・木材などを輸入する予定であった。梅田の働きかけは安政三年～五年に行われたが、藩吏・農民双方の反発を買い、交易策は頓挫した。雲浜は松陰と深交があったが、いっぽうで自らの政治活動資金の捻出を優先する人物という悪評もあった。本詩はこういった藩政上の動きを反映したものと思われる。

其四

天地一何隘
陰房風雪昏
囚子荐懐母
母心更難言
有司娯富貴
漠然不知冤

其《そ》の四《し》

天地《てんち》は一《いつ》に何《なん》ぞ隘《せま》き
陰房《いんぼう》は風雪昏《ふうせつくら》し。
囚子《しゅうし》は荐《しき》りに母《はは》を懐《おも》うも
母心《ぼしん》は更《さら》に言《い》い難《がた》し。
有司《ゆうし》は富貴《ふうき》を娯《たの》しみ
漠然《ばくぜん》として冤《えん》を知《し》らず。

天地は実に何とも寛大さを持たぬことよ、
獄舎には風雪が吹き込んで明かりもなく常にうす暗い。

先生は獄中にありながらしきりと母上の身を案じているが、
母親の心がそれ以上に子を思っていることはとても言葉では語り尽くせない。
役人たちは恵まれた境遇にあって贅沢を楽しみ、
冷淡にも先生が無実の罪で囚われていることを知らない。

※『稿』No.二八。
○陰房　牢獄。　○母心更難言　松陰はいわゆる「大義親《たいぎしん》を滅《めっ》す」の覚悟をもって行動したが、孝心を捨てたわけではない。江戸の獄中では「日夜西を顧みて父母を拝す」といい、ついには安政六年十月二十日に死罪と決したとき、有名な「親思うこころにまさる親ごころけふの音づれ何ときくらん」の歌が生まれることになる。
○漠然　無関心で冷淡な様子。

「己未鄙稿」（安政六年）

其五

囹圄不生草
歳終多大辟
畢生不聞道
那能邪正擇
浩歎名教廢

其《そ》の五《ご》

囹圄《れいぎょ》には草《くさ》を生《しょう》ぜず
歳終《さいしゅう》には大辟《たいへき》多《おお》し。
畢生道《ひっせいみち》を聞《き》かざれば
那《な》んぞ能《よ》く邪正《じゃせい》を択《えら》ばんや。
名教《めいきょう》の廃《すた》れるを浩歎《こうたん》し

作穽彼是責　　穽《せい》を作《つく》りし彼是《ひぜ》を責《せ》めん。

獄舎には春が訪れても草一本生えず、
年の暮れになると死刑を執行されるものが多い。
生涯にわたって人倫道徳の話を聞かなければ、
どうして善悪正邪の判断ができるだろう。
だから私は名分を説く儒教がすたれるのを大いに嘆き、
人をおとしいれる罠を作った連中を厳しくとがめたいのだ。

※『稿』No.二九。
○囹圄　牢獄。　○大辟　死刑。　○邪能邪正択　『稿』は「邪正豈易擇」（邪正《じゃせい》豈《あ》に択《えら》び易《やす》からんや）に作る。
○浩歎　深くため息をついて、大いに嘆く。　○名教　儒教の別称。儒教では君臣・父子などの名目を立て、名分を守らせるようにしたのでこう呼ばれる。　○穽　策略。人をおとしいれる罠。

其六　　其《そ》の六《ろく》

慨然講道者　　慨然《がいぜん》として道《みち》を講《こう》ずる者《もの》
熱門含笑行　　熱門《ねつもん》に含笑《がんしょう》して行《ゆ》く。

殘杯兼餘炙
追陪自爲榮
退去對餘人
誇色眉間横

残杯《ざんぱい》に余炙《よしゃ》を兼《か》ね
追陪《ついばい》して自《おのず》から栄《えい》を為《な》す。
退去《たいきょ》して余人《よじん》に対《たい》すれば
誇色眉間《こしょくみけん》に横《よこ》たわる。

気持ちを高ぶらせて人倫道徳の講義をした人物が、
権勢のある役人のもとにはにこにこと笑みをたたえて訪れる。
冷たくあしらわれて膳には残り物しか並ばないというのに、
自分は貴顕の相伴をするまでの栄誉を手にしたのだと勝手に思い込んでしまう。
先方を辞去して他の人に相対するときには、
得意げな様子が眉間にありありと現れている。

※『稿』No.三〇。
○慨然　気持ちが高ぶる。気力を奮い起こす。　○熱門　権勢のある役人。　○含笑　ほほえむ。　○残杯兼余炙　「残杯冷炙」と同意。飲み残しの酒と冷えた（食べ残しの）あぶり肉は、冷たい待遇のたとえ。　○追陪　あとからつき従う。お供する。　○誇色　得意げな様子。

其七

今人眼如鷹
疾視禍福由
白屋將羅雀
熱門多紫騮
翻覆幾雲雨
雷同心相讐

其《そ》の七《しち》

今人《きんじん》の眼《まなこ》は鷹《たか》の如《ごと》く
禍福《かふく》の由《よし》を疾視《しっし》す。
白屋《はくおく》は将《まさ》に羅雀《らじゃく》とならんとし
熱門《ねつもん》には紫騮《しりゅう》多《おお》し。
翻覆《ほんぷく》は雲雨《うんう》に幾《ちか》きも
雷同《らいどう》すれば心《こころ》に相讐《あいにく》む。

今の役人の眼つきはあたかも鷹のように鋭く、
自分たちに禍福をもたらす原因を憎らしげに睨んでいる。
庶民の粗末な家は落ちぶれる一方なのに、
権力者の立派な家には多数の駿馬がつながれている。
世の中の激しい変化は突然雲が湧き雨が降るように予想しがたい、
彼らが付和雷同するありさまを私は心の中で憎んでいる。

※『稿』No.三一。

○疾視　憎らしげににらむ。　○白屋　かやぶきの家。庶民の粗末な家。　○羅雀　「雀羅」に同じ。権勢を失って落ちぶれた家。〇紫騮　赤栗毛の馬。一説に黒栗毛ともいう。いにしえの駿馬。〇翻覆　ひっくりかえる。変化の激しいたとえ。〇雷同　雷が響くと、物が同時にそれに応ずることから、無批判に他人の意見に同調すること。付和雷同。〇讐　恨めしく思う。仕返しをしようとする。
其八

吏人有所好
輕俊乘時售
蟹書爭鴃舌
皮韈穿筒袖
世態實至茲
奈何夫大寇

其の《そ》の八《はち》

吏人《りじん》に好《よ》き所《ところ》有《あ》り
軽俊《けいしゅん》にして時《とき》に乗《じょう》じて售《う》る。
蟹書鴃舌《かいしょげきぜつ》を争《あらそ》い
皮韈筒袖《ひべつとうしゅう》を穿《は》く。
世態《せたい》は実《じつ》に茲《ここ》に至《いた》れり
夫《か》の大寇《たいこう》を奈何《いかん》せん。

役人には優れた点がある、
それは機を見るに敏く時々の情勢を巧みに捉えて利用して自分をアピールする所だ。
西洋の横文字や外国語の会話を競って学び、
革靴をはいて筒袖の衣服を身に着けている。
我が国の風俗・有様もとうとうここまで来てしまった、

これから強大な外敵をどうしたらよいのだろう。

※『稿』No.三二。

○軽俊　機を見るにさとい。○蟹書　横文字。欧米の文章。○鴃舌　意味が通じない外国語の喩え。もと「鴃」に作るが、『稿』に従って今これを「鴃」に改めた。○皮韈　かわぐつ。『稿』は「皮襪」に作るが意は同じ。

其九

望遠賫瓊鏡
驗溫傳神器
千金擲如土
購索誇奇異
唯恐喫鴉片
沈醉竟荒墜

其《そ》の九《く》

望遠《ぼうえん》は瓊鏡《けいきょう》を賫《もたら》し
験温《けんおん》は神器《しんき》を伝《つた》う。
千金《せんきん》を擲《なげう》つこと土《つちくれ》の如《ごと》く
購索《こうさく》して奇異《きい》を誇《ほこ》る。
唯《た》だ恐《おそ》るるは鴉片《あへん》を喫《きっ》し
沈酔《ちんすい》して竟《つい》に荒墜《こうつい》せんことを。

遠くの様子をうかがうには望遠鏡を持ち込み、
寒暖を測るには温度計という霊妙な器物を伝来させた。
人々は大金をまるで土くれのように注ぎ込み、

買い求めては珍奇な物品を自慢している。
私はただアヘンが持ち込まれて邦人がこれを吸引し、
酔いつぶれて最後には迷い溺れ身を亡ぼすことだけを恐れている。

※『稿』No.三三。

其十

豪富狡子弟
巧畫且能詩
簡傲反求合
君子相追隨
寧馨不足道
君子何自卑

其《そ》の十《じゅう》

豪富《ごうふ》の狡子弟《こうしてい》は
画《え》を巧《たく》みにし且《か》つ詩《し》を能《よ》くす。
簡傲《かんごう》にして反《かえ》って合《ごう》を求《もと》むれば
君子《くんし》も相追随《あいついずい》す。
寧馨《ねいけい》は道《い》うに足《た》らず
君子《くんし》は何《なん》ぞ自《みずか》ら卑《いや》しめんや。

権勢があって富める家の悪賢い若者は、
絵が上手ときてそのうえ詩も巧みに作る。
世間を甘く見てはやりたい放題でかえって相手に迎合を求める始末、

今やまじめな人々までもが彼らの仲間になってしまった。
こんな連中には何をいってもむだである、
真の君子はみずから自分の身をいやしめたりしないのだ。

※『稿』No.三四。
○狡子弟　狡童。悪賢い若者。顔はきれいだが誠実さのない子。　○簡豪　傲慢。人をあなどり、おごるさま。
○求合　自分たちに迎合することを要求する意と解した。　○寧馨　このような。六朝時代の口語。「寧馨児」は「このような子」、後世、幼少の時から優れている子のことをいう。

其十一

月黑屐聲高
路逢誰家婦
頭髪亂春雲
纖腰若弱柳
午夜多惡兒
醜言莫甘受

其《そ》の十一《じゅういち》

月《つき》は黒《くろ》くして屐声《りせい》は高《たか》く
路《みち》に逢《あ》うは誰《た》が家《いえ》の婦《ふ》ぞ。
頭髪《とうはつ》は春雲《しゅんうん》のごとく乱《みだ》れ
繊腰《せんよう》は弱柳《じゃくりゅう》の若《ごと》し。
午夜《ごや》に悪児《あくじ》多《おお》ければ
醜言《しゅうげん》は甘受《かんじゅ》する莫《な》かれ。

闇夜に下駄の音をはずませて、
道で行き合ったのははてどちらのご婦人か。
頭髪は春の雲に似てなまめかしく乱れ、
ほっそりとした腰はしなやかな柳のようだ。
深夜には悪さを働く若者が多いから、
誘惑の言葉はすんなりと聞き入れてはならない。

※『稿』No.三五。

○頭髪　『稿』は「鬒髪《しんぱつ》」（美しい黒髪）に作る。○繊腰　ほっそりした、しなやかな腰。美人の腰。○若　『稿』は「如」に作る。○醜言　本来は「悪口」のことであるが、ここは誘惑のささやきであろう。

「己未鄙稿」（安政六年）

其十二

袍衣翻燕尾
鳶肩高左欹
趫趫武家子
衣劍美容儀
夜街燭如晝

其《そ》の十二《じゅうに》

袍衣《ほうい》は燕尾《えんび》を翻《ひるがえ》し
鳶肩《えんけん》は高《たか》くして左《ひだり》に欹《そばだ》つ。
趫趫《こうこう》たる武家《ぶけ》の子《こ》
衣剣容儀《いけんようぎ》美《うるわ》し。
夜街《やがい》は燭《あき》らかなること昼《ひる》の如《ごと》く

婉眼送氷肌　　　　婉眼《えんがん》もて氷肌《ひょうき》を送《おく》る。

羽織の裾が燕の尾のようにひるがえり、
肩を怒らせ左身をやや傾けて闊歩する。
勇ましげな武家の子が、
立派な衣装に大小を帯びた姿はまことに格好がよい。
夜の巷はあたかも昼のように明るく、
道行く若侍はからみつくような視線で女性の白い肌を見つめている。

※『稿』No.三六。
○袍衣　外衣、表衣の通称。ここは羽織をいうものと解した。○鳶肩　怒り肩。既出（二三五頁）。○左欹　左側を傾ける。左腰に帯びた両刀の重量を支えるために踏ん張っている。○趫趫　勇猛な様子。○武家　もと「民家」に作るが、『稿』に従って今これを「武家」に改めた。○婉眼　婉転たる眼。まとわり、からみつくような視線。○氷肌　女性の清らかで真っ白い肌のたとえ。

其十三　　　　其《そ》の十三《じゅうさん》

相公徒三旨　　　　相公《しょうこう》は徒《た》だ三旨《さんし》のみ

御史誰鐵面
廟議道傍舍
朝斷夕卽變
國是竟安在
傷時淚如霰

御史《ぎょし》は誰《たれ》か鉄面《てつめん》ならんや。
廟議《びょうぎ》は道傍《どうぼう》の舎《しゃ》
朝断夕即《ちょうだんせきそく》の変《へん》。
国是《こくぜ》は竟《つい》に安《いず》くにか在《あ》る
時《とき》を傷《いた》んで涙霰《なみだあられ》の如《ごと》し。

国政をあずかる閣老はもっぱら「三旨相公」と揶揄された王珪のようであり、
監察を任とする目付の中に「鉄面御史」と畏怖された趙抃のごとき人物は一人もいない。
朝廷の廟議は道のかたわらの建物で行われ、
朝断夕即つまり政策や命令にまるで一貫性が見られない。
国家の方針はそもそもどこにあるのか、
時世を思うにつけ心は痛み涙があられのようにこぼれ落ちる。

※『稿』No.三七。

○相公三旨　王珪《おうけい》は宰相を務めること十六年であったが、これといった治績もなく凡庸な人物とされた。殿に上って皇帝に奏上する際は「聖旨を取る」といい、案件の可否に関する助言が終れば「聖旨を領す」といい、退いて下役を諭すには「既に聖旨を得たり」といった。これにより王珪は「三旨宰相《さんしさいしょう》」、「三旨相公《さんししょうこう》」と呼ばれた（『宋史』王珪伝）。後の世にも無能な宰相を嘲る語として用いられる。

○御史鉄面　『宋史』趙抃《ちょうべん》伝によれば、殿中侍《でんちゅうじ》御史《ぎょし》となった趙抃は、不正を弾劾するにあたり、寵倖や権力などは一切意に介さず、公平剛直な性格で厳しく取り締まったため、京師では「鉄面御史」と綽名されて恐れられたという。〇朝断夕即　朝には切れ、夕方にはつながる意。「朝令暮改」と同じく、命令や政策に一貫性がない喩え。

其十四
忠臣殉國事
天子尚罷朝
或畫諸雲閣
朝暮仰風標
浮薄今如紙
有司酒肉飽

其《そ》の十四《じゅうし》
忠臣《ちゅうしん》は国事《こくじ》に殉《じゅん》じたるも
天子《てんし》は尚《な》お朝《まつりごと》を罷《や》めしままなり。
或《あるい》は諸《これ》を雲閣《うんかく》に画《えが》きて
朝暮《ちょうぼ》に風標《ふうひょう》を仰《あお》がん。
浮薄《ふはく》なること今《いま》や紙《かみ》の如《ごと》く
有司《ゆうし》は酒肉《しゅにく》に飽《あ》きたり。

忠臣が天下のために命を捧げたけれども、
天子によるご親政はいまだに実現していない。
できれば前漢の故事に倣って朝廷は功臣の肖像を高殿に掲げ、
朝な夕なに天子が彼らの立派な姿を仰ぎみるべきであろう。
今や世の人情は紙のように薄っぺらなものとなり、

役人どもは腹いっぱい食べて安楽を貪るばかりだ。

※『稿』No.三八。

〇画諸雲閣　高くそびえる楼閣に殉難志士の肖像を描く。「諸」は殉難した忠義の臣を指す。前漢の宣帝は西域の鎮定を記念して、霍光、蘇武ら功臣十一人の肖像を、長安城にある未央宮内の麒麟閣の上に掲げ、彼らの偉勲を顕彰し、その功労を永く忘れないようにした。話は『十八史略』巻二（漢）に見える。〇風標　人柄。品格。美しい居ずまい。〇浮薄　心が軽々しくてしっかりしていない。人情が薄い。本文はもと「浮雲」に作るが、今これを『稿』に従って「浮薄」に改めた。

「庚申詩稿《こうしんしこう》」（「庚申草稿《こうしんそうこう》」を含む）（万延元年）

「庚申詩稿」

泊播摩洋

敗篷一夜倚清灣
天地蒼茫俯仰間
却憶先公計略偉
月明十有三州山

播摩洋《はりまなだ》に泊《はく》す

敗篷一夜《はいほういちや》　清湾《せいわん》に倚《よ》れば
天地《てんち》は蒼茫《そうぼう》たり　俯仰《ふぎょう》の間《かん》。
却《かえ》って憶《おも》う　先公《せんこう》 計略《けいりゃく》の偉《い》を
月《つき》は十有三州《じゅうゆうさんしゅう》の山《やま》を明《て》らす。

ある夜のこと古ぼけた船が穏やかな湾内に停泊すると、海も陸も濃い霧におおわれてわずかの間に景色はぼんやりとかすんでしまった。それにつけても思うのは悪天候に乗じた厳島の戦を始めとする元就公の策略の素晴しさ、月の光がかつての興亡の舞台となった中国筋の十三州の山々を照らし出している。

○播摩洋　播磨灘。瀬戸内海東部の海域。旧播磨国の南側に位置することから命名。東は淡路島、西は小豆島、南は四国で区切られる。○敗篷　老朽化した船。ぼろ船。もと「蓬」に作るが、いま「篷」に改めた。「篷」はとまぶね。○蒼茫　ぼんやりとかすんでいる様子。○俯仰間　わずかの時間。○先公計略　毛利元就が中国全域を攻略し、ほぼ掌中に収めるまでの数々の策謀。特に陶晴賢に大勝した厳島の戦いを指すかと思う。○十有三州　毛利氏が中国の覇者として領有したのは最大で十か国（周防・長門・安芸・備後・備中・石見・出雲・因幡・伯耆・隠岐）であるが、これに備前、美作、播磨を加え、広く中国筋（山陽・山陰）の諸国と捉えたのであろう。

過金川

蓮峰帯雪映清暉
緑淨漣漪好染衣
今日偶經幽勝地
髯奴十騎竝鑣飛

金川《かながわ》を過《す》ぐ

蓮峰《れんぽう》は雪《ゆき》を帯《お》びて清暉《せいき》に映《えい》じ
緑《みどり》は浄《きよ》くして漣漪《れんい》は衣《ころも》を染《そ》むるに好《よ》し。
今日偶《こんにちたま》たま幽勝《ゆうしょう》の地《ち》を経《ふ》れば
髯奴十騎《ぜんどじっき》　並《なら》んで鑣飛《そひ》す。

富士の山は雪を帯び清らかに輝く朝日にくっきりと姿を見せ、
岸辺の新緑はさざなみの立つ水面に映えて我が衣を染めてしまうかのようだ。
今日たまたま静かで景色のよい土地を通り過ぎた時のこと、

ひげ面の西洋人が十人ばかり馬にまたがって疾走して行った。

○金川　神奈川宿。東海道の宿駅（現横浜市）。安政五年に調印された日米修好通商条約によって開港場に指定され、領事館が設置されたが、文久二年の横浜開港に伴い、領事館は移転した。○蓮峰　富士山。○清暉　月や日の澄み切った光。○漣漪　水面の小さな波。さざなみ。なおこの承句は晩唐・杜牧の「漢江」の「緑淨春深好染衣（緑浄く春深くして衣を染むるに好し）」（承句）をふまえる。○幽勝　静かで景色のよい所。○髯奴　ひげづらの西洋人。○鑣飛　馬にまたがり疾走する。

五月廿日夜作。客歳此夜余送松陰師過松江。而松陰師終不還

五月廿日《ごがつはつか》夜《よる》の作《さく》。客歳《きゃくさい》、此《こ》の夜《よ》、余《よ》は松陰師《しょういんし》の松江《しょうこう》を過《す》ぐるを送《おく》る。而《しか》して松陰師《しょういんし》は終《つい》に還《かえ》らざりき

夜闌孤燭影憧憧
輾轉無眠恨滿腔
記得去年別時事
寒烟暗雨渡松江

夜《よる》は闌《たけなわ》にして孤燭《こしょく》の影《かげ》憧憧《しょうしょう》たり
輾転《てんてん》として眠《ねむ》る無《な》く恨《うら》み腔《はら》に満《み》つ。
記《しる》し得《え》たり　去年別時《きょねんべつじ》の事《こと》
寒烟暗雨《かんえんあんう》のなか松江《しょうこう》を渡《わた》りしを。

夜もすっかり更けて一つだけともしてある灯火が小刻みに揺れる、

寝返りばかりでなかなか寝つけないのは体中に尽きせぬ恨みが満ちているからだ。
私は今でも去年の別れ際の様子を鮮明に記憶している、
先生は寒々しいもやがかかり淋しげな雨のそぼふるなか松本川を渡って行かれた。

○松江　萩城下を流れる松本川のこと。山口県下第二の大河である阿武川は、河口部の萩市で松本川（東）と橋本川（西）に分流し、萩三角州を形成して日本海へと注ぐ。○夜闌　夜が深くなる。もと「蘭」に作るが、今これを「闌」に改めた。○孤燭　一つだけ灯っているともしび。○影　灯影。ともしびの光、輝き。○憧憧　揺れ動いて定まらない様子。○輾転　寝返りを打つ。○寒烟　ものさびしげなもや。

聞子規

師友殉難強半亡
悲哀無所訴旻蒼
前年爲客聞鵑語
不似今宵轉斷腸

子規《しき》を聞《き》く

師友《しゆう》は難《なん》に殉《じゅん》じて強半《きょうはん》亡《う》せ
悲哀《ひあい》は旻蒼《びんそう》に訴《うった》うる所《ところ》無《な》し。
前年《ぜんねん》客《きゃく》と為《な》って鵑語《けんご》を聞《き》くも
今宵《こよい》の転《うた》た断腸《だんちょう》たるに似《に》ず。

我が師友は国難のために命を捧げてあらかたこの世を去ってしまい、
この悲しみは青天に向かって訴えてみた所でどうなるものでもない。

昨年は旅舎でホトトギスの声を耳にしたけれども、
今宵はあの日と異なり一声ごとに抑えがたい悲しみが胸に込み上げて来る。

※『稿』No.一五。

○殉難　国難のため、命をなげうって犠牲となる。○強半　大半。半分以上。なお「弱半」は四分の一のこと。○無所訴旻蒼　「旻蒼」は押韻のため、「蒼旻」（青空）を転倒したもの。もと「無所旻蒼蒼」に作るが意味をなさず、『稿』に従って今これを改めた。○鵑語　杜鵑（ホトトギス）の鳴き声。悲痛な声とされる。

偶作

墨陀江山月色鮮
金龍兒女影蹁躚
高樓獨有沈吟客
荊棘銅駝悲昔年

偶作《ぐうさく》

墨陀《すみだ》の江山《こうざん》　月色《げっしょく》は鮮《あざ》やかにして
金竜《きんりゅう》の児女《じじょ》　影《かげ》は蹁躚《へんせん》たり。
高楼《こうろう》に独《ひと》り有《あ》り　沈吟《ちんぎん》の客《きゃく》
荊棘銅駝《けいきょくどうだ》　昔年《せきねん》を悲《かな》しむ。

隅田川や遠近の山々を照らす今宵の月はくっきりと美しく、
浅草では若い男女がその月の光に誘われるようにふらふらと歩いている。
だが高どのには思いに沈む客がただひとりあって、

亡国を予言した索靖の故事を遠い過去の話と片づけられず悲嘆にくれている。

○墨陀　隅田川。東京都東部を流れる全長二十四キロの河川。現在は荒川の一支流となる。かつては呼称も多く、上流を千住川、中流を浅草川・宮戸川、吾妻橋以南を大川とも呼んだ。○金竜　浅草（東京都台東区の東部）のこと。浅草寺山号の金竜山に由来する。浅草は江戸初期から浅草寺の門前町として発展した。明暦の大火後、吉原遊郭が付近の千束に移転（新吉原）、また芝居小屋の猿若三座も置かれ、江戸の盛り場として繁栄した。○児女　若い男女。○蹁躚　もと「輻韆」に作るが、今これを「蹁躚」に改めた。「蹁躚」はふらふらとよろめき歩く様子をいう。○荊棘銅駝　国が滅亡し、国土が荒廃するのを嘆く喩え。晋の索靖は国の亡ぶのを予知し、洛陽の宮殿の門前に据えられた銅製のラクダに対して、近いうちにイバラの中に埋もれることになろうと嘆いた故事（『晋書』索靖伝）に基づく。

送杉浦清介帰省新潟。時聞其地開港在近。故句中及之

杉浦清介《すぎうらせいすけ》の新潟《にいがた》に帰省《きせい》するを送《おく》る。時《とき》に其《そ》の地《ち》、開港近《かいこうちか》きに在《あ》りと聞《き》く。故《ゆえ》に句中之《くちゅうこれ》に及《およ》ぶ

牛皮假地逞覦窺
禍大誰知在變遲
憐君此去應惆悵
澤國秋風非舊時

牛皮《ぎゅうひ》は地《ち》を仮《か》りて覦窺《ゆき》を逞《たくま》しうす
禍《わざわい》の大《だい》なるは誰《たれ》か知《し》らんや変遅《へんち》に在《あ》るを。
憐《あわ》れむ　君此《きみここ》より去《さ》れば応《まさ》に惆悵《ちゅうちょう》たるべし
沢国《たっこく》の秋風《しゅうふう》は旧時《きゅうじ》に非《あら》ず。

西洋人が日本の土地を借りてじっと侵略の隙をうかがっている、
禍難の拡大が遅すぎた対処にあるということを果たして誰が知ろう。
気の毒なのは君が江戸を去った後に開港間近の新潟で失意の余り懊悩するに違いないこと、
実り豊かな水郷を吹き渡る秋風はもはや昔のままではないのだ。

○杉浦清介　幕臣。百五十俵。別に赤城清介とも称す。父忠蔵（七十俵五人扶持）は天保末から新潟奉行支配役として赴任していた。学業優秀な父の血を受け継ぎ、洋学を修めた清介も英語に堪能であった。徒士目付、外国奉行支配定役を経て、大砲指図役兼勤方（大御番格）となり、慶応二～三年にかけて横浜の大畑陣屋におけるフランス式調練の伝習に参加、築城、測量、数学等を学ぶ。その後、奥詰銃隊に転じて上坂、鳥羽・伏見で敗戦、同四年八月、職を辞して脱走、榎本艦隊に投じた。蝦夷共和国では函館方頭取、外国掛（翻訳）を勤めた。投降後は沼津兵学校三等教授並、陸軍兵学寮十等出仕、海軍主計副等を歴任した。函館戦争を記した「苟生日記」（『維新日誌』第二期二巻所収）は貴重な史料とされる。○牛皮　西洋人。○覦窺　すきをうかがい、奪い取る機会を待つこと。もと「兪」に作るが、今これを改めた。○惆悵　失意によって悲しむ。なやみもだえる。○沢国　水郷。川や湖沼などの多い地域。新潟は信濃川河口に位置し、水田もよく発達していたことから「沢国」と表現したのであろう。「一将功成って万骨枯る」の名句で知られる唐・曹松「己亥の歳」の起句に「沢国の江山戦図に入る」とあるを意識したか。

其二

要讀群書擊虺蛇
壯志蹉跎却到家
秋風元是易傷思
莫向月明聞胡笳

其《そ》の二《に》

要《もと》めて群書《ぐんしょ》を読《よ》み虺蛇《きだ》を擊《せい》せんとするも
壯志《そうし》は蹉跎《さた》して却《かえ》って家《いえ》に到《いた》る。
秋風《しゅうふう》は元《もと》より是《こ》れ傷思《しょうし》し易《やす》きも
月明《げつめい》に向《む》かって胡笳《こか》を聞《き》く莫《な》かれ。

江戸に出てたくさんの書物を読み西洋の悪人どもを撃退する方策を求めたが、君はその盛んで勇ましい志を実現せぬまま期待とは反対に故郷に戻って行く。秋風が人の心を感傷的にするのは仕方のないことであるが、明るく冴えた月の光のもと一段としんみりするあしぶえを聞くのは止めたまえよ。

○群書　もと「詳書」に作るが、今これを改めた。　○虺蛇　毒蛇。悪人の喩えとなる。　○胡茄　あしぶえ。西北方の異民族がアシの葉を巻いて作った笛。悲しい音色を出すという。もと「胡茹」に作るが、今これを改めた。

「庚申草稿」

偶作

食粟偷生責更周
乾坤無處寫深憂
功名蹉躓守黄巻
歳月奔馳易白頭
雲掩鵑聲夜將午
雨沾燈影冷如秌
男兒只合思仁義
何問人間毀我不

偶作《ぐうさく》

食粟偸生《しょくぞくとうせい》して更《さら》に周《そな》うるを責《もと》めんや
乾坤《けんこん》は処《ところ》として深憂《しんゆう》を写《のぞ》く無《な》し。
功名《こうみょう》に蹉躓《さち》して黄巻《こうかん》を守《まも》り
歳月《さいげつ》に奔馳《ほんち》して白頭《はくとう》に易《か》う。
雲《くも》は鵑声《けんせい》を掩《おお》いて夜《よる》は将《まさ》に午《なかば》ならんとし
雨《あめ》は灯影《とうえい》を沾《うるお》して冷《ひや》やかなること秋《あき》の如《ごと》し。
男児《だんじ》は只《た》だ合《まさ》に仁義《じんぎ》を思《おも》うべし
何《なん》ぞ人間《じんかん》に我《われ》を毀《こぼ》つや不《いな》やを問《と》わん。

食禄を頂戴し無意味に生き長らえながらより充実した生活を求めることができようか、国土のどこにいても深い憂患を取り除くことなどできないのだから。

功績と名声を手に入れることに挫折すると書物の世界に逃避することになり、その結果に歳月をむだに費やして気がつけば髪は真っ白になっている。

厚い雨雲はホトトギスの声をさえぎり時刻はそろそろ真夜中、

今宵の雨は灯火を湿らせてまるで秋のように寒々しい。
男児たるものひたすら仁義の実践を考えるべきであり、
どうして世の中で自分一個の毀誉褒貶などを問題にしたりしよう。

○責　力づくでもとめる。要求する。○周　完備する。十分な様。○写　取り除く。晴らす。『詩経』邶風、泉水に「以て我が憂を写かん」とある。○蹉躓　途中で失敗する。挫折すること。○黄巻　書物。○午うまの刻。午前零時ごろの真夜中。夜半。○烌「秋」の俗字。

書憤上某太夫
君不見
賦斂太急物價騰
民竈荒涼冷於氷
又不見
鬼蜮含沙射人紫
賢侯屏熱烈士死
甚矣小人心貪墨
萬金買爵不知恥

憤《ふん》を書《しょ》して某太夫《ぼうたいふ》に上《たてまつ》る
君《きみ》見《み》ずや
賦斂《ふれん》は太《はなは》だ急《きゅう》にして物価《ぶっか》は騰《たか》く
民竈《みんそう》は荒涼《こうりょう》として氷《こおり》よりも冷《ひや》やかなるを。
又《ま》た見《み》ずや
鬼蜮《きよく》は沙《いさご》を含《ふく》んで人《ひと》を射《い》れば紫《むらさき》となり
賢侯《けんこう》は熱《あつ》きを屏《しりぞ》くれば烈士《れっし》は死《し》するを。
甚《はなは》だしいかな小人《しょうじん》　心《こころ》は貪墨《たんぼく》にして
万金《ばんきん》もて爵《しゃく》を買《か》いて恥《はじ》を知《し》らず。

小人巧謀身家榮
掩蔽竟損明主明
巾上咫尺白日在
千載惡臭何以清
犬吠熬歌天狗舞
綠酒汲觴肉若土
男兒旁觀腸欲裂
小吏大吏盡和鼓

小人《しょうじん》は巧《たく》みに謀《はか》る　身家《しんか》の栄《えい》
掩蔽《えんぺい》して竟《つい》に損《そこ》なう　明主《めいしゅ》の明《めい》。
巾上《きんじょう》の咫尺《しせき》に白日《はくじつ》は在《あ》れども
千載《せんざい》の悪臭《あくしゅう》は何《なに》を以《もっ》て清《きよ》めんや。
犬吠《けんばい》熬歌《ごうか》　天狗《てんぐ》の舞《まい》
緑酒《りょくしゅ》　觴《さかずき》に汲《く》んで肉《にく》は土《つち》の若《ごと》し。
男児《だんじ》旁観《ぼうかん》すれば　腸《はらわた》裂《さ》けんと欲《ほっ》するも
小吏《しょうり》大吏《たいり》は　尽《ことごと》く和鼓《わこ》するのみ。

あなたは御存じないのか。
租税の取り立てはことのほか厳しく物価も高騰しており、
民家の竈は荒れ果てて寂しく氷よりも冷たくなっているのを。
さらにあなたは御存じないのか。
鬼蜮が砂を噴きかけると紫瘡が生ずるように陰険な連中がはびこって災厄をもたらし、
賢君が有能な人材を遠ざけると結局は忠義の家臣たちが死ぬことになるのを。
余りにもひどいことよ、小人はどこまでも欲が深くて腹黒く、
万金を積んで地位を購い求め何ら恥じることを知らない。
小人は我が身と一門の繁栄を巧妙に計画し、

他人に知られぬように真実を覆い隠してついには賢君の聡明さをも奪ってしまう。
頭巾のすぐ上には明るく輝く太陽があるというのに、
千年消し去ることのできない悪臭はどうやれば根絶できるのだろう。
彼らは大勢でうるさく騒ぎ憂え声で歌い天狗のような赤ら顔をして舞い踊り、
美酒をたっぷりと杯に注いでご馳走の用意も十分である。
男児たるものこの有様をじっと見ているとこらえきれない憤りを感じるのだが、
連中ときたら上役も下役もみな自分の意見をいわずただ周囲に同調するばかりなのだ。

○某太夫　安政二年四月から国元当職役（国家老）に任ぜられ、藩政改革に尽力した益田弾正（右衛門介、一八三三―一八六四）か。家格は毛利一門家に準ずる永代家老であり、須佐邑主として一万二千余石を領した。吉田松陰の兵学門弟で、年齢も久坂より七歳長じていたに過ぎない。また実際に久坂が書いた「国相益田弾正君に上るの書」（年次不詳、正月十三日付）が『久坂全集』の文章編に収録されている。○賦斂　税金を割り当て、取り立てること。○鬼蜮　鬼（化け物）と蜮（イサゴムシ）。どちらも姿を現さず、人を害することから、陰険な人物に喩える。蜮は短弧、射工、水弩、谿鬼などの異名を持ち、スッポンの形をし、口が弩状をした三本足の怪虫とされる。江淮の河川に潜み、人を狙って砂や水を吹きかけ、死や病難をもたらす。一説では身体に命中すると瘡を発し、影にあたれば病気になるという。なお久坂は「鬼蜮」をイサゴムシと理解したようである。○紫　紫は正色ではなく、中間色であったため、中国では古来好まれず、人を惑わすものに喩えられた。『論語』陽貨篇に「紫（小人）の朱（君子）を奪ふ」の故事があり、孔子は口先のうまい小人が高い徳を備える君子よりも重用されることを憎んだ。○屏熱　「屏」は、とおざける、のぞく意。「熱」は別字も疑われるが、『詩経』大雅、「桑柔」に「熱を執りて濯わず」（国を治めるために賢者を用いるのを忘れる喩え）が思い起こされ、ひとまず有能な忠臣をしりぞける意に取った。○貪墨　欲が深く腹黒い。○巾　ずきん。○犬吠　衆人の言い騒ぐ喩え。○熬歌　「熬々」は多くの人の憂え恨む声。怨嗟のこもった声で歌う意か。○天狗舞　中国の妖星及び山怪は「テンコウ」と読むが、ここは日本の「テング」と見てよい。山伏姿で深山に住み、顔が赤く、鼻が高く、羽団扇を持って自由に飛空するという想像上の怪物。酒に酔った連中の真っ赤な顔から、各地の祭礼で神楽とともに舞われる天狗舞を連想したのであろう。○緑酒　上質の美酒。○汲　もと「波」に作るが、今これを改めた。○若土　世の中に存在する土と同じほどたくさんある。○和鼓　もともとは鼓の音を調和することをいうが、後に是非の言論を吐かず、人と調子を合わせることに喩える。『宋史』張士遜伝を出典とする。

過岩淵村訪孝婦阿石　　岩淵村《いわぶちむら》を過《よ》ぎりて孝婦阿石《こうふおいし》を訪《と》う

酹酒椎牛不足言　　酹酒《らいしゅ》椎牛《ついぎゅう》は言《い》うに足《た》らず
鶏豚祇合及生存　　鶏豚《けいとん》は祇《た》だ合《まさ》に生存《せいぞん》に及《およ》ぶべし。
逢君自哭慈親遠　　君《きみ》に逢《あ》えば自《おのずか》ら哭《こく》す　慈親《じしん》の遠《とお》ざかるを
一樹春雲落日昏　　一樹《いちじゅ》春雲《しゅんうん》　落日昏《らくじつくら》し。

酒を地に注いで牛を殺すのは神や先祖へのご馳走で贅沢なだけで何ということはない、

ただ鶏と豚の準備でよいから必ずや親の生きている間に孝養を尽くしておくべきだ。
私は早くに優しい父母と死別したがあなたに逢うと両親を思い出して慟哭するだろう、
一本の樹木の上に浮かんでいた春の雲も日が西に傾いてきたので夕闇に紛れつつある。

※『稿』No.一七。

○岩淵村　周防国吉敷郡台道村岩淵。岩淵市は山陽道の半宿であり、萩藩領に属した。○孝婦阿石　同村の農・重郎右衛門の女イシ。十九歳で同じ村の百姓・伊八に嫁ぐが、舅姑がともに足病を患い、薬料のため田畑を売却、大いに困窮した。そこで親族が資金を与え、伊八を行商に出したが、十余年にわたり音信不通となった。その間、イシはひとりで家を守り、舅姑にも孝養の限りを尽くし、両親の望む所には必ず背負って連れて行った。まだ年も若かったので再嫁を勧めるものもあったが、頑として受け入れなかった。文政元年以来、数次にわたって官より褒賞を受けたが、たまたま旅人がこの評判を聞き、長崎にいた伊八に知らせて帰郷するに至り、以来、夫婦揃って孝行を続けた。藩府はしばしば米銀を下し、生涯の賦役を免除し、毎年米一俵を賞賜した。天保年間、イシの事蹟を閭に旌表し、石川を永代苗字とすることを許し、高齢を労って真綿二枚を下賜した。文久二年没。享年七十六。「孝婦石川阿石」の碑は、慶応元年に建立され、岩淵市東の旧山陽道沿いにある。『江月斎日乗』によれば、久坂が石を訪ねたのは安政七年二月二十二日のことで、このとき石は七十二歳であった。なお久坂は『俟采択録』中にもこの孝婦阿石を取り上げている。○酹酒　飲酒の礼の初めに酒を地に注ぐこと。また神に捧げること。○椎牛　牛を殺す。ごちそうで賓客を大いにもてなすこと。また『韓詩外伝』巻七に「牛を椎して墓を祀るは、鶏豚の親存に逮ぶに如かず」とある。○鶏豚　『孟子』梁恵王上に「鶏豚狗彘の畜、其の時を失うこと無く、七十なる者、以て肉を食わしむべし」とある。〇祇　もと「秖」に作るが、今これを改めた。

望屋嶋有懐

豬耶非豬鹿非鹿
飛將電擊何神速
吾來讚海泊孤篷
回顧海山欽英風
少年古刹讀家系
高平太既落彀中
君不見
碧蹄千仞戛錦韉
擊楫鰐背遑泛船
轉乾撼坤是猛斷
九郎箭力不丸穿
屋嶋《やしま》を望《のぞ》んで懐《おも》う有《あ》り

豬《しし》か豬《しし》に非《あら》ず　鹿《しか》か鹿《しか》に非《あら》ず
飛将《ひしょう》の電撃《でんげき》は何《なん》ぞ神速《しんそく》なる。
吾《われ》は讃海《さんかい》に来《きた》って孤篷《こほう》に泊《はく》し
海山《かいざん》を回顧《かいこ》して英風《えいふう》を欽《した》う。
少年《しょうねん》は古刹《こさつ》に家系《かけい》を読《よ》み
高平《こうへい》は太《はなは》だ既《つ》きて殻中《こうちゅう》に落《お》つ。
君見《きみみ》ずや
千仞《せんじん》を碧蹄《へきてい》して錦韉《きんせん》を戛《う》ち
鰐背《がくはい》に撃楫《げきしゅう》して船《ふね》を泛《うか》ぶるに遑《いとま》あらんや。
乾《けん》を転《てん》じ坤《こん》を撼《うご》かすは是《こ》れ猛断《もうだん》
九郎《くろう》の箭力《せんりき》は丸《たま》を穿《うが》たざらん。
猪であろうかいや違う、では鹿かいや鹿でもない、
優れた武将の稲妻のような攻撃は何と素早く激しいことか。

私は讃岐の海までやって来てぽつんと停泊する舟の中で一夜を明かし、
周囲の海や山を眺め過ぎ去った歴史を思うにつけ英雄の気概を敬い慕うのであった。
義経は幼いころ鞍馬寺で源氏の家系図を読んで発奮したが、
権勢を誇った平家の命運は尽きて混乱の中に衰えつつあった。
君は知らないのか。
青い蹄の馬に跨って千仞の崖を駆け下りて錦の下鞍を敷く平氏の貴人を蹴散らせば、
一門は波立つ海上へと逃げようとしたが舟を浮かべる余裕すらなかったことを。
国家や時代を変える大事業に挑むのは実に勇気のいる決断であり、
この義経の武威が備わっていれば外敵の銃砲の弾丸も貫き通すことができないだろう。

○屋嶋　讃岐国屋島(高松市)。源平の古戦場として名高い。寿永四年(一一八五)二月十八日未明、義経は暴風雨をついて摂津の渡辺(大阪市)から、わずか五艘(百五十騎)で阿波勝浦に渡海し、昼夜兼行で国境を越え、屋島に陣する平氏を急襲した。不意をつかれた平氏は大敗し、四国における拠点を失い、知盛の所領の長門国彦島へと逃れた。○飛将　優れた武将。行動が素早く、はかり知ることのできない将軍。○孤篷　ただ一艘だけ浮いている船。もと「蓬」に作るが、今これを「篷」に改めた。○欽英風　英雄の風貌を敬慕する。李白「下邳の圯橋を経、張子房を懐う」に「古を懐いて英風を欽う」の一句がある。○古刹　義経は平治の乱の後、松尾山鞍馬寺(京都市左京区)に配流となった。同寺は毘沙門天を本尊とし、平安京の北方鎮護の寺院であり、天狗の伝承でも広く知られる。○読家系　幼い義経は自身を一条(藤原)長成の子と思って成長したが、実はそこは母常盤の再嫁先であった。自らの出生の秘密を知る話は『義経記』等に見えるが、家系図の発見は『平治物語』（巻三）にある。義経（牛若、遮那王）は預けられた鞍馬寺で源氏の家系図を見つけ、初めて事の真相を知って発奮、平家討滅と父兄の復仇を志し、源氏の世へと戻す大願を起こしたという。○高平　奢り高ぶる平氏一門。○殽中　混乱の中。「殽」はもと「殼」に作るが、今これを改めた。「殽」は入り乱れる意。○戞　撃つ。○錦韉　錦で織った馬の鞍の下にしく豪華な敷物。下鞍。貴族化した平氏一門を象徴するか。○碧蹄　青緑色のひづめを持つ馬。○千仞　非常に高いこと。もと「刄」に作るが、今これを「仞」に改めた。○撃楫　かいをこぐ。後世、晋の祖逖の故事（『晋書』祖逖伝）により、天下を平定する志のあるものをいうが、ここは単に「撃櫂」（舟を漕ぎ進める）の意味に解した。○鰐背　ワニの背の様子から、海上が波立つ様子を喩えるか。○泛　もと「沾」に作るが、今これを「泛」に改めた。○乾転坤撼　国家や時代を変え動かす。○箭力　弓矢を射る力。ひいて武威をいうか。○丸穿　銃砲の弾丸が貫通する意か。

感興

萬世方搖落
秋風吹夕陽
群鴉散還聚
游子獨沾裝

感興《かんきょう》

万世揺落《ばんせいようらく》に方《あた》り
秋風《しゅうふう》夕陽《せきよう》を吹《ふ》く。
群鴉《ぐんあ》は散《さん》じて還《ま》た聚《あつ》まり
游子《ゆうし》は独《ひと》り装《そう》を沾《うる》おす。

この季節には悠久の昔から木々の葉をしぼませ落とそうとして、
夕暮れの中を秋風が吹き抜けて行く。
たくさんのカラスが集まったりばらばらになったりするのを見るにつけ、
旅の身空の私は孤独に耐えかねてひとり旅装を涙で濡らすのだった。

聞無逸辭官此寄

白首風塵空往還
無人蟬脫利名關
高踏欣君茆葦際
獨開青眼見秋山

無逸《むいつ》の官《かん》を辞《じ》するを聞《き》き、此《これ》に寄《よ》す

白首《はくしゅ》の風塵《ふうじん》　空《むな》しく往還《おうかん》して
人《ひと》は蟬脱《せんだつ》する無《な》し　利名《りめい》の関《かん》。
高踏《こうとう》して君《きみ》を欣《よろこ》ぶ　茆葦《ぼうい》の際《さい》
独《ひと》り青眼《せいがん》を開《ひら》いて秋山《しゅうざん》を見《み》る。

白髪頭になっても役人世界を空しく往来して、
人はいつまでも利益や名誉といったつまらぬものにしがみついている。
君が世俗を離れて名利から遠ざかったことを私は足を踏み鳴らさんばかりに喜び、
秋の山のように静かで清らかな君の姿を私は心から好ましく思っているよ。

○無逸　吉田稔麿（一八四一―一八六四）。名は秀実、字を無逸といった。軽輩の出身であったが士雇となり、高杉、久坂とともに「松門の三秀」と称された。元治元年の池田屋の変で討死した。稔麿は松陰の訴冤に奔走した罪で、安政五年十二月に謹慎、組預けとなった。さらに万延元年八月には、兵庫備場番手として出張を命ぜられたが、期する所あって脱藩している。本詩はその脱藩時のものと思われる。○風塵　役人世界。○蝉脱　世俗から離れる。○高踏　高く足を踏み鳴らす。喜怒の高揚した感情の表現。○茆葦際　「茆」は「茅」と同じ。カヤやアシの生い茂る場所。ここは草深い田舎をいうものと解した。もと「茚」に作るが、今これを「茆」に改めた。

次子大韻

男兒誓要掃胡塵
何謂聖賢能保身
憐君一劍來東海
白眼應看紫髯人

子大《しだい》の韻《いん》に次《じ》す

男児《だんじ》は誓《ちか》って胡塵《こじん》を掃《はら》うを要《もと》む
何《なん》ぞ聖賢《せいけん》は能《よ》く身《み》を保《たも》つを謂《おも》わんや。
君《きみ》を憐《うらや》む　一剣《いっけん》おびて東海《とうかい》に来《きた》り
白眼《はくがん》もて応《まさ》に紫髯《しぜん》の人《ひと》を看《み》るべし。

男児たるもの必ずや攘夷の実行を誓わねばならない、
古より聖人賢者が自らの保身を考えることがあっただろうか。
羨ましいのは君が一振りの剣を腰に佩びて江戸に行き、
憎き西洋人どもを実際に白眼視できるようになることだ。

○子大　寺島忠三郎（一八四三―一八六四）。名は昌昭、字を子大といった。萩藩無給通士（七十石）。松陰門下として尊攘運動に奔走、禁門の変では最後まで久坂と行動をともにし、近衛邸で自刃した。兵法に通じ、詩文をも能くし、「静修斎詩集」がある。○白眼　人を強い否定的態度で冷淡に見る目つき。○紫髯人　西洋人。

訪孝女阿林不遇

養親撫妹或耕樵
鹹苦累年心且焦
今日來過草門靜
芳梅籬外寫旌標

孝女《こうじょ》阿林《おりん》を訪《と》うも遇《あ》わず

親《おや》を養《やしな》い妹《いもうと》を撫《いつくし》み或《あるい》は耕樵《こうしょう》して
鹹苦累年《かんくるいねん》　心《こころ》は且《まさ》に焦《やつ》れんとす。
今日来《こんにちきた》り過《よ》ぎれば草門《そうもん》は静《しず》かに
芳梅《ほうばい》の籬外《りがい》に旌標《せいひょう》を写《うつ》す。

親を養い妹の世話をしながら加えて農作業までこなし、何年も辛苦を重ねて心身ともにへとへとになったことだろう。私は今日この地を訪れたが草ぶきの粗末な家はひっそりと静まり、梅の匂いがまがきの外に芳しく漂う中で一心に旌標を写した。

※『稿』No.二四。

○孝女阿林　阿倫とも。『俟采択録』の阿霜・阿石の割注に、「阿武郡福井上村に孝女有り。阿倫と曰う。今年十。村は萩城を距つること三里許に在りと云う」とある人物である。福井上村は旧阿武郡福栄村に属したが、現在は萩市に編入されている。久坂の『江月斎日乗』によると、「上村の孝女隣」を訪ねたのは、安政七年二月二十八日である。「家は樵であいにく不在で、詩を作って帰った」というから、この詩は同日の作と判明する。○旌標　旌表。役所が善行者や功徳者の名前を刻んだ記念のための門や碑を建て、その人物を顕彰すること。またはその設置物をいう。

其二

何圖孝女出蓬扃
年少況還不識丁
借問城中綺紈子
誰人無愧此寧馨

其《そ》の二《に》

何《なん》ぞ図《はか》らんや　孝女《こうじょ》の蓬扃《ほうきょく》に出《い》ずるを
年少《ねんしょう》にして況《いわん》や還《ま》た丁《てい》を識《し》らざるをや。
借問《しゃもん》す　城中《じょうちゅう》の綺紈子《きがんし》
誰人《たれびと》か此《こ》の寧馨《ねいけい》に愧《は》ずる無《な》からんや。

これほどの孝女が貧しい家から出るとは夢にも思わなかった、
そのうえ年も若くまして文字も知らず全く無学だというのだから。
ちょっとお尋ねするが城中の富貴な家に育った少年たちよ、
君らの中で一体誰がこの子に恥じることなき人生を送っているのか。

○蓬扃　蓬戸。貧者の住まい。○不識丁　「一丁字を識らず」の略。無学なことの喩え。○綺紈子　富貴な家柄の少年。○寧馨　寧馨児。このような子。後世、幼少のときから優れている子のことをいう。

無題

區區走肉苟偸生
讀史唯欣陳化成
一夜海城妖氛際
忽聞蠻礮撼天聲

無題《むだい》

区区《くく》たる走肉《そうにく》は苟《いやしく》も偸生《とうせい》す
史《し》を読《よ》んで唯《た》だ欣《よろこ》ぶは陳化成《ちんかせい》のみ。
一夜海城《いちやかいじょう》　妖氛《ようふん》の際《さい》
忽《たちま》ち聞《き》く　蛮礮《ばんぽう》の天《てん》を撼《ふる》わすの声《こえ》を。

役に立たないつまらぬ者がいつまでも無意味に生きながらえている、史書を読んではアヘン戦争に殉じた陳化成を一途に敬慕するばかり。ある夜のこと三方を海に囲まれた萩の城が不祥の気に包まれたことがあったが、にわかに西洋軍艦の砲声が轟き天を震わす大音声が聞こえて来た。

○区区　取るに足りない様。○走肉　「走肉行尸」の略。何の役にも立たない者。形だけで魂の抜けた者の喩え。
○陳化成　一七七六―一八四二。字業章。号蓮峰。忠愍と諡す。清の官僚、軍人。福建同安の人。道光二十一年

（一八四二）、アヘン戦争収拾のために結ばれた川鼻仮条約に不満を有する英国は、広東を占領、ついで北上して厦門、鎮海、寧波、乍浦を攻略、揚子江に侵入して呉淞を陥れた。この時、陳化成は江南水師提督として呉淞砲台に拠って昼夜防守に努め、兵民の信頼を一身に集めて孤軍奮闘したが、ついに戦死をとげた。なおその活躍は幕末の日本でも『表忠嵩義集』（嘉永四年刊）等で広く知られ、久坂の盟友・高杉晋作も殉節の士として陳化成を尊崇したことが「遊清五録」に見える。

其二

書剣風塵髀肉生
功名轗軻嘆無成
自憐平昔憤夷客
蠻校狂聞鴃舌聲

其《そ》の二《に》

書剣《しょけん》は風塵《ふうじん》にあいて髀肉生《ひにくしょう》じ
功名《こうみょう》は轗軻《かんか》にして成《な》る無《な》きを嘆《たん》ず。
自《おのずか》ら憐《あわ》れむ　平昔憤夷《へいせきふんい》の客《きゃく》
蛮校《ばんこう》に狂聞《きょうぶん》す　鴃舌《げきぜつ》の声《こえ》を。

文武の道が俗事にまみれるとついふとももに贅肉がつき、
功名の道も不遇のままに過ぎて行くのを嘆かずにはいられない。
それにつけても残念に思うのはかつて外国人の勝手な振る舞いを憤慨していた連中が、
今や西洋学を教授する学問所に入って耳障りな西洋言葉を大声で唱えていることだ。

○書剣　文武の道。　○風塵　こまごまとした俗事。　○髀肉　ふともも肉。平穏な生活の中で実力を発揮し、功名を立てる機会がないまま無為に過ごすのを嘆く喩えを「髀肉の嘆」とか「髀肉復生」という。なお起・承句は唐・高適「人日、杜二拾遺に寄す」（七古、第十句）の「豈に知らんや書剣風塵に老いんとは」（いかなるわけでか、学問と武芸の間に、俗事にまみれて老いようとは思いもよらなかった）をふまえる。　○轗軻　志を得ず、不遇な様子。　○蛮校　萩藩における西洋兵学振興のために設置された西洋学所のこと。もとは医学校の好生館に附属する一部局であったが、安政六年、医学所が南苑から江向の明倫館に移転したことで、兵学部門も規模の拡大・充実を図り、独立して名称を博習堂と改めた。

詠史

人而百義鼠須相
舎掌取魚眞犬羊
若使重瞳渡江水
功名何讓佛郎王

詠史《えいし》

人《ひと》にして百義《ひゃくぎ》あらば鼠《ねずみ》すら須《すべか》らく相《しょう》たるべく
掌《しょう》を舎《す》て魚《うお》を取《と》らば真《しん》に犬羊《けんよう》ならん。
若《も》し重瞳《ちょうどう》をして江水《こうすい》を渡《わた》らしむれば
功名《こうみょう》は何《なん》ぞ仏郎王《ふらんすおう》に譲《ゆず》らんや。

人に生まれて数え切れぬほど義を行えばつまらぬ連中でも宰相がつとまるに相違なく、
反対に美味い熊の手のひらを捨てて魚を取るような奴は本当に役に立たぬ人間なのだ。
もしもあのとき項羽に江水を渡らせていたならば、

功績も名声もかのナポレオンに勝るとも劣らない人物となっていたかも知れない。

○鼠　鼠輩。つまらぬ連中、取るに足りないものの喩え。○舎掌取魚　美味な熊の手のひらを捨てて魚を取ること。『孟子』告子上に「魚と熊掌とは兼ねて得べからず。魚は我が欲する所なり。熊掌も亦た我が欲する所なり。二者兼ね得べからざれば、魚を舎てて熊掌を取る者なり」とある。これは「命」と「義」のどちらを取るかという本題へと発展させるために準備された比喩であり、孟子は「義」を取ることを結論に据える。○犬羊　つまらぬもの、才能のないものの喩え。○重瞳　漢・高祖（劉邦）に敗れた項羽のこと。重瞳子（一眼に瞳が二つある）であったと伝える。なお「瞳」はもと「腫」に作るが、今これを改めた。○渡江水　『史記』項羽本紀に、辛うじて四面楚歌の窮地を脱した項羽のため、烏江の亭長は船を用意して待っており、向う岸に渡って故地で再起を図るよう勧めたが、項羽は「今や天が自分を滅ぼそうとしているのだから」といって固辞、潔く闘って落命した。「もしもあのとき項羽が江水を渡っていれば……」という発想の詩では、晩唐の杜牧の「烏江亭に題す」が有名である。○仏郎王　フランス皇帝ナポレオン一世。

十二月廿四日、渡刀禰川懐東湖先生

十二月廿四日《じゅうにがつにじゅうよっか》、刀禰川《とねがわ》を渡《わた》り、東湖先生《とうこせんせい》を懐《おも》う

未與邦家齏骨髄
歳華荏苒肉生髀

未《いま》だ邦家《ほうか》の与《ため》に骨髄《こつずい》を齏《くだ》かず
歳華《さいか》は荏苒《じんぜん》として肉《にくふともも》髀に生《しょう》ず。

却思古哲幾酸辛
二十五回渡刀水

却《かえ》って思《おも》う　古哲《こてつ》の幾酸辛《いくさんしん》なるを
二十五回《にじゅうごかい》　刀水《とうすい》を渡《わた》ると。

私はいまだ国家のために心の奥底からの忠義を実践しておらず、
歳月ばかりが空しく流れて太ももには贅肉がついてしまった。
逆につくづく思うのは過去の優れた人々がいかに苦労したかということ、
東湖先生は「国事に奔走して利根川を二十五回も渡った」と詠じておられる。

○結句に「末句は田先生の句」と自注する。すなわち藤田東湖『回天詩史』の冒頭に置かれた「述懐」の第二句である。○刀禰川　利根川。水戸と江戸の間に位置する。○東湖先生　藤田東湖（一八〇六―一八五五）。水戸藩儒。後期水戸学の創始者・幽谷の次男。水戸藩主・斉昭の腹心として藩政改革を推進したが、弘化元年、幕府より斉昭が突然の蟄居謹慎を命ぜられると東湖も免職となり、江戸藩邸に幽閉された。嘉永末、ペリー来航に伴い、斉昭が幕政参与に復活すると、再び東湖も側用人として活躍したが、安政の大地震で圧死した。その尊王論や国体論は幕末期の政治思想に強い影響を与えた。『弘道館記述義』はその代表的著述であり、「回天詩史」及び「文天祥の正気の歌に和す」は幕末の志士に愛唱された。○邦家　『回天詩史』の「述懐」に「邦家の隆替偶然に非ず」（第五句）とある。○虀骨髄　もと「韲」に作るが字未詳。いま仮に「虀」（音サイ。くだく）とした。『荘子』大宗師篇に「万物を虀きて義を為さず」とある。また「虀粉」は「こなみじんにくだける」意（『荘子』列禦寇篇）である。なお同じく「述懐」には「猶お余す忠義骨髄を塡む」（第八句）とある。○荏苒　何もせぬまま月日が移り行く様子。東湖の「正気の歌に和す」には「荏苒二周星」とある。

除夜

挑盡旅燈思悄然
國事紛紛涙堪濺
世路渺茫風濤險
明年何復望今年

除夜《じょや》

旅灯《りょとう》を挑《かか》げ尽《つ》くして思《おも》いは悄然《しょうぜん》たり
国事《こくじ》は紛紛《ふんぷん》として涙《なみだ》を濺《そそ》ぐに堪《た》えんや。
世路《せいろ》は渺茫《びょうぼう》として風濤《ふうとう》は険《けわ》しく
明年《みょうねん》何《なん》ぞ復《ま》た今年《こんねん》を望《のぞ》まんや。

宿の座敷は灯芯も尽きて薄暗く気持ちは沈みがち、
国事は混乱を極めており思わず涙が頬を伝わる。
世情は安定せぬからきっと多くの困難が待ち受けているに違いない、
来年に今年と同じ状況をどうして再び期待できるだろう。

○除夜　もと「除久」に作るが、今これを改めた。○挑　挑灯。灯芯をかきたてて明かるさを増す。○悄然　憂いに沈む様子。○世路　世情。世俗。○渺茫　頼りなく、信じがたいさま。○風濤　風と大波。困難な境遇を象徴する。

寄在獄人

眦裂髮衝不顧死
髯奴羈至將軍城
憐君一劍志蹉躓
霜壓囚窗孤雁聲

在獄《ざいごく》の人《ひと》に寄《よ》す

眦《まなじり》は裂《さ》け髪《かみ》は衝《つ》いて死《し》を顧《かえり》みず
髯奴《ぜんど》は将軍《しょうぐん》の城《しろ》に羈《しば》られ至《いた》る。
憐《あわ》れむは君一剣《きみいっけん》をふるって志《こころざし》の蹉躓《さち》するを
霜《しも》は囚窓《しゅうそう》を圧《あっ》して孤雁《こがん》の声《こえ》あり。

まなじりは裂け髪は逆立って死ぬことなど何ら気にもかけない、ひげ面の男が縛られたままの姿で将軍のいる江戸にやって来た。お気の毒ながらあなたは真っ向から戦いを挑んだのに志を遂げることができなかった、獄舎の窓には重く霜が降りて空の彼方を一羽の雁が悲しげに鳴きながら飛んで行く。

○在獄人　江戸に檻送された吉田松陰を指す。　○羈　しばる。束縛する。

讀亡兄遺稿

白駭紅紛綠四圍
遺編半讀臥書帷

亡兄《ぼうけい》の遺稿《いこう》を読《よ》む

白駭紅紛《はくがいこうふん》　四囲《しい》を緑《みどり》にす
遺編《いへん》を半《なか》ば読《よ》んで書帷《しょい》に臥《ふ》す。

數聲啼血三更月
起問子規歸不歸

数声《すうせい》の啼血《ていけつ》　三更《さんこう》の月《つき》
起《た》ちて子規《しき》に問《と》う　帰《かえ》るや帰《かえ》らずやと。

（遺著骨董録）

紅白の花々が咲き乱れて四方はみずみずしい緑一色に包まれている、
亡兄の遺稿を半分ほど読んだ頃ついうとうとと書斎でまどろんでしまった。
繰り返し鳴く子規の痛切な声で目を覚ますとはや三更の月が中天にかかっていた、
私は起きてホトトギスに「もう少しだけ帰らずにいておくれでないか」と問いかけた。

○亡兄　萩藩医・久坂玄機。安政元年二月に三十五歳で病没。玄瑞に長ずること二十歳であった。既出（一五三頁）。　○白駭紅紛　「駭」はまく、散る、「紛」は多いさま。紅白の花が乱れ咲く様子を表現したのであろう。唐・柳宗元「袁家渇記」には「紛紅駭緑」の語があり、花葉の繁茂して開く様子、また風が吹き起こって花葉のひるがえる様をいう。本詩の場合、すぐ下に「緑」を使ったため、上を「白」に変えざるを得なかったものと察する。○書帷　書斎のとばり。ここは書斎そのものをいう。　○啼血　ホトトギスの啼き声の痛切であることをいう。古来、ホトトギスは啼きながら血を吐くと信じられた。　○三更　深夜。午前零時ごろ。　○子規　ホトトギス。伝説では、蜀王杜宇の魂がこの鳥に化身したとされる。また鳴き声が「不如帰去（帰り去るに如かず）」と聞こえることから、古来、帰心を促す鳥とされた。久坂は「不如帰去」と啼くホトトギスを兄の亡魂の化身と思い、何度も啼く鳥に向かって「兄さん、もう帰るの、まだいいよね」と、聞かずにはいられなかったのである。早くに肉親を失い、孤独に耐えて生きる久坂の淋しさが滲む一言である。　○骨董録　玄瑞の残した備忘雑録の一つ。

表題に「骨董録／安政庚申三月／江月斎」と自署するから、成立は安政七年（万延元年）である。『九仭日記』によると、玄瑞が親族の中井家に預けていた蔵書の中に亡兄玄機の遺稿を発見したのは、安政六年七月二十五日のことである。翌日、これらを閲読し、軍事学、種痘関係の翻訳は勿論のこと、それ以外にも医学校や医政関連の上書なども見つけ、多方面にわたる兄の活躍を知り、感動の余り落涙するのは翌日のことである。また八月四日には玄機の遺著「清英通商」（未脱稿）を筆写している。編者の福本は本詩を万延元年の作として掲出するが、筆者は以上の記載に照らせば、一年前の安政六年に作られた可能性が高いと思う。既に出来上がっていた詩を「骨董録」に収録したのが翌年であったと判断される。

「庚申詩稿」（「庚申草稿」を含む）（万延元年）

無題

春雪壓城雉尾雄
白錦驄馬振啓戟
忽見暴風捲雪暗
雷霆落地聲霹靂
青龍出沒紫電迸
高呼雲際攫賊首
嗚呼十四夜雪上巳雪
上帝暗助大義成

無題《むだい》

春雪《しゅんせつ》は城《しろ》を圧《あっ》し雉尾《ちび》は雄《ゆう》にして
白錦《はっきん》の驄馬《そうば》に啓戟《けいげき》を振《ふ》るう。
忽《たちま》ち見《み》る　暴風《ぼうふう》は雪《ゆき》を捲《ま》いて暗《くら》く
雷霆《らいてい》は地《ち》に落《お》ちて声《こえ》は霹靂《へきれき》たるを。
青竜《せいりゅう》は出没《しゅつぼつ》して紫電《しでん》は迸《はし》り
高《たか》く雲際《うんさい》に呼《さけ》んで賊首《ぞくしゅ》を攫《かか》ぐ。
嗚呼《ああ》　十四夜《じゅうしや》の雪《ゆき》　上巳《じょうし》の雪
上帝《じょうてい》は暗《あん》に大義《たいぎ》の成《な》るを助《たす》く。

千歳芳名何泯滅
男兒顏與櫻花明
四十七義士已既邈
海內艶説十七名
君不見
博浪鐵椎上方劍
蹉跌終難拂賊焰
又不見
翟義敬業徒切齒
胡銓椒山空憤死
九天九地渺茫際
日出處生此烈士

千歳《せんざい》の芳名《ほうめい》は何《なん》ぞ泯滅《びんめつ》せんや
男児《だんじ》の　顔《かんばせ》は桜花《おうか》の与《ごと》く明《あき》らかなり。
四十七義士《しじゅうしちぎし》は已《すで》に既《すで》に邈《はる》けく
海内《かいだい》の艶説《えんせつ》は十七名《じゅうしちめい》なり。
君見《きみみ》ずや
博浪《はくろう》の鉄椎《てっつい》　上方《しょうほう》の剣《けん》
蹉跌《さてつ》して終《つい》に賊焰《ぞくえん》を払《はら》い難《がた》かりきを。
又見《またみ》ずや
翟義《てきぎ》と敬業《けいぎょう》は徒《いたず》らに切歯《せっし》し
胡銓《こせん》と椒山《しょうざん》は空《むな》しく憤死《ふんし》せしを。
九天九地《きゅうてんきゅうち》　渺茫《びょうぼう》の際《さい》
日《ひ》出《い》ずる処《ところ》に此《こ》の烈士《れっし》を生《う》む。

（防長正気集）

春の雪が城を圧して降りしきるなか堂々と大鳥毛をかざして進み、
白錦と見紛う雪をまとった葦毛の馬は静々と歩み行列の先頭は長槍を振って進み来る。
そこに突然強い風が吹きつけて雪を捲き上げたために天地は薄暗く、
雷が地面に落ちて轟音が鳴り響いた。
青竜が姿を現して紫色の稲妻が空を走り、

雲に届かんばかりの雄叫びをあげて国賊の首を奪い取った。
ああ赤穂浪士の快挙は雪の夜の出来事で桜田門外の壮挙もまた雪の日であった、
天はひそかに大義が成就するようにと力添えして下さったに違いない。
参加した志士たちのあっぱれな評判は今後永遠に消え去ることはないのだ、
桜田の義挙を成功させた男児の顔は桜の花のように晴れやかで美しい。
赤穂事件の四十七士の事蹟はもうずいぶんと昔のことであるが、
このたび評判をとった桜田の義士はわずか十七名に過ぎない。
君は知らないのか。
博浪沙で鉄棒を投げて秦王を狙った張良も官府の名剣で佞臣を斬らんと申し出た朱雲も、
結局その暗殺計画は失敗に終り国賊どもがのさばり続けたことを。
なおまた君は御存じないのか。
義兵を挙げた翟義や徐敬業は歯ぎしりするばかりで結局は何も出来ず、
忠烈の士として名高い胡銓や楊椒山も空しく憤死してしまったという事実を。
天地は遠大でどこまでも果てしなく国々は無数にあろうというのに、
この日出ずる地にある我が国からこれほど烈士が輩出するとは実に素晴らしい。

○題下に「庚申の歳、上巳の変を聞いて作る」と自注する。すなわち桜田門外の変である。○雉尾　儀仗用具の一。周囲にキジの尾羽を飾った大きな扇。但しここは大名行列で用いられた五つ道具の一つ「大鳥毛」であろう。赤く染めた馬やヤクの毛、鷹の羽根などで栗のイガ状に大きく作り、長槍の鞘や馬印とした。○驄馬　あしげの馬。青黒と白色の毛が交じった馬。○啓戟　行列の最も前に掲げる長槍。○紫電　紫色の稲妻。もと「紫丹」に作るが、今これを改めた。○雲際　雲のあたり。はるかに高い空や山をいう。○攫　獲物をとらえる。つかみ取る。○十四夜雪　元禄十五年十二月十四日深夜に起こった赤穂事件。播州旧赤穂藩の浪士四十七人が吉良義央を襲撃して殺害した一件。前年三月、藩主・浅野長矩は勅使饗応の席で吉良へ刃傷に及んだが喧嘩両成敗とならず、当人は即日切腹、浅野家は改易となった。厳しい処分に不満を抱いた有志は、浅野家再興を目指したが果たさず、復讐に踏み切った。事件の約一年後、浪士は徒党を組み、幕府高官を殺害した罪で全員が切腹となった。主君への忠誠と幕法への違反は、道徳の相克をめぐる「義士」か「犯罪者」かという論争を巻き起こした。なお藤田東湖の「正気の歌に和す」でも四十七士が殉節の人々として賛美されている。○上巳雪　安政七年三月三日早朝に発生した桜田門外の変。水戸・薩摩の脱藩浪士が提携して大老・井伊直弼を暗殺した事件。条約調印と将軍継嗣問題の処理に激怒した孝明天王は水戸藩に戊午の密勅を下したが、井伊は安政の大獄を断行し、反対派の一掃を図った。その専断的政治手法と尊攘派弾圧に憤慨する浪士十八人（久坂は十七人とする）は、愛宕山に集結、登城する井伊の行列を襲い、有村次左衛門が大老の首級を討ち取った。浪士の多くは討死、自刃、逃亡後に捕縛されて死罪、追放になった。白昼における幕府最高実力者の横死は、急速に幕権を失墜させ、幕末の政情に大きな転換をもたらした。○桜花　久坂の敬慕した藤田東湖の「正気の歌に和す」に桜花を称え、天地正大の気が日本に集まり、「発しては万朶の桜となり、衆芳与に儔び難し」とある。○艶説　評判。○博浪鉄椎　「漢の三傑」に数えられる張良はもと韓（戦国七雄の一）の貴族であったが、秦に滅ぼされて亡国の遺臣となったことから、常に復讐の機会をうかがっていた。やがて東海で力士を得、博浪沙（河南省博浪県の東南）で始皇帝の乗る車に百二十斤の大鉄椎を投げつけさせたが、車軸を砕くに止まり暗殺計画は失敗に終った。○上方剣　宮中で製作された名剣。尚方斬馬剣。「上方」は「尚方」とも書く。「尚方」は漢朝の少府に属した官で、天子の御物を作り、これを管理することを職掌とした。前漢の成帝のとき、外戚の王氏の権勢が増し、丞相・張禹は自らの保身を優先し、皇帝へ諫言をしなかった。これに憤慨した朱雲は、居並ぶ朝臣を前にこの行為は禄盗人に等しいと糾弾、そして「某に尚方斬馬剣をお与え下されば、佞臣の筆頭たる張禹を斬り、他への見せしめとしたい」と奏した。成帝はこの態度に激怒し、御史に命じて外に引きずり出そうとしたが、朱雲は殿干に取りすがり欄干ごともぎ取れたが、それでも諫言を止めなかった。いわゆる「折檻」（強く諫める、直諫する意）の故事である。なお『江月斎日乗』、安政七年一月晦日の条に『高青邱詩醇』から四種の詩が抄録されており、その中の一つ「張中丞廟」に「上方剣」の語が見える。唐の義臣・張中丞（張巡）の殉難については、後出「追懐古人詩十首」中の第五首の注「張歯」を参照されたい。○翟義　前漢の人。字は文仲。累進して東郡太守となる。王莽が漢朝を簒奪した際、討伐の義兵を挙げ、劉信を立てて天子とし、自らは大司馬、桂天大将軍と称したが、敗死した。兄は経学に通じた南郡太守・翟宣であるが、これも連座して殺された。○敬業　徐敬業。初唐の人。若くして軍功を立て、勇名を馳せた。則天武后による朝政の独裁を憎み、駱賓王とともに揚州で反乱の兵を挙げたが、鎮圧された。○胡銓　一一〇二―一一八〇。南宋の政治家。字は邦衡、忠簡と諡される。建炎二年、進士に合格し、高宗に仕えて枢密院編修官に任命された。徹底的な対金主戦派として意志を貫き、ために上奏は苛烈を極めた。紹興八年の和議では、秦檜、王倫、孫近の講和派三者の首を斬るべしとまで主張した。秦檜は怒ってこれを左遷したが、その死後、工部侍郎に復帰し、次いで資政殿大学士へと栄進するに至った。○椒山　楊継盛。一五一六―一五五五。明代後期の政治家。字は仲芳、号は椒山。貧困に耐えて学問に励み、嘉靖二十六年の進士に合格した。南京兵部右侍郎のとき、アルタンの入寇があり、大将軍仇鸞は畏れて馬市を開こうとしたが、継盛はその不可であることを極陳して、狄道典史に左遷された。仇鸞が誅殺された後、刑部員外郎で復帰、大学士厳嵩の推挙で兵部武選司に累進したが、厳嵩の専権十罪五姦を糾弾して、ついに西市に棄死された。天下の人はその忠烈を称え、みな涕泣したという。死後七年、穆宗は直諫の功により太常少卿を追贈し、忠愍と諡された。後人の撰ながら『楊忠愍集』（三巻、附録一巻）があり、その詞は巧みではないが、気節漲る文章として評判が高い。久坂がその詩を好んだことは、「雑詩」中に「失題」（七絶）の一首があり、結句に「把毫の間に椒山の詩を抄す」とあることから判る。また高杉も『楊椒山全集』を読んで大いに感動し、「楊椒山全集の後に書す」と題する文章を残している。○九天九地　天上の最高層と地面の一番深い所。両者の差の極めて遠大であることの喩え。『孫子』形篇を出典とする。○防長正気集　天野御民（旧萩藩士）編。四冊。明治八年刊。幕末維新の際、国事に奔走した四十五人の殉難烈士の詩歌・遺文を収輯したもの。所載は防長に限らず、別に他藩人十五士を含む。また三十一人については略伝を添え、さらに正義派の三大夫十一士遺吟、入江子遠「揚屋詩稿」を附録する。

追懐古人詩十首并引

庚申除夕、予客江戸。會爐冷燈青、耿耿不寢、回顧甲寅以降事。時勢日蹙、戎狄益驕。而此間、志士仁人殉難死節、及罹患疾、斃者不太尠。諸公之事、恍惚於心目夢寐之間、未嘗能暫忘也。歳云暮矣、萬感攢聚、追懐不已、作短古十首。

古人《こじん》を追懐《ついかい》せる詩十首《しじっしゅ》幷《なら》びに引《いん》

庚申《こうしん》の除夕《じょせき》、予《よ》江戸《えど》に客《きゃく》たり。会《たま》たま炉《ろ》冷《ひや》やかにして灯《ひ》青《あお》く、耿耿《こうこう》として寝《い》ねざれば、甲寅《こういん》以降《いこう》の事《こと》を回顧《かいこ》す。時勢日《じせいひ》に蹙《せま》り、戎狄《じゅうてき》益《ます》ます驕《おご》る。而《しか》も此《こ》の間《かん》、志士仁人《ししじんじん》の難《なん》に殉《じゅん》じ、節《せつ》に死《し》し、及《およ》び患疾《かんしつ》に罹《かか》り、斃《たお》れし者《もの》、太《はなは》だしくは尠《すく》なからず。諸公《しょこう》の事《こと》、心目夢寐《しんもくむび》の間《かん》に恍惚《こうこつ》として、未《いま》だ嘗《かつ》て暫《しば》しも忘《わす》るること能《あた》わざるなり。歳云《としここ》に暮《く》れ、万感《ばんかん》攅聚《さんしゅう》して、追懐已《ついかいや》まざれば、短古十首《たんこじっしゅ》を作《つく》る。

庚申（万延元年）の除夜、私は江戸の客舎にいる。折しも火鉢の炭も燃え尽き、灯火も青い色をして寒々しく、眼が冴えてなかなか寝つけずにいたので、甲寅（安政元年）以来の出来事を思い返してみた。時勢は日ごとに緊迫の度を増し、西洋列強もさらに傲慢となっている。しかもこの間、世のため人のために尽くそうとした立派な人々で、国難のために犠牲となり、節義のために命を落とした人々、ならびに病患にかかって斃れた人々は、かなりな数に上ろう。これらの人々は心の中にも夢の中にもぼんやりと姿を見せ、いまだに片時も忘れることができずにいる。今日は大みそかだという。一挙に万感が込み上げ、ここに回想の思いやみがたく、五言古詩十首を作った。

※本詩は久坂の漢詩中、最も有名な作品であり、『稿』『集』ともに収録がある。「引」の異同を確認するに、いずれも「予」を「余」に作り、また『稿』は「寝」を「寐」に、『集』は「斃者」の下に「亦」がある程度で大差はない。

其一

壯烈正氣歌
忼慨回天史
苟讀公遺篇
頑懦且奮起
名義明皇道
扶植張綱紀
定遠與嫖姚
蹉跎困葛藟
丹心貫白日
如公忠孝士
繼紹先親志
承順邦君美
吾心洵欽慕
夢寐有時視
令公在戊午
國事安至此

其《そ》の一《いち》

壮烈《そうれつ》なり　正気《せいき》の歌《うた》
忼慨《こうがい》す　回天《かいてん》の史《し》。
苟《いや》しくも公《こう》の遺篇《いへん》を読《よ》まば
頑懦《がんだ》すら且《か》つ奮起《ふんき》せん。
名義《めいぎ》もて皇道《こうどう》を明《あき》らかにし
扶植《ふしょく》して綱紀《こうき》を張《は》る。
定遠《ていえん》と嫖姚《ひょうちょう》とは
蹉跎《さた》して葛藟《かつるい》に困《くる》しむ。
丹心《たんしん》は白日《はくじつ》を貫《つらぬ》いて
公《こう》の如《ごと》き忠孝《ちゅうこう》の士《し》あり。
先親《せんしん》の志《こころざし》を継紹《けいしょう》し
邦君《ほうくん》の美《び》を承順《しょうじゅん》す。
吾《わ》が心《こころ》は詢《まこと》に欽慕《きんぼ》すれば
夢寐《むび》に時《とき》として視《み》る有《あ》り。
公《こう》をして戊午《ぼご》に在《あ》らしめば
国事《こくじ》安《いずく》んぞ此《ここ》に至《いた》らんや。

「庚申詩稿」(「庚申草稿」を含む)(万延元年)

「文天祥の正気の歌に和す」は意気盛んで勇ましく、
『回天詩史』には不義不正を絶対に許さぬという覚悟が漲っている。
いやしくも東湖先生の遺した諸篇を読むならば、
頑民懦夫といえども奮起するに違いない。
先生は堂々と大義名分を説き尊皇の道を明らかにし、
朝廷を支え助けて綱紀を引き締めることに努めた。
夷狄征伐に大功のあった班超と霍去病の両将軍は、
多くの失敗を体験し何度となく困難に苦しんだ。
しかし彼らの偽りなき真心は輝く太陽をも貫き、
その正気は先生のような忠孝の烈士を生むことになった。
また父幽谷の平素からの思いを発展させるとともに、
主君たる斉昭公の意向に従い善政をも継承したのである。
私は心の底から先生を敬慕しており、
時として夢にまでその姿を見るほどである。
もしも先生が戊午の密勅事件の際に生きておいでになれば、
我が国政はこれほどまで混乱を来してはいなかっただろう。

※『稿』No.六三、『集』No.二四。

○正気歌　南宋末の烈士・文天祥に「正気の歌」があり、東湖は江戸藩邸に幽閉された際、この「正気の歌」に和して詩を作った。正式には「文天祥の正気の歌に和す」という。『謫居詩存』（刊年不明）や『東湖詩鈔』（明治十年刊）等に収録がある。なお久坂も文天祥の詩文を愛読し、勤王派の友人・芳野桜陰（久坂が江戸で入門した幕儒・芳野金陵の三男）に贈った久坂旧蔵『文文山文鈔』が二松学舎大学に寄贈されて現存する。○忼慨『稿』は「慷慨」に作る。○回天史『回天詩史』（安政三年刊）のこと。いわゆる弘化甲辰の国難に遭遇して書かれた。自らの半生を振り返り、時勢に対する不満を述べ、密かに回天の意気込みを反映させた東湖の著述。○頑懦　頑民（かたくなで物わかりの悪い人）と懦夫（臆病で意気地のない男）。○名義明皇道　四句の「奮起」とともに『回天詩史』の「述懐」に「苟も大義を明らかにし心を正せば／皇道奚ぞ興起せざるを患えん」とあるのに拠る。○扶植　植える。育てる。○張綱紀　東湖「正気の歌に和す」に「生きては当に君の冤を雪ぎ／復た綱維を張らるるを見るべし」とあるのに拠る。○定遠　後漢の武将・班超のこと。西域を平定し、五十余国を服属させ、後漢の勢力を拡大した。西域都護として長く彼の地にあり、その功によって定遠侯に封ぜられた。既出（一四〇頁）。○嫖姚　前漢の武将・霍去病のこと。武帝のとき、嫖姚校尉となったことにちなむ。匈奴討伐に度々大功を建て、驃騎将軍となった。のち衛青と並んで大司馬に上り、武帝の寵愛も並びなかったが、二十四歳で病没した。○葛藟　一身のわずらいとなる困難の喩え（『易経』「困」卦）。東湖の「正気の歌に和す」に「孤臣、葛藟に苦しむ」の句がある。○丹心貫白日　まごころは輝く太陽さえも貫き通すという意。「丹心」、「貫白日」ともに宋の忠臣・文天祥の詩中にある語。「丹心」は「零丁洋を過ぐ」に「丹心を留取して汗青を照らさん」とあり、「貫白日」は「正気の歌」に「其の日月を貫くに当たり／生死安んぞ論ずるに足らん」とある。後世、これを組み合わせる形で「丹心貫日」の四字熟語が成立したと思われる。幕末では榎本武揚「書懐」にも「丹心日を貫き王畿を思う」(第六句)が見え、いずれも激しい忠義の心の発露を述べている。○先親 東湖の父・藤田幽谷(一七七四—一八二六)。水戸藩儒。幕末水戸学の基盤を作る。彰考館総裁として『大日本史』の編纂に参画した。経世済民の実学を重視し、農政改革にも尽力、『農政或問』を著した。門下からは尊攘派の学者、志士が輩出した。○邦君 徳川斉昭(一八〇〇—一八六〇)。水戸藩主。天保期、門閥よりも改革派の中下級武士を中心に有為の人材を登用し、弘道館及び各地郷校を設置し、全領の検地を行い、沿岸防備の強化を図った。ペリー来航後は海防参与として幕政に参画したが、開鎖の論、将軍継嗣問題で大老井伊と対立、安政五年、不時登城事件で江戸屋敷に謹慎を命ぜられ、さらに戊午の密勅事件によって安政の大獄に連座し、翌年、国元で永蟄居に処せられた。○戊午 戊午(安政五年)の密勅事件。密勅とは正式な手続きを経ぬ勅諚をいう。日米修好通商条約の違勅調印と将軍継嗣問題をめぐって朝幕関係が悪化、さらに孝明天皇が譲位を表明すると、水戸藩士・鵜飼吉左衛門(京都留守居役)、薩摩藩士・日下部伊三次らは、廟堂内の一橋派の中心人物であった三条実万に入説し、幕府の違勅をとがめ、また在京有志らとともに水戸藩への時局救国に関する勅諚の降下を運動した。同年八月、幕府の違勅条約の調印強行を責め、公武合体・攘夷の推進を求める密勅が水戸藩に下った。降勅の内容は水戸藩経由で関係各藩に伝達させることとしていたが、幕府は回達を禁じ、水戸藩内でも対応をめぐり藩論が分裂した。また鵜飼から水戸藩家老・安島帯刀宛の密書を幕吏が入手、除奸計画が露顕した。これら密勅をめぐる一連の政治的混乱が、井伊直弼に安政の大獄の弾圧を決意させる端緒となった。

東湖藤田先生、嘗作回天詩史曰、嫖姚・定遠不可期。予之慕先生久矣。而先生没時、予甫十五、且山陽・東海、山河懸隔。竟不得伺謦欬。客歳十月朔、寐得見先生。

※『集』は「甫」の上に「年」があり、「伺」を「接」に作る。

東湖藤田先生《とうこふじたせんせい》、嘗《かつ》て『回天詩史《かいてんしし》』を作《つく》りて曰《いわ》く、「嫖姚《ひょうちょう》・定遠《ていえん》、期《き》すべからず」と。予《よ》の先生《せんせい》を慕《した》うこと久《ひさ》し。而《しか》して先生没《せんせいぼっ》するの時《とき》、予《よ》は甫《はじ》めて十五《じゅうご》。且《か》つ山陽《さんよう》・東海《とうかい》、山河懸隔《さんがけんかく》す。竟《つい》に謦欬《けいがい》を伺《うかが》うを得《え》ず。客歳十月朔《きゃくさいじゅうがつさく》、寐《ゆめ》に先生《せんせい》に見《まみ》ゆるを得《え》たり。

藤田東湖先生は、以前『回天詩史』を著し、「霍去病、班超のごとき人物はもはや期待できない」と述べられた。私が先生を慕うようになってもう随分になる。先生が亡くなった時、私はまだ十五歳であった。しかも山陽道・東海道は余りにも遠かった。そんなこんなでとうとうお目にかかることができずに終った。しかし昨年十月一日のこと、夢の中で先生にお会いすることが叶った。

其二

虜使太倨傲
幕吏忍羞耻

其《そ》の二《に》

虜使《りょし》は太《はなは》だ倨傲《きょごう》にして
幕吏《ばくり》は羞耻《しゅうち》を忍《しの》びたり。

「庚申詩稿」（「庚申草稿」を含む）（万延元年）

艱難誰挺身
乾坤獨烈士
和竟無把握
戰未必委靡
廟堂莫之收
撫戎允通市
阿爺有遺言
朝聞甘夕死
距今七周星
跳梁奈封豕

艱難《かんなん》に誰《たれ》か身《み》を挺《てい》さんや
乾坤《けんこん》に独《ひと》り烈士《れっし》あるのみ。
和《わ》するに竟《つい》に把握《はあく》無《な》く
戦《たたか》うに未《いま》だ必《かなら》ずしも委靡《いび》せざらんや。
廟堂《びょうどう》は之《これ》を収《おさ》むる莫《な》く
戎《じゅう》を撫《ぶ》して通市《つうし》を允《ゆる》したり。
阿爺《あや》に遺言《ゆいごん》有《あ》り
朝《あした》に聞《き》かば甘《あま》んじて夕《ゆう》べに死《し》せんと。
今《いま》を距《へだ》つること七周星《しちしゅうせい》
跳梁《ちょうりょう》せる封豕《ほうし》を奈《いか》んせん。

西洋列強の使節は極めて尊大であり、
幕吏は恥を堪え忍んで交渉に臨んだ。
その艱難に対して一体誰が命を投げ出したというのか、
天地の間にただ一人の烈士があっただけだ。
講和を結ぶにしても結局は自信があるわけではなく、
戦争を始めるにしても必ずしも敗北を喫しないといえるだろうか。
幕府はこの難問を収拾することができず、

西洋人をいたずらに刺激することを避けて通商を許可した。
みまかられた父君は遺言を残しておいでであった、
「朝に道を聞けたら、その晩に死んだとしても悔いはないのだが」と。
これは今から七年も前の出来事だというのに、
今もってやり放題の外国人をどうすることもできずにいる。

※『稿』No.六四、『集』No.二五。

○把握　自信。確信。○委靡　頽堕委靡。体力や気力が徐々に失われて衰弱していくこと。○阿爺　父を親しんでいう口語。○朝聞甘夕死　『論語』里仁篇にある「朝に道を聞かば、夕べに死すとも可なり」をふまえた語句。古注は世に道が行われないことへの歎息とし、新注は道の体得への思いとして解する。詩意からすれば、ここは古注の意と取るのが妥当である。○七周星　七カ年。東湖の「正気の歌に和す」に「荏苒たり二星周」の句がある。○封豕　「封豕長蛇」の略。大きなぶたと長いへび。貪欲で残忍なものの喩え。

山岡君八十郎、備後福山人。仕阿部伊勢守、爲元締。甲寅歳、花旗使舶來金川。八十屢上言。「賊可討。機不可失。戰則有贏輸。和則士氣沮敗、爲賊所制。豈遑制賊哉。」官以和議已決。不聽。竟諫死。八月廿三日也。先是、父源左衞門疾篤。乃作二幅、書「朝聞夕死」語。授之八十及其弟次左衞門。八十着朝服坐氈、對其幅沒云。予向過福山、紏之門田翁堯佐。爲作小傳。

※『集』は山岡の諌死の日付を「八月某日也」、その父の名も「父某」とする。また「着」を「著」に作る。

山岡君《やまおかくん》八十郎《やじゅうろう》、備後《びんご》福山《ふくやま》の人《ひと》。阿部伊勢守《あべいせのかみ》に仕《つか》え、元締《もとじめ》為《た》り。甲寅《こういん》の歳《とし》、花旗《かき》の使船《しはく》、金川《かながわ》に来《きた》る。八十屡《やじゅうしば》しば上言《じょうげん》す。「賊討《ぞくう》つべし。機失《きうしな》うべからず。戦《たたか》えば則《すなわ》ち贏輸有《えいゆあ》り。和《わ》すれば則《すなわ》ち士気沮敗《しきそはい》し、賊《ぞく》の制《せい》する所《ところ》と為《な》る。豈《あ》に賊《ぞく》を制《せい》するに遑《いとま》あらんや」と。官《かん》は和議《わぎ》を以《もっ》て已《すで》に決《けっ》す。聴《き》かず。竟《つい》に諌死《かんし》す。八月廿三日《はちがつにじゅうさんにち》なり。是《これ》に先《さき》だち、父《ちち》・源左衛門《げんざえもん》、疾篤《やまいあつ》し。乃《すなわ》ち二幅《にふく》を作《つく》り、「朝聞夕死《ちょうぶんせきし》」の語《ご》を書《しょ》す。之《これ》を八十及《やじゅうおよ》び其《そ》の弟《おとうと》・次左衛門《じざえもん》に授《さず》く。八十《やじゅう》、朝服《ちょうふく》を着《ちゃく》し、氈《せん》に坐《ざ》し、其《そ》の幅《ふく》に対《むか》いて没《ぼっ》すと云《い》う。予向《よさきご》ろ福山《ふくやま》に過《よぎ》り、之《これ》を門田翁堯佐《もんでんおうよしすけ》に糺《ただ》す。為《ため》に小伝《しょうでん》を作《つく》る。

山岡八十郎は、備後福山の人。藩主阿部伊勢守（老中。正弘）に仕え、元締役となった。甲寅の歳（嘉永七年、安政改元は十一月二十七日）、星条旗を押し立てたアメリカ合衆国のペリー艦隊が開国使節として神奈川沖に姿を見せた。八十郎は「外来の侵略者は討伐すべきです。機会を逃してはなりません。戦えば自ずから勝敗が決します。しかし友好関係を結べば士気は失せて勢いがなくなり、敵にやられるのは目に見えています。速やかに連中を攻撃すべきです」と、何度も言上した。だが幕議は和親に決し、意見が通らなかった八十郎はついに諌死した。八月二十三日のことであった。これに先立ち、病気が重くなっていた父・源左衛門は、「朝聞夕死」の二幅を作り、八十郎・次左衛門兄弟に一幅ずつ授けた。切腹に際し、八十郎は裃を身に着け、毛氈に座り、父の遺幅に向かって自害したという。私は最近福山に立ち寄ったが、この話を門田堯佐翁（朴斎、福山藩儒）に尋ねた所、ことの次第が明らかとなった。そこで彼のために小伝を作ることとしたのである。

其三

漢庭和匈奴
只須追張騫
吟詩向危岸
萬里絶人烟
一朝陥叢棘
疫癘竟不痊
於公無半面
先師亦溘焉
悠悠吾心痛
孤雁夜寂然

其《そ》の三《さん》

漢庭《かんてい》は匈奴《きょうど》と和《わ》せしも
只《た》だ須《すべか》らく張騫《ちょうけん》を追《お》うべし。
詩《し》を吟《ぎん》じて危岸《きがん》に向《む》かうに
万里《ばんり》人烟《じんえん》絶《た》ゆと。
一朝《いっちょう》叢棘《そうきょく》に陥《おちい》り
疫癘《えきれい》は竟《つい》に痊《い》えず。
公《こう》に於《お》いては半面《はんめん》すら無《な》く
先師《せんし》も亦《ま》た溘焉《こうえん》たり。
悠悠《ゆうゆう》たり　吾《わ》が心痛《しんつう》
孤雁《こがん》　夜《よる》は寂然《せきぜん》たり。

漢の朝廷は匈奴に対して懐柔政策を進めたが、我々はもっぱら敵地に入って情報をもたらした張騫を手本とすべきである。

金子君は危険な場所へ赴くに際し唐詩を口ずさんでいた、
「万里人烟絶ゆ」(どこまで行っても人家の煙は見えない)と。
だがある日のこと罪を得て牢獄につながれ、
重い泄痢の病にかかってとうとう治らずじまいであった。
私は貴公とはわずかの面識もなく、
ともに収監されていた松陰師もすでにこの世にはない。
私の心の痛みは果てしなく、
一羽の雁が鳴き渡れば一段と夜が寂しく感じられる。

※『稿』No.六五、『集』No.二六。

○漢庭　漢の朝廷。「庭」は「廷」に通ず。○匈奴　前三世紀末から蒙古地方に拠り、勢力を振るった遊牧騎馬民族。○張騫　?―前一一四。前漢の政治家。武帝の命により匈奴を挟撃するため、大月氏国(中央アジアの民族)へ使者として派遣された。途中、匈奴に捕えられ、大宛国(フェルガナ)を経て到着するも同盟は不成立であった。帰路、再び匈奴に捕えられたが脱出、帰国したのは十三年後であった。さらに中央アジアの烏孫に使いし、同盟の締結に成功、帰国後しばらくして死去した。張騫の遠征は、武帝の本格的な西域経営の端緒を開き、一方で西域に関する様々な情報をもたらし、西方との文化・交易の発展に大きな役割を果たした。○危岸　危地。あぶない場所。○万里絶人烟　盛唐の辺塞詩人・岑参の七絶「磧中の作」の結句。全詩を示すと、「馬を走らせて西来天到らんと欲す/家を辞して月の両回円かなるを見る/今夜は知らず何れの処にか宿せん/平沙万里人烟絶ゆ」であり、結句は「見渡す限りの砂漠が続き、一筋の煮炊きの煙も確認できぬ」の意。故郷を遠く離れて戦場に向かう兵士の孤独や辛苦が詠まれている。○叢棘　牢屋。囚人の逃亡を防ぐためにイバラで囲んである。○疫癘　癘疫。悪性の流行病。金子重輔は江戸の牢内で重い泄痢を病み、萩への護送中にさらに症状が悪化した。下田渡海前より結核にかかっていたという説もあり、あるいは肺結核の腹部症状（腸結核）であったかも知れない。○半面　一面識程度の軽い付き合いの形容。○溘焉　人が急に死ぬこと。

甲寅三月、和議決。金子重輔奮曰、「遷延至茲者、慮或有事耳。今已無事。宜竊駕夷艦、偵伺海外情形。」於是與先師松陰倶至下田、事敗見捕、投郵街獄。九月、送國復繫獄。重輔將入海、常朗誦唐詩曰、「今夜不知何所宿。平沙萬里絕人烟。」明年正月十一日、以病沒。葬萩城保福寺。後五年、先師亦死節。

※『集』は「夷艦」を「夷船」に、また「何所」を「何處」に作る。

甲寅三月《こういんさんがつ》、和議決《わぎけっ》す。金子重輔《かねこしげのすけふる》奮いて曰《いわ》く、「遷延茲《せんえんここ》に至《いた》る者《もの》は、或《あるい》は事有《ことあ》るを慮《おもんぱか》るのみ。今已《いますで》に事無《ことな》し。宜《よろ》しく窃《ひそ》かに夷艦《いかん》に駕《が》し、海外《かいがい》の情形《じょうけい》を偵伺《ていし》すべし」と。是《ここ》に於《お》いて先師松陰《せんししょういん》と倶《とも》に下田《しもだ》に至《いた》るも、事敗《ことやぶ》れて捕《とら》われ、郵街《ゆうがい》の獄《ごく》に投《とう》ぜらる。九月《くがつ》、国《くに》に送《おく》られて復《ま》た獄《ごく》に繋《つな》がる。重　輔将《しげのすけまさ》に海《うみ》に入《い》らんとし、常《つね》に唐詩《とうし》を朗　誦《ろうしょう》して曰《いわ》く、「今夜《こんや》は知《し》らず、何《いず》れの所《ところ》にか宿《しゅく》せん。平沙万里人烟絶《へいさばんりじんえんた》ゆ」と。明年正月《みょうねんしょうがつ》十一日《じゅういちにち》、病《やまい》を以《もっ》て没《ぼっ》す。萩城《はぎじょう》の保福寺《ほふくじ》に葬《ほうむ》る。後《おく》るること五年《ごねん》、先師《せんし》も亦《ま》た節《せつ》に死《し》す。

甲寅（嘉永七年）三月、日米和親条約（神奈川条約）が締結された。金子重輔は興奮しながら、「計画がここまでのびのびとなったのは、有事を想定したからである。もはや不測の事態はなくなった。よって密かに外艦に乗り込み、海外の事情を偵察して来よう」といった。かくして故松陰師とともに下田に向かったが、しかし計画は失敗して捕えられ、伝馬町の牢舎に入れられた。重輔は渡海に際し、常に「今夜はどこに宿をとったらよいのか分からない。見渡す限り砂漠が続き、夕飯を炊く人家の煙も絶えて見えぬ」（岑参「磧中の作」の転・結）と唐詩の一節を朗誦していた。翌年の正月十一日、病が癒えぬまま世を去った。萩城の保福寺に埋葬した。その五年後、松陰師もまた大義のために命を捧げた。

「庚申詩稿」（「庚申草稿」を含む）（万延元年）

其四

不貽辱天皇
賤身何足保
武野幾千岐
吾踐丈夫道
雙烈雖志蹉
智勇爲推倒
哀哉斃荊棘

其《そ》の四《し》

辱《じょく》を天皇《てんのう》に貽《のこ》さずんば
賤身《せんしん》は何《なん》ぞ保《たも》つに足《た》らんやと。
武野《ぶや》に幾千岐《いくせんき》あるも
吾《われ》は丈夫《じょうふ》の道《みち》を践《ふ》まんと。
双烈《そうれつ》の志《こころざし》は蹉《さ》すると雖《いえど》も
智勇《ちゆう》は推倒《すいとう》を為《な》せり。
哀《かな》しいかな　荊棘《けいきょく》に斃《たお》るるも

蒼天太蒼顥
頽瀾竟難回
妖氣不可掃

蒼天《そうてん》は太《はなは》だ蒼顥《そうこう》たり。
頽瀾《たいらん》は竟《つい》に回《めぐ》らし難《がた》く
妖気《ようき》は掃《はら》うべからず。

「後世まで天子に恥辱をお残し申し上げぬためならば、
我が卑賤の身などどうなっても構いはしない」と。
「武蔵野にはたくさんの道が枝分かれしているが、
私はますらおの道を踏みしめて進むつもりだ」と。
二人の烈士はたとえ志は挫折したとはいえ、
その智恵と勇気は他を圧倒するものがある。
だが何と悲しいことか獄舎に命を落としてしまうとは、
その日は青い空がどこまでも澄み渡って彼らのまごころを示すかのようであった。
衰えゆく物事は結局もとに戻すことは難しく、
悪いことが起こりそうな怪しい気配も取り除くことはできない。

※『稿』No.六六六、『集』No.二七。

○貽　後世に残すこと。　○武野　江戸、あるいは関東一帯をいう「武蔵野」の漢語的表現。　○双烈雖志蹉　『稿』は「雙列志雖蹉」に作る。　○推倒　圧倒する。　○蒼顥　深青色で清新潔白の様子。　○頽瀾　頽波。物事が衰えてゆくこと。〇妖気　『集』は「妖氛」に作る。

丁巳冬、墨使登營。水戸信田仁十郎、蓮田藤藏、與堀江克之助、謀要撃之。事露繋獄。蓮田戊午正月五日病死。年二十三。信田五月某日病死。年三十六。有國風曰、「於保幾美乃、美遠計賀佐志土、志豆賀美遠、奈幾比登賀受仁、伊禮天古曾遠禮。」蓮田亦曰、「武左志能乃、阿奈多古奈多仁、美知波阿禮土、和賀由久美知波、摩須羅遠乃美知。」堀江現在郵街獄。又嘗助人復父仇云。

※『集』は「繋獄」の下を「蓮田」ではなく「而藤藏」に作り、二度目の姓も名に作る。「正月五日病死」の下には「獄中」がある。「信田五月某日病死」を「仁十郎亦以五月某日斃獄中」、また「年三十六」の上に「時」がある。さらに「有國風曰」を「有國風云」に、「土」を「止」に作る。「又」はなく、「仇」を「讎」に作る。

丁巳《ていし》の冬《ふゆ》、墨使登営《ぼくしとうえい》す。水戸《みと》の信田仁十郎《しのだにじゅうろう》・蓮田藤蔵《はすだとうぞう》は堀江克之助《ほりえかつのすけ》と、之《これ》を要撃《ようげき》せんことを謀《はか》る。事露《ことあらわ》れ獄《ごく》に繋《つな》がる。蓮田《はすだ》は戊午《ぼご》の正月《しょうがつ》五日《いつか》に病死《びょうし》す。年二十三《としにじゅうさん》。信田《しのだ》は五月某日《ごがつぼうじつ》に病死《びょうし》す。年三十六《としさんじゅうろく》。国風《こくふう》有《あ》りて曰《いわ》く、「大君《おおきみ》の身《み》を穢《けが》さじと賤《しず》が身《み》をなき人数《ひとかず》に入《い》れてこそをれ」と。蓮田《はすだ》も亦《ま》た曰《いわ》く、「武蔵野《むさしの》のあなたこなたに道《みち》はあれど我《わ》が行《ゆ》く道《みち》はますらをの道《みち》」と。堀江《ほりえ》は現《いま》も郵街《ゆうがい》の獄《ごく》に在《あ》り。又《ま》た嘗《かつ》て人《ひと》を助《たす》けて父《ちち》の仇《あだ》を復《ふく》すと云《い》う。

丁巳（安政四年）の冬、米国総領事ハリスが江戸城に入り、徳川将軍（家定）に謁見した。水戸の信田仁十郎、蓮田藤蔵と堀江克之助の三人は、米使の要撃計画を練ったが、事前に露見して獄舎につながれた。蓮田は安政五年正月五日に二十三歳で病死した。信田は五月某日、三十六歳で病死した。信田は「天子の神聖さを冒瀆することは許さぬつもりだ。賤しき身ながら命を捧げる覚悟はできている」という和歌を遺した。蓮田もまた「武蔵野には数々の道があるが、私のたどるのは大丈夫の道である」と詠んだ。堀江は伝馬町の牢屋に今も収監されている。またかつて父親の敵討ちを行おうとする人があったが、その手助けをして見事に成功させたという。

其五

奉詔下東海
要見天下新
一朝白馬禍
清流濁流淪
姦吏要誣服
論辨駭鬼神
張齒與顏舌
髮指而眼瞋

其《そ》の五《ご》

詔《みことのり》を奉《ほう》じて東海《とうかい》に下《くだ》り
見《けん》を要《あつ》めて天下《てんか》を新《あら》たにせんとす。
一朝白馬《いっちょうはくば》の禍《か》あって
清流《せいりゅう》は濁流《だくりゅう》に淪《しず》みたり。
姦吏《かんり》は誣服《ぶふく》を要《もと》むるも
論弁《ろんべん》は鬼神《きしん》を駭《おどろ》かす。
張歯《ちょうし》と顔舌《がんぜつ》は
髪《かみ》は指《た》って眼《まなこ》瞋《いか》る。

公事雖敗矣
千秋序彜倫
尤欽氷雪操
賢辟不能臣

公事《こうじ》は敗《やぶ》ると雖《いえど》も
千秋《せんしゅう》に彜倫《いりん》を序《じょ》す。
尤《もっと》も氷雪《ひょうせつ》の操《みさお》を欣《よろこ》ぶも
賢《けん》辟《しりぞ》けらるれば臣《しん》たること能《あた》わず。

翁は戊午の密勅を奉じて江戸へと下り、
意見を集めて天下のまつりごとを刷新しようとした。
しかしある日のこと「白馬の禍」にも似た「安政の大獄」が始まり、
清流（親一橋・尊攘派）は濁流（親紀州・開国派）に呑み込まれてしまった。
悪がしこい役人どもは無実の罪をでっちあげて翁を刑殺しようとしたが、
臆することなく失政を糾弾する翁の姿は天地の神々をも感動させた。
唐の忠臣として名高い張巡は奮戦の余り歯が砕け顔杲卿は敵を罵って舌を抜かれたが、
忠義一徹の翁も頭髪は逆立ち眼は血走って全身に怒気が漲っていた。
たとえ朝廷の企てが失敗しようとも、
はるか後世にまで残る正しい道義のありようを示すことになった。
とりわけ私は氷や雪のように清らかで潔白な節操を仰ぎ慕うが、
いかに賢臣であっても排斥されれば家臣としての勤めを果たすことはできないのだ。

※『稿』No.六七、『集』No.二八。

○詔　戊午の密勅。　○白馬禍　天祐三年（九〇五）、後梁の建国者・朱全忠は、滑州の白馬駅において、前宰相の裴枢以下、唐の高官三十余人を殺害し、遺体を黄河に投じた。これを「白馬の禍」という。既出（二二二頁）。ここではその苛烈さになぞらえて「安政の大獄」をいう。　○誣服　無実の罪で刑罰を受ける。　○張歯　唐の玄宗朝の忠義の武将・張巡（七〇九―七五七）の故事。安史の乱で再三に渡って敵を破った。張巡は許遠と合流して睢陽に籠城、人肉まで食らって頑強な抵抗を試みるも十か月後に落城した。張巡は賊将・尹子奇に捕えられて処刑されたが、激しく歯噛みしながら戦ったため、死ぬときには歯がほとんど砕け、数本を残すのみであったという。伝は『旧唐書』等の忠義伝にあるが、ただし久坂に直接の影響を与えたものは、文天祥「正気の歌」の「張睢陽の歯と為り／顔常山の舌と為る」の句と考えられる。なお久坂は張巡に対して深い畏敬の情を抱き、『高青邱詩醇』の「張中丞廟」（既出）、さらには文天祥の「張許双の廟に題す」（『江月斎日乗』安政七年二月十日）という詩を筆写して日記に書き付けてある。　○顔舌　唐の玄宗朝の忠義の臣・顔杲卿（六九二―七五六）の故事。安史の乱の時、常山太守であった顔杲卿は天下で最初に義兵を挙げ、安禄山の関中侵攻を防いだ。従弟の顔真卿（平原太守）と呼応したが果たさず、敗れて安禄山に捕えられた。臣従を求められると反対に恩人の安禄山を罵ったことから、舌を抜かれて惨殺されたという。前掲の張巡と同様、その伝は『旧唐書』等に見えるが、前述の通り、文天祥の「正気の歌」の影響が大きい。　○序彝倫　人として常に守るべき不変の道理を示す。『集』は「序」を「叙」に作る。　○氷雪操　文天祥「正気の歌」に「清操、氷雪よりも厲し」の句がある。

戊午秋、日下部翁伊三次、與鵜飼幸吉奉勅東下。事敗逮捕。吏鞫問、翁忼慨辨駁天下得失。一坐悚動。十二月十七日病死。葬古河西福寺。初翁隨父某在水戸。烈公愛其爲人、欲祿之不肯。烈公告之薩侯。於是召還之。

※『稿』は「奉勅」を「奉詔」に、「水戸」を「江戸」に作る。また『集』は「忼慨」を「慷慨」に作る。今「忼慨」は『稿』に従い、「忼（「慷」の本字）慨」に改めた。

戊午《ぼご》の秋《あき》、日下部翁伊三次《くさかべおういそうじ》、鵜飼幸吉《うがいこうきち》と勅《ちょく》を奉《ほう》じて東下《とうげ》す。事敗《ことやぶ》れて逮捕《たいほ》せらる。吏《り》、鞫問《きくもん》するに、翁《おう》は忼慨《こうがい》して天下《てんか》の得失《とくしつ》を弁駁《べんばく》す。一坐悚動《いちざしょうどう》す。十二月十七日《じゅうにがつじゅうしちにち》、病死《びょうし》す。古河《ふるかわ》の西福寺《さいふくじ》に葬《ほうむ》る。初《はじ》め翁《おう》、父《ちち》某《ぼう》に随《したが》いて水戸《みと》に在《あ》り。烈公《れっこう》、其《そ》の為人《ひととなり》を愛《あい》し、之《これ》に禄《ろく》せんと欲《ほっ》するも肯《がえん》ぜず。烈公《れっこう》は之《これ》を薩侯《さっこう》に告《つ》ぐ。是《ここ》に於《お》いて之《これ》を召還《しょうかん》す。

戊午（安政五年）の秋、日下部伊三次翁は、鵜飼幸吉と密勅を奉じて水戸に下ったが、策は失敗して逮捕された。役人が罪を問いただすと、翁はいきどおり嘆き、当今の幕政の得失を指摘し、その失策を非難した。これを聞いて一座はすくみあがった。十二月十七日、病を得て獄中に没した。古河（麻布古川橋）の西福寺に葬る。もともと翁は父某（薩摩藩士・海江田訥斎連）が水戸藩領に客寓している際に生まれた。烈公（徳川斉昭）は翁の人柄を愛し、譜代士に取り立てようとしたが、当人がこれを断った。そこで烈公が旧主にあたる薩摩公（島津斉彬）に相談した所、復帰が許されたのである。

其六

要港控上國
豈容黠虜窺
方夷舶闌入
妻病兒叫飢
大劍起應募
國難安遲疑
賊遁志乃躓
詞賦鬼神悲
嗟公囹圄斃
頽厦孰能支
雖則斃囹圄
忠魂護皇基

其《そ》の六《ろく》

要港《ようこう》は上国《じょうこく》を控《ひか》えたり
豈《あ》に黠虜《かつりょ》の窺《うかが》うを容《い》れんや。
夷舶《いはく》の闌入《らんにゅう》するに方《あた》り
妻《つま》は病《や》み児《じ》は飢《う》えに叫《な》く。
大剣《たいけん》もて起《た》ちて応募《おうぼ》すれば
国難《こくなん》は安《いず》くんぞ遅疑《ちぎ》せんや。
賊《ぞく》は遁《に》げて志《こころざし》は乃《すなわ》ち躓《つまず》くも
詞賦《しふ》もて鬼神《きしん》を悲《かな》しましめんや。
嗟公《ああこう》は囹圄《れいぎょ》に斃《たお》れたれば
頽厦《たいか》は孰《た》れか能《よ》く支《ささ》えんや。
則《すなわ》ち囹圄《れいぎょ》に斃《たお》ると雖《いえど》も
忠魂《ちゅうこん》は皇基《こうき》を護《まも》らん。

西洋人が開港を要求した兵庫（神戸）の港は京師のすぐ近くに位置している、
狡猾な敵は我が方の隙をうかがい都を狙うつもりのようだが断じて許しはせぬ。
かつてロシア軍艦が天保山沖に侵入した折、

翁の妻は病気となって子供はひもじさに泣いていた。
それでも貴公が大剣を振るって募兵団を率いるからには、
どうして国難への対処がぐずぐずと決断されぬままに終ろうか。
残念ながら露艦は逃げ去って志は不発に終ったが、
詩の一語一句は誠実で心がこもっており天地の神々をも感動させるに相違ない。
ああ雲浜翁は獄舎で落命なさったが、
その死後は一体誰が崩れかかった我が国体を支えることができるというのだろう。
たとえその身は牢舎に斃死しても、
翁の忠魂は皇国のいしずえを守護してくれるに違いないのだ。

※『稿』No.六八、『集』No.二九。

○控　ここは日本語用法の「近くにある」意である。○遅疑　ぐずぐずして決断しない。○則　仮定の用法。もしも。かりに。○忠魂護皇基　藤田東湖「正気の歌に和す」に「死しては忠義の鬼と為り／極天に皇基を護らん」とあるのをふまえる。

　鄂夷闖入浪速。大和十津川民、將推雲濱梅田翁爲首謀膺懲。翁起時、妻病兒餓。翁賦詩曰、「妻臥病牀兒叫飢。挺身直欲當戎夷。今朝死別與生別。唯有皇天后土知。」既而虜去、歸則妻既沒。戊午秋、蒙幕疑、檻車東下、未幾以病死。

鄂夷《がくい》、浪速《なにわ》に闖入《ちんにゅう》す。大和十津川《やまととつかわ》の民《たみ》、将《まさ》に雲浜梅田翁《うんぴんうめだおう》を推《お》して首謀《しゅぼう》と為《な》し、膺懲《ようちょう》せしめんとす。翁《おう》起《た》つの時《とき》、妻《つま》は病《や》み、児《じ》は餓《う》えたり。翁詩《おうし》を賦《ふ》して曰《いわ》く、「妻《つま》は病牀《びょうしょう》に臥《ふ》し、児《じ》は飢《う》えに叫《な》く。身《み》を挺《てい》して直《ただ》ちに戎夷《じゅうい》に当《あた》らんと欲《ほっ》す。今朝死別《こんちょうしべつ》か生別《せいべつ》か、唯《た》だ皇天后土《こうてんこうど》の知《し》る有《あ》るのみ」と。既《すで》にして虜去《りょさ》り、帰《かえ》れば則《すなわ》ち妻《つま》は既《すで》に没《ぼっ》したり。戊午《ぼご》の秋《あき》、幕疑《ばくぎ》を蒙《こうむ》り、檻車東下《らんしゃとうげ》し、未《いま》だ幾《いくばく》ならずして病《やまい》を以《もっ》て死《し》す。

かつてロシアの軍艦（海軍中将プチャーチン座上のディアナ号）が大阪湾に侵入した事件（嘉永七年）があった。大和国十津川村の郷士たちは、梅田雲浜翁を首領に推戴して、外敵の撃攘を画策した。翁が出発する時、妻はわずらい、子は飢えていた。そこで翁は詩（「妻子に訣る」）を作り、「妻は病床に横たわり、子供はひもじさの余り大声で泣いている。この妻子をおいて出かけるのは何とも忍びないが、それでも私は命がけで外敵に立ち向かうつもりだ。今朝の別離が生別となるか死別となるかは、ただ天地の神々だけが知っている」と詠じた。大坂に着いた時、すでにロシア艦は退去しており、急ぎ京の自宅に戻ると、妻は亡くなっていた。戊午（安政五年）の秋、幕府から密勅降下の首謀者と目され、江戸に檻送されたが、間もなく牢内で病没した。

其七

手欲掃妖熒
蹉跌乍謬策

其《そ》の七《しち》

手《て》ずから妖熒《ようけい》を掃《はら》わんと欲《ほっ》し
蹉跌《さてつ》して乍《たちま》ち策《さく》を謬《あやま》る。

一死何足言
正路居安宅
遺唫何悲愴
讀之血涙赤
吾曾過公墓
風雨鎖苔石
唯公耿耿者
千古照竹帛

一死《いっし》何《なん》ぞ言《い》うに足《た》らんや
正路《せいろ》もて安宅《あんたく》に居《お》りしに。
遺唫《いぎん》何《なん》ぞ悲愴《ひそう》なる
之《これ》を読《よ》まば血涙《けつるい》赤《あか》し。
吾《われ》は曾《かつ》て公《こう》の墓《はか》を過《よぎ》るに
風雨《ふうう》は苔石《たいせき》を鎖《とざ》したり。
唯《た》だ公《こう》は耿耿《こうこう》たる者《もの》なれば
千古《せんこ》に竹帛《ちくはく》を照《て》らさん。

自らの手で姦吏や佞臣どもを取り除こうとしたが、
うまくことが運ばず予期せぬ段階で計略は失敗してしまった。
もとより一身の生死などかえりみもせず、
人の踏み行うべき正しい道理に従って仁を実践したというのに。
その遺吟は何と悲しく痛ましいことか、
読むものは血の涙をしぼるに違いない。
私はかつてあなたの墓前をよぎったが、
風に吹かれる雨がもやとなって立ち込め苔むした墓石のありかを隠すかのようであった。
しかし貴公は立派な節義の士であるから、

その名は永遠に歴史に刻まれることになろう。

※『稿』No.六九、『集』No.三〇。

○妖熒　邪悪な企みで人を惑わし、危害を加えようとするもの。○跌　もと「鉄」に作るが、『稿』『集』に従って今これを「跌」に改めた。○正路　人のふみ行なうべき正しい道筋。正道。○安宅　身を置くのに安らかで安全な場所。仁をいう。○耿耿　節義のある様。

戊午秋、頼君三樹死節。葬骨原回向院。嘗獄中作曰、「排空歎息拂妖熒。失脚誤墜江戸城。井底癡蛙過憂念。天邊大月欠高明。身隨鼎鑊家無信。夢歩鯨濤劍有聲。風雨多年苔石面。誰題日本古狂生。」

※『集』は「回向院」を「會向院」、「嘗」を「其」、「曰」を「云」、「歎息」を「手欲」、「誤墜」を「墜來」、「憂念」を「憂慮」、「歩」を「度」に作る。

戊午《ぼご》の秋《あき》、頼君三樹《らいくんみき》、節《せつ》に死《し》す。骨原《こづかっぱら》の回向院《えこういん》に葬《ほうむ》る。嘗《かつ》て獄中《ごくちゅう》の作《さく》に曰《いわ》く、「空《むな》しく歎息《たんそく》するを排《はい》して妖熒《ようけい》を払《はら》わんとするも、失脚《しっきゃく》して誤《あやま》って江戸城《えどじょう》に墜《お》つ。井底《せいてい》の痴蛙《ちあ》は憂念《ゆうねん》に過《す》ぎ、天辺《てんぺん》の大月《たいげつ》は高明《こうめい》を欠《か》く。身《み》は鼎鑊《ていかく》に随《したが》えば家《いえ》に信無《しんな》く、夢《ゆめ》に鯨濤《げいとう》を歩《ほ》して剣《けん》に声有《こえあ》り。風雨多年《ふううたねん》、苔石《たいせき》の面《おもて》、誰《たれ》か日本《にほん》の古狂生《こきょうせい》と題《だい》さん」と。

※現行の「獄中の詩」は、久坂の引用するものとやや異同があるので、参考までに掲げておく。『雲を排し手ずから妖熒を掃わんと欲し／失脚して墜ち来たる江戸の城／井底の癡蛙は憂慮に過ぎ／天辺の大月は高明を欠く／身は鼎鑊に臨むも家に信無く／夢に鯨鯢を斬って剣に声有り／風雨多年苔石の面／誰か題す日本の古狂生』。しかし久坂の詩を見ると、冒頭は「手欲払妖熒」に作っており、今日伝わる「獄中の詩」の語句と一致する。恐らく当時、字句の異なる二つの作品が流布していたのであろう。

戊午（安政五年）の秋、頼三樹三郎君が節義のために死んでいった。小塚原刑場の常行庵（両国回向院の別院）に埋葬された。かつて獄中で作った詩に、「いたずらに溜息をつくことをやめ、国難を取り除こうとしたが、今や策を誤って江戸の街に囚われの身となってしまった。世間知らずの井戸の蛙は憂える気持ちが度を越え、大空の果てにある大きな月は、才徳を欠いている。もとより覚悟は出来ているものの家族から便りがないのはこたえる。だが夢の中では大波を渡って剣を抜き放ち、外夷と切り結んでいるのだ。私が刑場の露と消えた後、墓は風雨にさらされて苔むすだろうが、誰か墓石に『日本の古狂生』と刻んでくれようか」と。

其八

墨使來東海

其《そ》の八《はち》

墨使《ぼくし》東海《とうかい》に来《きた》れば

公怒髪上指
天勅忽雷震
感激不自已
従此廢寢食
要回倒瀾水
愽浪誤一撃
貫高心自擬
嗟公臨絶吟
悲憤徹骨髓
七生期滅賊
忠魂何嘗死
大義百世師
廿一回猛士

公《こう》の怒髪《どはつ》は上指《じょうし》す。
天勅《てんちょく》忽《たちま》ち雷震《らいしん》すれば
感激《かんげき》して自《おのずか》ら已《や》まず。
此《これ》より寝食《しんしょく》を廃《はい》し
倒瀾《とうらん》の水《みず》を回《めぐ》らさんことを要《もと》む。
愽浪《はくろう》に一撃《いちげき》を誤《あやま》るも
貫高《かんこう》に心《こころ》自《おのずか》ら擬《ぎ》す。
嗟公《ああこう》の臨絶《りんぜつ》の吟《ぎん》は
悲憤骨髄《ひふんこつずい》に徹《とお》る。
七生滅賊《しちせいめつぞく》を期《き》すれば
忠魂《ちゅうこん》は何《なん》ぞ嘗《かつ》て死《し》せんや。
大義《たいぎ》は百世《ひゃくせい》の師《し》
廿一回《にじゅういっかい》の猛士《もうし》なり。

アメリカの使節が江戸に来たとき、
貴公は憤怒の余り頭髪が逆立ってしまった。
そこへ朝廷から勅諚が雷のように凄まじい音を響かせて降下すると、
あなたはとめどなく感激なさっていた。

そのことがあってからは寝食を忘れ、
荒れ狂う大波を再びもとに戻そうと決心なさった。
張良が博浪沙で秦王暗殺に失敗したように先生も老中間部の要撃は果たせなかったが、
だが主人を侮られてすぐさま報復を企てた貫高の矜持だけは忘れてはいない。
ああああなたの臨終に際しての詩歌は、
悲しみと怒りが骨の髄まで染み通っている。
七たび生まれ変わって敵を滅ぼすことを心に誓ったからには、
その忠魂がどうして死んだりするものか。
大義のために生きて後世まで人の師と仰がれる偉大な人物、
それが廿一回猛士こと吉田松陰先生その人なのだ。

※『稿』No.七〇、『集』No.三一。

○天勅　天子の勅諚。戊午の密勅を指す。○愽浪　「愽」は「博」に同じ。張良の秦王暗殺未遂事件の舞台となった博浪沙のこと。この句は松陰による老中・間部詮勝の要撃計画の失敗を述べている。既出（二二一頁）。○貫高　前漢の人。趙王張敖（漢高祖の長女・魯元公主の夫）の相。高祖が平城から趙王のもとに立ち寄った際、箕踞（両足を前に伸ばして座る。無作法で礼儀にはずれた座り方とされる）して趙王を罵った。貫高はこのときすでに齢六十を越えていたが、主君に無礼を働いた高祖を殺さんことを願い出た。しかし王は許さなかった。ところが日ごろ貫高に怨みを抱くものがこのことを讒訴したため、両人は謀叛の嫌疑で逮捕され、長安に下獄の身となった。獄吏の訊問に対し、貫高は「自分の一存であり、王のあずかり知る所ではない」というばかりで、鞭打って完膚なきまでに拷問しても、老人は頑として口を割らなかった。この様子を報告すると、高祖はその人物を壮とし、二人の罪を赦した。貫高は「私が今まで死ななかったのは主君の無実をはらそうとしたからに過ぎない。すでに疑いが晴れたからには、最後の責任を果たすだけだ。加えて反乱の嫌疑をかけられた臣下が、再び主君にお仕えすることなど出来ようか」といって、ためらうことなく自ら喉笛を掻き切って息絶えた。張敖は後に宣平侯に封ぜられた。この一句は尊皇攘夷に燃える松陰の天朝に対する堅固な忠誠心を示したものである。既出（二二一頁）。○七生期滅賊　延元元年（一三三六）五月、南朝の功臣・楠木正成は湊川の戦いで敗死の直前、「七たび生まれ変わっても敵を滅ぼさん」と請願し、一族と自害した。○百世師　『孟子』尽心下にある語。後世まで人の師として仰がれる人品・学問の優れた人のこと。○廿一回猛士　吉田松陰の別号。

丁巳冬、墨使入府。言多詭譎。松陰吉田先生聞之、憤且嘆曰、「神國亡矣。」明年三月、天勅汗發、海內盡震。於是感激不已、將有所爲。六月、金川盟約、幕吏違勅。既而間部下總守上京。先生謀要擊。事敗。己未十月廿七日、死節于江戸。墓在骨原回向院。先生臨終、作國風曰、「美波多登閉、武左志能乃邊仁、久津留登毛、登登女於加摩志、矢摩登多摩志比。」又曰、「奈奈多毗毛、伊幾加邊利津津、衣美須遠曾、波羅波牟古古呂、和禮和須禮女夜。」

※『集』は「十月」（正）を「十一月」（誤）に、「回向院」を「會向院」に、「曰」は全て「云」に、「左」を

「佐」に、「夜」を「矢」に作る。

丁巳《ていし》の冬《ふゆ》、墨使府《ぼくしふ》に入《い》る。言詭譎多《げんきけつおお》し。松陰吉田先生之《しょういんよしだせんせいこれ》を聞《き》き、憤《いきどお》り且《か》つ嘆《たん》じて曰《いわ》く、「神国亡《しんこくほろ》びなん」と。明年三月《みょうねんさんがつ》、天勅汗発《てんちょくかんぱつ》せられ、海内尽《かいだいことごと》く震《ふる》う。是《ここ》に於《お》いて感激《かんげき》して已《や》まず、将《まさ》に為《な》す所有《ところあ》らんとす。六月《ろくがつ》、金川《かながわ》の盟約《めいやく》は幕吏勅《ばくりちょく》に違《たが》う。既《すで》にして間部下総守《まなべしもうさのかみ》、上京《じょうきょう》す。先生要撃《せんせいようげき》せんことを謀《はか》る。事敗《ことやぶ》る。己未十月廿七日《きびじゅうがつにじゅうしちにち》、節《せつ》に江戸《えど》に死《し》す。墓《はか》は骨原《こづかっぱら》の回向院《えこういん》に在《あ》り。先生終《せんせいおわ》りに臨《のぞ》んで、国風《こくふう》を作《つく》りて曰《いわ》く、「身《み》はたとへ武蔵《むさし》の野辺《のべ》に朽《く》つるとも留《とど》め置《お》かまし大和魂《やまとだましい》」と。又《ま》た曰《いわ》く、「七《なな》たびも生《い》き返《かえ》りつつえびすをぞ払《はら》わん心我忘《こころわれわす》れめや」と。

丁巳（安政四年）の冬、アメリカの使節が江戸城に入った。彼らの発言は自国を有利とするための詭弁が目立った。吉田松陰先生はこれを聞き、立腹しながらも悲しみ嘆き、「神国日本は滅亡する」といった。同五年三月、水戸藩に密勅が降下し、国内に激震が走った。この時、先生は感激してやまず、ある計画の実行を決意した。六月には神奈川条約が結ばれたが、幕府は朝廷の勅許を得なかった。やがて老中・間部詮勝（下総守）が勅許奏請のため上京した。その際、先生は要撃を企てたが、失敗に終った。己未（安政六年）十月二十七日、江戸で節義に殉じた。墓は小塚原刑場の常光庵にある。先生の遺詠に「たとえ我が肉体は武蔵の野辺に朽ちたとしても、我が大和魂はこの世にあり続けるだろう」とあり、また「七生滅賊の精神をもって、迫りくる外敵を打ち払う覚悟を私は決して忘れはしない」とも詠んでいる。

其九

國恩主張擴
洋教極排防
至誠布人腹
蠢愚發天良
涅衣敝不補
寸髪如鍼芒
土木其形骸
噫公爲國狂
蒼天一何遠
誰知我心傷
何啻七里地
犬羊太跳梁

其《そ》の九《く》

国恩《こくおん》は張拡《ちょうかく》を主《しゅ》とし
洋教《ようきょう》は排防《はいぼう》を極《きわ》む。
至誠《しせい》もて人腹《じんぷく》に布《し》けば
蠢愚《しゅんぐ》すら天良《てんりょう》を発《ひら》く。
涅衣《でつい》は敝《やぶ》るるも補《ほ》せず
寸髪《すんぱつ》は鍼芒《しんぼう》の如《ごと》し。
土木《どぼく》は其《そ》の形骸《けいがい》なり
噫公《ああこう》は国《くに》の為《ため》に狂《きょう》となる。
蒼天《そうてん》は一《いつ》に何《なん》ぞ遠《とお》き
誰《たれ》か我《わ》が心《こころ》の傷《いた》みを知《し》らんや。
何《なん》ぞ啻《た》だに七里《しちり》の地《ち》に
犬羊《けんよう》の太《はなは》だ跳梁《ちょうりょう》せんとは。

月性上人は国から受ける恩恵の拡充を目指すことに加え、キリスト教の害を説き激しく排撃して日本への流入の阻止を自らの任とした。上人のまごころのこもった教えは人々の心の中に浸透し、愚かな連中でさえその薫陶により天から授かった良心を目覚めさせたのである。
僧衣がやぶれても繕うこともせず、
短い髪の毛はあたかも針の先のように堅く尖っていた。
見てくれは全く意に介さずあるがままに任せてうわべを飾ることは一切なかった、
ああ貴公は国家のために志を高く持ち果敢に行動した傑僧である。
あなたのいる天上の世界は何と遠いことか、
上人が逝かれてこのかた私がいかに心細い思いをしていたかは誰にも分かるまい。
御坊の詩にある通り下田開港の後どうしてわずか七里四方の遊歩地に、
かくも西洋人がのさばるようになったのかその傲慢ぶりがいよいよ気になる。

※『稿』No.七一、『集』No.三二。
○涅衣　僧衣。○鍼芒　針の先。○土木　自然にまかせてうわべを飾らないこと。○狂　高い志を抱いて、積極的に行動すること。

月性上人、號清狂。我周防人。以充擴國恩、排撃匪教、爲己任。於是爲之感激興起者不少。上人向聞下田開港、作詩曰、「七里江山付犬羊、震餘春色定荒涼。」

月性上人《げっしょうしょうにん》、清狂《せいきょう》と号《ごう》す。我《わ》が周防《すおう》の人《ひと》なり。国恩《こくおん》を充拡《じゅうかく》し、匪教《ひきょう》を排撃《はいげき》するを以《もっ》て己《おの》が任《にん》と為《な》す。是《ここ》に於《お》いて之《これ》が為《ため》に感激興起《かんげきこうき》する者少《ものすく》なからず。上人《しょうにん》、向《さき》に下田《しもだ》の開港《かいこう》するを聞《き》き、詩《し》を作《つく》りて曰《いわ》く、「七里《しちり》の江山《こうざん》、犬羊《けんよう》に付《ふ》し、震余《しんよ》の春色《しゅんしょく》、定《さだ》めて荒涼《こうりょう》」と。

月性上人は清狂と号した。我が周防の人である。天子の恩恵を拡充し、キリスト教を排撃することを自らの使命とした。その影響を受け、感激して志を奮い起こしたものも少なくない。上人は以前、条約締結により下田が開港場となったことを聞き、憤慨して一詩（「下田の開港を聞く」起・承句）を作った。その中に「下田の七里四方の地に外国人の自由な上陸を許したから、震災（安政元年十一月五日に発生した安政の東海地震。下田は津波の被害が甚大であった）後間もない春景色は、さぞかし荒れ果てたものになっているだろう」という句がある。

其十

東藩欠寅恭
孰知天子尊
公常憤且慨
筆誅順逆存
侃侃不毫暇
何忘喪其元

其《そ》の十《じゅう》

東藩寅恭《とうはんいんぎょう》を欠《か》けば
孰《た》れか天子《てんし》の尊《とうと》きを知《し》らんや。
公《こう》は常《つね》に憤《いきどお》り且《か》つ慨《なげ》き
順逆《じゅんぎゃく》存《あ》るを筆誅《ひっちゅう》す。
侃侃《かんかん》として毫《ごう》も暇《いとま》あらず
何《なん》ぞ其《そ》の元《もと》を喪《うしな》うを忘《わす》れんや。

匡救非容易
大義戒後昆
公豈桑林客
丹心戀帝閽
予讀黄菊詠
字字血涙痕

匡救《きょうきゅう》は容易《ようい》に非《あら》ざるも
大義《たいぎ》もて後昆《こうこん》を戒《いまし》めん。
公《こう》は豈《あ》に桑林《そうりん》の客《きゃく》にして
丹心《たんしん》もて帝閽《ていこん》を恋《こ》わん。
予《よ》は黄菊《こうきく》の詠《えい》を読《よ》み
字字《じじ》に血涙《けつるい》の痕《あと》あり。

「庚申詩稿」（「庚申草稿」を含む）（万延元年）

幕府が恐れ慎んで接することがなければ、
誰が天子の尊くおわしますことを理解できるだろう。
貴公はいつもその点を憤激しました一方では悲嘆しつつ、
朝廷と武家の序列が逆転したことに対して筆誅を加えた。
寸暇を惜しんで直言を繰り返している限り、
国家の元である朝廷のことをどうして忘れたりしようか。
朝廷を救い助けることは容易なことではないけれども、
大義をかかげて行動すれば後世への戒めとなるはずだ。
貴公は何ゆえに仏門に身をおきながら、
くもりなきまごころで天朝を慕うのだろう。
私は貴公の黄菊を詠じた詩を読んだが、

一字一字に血の涙を流したのであった。

※『稿』No.七二、『集』No.三三。

○東藩　江戸幕府。　○寅恭　うやうやしく畏れつつしむ様。　○侃侃　侃侃諤諤。遠慮なく直言する様。　○後昆　子孫。後世。　○桑林　桑門に同じく、僧、出家のこと。　○帝閽　宮殿の門。朝廷のこと。

黙霖上人、安藝長濱人。以氣節自任。尊王抑覇、筆誅不暇。常自謂、「辨駁幕府欠寅恭、而戒責後爲幕府者。」上人曾詠菊曰、「遙對南山泣短籬。菊花感慨少人知。千秋郁郁天家號。卽是淵明以上枝。」

※『集』は「卽」を「則」に作る。

黙霖上人《もくりんしょうにん》、安芸長浜《あきながはま》の人《ひと》なり。気節《きせつ》を以《もっ》て自《みずか》ら任《にん》ず。尊王抑覇《そんのうよくは》、筆誅《ひっちゅう》に暇《いとま》あらず。常《つね》に自《みずか》ら謂《い》う、「幕府《ばくふ》の寅恭《いんぎょう》を欠《か》くを弁駁《べんばく》して、後《のち》に幕府《ばくふ》を為《な》す者《もの》を戒責《かいせき》せん」と。上人《しょうにん》、曾《かつ》て菊《きく》を詠《えい》じて曰《いわ》く、「遥《はる》かに南山《なんざん》に対《むか》いて短籬《たんり》に泣《な》く。菊花《きっか》の感慨《かんがい》、人知《ひとし》ること少《まれ》なり。千秋《せんしゅう》郁郁《いくいく》たり天家《てんか》の号《ごう》、即《すなわ》ち是《こ》れ淵明《えんめい》以上《いじょう》の枝《えだ》」と。

※『江月斎遺集』には、編者による補説（割注）が次のように加えられている。今書き下して示す。「黙霖は今猶

お存せり(明治十年の時点)。蓋し霖の死、当時、其の説、嘖々たり。実甫(玄瑞のこと)も亦た誤って之を聞けるか。故に此を追懐詩中に列せるならん」と。つまり、久坂は万延元年の時点ですでに黙霖が物故したものと思い込み、追懐詩に詠んだらしいと推測するのである。事実その通りで、黙霖は維新を見届けた後、明治三十年まで生き長らえた。

○南山・菊花・淵明　晋・陶潜(淵明)「飲酒(二十首)」の第五首に有名な「菊を采る東籬の下/悠然として南山を見る」(五・六句)の句がある。中国では古来、菊は隠逸者の花というイメージが固定している(周敦頤「愛蓮の説」)。陶潜は「帰去来の辞」にも「三逕荒に就けども/松菊猶お存せり」と詠じており、菊花を好んだことは明らかである。菊花は晩秋に百花が衰落した後もひとり咲き残り、そこから節操を守る高潔の士に重ねられた。しかし黙霖はそれとは別に日本固有の菊花に対する価値を示し、尊皇論の立場で称揚し、陶潜以上に自分が菊花を愛してやまぬことを述べたのである。

黙林上人は安芸長浜の人である。意気盛んで節義に富む男だと自負していた。尊王抑覇を標榜し、ほとんど筆誅に時間を割いて休む暇がなかった。いつもこんなことをいっていた。「まずは幕府の朝廷に対する無礼な態度を糾弾し、次いで幕閣・幕政を批判してやろう」と。上人はかつて菊を詩に詠んだ(「菊花を詠ず」)が、その中で「遥か南山に向き合う低い垣根を見て、私は思わず落涙してしまう。菊花を前にした時の高揚感を多くの人は知らない。菊は国香を放つ天皇家の紋章であり、私にとっては陶淵明以上に思い入れのある一枝なのだ」といっている。

「辛《しん》酉《ゆう》詩《し》稿《こう》」（文久元年）

信州松代訪佐久間象山翁

信州松代《しんしゅうまつしろ》に佐久間象山翁《さくましょうざんおう》を訪《と》う

十年宿志奈蹉跎
熱血淋漓一首歌
握手欷歔當世事
問君何以撐頽波

十年《じゅうねん》の宿志《しゅくし》は奈《いか》んぞ蹉跎《さた》たる
熱血《ねっけつ》は淋漓《りんり》たり　一首《いっしゅ》の歌《うた》。
手《て》を握《にぎ》って欷歔《ききょ》す　当世《とうせい》の事《こと》
君《きみ》に問《と》う　何《なに》を以《もっ》てか頽波《たいは》を撐《ささ》えんと。

十年のあいだ幽囚の日々を重ねても常々抱いていた壮志は失われてはいなかった、
先生から贈られた一首の詩歌には激しい意気込みがうかがえる。
私は象山翁の手を握り時局を嘆いて思わずすすり泣いてしまった、
先生に「一体どうすれば崩れる波を元に戻せるのでしょうか」とお尋ねしたい。

○松代　信濃国埴科《はにしな》郡松代町（長野市松代町）。信州最大の石高を有した真田氏十万石の城下町。幕末の八代藩主・

幸貫は松平定信の次子で、名君の誉高く、藩内文武の奨励、殖産興業等、藩政の刷新に努めた。水野忠邦による天保の改革に際し老中（海防掛）に就任、佐久間象山を登用し、海外事情の研究、西洋兵学の興隆に意を用いた。久坂の訪問時、既に幸貫は亡く（嘉永五年没）、九代・幸教の代となっていた。○佐久間象山　一八一一―一八六四。松代藩士（百石）。兵学者。思想家。江戸の佐藤一斎に師事して朱子学を修めたが、洋学重視に転じ、江川門及び自学で蘭式兵学を修得し、嘉永三年から江戸藩邸で砲術教授を開始した。洋式兵学に関する詳密かつ豊富な知識は当代随一であり、門下には勝海舟、吉田松陰、橋本左内、河合継之助等、有能な人材が蝟集した。しかし松陰の密航事件に連座し、文久二年の赦免まで国元で八か年の蟄居を余儀なくされた。元治元年、幕命に応じ、公武合体、開国佐幕派の策士として上洛したが、尊攘派の河上彦斎等に三条木屋町で暗殺された。享年五十四。なお「江月斎日乗」によれば、久坂の第一回信州行は文久元年五月五日に江戸を出発、浦和―深谷《ふかや》―松井田―小諸《こもろ》を通り、同月十日に目的地の松代に到着する。帰路は川中島の古戦場、善光寺をめぐり、矢代―上田―坂本―本庄―冑山《かぶとやま》―桶川《おけがわ》と宿泊、十九日に帰着した。象山とは十一日の夜に対面し、夜明け方まで談話している。○十年　前述の通り、象山は安政元年に松陰の下田渡海事件に連座し、国元蟄居を命ぜられた。久坂の来訪した文久元年は蟄居七年目にあたる。この歳月を久坂は「十年」と称したのである。○蹉跎　志を得ない。○熱血　熱い血潮。ここは激しい心意気をいう。○淋漓　水・汗・血などのしたたり落ちる様。○欷歔　歔欷。すすり泣く。○撐　「撑」に同じ。ささえる。○頽波　くずれようとする波。内外多難な国政に喩える。

其二
三年夢寐記君名
相遇豪談鐵劍鳴
明日燕士去回首
毛山信山白雲横

其《そ》の二《に》
三年《さんねん》の夢寐《むび》に君《きみ》が名《な》を記《しる》し
相遇《あいあ》いて豪談《ごうだん》すれば鉄剣鳴《てっけんな》る。
明日《みょうにち》　燕士《えんし》　去《さ》って首《こうべ》を回《めぐ》らせば
毛山《もうざん》と信山《しんざん》に白雲横《はくうんよこ》たわらん。

長年夢に見るほどあなたの名を脳裡に焼き付けてはいたが、
実際に会って盛んに談論してみるとその壮気に思わず剣がさや鳴りするほどであった。
あした意気盛んな私はこの地に別れを告げて江戸へと戻るが道中ふり返って眺めやると、
遠く来し方には上州・信州の山々がそびえ白い雲がかかっていることだろう。

○燕士　もと「燕士」に作るが、今これを改めた。『漢書』匈奴伝《きょうどでん》下に「饒《じょう》・燕の士は果悍《かかん》（果断勇猛）なり」とあるが、久坂は志士を自認し、燕の太子・丹と刺客・荊軻の別離になぞらえたものであろう。○毛山信山　「毛」は上野《こうずけ》国（群馬県）、「信」は信濃《しなの》国（長野県）。すなわち上州、信州の山々。

過箭城（信州）

南路去關左
東路通松城
臨岐獨躊躇
美人天一方
却見青山外
歸鳥帶夕陽

箭城《やしろ》を過《す》ぐ（信州《しんしゅう》）

南路《なんろ》は関左《かんさ》に去《さ》り
東路《とうろ》は松城《まつしろ》に通《つう》ず。
岐《き》に臨《のぞ》んで独《ひと》り躊躇《ちゅうちょ》すれば
美人《びじん》は天《てん》の一方《いっぽう》にあり。
却《かえ》って青山《せいざん》の外《そと》を見《み》れば
帰鳥《きちょう》は夕陽《せきよう》を帯《お》びたり。

南の道は関東に向かって伸び、
東の道は松代へと通じている。
分かれ道を前にしてひとりためらっているが、
私の敬慕する立派なお方は間違いなくこの先にいらっしゃるのだ。
ふと青い山々の彼方を眺めやると、
ねぐらへ帰る鳥が夕陽に染まっていた。

○箭城　矢代（屋代）宿。近世の北国街道にある宿場。ここから松代に向かう東脇往還《ひがしわきおうかん》（松代道）が分岐する。また千曲川をこえる「矢代の渡し」を控え、さらには参勤に際して加賀藩が定宿としたこともあって大いに繁栄した。「江月斎日乗」（文久元年五月十二日の条）に、「暮時、矢代に到り宿す。是処《ここは》松代を去る二里なれば、象山翁を懐《おも》いて再度松代に游ぶこゝろ生ぜり。因《よっ》て短古《たんこ》を作り悶《もん》を遣《やり》ぬ」とあることから、作詩の日付・背景が具体的に分かる。〇南路　北国街道。正式には中山道の脇往還であるから、北国脇往還《ほっこくわきおうかん》と称する。〇東路　東脇往還。松代道。〇美人　尊敬すべき立派な人物。久坂日記からこれが佐久間象山のことと判明する。

過筑摩川

水向松城去
人背松城帰
松城杳渺渺
白雲相逐飛
佇立意何極
急流打石碕

筑摩川《ちくまがわ》を過《す》ぐ

水《みず》は松城《まつしろ》に向《む》かって去《さ》り
人《ひと》は松城《まつしろ》に背《そむ》いて帰《かえ》る。
松城《まつしろ》は杳《よう》として渺渺《びょうびょう》たり
白雲《はくうん》は相逐《あいお》いて飛《と》ぶ。
佇立《ちょりつ》して意《おもい》は何《なん》ぞ極《きわ》まる
急流《きゅうりゅう》は石碕《せっき》を打《う》つ。

筑摩川は松代へと流れ下るが、
私はその逆に松代を去って帰途につこうとする。
すでに松代の町ははるかに遠く、
空には白雲が追いかけっこをしながら流れて行くのが見える。

いつまでもたたずんでいては別れが辛くなるばかり、
速い流れが河岸を洗い大きな音を響かせている。

○筑摩川　千曲川。長野県内を流れる信濃川の呼称。長野県東南端に源流を発し、佐久平《さくだいら》を経て、善光寺平《ぜんこうじだいら》で犀川《さいかわ》と合流、新潟県に入って信濃川となって日本海に注ぐ。流長は信濃川全体の六割弱を占める。○松城　松代城下。既出（三三〇頁）。○杳渺渺　はるかに遠い様。○石碕　湾曲した石岸。

過坂下

危峯出没翠嵐生
白石清泉遶樹鳴
憶起耶摩潭上暁
一簑春雨探詩行

坂下《さかもと》を過《す》ぐ

危峯《きほう》は出没《しゅつぼつ》して翠嵐《すいらん》生《しょう》じ
白石《はくせき》と清泉《せいせん》は樹《き》を遶《めぐ》りて鳴《な》る。
憶《おも》い起《お》こす耶摩潭上《やばたんじょう》の暁《あかつき》
一簑《いっさ》の春雨《しゅんう》に詩《し》を探《さぐ》りて行《ゆ》きしを。

高い峰々が姿を見せては消え緑濃き山々にはもやがかかり、
白い石が敷きつめられた所を清冽な泉は木々の間を流れてゆく。
それにつけても思い出すのはかつて訪れた耶馬渓の夜明けの光景、
春雨のそぼ降るなか蓑をつけて風流にも詩材を求め歩いたことよ。

○坂下　中山道の坂本宿（群馬県碓氷《うすい》郡杉井田町坂本）。○翠嵐　青黒い山にかかるもや。○耶摩潭　豊後の山国川上流にある耶馬渓《やばけい》。天下に奇勝の地として知られる。久坂が安政三年の九州遊歴で耶馬渓を訪れ、詩を残したことは既に「西遊行」で見た通りである。このうち「耶馬渓」（全四首）の第一首に「耶摩は世に稀《まれ》なる所」と「耶摩」の表記がある。また第二首に「句を覓《もと》めて微吟し去れば／岩花笠上に翻《ひるがえ》る」、第三首に「新詩石上に刪《さん》す」、第四句に「雨余新緑の渓」と、結句に示された状況を確認できる。

碓氷嶺

碧雲懸鳥道
螺髻幾峯巒
攀陟猶容易
奈何世路難

碓氷嶺《うすいれい》

碧雲《へきうん》は鳥道《ちょうどう》に懸《か》かり
螺髻《らけい》は幾峯巒《いくほうらん》。
攀陟《はんちょく》は猶《な》お容易《ようい》なるも
世路《せいろ》の難《かた》きを奈何《いかん》せん。

青みどり色の雲が鳥しか通えぬ険しい山道にかかり、緑樹の生い茂る高い峰が遠くどこまでも連なっている。この山々を攀じ登るのはたいして苦にもなるまいが、世の中の生き難いことといったらどうしようもない。

○碓氷嶺　もと「碓」に作るが、今これを「碓」に改めた。群馬県安中市と長野県軽井沢町の境にある峠。旧中山道の坂本宿と軽井沢宿の間にあり、七百メートル以上の標高差を登るため、道中有数の難所として知られた。また東麓にある碓氷の関は、幕府が中山道の押さえとして設けた最も重要な関所の一つであり、南方前面には碓氷川の断崖、北方には山が迫る天険の地であった。○鳥道　鳥しか通えない険しい山道。○螺髻　青々とした遠くの山の様。○峯巒　連綿と続く山々。○世路　世渡り。世の中を生きていく過程。

青柳驛舎與山縣氏賦。予次其韵

青柳駅舎《あおやぎえきしゃ》にて山県氏《やまがたし》と与《とも》に賦《ふ》す。予其《よそ》の韻《いん》に次《じ》す

北闕請纓何日期
迎春窮谷雪深時
東風此際御溝上
攪否新青千萬絲

北闕《ほっけつ》に纓《えい》を請《こ》うは何《いず》れの日《ひ》にか期《き》せん
迎春《げいしゅん》の窮谷《きゅうこく》　雪深《ゆきふか》きの時《とき》。
東風《とうふう》は此《こ》の際御溝《さいぎょこう》の上《ほとり》をふき
攪《みだ》すや否《いな》や　新青千万《しんせいせんばん》の糸《いと》を。

北門より参内して王命を授かり兵を率いて国のために報いる日は一体いつ来るのだろう、私は雪深い谷間にある宿でまたもや無為に新しい年を迎えてしまった。春風はこのような辺鄙な土地の堀ばたにもそよ吹き、

鮮やかに芽吹いた無数の糸柳を揺らめかすのだろうか。

※本詩は文久元年ではなく、翌年の再訪時に作られたものと見るべきである。文久二年、横浜の御殿山英国公使館焼討ちを実行した久坂は、事件翌日の十二月十三日、萩藩儒・山県半蔵らとともに江戸を発って水戸に赴き、時事を談じて同志との連繫を確認した（十七〜二十日）。その後、上州を経由して信州松代に象山を再訪した（「筆廼末仁儘爾《ふでのまにまに》」）。十二月二十七日の上田到着までは確認できるが、日記はここで終わるため、松代滞在は年末・年始の数日間と推定される。武田勘治の「久坂玄瑞年譜」では象山のもとを辞去したのは十二月晦日という。再訪の目的は象山を萩藩の軍事顧問として招聘することにあったが失敗、両者は正月九日、京に着いた。詩題は「青柳宿で山県氏と一緒に詩を作り、私は彼の詩にある韻字を用いた」という意であるから、山県と同道したことは明白である。また「迎春」「雪深」「東風」の語は五月の旅とするには無理があり、むしろ歳末の訪問にこそ相応しい。以上の点を根拠に本詩の文久二年作詩説を提起しておく。

○青柳駅　旧善光寺街道の宿場。長野県東筑摩郡筑北村。結句はこの「青柳」という地名から連想され、縁語的な表現となっている。○山県氏　山県半蔵。一八二九―一九〇一。萩藩儒官。明倫館学頭・山県太華の養嗣子。安政期に幕臣・村垣範正に従い、北方を巡視、帰国後、世子侍講となり、尊攘派として国事に奔走する。攘夷戦後、恭順派政府によって禁錮に処されるも、藩論回復なって赦免、第二次征長では防長士民合議書を起草し、国泰寺で幕府との交渉にあたったが広島藩に拘留された。幕軍敗戦により放免、この間の働きによって一門家老宍戸氏の末家となり、名も宍戸璣《ししどたまき》と改め、寄組士《よりぐみし》に列せられた。維新後は司法、文部の各大輔、清国全権公使、元老院議官等を歴任、子爵を授けられた。○北闕　宮城の北の門。宮殿の北側に設けられた楼門で、上奏、謁見するものなどが出入した。もと「厥」に作るが文意をなさず、今これを「闕」に改めた。**○**請纓　参軍して国のために報いる。漢の終軍が長縄を請うて南越王をつなぎ、これを城門にかけた故事にちなむ（『漢書』終軍伝）。**○**窮谷　奥深い谷。幽谷。**○**御溝　堀割りの水。もと「御講」に作るが意味をなさず、今これを「御溝」に改めた。「御溝上」の語は卓文君「白頭吟」（御溝の上に徘徊すれば／溝水東西に流る）や王維「寓言二首」（君が家は御溝の上《ほとり》／垂柳朱門《すいりゅうしゅもん》を夾《はさ》む）など使用例は多い。**○**攬　かきみだす。

十七日

客路多風雨
羈子思憺然
十日過岳下
而不見其巓
今朝雲解駮
白雪照青天

十七日《じゅうしちにち》

客路《きゃくろ》は風雨《ふうう》多《おお》ければ
羈子《きし》思《おも》いは憺然《たんぜん》たり。
十日《とおか》もて岳下《がっか》を過《す》ぐるも
而《しか》るに其《そ》の巓《いただき》を見《み》ず。
今朝《こんちょう》は雲解駮《くもかいばく》し
白雪《はくせつ》は青天《せいてん》を照《て》らす。

このたびの帰路は天気の悪い日が多いので、
おのずから旅人の心も晴れやかではない。
十日の間せっかく富士山のふもとを通って来たというのに、

そのいただきを見ることはできなかった。
ところが今朝はすっかり雲が消えてなくなり、
山頂の白雪が青空に輝いて見える。

○十七日　文久元年五月十七日。「江月斎日乗」には「晴。本庄より冑山《かぶとやま》に到《いたる》。根岸氏に投ず。冑山は大里郡にて熊谷宿より二里半許《ばかり》と云う。鴻巣《こうのす》へ三里、川越へ五里」とある。ちなみに十五日は上田～坂本の十四里、十六日は坂本～本庄の十三里を歩いている。従って久坂の一日の行程は五十五キロ前後で、大変な健脚であったことが知られる。○客路　旅路。久坂日記によれば、十三日「雷鳴雨来」、十四日「午後暴雨」、十五日「少雨」と記録され、確かにこの辺では天候に恵まれていない。○羇子　旅人。○岳　富士山。○白雪　もと「白雲」に作るが、文意が通じない。よって右の日記の天候の記述に従い、今これを富士山の様子と考えて「白雪」に改めた。

無題

鐵劍誅姦志坎軻
一條秋水無揚波
拊髀中宵坐歎息
怪雲掠月影婆娑

無題《むだい》

鉄剣《てっけん》もて姦《かん》を誅《ちゅう》せんとするも志《こころざし》は坎軻《かんか》なり
一条《いちじょう》の秋水《しゅうすい》は波《なみ》を揚《あ》ぐる無《な》し。
髀《もも》を拊《たた》きて中宵《ちゅうしょう》に坐《そぞ》ろに歎息《たんそく》すれば
怪雲《かいうん》は月《つき》を掠《かす》めて影《かげ》は婆娑《ばさ》たり。

利刀で姦臣を誅滅しようと思いはするが志はあっても困苦して先へと進まない、
研ぎ澄まされた腰の物は結局なにも事態を変化させることができずじまいである。
ももをたたきながら一晩中わけもなくため息をついていると、
怪しげな黒雲が月をかすめてそのうち清らかな月の光も失われてしまった。

※『稿』No.四一。
○坎軻　困苦して志を得ない様。　○秋水　清く透き通った刀剣の喩え。　○無　『稿』は「欲」に作る。
○拊髀　ももをたたく。ふるい立つ様。　○婆娑　衰えて乱れる様。

五月五日與多賀谷生別
不須老死蓐牀間
盡瘁唯要濟世難
蕭蕭離恨林亭雨
我去北阪君故山

五月五日《ごがついつか》、多賀谷生《たがやせい》と別《わか》る
須《すべか》らく老死《ろうし》すべからず　蓐牀《じょくしょう》の間《かん》
尽瘁《じんすい》して唯《た》だ要《よう》するは世難《せいなん》を済《すく》うのみ。
蕭蕭《しょうしょう》たり　離恨林亭《りこんりんてい》の雨《あめ》
我《われ》は北阪《ほくすう》に去《さ》って君《きみ》は故山《こざん》にあり。

決して寝床の中で何もせずに老いて死んではならない、

もっぱら必要なのは気力体力を尽くして天下の危難に立ち向かうことである。
別離の辛さは言いようもなく林中のあずまやに降る雨はまことにもの淋しい、
私は北の片田舎に旅立ち君は故郷へ帰ろうとするがいつまた会えることやら。

○五月五日　「江月斎日乗」によれば、久坂はこの日、麻布の萩藩下屋敷から松代に向けて出立した。○多賀谷生　同日乗、文久元年五月四日の条に、「有備館に到る。是日《このひ》多賀屋生・伊藤国三郎来話」とある。この「多賀屋（谷）生」は萩藩一門家老の右田毛利家陪臣であった多賀谷勇（字茂叔、名誠光、一八二九―一八六四）のことである。幼少より学問を好み、広く諸書に通じた。義気に富み、安政末、初めて江戸に遊学し、水戸藩の激派に隠然たる影響力を有した大場一真斎（家老）らと深交をもった。万延元年、常総の地を経て中山道を上京中、彦根において桜田事変の一味と疑われたが、釈明をもって放免された。次いで再度、江戸に出て尊皇攘夷の実を挙げようとしたが、坂下事変に連座、大橋訥庵らとともに捕えられた。結果、国元に送還されて右田（防府市）の獄に繋がれたものの、特赦で釈放された。文久三年には亡命中の水戸藩士らと三田尻から出港、列藩を回って尊攘の大義を説くも、元治元年正月、病を発して帰郷、同年の五月半ばに没した。享年三十六。大正五年に従五位を贈られた。○尽瘁　気力・体力を尽くして努力する。

信州作

世海風波何以泅

信州《しんしゅう》の作《さく》

世海《せいかい》の風波《ふうは》は何《なに》を以《もっ》て泅《わた》らんや

碌碌經生不足謀
欲望象山壯吾氣
風雨一簑入信州

碌碌《ろくろく》たる経生《けいせい》は謀《はか》るに足《た》らず。
象山《しょうざん》を望《のぞ》んで吾《わ》が気《き》を壮《さか》んにせんと欲《ほっ》し
風雨《ふうう》に一簑《いっさ》　信州《しんしゅう》に入《い》る。

世間の波風をどうやって泳ぎ渡って行こうか、つまらぬ儒門の徒などは相談する値打ちもない。堂々たる象山のごとき先生を仰ぎ見ては必ずや我が志気を盛んにするぞと思い立ち、雨風の吹きつけるなか簑笠をつけていよいよ信州の地へとやって来た。

○泅　水面上を浮かびながら進む。遊泳する。　○象山　長野市松代町にある山。標高四七五、八メートル。象山神社のすぐ裏手に位置する。佐久間象山の号はこの山にちなむ。ここは山をいいながら、実質的には人を指す。

「辛酉詩稿」（文久元年）

信州客中作
綸詔嘗震發
國賊猶未亡
左袵爭毀冕
執戈孰裹創

信州客中《しんしゅうきゃくちゅう》の作《さく》
綸詔《りんしょう》は嘗《かつ》て震発《しんぱつ》せらるるも
国賊《こくぞく》は猶《な》お未《いま》だ亡《ほろ》びず。
左袵《さじん》して争《いか》でか冕《かんむり》を毀《こぼ》たんや
戈《ほこ》を執《と》って孰《た》れか創《きず》を裹《つつ》まんや。

生也無補世
而未知死所
舍魚取熊掌
要爲君子侶
嫠婦不恤緯
魯女漆邑愁
我腸熬且熱
我事向誰謀
象山有高士
手握蘭與芷
芳名久欽慕
不遠半百里
先師謂先生
尊皇且憤夷
先師不可觀
先生先師師
頹厦何以撐
偉勳何以立

生《う》まるるや世《よ》を補《ほ》する無《な》く
而《しか》も未《いま》だ死所《ししょ》を知《し》らず。
魚《うお》を舍《す》てて熊掌《ゆうしょう》を取《と》り
君子《くんし》の侶《ともがら》と為《な》るを要《もと》む。
嫠婦《ぶふ》は緯《い》を恤《うれ》えず
魯女《ろじょ》は漆邑《しつゆう》に愁《うれ》う。
我《わ》が腸《はらわた》は熬《に》え且《か》つ熱《あつ》し
我《わ》が事《こと》は誰《たれ》に向《む》かって謀《はか》らんや。
象山《しょうざん》なる高士《こうし》有《あ》り
手《て》に蘭《らん》と芷《し》とを握《にぎ》る。
芳名《ほうめい》は久《ひさ》しく欽慕《きんぼ》すれば
百里《ひゃくり》を半《なか》ばとするを遠《とお》しとせず。
先師《せんし》は先生《せんせい》と謂《い》い
尊皇《そんのう》且《か》つ憤夷《ふんい》す。
先師《せんし》は観《み》るべからざるも
先生《せんせい》は先師《せんし》の師《し》。
頽厦《たいか》は何《なに》を以《もっ》て撐《ささ》えんや
偉勲《いくん》は何《なに》を以《もっ》て立《た》てんや。

時機飇來去
髀肉英雄泣

時機《じき》の飇来《ひょうらい》し去《きた》るに
髀肉《ひにく》に英雄《えいゆう》は泣《な》けり。

かつて「夷敵を打ち攘え」との詔勅が天下に発せられたというのに、
国賊どもは王命を実行せぬままのうのうと生き続けている。
日本人が蛮夷の風習に染まって左衽して冠冕を捨てて被髪などできるものか、
そんなことになるのならば死ぬ気で奮戦するゆえ傷の手当など無用に願いたい。
私は生まれてこのかた一度も世のために働いたことがなく、
むだに生き続け今もって死に場所を見つけられずにいる。
だが私は「魚よりも熊掌を取る」の覚悟で生を顧みず義のために身命を捧げ、
忠臣君子の仲間となることを望んでいるのだ。
機織りの寡婦は横糸の十分に買えないことより周室の滅びようとするのを憂え、
魯の漆室邑の女は国家人民の禍難を予言して悲しみの余り縊死した。
これら憂国の烈女の行動を知るにつけ私のはらわたは煮えたぎって熱くなる、
私が今後なすべきことは果たして誰に相談したらよいのやら。
幸い今ここに象山先生という立派な人物を相知ったからには、
我が手中に蘭芷を得たも同然でこの賢者が適切に助言して下さるはずだ。
その芳名をずっと以前から仰ぎ慕っていたから、

「辛酉詩稿」（文久元年）

百里が旅程の半分であったとしても一向に遠いとは感じない。
我が師・吉田寅次郎はあなたさまのことを先生とお呼びしたが、
象山翁は尊皇の立場をとり西洋人の振る舞いを快く思っていない。
すでに松陰師は泉下に旅立ち会うこともかなわぬが、
象山翁はいまだ健在でしかも我が師の学問の先生である。
崩れかかった大きな建物はどうやって支えればよいのか、
優れた功業はどのようにしたら残せるのだろう。
ここに好機がにわかに到来したというのに、
英雄は蟄居の身で実力を発揮できず内ももに贅肉がつくのを嘆き悲しんでいる。

○綸詔　天子の言葉。ここでは「戊午《ぼご》の密勅《みっちょく》」をいう。○震発　渙発。詔勅を広く天下に発令する。○左衽争毀冕　異民族の習俗に染まることをいう。趙の武霊王が夷狄の習俗に倣って「被髪左衽《ひはつさじん》」した故事をふまえる。○既出（一六二頁）。なお「争」は「いかでか」と訓じ、反語を表す口語的用法。○執戈　武器を手にとって勇猛に戦う。『孔子家語《こうしけご》』（好生篇）に「介冑《かいちゅう》して戈《ほこ》を執《と》る者は、退懦《たいだ》の気無し」とある。○裹創　「裹瘡」（傷口を繃帯する）と同意。張巡の「睢陽《すいよう》を守る」と題する詩に「瘡《きず》を裹《つつ》んで猶《な》お陣を出ず」の一句がある。○舎魚取熊掌　「舎生取義《しゃせいしゅぎ》」と同義。『孟子』告子上編に、孟子が「私は魚も熊の掌も好物だが、どちらか一方を選ぶとすれば熊の掌を選ぶ。また生と義はともに大切であるが、どちらか一方となると、生を害ってでも義を取る」と述べたことが見える。つまり「魚」は「生」、「熊掌」は「義」の暗喩である。久坂はこれを踏まえ、義のためには患難を厭わず、一命をも惜しまずという強い覚悟を示したのである。○不恤緯　機織りをなりわいとする寡婦《かふ》が、横糸の十分に購入できないことを憂えずに、宗周の滅びようとすることを憂えたという故事。転じて志士が身を忘れて国を憂える意味となった。出典は『春秋左史伝』、昭公二十四年の条。○魯女漆邑愁　「魯女」はもと「魯雨」に作るが、意味をなさず、また「邑」はもと「世」に作るが、これも解釈できぬのでともに改めた。言う所は「漆室《しっしつ》の女《じょ》」の故事である。すなわち魯の漆室邑《しっしつゆう》の女は、君を憂え、人を悼《いた》み、国家の禍患を預言して、悲しみの余り縊死《いし》したことから、節婦として称賛される。この故事は出典によりやや細部が異なるが、話は『後漢書』盧植伝《ろしょくでん》の注、『列女伝』巻三、仁智伝の「魯漆室邑之女伝」、『蒙求《もうぎゅう》』の「漆室憂葵《しっしつゆうき》」に見える。○蘭与芷　香草のランとヨロイグサ。賢者のたとえ。○欽慕　仰ぎ慕う。もと「欽恭」に作るが、今これを「欽慕」に改めた。○撐　ささえる。○飈来　飈起。風のようににわかに起こる。○髀肉　「髀肉の嘆」。既出（二八三頁）。象山は松陰の米艦密航未遂事件に連座して、いまだ国元に謹慎中の身であった。解除されたのは久坂来訪の翌年、文久二年のことである。

大石村邂逅會津廣澤富二郎

大石村《おおいしむら》にて会津《あいづ》の広沢富二郎《ひろさわとみじろう》と邂逅《かいこう》す

一肩行李去尋師
山雨溪風路陸離
邂逅逢君無別語

一肩《いっけん》の行李《こうり》　去《さ》って師《し》を尋《たず》ぬれば
山雨渓風《さんうけいふう》　路《みち》は陸離《りくり》たり。
邂逅《かいこう》して君《きみ》に逢《あ》うも別語《べつご》無《な》く

北陬俊傑竟爲誰　　北陬《ほくすう》の俊傑《しゅんけつ》は竟《つい》に誰《たれ》と為《な》らんや。

私は行李を背負って求師の旅を続けているが、
山谷を縫う街道は風雨がしきりと吹きつけて登り下りに息もあがる。
この地で久しぶりに君と出会ったというのに「さよなら」もいわずに別れたが、
東北の会津藩の秀才である君は果たして将来どんな人物になることだろう。

○大石村　もと「小石村《こいしむら》」に作るが後述のごとく該当する地名がなく、今これを「大石村」に改めた。久坂が広沢と再会したのは、文久元年五月九日のことで、「江月斎日乗」には「(小諸) 城下を去行二里所《さりゆくにりのところ》、友人広沢富二郎と邂逅《かいこう》す。乃《すなわち》茆店《ぼうてん》にて小酌して別る。広沢は会津人。是日《このひ》、下戸倉《しもとぐら》なる駅に着す」と記される。従ってこの小石村は小諸―下戸倉間の北国街道沿いに位置したはずだが、それらしき村名を探し出すことが出来ずにいる。案ずるに、小諸から次の田中宿までが二里半であるから、二里の「小石村」は当然、田中宿の手前に位置しなければならず、そうなると北国街道沿いにあるのは旧大石村（小県郡東部町大字滋野字大石）しか該当がない。「小諸」「小県」と「小」字が頻発していささか混乱を生じ、「大石村」を「小石村」と誤って記したのではあるまいか。但しそれが誰の段階で発生したのかまでは判然としない。○広沢富二郎　一八三〇―一八九一。会津藩士。若くして藩の俊英として知られた。水戸で藤田東湖に学び、次いで昌平黌に入り舎長となる。佐久間象山らの影響で開国論に転ずる。在京中は藩の公用方として、公卿・諸藩有志間の周旋に努めた。一時投獄されたが明治二年に釈放、終生野にあって生涯を旧藩士の救済事業に捧げた。享年六十二。なお久坂と広沢は江戸で会っており、

「古賀塾に過《よぎ》り、聖堂に到り、広沢富二郎（会藩。書生寮舎長）を尋ね、『名臣奏議』の事を話す」（「江月斎日乗」文久元年三月九日の条）と久坂から訪問し、その後も会合を重ね、短時日で親交を結ぶに至っている。○陸離　長短や高低など出入りがあって、ふぞろいな様。

無題

未雪君冤報國家
山樓置酒卻嘆嗟
碌碌厚顔無耻客
春風重見故山花

無題《むだい》

未《いま》だ君冤《くんえん》を雪《すす》いで国家《こっか》に報《むく》いず
山楼《さんろう》に置酒《ちしゅ》して却《かえ》って嘆嗟《たんさ》す。
碌碌《ろくろく》たる厚顔《こうがん》無耻《むち》の客《きゃく》
春風《しゅんぷう》に重《かさ》ね見《み》る　故山《こざん》の花《はな》。

いまだご主君の汚名をはらして藩恩に報いていないから、山中の二階屋で酒を飲んでもしきりと後悔の念にさいなまれる。私は平凡で何事もなし得ない恥知らずな旅人に過ぎないが、春風が吹くとついつい故郷の可憐な花々を思い出してしまう。

○君冤　主君に着せられたぬれぎぬ。藩公が無実の罪に陥れられること。具体的には、毛利敬親が長井雅楽の「航海遠略策」を藩是と定め、開国通商・公武一和の立場で朝幕間の周旋に乗り出し、失敗した一件を指すかと思う。久坂ら尊攘派にとって、長井の敬幕的立場での国事周旋は、主君に汚名を着せる愚挙に他ならなかった。萩藩主の周旋失敗は文久二年、また青柳宿での詩と同じく結句に「春風」が含まれるから、文久元年五月の初度の松代行の詩と見るのは難しく、本詩もまた翌年の象山招聘行中に詠まれた作と考えるのが妥当であろう。○置酒　酒宴を設ける。○嘆嗟　舌打ちして嘆く。○碌碌　平凡・無能で人に従うしかない様。

仲春望、乙葉大助見過賦呈

仲春《ちゅうしゅん》の望《ぼう》、乙葉大助《おとはだいすけ》の過《よ》ぎるを見《み》、賦《ふ》し呈《てい》す

滿胸愁思亂如絲
兀坐焦然慵擧巵
青眼今宵見良友
一窗皎月與心宜

満胸《まんきょう》の愁思《しゅうし》は乱《みだ》るること糸《いと》の如《ごと》く
兀坐《こつざ》焦然《しょうぜん》として巵《さかずき》を挙《あ》ぐるに慵《ものう》し。
青眼《せいがん》もて今宵《こんしょう》に良友《りょうゆう》を見《み》れば
一窓《いっそう》の皎月《こうげつ》は心《こころ》に宜《かな》えり。

胸いっぱいの愁いは複雑に入り乱れてもつれにもつれ、
ただぼうっと無気力に座り杯を口にするのも億劫に感じられる。
ところが今宵よき友に親しく向かい合っていると、
窓には月も明るく輝きふたつながら我が心にかなうのだ。

○乙葉大助　音羽大輔とも表記する。勝野豊作の次男・保二（三）郎正満の変名。吉田松陰と伝馬町獄舎における同居者であった。父豊作は幕臣・阿部家に仕えたが、水戸藩の藤田東湖、安島帯刀《あじまたてわき》等と親しく、尊攘派の志士として活躍した。水戸の有志と京に下って密勅降下の謀議に参加、梅田雲浜、頼三樹三郎とも深く交際した。井伊の専断を批判し、幕府改革の急務を論じたことから、安政の大獄で追われる身となったが逃走、水戸の大野謙介のもとに潜伏したまま病死した。累は子にも及び、森之助（正倫）は遠島、保二（三）郎は押込めに処された。久坂とは江戸で知り合い、「江月斎日乗」（万延辛酉初春・文久）の正月十三日の条に「乙葉大助来訪す」（在桜田邸）と、その名が見える。また久坂が麻布檜邸《あざぶひのきてい》に移ってからは寝起きをともにし（同、三月晦日の条）、乙葉が浅草に移る五月二十六日まで同居は約三か月に及んだ。○兀坐　思慮や知覚を忘れてぼうっと座る。○焦然　やつれ、しおれた様子。○青眼　よくよく見る。○與（与）「於」に同じ。

與瀧生別。次其所示韵

敢向別離歌渭城
男兒只要偉功成
君去誠去巴水畔
暮潮落日不堪情

滝生《たきせい》と別《わか》る。其《そ》の示《しめ》す所《ところ》の韵《いん》に次《じ》す

敢《あ》えて別離《べつり》に向《む》かいて渭城《いじょう》を歌《うた》わんや
男児《だんじ》は只《た》だ偉功《いこう》を成《な》すを要《よう》す。
君去《きみさ》り誠《まこと》去《さ》る　巴水《はすい》の畔《ほとり》
暮潮落日《ぼちょうらくじつ》　堪《た》えざるの情《じょう》。

別れに臨んで「渭城の曲」を歌っているひまなどないぞ、

男児はただ偉功を立てることだけを考えればよいのだ。
君も私も間もなくこの川畔に広がる萩の城下を去ろうとする、
日本海に夕陽が沈もうとする黄昏の時分たえがたい淋しさに襲われる。

○滝生　滝弥太郎（一八四二―一九〇六）。萩藩大組士（七十石）。松陰門下として尊攘運動に挺身した。高杉に代わって奇兵隊総督となった。一時、恭順派政府から謹慎させられたが、幕長戦では石州口で戦功をたてた。維新後は司法関係の諸官を歴任し、晩年は帰郷して佐波郡長をつとめた。○渭城　盛唐の王維の送別詩、「元二の安西に使ひするを送る」のこと。「渭城の曲」、「陽関の曲」などとも呼ばれる。○誠　久坂の諱。○巴水　萩の河川。

其二

丈夫所志在干城
不道文章倚馬成
歸後只要論國是
何須惘惘離別情

其《そ》の二《に》

丈夫《じょうふ》の志《こころざ》す所《ところ》は干城《かんじょう》に在《あ》り
文章《ぶんしょう》は馬《うま》に倚《よ》って成《な》ると道《い》わざれ。
帰《かえ》るの後《のち》は只《た》だ国是《こくぜ》を論《ろん》ずるを要《よう》するのみ
何《なん》ぞ惘惘《もうもう》たる離別《りべつ》の情《じょう》を須《もち》いんや。

男子の志すところは兵士となって国を守ることにある、

軽々しく「文章は馬前であっという間に出来る」などと文才を誇ってはならない。
帰国してからはもっぱら我が藩の取るべき方針を考えることが大切だ、
離ればなれになったからといって落胆する必要などちっともありはせぬ。

○干城　兵士となって国を守ること。　○文章倚馬成　東晋の袁虎《えんこ》は主君の桓温《かんおん》から布告文を書くことを命ぜられ、その馬前に立ったまま七枚の長文をたちどころに書き上げ、王珣《おうじゅん》に文才を称えられた（『世説新語』、文学篇）。この故事にちなみ、後にすぐれた文才を「倚馬《いば》の才」、「倚馬七紙《いばしちし》」という。　○国是　国政上の大方針。　○惘惘　がっかりして、ぼんやりする様。

題武市半平太所畫竹、送其帰土州。九月初二日也
武市半平太《たけちはんぺいた》の画《えが》く所《ところ》の竹《たけ》に題《だい》し、其《そ》の土州《どしゅう》に帰《かえ》るを送《おく》る。九月初二日《くがつしょふつか》なり

揮毫掃紙戛成聲
畫竹贈吾無限情
別後思君嘯明月
清風應是幅上生

揮毫《きごう》して紙《かみ》を掃《はら》えば戛声《かせい》を成《な》す
竹《たけ》を画《えが》きて吾《われ》に贈《おく》るに無限《むげん》の情《じょう》あり。
別後《べつご》に君《きみ》を思《おも》いて明月《めいげつ》に嘯《うそぶ》けば
清風《せいふう》は是《こ》れに応《おう》じて幅上《ふくじょう》に生《しょう》ず。

揮毫の筆が紙の上を払うとあたかも戈が風を切るのにも似た音がした、

君は無限の友情の証として私に竹の画を描いて贈ってくれた。
別れたのちも君を思って明月に対して詩を口ずさんでいると、
吟ずるに従ってその画幅の上に爽やかな風がさっと起こった。

※『稿』No.四二、『集』No.三四。
○武市半平太　一八二九―一八六五。瑞山と号す。土佐藩士。水戸、薩摩、長州各藩の尊攘派志士と深く交わり、土佐勤王党（二百余名）を組織し、その首領となった。公武合体派の参政・吉田東洋の説得に失敗するやこれを暗殺、藩論の転換に成功した。藩主・山内豊範に随従して上京、他藩応接役として諸藩有志、公家と活発に交わった。文久三年には京都留守居役に進んだが、佐幕派の藩内門閥層は八・一八の政変後、勤王党を弾圧、武市も投獄一年半余を経て、切腹させられた。享年三十七。○初二日也　『稿』はこの下に「武市、将有所論駁」（武市、将に論駁する所有らんとす）とあり、『集』も「半平太、將有所論駁」と加えてある。○幅上　『集』は「壁間」に作る。

其二

清風百尺掃空難
石上根鞭逸且蟠
盡瘁唯須斃而止

其《そ》の二《に》

清風《せいふう》百尺《ひゃくしゃく》　空《そら》を掃《はら》い難《がた》し
石上《せきじょう》の根鞭《こんべん》は逸《はし》り且《か》つ蟠《わだかま》る。
尽瘁《じんすい》して唯《た》だ須《すべか》らく斃《たお》れて止《や》むべし

故人苦節畫中看

故人《こじん》の苦節《くせつ》は画中《がちゅう》に看《み》ゆ。

たとえ爽やかな風が百尺の高さを吹くとも大空の暗雲を除き去ることは難しい、君の画は石の辺りでは竹の根が鞭のように這い奔放に走りうねってはとぐろを巻く。志士は気力体力を尽くして死ぬまでひたすら国事に奔走しなければならない、旧友の苦難に遭遇しても変わらぬ信念はここに描かれた竹の姿から十分に読み取れる。

※『稿』No.四三、『集』No.三五。

○根鞭　竹根が横行してむちのように伸びること。○逸　勝手気まま、自由奔放な様。○蟠　複雑に入り組み、わだかまり結ぼれる。○苦節　苦しい状況にあっても変えない信念。

「辛酉詩稿」（文久元年）

秋夜

書劍風塵志轗軻
客中日月疾如梭
忽聞新鴈推衾起
故國秋風今若何

秋夜《しゅうや》

書剣《しょけん》は風塵《ふうじん》にして志《こころざし》は轗軻《かんか》なり
客中《きゃくちゅう》の日月《じつげつ》は疾《と》きこと梭《ひ》の如《ごと》し。
忽《たちま》ち新鴈《しんがん》を聞《き》けば衾《ふすま》を推《お》して起《た》つ
故国《ここく》の秋風《しゅうふう》は今《いま》や若何《いかん》。

文武の道を磨く旅に出たが世俗の瑣事にまみれてどうにも志を得ず、
旅行中の月日はまたたく間に過ぎて行った。
不意に初雁の声が聞こえたので私は夜具を押しのけて寝床から起き上がり、
今ごろ故郷の秋風はどんな具合かしらんと思わずにはいられなかった。

※『集』No.三六。
○志　『集』は「太」に作る。　○風塵　取るに足りない物事。　○轗軻　志を得ずに不遇な様。　○疾如梭　機織りで梭（ひ）を縦糸の間にさっと通す様子から、またたく間に時が過ぎて行くことを「梭投《さとう》」という。

将西上題壁
雙鞋蹈破萬重山
欲向九重獻野芹
此際男兒無限志
不教鸞輅付妖氛

将《まさ》に西上《せいじょう》せんとし壁《かべ》に題《だい》す
双鞋蹈破《そうあいとうは》す　万重《ばんちょう》の山《やま》
九重《きゅうちょう》に向《む》かって野芹《やきん》を献《けん》ぜんと欲《ほっ》す。
此《こ》の際《さい》に男児《だんじ》は無限《むげん》の志《こころざし》あり
鸞輅《らんろ》をして妖氛《ようふん》を付《ちかづ》けしめず。

二足のわらじをはいて幾重にもかさなる山々を歩き通し、
朝廷に出向いて取るに足らぬ意見を言上しようと思う。

このまたとない好機に男児は高遠な志を胸に抱いている、
決して天子の乗物に蛮夷の不祥の気を寄せ付けたりするものか。

※『稿』No.四四、『集』No.三七。

○西上　今次の上京は、長井雅楽の航海遠略策をもって江戸へ参勤し、公武周旋を図ろうとした藩主の挙を途中で阻止することが目的であった。周布政之助（江戸詰政務座役）と久坂は文久元年九月七日に江戸を出発、京都に先着して国元からの藩主一行を待ったが、藩主発病により東上の行程が遅れ、急ぎ備後の鞆まで下り、長井に面会して意見を述べたが容れられず、かえって周布は処罰され、久坂は帰郷を命ぜられることとなる。○山『稿』『集』ともに「雲」に作る。○献野芹　献芹。意見を呈上することを謙遜していう言葉。○鸞輅　天子が乗る車。

「辛酉詩稿」（文久元年）

與暢夫別

莫誦屈平賦
使我感慨催
願抜王郎劍
爲我歌莫哀
我將西發君須留

暢夫《ちょうふ》と別《わか》る

誦《しょう》する莫《な》かれ　屈平《くっぺい》の賦《ふ》
我《われ》をして感慨《かんがい》を催《もよお》さしむ。
願《ねが》わくは王郎《おうろう》の剣《けん》を抜《ぬ》き
我《わ》が為《ため》に莫哀《ばくあい》を歌《うた》え。
我《われ》は将《まさ》に西《にし》に発《た》たんとするも君《きみ》は須《すべか》らく留《とど》まるべし

夜闌惨怛且含杯
扶植綱常可不企
經綸家國頼君材
周行豈使榛棘塞
獨力擬支濤瀾頽
撃膝絶叫中天月
何時輾破頑雲來

夜《よる》は闌《たけなわ》にして惨怛《さんたん》たれば且《か》つは杯《さかずき》を含《ふく》まん。
綱常《こうじょう》を扶植《ふしょく》するを企《のぞ》まざるべけんや
家国《かこく》を経綸《けいりん》するに君《きみ》が材《ざい》を頼《たの》む。
周行《しゅうこう》するに豈《あ》に榛棘《しんきょく》をして塞《ふさ》がしめんや
独力《どくりき》もて濤瀾《とうらん》の頽《くず》るるを支《ささ》えんと擬《ぎ》す。
膝《ひざ》を撃《う》ちて中天《ちゅうてん》の月《つき》に絶叫《ぜっきょう》し
何《いず》れの時《とき》にか頑雲《がんうん》を輾破《てんぱ》し来《きた》らんやと。

屈原の「漁父の辞」を唱えてくれるな、
私の感情は一挙にたかぶり胸がつまりそうになる。
それよりもどうか盛唐の王郎がしたように剣を抜き放って、
私のために「莫哀」を歌ってくれたまえ。
私はまもなく西に旅立つが君は何としても江戸にとどまってくれよ、
だいぶ夜も深まってひどく悲しくなってきたのでともかくも酒を酌み交わそう。
君が世の中に人倫道徳をしっかりと植えつけてくれることを期待する、
今や藩政は君の才識に頼るしかない状況となっているのだ。
私が各地を歩き回ってみると悪草がはびこり茂るばかりである、
それでもたった一人の力で崩れかかった大波を支えるつもりだ。

酔いがまわるにつれ思わず膝をたたいて中天にかかる月に向かって絶叫し、「いつかきっと長く消えずに月の姿を隠している暗雲を掃い除こうぞ」と誓った。

※『集』No.三九。

○暢夫　高杉晋作（一八三九―一八六七）の字。玄瑞とともに「松門の双璧」とされる。奇兵隊の創設者。慶応期、保守派政権をクーデターによって倒し、富国強兵を藩是として藩政改革を行い、第二次対幕戦を勝利へと導いたが、明治維新を見ることなく、下関で病没した。享年二十九。○屈平賦　戦国時代の屈原（名平。前三四三？―前二七七？）の作とされる「漁父の辞《ぎょほじ》」（『楚辞』の一篇）。当時、屈原は三閭大夫《さんりょたいふ》として国政に参加、対秦策では斉・楚連合を主張したが用いられず追放となり、失意の中に汨羅《べきら》に身を投げて自死した。「漁父の辞」は屈原と一漁夫との問答に託して、屈原の孤高清廉の心境を述べた作品。○王郎剣　王郎の経歴等は不詳であるが、盛唐の官人である。この後に出る「莫哀」とともに杜甫「短歌行・王郎司直に贈る」（七古）を出典とする。詩中の一・二句に「王郎酒酣《たけなわ》にして剣を抜き、地を斫《き》って莫哀を歌う／我能《よ》く爾《なんじ》が抑塞磊落《よくさいらいらく》の奇才を抜かん」とある。○莫哀　これ以上の哀しみはないというほどに悲壮な曲。魏・曹植「愍志の賦《びんしのふ》」に、「哀《かな》しきは永《とこしえ》に絶たるるより哀しきは莫《な》く、悲しきは生きながら離るるより悲しきは莫し」とあるのをふまえる。○惨怛　悲痛な様。○企　待ち望む。○経綸　制度・計画をもって天下を治める。○榛棘　荒れ果てて雑草の茂った様。転じて、悪い政治・風俗の意にも用いた。もと「搸」に作るが意味をなさず、『集』に従って、今これを「榛」に改めた。○擬　～するつもりだ。～しようとする。○頑雲　ずっとかかり続ける雲。○輾破　ふみつけ破る。

金川途上

投筆請纓志轗軻
秋風孤劍發悲歌
王師未報擒夷將
邊柳蕭疎胡馬多

金川途上《かながわとじょう》

筆《ふで》を投《とう》じて纓《えい》を請《こ》わんとするも志《こころざし》は轗軻《かんか》なり
秋風《しゅうふう》に孤剣《こけん》は悲歌《ひか》を発《はっ》す。
王師《おうし》は未《いま》だ報《むく》いて夷将《いしょう》を擒《とりこ》にせず
辺柳《へんりゅう》は蕭疎《しょうそ》にして胡馬《こば》多《おお》し。

学問をやめて従軍して国に報いようと思うがそれでも志は満たされない、秋風に吹かれて金川まで来るとつい慷慨の余り一剣を撫で悲痛な詩が口をついて出る。幕府ときたらいまだに欧米列強の将軍を生け捕りもせず攘夷の成果をあげ得ていない、岸辺の柳はすでに葉も落ちてうら寂しく西洋の馬ばかりがこの地を跋扈している。

※『稿』No.四五、『集』No.四〇。

○金川途上　『稿』は「金川路上」に作る。　○投筆　学問をやめる。　○請纓　従軍して国のために報いる。既出（三三九頁）。　○志　『集』は「歎」に作る。　○轗　『稿』は「坎」に作る。意味は同じ。　○王師　帝王・天子の軍隊。ここは幕府をいう。　○蕭疎　木の葉などが落ちて、まばらでさびしい様。　○胡馬　北方、または西方の異民族の地に生まれた馬。ここは外国人の乗る西洋種をいう。

重陽踰函關
瞻望休吟陟岵詩
家山墳樹定凄其
重陽偶度函關路
寒雨秋風令人悲

重陽《ちょうよう》に函関《かんかん》を踰《こ》ゆ
瞻望《せんぼう》して陟岵《ちょっこ》の詩《し》を吟《ぎん》ずるを休《や》めよ
家山《かざん》の墳樹《ふんじゅ》は定《さだ》めし凄其《せいき》たらん。
重陽《ちょうよう》に偶《たま》たま函関《かんかん》の路《みち》を度《わた》れば
寒雨秋風《かんうしゅうふう》　人《ひと》をして悲《かな》しましむ。

高い山から遠くを望んで「陟岵の詩」を口ずさむのはやめたまえ、
故郷の墓に植えた木は手入れもされずさぞかし荒れ果てていることだろう。
重陽の節句にたまたま箱根の関所を越えると亡き父兄のことを思い出してしまった、
雨は冷たく秋風はものさびしくそれがいっそう私を感傷的な気分にさせる。

※『集』No.四一。

○函関　箱根の関所。東海道の険として知られた。　○瞻望　遠望する。もと「膽」に作るが、『集』に従って今これを「瞻」に改めた。　○陟岵詩　もと「岵」に作るが、『集』に従って今これを「岵」に改めた。『詩経』魏風の「彼《か》の岵《こ》に陟《のぼ》りて父を瞻望《せんぼう》す」と詠み出される「陟岵」のこと。戦地の高所に登って故郷のある方角を眺め、自分を心配する父母兄を思い慕った詩で、孝子の至情に溢れる。　○家山　故郷。　○凄其　寒々としてもの淋しい様子。ここは荒涼とした様に近い。「其」は疑問、詠嘆の語気を表す。　○重陽　陰暦九月九日の節句。古来、中国では丘に登り、茱萸《しゅゆ》の実を頭に挿し、菊酒を飲み、邪気を払う習慣があった。〇人　『集』は「我」に作る。

其二

山雨林雲澹夕陽
葵心日夜向朝陽
登高豈復思家客
萬里秋雲杳帝郷

其《そ》の二《に》

山雨林雲《さんうりんうん》に夕陽《せきよう》は澹《あわ》きも
葵心《きしん》は日夜朝陽《にちやちょうよう》に向《む》かう。
登高《とうこう》して豈《あ》に復《ま》た家《いえ》を思《おも》うの客《きゃく》たらんや
万里《ばんり》の秋雲《しゅううん》　帝郷《ていきょう》は杳《はる》かなり。

山も林も厚い雨雲におおわれて夕陽も淡くぼんやりとして見えるが、
私はアオイの花がいつも太陽を向くように天朝への忠誠を忘れたことはない。
重陽に箱根山を越えたからといっていつまでも懐郷の念にひたってはいられぬ、
秋の雲が彼方へと続くのを眺めるにつけ目指す京の遠さばかりが心にかかる。

※『集』No.四二。
〇雲　『集』は「風」に作る。　〇葵心　太陽の方に傾くアオイの花のように、臣下が君主に忠誠を尽くす心。
〇朝陽　天子をいう。　〇登高　重陽の節句に、厄払いのために高い丘や山に登ること。　〇杳　果てしなく遠い。

其三

孤客忽忙不憶鄉
山雲溪雨正重陽
此間蟬脫腥羶地
笑對湖山擧巨觴

其《そ》の三《さん》

孤客《こかく》は忽忙《こつぼう》として郷《きょう》を憶《おも》わず
山雲渓雨《さんうんけいう》　正《まさ》に重陽《ちょうよう》。
此《こ》の間《かん》　腥羶《せいせん》の地《ち》を蟬脱《せんだつ》すれば
笑《わら》って湖山《こざん》に対《む》かいて巨觴《きょしょう》を挙《あ》げん。

旅路を急ぐ私は何も考える余裕がなく故郷のことなど気にもかけず、雲雨が山も谷も包むなか箱根の山奥で重陽の佳節を迎えることとなった。しかもやっと生臭い異人どものさばる地を逃れてすっかり生き返った心地がする今、晴々とした笑顔で美しい湖山を相手にぐっと大杯をあおりたいものだ。

※『集』No.四三。

○忽忙　我を忘れて心がうつろな様。　○湖　『集』は「孤」に作る。

「辛酉詩稿」（文久元年）

鮫洲樓上留別諸子
海驛秋光十分加

鮫洲楼上《さめずろうじょう》にて諸子《しょし》に留別《りゅうべつ》す
海駅《かいえき》の秋光《しゅうこう》　十分《じゅうぶん》に加《くわ》わり

別時愛惜夕陽斜
島烟縹渺蠻船遠
邊柳蕭踈胡馬嘩
白眼何堪睨人世
赤心只擬報朝家
男兒會合如萍跡
鮮肉滿盤酒可餘

別時《べつじ》愛惜《あいせき》す　夕陽《せきよう》の斜《なな》めなるを。
島烟《とうえん》は縹渺《ひょうびょう》として蛮船遠《ばんせんとお》く
辺柳《へんりゅう》は蕭踈《しょうそ》にして胡馬《こば》嘩《かまびす》し。
白眼《はくがん》何《なん》ぞ堪《た》えんや　人世《じんせい》に睨《にら》まるるに
赤心《せきしん》只《た》だ擬《ぎ》す　朝家《ちょうか》に報《ほう》ずるに。
男児《だんじ》の会合《かいごう》は萍跡《ひょうせき》の如《ごと》し
鮮肉《せんにく》は盤《ばん》に満《み》ちて酒余《さけあま》るべし。

海沿いの宿場には秋の日差しがたっぷりと降り注いでいたが、
別れの時が迫るにつれて夕陽が落ちようとするのを心の底から惜しんでしまう。
島をつつむ海霧は遠く風に揺れて蛮船はずっと遠くに浮かび、
岸辺の柳は葉も落ちて寂しく西洋馬がしきりと嘶いている。
どうして冷淡な目つきで世間からにらまれるのに堪えられよう、
私たちは赤誠をもってただ朝廷に報いようとしているだけなのに。
男子の出会いは浮草のようなものだからどこで再会できるか分からない、
今日の送別の宴は酒も肴もたっぷりあるから大いに歓を尽くそう。

※『集』No.三八。

○鮫洲　旧東海道の品川宿沿いにある鮫洲（品川区東大井）。古くは御林町と呼ばれ、海岸に面する漁師町で、魚介類を将軍に献上する義務をもつ「御菜魚八ケ浦」の一つとされた。その景観は歌川広重「東海道五十三次（行書版）」の「品川・鮫洲朝之景」、「名所江戸百景」の「南品川鮫洲海岸」に描かれ、界隈は品川沖の眺望を売り物とする料理屋で賑わった。久坂等が利用したのは川崎屋で、この後さらに仲間は蒲田の梅屋敷まで見送る。○諸子　「卸嚢漫録《しゃのうまんろく》」、文久元年九月七日の条に、「江戸を発す。樺・町・大石・河本等送って鮫洲に至り、程谷《ほどがや》に宿す」とあり、鮫洲での送別会に出席したのが、樺山三圓（薩摩）、町田直五郎（薩摩）、大石弥太郎（団蔵、土佐）、河本杜太郎（越後）等、尊攘派志士であったことが判明する。○別時　『集』は「憑欄」に作る。○縹渺　風や水に従い漂う様。もと「漂」に作るが、今これを改めた。なお『集』は「渺渺」に作る。○柳　『集』は「草」に作る。○踈　『集』は「蕭」に作る。○萍跡　浮草が漂い去った跡。あちこちさまよい歩いて、居住が一定しない喩え。○餘（余）　もと「賒」に作るが意味が通じない。よって今これを「餘」（余）に改めた。韻はともに下平六麻で押韻する。

過富士山下

嶽上雲坌湧
嶽下雨連緜
吾來獨默數
二孤斫仇年

富士山《ふじさん》の下《ふもと》を過《す》ぐ

嶽上《がくじょう》に雲《くも》は坌湧《ふんゆう》し
嶽下《がっか》に雨《あめ》は連緜《れんめん》たり。
吾《われ》は来《き》りて独《ひと》り黙《もく》すること数《しば》し
二孤《にこ》仇《あだ》を斫《き》りて年《とし》へたり。

望岳不可見
暮色欲蒼然

岳《がく》を望《のぞ》むも見《み》るべからず
暮色《ぼしょく》は蒼然《そうぜん》たらんと欲《ほっ》す。

富士山の高い所には雲が湧き、
ふもとでは絶え間なく雨が降り続いている。
私はここへ来て言葉もなくしばしばしたたずんでいた、
かつて当地で曽我兄弟が仇討ちをやりとげた時のことを考えながら。
結局この日は富士山を望むことはできず、
そのうちに夕暮れが迫って辺りは薄暗くなってしまった。

※『集』No.四五。

○坌湧　わきあがる。　○連緜　連綿。絶えることなく長く続く様。　○二孤斫仇　鎌倉初期にあった曽我十郎祐成、五郎時致兄弟による仇討。兄弟の父河津祐泰は工藤祐経に暗殺されたが、兄弟は成人後の建久四年（一一九三）五月二十八日、富士の巻狩の行われた夜、工藤を襲撃してこれを討った。祐成は仁田忠常に殺されたが、時致は頼朝の宿所の襲撃をも企てたが果たさず、捕えられて処刑された。　○蒼然　夕方の薄暗い様。

富士川暴漲爲之所沮　二首

脛毛且摩絕
奇嶮極酸辛
鄙人野芹志
只要獻槐宸
碧翁何無意
白浪沒前津

富士川《ふじかわ》暴《にわ》かに漲《みなぎ》り、之《これ》が為《ため》に沮《はば》まる　二首《にしゅ》

脛毛《けいもう》は且《まさ》に摩絶《まぜつ》せんとし
奇嶮《きけん》は酸辛《さんしん》を極《きわ》む。
鄙人《ひじん》の野芹《やきん》の志《こころざし》は
只《た》だ槐宸《かいしん》に献《けん》ずるを要《よう》するのみ。
碧翁《へきおう》は何《なん》ぞ意《おも》うこと無《な》からんや
白浪《はくろう》は前津《ぜんしん》を没《ぼっ》す。

箱根ではすねの毛もこすれ失せるかと思うほど、
急峻な山坂の登り下りに耐えがたい辛酸をなめた。
私は取るに足りない人間ながらごくわずかな志を、
ひたすら朝廷に捧げることだけを考えている。
それなのに天は一体どういうつもりなのだろう、
荒々しい白波が岸辺の渡し場に逆巻いて私の行く手を阻むとは。

※『集』No.四六。

○富士川暴漲　富士川は南アルプスに源を発し、甲府盆地の諸河川を集めて南流し、静岡県の中央部を貫流して、蒲原（静岡市清水区）付近で駿河湾に注ぐ一級河川。古来、急流として知られた。旅客は上・中・下の往還を通り、三か所の船居から舟に乗って川を渡った。「卸嚢漫録《しゃのうまんろく》」の九月十日の条に、「富士川に至り、暴漲断津《ぼうちょうだんしん》。不得已《やむをえず》、吉原駅に帰り宿す」とあり、十三日になってようやく留明《とめあけ》となり、蒲原《かんばら》へと向かっている。○嶮　『集』は「峻」に作る。○野芹志　取り立てていうまでもないほど、ごくわずかな志。○槐宸　天子の宮殿。禁中。○碧翁　天公。すなわち天の擬人的表現。

其二

關西生壯士
巨眼睨乾坤
要挽虞淵日
欲支杞國天
老將呼不返
古岸生翠煙

其《そ》の二《に》

関西《かんぜい》に壮士《そうし》を生《しょう》じ
巨眼《きょがん》もて乾坤《けんこん》を睨《にら》む。
虞淵《ぐえん》の日《ひ》を挽《ひ》くを要《よう》し
杞国《きこく》の天《てん》を支《ささ》えんと欲《ほっ》す。
老将《ろうしょう》は呼《よ》べども返《かえ》らず
古岸《こがん》に翠煙《すいえん》を生《しょう》じたり。

西国生まれの壮士は急ぐ旅の前進を阻まれ、
かっと目を見開いて天地をにらみつける。

今の我が国には虞淵に沈んだ太陽を再び呼び戻そうとする覚悟が求められ、
崩れ落ちるかも知れぬ天を本気で支えようとする気概を持つ人物が必要なのだ。
しかし斎藤実盛のような猛将は二度と現れるはずもなく、
かの古戦場の河岸も青みを帯びたもやに覆われて何一つ見えはしない。

※『集』No.四七。
○自注に「（平）維盛《これもり》、富士川に次《やど》る。斎藤実盛《さいとうさねもり》曰《いわ》く、『畿内・西国の兵のごときは、幺麽尫弱《ようまきじゃく》、喪《も》に託して創《そう》を称し、動《やや》もすれば輒《すなわ》ち退《しりぞ》かんと欲す。而《しか》も乗る所は皆駑《ど》なり。豈《あ》に関東の軍と較《くら》ぶべけんや』と」（福本の掲載する文では意味が取れないので、ここは『遺集』にある自注を採用した。しかしそれでもまだ分からぬ部分が残る。『平家物語』巻五に、実盛の「西国の兵は弱い上、迷信深く、親が討たれたならば仏事供養をし、忌みが明けてからいくさを始めるし、何かというと退却したがる。しかも駄馬が動員されているので、精強な頼朝軍にはとても勝てない」という趣旨の発言が見える。久坂の注はこの記事をふまえたものかと思う）とある。保元・平治の乱以後、平氏に仕えていた斎藤実盛は、治承四年（一一八〇）の富士川の合戦にも維盛の後見役、「東国の案内役」となって出陣した。平氏の大軍が富士沼を飛び立った水鳥の羽音を頼朝軍の来襲と誤解して敗走したのは、この実盛の論評をきっかけに過剰な恐怖心を抱いたことに起因するとされる。○虞淵　神話において太陽が没するといわれている場所（『淮南子《えなんじ》』天文訓）。既出（一二一頁）。○杞国天　『列子』天瑞篇にある「杞憂《きゆう》」の故事。杞の国のある住人が、日月星辰のある天がいつか崩れ落ちてくるのではないかと心配していた。既出（一三五頁）。○老将　歴戦の猛将として名を知られた斎藤実盛を指す。寿永二年、木曽義仲追討に向かい、加賀国の篠原（石

川県加賀市）で戦う。その際、侮りを受けまいと白髪を黒染めして戦闘に参加した。しかし奮戦するも討死、首実検でその見事な覚悟が敵方にも称賛された。『源平盛衰記』は没年齢を七十三歳とする。○翠煙　青みを帯びた水蒸気・もや。

和麻田翁韻

風雨一川波撲湍
連床置酒旅燈寒
知君掩滯心腸熱
欲入宸京排大難

麻田翁《あさだおう》の韻《いん》に和《わ》す

風雨《ふうう》の一川《いっせん》　波《なみ》は湍《はやせ》を撲《う》ち
連床置酒《れんしょうちしゅ》して旅灯《りょとう》は寒《さむ》し。
君《きみ》の掩滞《えんたい》して心腸《しんちょう》の熱《ねっ》するを知《し》る
宸京《しんきょう》に入《い》りて大難《たいなん》を排《はい》せんと欲《ほっ》すればなり。

吹き荒れる風雨によって富士川には激流が逆巻き、
同じ部屋で寝床をならべて酒を呑んだが旅籠のともしびは冷ややかである。
私にはこの川止めで旅が滞り貴兄の腹の中が煮えくり返っているのがよく分かる、
なぜかといえば入京して大難を取り除こうと考えているのだから。

※『集』No.四八。

○麻田翁　萩藩士・周布政之助《すふまさのすけ》（一八二三―一八六四）。変名の一つに麻田公輔がある。早くより藩内の逸材として期待され、時局を憂える同志を集め、嚶鳴社《おうめいしゃ》を結成、政事・文事を論じた。嘉永六年、政務座役筆頭となり、財政・軍制の改革、人材の登用、殖産興業等に意を用い、萩藩における安政の改革を進めた。また桂、久坂、高杉等の松陰門下生を積極的に藩政中枢に登用した。一時、財政問題で斥けられたが、坪井派の失脚で政務役に復帰、一旦は「航海遠略策」に同意するが、松門の説得で攘夷派に転じ、藩論統一に尽力した。その後、長藩激派の暴走阻止に奔走したが不調に終わり、責任を感じ、元治元年九月、山口の吉富簡一邸で自害した。享年四十二。なお今回の旅は周布とともに上京し、「航海遠略策」を藩是として公武の間に周旋しようとする藩主・毛利敬親の参勤阻止が目的であった。○湍　早瀬。急流。

其二

冷灔秋波漾碧湍
剣光三尺照人寒
満腔何物浩然在
不避千艱與萬難

其《そ》の二《に》

冷灔《れいえん》たる秋波《しゅうは》は碧湍《へきたん》に漾《ただよ》い
剣光三尺《けんこうさんじゃく》は人《ひと》を照《て》らして寒《さむ》し。
満腔《まんこう》は何物《なにもの》ぞ　浩然《こうぜん》在《あ》り
千艱《せんかん》と万難《ばんなん》とを避《さ》けず。

冷ややかに光る秋の清澄な水波が青い早瀬にただよい、
三尺の刀身の輝きも人の顔を照らして凛烈の気配を漂わせている。
胸いっぱいに満ち溢れるものは何かといえばそれはもちろん浩然の気である、

どんな艱難辛苦に出くわしても私は決して避けたりしないのだ。

※『集』№四九。

○冷灧　水が冷ややかに光る様。　○浩然　浩然の気。天地の間に充満している正気。何ものにも屈しない道徳的勇気。出典は『孟子』公孫丑《こうそんちゅう》章句・上。

其三
鱸魚應上舊清湍
獵獵秋風透骨寒
多年落魄猶爲客
欲向家山擧足難

其《そ》の三《さん》
鱸魚《ろぎょ》は応《まさ》に上《のぼ》るべし　旧清湍《きゅうせいたん》
猟猟《りょうりょう》たる秋風《しゅうふう》は骨《ほね》を透《す》かして寒《さむ》し。
多年落魄《たねんらくはく》して猶《な》お客《きゃく》と為《な》るも
家山《かざん》に向《む》かわんと欲《ほっ》して足《あし》を挙《あ》げ難《がた》し。

ふるさとの清らかな早瀬にはたぶんスズキが海から上って来ている頃だろう、
ピュウピュウと吹きつける秋風は骨に染み通ってまことに寒い。
長年身を寄せる所もなく私はいまだに旅暮らしの身であるけれども、
かといっていざ故郷に帰ろうとするとその一歩が踏み出せない。

※『集』No.五〇。
○鱸魚　スズキ。近海に生息し、夏は淡水に入り、冬は海に戻る。　○猟猟　風の吹く音。　○透骨　『集』は「吹帽」に作る。

雑詩

菱荷移爛死
寒雨連暮天
饑鵶來柯上
木葉墜我前
孤客不自覺
雙袖涙慘然

雑詩《ざっし》

菱荷《りょうか》は爛死《らんし》に移《うつ》り
寒雨《かんう》は暮天《ぼてん》に連《つら》なる。
饑鵶《きあ》は柯上《かじょう》に来《きた》り
木葉《ぼくよう》は我《わ》が前《まえ》に墜《お》つ。
孤客《こかく》は自《みずか》ら覚《おぼ》えざるに
双袖《そうしゅう》に涙《なみだ》惨然《さんぜん》たり。

ヒシやハスはすっかり枯れてしまい、
冷たい雨が夕暮れの空からしきりと落ちる。
腹を空かせたカラスが木の枝に飛んで来て、
木の葉が私の前にはらりと舞い落ちた。
ひとり旅を続ける男は不覚にも、

両袖に涙をポロポロとこぼした。

※『稿』No.四六、『集』No.五一。また入江子遠宛書簡（文久元年九月か。以下「簡」と略す）には、この「雑詩」全六首のうち、第一、三、六が無題で末尾に付載されてある。久坂は「右三首悪作なれども、爰許《ここもと》寂寞《せきばく》悲愴《ひそう》之状《のじょう》、御想看下さるべく候」と書き添えた。

○菱荷　ヒシとハス。○移　もと「秋」に作るが、今これを「移」に改めた。○鴉　カラス。「簡」は「鵶」に作る。○惨然　いたみ悲しむ様子。『稿』は「潜（潸の誤）然」に作る。

其二

交友重義氣
管鮑共喜悲
叩囊助我乏
脱裘掩我肌
一別人千里
青山白雲追

其《そ》の二《に》

交友《こうゆう》は義気《ぎき》を重《おも》んじ
管鮑《かんぽう》は喜悲《きひ》を共《とも》にす。
嚢《ふくろ》を叩《たた》き我《わ》が乏《とぼ》しきを助《たす》けよ
裘《かわごろも》を脱《ぬ》ぎ我《わ》が肌《はだえ》を掩《おお》え。
一別《いちべつ》すれば人《ひと》は千里《せんり》にあり
青山《せいざん》の白雲《はくうん》を追《お》うがごとし。

友と交際するには男気を重んじるものであり、

「管鮑の交わり」で知られる管仲と鮑叔牙も喜びも悲しみもともにした。
もしものときは君の銭入れをたたいて私の貧乏を助けておくれ、
いざというときは君の身につけている皮衣を私に着せておくれ。
いったん離ればなれになってしまえばお互いに遠く隔たることになる、
緑濃き山が今まで懸っていた白雲を追いかけたいと思うように私も君をずっと慕っている。

※『集』No.五二。

○義気　自分を犠牲にして他人の窮地を救う男気。　○管鮑　斉の管仲《かんちゅう》と鮑叔牙《ほうしゅくが》。両者の交誼は生涯にわたって変わることがなかったことから、強い信頼で結ばれた友情関係を「管鮑の交わり」(『列子』力命篇)という。○嚢　銭入れ。財布。管仲が困窮した時、鮑叔と店を開き商売をしたことがあったが、利益を分配する際、管仲が多く取っても鮑叔は従った。それは貧困ゆえと知っていて、強欲な性格のためとは見なかった。○裘　皮衣。防寒用の衣服。斉の桓公の命を狙った管仲は魯で捕らえられ、斉に護送された。鮑叔は堂阜の地で管仲の手かせ・足かせ（また縄とも）を手ずからはずしてやり、礼をもって処遇した。なお寒さに震えた者に同情して裘を着せる例は、『戦国策』「斉策」に田単の話がある。

其三

朔風吹游子

其《そ》の三《さん》

朔風游子《さくふうゆうし》を吹《ふ》き

孤雁向西飛
游子何爲者
故國難可歸
王事今靡盬
黙坐嘆式微

孤雁《こがん》は西《にし》に向《む》かいて飛《と》ぶ。
游子《ゆうし》何為《なんす》る者《もの》ぞ
故国《ここく》は帰《かえ》るべきこと難《かた》し。
王事《おうじ》は今《いま》も盬《や》むこと靡《な》し
黙坐《もくざ》して式微《しきび》を嘆《たん》ずるのみ。

北風が旅人に吹きつけ、
一羽の雁が西に向かって飛んで行く。
旅人はいったい何をしようとしているのか、
このままむざむざと故郷に帰ることはできない。
朝廷に対する務めは今もやむことなく続いているというのに、
私は無言で座ったまま朝廷が衰微する様子を悲嘆するばかりだ。

※『集』No.五三。「箇」は第二首。

○朔風　北風。　○雁　「箇」は「鷹」に作る。　○国　「箇」は「園」に作る。　○靡盬　もと「応監」に作る。また『集』及び「箇」は「靡監」に作るが、いずれも正しくない。ここは『詩経』唐風の「鴇羽《ほうう》」にある「王事《おうじ》靡盬《びこ》」（王室に対する務めは、いつまでもやむことがない）の故事を用いており、今これを改めた。　○式微　国家や王室などが非常に衰えること。

其四

故園稀骨肉
親友各殊方
人對白雲哭
雨沾黄菊香
風聲過落木
雁語集寒塘

其《そ》の四《し》

故園《こえん》に骨肉《こつにく》は稀《まれ》にして
親友《しんゆう》は各《おの》おの方《ほう》を殊《こと》にす。
人《ひと》は白雲《はくうん》に対《たい》して哭《こく》し
雨《あめ》は黄菊《こうぎく》を沾《うるお》して香《かんば》し。
風声落木《ふうせいらくぼく》を過《す》ぎ
雁語寒塘《がんごかんとう》に集《つど》う。

故郷に血縁者はほとんどなく、
親友たちもみな方々に散らばってしまった。
人は白雲を見ても涙をこぼし、
雨は黄菊を湿らせて高い香りを放つ。
風の音が木の葉の落ちた樹間にこだまし、
群れつどう雁の声が冬の溜池に響いている。

※『集』No.五四。

其五

上未安叡念
下未解主憂
男児生食粟
中心自慚羞
是行又沮雨
客窗如繫囚

其《そ》の五《ご》

上《かみ》は未《いま》だ叡念《えいねん》を安《やす》んぜず
下《しも》は未《いま》だ主憂《しゅゆう》を解《と》かず。
男児《だんじ》生《う》まれて粟《ぞく》を食《は》めば
中心《ちゅうしん》自《おのずか》ら慚羞《ざんしゅう》す。
是《こ》の行《こう》は又《ま》た雨《あめ》に沮《はば》まれ
客窓繫囚《きゃくそうけいしゅう》の如《ごと》し。

いまだ主上のお悩みを安んじ奉っておらず、
また藩公のご心配を解決するにも至っていない。
男子に生まれて俸禄を頂戴しているというのに、
これでは心の底から恥じ入るばかりだ。
今回の旅はしかも雨にはばまれ、
旅館ではまるで獄舎につながれた罪人のようだ。

○雨　もと「兩」に作るが、今これを「雨」に改めた。○客窓　宿屋。旅館。菅茶山『黄葉夕陽村舎詩』の「生田に宿る」に、「客窓一夜　松籟を聴く／月は黒し　楠公墓畔の村」と用例がある。○繫囚　捕らわれた罪

郵便はがき

恐縮ですが
郵便切手を
お貼り下さ
い

167-0052

杉並区南荻窪一―二五―三

明徳出版社 行

芳名《ふりがな》	年齢 才
住所 〒	
メール アドレス	

職業	電話 （ ）

お買い求めの書店名	このカードを前に出したことがありますか はじめて （ ）回目

書　名

愛読者カード

ご購読ありがとうございます。このカードは永く保存して，新刊のご案内や講演会等のご連絡を申し上げますので，何卒ご記入の上ご投函下さい。

この本の内容についてのご感想ご意見

この本を何でお知りになりましたか	①書店でみて，②小社新刊案内，③小社目録 ④知人の紹介 ⑤新聞・雑誌の広告（　　　　　　　　） ⑥書評をよんで（　　　　　　　　） ⑦書店にすすめられて　⑧その他（　　　）

紹　介　欄

本書をおすすめしたい方をご紹介下さい。ご案内を差上げます。

「明徳出版図書目録」をご希望の方には送呈します。

□ 希望する　　□ 希望しない

人。また獄に入れること。

其六

秋水蒲蒻死
秋峯樹盡禿
淅淅西風起
鴈鷺寒潭宿
匪微三杯酒
奈我憂萬斛

其《そ》の六《ろく》

秋水《しゅうすい》の蒲蒻《ほじゃく》は死《し》し
秋峯《しゅうほう》の樹《き》は尽《ことごと》く禿《は》げたり。
淅淅《せきせき》として西風《せいふう》起《お》こり
鴈鷺《がんろ》は寒潭《かんたん》に宿《やど》る。
三杯《さんばい》の酒《さけ》微《な》きに匪《あらず》んば
我《わ》が憂《うれい》の万斛《まんごく》なるを奈《いかん》せん。

「辛酉詩稿」（文久元年）

秋の訪れとともに水辺のガマは枯れ、
山々の樹木もすっかり葉を散らしている。
かすかな音とともに西風が吹いてきて、
雁や鷺が寒々しい淵に羽を休めている。
私はもはや何度も酒杯を挙げなければ、
深い苦悩を消すことができなくなってしまった。

○蒲蒻　ガマと若いガマ。水中・水辺に生える多年草。干した葉を用いて筵《むしろ》などを作る。○淅淅　もと「浙浙」に作るが、今これを改めた。水の流れや、雨・風などのかすかな音。

過菊河

陰雨横峡暗
晩雲黏地昏
颼颼山籟怒
瀫瀫澗泉噴
即是忠臣殉難處
時物於今銷我魂
咄哉野老不知憂
樵歌遙去渓上村

菊河《きくがわ》を過《よ》ぎる

陰雨《いんう》は峡《きょう》に横《よこ》たわって暗《くら》く
晩雲《ばんうん》は地《ち》に黏《つ》いて昏《くら》し。
颼颼《しゅうしゅう》として山籟《さんらい》は怒《いか》り
瀫瀫《かくかく》として澗泉《かんせん》は噴《わ》く。
即《すなわ》ち是《ここ》は忠臣殉難《ちゅうしんじゅんなん》の処《ところ》なり
時物《じぶつ》は今《いま》に於《お》いて我《わ》が魂《たましい》を銷《け》す。
咄《とつ》なるかな　野老《やろう》は憂《うれ》いを知《し》らず
樵歌《しょうか》して遥《はる》かに渓上《けいじょう》の村《むら》に去《さ》る。

どんよりした空から雨が谷あいに降り注いで陽光をさえぎり、
日暮れの雲が地面にへばりつくように低く垂れ込めて夕闇も迫ろうとする。
シュウシュウと山の樹木は鳴り響き、
ゴウゴウと音をたてて谷間に泉が湧く。

この菊河の地こそ忠臣・藤原宗行が殉難した場所である、
今もゆかりの塚が残りそれを見るにつけ大いに悲しい気持ちにさせられる。
いやはや全く呆れたのは田舎の老人が何の悩みもなさそうに、
きこり歌を口ずさみながら谷川沿いの村へと遠ざかって行ったことだ。

※『集』No.五五。

○菊河　遠江国榛原《はいばら》郡にあった宿駅（静岡県島田市菊川）。菊川とも書く。小夜の中山の東麓、牧之原台地の西麓に位置し、そのほとりを菊川が流れる。中世、東海道の宿駅として繁栄し、多くの著名士が宿泊したが、江戸時代は日坂と金谷の間宿へと格下げとなった。なお久坂日記には、九月十四〜十五日にかけて、大井川の川止めで島田宿に連泊、十六日に袋井泊とあるため、十六日の作と思われる。近世東海道の島田宿は、大井川の川越宿として対岸の金谷宿とともに大いに栄えた。○颼颼　風や雨の音。○濊濊　激しく響き渡る水の音。もと「濊々」に作るが、今これを「濊々」に改めた。○忠臣殉難処　菊河宿には、承久の乱（一二二一年）を起こして失敗、捕えられて鎌倉に護送された首謀者の一人、藤原（中御門《なかみかど》）宗行《むねゆき》（一一七四―一二二一）が止宿した。『吾妻鏡』（第二十五）、承久三年七月十日の条に、菊河宿に泊まった宗行は深夜になっても寝つけず、一心に法華経を唱えていたが、ふと旅店の柱に「昔南陽縣菊水／汲下流而延齢／今東海道菊河／宿西岸而失命」（昔南陽県の菊水は／下流に汲《く》んで齢《よわい》を延ばし／今東海道の菊河は／西岸に宿って命を失う）と、漢詩をしたためたと記されている。その後、同月十四日、駿河国の藍沢（御殿場市大字新橋字高橋）で小山朝長によって斬首された。但し、幕末期、菊川に「宗行卿塚」（現存。昭和四十三年の発掘調査で中世の遺構と確認されたが、宗行の墓であることを証明する遺物の出土はなし）が残っていた。尊王思想の高まる中、文久三年には水戸藩の渡辺宮内右衛門は、徳川光圀が湊川神社に楠公の墓を建てたのに倣い、自らも「宗行卿之墓」と刻した墓碑を塚の傍らに建立した。久坂は実際にこの塚を見て、倒幕・朝権回復を目指した忠臣がこの地で処刑されたと考えたのであろう。○時物　前項で述べた「宗行卿塚」のことと推測される。○銷魂　魂が肉体から離れる。きわめて悲しいことの喩え。○咄哉　事の意外さに驚き怪しむときに発する語。○野老　田舎の老人。

十七日雨霽始見嶽

十七日《じゅうしちにち》、雨霽《あめは》れ、始《はじ》めて嶽《がく》を見《み》る

頑雲黏地黑　　頑雲《がんうん》は地《ち》に黏《つ》いて黒《くろ》く
霖雨沒山川　　霖雨《りんう》は山川《さんせん》を没《ぼっ》す。
十日行嶽下　　十日《とおか》もて嶽下《がっか》を行《ゆ》くも
未嘗見其嶺　　未《いま》だ嘗《かつ》て其《そ》の嶺《みね》を見《み》ず。

分厚い雲が地に接するかのように低く垂れ込め、長雨が山も川も区別できぬほど一面を水浸しにしている。十日間も富士山のふもとを旅して来たが、まだ一日もその頂きを見たことがない。

※『集』No.五六。
○霽　『集』は「晴」に作る。○地黒　『集』は「不起」に作る。○嶺　『集』は「巓」に作る。

其二

大風今朝吹雲散
白雪千仞照青天
旅人呼快耕人喜
孤士何者獨悵然

其《そ》の二《に》

大風《たいふう》は今朝《こんちょう》雲《くも》を吹《ふ》いて散《ち》らし
白雪《はくせつ》は千仞《せんじん》にして青天《せいてん》を照《て》らす。
旅人《りょじん》快《かい》を呼《さけ》び耕人《こうじん》は喜《よろこ》ぶも
孤士《こし》は何者《なにもの》ぞ　独《ひと》り悵然《ちょうぜん》たるは。

激しい風が吹いたので今朝はすっかり雲が消え去り、
高い富士山の頂きに積もった白雪が青空を照らしている。
旅人たちはそのすばらしさを口にし百姓は農作業の再開を喜んでいるが、
私ひとりせっかくの絶景を前に心うかぬのはどうしてであろうか。

※『集』No.五七。
○白雪　もと「白雲」に作るが、今これを「白雪」に改めた。○悵然　がっかりして恨めしげな様子。もと「帳然」に作るが、『集』に従って今これを改めた。

懐樺山三圓（十九日）

願得三益友
不願萬戸侯
客中得樺子
膠漆志相投
同君斟緑酒
吾病因以瘳
向君開青眼
論談銷羇愁
西風忽一別
難耐搖落秋

樺山三圓《かばやまさんえん》を懐《おも》う（十九日《じゅうくにち》）

願《ねが》い得《え》たきは三益友《さんえきゆう》
願《ねが》わざるは万戸侯《ばんここう》。
客中《きゃくちゅう》に樺子《かし》を得《え》て
膠漆《こうしつ》の志《こころざし》は相投《あいとう》ず。
君《きみ》と同《とも》に緑酒《りょくしゅ》を斟《く》まば
吾《わ》が病《やまい》は因《よ》って以《もっ》て瘳《い》ゆ。
君《きみ》に向《む》かえば青眼《せいがん》を開《ひら》き
論談《ろんだん》しては羇愁《きしゅう》を銷《け》す。
西風《せいふう》ふいて忽《たちま》ち一別《いちべつ》せんとす
耐《た》え難《がた》し　揺落《ようらく》の秋《あき》。

自分に益となる三種の友と出会うことを願い、
立派な大名になることなど願ったりはしない。
折しも交際する諸士の中に樺山氏があり、
お互いの考え方がぴったりあって意気投合した。
君といっしょに美酒を酌み交わせば、

私のふさぎ気味の心も晴れて行く。
君と対座すると胸襟を開いて語り合うことができ、
議論に熱中すると旅先の憂いも消し飛んでしまう。
ところが秋風が吹くころに突然の別れが待っていた、
枯葉が舞い散る季節ともなれば別離の悲しみはひとしお耐えがたい。

※『集』No.五八。

○樺山三圓（樺子）　樺山資之。通称は三圓、瀬吉郎。もと薩藩の茶道方であったが、嘉永五年に江戸藩邸勤務を命ぜられ、さらに水戸藩の藤田東湖、戸田蓬軒らと交際して指導を受け、勤王志士として活躍する。誠忠組（四十余名）にも名を連ね、桜田門外の変以後、警戒厳重な中、長州藩の桂、久坂らと往復、薩長の連携を図り、その後、水・長・薩・土の四藩有志の提携へと進展する。○三益友　交際して自分のためになる三種類の友。孔子は「直」（正直な人）、「諒」（誠実な人）、「多聞」（見識の広い人）をもって「益者三友」とした（『論語』、季氏篇）。○万戸侯　漢代において一万の戸数を有する領土をもつ大諸侯をいう。○膠漆志　互いにぴったり合って、親密なこと。○羈愁　旅愁。旅先で感じる憂い。○西風　秋風。

「辛酉詩稿」（文久元年）

桑名

西風搖崖樹

桑名《くわな》

西風《せいふう》は崖樹《がいじゅ》を揺《ゆ》らし

白露満蒹葭
南鄰歌吹湧
北鄰絲竹嘩
誰識傷心客
中夜獨嘆嗟

白露《はくろ》は蒹葭《けんか》に満《み》つ。
南隣《なんりん》に歌吹《かすい》湧《わ》き
北隣《ほくりん》に糸竹《しちく》嘩《かまびす》し。
誰《たれ》か識《し》らん　傷心《しょうしん》の客《きゃく》
中夜《ちゅうや》に独《ひと》り嘆嗟《たんさ》するを。

秋風ががけに立つ樹木の枝を揺り動かし、
白露がアシの葉に繁く降りている。
宿の南どなりでは盛んに歌をうたい笛を吹き鳴らして騒ぎ、
北どなりでは楽器がにぎやかに演奏されている。
一体誰がここに悲痛な思いを抱く旅人が滞在し、
深夜にひとり嘆き哀しんでいることを知るだろうか。

※『集』No.六一。

○桑名　伊勢国桑名藩（譜代、十一万石）の城下町。東海道の宿場町として大いに繁栄した。濃・尾・勢の三国をつなぐ交通の要衝で、中世以来、揖斐川《いびがわ》河口南岸に位置する港町としても発達した。日記には「十九日、桑名湾を渡り、桑名に宿す」と記載する。○蒹葭　穂をつけていないアシと生え始めたアシ。○歌吹　歌をうたい、笛を吹き鳴らす。○糸竹　弦楽器と管楽器。ひいては音楽の総称。

度桑名灣
間遠灣頭欲夕陽
熱田伊勢倶蒼茫
借問廟堂深算否
雲波萬里入南洋

桑名湾《くわなわん》を渡《わた》る
間遠《かんえん》の湾頭《わんとう》は夕陽《せきよう》ならんと欲《ほっ》し
熱田《あつた》と伊勢《いせ》とは倶《とも》に蒼茫《そうぼう》たり。
借問《しゃもん》す　廟堂《びょうどう》の深算《しんざん》は否《ひ》なるかと
雲波万里《うんぱばんり》　南洋《なんよう》に入《い》る。

広くて遠い桑名湾に夕陽が沈もうとしており、熱田と伊勢の地が海の彼方にぼんやりとかすんで見える。ためしに伺いたいが今日の朝廷の深謀遠慮は本当に大丈夫なのかと、そんな私の心配をよそに雲も波もどこまでも広がる南の海へと消えて行く。

※『集』№五九。

○桑名湾　東海道の熱田宿と桑名宿の間は海路となっており、俗に「桑名七里の渡し」と呼ばれ、伊勢湾（桑名湾）をおよそ六時間かけて渡海した。○熱田　旧東海道の第四十一番目の宿場。現在の名古屋市熱田区。熱田神宮の鳥居前町でもあり、人口一万有余人を抱える東海道で最大級の宿場であった。また桑名、四日市への渡船が発着し、港町としても殷賑を極めた。なお『集』は「厚田」に作る。○蒼茫　ぼんやりとかすんでいる様。○廟堂　朝廷。本文はもと「廣堂」に作るが、今『集』に従い、これを「廟堂」に改めた。○深算　深謀遠慮。

深く考えを巡らし、遠い将来のことまで見通した綿密周到な計画。

夜過鴨河
江上西風吹客袍
憂心此際轉忉忉
平安城上秋方遍
三十六峰寒月高

夜《よる》、鴨河《かもがわ》を過《す》ぐ
江上《こうじょう》の西風《せいふう》は客袍《きゃくほう》を吹《ふ》き
憂心《ゆうしん》は此《こ》の際《さい》に転《うた》た忉忉《とうとう》たり。
平安《へいあん》城上《じょうじょう》 秋方《あきまさ》に遍《あまね》く
三十六峰《さんじゅうろっぽう》 寒月《かんげつ》高《たか》し。

川沿いを歩けば秋風が旅衣に吹きつけ、
憂いに沈む気持ちが一段と増す。
京の街はすみずみまで秋の気配に包まれ、
東山には寒々しく輝く月が天高くかかっている。

※『集』No.六二。また「簡」に収録する四詩中の一つで、題は同じ。
○鴨河　京都市東部を流れる淀川水系の一級河川。近世の公設橋たる三条大橋、五条大橋がかかる。伏見で桂川に合流する。「卸嚢漫録《しゃのうまんろく》」によると、九月二十二日に伏見着とある。○三十六峰　京都市の東山丘陵の総称。
○忉忉　憂愁、焦慮のさま。なお「簡」は「切切」に作る。○方　「簡」は「將」に作る。○遍　『集』は「徧」に作る。○寒月　『集』は「霜月」に作る。

雑詩

薜蘿倚長松
掩映雑青紫
一朝霜雪下
松碧薜蘿死
嗟吾観今時
何爲其不爾

雑詩《ざっし》

薜蘿《へいら》は長松《ちょうしょう》に倚《よ》り
掩映《えんえい》して青紫《せいし》を雑《まじ》う。
一朝霜雪《いっちょうそうせつ》の下《もと》
松《まつ》は碧《あお》きも薜蘿《へいら》は死《し》す。
嗟吾《ああわれ》は今時《こんじ》を観《み》るに
何為《なんす》れぞ其《そ》れ爾《しか》らざる。

老松にしきりとつたやかずらがまとわりつき、
幹や枝を覆い隠して木肌には青や紫の色が入り乱れている。
ある朝のこと老松は霜雪に埋もれたが、
松樹は常緑のままに残ってつる草は枯死してしまった。
ああ私の目には現在の世のありさまは、
何らこれと変わらずぴたりと重なって見える。

※『稿』No.四七、『集』No.六三。

○薜蘿　かずら。つる草の総称。公武合体を推し進める幕府に喩える。

○長松　老松。見るからに年を経た松。

朝廷に喩える。　○掩映　覆い隠す。

其二

誰來爰洗耳
誰來爰濯纓
璘璘水底石
涓涓石上水
雖則涓且璘
我心不可洗

其《そ》の二《に》

誰《たれ》か来《き》りて爰《ここ》に耳《みみ》を洗《あら》わんや
誰《たれ》か来《き》りて爰《ここ》に纓《えい》を濯《あら》わんや。
璘璘《りんりん》たり　水底《すいてい》の石《いし》
涓涓《けんけん》たり　石上《せきじょう》の水《みず》。
則《すなわ》ち涓《けん》且《か》つ璘《りん》たりと雖《いえど》も
我《わ》が心《こころ》は洗《あら》うべからず。

許由のようにこの川に来て汚れた耳を洗い清めるものなど誰もいまいし、
屈原のようにこの川に来て冠のひもをすすぎ洗うものもありはせぬだろう。
確かに水底の石はきらきらと輝いて美しく、
岩ばしる細流はどこまでも清らかである。
だがどれほど輝きを放ってどんなに澄んだせせらぎであったとしても、
私の深い苦悩を洗い除くのはたやすいことではない。

※『稿』No.四八、『集』No.六四。
○洗耳　汚れた話を聞いたため耳を洗い清める。帝堯《ていぎょう》が天下を許由《きょゆう》に譲ろうとした時、許由が不快に思い、潁川《えいせん》の水で耳を洗った故事にちなむ。○濯纓　冠のひもを洗う。世俗を超越する喩え。古代、民間で流布した「滄浪歌《そうろうのうた》」に「滄浪の水清《す》まば以て吾《わ》が纓《えい》を濯《あら》うべく、滄浪の水濁《にご》らば以て吾が足を濯うべし」とある。『楚辞』の「漁父の辞」はこれを「世の中が平和ならば仕えて理想を行い、世の中が乱れていれば身を隠し守る」という意味で引用する。要するに、万事、世の推移に合わせて、最もふさわしい対応をせよという教えとなっている。
○璘璘　玉の光る様。○涓涓　小川などの水の細く流れる様。

「辛酉詩稿」（文久元年）

過三條橋有感

仲繩尊皇室
中興心自期
跋涉脛毛絶
頽厦欲手支
此志雖蹉矣
兒童名義知
吾來第三橋
低回引歩遲

三条橋《さんじょうばし》を過《す》ぐ。感有《かんあ》り

仲縄《なかつぐ》は皇室《こうしつ》を尊《たっと》び
中興《ちゅうこう》せんと心《こころ》自《おのずか》ら期《き》す。
跋渉《ばっしょう》して脛毛《けいもう》は絶《た》えたるも
頽厦《たいか》を手《て》ずから支《ささ》えんと欲《ほっ》す。
此《こ》の志《こころざし》は蹉《さ》すると雖《いえど》も
児童《じどう》すら名義《めいぎ》を知《し》れり。
吾《われ》は来《きた》る　第三橋《だいさんきょう》
低回《ていかい》して歩《ほ》を引《ひ》くこと遅《おそ》し。

秋峯方落木
寒水咽江湄
時物如鴨水
古人不可追
想公拝鳳闕
天風美髯吹

秋峯《しゅうほう》は方《まさ》に落木《らくぼく》し
寒水《かんすい》は江湄《こうび》に咽《むせ》ぶ。
時物《じぶつ》は鴨水《おうすい》の如《ごと》く
古人《こじん》は追《お》うべからず。
想《おも》う　公《こう》の鳳闕《ほうけつ》を拝《はい》するに
天風《てんぷう》の美髯《びぜん》を吹《ふ》きしを。

高山彦九郎は皇室を尊重し、
衰微した朝廷の権威の回復を自ら心に誓った。
全国各地を旅して回ってすね毛もなくなるような苦労を重ねたが、
それでも崩れかかった天下を自分の手で必死に支えようとした。
結局は彼の志は果たせなかったものの、
その名声と節義は子供でも知っている。
私はいま三条大橋のたもとに立ち、
行きつ戻りつしながら歩みは遅々として進まない。
秋の山々はすっかり葉を散らし、
冷たく清らかな水が川のみぎわを音たてて行く。
時代も物も鴨川の水のごとく流れ去って跡形もなく、

古人の影を追い求めることもできない。
それでも私はかつて貴公が禁裏を伏し拝み、
そのつややかな頬ひげが風になびく姿を思い浮かべてしまう。

※『集』No.六五。

○三条橋　東海道の西の起点。京都市中京区と東山区の間にあり、三条通りの鴨川に架かる。古くより京都と東海、東山、北陸各方面を結ぶ出入口であった。三条大橋は江戸期を通じ、公儀橋として幕府の管理下にあった。漢詩では第七句にある「第三橋」を用いる。中島棕隠「鴨東四時雑咏」（百二十首本）の冒頭句の自注に、「鴨水は本と賀茂川と称す。（中略）糺林の南に到り、高野川と合し、直流して第二、第三橋を過ぎ、大和橋の西に当って白川と合す。又た第四、第五、第七、小枝等の諸橋を経て、桂川と合す」とある。○仲縄　高山彦九郎（一七四七―一七九三）の字。江戸中・後期の尊王家。上州新田郡の郷士の家に生まれる。高山家は「新田十六騎」の末裔であった。祖先の尊王の志を継いで、上京して垂加流の尊王思想を学び、南朝の遺蹟を訪ね、諸国を遊歴した。その間、多数の公卿・学者と交際したが、幕府から尊王思想を抱いての遊説を危険視され、筑前久留米で自刃した。林子平、蒲生君平とともに時代の先駆者として尊ばれ、「寛政の三奇人」と称される。なお久坂は『俟采択録《しさいたくろく》』中にも彦九郎を立項しており、また文久二年の水戸行の折、十二月二十三日に上州新田郡佃谷村に足をのばし、高山彦九郎の墓所を参拝し、その荒廃ぶりを憤ったことが「筆廼末仁満爾《ふでのまにまに》」に記されている。
○跋渉　旅路の困難なさま。○脛毛絶　すねの毛がすり切れてなくなる。転じて、東西に奔走する喩え。
○低回　行きつ戻りつする。

平安雜詩　六首
莫向相國寺畔過
秋風唯恐涙滂沱
憶昔鎌府哀土室
晝昏蝙蝠撲人多

平安雑詩《へいあんざっし》　六首《ろくしゅ》
相国寺畔《しょうこくじはん》に向《む》かいて過《よ》ぎる莫《なか》れ
秋風《しゅうふう》に唯《た》だ恐《おそ》るるは涙《なみだ》の滂沱《ぼうだ》たる。
憶《おも》う昔《むかし》　鎌府《けんぷ》の哀《さび》しき土室《どしつ》
昼昏《ひるくら》くして蝙蝠《へんぷく》の人《ひと》を撲《う》つこと多《おお》きを。

青蓮院宮が幽閉されている相国寺付近を往来してはならない、
もの悲しい秋風に耐えきれずにただ涙が激しく流れるのを恐れるからだ。
それにつけても思い起こすのはむかし鎌倉のものさびしい土牢に繋がれた護良親王のこと、
土牢の中は昼なお暗くしばしばコウモリが親王のお顔にぶつかったに違いない。

※『稿』No.五四、『集』No.六六。

○自注に「聞く、青蓮院宮《しょうれんいんのみや》、時に相国寺に在り」とある。青蓮院宮とは、中川宮朝彦《なかがわのみやあさひこ》親王（一八二四—一八九一）のことである。早くは違勅条約反対、一橋慶喜擁立派であったことから、「安政の大獄」に連座、隠居・永蟄居に処せられた。このとき相国寺の桂芳軒に幽居、獅子王院宮《ししおういんのみや》と称した。文久二年に赦免、孝明天皇の信頼厚く、国事御用掛に任ぜられた。以後、公武合体派として活躍する。さらに攘夷派の勢力が拡大するに及んで、会・薩両藩と結び、八・一八の政変を起こし、急進派の勢力を抑制することに成功した。この当時、尊攘派志士たちは後の佐幕派への変節を予期せず、反幕派に属する英明豪胆の皇族として期待を寄せていた。○憶昔鎌府哀土室『集』は「鎌府昔年深土室」（鎌府《けんぷ》昔年《せきねん》土室《どしつ》深《ふか》し）に作る。後醍醐天皇の皇子である護良親王《もりよししんのう》（一三〇八—一三三五、大塔宮《おおとうのみや》）は、討幕運動の中心となって官軍勝利に貢献したが、北条氏の滅亡後、足利尊氏との対立が続き、新政権は安定しなかった。尊氏等は、兵権の中枢を掌握した親王を憎み、讒言をもって帝から遠ざけることに成功する。親王は拘禁されて鎌倉の足利直義のもとに送られ、土牢《つちろう》に幽閉されたが、建武二年、北条時行による中先代《なかせんだい》の乱に際し、北条氏の手に渡ることを恐れた直義に殺害された。維新後、明治天皇の命により、刑殺された東光寺の旧跡に親王を祀る鎌倉宮（同市二階堂）が創建された。現在も本殿裏には親王が幽閉されたと伝える土牢が残る。

其二

紅楓掩映翠華光
父老於今感喜長
昨夜秋林霜始隕
一篇叡藻讀將狂

其《そ》の二《に》

紅楓《こうふう》は翠華《すいか》の光《ひかり》に掩映《えんえい》し
父老《ふろう》は今《いま》に於《お》けるも感喜《かんき》長《とこし》えなり。
昨夜《さくや》の秋林《しゅうりん》　霜《しも》始《はじ》めて隕《お》つれば
一篇《いっぺん》の叡藻《えいそう》　読《よ》んで将《まさ》に狂《きょう》せんとす。

真っ赤に色づいた楓とカワセミの羽で飾った天子の旗とが美しさを競い合ったあの日、村の長老たちは帝の御幸に感動して今日に及ぶまで長くその喜びを記憶している。

昨晩は秋の山林に初めて霜が降りたから一段と紅葉も進もうが、
かの光格帝の御製を読んで制約の多い禁裏の暮しを思うと私は身悶えしてしまう。

※『稿』No.五五、『集』No.六七。

○自注に「文政七年秋九月三十一日、光格上皇《こうかくじょうこう》、東山《ひがしやま》の修学寺《しゅがくじ》に幸《みゆき》す。紅葉《こうよう》を叡覧《えいらん》し、御製《ぎょせい》有り。曰く、『染め尽くすこの山里のちしをにぞめでこし代々《よよ》の秋も知らるる』と」（『稿』『集』ともに「廿一日」に作り、「茂」を「毛」に作る。また『稿』は「曾」を「楚」、「左」を「佐」、「留留」を「流流」に作る。さらに『稿』は「獻」を「叡」に作り、『集』にはない。案ずるに『稿』の「叡」が最もよく、今これに従って改めた）とある。東山の修学寺は、今日の「修学院離宮《しゅがくいんりきゅう》」のこと。光格上皇（一七七一―一八四〇）は、博く学問に通じ、詩歌や音楽の才にも富み、資性円満、質素を尊び、仁愛を旨としたため、廷臣から深く敬慕された。そのいっぽうで、実父（閑院宮典仁親王）へ対する尊号事件を起こして幕府（松平定信）と対立、この一件は尊王思想を助長する契機となった。また没後に漢風諡号《かんぷうしごう》と天皇号とを組み合わせた諡《おくりな》を九百五十年ぶりに復活させ、衰退した朝儀の復興にも尽力、約四十年の治政後も院政を続けるなどして江戸期では類例のない強い君主意識を発揮し、朝廷が近代天皇制へと移行する基盤を作ったと評価される。○掩映　二つの事物が対照をなして、互いに引き立てる。○翠華　カワセミの羽で飾った天子の旗。○父老　長老。村を取り仕切る老人。○於　『稿』は「于」に作る。

其三

諸傑殉難墳土乾
秋風淅淅刺膚寒
憶曾詔下紫宸殿
千人萬人驚且歡

其《そ》の三《さん》

諸傑《しょけつ》は難《なん》に殉《じゅん》じて墳土《ふんど》乾《かわ》き
秋風《しゅうふう》は淅淅《せきせき》として膚《はだ》を刺《さ》して寒《さむ》し。
憶《おも》う　曾《かつ》て詔《みことのり》の下《くだ》るは紫宸殿《ししんでん》
千人万人《せんにんばんにん》の驚《おどろ》き且《か》つ歓《よろこ》びしを。

これまでに多くの英傑が殉難したが彼らが眠る墓の土はうるおいを失い、肌を刺すように冷たい秋風がピュウピュウと吹き荒ぶ季節を迎えた。
だが今も我々が忘れてはならぬのはかつて天子のご命令が下された紫宸殿では、数え切れぬほどの人々が恐懼したり歓喜したりする姿があったということなのだ。

※『稿』No.五六、『集』No.六八。

○憶　憶識、記憶の意。心に記して忘れずに覚えておくこと。　○紫宸殿　もと「紫震殿」に作るが、『稿』に従って今これを改めた。　○千人　『稿』は「千百」に作る。

其四　九月二十三日作。時寓伏見

其《そ》の四《し》　九月二十三日《くがつにじゅうさんにち》の作《さく》。時《とき》に伏見《ふしみ》に寓《ぐう》す

螻蟻千言草未終
滿胸悲憤與誰同
鏗然半夜起投筆
月在秋灣寒水中

螻蟻《ろうぎ》の千言《せんげん》は草《そう》すること未《いま》だ終《おわ》らず
満胸《まんきょう》の悲憤《ひふん》は誰《たれ》とか同《とも》にせんや。
鏗然《こうぜん》たる半夜《はんや》に起《た》ちて筆《ふで》を投《とう》ずれば
月《つき》は秋湾寒水《しゅうわんかんすい》の中《なか》に在《あ》り。

ものの数に入らぬ男の万言を費やした上書はいまだに草稿が完成していない、胸いっぱいの悲しみと怒りは一体誰と分かち合ったらよいのだろう。月が明るく輝いている深夜に起き上がってはかどらぬ筆を投げ捨てると、寒々とした川の水面に秋の月が映っていた。

※『稿』No.五七、『集』No.七一。なお『集』は本詩を「雑詩」中に加えず、注の「九月二十三日　時に伏見に寓す」をもって詩題とする。

○螻蟻　とるに足りない者の喩え。また自分の事柄に関する謙遜の辞。**○千言草未終**　上京直後、久坂が何らかの上書の作成に熱中していたことは、「御嚢漫録《しゃのうまんろく》」に「上書を草す」（九月二十三日）、「草未だ脱せず」（二十四日）、「脱稿す」（二十五日）と順に出てくることから理解できる。恐らくは和宮降嫁一件に関する意見書であろう。

○鏗然　「鎬然」（光り輝く様。明らかな様）と同意と解釈した。○湾　河湾。川の流れの湾曲した場所。

其五

不見彈琴梁伯圖
秋寒江上鶴聲孤
訪君病蓐猶如昨
烏帽皓鬚仙骨癯

其《そ》の五《ご》

見《み》ずや　弾琴梁伯《だんきんりょうはく》の図《ず》を
秋《あき》は江上《こうじょう》に寒《さむ》くして鶴声《かくせい》孤《こ》なり。
君《きみ》を病蓐《びょうじょく》に訪《と》えば猶《な》お昨《さく》の如《ごと》し
烏帽皓鬚《うぼうこうしゅ》にして仙骨《せんこつ》は癯《や》せたり。

梁鴻が山中に隠棲した様子を描く「梁伯弾琴の図」をごらんなさい、そこからは寒々しい秋の川辺に響き渡るはぐれ鶴の声が聞こえてくるようだ。今日も君を病床に見舞ったけれども昨日と変わらぬありさま、黒い頭巾に白いひげの君の姿はかの隠者を彷彿とさせる。

※『稿』No.五八、『集』No.六九。

○弾琴梁伯　梁伯は後漢の梁鴻《りょうこう》（字《あざな》伯鸞《はくらん》、扶風平陵《ふふうへいりょう》の人）のことか。『後漢書』「逸民伝」には妻の孟光とともに覇陵山中《はりょうさんちゅう》に入り、耕織を業とし、詩書を詠じ、琴を弾いて楽しみ暮らしたと記す。また宋・朱長文『琴史《きんし》』巻三は「肥遁《ひとん》（心をゆったりとさせて、世俗から逃れ隠れる）の君子」と称し、「逸民伝」の文章に続けて「故に終身寧《やす》し。傭保《ようほ》（雇われる）を為して禄仕を屑《いさぎよ》しとせざるは、蓋《けだ》し以て其の楽を助くる有らん」と、弾琴が梁鴻の心を慰めたことを述べる。その後、洛陽に来たが、宮廷の栄華、庶民の窮状を見て失望、「五噫《ごい》の歌《うた》」を作って章帝にとがめられ、姓名を変じて再び山東の山中に隠棲したという。○鶴声孤　「孤鶴」は世俗を捨てた隠者の喩え。○烏帽　隠者のかぶる黒い帽子。烏巾。○皓鬚　白いひげ。○仙骨　優れた人であることを示す風采。

其六

曾陪雲濱醉涼棚
撃膝唫詩金石鳴
今夜游人苦悽惻
一川寒水月明生

其《そ》の六《ろく》

曾《かつ》て雲浜《うんぴん》に陪《ばい》して涼棚《りょうほう》に酔《よ》い
膝《ひざ》を撃《う》ちて詩《し》を唫《ぎん》ずれば金石《きんせき》鳴《な》る。
今夜《こんや》の游人《ゆうじん》は悽惻《せいそく》に苦《くる》しみ
一川《いっせん》の寒水《かんすい》に月明《げつめい》生《しょう》ず。

かつては雲浜先生のお供をして京名物の川床に涼んで美酒に酔い、膝を打って詩を吟ずれば金石が触れ合うような澄んだ声がこだましたものだ。しかし今宵の旅人は一人ぼっちで水面を前に師友なき悲境に堪えている、冷やかな川の流れには明るく冴えた月光が映じ美しく輝いているというのに。

※『稿』No.五九、『集』No.七〇。

○雲浜　梅田雲浜。既出（二四六、三二五頁、三五一頁）。江戸にあった久坂は、安政五年七月半ばから約二ヶ月にわたって在京したが、しばらくの間、雲浜の家に仮寓していた。○涼棚　京都鴨川の夏の風物詩である「川床《かわゆか》」（納涼床）のこと。○悽惻　もと「凄」に作るが、今これを「悽」に改めた。惻悽。痛み悲しむ。

舟中

秋風豈敢等閑歸
獨客帝京嘆式微
不料煙波渺茫外
青山凹凸是黄薇

舟中《しゅうちゅう》

秋風《しゅうふう》は豈《あ》に敢《あ》えて等閑《とうかん》に帰《き》せんや
独《ひと》り帝京《ていきょう》に客《きゃく》たりて式微《しきび》を嘆《たん》ずるのみ。
料《はか》らざりき　煙波渺茫《えんぱびょうぼう》の外《そと》
青山《せいざん》の凹凸《おうとつ》は是《こ》れ黄薇《きび》なるとは。

秋風が吹く中どうして何もせずに手をこまねいていられるというのか、
私は京の都に滞在し朝廷衰微のさまを見てただただ悲嘆にくれるばかりであった。
まさか思いもしなかったのはもやって薄暗くなった海面のはるか先、
青い山が高く低く連なる所が吉備の地だったとは。

※『集』No.七七。

○舟中　前述の通り、周布と久坂は京で藩主一行の到着を待ったのであるが、日程が遅れたことから備後の鞆の浦まで下り、長井雅楽と面会した。本詩はその瀬戸内海を西下する船旅の途中に作られたものと考えられる。
○等閑　物事を軽く見て、いい加減に扱う。無関心に放置しておく。○黄薇　吉備。備作の地。岡山県及び広島県東部の旧国名。この地で後醍醐天皇は忠臣・児島高徳《こじまたかのり》との出会いを果たした。後述。

黄瀬川

千年黄瀬川三叉
記否弟兄歡且嗟
遺恨芳山風雨惡
吹摧常棣一枝花

黄瀬川《きせがわ》

千年《せんねん》の黄瀬川《きせがわ》は三叉《さんさ》たり
記《しる》すや否《いな》や　弟兄《ていけい》の歓《よろこ》び且《か》つ嗟《なげ》くを。
遺恨《いこん》なり　芳山《ほうざん》に風雨《ふうう》悪《あ》しく
吹《ふ》き摧《くだ》く　常棣一枝《じょうていいっし》の花《はな》。

黄瀬川は沼津の辺りで三ツ又に分かれて千年の昔と変らぬ姿を見せるが、ここが源氏の兄弟が感動の初対面を果たした地だということをどれ程の人が覚えていよう。だが後に頼朝が義経追討を命じたのには深い恨みが残る。あの日、吉野山に風雨は激しく、さぞかし兄弟親和を象徴する常棣の花を散らせたことであろう。

※『集』No.四四。
○黄瀬川　静岡県を流れる狩野川《かのがわ》水系の一級河川。沼津市で狩野川に合流し、駿河湾に注ぐ。平安末の東海道・

黄瀬川宿（駿東郡清水町）は、源頼朝・義経兄弟の初対面の地として知られる。○三叉　『集』は「三又」に作る。沼津市の清水で伊豆半島からの狩野川と、御殿場方面から南下する黄瀬川が合流し、河口部は狩野川となる。その地点で三つの流れが交叉する。○弟兄　源頼朝と義経。いわゆる「喜瀬川の対面」（治承四年十月二十一日）については、『源平盛衰記《げんぺいじょうすいき》』、『吾妻鏡《あづまかがみ》』に見える。義経が兄の挙兵を聞き、奥州平泉から馳せ参じたというと、頼朝は後三年の役で苦戦していた八幡《はちまん》太郎義家《たろうよしいえ》の陣に弟の義光が官職をなげうって駆け付け、ついに勝利へと導いたという源家の故事を引き、参着した義経の手を取って涙を流して歓喜し、そこで二人して平家討滅を誓い合ったと伝える。○芳山　吉野山。『義経記《ぎけいき》』巻五によれば、都落ちした義経は吉野に潜伏した。文治元年十二月、義経追討の院宣に従って頼朝の追手が吉野に迫ると、義経、弁慶らは金峰《きんぷ》神社の蹴抜塔《けのけのとう》（義経隠れ塔）の内に隠れたが、敵の奇襲を受け、静御前を生け捕りにされる。その結果、京都方面に敗走、しばらく潜伏の後、平泉の藤原氏を頼って奥州へと落ちのびた。○常棣　もと「棠棣」に作るが、意味をなさず、今これを改めた。「常棣」はニワウメ。バラ科の落葉低木で、桜桃のような食べられる実をつける。ここは「棣鄂《ていがく》」「棣華《ていか》」の故事（ニワウメは互いに寄り合って花を形成する所から、兄弟が助け合う様子に喩える）を意識したものと思われる。○一枝　もと「技」に作るが、『集』に従って今これを改めた。

二十日市驛拜公駕東覲恭賦

二十日市駅《はつかいちえき》にて公駕《こうが》の東覲《とうきん》するを拝《はい》し、恭《つつ》しんで賦《ふ》す

士馬郵驛喧

士馬《しば》は郵駅《ゆうえき》に喧《かまびす》しく

公駕向東藩
儀衛一森嚴
健兒腰佩鞬
賤臣獨何者
涕泣雨翻盆
莫侵淸曉去
隰原露霜繁
莫入燕門駐
魍魎白日奔
悲哉百君子
以我爲狂言
瞻望又瞻望
寒風動熊旛

公駕《こうが》は東藩《とうはん》に向《む》かう。
儀衛《ぎえい》は一《いっ》に森厳《しんげん》にして
健児《けんじ》は腰《こし》に鞬《けん》を佩《お》ぶ。
賤臣《せんしん》は独《ひと》り何者《なにもの》ぞ
涕泣《ていきゅう》雨《くだ》ること翻盆《ほんぼん》たり。
清暁《せいぎょう》を侵《おか》して去《さ》る莫《なか》れ
隰原《しつげん》は露霜《ろそう》繁《しげ》からん。
燕門《えんもん》に入《い》りて駐《とど》まる莫《なか》れ
魍魎《もうりょう》は白日《はくじつ》に奔《はし》らん。
悲《かな》しいかな百君子《ひゃっくんし》
我《われ》を以《もっ》て狂言《きょうげん》と為《な》す。
瞻望《せんぼう》又《ま》た瞻望《せんぼう》すれば
寒風《かんぷう》は熊旛《ゆうばん》を動《うご》かす。

宿場は早くも侍と馬とでごったがえし、
藩公のお駕籠は江戸を目指して参勤の旅を続けておいでだ。
護衛の従士は至って厳重に守りを固め、
血気盛んな若者は腰に柄袋をかぶせた両刀を帯びている。

卑賤の私などは何のお役にも立てず、
涙は水甕をひっくり返したように一気に頬を伝わる。
殿様におかれましては早朝からのご出発はお控え下さい、
もともと水辺の草原は湿気を帯びてそこへさらに露や霜が降りるのでお体を害します。
また宮門に入って長々と滞在なさるのもご遠慮下さい、
種々の化け物どもが白昼堂々と姿を現しておりますから実に危険です。
しかし悲しいことながら多くのご重役方は、
私のこういった忠告を頭からでたらめな話だと決めつけてかかる。
幾度となく遠くを見渡しつつ目を凝らして待ち続けていると、
吹きつける寒風が先頭の毛槍を揺らすのがようやく視界に入った。

※『集』№七三。

○二十日市　広島県廿日市市。芸州南西部に位置する旧山陽道の宿場町。久坂と周布は江戸に向かう藩主の行列を十月八日に当地で迎えた。しかし両者はその軽率な行動を咎められ、久坂は帰国を命ぜられ、翌九日に萩へと出立、十二日に帰着して松本村の杉梅太郎（松陰実兄）宅に寓居した。○公駕東覲　萩藩主・毛利《もうり》敬親《たかちか》の江戸参勤のための行列。敬親は公武一和、通商開国を旨とする長井雅楽の「航海遠略策」を藩是と定め、公武間の周旋に乗り出した。文久元年九月十六日、雅楽を従えて萩城下を出発、十一月十三日、江戸麻生の藩邸に到着した。なお敬親は九月十八日、三田尻《みたじり》―華岡《はなおか》間の周防《すおう》国都濃《つの》郡福川駅で昼食中に発病した。幸い侍医たちの手当が適切で程なく軽快したが、しばらくは華岡宿での療養を余儀なくされ、当地を出発したのは十月五日のことであった。○健児　江戸時代、中間・足軽をいったが、ここは血気盛んな若者の意に解した。○韃　本来は弓矢を収める袋、やぶくろの意味であるが、ここは従士たちの刀の柄袋《つかぶくろ》を指すのであろう。○賤臣　備後の鞆で長井と面会後、参勤中止の意見を斥けられた失意の久坂自身を指す。○盆　鉢、甕の類。○莫侵清暁去　次句とともに藩主の病気を気遣う心情が吐露されている。久坂が敬親の発病を知っていたことは、入江宛書簡（文久元年九月下旬か）に「君公弥々《いよいよ》御初駕《ママ》之よし、御途中にて御病気之よし御気遣《おきづか》ひ申上候事なり。併《しか》し御快事と相考申候」とあることから分かる。○燕門　「燕廷」（『拾遺記』）は宮城の庭をいうから、「燕門」は宮門と解した。○熊旛　毛槍《けやり》。鞘を鳥獣類の毛で飾った実用性の薄れた華美な槍。大名行列の先頭に二本を立て、宿場などでは奴が垂直に立てた槍を左右に投げて受け渡しをした。既出（二九一頁）。

山口作　三首

文弱驕奢國曷存
廢墟寒雨月輪昏
中心不暇悲疇昔
兀坐燈前慘不言

山口《やまぐち》の作《さく》　三首《さんしゅ》

文弱驕奢《ぶんじゃくきょうしゃ》にして国《くに》は曷《なん》ぞ存《たも》たんや
廃墟《はいきょ》の寒雨《かんう》　月輪《げつりん》は昏《くら》し。
中心《ちゅうしん》に疇昔《ちゅうせき》を悲《かな》しむに暇《いとま》あらず
灯前《とうぜん》に兀坐《こつざ》して惨《さん》として言《い》わず。

文弱の上に傲慢となって贅沢に耽っては領国を保てるわけがない、

昔この地で権勢を誇った大内氏の屋形跡には冷たい雨が降り月は雲に隠れている。
しかし今や心のうちに往昔の出来事を悲しんでいる余裕はない、
私は灯火の前にじっと座って我が藩の将来を案じながら押し黙っていた。

※『集』No.七四。詩題は「山口」に作る。

○文弱驕奢　文事に耽って性質が軟弱であるのに、おごりたかぶって贅沢に暮らすこと。室町期の有力守護大名で山口を本拠地とした大内氏の滅亡した理由。既出（一九五頁）。○廃墟　山口市内の大殿大路《おおとのおおじ》にある竜福寺（毛利隆元が大内義隆の菩提を弔うために建立）が大内氏居館跡とされる。国指定史跡。○兀坐　動かずに座る。○惨　「惨々」（痛み悲しむ、憂える、心配する様）の意と解した。久坂ら松門は長井雅楽の開国・公武合体論に一貫して反対しており、あくまで尊皇攘夷の貫徹にこだわっていた。その結果、実力をもって周旋運動の阻止を企てることとなり、参勤途中の伏見においての公駕奪取策や長井暗殺計画まで策謀した。

「辛酉詩稿」（文久元年）

其二

國事將敎後代悲
千年殷鑑有誰知
夜酣暗涙沾衾枕
稜峭嚴寒刺骨時

其《そ》の二《に》

国事《こくじ》は将《まさ》に後代《こうだい》をして悲《かな》しましめんとし
千年《せんねん》の殷鑑《いんかん》は誰《たれ》か知《し》るもの有《あ》らんや。
夜《よる》は酣《たけなわ》にして暗涙《あんるい》は衾枕《きんちん》を沾《うる》おす
稜峭《りょうしょう》たる厳寒《げんかん》の骨《ほね》を刺《さ》すの時《とき》。

今まさに弊藩が取り組もうとする公武合体の事業は後世の人々を悲しませ、
千年の後この失敗が不名誉にも戒めの材料となることを誰も分かっていない。
深夜まであれこれ考えているとひとりでに涙が溢れて枕と布団を濡らす、
また今宵も厳しい寒さが骨の髄まで凍てつかせる時間まで眠れずにいることよ。

※『集』No.七五。

○殷鑑　「殷鑑《いんかん》遠からず」（『詩経』、大雅、蕩）の故事。殷の国の人が戒めとすべき手本は、遠くにあるのではなく、すぐ前代の夏王朝が暴君桀によって滅亡したことにある。転じて、他人の失敗を見て、自分の戒めの材料とすることの意に用いる。○暗涙　人知れず流す涙。○稜峭厳寒刺骨時　『集』は「送雨寒風獵獵吹」（送雨寒風猟々として吹く）に作る。「稜峭」は肌を刺すような厳しい寒さをいう。

其三

鴻峰鰐水共悠悠
大國衣冠盡廢丘
爲悲文武百千士
無復一人抱杞憂

其《そ》の三《さん》

鴻峰《こうほう》と鰐水《がくすい》は共《とも》に悠悠《ゆうゆう》たるも
大国《たいごく》の衣冠《いかん》は尽《ことごと》く廃丘《はいきゅう》。
為《ため》に悲《かな》しむ　文武百千《ぶんぶひゃくせん》の士《し》に
復《ま》た一人《いちにん》の杞憂《きゆう》を抱《いだ》くもの無《な》きを。

山口の町には昔と変わらず鴻の峰がそびえて鰐石川も流れ続けているというのに、
大内家主従の栄光を偲ぶよすがは見えず一切が今や荒れ果てた丘と化している。
彼らのために私が悲しむのは大内家に仕えた文武百官の中に、
誰ひとりまさかの事態を想定して万一に備えるものがなかったということだ。

※『集』No.七六。
○鴻峰　鴻ノ峰。既出（一九五頁）。○鰐水　鰐石川《わにしがわ》。山口市内に鰐石町があり、この一帯を流れる椹野川《ふしのがわ》のことを鰐石川と称した。この地に架かる鰐石橋は山口から三田尻（防府）へと南下する出入口となる橋であり、萩城下へと北上する御成道《おなりみち》（萩往還）の一部を形成する。○杞憂　取り越し苦労。天が落ちてきたらどうしようと心配して、寝食を廃した故事に基づく。既出（二三五、三六九頁）。

「辛酉詩稿」（文久元年）

送河本杜太郎東去
太郎將去氣如貔
草堂置酒憤且悲
豺狼横道鯨鰐海
壯士此時安遲疑
文士筆硯競葩藻

河本杜太郎《かわもともりたろう》の東《ひがし》に去《さ》るを送《おく》る
太郎《たろう》は将《まさ》に去《さ》らんとして気《き》は貔《ひ》の如《ごと》く
草堂《そうどう》に置酒《ちしゅ》して憤《いきどお》り且《か》つ悲《かな》しむ。
豺狼《さいろう》は道《みち》に横《よこ》たわり鯨鰐《げいがく》は海《うみ》にあり
壮士《そうし》は此《こ》の時《とき》に安《いず》くんぞ遅疑《ちぎ》せんや。
文士《ぶんし》は筆硯《ひっけん》もて葩藻《はそう》を競《きそ》うも

君擬斬將且搴旗
世人羸廢甕牀蓐
君言馬革裹我屍
君隨黃鵠搏蒼溟
我同瘦馬困絆羈
時變成敗難予覩
聚首交膝豈復期
爲君須擊漸離筑
爲君唱出荊卿詩
夜闌別筵酒如水
朔風捲雪淅淅吹

君《きみ》は将《しょう》を斬《き》り且《か》つ搴旗《けんき》するに擬《ぎ》す。
世人《せじん》は羸廃《るいはい》して牀蓐《しょうじょく》に甕《たお》るるとも
君《きみ》は馬革《ばかく》に我《わ》が屍《しかばね》を裹《つつ》めと言《い》わん。
君《きみ》は黄鵠《こうこく》に随《したが》いて蒼溟《そうめい》に搏《はばた》くも
我《われ》は瘦馬《そうば》と同《おな》じく絆羈《はんき》に困《くる》しむ。
時変成敗《じへんせいばい》は予覩《よと》し難《がた》く
聚首交膝《しゅうしゅこうしつ》は豈《あ》に復《ま》た期《き》せんや。
君《きみ》が為《ため》に須《すべか》らく漸離《ぜんり》の筑《ちく》を撃《う》つべし
君《きみ》が為《ため》に荊卿《けいけい》の詩《し》を唱出《しょうしゅつ》せん。
夜《よる》は闌《たけなわ》にして別筵《べつえん》の酒《さけ》は水《みず》の如《ごと》く
朔風《さくふう》は雪《ゆき》を捲《ま》いて淅淅《せつせつ》として吹《ふ》く。

これから旅立とうとする杜太郎の意気はまるで伝説の猛獣・貔のようであり、
粗末な我が家で酒を酌み交わしては時に憤慨しまた時に悲嘆にくれている。
獰猛なサイやオオカミは道に横たわりクジラやワニは海に潜んでいる、
立派な男子はこんな時にどうしてぐずぐずと決断しないでおられようか。
文筆の士は筆と硯を使ってすぐれた文章を競い合うが、
君は将の首を斬り敵の軍旗を抜き取ろうとしている。

世の人々が疲れ果て病床に倒れ伏すものが続出したとしても、
君は「死ぬ覚悟で従軍するので遺体は馬の皮に包んで欲しい」というだろう。
草莽の君は同志と一緒に黄鵠のように大海原を自在に翔けめぐっているというのに、
藩士の私は厩で飼育される痩せ馬と変わらず様々な束縛に苦しんでいる。
時世の変化や事業の成功失敗は予想しがたく、
頭を集め膝を交えて皆で相談しても全てが解決するとは限らない。
君との別れに際し高漸離が得意とした筑を私もひとつ演奏してみせよう、
荊軻が悲壮な覚悟を示した「易水の歌」もご披露しよう。
夜も深まって別れの宴は一段と盛り上がり酒もたっぷりと用意してあるが、
外では北風が雪を捲き上げピュウピュウと吹き荒れている。

※『稿』No.六二、『集』No.八〇。『稿』の詩題には「東去」の二字なし。『集』は「河本」の二字がない。

❍河本杜太郎　一八四〇—一八六二。尊攘志士。名は正安、字は貫之、章庵と号した。越後国魚沼郡十日町の出身で、家は代々医を業とした。江戸で医を尾台榕堂に学んだが、憂国の念抑えがたく、芳野金陵に入門、同時期に金陵門下にあった久坂と深交を結んだ。文久元年、和宮降嫁阻止、攘夷決行を謀議した。その後、長州に赴いて安藤閣老要撃策への協力を求めたが、桂らの同意を得られなかった。来萩の日付に関しては、「飼養漫録《しゃのうまんろく》」に「十一月十一日、河本杜太郎宮市《みやいち》に来る。十六日出萩、二十四日去る」とある。文久二年、常・野の同志を中心に坂下門外の変を起こすも討死した。享年二十三。なお「江月斎日乗」（万延元年正月二十七日の条）に、「河本氏は本月十日より吾舎《わがしゃ》に寓居なり」とあり、両者が乏しい衣食を分かつに至った経緯は芳野金陵「川本正安伝」(『金陵遺稿』所収)に紹介されている。本詩は河本が萩を訪れた十一月二十三、四日頃に作られたもので、これが久坂との今生の別れとなった。○貔『稿』は「貔」(異体字)に作る。伝説の猛獣でトラに似る。○草堂粗末な家。○此『稿』は「是」に作る。○遲疑 ぐずぐずとして決断しないこと。○藨藻 立派な文章。○搴旗 敵の軍旗を抜き取る。○羸廃 疲れ果てる。○馬革裹我屍『後漢書』馬援伝に、勇猛な戦死者の遺骸は馬の皮袋で包んだとある。○黄鵠 伝説的な大鳥で、黄色みを帯びた白鳥という。一たび挙がれば千里を飛び、仙人の乗り物と考えられた。ここは『楚辞』「卜居」に「黄鵠と翼を比す」(高潔の士と共に世を遁れて、世間の煩わしさから遠ざかる喩え)とあるのをふまえたか。また「黄鵠」は尊攘思想を抱く脱藩士や草莽の同志を指すと見られる。○蒼溟 大海原。○摶 羽ばたく。翔ける。○絆覊 つなぐ。拘束する。ここは藩士としての様々な制約、不自由さをいう。○豈復期『稿』は「復豈期」に作る。○漸離筑 荊軻の親友でともに始皇帝の暗殺に赴いた高漸離の得意とした楽器が「筑」(弦楽器の一種)であった。○荊卿詩 もと「荊鄉」に作るが、『稿』に従って今これを「荊卿」に改めた。荊軻が始皇帝暗殺に燕地を出発するに際し、悲壮な覚悟で歌った「易水の歌」。既出(三三二頁)。

讀大樂弘毅詩稿

寒濤欲入戸
疾風吹林木

大楽弘毅《たいらくこうき》の詩稿《しこう》を読《よ》む

寒濤《かんとう》は戸《と》に入《い》らんと欲《ほっ》し
疾風《しっぷう》は林木《りんぼく》を吹《ふ》く。

幽人睡不着
枯坐心清粛
偶把故人詩
静焚松膏讀
議論挾風霜
筆鋒萬牛蹙
屈平唯獨醒
賈誼空痛哭
讀罷悵掩巻
潸然涙一掬
想像囚窗裡
美人痩如竹

幽人《ゆうじん》は睡《まどろ》むも着《ねむ》れず
枯坐《こざ》して心《こころ》は清粛《せいしゅく》たり。
偶《たま》たま故人《こじん》の詩《し》を把《と》り
静《しず》かに松膏《しょうこう》を焚《た》いて読《よ》む。
議論《ぎろん》は風霜《ふうそう》を挾《はさ》み
筆鋒《ひっぽう》は万牛《ばんぎゅう》をして蹙《ちぢ》ましむ。
屈平《くっぺい》は唯《た》だ独《ひと》り醒《さ》め
賈誼《かぎ》は空《むな》しく痛哭《つうこく》す。
読《よ》み罷《おわ》って悵《ちょう》として巻《かん》を掩《おお》えば
潸然《さんぜん》として涙《なみだ》の一掬《いっきく》するあり。
想像《そうぞう》す　囚窓《しゅうそう》の裡《うち》
美人《びじん》の痩《や》すること竹《たけ》の如《ごと》くならんと。

「辛酉詩稿」（文久元年）

冷たい波が戸口にまで押し寄せようとし、
強風は激しく林の中を吹き抜けて行く。
隠士のように暮らす私は今宵もなかなか寝つけず、
やつれた顔つきで座っているが心は落ち着いている。
そこでたまたま旧友の詩稿を手に取り、

松脂をともして静かに読み耽った。
議論は厳しくおごそかで、
文章の勢いは万牛をすくみあがらせるように苛烈である。
屈原はただひとり清く正しい発言を行ったがゆえに追放の憂き目にあい、
賈誼は政治の欠点をしばしば上疏して左遷されてからはただ慟哭するばかりであった。
読み終わって呆然として表紙を閉じれば、
はらはらと流した我が涙は両の掌に溢れんばかり。
君の獄中における姿を想像するに、
かつての偉丈夫が今や竹のように痩せ細っていることだろう。

※『稿』No.六〇、『集』No.七七。

○大楽弘毅　一八三二―一八七一。通称は源太郎、字を弘毅という。名は奥年、西山と号した。萩藩寄組士・児玉若狭《こだまわかさ》の家臣。山県氏《やまがたし》の子として萩に生まれたが、周防国吉敷郡台道村《よしきぐんだいどうむら》（防府市）に移り、主命により大楽家を継いだ。幼時、平安古《ひやこ》の吉松塾で久坂とともに学び、両者は終生の盟友であった。後に月性、広瀬淡窓、太田《おおた》稲香《とうこう》に従学、上京して梅田雲浜の門下となる。頼三樹三郎の紹介で水戸に遊学し、多くの志士と相知る。安政の大獄では嫌疑を受け、一時、郷里で蟄居を命ぜられた。禁門の変では山崎陣営にあり、淀藩との交渉にあたるなどした。その後も尊攘派として松門生と行動を共にし、高杉の馬関義挙に呼応して防府で忠憤隊を組織した。明治以後も藩府の招きに応ぜず、台道で子弟の教育に専念した。しかし明治二年には脱退暴動の首謀者となり、また大村益次郎暗殺計画にも関与が疑われ、防長を脱して九州各地に潜伏したものの、同四年三月、久留米藩士の手により暗殺された。享年四十。その詩集は生前の刊行はなく、後に中川清太郎編「西山遺詩」、古田祥朔編「西山詩存」、内田伸編「大楽西山詩集」が世に出た。○幽人　隠士。俗世間を捨てて人里離れた土地で暮らしている人。○着　眠る。眠りにつく。○枯坐　やつれた表情で座る。○清粛　「粛清」と同じ。静寂な様。冷たく清らかな様。○松膏　松脂のこと。古く「松やに蝋燭」に加工したり、「ひで」（根の多脂の部分）を細かく割って台の上で燃やし、灯火の具として利用した。○風霜　人柄や文章の厳しくおごそかなものの喩え。

○屈平　楚の忠臣・屈原。讒言によって斥けられ、さらに捕えられて国外に追放され、汨羅《べきら》に投身して自ら命を絶った。既出（三五九頁）。○賈誼　前漢の政治家。文帝に召されて博士から太中大夫《たいちゅうたいふ》となり、法制・礼楽の整備に努めた。また諸侯領地削減論、重農抑商論、対匈奴積極政策論を強硬に主張、しばしば政治の欠点を論じて上疏した。しかし文帝は消極路線を継続し、また急進的改革案や抜擢人事は宮廷内に抵抗勢力を生じ、賈誼は絳灌《こうかん》等に忌まれて長沙王の太傅《たいふ》に左遷されるに至った。次いで梁の懐王の太傅に移ったが、失意の中に病没した。

○潸然　もと「潜然」に作るが、今これを改めた。涙がとめどなく流れるさま。○一掬　両方の手のひらにあふれんばかりの分量。○囚窓裡　大楽は安政の大獄に連座し、しばらくの間、郷里の吉敷郡台道村の旦浦《だんうら》に閉居していた。久坂がこれを訪ねたことは、『江月斎日乗』に「大楽源太郎を訪う。源太幽囚せらるるも鋒鋭旧の如し。談論頗《すこぶ》る快」（万延元年二月二十二日）と見える。今回久坂が読んだものは、その幽囚期の作を中心に収めた詩稿で、恐らく大楽が自ら送って批評を乞うたものではないかと思う。大楽が久坂に詩を見せていた事実は、「江月斎日乗」の安政七年（万延改元は三月十八日）三月十一日の条に、「源太、時に詩及び飯田量平の紀事を寄す」とあることが一証となる。

十一月十一日、訪櫻園翁、源太・正菴在坐。越後河本杜太郎亦來會

十一月十一日《じゅういちがつじゅういちにち》、桜園翁《おうえんおう》を訪《と》えば、源太《げんた》・正菴《せいあん》、坐《ざ》に在《あ》り。越後《えちご》の河本杜太郎《かわもともりたろう》も亦《ま》た来《き》たり会《かい》す

盆植數莖蘭
壁懸定明書
賓主坐其間
唫誦共欷歔
哲人既邈矣
國事頽廈如
芳醇匪不美
隱憂何以舒

盆《ぼん》に数茎《すうけい》の蘭《らん》を植《う》え
壁《かべ》に定明《ていめい》の書《しょ》を懸《か》く。
賓主《ひんしゅ》は其《そ》の間《かん》に坐《ざ》し
唫誦《ぎんしょう》して共《とも》に欷歔《ききょ》す。
哲人《てつじん》は既《すで》に邈《とお》く
国事《こくじ》　頽廈《たいか》の如《ごと》し。
芳醇《ほうじゅん》は美《うま》からざるに匪《あら》ざるも
隠憂《いんゆう》は何《なに》を以《もっ》て舒《の》べんや。

鉢には数本の蘭草が植えてあり、
壁には雲浜翁の書が掛けてある。
主人と客はその間に座り、
詩歌を朗吟してはすすり泣いている。
卓見の士・雲浜はすでに遠逝し、
国事は崩れかかった大きな家のようだ。

芳醇な酒はこの上なく美味いが、
心に秘めた憂いはどうやっても消せはしないだろう。

※『集』No.七八。

○桜園翁　岡本三右衛門。一八〇九―一八七七。桜園と号す。防府宮市の大年寄役をつとめた富商。近くの松崎神社の神官・鈴木直道より国典・歌学を学び、尊王の志を抱く。資性忠厚にしてよく慈善の行いを好み、藩の公武周旋の費用を弁じ、また尊攘志士への経済的支援を惜しまなかった。よって萩藩は帯刀を許し、二人扶持を給した。晩年は家産が傾いたが意に介せず、吟詠自適して生涯を終えた。享年六十五。なお河本は久坂宛の十二月九日付書簡で、桜園邸へは萩から戻って再び二十五日～晦日まで滞在し、十二月一日に発船、同六日、無事大坂に到着した旨を報告している。○源太　大楽源太郎。「大楽西山詩集」（内田伸『大楽源太郎』附録）に「稜威神習処《いつのかんならいどころ》にて河本・日下二君に邂逅す。絶句」（七絶二首）がある。「稜威神習処」は岡本三右衛門の居宅の名であり、内容から見ても同時期の作と断定される。○正菴　土屋正菴。大楽源太郎、入江九一、秋良敦之助等と交流があった防府（佐波郡中関村《さばぐんなかのせきむら》田島《たじま》）の有志医家。父も正菴（名鵠、号太倉、一七六九―一八四一）を医称とし、儒学に造詣が深く、医業の傍ら私塾を営み、ふたつながら大いに賑わった。京都大学附属図書館には、二代正菴より岡本三右衛門に宛てた書簡二通（文久元年十月朔、同年十二月二十七日）が、小屏風に仕立てられて残っている。○定明書　第二句の下に「梅田雲浜、名は定明」と自注する。この時、掛けられた書は梅田雲浜が大楽に贈ったもので、「かへりきて草のみわれをしり顔にこぼれかかれる露のふるさと」という和歌の書かれた軸であった。○隠憂　心に秘めた憂い。

寄人

吾聴空林雪
便想金港遊
君宅清渓響
應想刀水憂

人《ひと》に寄《よ》す

吾《われ》は空林《くうりん》の雪《ゆき》を聴《き》き
便《すなわ》ち金港《きんこう》の遊《ゆう》を想《おも》う。
君《きみ》が宅《たく》は清渓《せいけい》の響《ひび》きあり
応《まさ》に刀水《とうすい》の憂《うれい》を想《おも》うべし。

私は人気のない寂しい林で雪の落ちる音を耳にした時、思わず神奈川での賑やかな交遊を懐かしく思い出した。君の家には清らかな谷川の響きがこだましているから、その水音を聞いては刀根川を渡って国事に奔走した水戸の同志を思い出してくれよ。

※『集』No.七九。
○空林　人気のない寂しい林。　○金港　開港場となった神奈川（金川）は「金港」「錦港」とも称された。
○刀水憂　「刀水」は利根川。久坂の崇拝する藤田東湖の「三たび死を決して死せず。二十五回刀水を渡る」（「回天詩史」）をふまえる。ここは桜田事変以来、度々の義挙に加わり、行動を起こして実をあげて来た水戸藩尊攘派の人々の労苦をいうのであろう。久坂は文久元年の入江子遠（九一）宛書簡で、水戸藩の内情を詳しく報じている。同年五月末、有賀半弥らが東禅寺の英国仮公使館を襲撃して自刃、また七月には昨年薩摩藩に投じ、藩邸に拘執されていた浪士三十八名が水戸に送還され、厳罰に処せられようとした。久坂はこれら同志を救う方途を講じたが及ばなかったという。

辛酉臘月、土佐大石・山本二君、來游萩府。將去作詩爲贈

辛酉臘月《しんゆうろうげつ》、土佐《とさ》の大石《おおいし》・山本《やまもと》の二君《にくん》、萩府《しゅうふ》に来《きた》り游《あそ》ぶ。将《まさ》に去《さ》らんとすれば、詩《し》を作《つく》って贈《おく》るを為《な》す

葛長旄丘心事違
包胥何意等間歸
送君郊外歳將暮
氷滿髭髯雪滿衣

葛《かつ》は旄丘《ぼうきゅう》に長《ちょう》ずるも心事《しんじ》は違《たが》いて
包胥《ほうしょ》は何《なん》ぞ等間《とうかん》に帰《き》するを意《おも》わんや。
君《きみ》を郊外《こうがい》に送《おく》れば歳《とし》は将《まさ》に暮《く》れんとし
氷《こおり》は髭髯《しぜん》に満《み》ちて雪衣《ゆきころも》に満《み》つ。

衛を救援した諸侯は旄丘に蔦の絡まるように旗を乱立させても事はうまく運ばなかったが、秦に援軍を乞いに行った申包胥は策の成功を疑わず見事に使命を果たして帰国した。土佐の両君を城下の郊外まで見送った日は年の暮れも間近であった、その日の寒さは殊の外厳しく両君のひげは凍りついて着物には雪が降り積もっていた。

※『稿』No.六一、『集』No.八一。

○『稿』は詩題を「山本・大石」の順となし、『集』は「游」の一字なし。なお『江月斎遺集』は本詩をもって大

尾となす。○土佐大石・山本二君　大石団蔵（祐之、一八三三―一八九六）と山本喜三之助（重考、一八三七―一八八三）。両人は武市半平太と樺山三圓（資之、薩藩士）の書状と、武市の「叢棘随筆《そうきょくずいひつ》」を持参（「江月斎日乗」表紙裏）、十二月十六日～二十二日まで滞在した。大石は郷士の出身ながら、後年、薩摩藩士・奈良原茂の知遇を受け、その養子となるが、この時期はまだ土佐勤王党の一員であった。翌二年四月には吉田東洋暗殺に関わり、一時長州に逃れて久坂の庇護を受ける。後に薩摩藩に士籍を得て、高見弥一郎と名を改め、長く教学の分野で活躍した。なお「江月斎日乗」によれば、久坂が大石と初めて会ったのは文久元年四月二十六日のことである。この大石が江戸で武市を久坂に引き合わせた（文久元年八月十七日）。山本も勤王党士、文久二年に上京、同志と幕吏・渡辺金三郎等を天誅と称して斬殺、翌年捕えられたが拷問に耐えて自白しなかったため、永牢処分を受ける。慶応三年に出獄して北越戦争に参加、維新後は新政府の諸役を歴任した。○葛長旄丘『詩経』邶風の「旄丘」は、「旄丘《ぼうきゅう》の葛《かつ》、何ぞ誕《たん》なるの節《ふし》あり」と歌い出される。衛に侵入した異民族を追い払うため、親類の諸侯が集結するが、敵を恐れて進撃をためらったことから、一体何をしに来たのかと衛の人々が失望をあらわにする場面である。○包胥　申包胥「秦庭《しんてい》の哭《こく》」の故事で知られる春秋時代の楚国の政治家。○等間「等閑」に同じ。なおざりに、いいかげんに。

其二

其《そ》の二《に》

（前欠）

（前を欠く）

決勝武門之耳目

決勝《けっしょう》は武門《ぶもん》の耳目《じもく》。

嗟此耳目心腹人
誰爲皇室撑傾覆
天皇憤虜兼憂民
殺身何人善爲仁
問君經過備後路
懷否行在斫樹人

嗟此《ああこ》の耳目《じもく》は心腹《しんぷく》の人《ひと》ならん
誰《たれ》か皇室《こうしつ》の傾覆《けいふく》を撑《ささ》うるを為《な》さんや。
天皇《てんのう》は虜《りょ》を憤《いきどお》り兼《か》ねて民《たみ》を憂《うれ》う
身《み》を殺《ころ》して何人《なんぴと》か善《よ》く仁《じん》を為《な》さんや。
君《きみ》に問《と》う　備後路《びんごじ》を経過《けいか》して
懐《おも》うや否《いな》や　行在《あんざい》に樹《き》を斫《き》るの人《ひと》を。

（吉田家所蔵）

（前を欠く）
勝敗を決するのは天子の目や耳となって働く武士の有無に関わっている。
ああこの耳目の役割を果たす者は深く信頼できる人物でなければならぬ、
崩れゆく朝廷を支えられるのは諸君らをおいて他にはない。
天子は外国人の勝手な振る舞いに憤慨しつつ人民のことをも深く憂えていらっしゃる、
国事のために命を投げ出すのは誰あろう君たちなのだ。
諸君に尋ねたい。備後路を通り過ぎた際に、
仮御所に忍んで後醍醐帝に変わらぬ忠誠を誓った児島高徳を思い出すかどうかを。

○耳目　「耳目の官」（『書経』、冏命）の略。天子の目や耳となって国の治安を守る役人のこと。○心腹人　腹心の人。深く信頼している人物。○撑　ささえる。「撐」の俗字。○殺身為仁　道義や事業のために命を投げ

出す。『論語』衛霊公篇に「子曰く、志士仁人《ししじんじん》は生を求めて以て仁を害《そこな》う無し、身を殺して以て仁を成《な》す」とあるのに基づく。○備後路　山陽道を通る旅であるから、当然、備後路は経過するが、恐らくここはその地名から「備後三郎《ひんごさぶろう》」、すなわち児島高徳《こじまたかのり》を連想したのであろう。○行在斫樹人　『太平記』巻四（「備後三郎徳ガ事・付《つけたり》呉越軍《ごえついくさ》ノ事」）にある児島高徳の白桜十字詩《はくおうじゅうじし》の故事をふまえる。元弘の乱で捕えられた後醍醐天皇が、隠岐に配流となる途中、高徳は播州と作州との国境付近での奪還を試みたが失敗した。次いで院庄《いんのしょう》（岡山県津山市）の行在所《あんざいしょ》に単身潜入し、庭前の桜樹に「天勾践《てんこうせん》を空《むな》しうする莫《なか》れ。時に范蠡《はんれい》無きにしも非ず」と十字の詩を刻み、天皇に自らの忠心を伝えた。○斫　けずる。幹の堅い表皮を削り剥がす。

「癸《き》亥《がい》詩《し》稿《こう》」（文久三年）

春日《しゅんじつ》

独《ひと》り東風《とうふう》に向《む》かいて逝川《せいせん》を嘆《なげ》けば
山花《さんか》は雪《ゆき》の如《ごと》く柳棉《やなぎわた》の如《ごと》し。
皇運《こううん》を挽回《ばんかい》するは何《いず》れの日《ひ》なるかを知《し》らんや
元悪《がんあく》誅《ちゅう》を蒙《う》けて已《すで》に五年《ごねん》。

春日

獨向東風嘆逝川
山花如雪柳如棉
挽回皇運知何日
元惡蒙誅已五年

ひとり春風に吹かれて川の流れを見つめては時の無情を嘆きつつふと目を転ずれば、山中に咲く花は雪と見紛うばかりで岸辺のネコヤナギも綿毛のような穂を出している。かくして春はまた巡り来たが皇室の衰運を挽回するのは一体いつのことになるだろう、元凶であった井伊大老が誅殺されてはや五年が経つというのに。

※『稿』No.七三。『江月斎稿』は本詩をもって大尾とする。『稿』は詩題を「甲子春日作」とするため、福本の「癸亥」（文久三年）説とは一年のずれがある。「甲子」は文久四年であり、その年の二月二十日には元治と改元された。久坂は元治元年の七月十九日に自刃する。なお『江月斎遺集』には収録がない。

○逝川　流れる川の水。一度去って再び帰らぬものをいう。『論語』（子罕篇）の「川上の嘆」（万物の移り変わってやまない様）を意識した語と思われる。○柳如棉　『稿』は「綿」に作る。意味は同じ。綿毛のように柔らかい穂をつけるネコヤナギ（カワヤナギ）をいうのであろう。○元悪　大悪人。元凶。なお『稿』は「頑」に作る。井伊直弼のこと。○已五年　桜田門外の変は万延元年であるから、元治元年でちょうど足かけ五年となる。この点から考えると、本詩は『稿』の甲子説が正しいと思うが、今ひとまず福本の編次に従った。

「雑《ざつ》詩《し》」（年次不明）

失題《しつだい》

虜情《りょじょう》は日《ひ》びに千変《せんぺん》するも
盟書《めいしょ》は墨《すみ》未《いま》だ乾《かわ》かず。
咄《とつ》なるかな　彼《かれ》の請《こ》いに任《まか》するは
未《いま》だ了《おわ》らず　藁街《こうがい》に竿《さお》するを。
膺懲《ようちょう》は誰人《たれびと》にか在《あ》る
憤夷《ふんい》して独《ひと》り浩歎《こうたん》するのみ。

（京都・斉藤恒三氏所蔵）

失題

虜情日千變
盟書墨未乾
咄哉任彼請
未了藁街竿
膺懲誰人在
憤夷獨浩歎

対外事情は日々めまぐるしく変化しているというのに、
先に取り交わした通商条約の墨跡はまだ乾いていない。
相手の要求をすんなり受け入れるとは全くもって呆れたことよ、
いまだに奸臣がのさばっているからこんな無様な結果を招くのだ。
外敵を討伐するのはそもそも誰の役目なのか、

私は西洋人の横暴が我慢ならず深い溜息をついて大いに嘆かざるを得ない。

○虜情　敵情。洋夷の状況。アメリカとの通商条約調印後、英・仏等は外交圧力をもって同様の条約締結を幕府に迫った。これに対して幕府は朝廷の許可を得ることなく、大老・井伊直弼の専断によって調印に踏み切った。○盟書　安政五年六月に結ばれた日米修好通商条約を指す。以後、九月までに蘭・露・英仏の各国とも同様の不平等条約が締結された。これを「安政の五カ国条約」と総称する。○咄哉　警告や不満を示す言葉。叱声や舌打ちの声に用いる。○藁街竿　対金主戦派の胡銓（一一〇二―一一八〇）は「戊午上高宗封事」において、講和派の秦檜・孫近・王倫を奸臣と非難し、「願はくは、三人の頭を断ち、之を藁街に竿せん」と抗疏した（『宋史』巻三七四、「胡銓伝」）。なお「藁街」は、漢代、長安城の南門の内にあった街区で、刑場の所在地として知られる。ここは開国派の幕閣を襲撃し、首級をあげることをいうのであろう。○膺懲　外敵などを討伐する。○浩歎　深く溜息をついて、大いになげく。

入京師

水明山麗澹秋暉
重入神京拜禁闈
今日如珠多感涙
紫雲掩映濺臣衣

京師《けいし》に入《い》る

水《みず》は明《あき》らかに山《やま》は麗《うるわ》しく秋暉《しゅうき》澹《あわ》し
重《かさ》ねて神京《しんきょう》に入《い》って禁闈《きんい》を拝《はい》す。
今日《こんにち》は珠《たま》の如《ごと》くに感涙《かんるいおお》多し
紫雲《しうん》は掩映《えんえい》して臣衣《しんい》に濺《なみだお》つ。

（福本氏蔵、「錦繡詩歌鈔」）

山紫水明の地を秋の日差しが淡く照らす中、
私は再び入京して禁裏を拝した。
昨今は感極まって大粒の涙をはらはらと流すことも多く、
紫雲たなびく御所を見れば我が衣はいっそうしとどに濡れる。

○神京　みやこ。首府。○禁闈　宮廷。御所。内裏。もと「禁闕」に作るが、本詩は上平五微の韻を用いており、「闕」（入声六月）は合致しない。よって今これを同韻の「禁闈」に改めた。○紫雲　宮中にたなびく紫色のめでたい雲。○掩映　おおいかくす。○濺　涙がしたたり落ちる。もと「賤」に作るが、今これを「濺」に改めた。

午睡

茶烟斜處漏聲微
新綠遮窗竹樹圍
日永幽人眠未起
一雙胡蝶掠簾飛

午睡《ごすい》

茶烟《ちゃえん》の斜《なな》めなる処《ところ》　漏声《ろうせい》は微《かす》かなり
新緑《しんりょく》は窓《まど》を遮《さえぎ》って竹樹《ちくじゅ》に囲《かこ》まれたり。
日《ひ》は永《なが》くして幽人《ゆうじん》眠《ねむ》って未《いま》だ起《お》きず
一双《いっそう》の胡蝶《こちょう》　簾《れん》を掠《かす》めて飛《と》ぶ。

「雑詩」（年次不明）

茶を煮る湯気が斜めに立ち上り湯の沸く音がかすかに聞こえる、

若葉は窓をおおい家は竹に囲まれてのどかな時が流れ行く。
日あしは長く俗世を離れて昼寝を楽しむ人はまだ目覚めない、
すだれのすぐそばを二匹のアゲハが楽しげに舞い遊ぶ。

○幽人　静かに世を避けて隠れ住む人。　○胡蝶　アゲハチョウ。

次韻國弘氏詩

花翻夏已央
新樹綠映堂
歳月東流水
遂無延年方
偉蹟無所建
胸間感慨長
聖恩如天地
主君何不償

国弘《くにひろ》氏《し》の詩《し》に次韻《じいん》す

花《はな》は翻《ひるがえ》って夏已《なつすで》に央《なか》ばなり
新樹《しんじゅ》は緑《みどり》にして堂《どう》に映《えい》ず。
歳月《さいげつ》は東流《とうりゅう》の水《みず》のごとく
遂《つい》に延年《えんねん》の方無《ほうな》し。
偉蹟《いせき》を建《た》つる所無《ところな》くんば
胸間《きょうかん》に感慨《かんがい》は長《とこし》えならんや。
聖恩《せいおん》は天地《てんち》の如《ごと》く
主君《しゅくん》は何《なん》ぞ償《つぐな》わざらんや。

はらはらと花が散ると思えばいつの間にか夏も半ば、

生い茂る青葉が建物に照り映えて美しく見える。
「古来万事、東流の水」ではないが歳月は過ぎ行くばかりで戻らず、
結局は我々の寿命にしても延ばす方法などありはしないのだ。
立派な手柄も残さずにいれば、
心の中に感動など永遠に湧き起こるはずもない。
帝の恩恵は天地のように広大であるというのに、
どうして我が殿がそのご恩に報いないままでいられよう。

○国弘氏　萩藩士・国弘平治。既出（三八頁）。○東流水　物事が消え去って戻らない喩え。李白の「夢に天姥に遊ぶの吟。留別の詩」に「古来万事、東流の水」の句がある。○聖恩　皇恩。天子の恩恵。○主君　もと「主元」に作るが、今これを改めた。

「雑詩」（年次不明）

其二

讀書萬卷察今古
折衝宜使國威張
丈夫豈敢傚燕雀
鵬翼搏風萬里翱

其《そ》の二《に》

読書万巻《どくしょまんがん》　今古《きんこ》を察《さっ》し
折衝《せっしょう》して宜《よろ》しく国威《こくい》をして張《は》らしむべし。
丈夫《じょうふ》は豈《あ》に敢《あ》えて燕雀《えんじゃく》に傚《なら》わんや
鵬翼《ほうよく》は風《かぜ》を搏《う》ちて万里《ばんり》に翱《か》けん。

嗚吁莫將青春優游過
秋風吹上兩鬢霜

嗚吁《ああ》将《まさ》に青春《せいしゅん》を優游《ゆうゆう》と過《す》ごすこと莫《な》かれ
秋風《しゅうふう》は吹《ふ》き上《あ》ぐ　両鬢《りょうびん》の霜《しも》。

万巻の書物を読破して古今の歴史をつぶさに調べた上で、各国と交渉して我が国威を伸張させるのが妥当である。男児たるものは自ら進んで小人物を目指してよいものか、立派な大人物となって遥か彼方に向けて飛翔したまえ。ああ決して青年時代をのんびりと過ごしてはならない、しまったと気づいた時にははや秋風が真っ白になった鬢を吹き乱している。

○燕雀　小人物の喩え。　○鵬翼　立派な大人物の喩え。　○優游　ゆったりとのんびりしている様。

無題

北風吹髮氣若龍
絕域長驅凜銳鋒
今日櫻花祠上雪
憶君橫槊望芙蓉

無題《むだい》

北風《ほくふう》は髪《かみ》を吹《ふ》いて気竜《きりゅう》の若《ごと》く
絶域《ぜついき》に長駆《ちょうく》すれば鋭鋒《えいほう》は凛《りん》たり。
今日《こんにち》の桜花《おうか》は祠上《しじょう》の雪《ゆき》
君《きみ》が槊《ほこ》を横《よこ》たえて芙蓉《ふよう》を望《のぞ》むを憶《おも》う。

吹きすさぶ寒風に髪を逆立てた猛将の闘志は竜のように勢いづき、
北方の敵地深くに攻め入っては鋭いほこ先で相手を震え上がらせた。
今日は桜の花びらが清正公廟の周囲に雪のように舞い散っているので、
ふと清正公が愛槍を置いて束の間の平穏に朝鮮から遠く富士山を眺める姿を思い浮かべた。

○無題　「無題」とするが、具体的には文禄の役における加藤清正のオランカイ（女真族）征伐を扱う。次詩を参考にすれば、この二首は熊本の清正公廟（本妙寺・浄池廟）を訪ねた時に詠んだ詩と推定され、本来ならば「西遊稿」中に収録すべき作品である。○絶域　中央から遠く離れた土地。漢城（ソウル）落城の功を小西行長に奪われた清正は、そのまま平壌、開城まで北上し、さらに満州へ侵入、国境地帯の女真族を攻めた。○長駆　敵を追いかけて、遠征する。もと「長軀」に作るが、今これを「長驅（駆）」に改めた。○鋭鋒　鋭いほこ先。もと「鉄鋒」に作るが、今これを「鋭鋒」に改めた。○凜　凜々。威厳があり、人に畏敬の気持ちを抱かせる様。○槊　柄の長い矛。ここは清正の所持した名槍「片鎌槍」をいうのであろう。朝鮮の役で咸鏡道に布陣した際、清正の小姓が虎に喰われたので、狩って十文字槍で突き伏せたが、片刃を噛み折られたと『絵本太閤記』は伝える。清正は以後もこれを愛用し、後世、錦絵等にしばしば描かれ、清正といえば「片鎌槍」と連想されるまでに至った。○芙蓉　富士山。古橋又玄『続撰清正公記』（巻二、第九「清正陣所へおらんかい人夜討、則ち唐人等敗北の事」）に、清正が通詞として雇った後藤次郎（松前から漂着、そのまま居留）が「せい州より天気能き時は、日本の富士山、殊の外近く見え候」と説明している。○君　朝鮮出兵で酷寒の地に奮戦した加藤清正のこと。現地では「鬼上官」と呼ばれた。

其二

落日城頭啼暮烏
仰看山水古今殊
最悲雄姦虎眈際
満腹丹心記托孤

其《そ》の二《に》

落日《らくじつ》の城頭《じょうとう》　暮烏《ぼう》鳴《な》き
仰《あお》いで山水《さんすい》を看《み》るも古今殊《ここんこと》ならんや。
最《もっと》も悲《かな》しむは雄姦虎眈《ゆうかんこたん》の際《さい》
満腹《まんぷく》の丹心《たんしん》に托孤《たっこ》を記《とど》めしを。

日も西に傾いて城のあたりにはねぐらへ帰るカラスが鳴き、
遠くの山河を見渡してもその景色は今も昔も変わる所はない。
ただひたすら悲しいのは家康が悪知恵を働かせて天下を狙っていた時、
太閤が秀頼の行末を託したのが赤誠の持主・清正公であったということだ。

○其二　本詩は後出の「熊基に肥州加藤公の廟に謁る」とほぼ等しい。後掲の詩は、承句の上四字が「江山遼落」に、転句の「虎」が「狠」に、結句の「托」が「託」となっているに過ぎず、その他は全く同じである。この「無題」二首を熊本来訪時の作と断定する根拠となろう。○暮烏　暮れ方にねぐらへ帰るカラス。もと「暮鳥」に作るが、本詩の上平七虞の韻に合わず、今これを「暮烏」に改めた。○雄姦　姦雄。悪知恵を働かせて権力を掌握しようとするもの。ここは徳川家康のこと。○虎眈　もと「虎耽」に作るが、今これを改めた。「虎視眈々」（相手を攻撃したり、掠奪したりする機会を狙っている様）に同じ。○托孤　「托」は「託」に通ず。「託孤寄命」。

君主が危篤の際、大臣に遺児が君主となり、国政を執り行えるように依頼すること（『論語』泰伯篇）。具体的には、豊太閤の恩を忘れず、遺児・秀頼の後見役を自任したことをいう。慶長十六年、二条城での家康・秀頼の会見の際、清正は豊臣恩顧の臣として、秀吉への忠誠を忘れずに両者の間を取り持って同席したが、会見の後、帰国の途次、船中で発病、豊臣家の将来を案じながら熊本で病没した。なお山陽の「重ねて加藤肥州の廟に謁するの引」（『山陽詩鈔』巻四）の第二十二、二十四句に「六尺の遺孤誰か相輔せん……誰か知らん赤心腹肚に満つるを」とある。

「雑詩」（年次不明）

失題

綱常可扶植
南八眞男兒
燕北惡瘴氛
感慨溢文詞
仰俯滿胸赤
白日到處隨
天地寧諸寛
小柙幾猛狁
刀陽事乍蹶

失題《しつだい》

綱常《こうじょう》は扶植《ふしょく》すべし
南八《なんぱち》は真《まこと》の男児《だんじ》なり。
燕北《えんぼく》は瘴氛《しょうふん》悪《わろ》きも
感慨《かんがい》は文詞《ぶんし》に溢《あふ》る。
仰俯《ぎょうふ》して満胸《まんきょう》赤《あか》ければ
白日《はくじつ》の到《いた》る処《ところ》に随《したが》う。
天地《てんち》は寧《むし》ろ諸《これ》を寛《ひろ》うするも
小柙《しょうこう》は猛狁《もうひ》に幾《ちか》し。
刀陽《とうよう》に事《こと》は乍《たちま》ち蹶《つまず》くも

奸賊何敢爲
囚士豈可濁
方寸千載知

奸賊《かんぞく》は何《なん》ぞ敢《あ》えて為《な》さんや。
囚士《しゅうし》は豈《あ》に濁《けが》すべけんや
方寸《ほうすん》　千載《せんざい》に知《し》られん。

世の中に人倫道徳の大切さを教えてしっかりと根付かせなたならば、
不義を憎んで死を選んだ南八（霽雲）のごとき男児が続々と現れるはずだ。
彼は朝敵の跋扈する悪気漂う燕北の地で叛徒の鎮圧に精魂を傾けながら捕殺されたが、
その忠烈の気概は彼の発した言葉に漲っている。
天神地祇に誓って恥じぬ正義の心が胸いっぱいに詰まっていればこそ、
白日の下どこへなりとも堂々と行けるというもの。
天地はどちらかといえば寛容にあらゆるものを受け入れるが、
狭い牢舎は獰猛な狖獣のように容赦なく牙をむいて襲いかかる。
無念にも水戸藩への密勅降下の一件は予想に反して頓挫してしまったが、
奸賊どもは志士に対して何ひとつ手を下せはすまい。
めしゅうどの澄み切った心魂をけがすことは断じて出来ないのだ、
彼らの至誠は千載の後までも伝えられるに相違ないのだから。

○綱常可扶植　「綱常」は三綱五常、儒教的な人倫道徳。既出（二三五頁）。「扶植」はしっかりと立てること。南宋の忠臣・謝枋得（文天祥と同期の進士。元軍に抗して戦死）の「初めて建寧に到り詩を賦す。並びに序。魏参政、執拘して北に投ず。行くに期有り。死するに日有り。詩もて妻子良友良朋に別る」と題する詩の首聯に、「雪中の松柏愈いよ青青／綱常を扶植するは此の行に在り」とある。本詩は浅見絅斎『靖献遺言』巻六に「初めて建寧に到りて賦する詩並びに序」として掲載がある。○南八真男児　南霽雲（?―七五七）。盛唐の忠臣。排行の第八をもって南八と呼ばれた。燕軍（安禄山の反乱軍）の鎮圧に睢陽に遣わされ、張巡の人物に心服、その配下として活躍した。睢陽城（河南）の攻防戦では、わずか三十騎で包囲を突破し、臨淮（江蘇）の守将・賀蘭進明に援兵を要請したが拒絶され、進明はかえって南八を幕下に迎えようとした。しかし南八は指を切断してそれを見せ、「賊を破って帰ったならば、必ずおまえを滅ぼす」と誓った。落城の後、張巡から「南八よ、男子は死せんのみ。不義をなして屈するなかれ」といわれ、笑って「かねてよりの決意通り、私を知る尊公のために死にましょう」と答え、捕らえられて処刑された。話は『新唐書』、忠義伝（中）、『資治通鑑』、韓愈「張中丞伝後叙」等に見える。また本邦では『靖献遺言』巻四にも記載がある。なお前掲の謝詩の尾聯に「南八は男子、終に屈せず／皇天上帝、眼分明なり」とある。○燕北　唐朝に反乱した安禄山が建てた大燕、または燕（七五七―七五九）王朝の地。○瘴氛　毒気を含んだもや。一般的には中国南部、西南部の山川に生じるとされるが、ここは安史の乱で荒廃した戦地に漂う殺伐の気をいうか。また睢陽の包囲戦において、城内は深刻な飢餓に陥り、士卒は食人（女・子供を中心に二～三万にも及んだ）をして抗戦を続けるという「喫人忠義」の悲劇を生んだ（『旧唐書』、張巡伝）こととも無縁ではなかろう。○小柙　狭小な牢獄。○猛犰　「犰」は「貀」（伝説上の猛獣。トラに似る）の異体字。○刀陽事　利根川の北（「陽」は山の南側、川や湖に対しては北側をいう）、すなわち水戸藩に起こった戊午の密勅降下事件をいう。これをきっかけとして安政の大獄へと発展し、多数の志士が弾圧されることとなった。○方寸　心。

失題　四首

飛鴻呌雲外
霜氣木葉辭
忍得刀陽報
慨天國難罹

失題《しつだい》　四首《ししゅ》

飛鴻《ひこう》は雲外《うんがい》に呌《な》き
霜気《そうき》は木葉《ぼくよう》を辞《じ》す。
忍《しの》び得《え》たり　刀陽《とうよう》の報《しらせ》
天《てん》に慨《なげ》く　国難《こくなん》に罹《かか》れるを。

雁が雲の彼方を鳴き渡り、
霜の冷気が木の葉を散らす。
折しも届いた水戸からの報せをどうして耐え忍ぶことができようか、
私は同志たちが国難を受けたことに対して思わず天を仰ぎ憤激した。

○鴻　カモ科の大形のガンの一種。水辺に群居する渡り鳥。ヒシクイ。　○呌　鳥や獣が鳴く。「叫」の俗字。

其二

悲傷時自哭
吾心實枯衰

其《そ》の二《に》

悲傷《ひしょう》して時《とき》に自《おのずか》ら哭《こく》せば
吾《わ》が心《こころ》は実《じつ》に枯衰《こすい》す。

月性與憂庵
二先幽明違
師亦在關左
孤子將誰依

月性《げっしょう》と憂庵《ゆうあん》と
二先《にせん》は幽明《ゆうめい》を違《たが》う。
師《し》も亦《ま》た関左《かんさ》に在《あ》り
孤子《こし》は将《まさ》に誰《たれ》にか依《よ》らんや。

悲しみの余り大声で何度も泣くものだから、
私の心はすっかり憔悴し切ってしまった。
恩人の月性上人と口羽憂庵は、
すでに両人ともこの世にはいない。
そして今また松陰先生も江戸に檻送され、
一人ぼっちの私は一体誰を頼ればよいのだろう。

○月性与憂庵　青少年期の玄瑞を教導した月性上人と口羽憂庵。既出（一三七頁）。玄瑞の「備忘雑録」中に「戊午五月十一日清狂没。己未八月十一日憂菴没。同十月二十七日先師没」と記載がある。○関左　「関」は箱根の関、「左」は東をいう。すなわち江戸のことである。

「雑詩」（年次不明）

其三
國事日益敗
無所訴幽思
名士廟堂連
改革却難期

其《そ》の三《さん》
国事《こくじ》は日《ひ》びに益《ます》ます敗《やぶ》れ
幽思《ゆうし》を訴《うった》うる所無《ところな》し。
名士《めいし》は廟堂《びょうどう》に連《つら》なるも
改革《かいかく》は却《かえ》って期《き》し難《がた》し。

藩政は日ごとに失敗を重ねているというのに、
私の鬱積した思いはどこへも訴える所がない。
確かに才能や人格の優れた多くの人々が政治を担っているが、
改革はなかなか思うように進んでいないのが実情だ。

○幽思　深く思いに沈む。　○名士　才能や人格の優れた人々。　○廟堂　朝廷。政府。政治を行う場所。

其四
豈謂定國是
名利唯在斯

其《そ》の四《し》
豈《あ》に謂《おも》わんや　国是《こくぜ》を定《さだ》むるを
名利《めいり》は唯《た》だ斯《ここ》に在《あ》るのみ。

豈謂勵士氣
皇道日陵夷
義人意何如
士崩遂難支

豈《あ》に謂《おも》わんや　士気《しき》を励《はげ》ますを
皇道《こうどう》は日《ひ》びに陵夷《りょうい》す。
義人《ぎじん》は意《い》何如《いかん》
士《し》は崩《くず》れて遂《つい》に支《ささ》え難《がた》しと。

どうして確たる藩の方針を決めようとしないのだろう、
役人はみな私利私欲の追求のみに走っているというのに。
またなぜ有事に備えて士気を高める努力をしないのだろう、
朝廷の権威も日ごとに衰えつつあるというのに。
さて正義を貫く松陰先生のお考えはどうかといえば、
武士は存在意義を失って諸藩もやがては崩れ去るだろうとのご意見だ。

○皇道　天皇が行う政治・政道。　○陵夷　物事が次第に衰え、廃れること。　○義人　忠義な人物。正義を守る人。暗に吉田松陰（字義卿）を指す。　○士崩　武家の凋落、武士階級の崩壊を意味する。幕藩期における二百数十年の泰平は、武士の戦闘者としての意識や能力を著しく低下させ、幕末の外敵に抗する機能を喪失させていた。この点を久坂はいち早く見抜き、松陰の草莽崛起論の実現に尽力した。具体的には、馬関攘夷戦時の諸藩浪士を中心とする集撰組（光明寺党）の結成があり、これが後の高杉の奇兵隊結成へとつながって行く。

失題　四首

松泉没故山
賓卿没關左
一日聞兩訃
仰屋涙交墮

失題《しつだい》　四首《ししゅ》

松泉《しょうせん》は故山《こざん》に没《ぼっ》し
賓卿《ひんけい》は関左《かんさ》に没《ぼっ》す。
一日《いちじつ》に両訃《りょうふ》を聞《き》き
屋《おく》を仰《あお》いで涙《なみだ》は交《こも》ごも堕《お》つ。

松泉（来原良蔵）は故郷で自害し、
賓卿（中谷正亮）は江戸で病没した。
一日に二度も盟友の訃報に接し、
悲しみ極まってどっと涙があふれ出た。

〇失題四首　この四首は、文久二年秋の京都慎居中の作と推定される。「浦靭負日記」によれば、長井雅楽要撃に失敗した久坂は、同年七月三日、同志らと藩老浦氏の宿所である榎町の妙満寺（日蓮宗妙満寺派本山）に出頭、潔く自訴待罪した。その後、藩府は不穏の挙をもって正式に謹慎を命じ、浦氏預けとした。八月四日には北東に近接する清水町の法雲寺（浄土宗）に移された。幽閉は九月十二日の解除まで約三か月（閏八月あり）に及んだが、多分に形式的なものであった。久坂は放免後もしばらく在京し、十月二十六日に江戸へと向かった。なお萩藩の京都藩邸は河原町にあり、両寺と極めて近い位置に所在した。〇松泉　未詳。但し全四首の内容から察するに、来原良蔵のことと推定される。萩藩大組士（七十三石）。松門で桂小五郎の妹婿。号は草山というが、法号を「松永軒義烈日良居士」といい、別号に「松泉」があったか。文久二年八月二十七日、長井雅楽の甥として周旋を助け、藩論を誤らせた罪を謝するため、江戸藩邸で自害。享年三十四。久坂は妻の文宛書簡で「さては〳〵此内来原良蔵どの切腹のよし、ものゝふのつねとは申ながら留守にはいかにも残念におもはるべくとぞぞんじまいらせ候」（文久二年閏八月十七日付）と言及している。但し江戸で亡くなっているから、詩中の「没故山」と一致しない。在京久坂へもたらされた情報に混乱があったものか、あるいは藩邸を「故山」と表現したか。ひとまずここは文字通り「故郷」と訳しておく。○賓卿　萩藩大組士（一八三石）・中谷正亮（一八二八―一八六二）の字。文久二年閏八月八日に江戸で病没した。松陰門下生で盟友。享年三十五。久坂は妻女の文に宛てて、「中谷正亮殿などの事のまことに〳〵に残念千万之事に付」（文久二年十月九日付）とその死を悼み、和歌を詠んだと書き送っている。○仰屋　窮していたずらに屋を見上げる。嘆息する様子。

「雑詩」（年次不明）

其二

秋風唫叢樹
寒雨北院鎖
我心一傷悲
二公原愛我

其《そ》の二《に》

秋風《しゅうふう》は叢樹《そうじゅ》に唫《ぎん》じ
寒雨《かんう》は北院《ほくいん》を鎖《とざ》す。
我《わ》が心《こころ》　一《いつ》に傷悲《しょうひ》す
二公《にこう》原《もと》より我《われ》を愛《あい》す。

秋風が林に吹きつけると樹々は切なげに音をたて、
寒空に降る雨は北に連なる寺々の姿を包み隠している。
私が傷心にうちひしがれるのも無理からぬことなのだ、
亡くなった二人は昔から私を可愛がってくれていたのだから。

其三

二公出國日
自期馬革裹
我今失二公
我心益坎坷

其《そ》の三《さん》

二公《にこう》の国《くに》を出《い》でしの日《ひ》
自《おのずか》ら期《き》す　馬革《ばかく》に裹《つつ》まれんことを。
我《われ》は今《いま》二公《にこう》を失《うしな》い
我《わ》が心《こころ》は益《ます》ます坎坷《かんか》たり。

二人が萩の城下を出発した日、
それぞれ決死の覚悟を胸に従軍したはずだ。
だが頼みとする両者を失った今、
私は一段と志の実現が困難になったことを嘆かずにはいられない。

○二公出国日　来原良蔵、中谷正亮ともに嘉永四年に初めて江戸に赴き、安政、文久期にあってもしばしば東上し、一貫して尊攘派の立場で国事に挺身した。○馬革裹　戦場で死んだ者を馬の皮に包んだことから、死を覚悟して従軍することをいう。○坎坷　困窮して志を得ない様。

其の《そ》四《し》

何《いず》れの日《ひ》にか英魄《えいはく》を慰《なぐさ》め
夫《か》の幺麼《ようま》を殄殲《てんせん》せん。
爰《ここ》に悲《かな》しみ且《か》つ爰《ここ》に痛《いた》めば
寒灯《かんとう》は孤坐《こざ》を照《て》らす。

其四

何日慰英魄
殄殲夫幺麼
爰悲且爰痛
寒燈照孤坐

いつの日にか必ず二人のみたまを慰め安んじ、
かの小人どもを根絶やしにしてくれよう。
悲痛な思いに胸も張り裂けんばかりの今宵、
寒々しい灯火に私の影がぽつんと浮かぶ。

○英魄　優れた人の魂。○殄殲　絶滅させる。もと「珍殲」に作るが、今これを「殄殲」に改めた。○幺麼　取るに足らぬつまらぬ人々。小人。もと「公麼」に作るが、今これを「幺（么）麼」に改めた。

失題　六首

冥冥秋樹暗
蕭蕭木葉墜
蟋蟀鳴廢廊
秋氣轉幽邃

失題《しつだい》　六首《ろくしゅ》

冥冥《めいめい》として秋樹《しゅうじゅ》は暗《くら》く
蕭蕭《しょうしょう》として木葉《ぼくよう》は墜《お》つ。
蟋蟀《しっしゅつ》は廃廊《はいろう》に鳴《な》き
秋気《しゅうき》は転《うた》た幽邃《ゆうすい》たり。

秋の樹林はぼんやりとうす暗く、
ものさびしげに枯葉が舞う。
荒れ果てた渡殿にコオロギの声を聞くと、
深まり行く秋の気配がひとしお身に沁みる。

○失題六首　本詩もまた内容に照らせば、文久二年秋の法雲寺慎居中の作と見られる。本文はもと「五首」に作るが、今これを実数に合わせて「六首」に改めた。但し「其五」「其六」については前四首との関連性がなく、明らかに詩意の断絶があり、連作詩とは認めがたい。一応編者の作業を尊重し、同じ位置に残したが、この二首に関しては整理の際の混入が疑われる。○冥冥　暗くて見分けがつけにくい様。○蕭蕭　落葉がものさびしく散る様。○廃廊　人影もない荒れ果てた渡殿。○幽邃　奥深く、もの静かなこと。

其二
惆悵還欷歔
俯仰觀天地
赤心未報國
勿臥黃葉寺

其《そ》の二《に》
惆悵《ちゅうちょう》して還《ま》た欷歔《ききょ》し
俯仰《ふぎょう》して天地《てんち》を観《み》る。
赤心未《せきしんいま》だ国《くに》に報《むく》いざれば
黄葉《こうよう》の寺《てら》に臥《ふ》する勿《なか》れ。

失意の日々に身悶えしながらむせび泣き、
天を仰ぎ地に伏してはただ悲嘆にくれるばかり。
いまだに尽忠報国の実を挙げていない我々は、
葉も黄ばみ初めたこの寺に長居するわけにはいかないのだ。

○惆悵　失意、失望によって悲しみ悶える様。○欷歔　むせび泣く。○黄葉寺　謹慎を命ぜられた清水町の法雲寺のことであろう。

「雑詩」（年次不明）

其三
疎鐘響竹外

其《そ》の三《さん》
疎鐘《そしょう》は竹外《ちくがい》に響《ひび》き

日月疾隙駟　日月《じつげつ》は疾《と》きこと隙駟《げきし》のごとし。
憶昨期馬革　昨《さく》は馬革《ばかく》を期《き》するを憶《おも》うも
悲今折踁臂　今《いま》は踁臂《けいひ》を折《お》るを悲《かな》しむ。

鐘が間遠に竹林の向うから響いてくるが、
歳月はあっという間に過ぎて行く。
つい先だっては命がけで長井襲撃に挑んだというのに、
今や謹慎の身となって難儀するとは実に悲しいことだ。

○隙駟　隙駒。「白駒隙を過ぐ」（時間や年月の過ぎることが極めて早い喩え）に同じ。○期馬革　戦死を覚悟する。ここは長井雅楽の要撃計画をいう。○折踁臂　折肱。スネやヒジを折ることから転じて、非常に苦労すること、辛い経験をすることをいう。もと「蹚」に作るが、今これを「踁」（「脛」に同じ）に改めた。

其四　其《そ》の四《し》

匣裡青龍吼　匣裡《こうり》に青竜《せいりゅう》吼《ほ》ゆ
難灰請纓志　灰《つ》き難《がた》し　纓《えい》を請《こ》うの志《こころざし》。
請纓吁何日　纓《えい》を請《こ》うは吁《ああ》何《いず》れの日《ひ》ぞ

時乎豈再至　　時《とき》は豈《あ》に再《ふたた》び至《いた》らんや。

一室に監禁されても青竜の吼えたけるように相変わらず意気は盛ん、
従軍して藩国に報いようとする熱い思いが尽きる心配は少しもない。
お国のために命を捧げる日はああ一体いつになったら来るのだろう、
これほどの絶好の機会は二度と再び訪れないというのに。

○匣裡　檻の中。ここは監禁されている一室をいうのであろう。○灰　灰燼。灰滅。滅びてなくなる。○請纓　参軍して国のために報いる。○結句　本来ならば「時豈再至乎」とすべきであるが、「至」（去声四寘）を韻字としたため、語順を転倒させている。

其五　　其《そ》の五《ご》

問職言我醫　　職《しょく》を問《と》わるれば我《われ》は医《い》なりと言《い》う
請治我不知　　治《ち》を請《こ》わるるも我《われ》は知《し》らず。
疎傲漫自負　　疎傲《そごう》にして漫《みだ》りに自負《じふ》す
閑却傳家匙　　閑却《かんきゃく》す　伝家《でんか》の匙《さじ》と。

仕事を聞かれると「医者だ」と答えはするが、
治療を頼まれても私にはさっぱり分からない。
おまけに鼻息荒く誇らしげな口ぶりで、
「家伝の医術などほったらかしさ」と言い放つ始末。

○請　もと「清」に作るが、今これを「請」に改めた。　○疎慠　そそっかしく気が荒い。粗暴。　○閑却　物事を気にかけずに、そのままの状態にしておくこと。なおざりにする。うっちゃらかす。もと「問却」に作るが、今これを「閑却」に改めた。　○伝家　家伝の医術。久坂別家の萩藩医としての歴史は比較的浅く、安永〜天明期で、良悦―良廸―玄機―玄瑞と続いた。初代良悦はもと児玉三郎右衛門（寄組士）の抱医であり、本姓を河野といったが、萩藩医久坂本家の中継養子に入り、任を果たして別家を許され、一代雇として藩医の列に加わった。二代良廸はその父の勤功によって文政三年に譜代医（寺社組、年米二十五俵）に昇格した。初代、二代ともに手廻組に属し、藩主一族の診療に関わり、医術、人物ともに信頼された人々であった。

其六

負債邱山積
我家無四壁
羸得我仁術

其《そ》の六《ろく》

負債《ふさい》は邱山《きゅうざん》のごとく積《つ》もり
我《わ》が家《や》は四壁《しへき》すら無《な》し。
羸得《えいとく》す　我《わ》が仁術《じんじゅつ》を

活人未殺人　人《ひと》を活《い》かして未《いま》だ人《ひと》を殺《ころ》さず。

借金は積もり積もって山となり、
家財道具はもとより今や四方の壁さえない赤貧の我が家。
けれども私の信じる仁術はどうにか手に入ったようで、
人を助けることはあってもまだ誰の命も奪わずに済んでいる。

○邱山　ものが多いことの喩え。○無四壁　四方に壁があるだけで、中に家具も何もない貧しい家を「四壁立つ」（『史記』司馬相如伝）というが、さらにその上を行く窮乏生活を表現したのであろう。○羸得　「贏得」に同じ。どうにか手に入れる。結局〜だけ得た。本文はもと「羸」に作るが、今これを改めた。○仁術　情け深さや思いやりをほどこす方法。『孟子』梁恵王篇に「傷うこと無きは是れ乃ち仁術なり」とある。

「雑詩」（年次不明）

送安節　安節《あんせつ》を送《おく》る

風塵豈何老都門　風塵《ふうじん》は豈《あ》に何《なん》ぞ都門《ともん》に老《お》いんや
今日邦君納雅言　今日邦君《こんにちほうくん》は雅言《がげん》を納《い》れたり。
憐子歸來應惆悵　憐《あわ》れむ　子《し》帰《かえ》り来《きた》れば応《まさ》に惆悵《ちゅうちょう》たるべし
秋風蕭條夕陽村　秋風《しゅうふう》は蕭条《しょうじょう》たり　夕陽《せきよう》の村《むら》。

我が長州藩の武士がなぜ京の都で無為に時を過ごさねばならぬのか、
このたびいよいよ我が殿は攘夷実行の勅命をお受けになったのだ。
気の毒ながら幕府は動くまいから君は落胆して戻って来るに違いない、
夕日に染まる村を吹き行く秋風がいっそうもの寂しく感じられる。

○安節　萩藩士。楢崎安節（弥八郎、一八三七―一八六四）。節庵と号す。楢崎は文久二年九月に周旋掛となって上京、十月十二日には攘夷督促の勅使（三条実美・姉小路公知）に随従して佐久間佐兵衛らと東下したが、幕府は即答を避けた。その際の送別詩か。○風塵　中央の官に対し、地方勤めの役人をいう。○都門　都の入口の門。転じて都そのものをいう。○納雅言　道理に合った正しい言葉を受け入れる。諸葛亮「出師表」に「善道を咨諏し、雅言を察納す」（『文選』巻十九所収）とある。ここは破約攘夷の勅諚をいうか。文久二年閏八月十四日、毛利敬親が破約攘夷の叡旨貫徹に独力尽瘁することを奏上した一件を指すと考えた。○惆悵　恨み悲しむ様。がっかりする様。○蕭条　ものさびしく、荒涼とした様子。

其二

豈令邦君大義愆
振衣直去白雲天
請看千百年間史

其《そ》の二《に》

豈《あ》に邦君《ほうくん》をして大義《たいぎ》を愆《あやま》らしめんや
衣《ころも》を振《ふ》るって直《ただ》ちに去《さ》れ　白雲《はくうん》の天《てん》。
請《こ》う看《み》よ　千百年間《せんひゃくねんかん》の史《し》

叩馬仁人最炳然　　叩馬《こうば》の仁人《じんじん》　最《もっと》も炳然《へいぜん》たり。

何としても我が殿に大義を誤らせてはならない、
君は俗塵を払い落としてすぐさま京を離れて江戸へ向かってくれ。
どうか一度ぜひ悠久の歴史を振り返って見て欲しいものだ、
命がけで馬を止めようとした伯夷・叔斉こそ最高の誠忠の士だとはっきり分かるから。

○振衣　着物を振るってけがれを払う。また志を高尚にする意もある。○白雲天　天帝の居る所を「白雲の郷」（『荘子』天地篇）というから、ここは天皇のいる京を指すと思われる。○叩馬仁人　伯夷・叔斉のこと。周の武王が旧主の殷朝討滅の軍を進めるに際し、夷斉は武王の馬を引き止めて諫めたが聞かれず、首陽山に隠れて餓死したと伝える。既出（二三二頁）。○炳然　明白な様。

「雑詩」（年次不明）

無題

雪満青衫氷満髭
憐君此志欲何蚩
如申包胥秦庭哭
亦恐有歌旄丘詩

無題《むだい》

雪《ゆき》は青衫《せいさん》に満《み》ち氷《こおり》は髭《ひげ》に満《み》つ
憐《あわ》れむ　君《きみ》が此《こ》の志《こころざし》を何《なん》ぞ蚩《わら》わんと欲《ほっ》する。
申包胥《しんぽうしょ》の秦庭《しんてい》に哭《こく》するが如《ごと》きも
亦《ま》た恐《おそ》らくは旄丘《ぼうきゅう》の詩《し》を歌《うた》うこと有《あ》らん。

雪は粗末な衣に降り積もってひげには氷が張りついている、
すばらしいことよ、なんで君らの志をあざけり笑ったりできよう。
かつて申包胥が援軍の要請に秦へと出向きかの宮廷で七日七夜泣き続けた時も、
恐らく国難を他人事と思う諸侯を揶揄する「旄丘」の詩を歌ったことであろうよ。

○無題　本詩は内容、語詞、故事ともに「辛酉詩稿」（七絶）所収の「辛酉臘月、土佐の大石・山本の二君、萩府に来游し、将に去らんとするに、詩を作り、贈るを為す」に酷似する。恐らく詩中の「君」は、土佐から来た大石団蔵、山本喜三之進の両名を指すかと思う。○青衫　身分の低い役人が身につける青いひとえの着物。もと「青莎」に作るが意味をなさず、今これを「青衫」に改めた。なお「辛酉臘月」の詩は、「氷は髭髯に満ち、雪は衣に満つ」に作る。○蚩　あなどる。あざけりわらう。もと「留」（下平十一尤）に作るが、本詩は上平四支の韻を用いており、合致しない。よって今これを同韻の「蚩」に改めた。○申包胥秦庭哭　春秋時代、平・昭・恵の三代の楚王に仕えた申包胥は、かつての僚友・呉子胥の率いる呉軍を撃退するための援軍を依頼すべく、秦の哀公のもとに出向いた。楚の昭王の母は秦の公女であったにも関わらず、秦は援軍の要請を断った。そのため包胥は七日七晩、飲まず食わずに泣き続けた。この姿に心を打たれた哀公は「楚は無道だが、かかる忠臣がいる限り、滅亡させてはならぬ」と、戦車五百乗を派遣した。その結果、楚は呉を破るに至った。既出（四二〇頁）。「辛酉臘月」の詩もこの故事と次の「旄丘」の故事をふたつながら使用する。○旄丘詩　『詩経』邶風、「旄丘」。遊牧民族の狄の中原侵入による衛の滅亡と、斉の桓公を中心とする諸侯の支援による衛復活の叙事詩。国家の高位高官が、国難に際して何の危機意識も緊張感も持っていなかったことを揶揄したもの。既出（四二〇頁）。

其二

男兒何敢別離論
忠義宜酬擢抜恩
綠鍔霜鋒映朝日
慨然意氣出郭門

其《そ》の二《に》

男兒《だんじ》は何《なん》ぞ敢《あ》えて別離《べつり》を論《ろん》ぜんや
忠義《ちゅうぎ》宜《よろ》しく擢抜《てきばつ》の恩《おん》に酬《むく》ゆべし。
緑鍔《りょくがく》と霜鋒《そうほう》は朝日《あさひ》に映《えい》じ
慨然《がいぜん》たる意気《いき》　郭門《かくもん》を出《い》ず。

男児はくどくどと別離の情を語ったりせぬものだ、抜擢を賜った君恩に忠義一途に報いることだけを考えていればそれでよい。長刀を抜き放てば青味を帯びた刃と霜のような白いきっさきが朝日に輝き、彼らは意気軒昂として萩の城下を旅立って行った。

○擢抜　抜擢（多数の人の中から引き抜いて用いる）に同じ。もと「擢秡」に作るが、今これを「擢抜」に改めた。　○緑鍔　光線の加減で緑色に見える刀剣の刃。「鍔」は漢語では刀剣の刃を意味し、「氷鍔」「礪鍔」等の熟語がある。「鋒鍔」は一刃の別々の部位、すなわち「端」と「傍」をいうから、ここは「緑鍔霜鋒」で自身の一振りの佩刀について表現したものと解釈した。　○霜鋒　霜のように白く光る鋭いきっさき。　○慨然　気持ちが高ぶる様。気力を奮い起こす様。　○郭門　もと「都門」に作るが意味をなさず、今これを「郭門」（町や村を取り囲んでいる城壁の門）に改めた。ここは萩の城下をいう。

失題　三首
雁飛黯雨郭爲墟
滿腹感慨鬱有餘
一夜老松天籟裡
夢敲南邑歳寒虚

失題《しつだい》　三首《さんしゅ》
雁《かり》は黯雨《あんう》に飛《と》んで郭《しろ》は墟《きょ》と為《な》る
満腹《まんぷく》の感慨《かんがい》は鬱《うつ》として余《あま》り有《あ》り。
一夜《いちや》老松《ろうしょう》　天籟《てんらい》の裡《うち》
夢《ゆめ》に南邑《なんゆう》を敲《と》うも歳寒《さいかん》は虚《むな》し。

雨のそぼ降る薄暗い空を雁が飛んで古城はひどく荒れ果てている、この様子を見るとたまらなく気が滅入って胸がふさがる。ある夜のこと老松が奏でる自然の妙音に包まれながら、南の村を訪ねる夢を見たが目覚めるとやはり冬のままで空しさだけが残った。

〇天籟　自然に鳴る風などの音。　〇敲　門や戸を叩いて、来意を告げる。　〇歳寒　寒い季節。冬のこと。

其二
爲利爲名相狎親
浮沈世海若無津

其《そ》の二《に》
利《り》を為《な》し名《な》を為《な》して相狎親《あいこうしん》すれば
世海《せいかい》に浮沈《ふちん》して津無《しんな》きが若《ごと》し。

三杯喜作江樓上
獨開青眼對故人

三杯《さんばい》喜《よろこ》び作《な》す　江楼《こうろう》の上《うえ》
独《ひと》り青眼《せいがん》を開《ひら》いて故人《こじん》に対《たい》す。

名声や利益を手に入れようと下心を抱いてなれなれしく交際すると、時代や運命に翻弄されて立ち寄る港がない船のように漂流を余儀なくされる。私などは川べりの二階屋で三杯の酒を楽しく酌み交わし、ただ古なじみと胸襟を開いて語り合えばもうそれで十分だ。

○狎親　なれ親しむ。　○青眼　親しい人に対する目つき。既出（二七七、三五一頁）。

其三

慵追驥尾博功勳
寒雨疎燭坐夜分
回顧故人非昔日
同氣相憐吾與君

其《そ》の三《さん》

驥尾《きび》を追《お》い功勳《こうくん》を博《ひろ》うするに慵《ものう》く
寒雨《かんう》の疎燭《そしょく》　夜分《やぶん》に坐《ざ》す。
故人《こじん》を回顧《かいこ》すれば昔日《せきじつ》に非《あら》ず
同気《どうき》の相憐《あいあわ》れむは吾《われ》と君《きみ》。

立派な人の後にくっついて手柄を立てるのも億劫だから、

氷雨のそぼ降る夜に薄暗い灯火のそばでじっと座っている。
旧友のことを思い起こせばもう随分といなくなってしまった、
気の合う仲間といったら今では俺とおまえぐらいのものだ。

○追驥尾　「驥尾に附す」に同じ。優れた人物の後について、そのおかげをこうむる意。

偶作　十四首　和口羽君韵。蓋以在獄士富永有鄰所作、沙場馳驅猶容易、平地波瀾甚艱難、一聯爲礎

偶作《ぐうさく》　十四首《じゅうししゅ》　口羽君《くちばくん》の韵《いん》に和《わ》す。蓋《けだ》し在獄《ざいごく》の士《し》、富永有隣《とみながゆうりん》の作《つく》る所《ところ》の「沙場《さじょう》の馳駆《ちく》は猶《な》お容易《ようい》、平地《へいち》の波瀾《はらん》は甚《はなは》だ艱難《かんなん》」の一聯《いちれん》を以《もっ》て礎《そ》と為《な》す

曾聞東海變
蠻舶肆奔馳
摸稜兵機失
噬臍不可追

曾《かつ》て聞《き》く　東海《とうかい》の変《へん》
蛮舶《ばんぱく》は奔馳《ほんち》を肆《ほしいまま》にすと。
摸稜《もりょう》して兵機《へいき》を失《うしな》えば
臍《ほぞ》を噬《か》むも追《お》うべからず。

かつて東海にたただならぬ事態が起こり、
我が領海を西洋列強の軍艦が勝手気ままに走り回ったと聞く。

しかし態度がどっちつかずで煮え切らぬままに戦機を失っては、いまさら何を悔しがってもすでに手遅れという他あるまい。

○口羽君　口羽憂菴。既出（四三七頁）。○富永有隣　一八二二—一九〇〇。萩藩士。家は膳夫であったが、才学に恵まれて小姓役に取り立てられた。次いで配膳役に進んだが同僚から嫉視されるに至り、嘉永五年、萩沖に浮かぶ見島に配流となる。翌年、野山獄に移され、吉田松陰と知り合う。安政四年、松陰らの尽力で出獄し、松下村塾に賓師として迎えられたが、同六年には去って吉敷郡二島に定基塾を主宰した。征長戦にも参加したが維新後は不遇であった。明治二年の脱退暴動では首謀者の一人となり、逃亡の後、土佐で捕えられ、同十二年に大審院の判決をもって石川島監獄（東京）に繋がれたが、十七年の特赦で出獄した。晩年は帰国して熊毛郡の田布施に帰来塾を開き、地元子弟の教育と著述に専念した。享年八十。なお有隣の句は、戦乱期と太平期では有事えの即応力が著しく異なる点を比喩的に指摘したものである。○東海変　ペリー艦隊の浦賀来航一件。○奔馳　車や馬が勢いよく走る。○摸稜　意見・態度がどっちつかずで、はっきりと定まらないこと。もと「模稜」に作るが、今これを「摸稜」に改めた。○噬臍　ほぞをかむ。へそをかもうとしても口が届かないので、どうにもならない。つまり、後悔しても取り返しのつかない喩え。

「雑詩」（年次不明）

其二

烟花雲月間

其《そ》の二《に》

烟花《えんか》は雲月《うんげつ》の間《かん》

詩酒弄風景
不知是何心
歳光驥足騁

詩酒《ししゅ》もて風景《ふうけい》を弄《ろう》す。
知《し》らず　是《こ》れ何《なん》の心《こころ》ぞ
歳光《さいこう》は驥足《きそく》の騁《は》するがごとし。

春霞が雲と月の間にたちこめ、
詩を作るにも酒を飲むにも誂え向きの風景だ。
だがなぜかくも風流に浮かれる心持ちになったのだろう、
歳月は駿馬が駆け抜けるのにも似て瞬く間に過ぎ去るというのに。

○驥足　駿馬の足。

其三

其《そ》の三《さん》

蒼卒恐誤策
君子蓋猶猶
胸中最多事
大志宇宙周

蒼卒《そうそつ》として恐《おそ》らく策《さく》を誤《あやま》らん
君子《くんし》は蓋《なん》ぞ猶猶《ゆうゆう》たらざる。
胸中《きょうちゅう》は最《もっと》も多事《たじ》なるも
大志《たいし》は宇宙《うちゅう》を周《すく》う。

恐らく幕府は慌てふためいて対処を誤ってしまうだろう、
立派な為政者ならばじっくりと腰を据えて考えたらどうなのか。
このごろ私の胸の中は絶えず心配事でいっぱいだが、
遠大な志をもって天下の危急を救いたいと思っている。

○蒼卒　あわただしい様子。○猶猶　悠々に同じ。早からず遅からず、ほどよさを得ていること。ゆったりしている様。○多事　多難。心配事や事件が多い。○宇宙　天下。世界。○周　周済。救う。助ける。『論語』雍也篇に「君子は急を周いて富を継がず」とある。

其四

瑣瑣俗官吏
諂諛皆取容
丈夫宜硬直
廟堂逞論鋒

其《そ》の四《し》

瑣瑣《ささ》たる俗官吏《ぞくかんり》
諂諛《てんゆ》して皆《みな》容《よう》を取《と》る。
丈夫《じょうふ》は宜《よろ》しく硬直《こうちょく》して
廟堂《びょうどう》に論鋒《ろんぽう》を逞《たくま》しうすべし。

目先の小事にばかりこだわる木っ端役人どもは、
誰も彼も媚びへつらって上役の機嫌取りに汲々としている。

立派な男子は強い意志をもって臆することなく、
政治の場において堂々と意見を開陳すべきだ。

○瑣瑣　気宇が小さくこせこせした様。　○取容　相手に気に入られようと努めること。もと「取客」に作るが意味をなさず、また本詩は上平二冬の韻を用いており、「客」（入声十一陌）とは合致しない。よって今これを同韻の「取容」に改めた。　○硬直　剛強で気骨がある。

其五

耳要弁邪正
目當分眞僞
讀書破萬巻
事業非容易

其《そ》の五《ご》

耳《みみ》は邪正《じゃせい》を弁《べん》ずるを要《よう》し
目《め》は当《まさ》に真偽《しんぎ》を分《わ》かつべし。
読書《どくしょ》して万巻《まんがん》を破《やぶ》るとも
事業《じぎょう》は容易《ようい》に非《あら》ず。

耳は正邪を判別する働きが求められ、
目は真偽を見極める力が必要とされる。
たとえ万巻の書物を読破したとしても、
大仕事はおいそれと成就するものではない。

※『稿』No.一九、『集』No.五。

其六

雖未交矛戟
太平非太平
人士生此際
豈不效忠誠

其《そ》の六《ろく》

未《いま》だ矛戟《ぼうげき》を交《まじ》えずと雖《いえど》も
太平《たいへい》は太平《たいへい》に非《あら》ず。
人士《じんし》は此《こ》の際《さい》に生《しょう》ずれば
豈《あ》に忠誠《ちゅうせい》を效《いた》さざらんや。

まだ西洋列強とは戦端を開いていないものの、
太平の世はもはや終わりを告げたも同然である。
こんな時代に武士として生まれたからには、
どうして忠誠を尽くさずにいられよう。

○交矛戟　干戈を交える。戦争をすること。

其七

碌碌遂無奇
何顔對天地
偉業終身事
速成皆小器

其《そ》の七《しち》

碌碌《ろくろく》として遂《つい》に奇無《きな》く
何《なん》の顔《かんばせ》あってか天地《てんち》に対《たい》せん。
偉業《いぎょう》は終身《しゅうしん》の事《こと》
速成《そくせい》するは皆《み》な小器《しょうき》。

私は人に優れた能力を持たぬごく平凡な男で、
恥ずかしながら世間に何らの顔向けも出来ない。
とはいえ大事業は一生かけてやりとげるものと信じており、
それを短期間で仕上げようとする連中はまずつまらぬ人物と見てよい。

※『稿』No.二〇、『集』No.六。
○起句　『稿』は「區區無一奇」（区区《くく》として一奇無《いっきな》く）に作る。　○碌碌　人のあとに従うだけの様。平凡なこと。　○顔　『稿』『集』ともに「面」に作る。　○転句　『稿』は「篤志建鴻勳」（篤志《とくし》もて鴻勳《こうくん》を建《た》てん）に作る。

其八
城雉連邊海
月明千里波
北風有時駭
人士夢如何

其《そ》の八《はち》
城雉《じょうち》は辺海《へんかい》に連《つら》なり
月《つき》は千里《せんり》の波《なみ》を明《て》らす。
北風《ほくふう》の時《とき》に駭《おどろ》かす有《あ》れば
人士《じんし》は夢如何《ゆめいかん》。

萩の城壁は海のすぐ近くまで続いており、月の光が見渡す限りの大海原を照らしている。北方から吹きつける風は昨今とみに物騒だが、そんな中で武士は一体どんな夢を見ているのだろう。

※『稿』No.二二、『集』No.七。

○城雉　城壁。もと「賊雉」に作るが、『稿』『集』に従い、今これを「城雉」に改めた。ここは毛利氏の居城であった萩城（指月城）を指す。○辺海　漢語では国の果てにある海のことであるが、和語では近くにある海をいう。ここは萩城周辺の状況に照らして後者と解した。○北風　萩沖の日本海に出没する西洋列強の軍艦を比喩したものであろう。

其九

滔滔世間士
名利勞肺肝
丈夫嘗立志
奮力廻倒瀾

其《そ》の九《く》

滔滔《とうとう》たる世間《せけん》の士《し》
名利《めいり》に肺肝《はいかん》を労《ろう》す。
丈夫《じょうふ》は嘗《つね》に志《こころざし》を立《た》て
力《ちから》を奮《ふる》って倒瀾《とうらん》を廻《めぐ》らす。

世俗の風潮に染まった武士は、
名誉だ利益だといって心を悩ませている。
立派な男子は常に志を立て、
奮闘努力して崩れかかった大波を再び元に戻すものだ。

○滔滔　世の風潮に従って進みゆく様。　○肺肝　心のこと。心の奥底。　○廻倒瀾　危殆に瀕した藩国を救うこと。「狂瀾を既倒に廻らす」の略。既出（二〇〇頁）。

其十

十八無所爲

其《そ》の十《じゅう》

十八《じゅうはち》にして為《な》す所《ところ》無《な》く

鄙陋何其甚
鄧禹能笑人
思之心忽懍

鄙陋《ひろう》なること何《なん》ぞ其《そ》れ甚《はなは》だしき。
鄧禹《とうう》は能《よ》く人《ひと》を笑《わら》わせたりと
之《これ》を思《おも》えば心《こころ》は忽《たちま》ち懍《りん》たり。

十八歳にもなって何ひとつなすところがなく、
しかも学問の浅薄さときたらいやはやお粗末この上ない。
鄧禹は劉秀に「仕官に興味はなくただ名を史書に刻みたいのみ」と答えて笑わせたが、
この話を思うにつけ名利を求めることは慎まねばならぬとすぐさま肝に銘じた次第。

※『稿』No.二二、『集』No.八。なお『稿』は「弱冠無所爲／豈不卑庸甚／鄧禹善嘲人／思之心忽懍」（弱冠《じゃっかん》にして為《な》す所無《ところな》く／豈《あ》に卑庸《ひよう》甚《はなは》だしからずや／鄧禹《とうう》は善《よ》く人《ひと》を嘲《わら》わせたりと／之《これ》を思《おも》えば心《こころ》は忽《たちま》ち懍《りん》たり）に作る。

○十八　安政四年（丁巳）。○鄙陋　学識などが浅薄なこと。○鄧禹能笑人　鄧禹は後漢の名臣。光武中興の二十八将の筆頭に置かれる。新野の人。字は仲華。劉秀の軍に鄴で合流し、河北平定に大功を立てた。劉秀が光武帝として即位した後は、大司徒、右将軍等の重職を歴任、また赤眉の賊を討滅して高密侯に栄進した。『後漢書』に本伝がある。劉秀とは若い頃から親交があり、鄴で幕下に参じた際、冗談交じりに劉秀が「先生が遠くからおいでになったのは、私に仕えるためですか」と、おどけて尋ねると、「それは興味のないこと。明公（劉秀）が皇帝となって天下統一を果たし、私はわずかの功を立てて名を史書に残したいだけです」と答え、劉秀を笑わせた。よって

○懍　畏れ慎む。もと「懔」（下平二蕭）に作るが、本詩は上声二十六寝の韻を用いており、合致しない。

『稿』に従い、今これを同韻の「懍」に改めた。

其十一
狡夷益猖獗
邦家天歩難
一身酬恩澤
辛酸何足患

其《そ》の十一《じゅういち》
狡夷《こうい》は益《ます》ます猖獗《しょうけつ》して
邦家《ほうか》の天歩《てんぽ》は難《かた》からん。
一身恩沢《いっしんおんたく》に酬《むく》ゆれば
辛酸《しんざん》は何《なん》ぞ患《うれ》うるに足《た》らんや。

ずるがしこい外敵は一段と勢いづき、
我が国の運命は遠からず危難に瀕しよう。
私は身命を投げ打って藩公のご恩に報いようと思っているから、
どんな危難に遭遇しても決して思い悩んだりしないのだ。

○天歩　国の運命。

其十二

治安三百禩
人士脱飢寒
楊秉三不惑
今時最所難

其《そ》の十二《じゅうに》

治《ち》は安《やす》らかなること三百禩《さんびゃくし》
人士《じんし》は飢寒《きかん》を脱《だっ》す。
楊秉《ようへい》に三不惑《さんふわく》ありて
今時《きんじ》最《もっと》も難《かた》き所《ところ》なり。

三百年ものあいだ泰平の御世が続き、
武士は禄を頂いて飢え凍えずに暮らしている。
後漢の忠臣・楊秉が「私は飲酒・女色・家財の三欲に惑わない」と語っているが、
これこそは当世まずもってやれそうにないものの筆頭だ。

※『稿』No.二三二、『集』No.九。本詩は極めて文字に異同が多い。
○起句　『稿』は「風月酖詩酒」（風月詩酒《ふうげつししゅ》に酖《ふけ》る）に作る。　○三百禩　三百年。「禩」は「祀」の別体。夏では「祀」といい、殷は「歳」、周は「年」を用いたという。　○承句　『稿』は「誰知飢與寒」（誰《たれ》か知《し》らん飢《き》と寒《かん》とを）に作る。　○楊秉　『稿』『集』ともに「秉」を「生」に作る。楊秉は後漢の官僚。桓帝の延熹中、太尉を拝し、専横を極めた宦官勢力の排除に尽力、誠忠をもって朝威の恢復に努めた。　○三不惑　楊秉は醇潔清廉の人柄で知られ、かつて「私は飲酒・女色・貨財の三欲に惑わない」（『後漢書』楊秉伝）と語ったエピソードを持つ。

○結句　『稿』『集』ともに「今日最爲難」（今日最《こんにちもっと》も難《かた》きと為《な》す）に作る。

其十三

男子報君志
隻言不及家
微軀非所愛
緩急曝平沙

其《そ》の十三《じゅうさん》

男子《だんし》に報君《ほうくん》の志《こころざし》あらば
隻言《せきげん》すら家《いえ》に及《およ》ばず。
微軀《びく》は愛《お》しむ所《ところ》に非《あら》ず
緩急《かんきゅう》あらば平沙《へいさ》に曝《さら》さん。

男子で殿様のご恩に報いる志があるものは、
一言たりとも家門の繁栄を願ったりはしない。
卑賤の我が身ながら惜しまず命を捧げる覚悟、
有事の際には砂漠へも赴いて進んで風雨に身をさらす所存だ。

※『稿』No.一八、『集』No.四。『稿』は本詩を「偶作六首、口羽把山の韻に歩す」と題する。
○報　『稿』『集』ともに「酬」に作る。　○隻言　ひと言。わずかな言葉。　○微軀　自分の卑しい身。　○緩急　異変が発生した時。緊急事態。　○平沙　果てしなく広がる砂漠。

其十四

牖下重衾夢
空遶聲名場
醒來掲簾坐
天上月如霜

其《そ》の十四《じゅうし》

牖《ゆう》下《か》重衾《ちょうきん》の夢《ゆめ》
空《むな》しく声名《せいめい》の場《ば》を遶《めぐ》る。
醒《さ》め来《きた》って簾《すだれ》を掲《かか》げて坐《ざ》せば
天上《てんじょう》に月《つき》は霜《しも》の如《ごと》し。

（「丁巳鄙稿」）

窓の下で夜具を重ねて眠って見た夢に、名声を手に入れるくだりがひとしきり続いた。目覚めて起き上がりすだれを高く差し上げると、中天には霜夜の月が凛冽としてかかっていた。

○牖下　格子窓の下。　○重衾　夜具を重ねる。　○月如霜　「霜月」は霜の降りる寒い夜の月。身がひきしまるような気高さを持つことを表現するのであろう。

「雑詩」（年次不明）

無題

同仇十餘名

無題《むだい》

仇《あだ》を同《おな》じうするもの十余名《じゅうよめい》

歃血仰天歌
討賊報君國
此者天弗磨
秋風入我室
秋雨滿庭柯
嗟吾謀蹉躓
懷時傷心多
棄我猶且可
誓天今若何

血《ち》を歃《すす》って天《てん》を仰《あお》いで歌《うた》う。
賊《ぞく》を討《う》ち君国《くんこく》に報《ほう》ずれば
此《こ》の者《もの》を天《てん》は磨《ま》せざらんや。
秋風《しゅうふう》は我《わ》が室《しつ》に入《い》り
秋雨《しゅうう》は庭柯《ていか》に満《み》つ。
嗟吾《ああわ》が謀《ぼう》は蹉躓《さち》し
時《とき》を懐《おも》えば傷心《しょうしん》多《おお》し。
我《われ》を棄《す》つるは猶《な》お且《か》つ可《か》なるも
天《てん》に誓《ちか》いし今《いま》を若何《いかん》せん。

仇敵を許せぬ同志十余名が集まり、
血判して固く誓い合い天をふり仰いで高吟したものだった。
不忠の元凶を討ち果たして藩公のご恩に報いたならば、
必ずや天はこの奸賊の名を永遠に消し去るに違いない。
しかし今や我らの慎居する座敷には秋風が吹き渡り、
秋雨がしきりと庭の木々を濡らすようになった。
ああ我々の計画は無念にも頓挫し、
当時のことを思い出すとしきりと胸が痛む。

同志が私を見捨てるのは止むを得ぬ仕儀ではあるが、
天に誓いを立てたあの血盟はどうなってしまうのだろう。

○無題　文久二年七月に起きた長井雅楽暗殺未遂事件の謹慎中に詠じた詩である。○十余名　文久二年二月二十七日、在萩の久坂は長藩の尊攘貫徹のために尽力を誓う趣旨の血盟書を書いた。参加者は、中谷正亮、久保清太郎、松浦松洞、品川弥二郎、増野徳民、佐世八十郎（前原一誠）等であったと「江月斎日乗」に見える。なお有名な「御楯組血盟書」（気節文章）が書かれたのは、文久二年十一月十三日のことであり、本詩とは内容的にも合致しない。○仇　長井雅楽。第三句の「賊」も同様である。○歃血　諸侯の間で約束をする時、いけにえを殺してその血をすすり、変心しないことを神に誓う行為。ここは血判して誓いを立てる意。もと「歃血」に作るが、今これを「歃血」に改めた。○磨　消磨（すりへらす。なくす）の意。○庭柯　庭の木の枝。転じて庭の木。

「雑詩」（年次不明）

雑興

白雨和寒蛩響
秋雲與斷鴻飛
此際草危言了
悵然拊髀悽欷

雑興《ざっきょう》

白雨《はくう》寒蛩《かんきょう》に和《わ》して響《ひび》き
秋雲《しゅううん》は断鴻《だんこう》と与《とも》に飛《と》ぶ。
此《こ》の際《さい》は草危《そうき》の言《げん》を了《りょう》とせよ
悵然《ちょうぜん》として髀《もも》を拊《う》って悽欷《せいき》す。

夕立の雨音が寒々しいコオロギの声に応じて響き、
秋の雲と群からはぐれた雁がいっしょに飛んで行く。
今回の藩是に対する我々の厳しい批判をぜひご理解願いたい、
この謹慎の日々恨めしげにももをたたいてはむせび泣くばかりだ。

○雑興　在京謹慎中の作。　○白雨　にわか雨。夕立ち。　○寒蛩　秋に鳴く寒々しいコオロギ。　○断鴻　群れから孤立したガンの類。既出（四三六頁）。　○草危　「草茅危言」（民間にいて国政を厳しく論じること）の略か。　○悵然　がっかりして恨めしげな様。　○拊髀　ももをたたく。奮い立つ様。もと「拆髀」に作るが、今これを「拊髀」に改めた。　○悽欷　悲しみ嘆いてむせび泣く。

其二

木槿花前白雨
梧桐井上金風
秋氣偶來幽室
悲傷與五人同

其《そ》の二《に》

木槿《ぼっきん》の花前《かぜん》に白雨《はくう》ふり
梧桐《ごどう》の井上《せいじょう》に金風《きんぷう》ふく。
秋気《しゅうき》の偶《たま》たま幽室《ゆうしつ》に来《きた》れば
悲傷《ひしょう》すること五人与《ごにんとも》に同《おな》じうす。

ムクゲの花が咲くあたりにさっと夕立が来たかと思うと、
アオギリの葉が揺れる井げたのそばを秋風が通り抜ける。
思いがけず秋の気配が我々のいる部屋にも忍び寄ったが、
謹慎する五人の誰もが余りのやりきれなさに胸が詰まった。

○木槿　ムクゲ。アオイ科の落葉低木。秋に花が咲き、朝開いて夜しぼむ。○白雨　夕立。にわか雨。○梧桐　アオギリ。アオギリ科の落葉高木。葉が大きく、雨音をよく響かせることから、雨の縁語として用いられ、また秋の訪れをいち早く告げる樹木ともされる。白居易の「長恨歌」に「秋雨梧桐葉落つるの時」とあるのが好例である。○金風　秋風。○幽室　謹慎をしている部屋。○五人　「浦靱負日記」（文久二年七月二日の条）により、この「五人」が、福原乙之進、寺島忠三郎、久坂玄瑞、堀真五郎、野村和作（靖）であったことが判明する。また幽囚中の状況は堀の「伝家録」に詳しい。それによると野村の発案で、浦氏宿舎の法雲寺に自訴したという。また当初は一室に六人が同居したが、桂の助言で伊藤（利輔、後の博文）を無関係と偽って解放させている。謹慎を命ぜられた部屋は、浦太夫の起臥する隣室で、浦家家臣の秋良敦之介と子息雄太郎、赤根武人、世良周蔵らが度々慰問に顔を出し、厚遇されたと堀は述懐する。但し妙満寺と法雲寺の混同があるように思われる。なお「伝家録」には堀の謹慎中の詠詩（「偶成」二首、「次宛転行韵」、「秋夜有感」）が収められ、これらを久坂の詩と併読すると憂国青年の一途な心情がいっそう理解できる。

失題

秦檜嚴嵩今日看
長嗟天地一何寛
廟堂此際求言急
戇直誰人好諫言

失題《しつだい》

秦檜《しんかい》と厳嵩《げんすう》は今日《こんにち》に看《み》る
長嗟《ちょうさ》す　天地《てんち》一《いつ》に何《なん》ぞ寛《ひろ》きと。
廟堂《びょうどう》は此《こ》の際《さい》　言《げん》を求《もと》むること急《きゅう》なるも
戇直《こうちょく》に誰人《たれびと》か好《この》んで諫言《かんげん》せんや。

今日またもや奸臣の秦檜や厳嵩が現れ出たのを見るにつけ、私は「何と天地は寛容なことか」と大きな溜息をついてしまう。最近にわかに藩政府は広く意見を求めるようになったが、それに愚直に応じて好んで諫言するものなど誰もいないだろう。

○秦檜　南宋の政治家。高宗の時、宰相となり、金との和議を主張、主戦論者を弾圧し、岳飛ら多数の忠臣を謀殺した。既出（二二五、二九三、四二六頁）。○厳嵩　明代の政治家。武宗（正徳帝）、正宗（嘉靖帝）の二朝に仕え、信頼を得て内閣大学士に累進、嘉靖二十八年以後は首輔となり、子息の厳世蕃とともに寵を恃み、大丞相・小丞相と呼ばれて権勢を誇ったが、宦官の専横を許し、国政の衰頽を招いた。その後、弾劾されて失脚、家財を没収されて故郷に窮死した。既出（二九四頁）。○長嗟　深い溜息をついて嘆く。○戇直　愚直。ばか正直。『漢書』汲黯伝に「戇直は直諫を好む」とある。

失題

秋雨萆香池
秋草滿林塢
漠漠西山雲
悠悠一林雨
游子增悲感
數旬不出戸
逢秋增傷心
世事如荼苦

失題《しつだい》

秋雨《しゅうう》は香池《こうち》を萆《おお》い
秋草《しゅうそう》は林塢《りんう》に満《み》つ。
漠漠《ばくばく》たり西山《せいざん》の雲《くも》
悠悠《ゆうゆう》たり一林《いちりん》の雨《あめ》。
游子《ゆうし》は悲感《ひかん》を増《ま》し
数旬《すうしゅん》戸《と》を出《い》でず。
秋《あき》に逢《あ》いて増《ます》ます心《こころ》を傷《いた》め
世事《せいじ》は荼《と》の如《ごと》く苦《にが》し。

秋雨が寺の池の水面をおおい、
季節の草花が土手をうずめる。
雲は洛西の山の彼方へと広がり、
林にもしとしとと雨が降り続く。
故郷を遠く離れて在京する我々はしきりと哀れを催すが、
当寺での謹慎もかれこれ数十日。
秋の訪れとともに悲しみはぐっと深まり、

「雑詩」（年次不明）

憂き世の出来事が荼《にがな》のように苦く感じられる。

○失題　在京謹慎中の作。○秋雨　もと「秋緑」に作るが、第二句の「秋草」と重複すること、また後掲の「失題」の内容を参考として、今これを「秋雨」に改めた。○萆　もと「蕁」に作るが意味をなさず、今これを「萆」（「蔽」に通ず。おおう、隠すの意）に改めた。○香池　美しい池。また「香」字は仏教に関するものに加える美称ゆえ、慎居先の法雲寺にあった池をいうのであろう。○林塢　木竹の群り生えた土手、低い丘。○漠漠　雲などが広がっている様。○数旬不出戸　前述の通り、久坂らの謹慎は約三か月半にも及んだ。「数旬」（三、四十～五、六十日）というのであるから、清水町の法雲寺に移ってからの詩であろう。○荼　苦菜。若い茎葉は食用になる。もと「茶」に作るが、今これを改めた。

失題

満池小雨芰荷香
蟋蟀哀吟上草堂
待罪幽人不開戸
獵獵秋風欲斷腸

失題《しつだい》

満池《まんち》の小雨《しょうう》に芰荷《きか》香《かんば》しく
蟋蟀《しっしゅつ》は哀吟《あいぎん》して草堂《そうどう》に上《のぼ》る。
待罪《たいざい》の幽人《ゆうじん》は戸《と》を開《あ》けず
猟猟《りょうりょう》たる秋風《しゅうふう》は腸《はらわた》を断《た》たんと欲《ほっ》す。

池にさっとひと雨来るとヒシとハスは香り立ち、

コオロギは切なげに鳴いて草屋に雨宿りを始める。
処分を待つ身の私は戸も開けずにひたすら慎居し、
ヒュウヒュウと吹く秋風の音を聞いては断腸の思いでいる。

○失題　在京謹慎中の作。　○芰荷　ヒシとハス。　○草堂　草屋。草ぶきの家。　○待罪幽人　久坂らが長井要撃に失敗、浦氏の宿舎（榎町の妙満寺）に自訴したのは文久二年七月三日であったことは前述した。藩府の正式な処断が下されたのは八月初のようで、それまでが待罪幽閉の期間となる。第二首に「待罪旬日」とあれば、本詩の作られたのは七月十五日前後の妙満寺である。「浦日記」の天候の記述と照合するに、十三日（八ツ時分より雨）、十四日（八ツ過より雨）、十五日（朝雨九ツ半過より晴）のみ降雨、その他は晴天であるから、この三日間が該当すると見てよい。　○猟猟　風の音。

「雑詩」（年次不明）

其二

緑菘白薺一畦雨
待罪旬日慵出戸
秋來起坐獨長嗟
肉食模稜何足數

其《そ》の二《に》

緑菘《りょくすう》と白薺《はくせい》に一畦《いっけい》の雨《あめ》
罪《つみ》を待《ま》つこと旬日《しゅんじつ》にして戸《と》を出《い》ずるに慵《ものう》し。
秋来《しゅうらい》に起坐《きざ》して独《ひと》り長嗟《ちょうさ》す
肉食《にくしょく》の模稜《もりょう》は何《なん》ぞ数《かぞ》うるに足《た》らんや。

秋雨が青菜や大根の植わった畑にしとしとと降っている、
待罪の日々は十日に及んで部屋を出るのも煩わしい限りだ。
秋の訪れに起きて座ってはただ大きな溜息をつくばかり、
藩のご重役方は曖昧な態度に終始して揃いもそろって役に立たぬ。

○緑菘　青菜、白菜の類。○白薺　かぶ、大根の類。○肉食　美食ができる高位の人。○模稜「摸稜」に同じ。曖昧に返事をして決定を下さないこと。初唐の蘇味道の故事にもとづく。既出（八九、四五七頁）。

失題

壯志蹉跎愽浪椎
雄心惜不與時宜
蟋蟀哀吟草堂雨
把毫間抄椒山詩

失題《しつだい》

壮志《そうし》は蹉跎《さた》す　愽浪《はくろう》の椎《つい》
雄心《ゆうしん》の時宜《じぎ》に与《あずか》らざるを惜《お》しむ。
蟋蟀《しっしゅつ》は哀吟《あいぎん》す　草堂《そうどう》の雨《あめ》
把毫《はごう》の間《かん》に椒山《しょうざん》の詩《し》を抄《しょう》す。

張良は博浪沙で秦王暗殺の大望を成就できなかったが、
壮志を胸に秘めながら好機を逃したのはまことに残念であった。
雨のそぼ降る草屋にコオロギの悲しげな鳴き声を耳にしつつ、

私はしばし忠義の臣として名を残した楊椒山の詩を書き写した。

○失題　在京謹慎中の作。　○博浪椎　張良が博浪沙で始皇帝を狙撃した故事。刺客は百二十斤の鉄椎を用いたが、暗殺は未遂に終った。文天祥「正気歌」に「秦に在りては張良の椎、漢に在りては蘇武の節」とうたわれる。既出（二九八頁）。　○雄心　壮志に同じ。勇ましく盛んな心。　○把毫　ほんの少しの間。　○椒山詩　明末の烈士・楊継盛（椒山と号す。既出）の「臨刑詩」（二首）をいう。椒山は厳嵩を弾劾した結果、獄に下され、杖刑百回を被り、ひどい創傷を負った。ために知人が著効のある鱓蛇の胆を送った所、「椒山自ら胆あり」といって受け取らなかったという。獄に繋がれること三年、ついに棄市されたが、後の穆宗によって直諫の忠臣と称えられて忠愍と追諡された。その処刑を前に賦されたのが「臨刑詩」である。第一は「浩気太虚《こうきたいきょ》に還《かえ》り／丹心万古《たんしんばんこ》を照《て》らす／生前未《せいぜんいま》だ事《こと》を了《おわ》らず／留《とど》まって後人《こうじん》と与《とも》に補《おぎな》わん」、第二は「天王自《てんのうおのずか》ら聖明《せいめい》／制度千古《せいどせんこ》に高《たか》し／平生未《へいぜいいま》だ恩《おん》に報《むく》いず／留《とど》まり忠魂《ちゅうこん》と作《な》って補《おぎな》わん」という詩で、正気忠義の絶唱として天下に伝誦された。なお玄瑞の「愛読書籍目録」中に『椒山文集』があがっている。

「雑詩」（年次不明）

失題

涓埃未報九牛毛
憂國傷時涙滿袍
海氣昏昏風雨夕

失題《しつだい》

涓埃《けんあい》は未《いま》だ九牛《きゅうぎゅう》の毛《け》すら報《むく》いず
国《くに》を憂《うれ》い時《とき》を傷《いた》めば涙《なみだ》は袍《ほう》に満《み》つ。
海気《かいき》は昏昏《こんこん》たり　風雨《ふうう》の夕《ゆう》べ

故人何意聽秋濤
　　故人《こじん》は何《なん》の意《い》あってか秋濤《しゅうとう》を聴《き》かん。

もの の数にも入らぬ私どもはいまだ君恩にわずかばかりも報いずにいるが、藩の将来を憂え時世のなりゆきを心配しては涙が衣をしとどに濡らす。今の状況はまるで嵐の夕暮れにもやが出て辺りを暗くとざしているにも等しく、見通しのきかぬなか旧友はどんな思いで秋の波音を聞いていることだろう。

○失題　在京謹慎中の作。○涓埃　細流とちり。ごくわずかなもののたとえ。○九牛毛　「九牛の一毛」のことで、ほんのわずかなもの。○海気　海辺に漂うもや。○昏昏　暗い様。

讀通鑑有感
　　通鑑《つがん》を読《よ》む　感有《かんあ》り

群雄逐鹿逞狼呑
　　群雄《ぐんゆう》鹿《しか》を逐《お》いて狼呑《ろうどん》を逞《たくま》しうし
殺氣中原日月昏
　　中原《ちゅうげん》に殺気《さっき》ありて日月《じつげつ》は昏《くら》し。
千歳興亡堪資治
　　千歳《せんざい》の興亡《こうぼう》は治《ち》に資《し》するに堪《た》え
不須黃吻事譚論
　　須《すべか》らく黄吻《こうふん》して事《こと》を譚論《たんろん》すべからず。

群雄が天下の覇権を争って領土争いを展開すれば、

中原には殺気が充満して日月を蔽って暗黒の世が訪れる。
歴代の興亡は帝王学の一助として参考に供することができ、
未熟者が軽々しく事の是非を議論すべき書物ではない。

※福本氏は「安政三年冬の作か」という。
○通鑑　『資治通鑑』の略称。北宋・司馬光の著した編年体の歴史書。英宗の勅を奉じ、十九年余の歳月をかけて神宗に献じた畢生の労作。周の威烈王～五代の後周の世宗までの千三百六十二年間を範囲として叙述する。全二百九十四巻。元・胡三省の注がある。資料の厳密な批判と考証、流暢な文体等により、史書として評価が高く、『史記』と並ぶ中国史書の双璧とされる。また名分論に基づき、南朝を正統とし、帝王と士大夫のあるべき姿を歴史事実の叙述を通して示そうとした。書名は「政治の役に立ち、通史を俯瞰して教訓とする」という意味を込めて、神宗が命名した。○逐鹿　帝位を鹿にたとえ、これを獲ようと争うこと。すなわち政権を争うことをいう。
○狼呑　狼が小動物を呑み込むように、強者が弱者の土地を併合すること。○黄吻　黄口。黄色い口ばし、転じて経験不足の未熟者をいう。

「雑詩」（年次不明）

逸題

皇國威名海外鳴
誰甘烏帽犬羊盟

逸題《いつだい》

皇国《こうこく》の威名《いめい》は海外《かいがい》に鳴《な》り
誰《たれ》か烏帽犬羊《うぼうけんよう》の盟《めい》に甘《あま》んぜんや。

朝廷願賜尚方剣　　朝廷《ちょうてい》願《ねが》わくは賜《たま》え　尚方《しょうほう》の剣《けん》を
直斬将軍答聖明　　直《ただ》ちに将軍《しょうぐん》を斬《き》って聖明《せいめい》に答《こた》えん。　（「志士正気詩歌集」及び「振気篇」）

日本国の武勇の評判は海外にまで鳴り響いており、
誰が外夷と友好関係を結ぶことを心から願ったりするものか。
朝廷よ何とぞ私に尚方の剣を与えたまえ、
さすればすぐさま将軍を斬って天子のご期待通りに攘夷を実行して見せるのだが。

○威名　武勇の評判。　○烏帽　本来「烏帽」は隠者のかぶる黒い頭巾をいうが、ここは西洋のシルクハットのような黒い帽子で、外夷そのものを指すかと思う。もと「鳥帽」に作るが、今これを「烏帽」に改めた。　○尚方剣　漢の朝廷で作られた名剣。既出（二九三頁）。　○聖明　天子（孝明天皇）が抱く攘夷の思い。

哭杷山君　二詩　　杷山君《はざんくん》を哭《こく》す　二詩《にし》

遠駕蛟龍上九旻　　遠《とお》く蛟竜《こうりゅう》に駕《が》して九旻《きゅうびん》に上《のぼ》り
墳前灑涙薦秋蘋　　墳前《ふんぜん》に涙《なみだ》を灑《そそ》ぎ秋蘋《しゅうひん》を薦《すす》む。
夕陽哀咽寒蟬暮　　夕陽《せきよう》に哀咽《あいえつ》す　寒蟬《かんせん》の暮《くれ》
細雨飄零黄葉晨　　細雨《さいう》に飄零《ひょうれい》す　黄葉《こうよう》の晨《あした》。

嘗擲微軀甘後樂
要興明主布維新
我心鬱結解難得
猶見英靈髣髴臻

嘗《かつ》て微軀《びく》を擲《なげう》って後楽《こうらく》に甘《あま》んじ
明主《めいしゅ》を興《おこ》して維新《いしん》を布《し》くを要《もと》む。
我《わ》が心《こころ》は鬱結《うっけつ》して解《と》くこと得難《えがた》く
猶《な》お英霊《えいれい》の髣髴《ほうふつ》として臻《いた》るを見《み》る。

（「杷山遺稿」）

蛟竜の背に乗って君は九天の彼方へと遠く旅立ってしまい、
墓前で私は涙が頬を伝うにまかせてささやかな秋の草花を手向けた。
夕映えが西の空を茜色に染めるなかヒグラシの声を聞いてはむせび泣き、
朝は霧雨に黄葉がはらりと散るのを見てはひとりでに涙がにじむ。
生前の君は一身を捧げて天下人民のために力を尽くし、
聡明な藩公を盛り立てて維新をなしとげることを願った。
君が亡くなって以来私の心はいつも鬱々として晴れることがなく、
今でも君がこの世に戻って来た姿をはっきりと見るほどなのだ。

「雑詩」（年次不明）

※詩題には「二詩」とあるが、一首しか掲載がない。出典の『杷山遺稿』には第二首も掲載があるが、字句・内容は次の「憂庵羽君を哭す」との類似点が極めて多く、そのため福本はこれを同詩と判断して割愛したと推測される。

○杷山　口羽杷山（憂庵）。杷山は安政六年八月の初め、七月下旬から萩で流行しはじめたコレフに罹患した。幸い症状は軽く、順調に快方に向かい、七日に見舞った玄瑞には「日々漸快。患ふるに足らず」と話して安堵させた。ところが十日の午後十時頃、容態が急変し、久坂も徹夜で付き添ったが、翌日の昼過ぎに逝去した（「九仭日記」）。享年二十六。既出（四五七頁）。○蛟竜　もと「蛟竜」に作るが、『杷山遺稿』に従い、今これを「蛟竜」に改めた。○秋蘋　「蘋蘩」は粗末な供え物。秋に咲く草花を墓前に手向けたことをいうのであろう。○哀咽　悲しみの余りむせび泣く。○寒蝉　ヒグラシの別名。○細雨　こまかく降る雨。霧雨。○飄零　木の葉などがひらひらと落ちる。○興　もと「與」に作るが、『杷山遺稿』に従い、今これを改めた。○欝結　心がふさぐ。気が晴れない。もと「鬱血」に作るが、『杷山遺稿』に従い、今これを改めた。

哭憂庵羽君

不似君家門閥隆
鹹辛鋭意致其躬
傷時唫詠追工部
許國誠忠慕魏公
蟋蟀忽聞嘶寒露
梧桐忍見着秋風
回頭惆悵墓門夕
白雲寂寞渺穹蒼

憂庵羽君《ゆうあんうくん》を哭《こく》す

君《きみ》が家《いえ》は門閥《もんばつ》の隆《たか》きに似《に》ず
鹹辛《かんしん》に鋭意《えいい》して其《そ》の躬《み》を致《いた》す。
傷時《しょうじ》の唫詠《ぎんえい》は工部《こうぶ》を追《お》い
許国《きょこく》の誠忠《せいちゅう》は魏公《ぎこう》を慕《した》う。
蟋蟀《しっしゅつ》の忽《たちま》ち寒露《かんろ》に嘶《な》くを聞《き》き
梧桐《ごどう》の秋風《しゅうふう》に着《あ》うを見《み》るに忍《しの》びんや。
頭《こうべ》を回《めぐ》らして惆悵《ちゅうちょう》す　墓門《ぼもん》の夕《ゆう》べ
白雲《はくうん》は寂寞《せきばく》として穹蒼《きゅうそう》渺《びょう》たり。

君は門閥の名家に生まれながら少しも傲慢な所がなく、
進んで艱難に身を投じてひたすら国事に身命を捧げた。
時世の混乱を憂えては杜甫のように民衆を思う詩を作り、
命がけで国に尽くす真心は唐初の名臣・魏徴を理想とした。
コオロギが露霜の中でにわかに鳴くのを聞くと、
アオギリの葉が秋風に遭うのを見ることにどうして耐えられよう。
夕暮れの墓前にありし日を思えば悲しみは募るばかり、
果てしない大空に白い雲がさびしくぽつんと浮かんでいる。

※参考までに福本が割愛した「杷山君を哭す」（『杷山遺稿』所収）の第二首を掲げる。「鋭意酸辛不顧身／誰知門閥轉優隆／傷時吟詠追工部／許國誠忠慕魏公／蟋蟀忽聞嘶白露／梧相（桐の誤）忍見着金風／我亡知己心灰死／日暮回頭渺碧穹」（鋭意《えいい》酸辛《さんしん》身《み》を顧《かえり》みず／誰《たれ》か門閥《もんばつ》の転《うた》た優隆《ゆうりゅう》たるを知《し》らん／傷時《しょうじ》の吟詠《ぎんえい》は工部《こうぶ》を追《お》い／許国《きょこく》の誠忠《せいちゅう》は魏公《ぎこう》を慕《した》う／蟋蟀《しっしゅつ》忽《たちま》ち聞《き》く白露《はくろ》に嘶《な》くを／梧桐《ごどう》見《み》るに忍《しの》びん金風《きんぷう》に着《あ》うを／我《われ》は知己《ちき》を亡《うしな》い心《こころ》は灰死《かいし》す／日暮《ひく》れて頭《こうべ》を回《めぐ》らせば碧穹《へききゅう》渺《びょう》たり）

○門閥　名門。萩藩における口羽家の家格は、一門（六家）、永代家老（二家）に次ぐ寄組に属した。幕末には六十余家あり、この中から選ばれたものが一代家老として政務の要衝にあたった。○躬　もと「身」（上平十一真）に作るが、本詩は上平一東の韻を用いており、これに合致しない。よって今これを改めた。○工部　盛唐の詩人杜甫のこと。官が工部員外郎であったことから「杜工部」と呼ばれる。その詩の特色は、個人の境遇を通して、戦乱のうちに悲惨な生活を強いられた民衆の痛苦を社会全体の憂愁として、誠実・雄渾に表現し、これを芸術の域にまで高めた点にある。また社会や政治に対して常に深い関心を示し、国政の混乱に激しい憤懣・批判の情を述べ、虐げられる人民の悲哀を儒教的で情愛のこもった視線で詠じた。その作風から後世「詩聖」の称をもって嘆賞され、李白とともに中国詩人の最高峰に位置付けられる。有名な作に社会詩の傑作とされる「三離」「三別」、「兵車行」等がある。○許国　身を捨てて国家のために尽くすこと。杜甫の「前出塞詩」に「丈夫許国を誓い／憤惋して復た何をか有たん」とある。○魏公　唐の創業の名臣である魏徴のこと。武徳門の乱後、太宗に召され、諫議大夫に抜擢され、直言をもって太宗を諫めること二百余回に及んだ。その後、累進して特進知門下省事、太子太師となり、鄭国公に封ぜられた。太宗と魏徴のやりとりは唐・呉競『貞観政要』中に多数ある。また詩文をもよくし、「人生意気に感ず」の「述懐」の詩は名高く、勅を奉じて『隋書』や『群書治要』等の編纂にもあたった。○寒露　冷たい露。露霜《つゆじも》（露が凍って霜のようになったもの）。○回頭　過去のことを振り返って思う。○寂寞　静かでものさびしい様。○穹蒼　おおぞら。○渺　広々として果てしない様。

讀杷山遺稿有感

憶昨疎燈細雨時
相歡相痛兩心知
秋風此夕腸堪斷

杷山遺稿《はざんいこう》を読《よ》む　感《かん》有《あ》り

憶《おも》う昨《むかし》　疎灯細雨《そとうさいう》の時《とき》
相歓《あいよろこ》び相痛《あいいた》むは両心《りょうしん》のみ知《し》る。
秋風《しゅうふう》ふく此《こ》の夕《ゆう》べ　腸《はらわた》断《た》つに堪《た》えたり

吹上殘篇續後詩　　残篇《ざんぺん》を吹上《すいじょう》するも後詩《こうし》を続《つ》がんや。

思い起こせば仄暗い灯火がともり霧雨が降っていた時であった、
あの日の喜びと苦労は我々二人の心だけが知っている。
今では秋風が吹く夕暮れともなれば耐えられないほど悲しくなり、
残された詩稿を風がめくって先を促すがとてもそれ以上は読み進められない。

○杷山遺稿　久坂が読んだ「遺稿」は、後に口羽家の臣・坂上忠介（防長四陪臣の一）の手で整理され、『杷山遺稿』（副題「口羽徳祐遺稿」）と題し、国重半山、伊勢小淞、羽倉簡堂、加藤桜老の各序を加え、明治十六年五月に京都の文求堂より刊行された。○昨　むかし。以前。もと「咋」に作るが、今これを改めた。○結句　意味定かならず。ひとまずこのように訳出しておく。

送思甫品川君京行　　思甫品川君《しほしながわくん》の京行《きょうこう》を送《おく》る

男子自古貴神交　　男子《だんし》は古《いにしえ》より神交《しんこう》を貴《とうと》び
世路艱難氣益豪　　世路《せいろ》は艱難《かんなん》にして気益《きます》ます豪《さか》んなり。
一酌送君寒水上　　一酌《いっしゃく》して君《きみ》を寒水《かんすい》の上《ほとり》に送《おく》れば
天風萬里雁行高　　天風万里《てんぷうばんり》　雁《かり》の行《ゆ》くこと高《たか》し。

「雑詩」（年次不明）

昔年京國作同游
今日江湖語別愁
君去試看鴨水月
金風玉露不堪秋

昔年《せきねん》は京国《きょうこく》に同游《どうゆう》を作《な》し
今日《こんにち》は江湖《こうこ》に別《べっ》愁《しゅう》を語《かた》る。
君《きみ》去《さ》って試《こころ》みに看《み》よ　鴨水《おうすい》の月《つき》
金風玉露《きんぷうぎょくろ》は秋《あき》に堪《た》えざらんや。

（石光氏所蔵）

男子は古来誠実な心と心の交わりを尊ぶものであり、
世の中で難儀に遭遇してもなお意気盛んであるべきだ。
寒々とした川畔に酒を酌み交わして君を送れば、
風は遠く彼方へと吹き去って雁は大空高く渡り行く。
かつては一緒に故郷を離れて京師に赴いたというのに、
今日はこの辺地の萩で別離の悲しみを語り合っている。
君よ京に上ったら試しに鴨川に映る月を見るがよい、
今ごろは涼風と玉のように美しい露が秋興を盛り立てているはずだ。

※韻字を見ると絶句二首のように思われるが、今ひとまず福本の配置に従った。
○思甫品川君　品川弥二郎。思甫は字。既出（四七一頁）。　○神交　心の交際。意気投合した精神の交わり。
○世路　世の中。世渡り。　○京国　みやこ。京師。　○江湖　中央に対して地方をいう。　○鴨水　京を貫流する鴨川（賀茂川）。既出（三八八、三九三、四〇一頁）。

無題　四首

晦跡屠中到処留
歌呼劇飲事狂游
文章於世諫芻狗
功業與吾風馬牛

無題《むだい》　四首《ししゅ》

跡《あと》を屠中《とちゅう》に晦《くら》まして到《いた》る処《ところ》に留《とど》まり
歌呼劇飲《かこげきいん》して狂游《きょうゆう》を事《こと》とせん。
文章《ぶんしょう》は世《よ》に於《お》いて芻狗《すうく》たるを諫《いさ》むるも
功業《こうぎょう》は吾《われ》に与《お》いて風馬牛《ふうばぎゅう》。

（「錬膽健体」）

屠者の仲間に加わって世を逃れた聶政のように各地をさすらい、放歌高吟してしたたかに酒を飲んでむやみに遊び騒いでいたいものだ。文章については経国の大事業ゆえ軽視してはならぬと忠告したいが、大きな手柄を立てることなどは私とはまるで無関係の話だ。

○錬膽健体　久坂のメモ類の一つ。但し『久坂玄瑞全集』の「備忘雑録」に収める「錬膽健体」中には四首とも掲載がない。○晦跡屠中　衛の厳仲子と深交を結んだ義士・聶政の故事。聶政は屠者（屠畜業者）の仲間になって姿を隠し、仇を避けた。話は『戦国策』韓策、『史記』刺客列伝に見える。○文章　ここは三国魏の文帝曹丕の「典論」の「文章は経国の大業、不朽の盛事なり」（文章は国を治め整える大事業であり、永久に朽ちることのない盛大な事業である）を意識してある。○芻狗　わらで作った犬。昔、中国で祭事に用い、祭りが済むと捨てられた。転じて、用がすめば価値のないものとみなされ、無慈悲に捨て去られるものを喩える。○与「於」に同じ。○風馬牛　互いに無関係なものの喩え。

其二

仕足辱君須酬仇
學無補國欲歸休
何圖混混市塵底
已有故人物色求

其《そ》の二《に》

仕《つか》えて君《きみ》を辱《はずかし》めらるるに足《た》れば須《すべか》らく酬仇《しゅうきゅう》し
学《まな》んで国《くに》を補《おぎな》う無《な》くんば帰休《ききゅう》せんことを欲《ほっ》すべし。
何《なん》ぞ図《はか》らんや　混混《こんこん》たる市塵《しじん》の底《そこ》
已《すで》に故人《こじん》の物色《ぶっしょく》して求《もと》むる有《あ》らんや。

禄仕の身で主君の名誉をひどく傷つけられたとき臣下は必ずその報復を期すべきであり、
また学問を修めながら藩国の役に立つことができなければ死んで詫びる覚悟が必要だ。
世の中ではこれほど次から次に色々なことが起こっているというのに、
もはや昔からの同志たちを求めることができないのは残念でならぬ。

○辱君　『国語』越語下にある「君辱臣死」（君辱めらるれば臣死す）をふまえる。つまり、主君が他から辱めを受けることがあれば、臣下は命を投げ出して、その恥を晴らすべきことをいう。○酬仇「報仇」（あだを討つ、敵討ち）に同じ。もと「酔死」に作るが意味をなさず、また本詩は下平十一尤の韻を用いており、この点も「死」

（上声四紙）とは合致しない。よって今これを同韻の「酬仇」に改めた。○帰休　死ぬこと。○混混　物事が次々と起こって尽きない様。入り混じってごたごたしている様。○市塵　喧噪な現実の世の中。人間世界。○故人　旧友。ふるなじみ。○物色　多数の中から人や物を選ぶこと。

其三

憐才本出愛君心
受薦何用涙灑襟
唯誓鴻蹤窮萬里
敢期馬骨値千金

其《そ》の三《さん》

憐《あわ》れむ　才《さい》は本《もと》より君《きみ》を愛《あい》する心《こころ》より出《い》ず
薦《せん》を受《う》けては何《なに》を用《も》って涙《なみだ》を襟《えり》に灑《そそ》がんや。
唯《た》だ鴻蹤《こうしょう》の万里《ばんり》を窮《きわ》めんことを誓《ちか》い
敢《あ》えて馬骨《ばこつ》なるも値千金《あたいせんきん》なるを期《き》せん。

もったいないことよ、私の能力はご主君をお慕いする一途な心に発しているだけなのに、それが認められて推挙されたのだからどうして感涙にむせんでいる暇などあろう。私は雁が万里の彼方へ渡り行くような決意でもっぱら遠大な事業に挑むことを誓い、取るに足りない男ながら自ら進んで値千金の働きをしたいと思っているのだ。

○憐　「可憐（憐れむべし）」（感に堪えない。すばらしい）と同意。○受薦　推挙・登用される。○馬骨　死馬の骨。値打ちのないもの。がらくた。出典は『戦国策』燕策一にある「先ず隗より始めよ」（「死馬の骨を買う」）

の故事に基づく。

其四

秋風掎劍隘大陰
夜雨繙書小古今
豪氣終應無補國
振衣歸臥故山林

其《そ》の四《し》

秋風《しゅうふう》に剣《けん》を掎《ぬ》けば大陰《たいいん》は隘《せま》く
夜雨《やう》に書《しょ》を繙《ひもと》けば古今《ここん》は小《しょう》なり。
豪気《ごうき》は終《つい》に応《まさ》に国《くに》を補《おぎな》う無《な》かるべし
衣《い》を振《ふ》るって故山《こざん》の林《はやし》に帰臥《きが》せん。

秋風に向かい刀を抜くと気力が漲って大地も狭く思い、雨夜に読書をすれば今も昔も人の営みのちっぽけさが感じられる。結局私の大胆な意気込みも藩国を救う一助にはならなかったらしい、この際世俗のけがれを落して心を清めて故郷の山林に隠棲でもするか。

○掎　引き抜く。もと「倚」に作るが、今これを改めた。○大陰　大地。もと「大地」に作るが、本詩は下平十二侵の韻を用いており、「地」（去声四寘）は合致せず、今これを同韻の「大陰」に改めた。○振衣　世俗のけがれを落として心を清らかにする。

無題

從來忠憤與櫻開
笑酌英雄快別杯
一片精誠君勿怪
功名馥郁百花魁

無題《むだい》

従来《じゅうらい》の忠憤《ちゅうふん》は桜《さくら》と与《とも》に開《ひら》き
笑酌《しょうしゃく》の英雄《えいゆう》は別杯《べっぱい》を快《こころよ》くす。
一片《いっぺん》の精誠《せいせい》　君怪《きみあや》しむ勿《なか》れ
功名《こうみょう》は馥郁《ふくいく》として百花《ひゃっか》に魁《さきが》けん。

（「筆廼末仁満爾《ふでのまにまに》」）

これまでの忠義の心から発する憤りは桜花のほころびとともに開き、
英雄はにこやかに酒を酌み交わしてここに別離の盃を上機嫌でぐっと飲みほす。
わずかばかりの私の純粋なまごころを君よ疑ってくれるな、
後世まで末長く伝えられる手柄を百花に先駆けて咲かせたいものだ。

○筆廼末仁満爾　玄瑞の文久二年十月二十五日～同二十七日までの日記。但し本詩は日記にはなく、「備忘雑録」として収める「筆廼末仁満爾」に収録する。　○英雄　才知・武勇の優れた人物。ここは久坂自身をいう。
○精誠　純粋なまごころ。精心誠意。

感唫

子規啼兮裂帛鳴
不如歸去雨三聲
覊客此時多感慨
鬔鬠曾自出郷關
轗軻抱志未能成
長鋏歸乎歸無地
阿蒙何面見魯生
覊客有恨子規叫
子規不管覊客情
試褰書帷求啼處
落花霏烟月一泓

感唫《かんぎん》

子規《しき》の啼《な》くや裂帛《れっぱく》の鳴《めい》あり
帰《かえ》り去《さ》るに如《し》かずと三声《さんせい》を雨《ふ》らす。
覊客《きかく》は此《こ》の時《とき》に感慨《かんがい》多《おお》く
眠《ねむ》り醒《さ》めて枕《まくら》を擁《よう》して残更《ざんこう》に座《ざ》す。
鬔鬠《ほうかい》して曾《かつ》て自《みずか》ら郷関《きょうかん》を出《い》ずるも
轗軻《かんか》して志《こころざし》を抱《いだ》き未《いま》だ成《な》す能《あた》わず。
長鋏《ちょうきょう》は帰《かえ》らんとして帰《かえ》るに地《ち》無《な》く
阿蒙《あもう》は何《なん》の面《かんばせ》あってか魯生《ろせい》に見《まみ》えんや。
覊客《きかく》は恨《うら》み有《あ》って子規《しき》のごとく叫《さけ》べども
子規《しき》は覊客《きかく》の情《じょう》を管《かん》せず。
試《こころ》みに書帷《しょい》を褰《かか》げて啼処《ていしょ》を求《もと》むれば
落花《らっか》は霏烟《ひえん》にして月《つき》は一泓《いちおう》にあり。

（「防長正気集」）

絹を裂くような澄んだ鋭いホトトギスの声が、
三たび「不如歸去」（帰り去るに如かず）と響き渡った。
旅人はこの声を聞いて深い感慨を覚え、

夜明け前から目を覚まして寝床に枕を抱いて起き上がり座った。
私はかつて髪を振り乱して故郷を後にしたものの、
不幸にもいまだ胸に抱いた大志を実現できていない。
馮諼ならずとも「長鋏よ帰ろうか」とつい口にしたくなるが今さら帰る場所もなく、
ここでみっちり学問をやっておかなければ呂蒙は魯粛に会わせる顔もなくなるだろう。
旅人は恨めしげにホトトギスのように叫ぶけれども、
ホトトギスの方は旅人の思いなど少しも分かってくれない。
ためしに書斎のとばりを掲げて鳴いている場所を確かめようとしたが、
しきりと散る花はかすみと見紛うばかりで広い川面には美しい月が映じていた。

※福本氏は「此の一首、幼年の作」と注する。

○裂帛　絹を裂くときの澄んだ鋭い音の形容。○不如帰去　ホトトギスの鳴き声。「帰り去るに如かず」と訓読し、帰るのがよい、帰った方がました、の意となる。伝説では、山中に隠棲した古蜀の望帝（杜宇）の化身とされ、秦に国を滅ぼされた時に「ああ自分の国に帰れるものなら帰りたい」と嘆いたという。以来、故郷を離れた人に帰心を抱かせる鳴声とされる。○残更　「五更」に同じ。午前四時ごろ。○鬔鬙　「鬅鬙」（髪が乱れる様）と同意か。要するに「蓬髪」（砂地に生えるアザミの類の蓬が、風が吹くと根のまま抜けて、転がり飛ぶように乱れた髪）のことであろう。○轗軻　志を得ない様。○抱志　胸に抱いた大志。もと「撫志」に作るが、今これを「抱志」に改めた。○長鋏　『戦国策』斉策にある「長鋏帰来乎」（待遇や地位に不平を言うことの喩え）

の故事。戦国、斉の孟嘗君の食客であった馮讙が待遇の悪さに不満を抱き、刀をたたきながら、「長鋏よ、帰らんか」と歌った故事に由来する。既出（七三頁）。○阿蒙　『三国志』呉志、呂蒙伝注にある「呉下の阿蒙」（いつまでたっても学問が進歩しない学識の浅い人）の故事をふまえる。三国、呉の武将・呂蒙は主君の孫権に勧められて学問に励んだ後、同僚の魯粛に会った。その際、魯粛は蒙の学問の格段の進歩に驚き、もはや以前の呂蒙ではないといった。同じ話が『十八史略』巻三（東漢）にも見える。なお本詩の呂蒙は久坂自身に喩える。○魯生　三国時代、呉の孫権に仕えた魯粛。周瑜を助けて赤壁の戦いで曹操を撃ち破った。本詩の魯粛は故郷・萩にいる知人や友人に喩える。○不管　気にとめない。気にかけない。○褰　かかげる。巻き上げる。○書帷　書斎のとばり。○霏烟　烟霏。もや、霞、霧の類。○一泓　深くて大きい川。

奉呈松蔭吉松先生東行　松蔭吉松先生《しょういんよしまつせんせい》の東行《とうこう》に奉呈《ほうてい》す

春朝送別思依依
祖席題詩自此違
五十驛程三百里
雲鴻何意背君飛

春朝《しゅんちょう》に送別《そうべつ》すれば思《おも》いは依依《いい》たり
祖席《そせき》に詩《し》を題《だい》して此《ここ》より違《さ》らんとす。
五十《ごじゅう》の駅程《えきてい》は三百里《さんびゃくり》
雲鴻《うんこう》は何《なに》をか意《おも》いて君《きみ》に背《そむ》き飛《と》ばん。

春景色の朝に吉松先生の旅立ちを見送ればいつまでも名残は尽きない、送別の宴で詩を賦して壮途を祝したがいよいよ先生はこの地を出発しようとする。

東海道は五十三次で江戸まではまことに遥かな道のりである、
雲間の渡り鳥は何を思って先生とは逆の西へと飛んで行くのだろう。

○松蔭吉松先生　吉松淳蔵。一般には松山の号が知られる。萩藩士。家は代々安西流馬医であった。久坂の生れ育った平安古で家塾を開き、子弟に教授した。門下からは高杉や久坂等、優秀な人材が多く育った。晩年は防府へと移住し、明治年間に七十余で没したという。なお玄瑞が安政五年二月に京坂から江戸へと情勢視察に旅立とうとした際、師弟約四十名が吉松塾に集まり、詩歌をもって壮途を祝したものが「久坂秋湖東行送別詩集」（『全集』所収）である。○思　もと「恩」に作るが意味をなさず、今これを「思」に改めた。○依依　名残惜しく離れがたい様。人を恋い慕う様。○祖席　旅人のはなむけに開く送別の宴。○違　去る。離れる。○五十駅程　街道の行程を宿場の数で示したもので、いわゆる「東海道五十三次」をいう。○三百里　実数ではなく大数をいう。遥かに遠い距離。○雲鴻　空高く飛行する大型の雁（ヒシクイの類）。

「雑詩」（年次不明）

無題

去歳一從誅臣奸
王師早已撤營還
國家自是應無事
蠢醜何由來破顏

無題《むだい》

去歳《きょさい》に一《ひと》たび臣《しん》の奸《かん》なるを誅《ちゅう》せしより
王師《おうし》は早《つと》に已《すで》に営《えい》を撤《てっ》して還《かえ》らん。
国家《こっか》は是《こ》れより応《まさ》に事無《ことな》かるべきも
蠢醜《しゅんしゅう》は何《なん》に由《よ》ってか破顔《はがん》し来《きた》る。

（「錦繡詩歌鈔」）

先年かの開国を推し進めた奸臣が誅伐されたこともあって、
長く沿岸の警衛を担った諸藩兵はほどなく陣を引き払って帰郷するだろう。
我が国はこれ以後おそらく平穏無事となるはずなのだが、
愚かで無礼な西洋人どもはどんな魂胆があるのか笑みを絶やさずにいる。

○去歳　往年。以前、昔の意。○誅臣奸　大老・井伊直弼の横死した桜田門外の変（安政七年三月三日）を指す。○王師　天子、国家の軍隊。官軍。ここは主に萩藩兵をいうのであろうが、一応「諸藩兵」と訳した。ペリー来航に際し、江戸湾の防備が急務となり、幕府は各藩に命じて沿岸の守衛を分担させた。萩藩の場合、嘉永六年十一月十四日〜安政五年六月二十日まで相州三浦半島の南西海岸一帯を担当し、三浦郡上宮田村に陣屋を築き、六カ所の砲台に約九百人が駐屯した。安政五年六月二十一日からは持場替えによって兵庫警衛に転じ、文久三年三月三十日に任を解かれた。○撤営　陣地・屯営から引きあげる。もと「徹営」に作るが、今これを「撤営」に改めた。なお本詩の「撤営」は、起句から井伊暗殺後である点ははっきりするが、年次は不明。○蠢醜　愚かで道理をわきまえない醜虜。思い上がった醜夷。敵国人を卑しんでいう。

江亭避暑

江亭《こうてい》の避暑《ひしょ》

清川一夜綺筵開

清川《せいせん》一夜《いちや》　綺筵《きえん》を開《ひら》けば

螢火影飛避暑杯
酒盃長含人共醉
滿簾水色月明來

蛍火《けいか》影《かげ》飛《と》ぶ　避暑《ひしょ》の杯《さかずき》。
酒盃《しゅはい》長《なが》く含《ふく》んで人《ひと》は共《とも》に酔《よ》い
満簾《まんれん》の水色《すいしょく》　月明《げつめい》来《きた》る。

ある夜に清らかな川辺の料理屋で宴席を設け、蛍の乱舞に見とれながら暑気払いに一杯やった。尽きぬ興趣に酒盃を重ねてみな酔いが回るころには、月の光ですだれいっぱいに水面が輝いていた。

○江亭　水亭。川のほとりにある旅館・料理屋など。○綺筵　綺席。美しいむしろ。○水色　水面の輝き。水の景色。

「雑詩」（年次不明）

水亭観螢（翻江亭）

晩來螢火似繁星
荷上清風醉眼醒
愛看流光千點影
半翻柳岸半江亭

水亭《すいてい》に蛍《ほたる》を観《み》る（江亭《こうてい》を翻《ほん》す）

晩来《ばんらい》の蛍火《けいか》は繁星《はんせい》の似《ごと》く
荷上《かじょう》の清風《せいふう》に酔眼《すいがん》は醒《さ》む。
流光《りゅうこう》を愛看《あいかん》すれば千点《せんてん》の影《かげ》
半《なか》ばは柳岸《りゅうがん》に翻《ひるがえ》り半《なか》ばは江亭《こうてい》に。

夕方の蛍の乱舞はまるで天にちりばめられた星のよう、
ハスの上を吹き渡る清々しい風にあたれば酔いも醒めるというもの。
幾筋もの光をよくよく見ると無数の点となって散らばってゆく、
半分は柳の岸に飛び交い残りはこの河畔の家を取り囲んだ。

○翻江亭　前掲「江亭避暑」の詩を作りかえたという意味。

無題

強暴事我易
我事強暴難
渓壑賊無厭
山河我有殫
廟謨竟如何
愁人撫剣嘆

無題《むだい》

強暴《きょうぼう》の我《われ》に事《つか》えしむるは易《やす》く
我《われ》の強暴《きょうぼう》に事《つか》えしむるは難《かた》し。
渓壑《けいがく》の賊《ぞく》は厭《あ》くこと無《な》きも
山河《さんが》に我《われ》は殫《たお》るること有《あ》らん。
廟謨《びょうぼ》は竟《つい》に如何《いかん》せん
愁人《しゅうじん》は剣《けん》を撫《ぶ》して嘆《なげ》くのみ。

（合田三郎氏所蔵）

武力で他国を侵略しようとする西洋列強をこちらに従わせるのは手易いが、

我々をそんな手段で威嚇する野蛮な勢力に従わせるのはそう簡単ではない。
貪欲な侵略者どもは欲望が次々に起こって飽くことがないが、
私どもが野に倒れてむだ死にすることなどあるだろうか。
朝廷の決めた計略では結局どうすることもできないだろう、
将来を危ぶむ我らは刀を撫でて悲嘆にくれるばかりだ。

※本詩の末尾には「癸亥十一月上浣、江月斎」とある。文久三年といえば、五月には馬関攘夷が決行され、八・一八の政変、七卿落ちと大事件が続いた年である。これらの長州藩を襲った難局への思いを詠じた詩である。なお久坂が藩命を帯びて再び上京したのは十一月十日頃のことである。

○一・二句　『荀子』富国篇に「強暴の国に事うるは難く、強暴の国をして我に事えしむるは易し」（武力で他国を侵略しようとする国に従うのは難しく、強暴な国をこちらに従わせるのは容易いことである）とある。荀子は続く王制篇で「強暴之国」を「強者」と称し、「王者」を理想にすえ、「覇者」を中間とし、最下位に「強者」を置いた。　○渓壑　深い谷は水が尽きることがないとの意から転じて、欲望の果てしないこと、貪欲な様を喩える。『南斉書』垣崇祖伝に「渓壑は厭くこと無し」とある。　○殫　「斃」（倒れて死ぬ）と同意。　○廟謨　廟算。朝廷で決めた計画・計略。

擧觴

擧觴嘯風口氤氳
醉氣潮顏酒方醺
死且不辭壯士腸
一飯百斗何足云
三杯養成浩然氣
仰天耿耿見白雲
十杯豪膽吞八紘
單刀快馬斬賊軍
酒能養我又害我
古人槽鐵嘗陳君
吾雖强飲非所嗜
劉伶玄石豈吾群
最憶慈母慇懃警飲時
膝下之涙落紛紛

觴《さかずき》を挙《あ》ぐ

觴《さかずき》を挙《あ》げて風《かぜ》に嘯《うそぶ》けば口《くち》は氤氳《いんうん》として
酔気《すいき》は顔《かお》に潮《みなぎ》って酒《さけ》は方《まさ》に醺《かお》らんとす。
死《し》すら且《か》つ辞《じ》せざるは壮士《そうし》の 腸《はらわた》
一《ひと》たび百斗《ひゃくと》を飯《くら》うも何《なん》ぞ云《い》うに足《た》らんや。
三杯養成《さんばいようせい》す　浩然《こうぜん》の気《き》
天《てん》の耿耿《こうこう》たるを仰《あお》いで白雲《はくうん》を見《み》る。
十杯《じっぱい》の豪胆《ごうたん》　八紘《はっこう》を呑《の》み
単刀快馬《たんとうかいば》もて賊軍《ぞくぐん》を斬《き》らんとす。
酒《さけ》は能《よ》く我《われ》を養《やしな》えども又《ま》た我《われ》を害《そこな》う
古人《こじん》は鉄《てつ》を槽《うつわ》として嘗《かつ》て君《きみ》に陳《つら》ぬ。
吾《われ》は強飲《きょういん》すと雖《いえど》も嗜《この》む所《ところ》に非《あら》ず
劉伶《りゅうれい》と玄石《げんせき》とは豈《あ》に吾《わ》が群《ともがら》ならんや。
最《もっと》も憶《おも》う　慈母《じぼ》の慇懃《いんぎん》に飲《いん》を警《いまし》むるの時《とき》
膝下《しっか》の涙《なみだ》は落《お》ちて紛々《ふんぷん》たりしを。

杯をぐっと挙げて詩歌に興ずれば口中は馥郁として、

酔いが回って顔は赤らみよい酒の香りがあたりに漂う。
樊噲は「死さえ恐れぬそれがしは斗巵酒など造作もござらぬ」と腹の座った所を見せたが、
確かに一度の食事に百斗の飯を平らげても一斗の酒をあおるものには到底かなうまい。
私などは三杯も飲むと広く大きな心持ちとなって、
明るく澄みわたった大空をふり仰いでは白い雲を眺めやる。
十杯も飲むと何物をも恐れぬ勇気と胆力が湧いて世界を呑もうとし、
一刀を腰に駿馬にまたがっては「賊軍斬るべし」との覇気が体中に漲る。
酒は私を育てつつもその一方で我が心身をそこなおうとする、
昔の人も深酒を戒めるためにかつて鉄器で温めた燗酒を君前に置いたという。
しかし私は無理して飲んでいるのが実情で根っからの酒好きではないから、
決して呑み助の劉玲や玄石の仲間であろうはずがない。
今も深く記憶に残るのは優しい母上がねんごろに飲み過ぎを注意してくれたとき、
涙がぽろぽろとひざもとにこぼれていたことだ。

○嘯風　「嘯風吟月」の略。風月に心を寄せて詩歌に興ずること。○氤氳　香りがよい様。○潮顔　赤みがさした顔。○死且不辞　有名な「鴻門の会」において、窮地に陥った劉邦を救うため樊噲が宴会場に乗り込むと、項羽はこれに大杯を与える。それを一息に飲み乾し、樊噲は「臣は死すら且つ避けず。巵酒安くんぞ辞するに足らんや」（『史記』項羽本紀）と豪傑ぶりを発揮する。なお「巵酒」は「斗巵酒」のことで、一斗入りの酒器に注がれた酒をいう。〇浩然気　物事にとらわれない、おおらかな気分。〇百斗　一斗は十升。〇耿耿　光り輝く様子。〇白雲　既出の「安節を送る」其の二に「衣を振るって直ちに白雲の天を去れ」（承句）とあり、その場合、「白雲の天」は天帝の居場所を「白雲の郷」（『荘子』天地篇）ということから、天子の住む京を指すと見た。本詩も直後に攘夷論が出ており、「白雲」は天子・朝廷を暗示し、久坂の尊王の思いが表現されていると理解される。〇八紘　全世界。もと「人紘」に作るが、今これを「八紘」に改めた。〇槽鉄　「槽」は液体などを入れる方形の容器。晋朝以来（『南史』及び『北史』）、温酒器は「鎗」（「酒槍」「酒鐺」）と呼ばれ、鉄製であった。ここは先人が君主の飲酒を世道の安危に関わるものと判断し、冷酒による多飲悪酔を避けて、燗酒を君主にすすめて過飲の戒めとしたという話と理解した。〇劉伶　西晋初期の文人。竹林の七賢の一人。酒好きで知られ、作品に「酒徳の頌」（『文選』所収）がある。〇玄石　中山の狄希は酒造りの名人であったが、劉玄石はその酒をたった一杯呑んだだけで三年の間、酔って目覚めることがなかった。いわゆる「千日酒」の故事である。話は『捜神記』巻十九にあり、『蒙求』にも「玄石沈湎」として掲載がある。〇膝下　父母のひざもと。

病中吟

午夜無眠嘆奈何
秋色入戸雨滂沱
魚燈枕上明乍暗
病夫斯時感慨多

病中《びょうちゅう》の吟《ぎん》

午夜《ごや》に眠《ねむ》る無《な》く嘆《なげ》くを奈何《いかん》せん
秋色《しゅうしょく》は戸《と》に入《い》って雨《あめ》は滂沱《ぼうだ》たり。
魚灯《ぎょとう》は枕上《ちんじょう》にあり　明《めい》乍《たちま》ち暗《あん》
病夫《びょうふ》は斯《こ》の時《とき》感慨《かんがい》多《おお》し。

蟻螻未償國報志
微軀未可斃疾痾
病魔何者侵壯士
我有豪氣壓山河

蟻螻《ぎろう》は未《いま》だ国《くに》に報《むく》いるの志《こころざし》を償《つぐな》わざれば
微軀《びく》は未《いま》だ疾痾《しつあ》に斃《たお》るべからず。
病魔何《びょうまなん》する者《もの》ぞ壮士《そうし》を侵《おか》さん
我《われ》に豪気《ごうき》有《あ》って山河《さんが》を圧《あっ》す。

深夜になっても寝つけぬが嘆いた所でどうなるものでもない、
秋の気配が家の中にまで忍び寄って外はずいぶんと雨が降っている。
魚油の灯が枕もとで明るくなったかと思えばすぐに暗くなり、
病人の胸中はいっそう心細く一度に様々な思いが押し寄せて来る。
つまらぬ我が身は相も変わらず報国の志を実現できぬままゆえ、
このまま長びく病に倒れて死ぬわけにはいかないのだ。
たとえ病魔が血気盛んな男の体をむしばんでも何ら恐れるに足りない、
なにせ私の心意気は山河を圧倒するほど凄まじい勢いを持つのだから。

○嘆　もと「喚」に作るが、今これを「嘆」に改めた。○滂沱　大雨が降る様。○魚灯　イワシなどの魚からとった膏油を使用する照明具。○乍　動作が起こったばかりでそれほど経過していない意。～したかと思うとすぐ。○蟻螻　つまらないものの喩え。もと「蟻蟻」に作るが、今これを「蟻螻」に改めた。○微軀　取るに足りない体。微賤の身。自分を謙遜して用いる言葉。○疾痾　こじれて長びく病気。

「雑詩」（年次不明）

〔付『江月斎稿』〕

※『江月斎稿』は高杉晋作の『投獄集』とともに、松下村塾蔵版として慶応四年七月に刊行された。版元は田中屋治兵衛（京四条御旅所）、河内屋吉兵衛（大坂心斎橋通唐物町北入）等である。十三センチの袖珍豆本ながら、久坂の詩集としては最初に世に出た一冊である。二十九丁、全七十四首。福本氏はこのうち、既に収録したものと重複しない詩のみをここに掲げた。

渡筑後川

魯戈回日向虞淵
碧血淋漓滑馬鞭
英魂此際吊何處
暮雨寒烟古渡船

筑後川《ちくごがわ》を渡《わた》る

魯戈《ろか》もて日《ひ》の虞淵《ぐえん》に向《む》かうを回《めぐ》らせば
碧血《へきけつ》は淋漓《りんり》として馬鞭《ばべん》を滑《すべ》らす。
英魂《えいこん》は此《こ》の際《さいいず》何れの処《ところ》にか吊《とむら》わん
暮雨寒烟《ぼうかんえん》　渡船《とせん》古《ふる》びたり。

「魯陽の戈」の故事のように筑後川の合戦で衰えつつあった南朝方は勢を盛り返したが、馬上の義臣は多くが傷を負って血を流し手が滑ってうまくむちを握れぬほどであった。南朝に誠忠を尽くして落命した人々のみたまを今日ここでどうやって慰めたらよかろう、夕暮れ時の雨ともやが辺りを寂しく包むなか川岸には古びた渡し船が繋がれている。

※『稿』No.一。本詩は「西遊稿」下には「長崎奉行長谷川藤寅、港人を撃鏖す」と題してあるという。なお「寅」は「広」（廣）の誤。長谷川藤広は有馬晴信とともにマードレ・デ・デウス号事件（ノサ・セニョーラ・ダ・グラサ号事件ともいう。既出）を起こした慶長期の長崎奉行である。福本編「西遊稿」には未載。但し本詩の内容は南北朝期の「筑後川の戦い」を扱っており、江戸初期の長崎の話とは全く無関係である。
○魯戈回日　「魯陽の戈」。戦国時代、楚の魯陽公が韓との戦いの最中、日没が迫って来たので、戈で太陽を招き返すと、逆戻りしたという故事。後に勢いの盛んな喩え、また衰えたものを盛り返す喩えとして用いる。既出。○虞淵　神話で太陽が沈むとされている場所。○碧血　忠臣烈士の流した血。既出（一二一頁）。○淋漓　水・汗・血などのしたたる様。○馬鞭　騎馬用のむち。もと「馬鞍」に作るが、本詩は下平一先の韻を用いており、「鞍」（上平十三寒）は合致しない。よって今これを同韻の「馬鞭」に改めた。○英魂　延文四年（一三五九）八月の「筑後川の戦い」で討死した南朝方の将士のみたま。南朝方の懐良親王（征西将軍）、菊池武光を中心とする四万の軍勢は、小弐頼尚、大友氏時等が率いる北朝方六万と対峙、筑後川辺の御原郡大保原で激闘を繰り返し、双方合わせて四千八百余が討死、北朝方の敗北に終わった。しかし親王自身も重傷を負い、武光は追撃を断念して肥後に帰還した。この合戦後、小弐氏は勢力を回復できず、九州は十余年にわたって南朝の勢力下に置かれることとなった。

熊基謁肥州加藤公廟

落日城頭啼暮烏
江山遼落古今殊
最悲雄姦狼眈際
満腹丹心記託孤

熊基《くまもと》にて肥州加藤公《ひしゅうかとうこう》の廟《びょう》に謁《まい》る

落日《らくじつ》の城頭《じょうとう》　暮烏《ぼう》啼《な》き
江山遼落《こうざんりょうらく》たるは古今《ここん》殊《こと》ならんや。
最《もっと》も悲《かな》しむは雄姦狼眈《ゆうかんろうたん》の際《さい》
満腹《まんぷく》の丹心《たんしん》に託孤《たっこ》を記《とど》めしを。

日も西に傾いて城のあたりにはねぐらへ帰るカラスが鳴き、遠くに見える山河の様子は今も昔も変わる所がない。ただひたすら悲しいのは家康が悪知恵を働かせて天下を狙っていた時、太閤が秀頼の行末を託したのが赤誠の持主・清正公であったということだ。

※『稿』No.二。既に述べたように「雑詩」に収める「無題」其二の翻詩と見られる。両詩の異同はそちらを参照されたい。

○熊基　熊本。○加藤公廟　本妙寺にある淨池廟。既出（八八、一五四、四三一頁）。○遼落　はるかに隔たっている様。○雄姦　姦雄。悪知恵を使って権力を手に入れようとするもの。ここは徳川家康をいう。○狼眈　「虎視眈々」（機会をねらって形勢を油断なくうかがっている様子）と同意。もと「狼眈」に作るが、今これを「狼眈」に改めた。○託孤　既出（四三二頁）。秀吉は清正に跡継ぎの秀頼の後見を期待し、清正もその任を果たすことに努めた。

宿生雲

去年海内事如麻
生死不期何憶家
此夕蕭條無限憾
山堂春雨聽鳴蛙

生雲《いくも》に宿《しゅく》す

去年《きょねん》の海内《かいだい》は事麻《ことあさ》の如《ごと》し
生死《せいし》は期《き》せず　何《なん》ぞ家《いえ》を憶《おも》わんや。
此《こ》の夕《ゆうべ》は蕭条《しょうじょう》として憾《うら》み限《かぎ》り無《な》し
山堂《さんどう》の春雨《しゅんう》に鳴蛙《めいあ》を聴《き》く。

昨年の国内情勢は混乱を極め、命がけで国事に奔走したから家のことなど思う余裕はなかった。今日の夕暮れはまた一段と寂しく後悔の念がしきりと湧き、春雨が山家を包む中しばし蛙の声に聞き入った。

※『稿』No.四〇。

○生雲　長門国阿武郡生雲村。久坂の母富子の実家・大谷家の所在地。既出（一七七頁）。　○山堂　山の中にある家。

長崎

満地春風歌吹浮
畫船罽旆夕陽洲
蛾眉不怪侏離語
扶起髯奴倚綺樓

長崎《ながさき》

満地《まんち》の春風《しゅんぷう》に歌吹《かすい》浮《ただよ》い
画船《がせん》の罽旆《けいはい》は夕陽《せきよう》の洲《しゅう》にあり。
蛾眉《がび》は怪《あや》しまず　侏離《しゅり》の語《ご》
扶《たす》け起《お》こす　髯奴《ぜんど》の綺楼《きろう》に倚《よ》るを。

長崎は町いっぱいに春風が吹き渡って歌声や楽器の音が方々から流れて、
彩りを施した美しい船が毛織の旗をはためかせて夕暮れの中洲に横たわる。
あでやかな妓女は理解できない異国の言葉を少しもいぶかることなく、
ひげ面の西洋人が華やいだ妓楼で酔ってよろめくのに手を貸して支えている。

※『稿』No.三。

○歌吹　歌をうたい、笛を吹き鳴らす。　○画船　彩りをほどこした美しい船。　○罽旆　毛で織った旗。「罽」は毛織物。「旆」は旗の総称。もと「罽旆」に作るが、今これを「罽旆」に改めた。　○蛾眉　美人。ここはもっぱら外国人を相手にする遊女のこと。もと「蛾看」に作る。また『稿』は「蛾看」に作る。しかしいずれも否と思われ、今これを「蛾眉」に改めた。　○侏離語　理解できない異民族の言葉。　○扶起　抱きおこして世話する。もと「抉起」に作るが、今これを「扶起」に改めた。　○倚　よりかかる。もたれる。　○綺楼　華やかな遊女屋。

有感

國事如麻轉糾紛
綱常掃地又何云
躊躇回首西山上
無限天空落暮雲

感《かん》有《あ》り

国《こく》事《じ》は麻《あさ》の如《ごと》く転《うた》た糾紛《きゅうふん》たり
綱常《こうじょう》は地《ち》を掃《はら》って又《ま》た何《なに》をか云《い》わんや。
躊躇《ちゅうちょ》して首《こうべ》を回《めぐ》らす　西山《せいざん》の上《ほとり》
無限《むげん》の天空《てんくう》に暮雲《ぼうん》落《お》つ。

国事は麻のように複雑に絡み合って一段ともつれており、人の道もすっかり失われてもはやお手上げの状態である。立ちどまり振り返って西の山のあたりを見ると、果てしない大空に夕暮れの雲が消え行こうとしていた。

※『稿』No.三九。
○糾紛　色々なものや意見などが、重複・交錯してもつれる様。もと「糾紛」に作るが、今これを「糾紛」に改めた。　○掃地　すっかりなくなる。　○躊躇　立ちどまって、進まない様。　○天空　大空。もと「天風」に作るが意味をなさず、今これを「天空」に改めた。　○暮雲　夕方の雲。「暮雲落日」（国の衰えたのを悲しむ情をいう）の意味をも込めたのであろう。

詠史　三首
蜀險鄱陽不顧生
一心運用鬼神驚
却悲常棣花難韡
風雪滿山春薄情

詠史《えいし》　三首《さんしゅ》
蜀険《しょくけん》と鄱陽《はよう》は生《せい》を顧《かえり》みず
一心《いっしん》もて運用《うんよう》すれば鬼神《きしん》驚《おどろ》く。
却《かえ》って悲《かな》しむ　常棣《じょうてい》の花《はな》の韡《さか》んなり難《がた》きを
風雪《ふうせつ》は山《やま》に満《み》ちて春《はる》は薄情《はくじょう》なり。

蜀の天嶮の地に拠る諸葛亮と江南の呉に仕えた諸葛瑾の兄弟はともに命がけで国のために尽くし、
ひたすら智謀をめぐらした竜虎の活躍は鬼神をも驚愕させた。
ただ悲しいのは兄弟の結束を象徴する常棣の花が盛んに咲き誇れなかったこと、
山々には風雪が吹きすさび春とは名ばかりで薄情この上ない現実であった。

※『稿』No.一二。

○蜀険　三国・蜀の地。現在の四川省。古来、蜀への道中は極めて険阻なことで名高いが、その一面、天然の要害を形成していたことにもなる。　○鄱陽　三国・呉の地。孫権は豫章を分かって鄱陽郡を置いた。江西省に属す。　○常棣　ニワウメ（一説にニワザクラ）。互いに相寄って花を咲かせる所から、兄弟が助け合う様に喩える（「棣鄂の情」）。既出（四〇三頁）。もと「棠棣」に作るが、今これを「常棣」に改めた。本詩でいう兄弟とは、蜀漢に仕えて丞相、武郷侯、益州牧となった諸葛亮（弟）と、呉に仕えて大将軍、左都護、豫州牧となった諸葛瑾

(兄) のことである。早くから兄弟ともに盛名があり、魏に仕えて御史中丞、尚書へと累進した従弟の諸葛誕を含めてその去就が注目された。『世説新語』品藻篇に、世人は三者が別々の国に仕えたことを「蜀は其の竜を得、呉は其の虎を得、魏は其の狗を得たり」と評したとある。○韡　華やかな様。輝くように盛んな様。もと「韡」に作るが、今これを「韡」に改めた。『詩経』小雅「常棣」(兄弟一族の結束の重要性を詠む詩) に「常棣の華、鄂不は韡々たり」とある。

其二

一身殉節使人悲
千歳遺芳埋文辭
翟義何堪論利害
方斯王莽弄權時

其《そ》の二《に》

一身《いっしん》は節《せつ》に殉《じゅん》じ人《ひと》をして悲《かな》しましむるも
千歳《せんざい》の遺芳《いほう》は文辞《ぶんじ》に埋《う》まる。
翟義《てきぎ》は何《なん》ぞ利害《りがい》を論《ろん》ずるに堪《た》えんや
方《まさ》に斯《こ》れ王莽《おうもう》の権《けん》を弄《ろう》する時《とき》なればなり。

大義のために身命を捧げて多くの人々を悲しませたけれども、
生前の名声は幸い詩や文章に綴られて千年の後まで伝わった。
翟義には自分の利害得失の議論などどうでもよかったのだ、
なぜならば時あたかも王莽が国を奪った時期にあたっていたのだから。

※『稿』No.一三。

○遺芳　今に残る生前の名声・評判。　**○文辞**　あやのある言葉。文章。詩文。もと「木辭」に作るも意味をなさず、今これを「文辭」に改めた。　**○翟義**　字は文仲。累遷して東郡太守となった。王莽の専横を憎み、誅伐を画策、劉信を天子に擁して挙兵した。挙兵後は自ら大司馬、柱天大将軍を称し、檄を郡国三輔に発し、王莽の非道を糾弾した結果、応ずる豪傑の士ら極めて多く、十数万の勢力となった。しかし反乱はわずか数か月で鎮圧され、翟義も固始の県境で捕えられ、磔刑に処された。明経篤行の兄翟宣（南郡太守）も連座して殺された。なお翟義の伝は『漢書』巻八十四、父の翟方進伝に兄の翟宣とともに附載される。翟方進は経学を修め、成帝の永始年間、丞相に累進し、高陵侯を授けられたが死を賜った。『十八史略』巻二（西漢）は「兵を起して莽を討ち、克たずして死せり」と、ごく簡単な記載となっている。　**○王莽**　前漢末、平帝を毒殺し、わずか二歳の劉嬰を太子とし、自らは摂政となった。後に符命により国を奪い、自ら即位して国号を新と改め、復古的政治を行ったが社会に多大な混乱を招き、十五年で後漢の光武帝に滅ぼされた。既出（五八、二九三頁）。

其三

創基易矣守成難
榮顯豈宜謀苟安
一夜北門雲色惡
檐梅依舊耐春寒

其《そ》の三《さん》

創基《そうき》は易《やす》く守成《しゅせい》は難《かた》し
栄顕《えいけん》は豈《あ》に宜《よろ》しく苟安《こうあん》を謀《はか》るべけんや。
一夜《いちや》北門《ほくもん》に雲色悪《うんしょくあ》しきも
檐梅《えんばい》は旧《きゅう》に依《よ》って春寒《しゅんかん》に耐《た》えたり。

物事を始めるのは容易だが出来上がった成果を維持するのはむずかしい、
派手な立身出世をしたからといって一時の享楽に耽ってはならない。
ある夜のこと太白星に異変が生じて玄武門に不吉な暗雲がたちこめたが、
軒端の梅は変わらぬ春の寒さにじっと耐えてついに守成の難事をやりとげたのだった。

※『稿』№一四。

○創基　創業。新たに物事を始め、基礎を作る。帝王の事業としての「草創」と「守成」の難易の問題は、『貞観政要』の君道篇、及び政体篇で繰り返し議論されている。その際、房玄齢は創業、魏徴は守成と答えた。唐・太宗は双方に理解を示しながらも、既に時代は安定期に入りつつあるとして後者を支持、君臣ともに驕逸怠慢を慎み、善政に尽くすことを誓った。かくして世にいう「貞観の治」が現出することになる。○守成　すでに成し遂げた事業を継承して行く。○栄顕　派手な立身出世をする。○苟安　一時の安楽を楽しむ。○転句　唐初における「玄武門の変」（高祖の後継争いにからむクーデター）をいう。皇太子の李建成（長男）は酒色遊猟を好み、斉王・元吉（三男）は過失が多く、両者は功績も人望も抜群であった秦王・李世民（次男）をねたみ、その謀殺を企てたが、逆に世民は身の危険を察知し、臨湖殿で兄弟（射殺）とその一派を粛正した。その結果、父から位を譲り受け、二代皇帝・太宗として即位した。○一夜　ある夜。『十八史略』巻五（唐）に、「武徳九年六月、太白星が天を経《わた》り、秦の分野に現れた。これは秦王が天下を取る前兆とか、秦王に禍の起こる前兆などと色々と噂し合った」とある。○北門　北側にある門。唐の大明宮の北門、紫宸殿の北にある玄武門などをいう。

本詩では後者を指す。もと「祠門」に作るが、今これを「北門」に改めた。○雲色悪　暗雲がたちこめる。戦争などの危機が迫り来る。何か事件が起こりそうな不穏な気配が漂う。○結句『十八史略』によれば、「玄武門の変」に至る経緯の中に、建成らが諸妃嬪に媚びへつらい、事実を曲げて李世民の悪評をたて、盛んに彼を中傷した結果、宮廷内では建成・元吉を誉め、世民を謗る傾向が顕著になった。しかし世民はこの逆境にじっと耐え、一切取り合わなかったと述べてある。この太宗の隠忍自重の日々を喩えたものであろう。○檐梅「檐前の梅花」の略。軒先の梅のこと。○依旧　昔のまま。もとのままで変わらない。

偶作　八首

四千有萬盡王臣
誰掃洋羶護紫宸
知否天皇神聖武
一唫一詠在斯民

偶作《ぐうさく》　八首《はっしゅ》

四千有万《しせんゆうまん》は尽《ことごと》く王臣《おうしん》なるも
誰《たれ》か洋羶《ようせん》を掃《はら》いて紫宸《ししん》を護《まも》らんや。
知《し》るや否《いな》や　天皇《てんのう》は神《しん》にして聖武《せいぶ》
一唫一詠《いちぎんいちえい》は斯民《しみん》に在《あ》り。

我が国には四千余万の民がおり一人残らず天皇の臣下であるというのに、誰も西洋人を撃ち払って禁裏をお守りしようと考えるものはない。人民は果たして知っているのだろうか、天子が尊く聡明かつ勇猛で、御製の詩歌の一つひとつに民草への思いが込められていることを。

※『稿』No.四。

○四千有万　当時の日本の人口を言う。久坂の「錬膽健体」（「備忘雑録」所収）の第三条に「皇国戸口総計／船越（清蔵）の咄に凡人口五千万程と西洋人の説あり」と書き留められている。このメモと数値的にはほぼ一致するが、平仄の関係で「四千有万」としたか。○洋羶　西洋人。○紫宸　紫宸殿。内裏（宮城内での天皇の在所）の正殿。内裏内部のほぼ中央に位置し、即位、立后、朝賀等の国家的行事が行われた。現在の京都御所の紫宸殿は安政二年に造営された。○神　尊くおわします。○聖武　事理に明らかで勇ましいこと。天子を称えていう言葉。○斯民　この民。一般の人々。親しみを込めた言い方。

其二

愚俗胸中豈得閑
夢飛富貴利名關
我心非石不當轉
祇立滔滔流弊間

其《そ》の二《に》

愚俗《ぐぞく》の胸中《きょうちゅう》は豈《あ》に閑《かん》を得《え》んや
夢《ゆめ》に飛《と》ぶ　富貴利名《ふうきりめい》の関《かん》。
我《わ》が心《こころ》は石《いし》に非《あら》ざれば当《まさ》に転《てん》ずべからず
祇《た》だ滔滔《とうとう》たる流弊《りゅうへい》の間《かん》に立《た》たんや。

凡人の頭の中は片時も落ち着くことがない、
いつも多くの財産と高い地位や利益と名声を手に入れることばかり夢見ている。

私の心は石ではないのでそう簡単に転がすことはできない、
ひたすら世の風潮に従って昔からの悪弊に染まることは避けたいものだ。

※『稿』No.五。

○閑　『稿』は「間」に作る。○閑　もと「闕」（入声六月）に作るが、本詩は上平十五刪の韻を用いており、合致しない。よって今これを同韻の「關」に改めた。○転句　『詩経』邶風、柏舟に「我が心は石に匪ず、転がすべからざるなり」とあるのをふまえる。○祗　もと「砥」に作るが、今これを改めた。○滔滔　世の風潮に従って進みゆく様。○流弊　昔から伝えられた悪い習慣。

其三

花筵月席事嬉傲
百責一身無所逃
口體莫徒爲暖飽
我衣我食總民膏

其《そ》の三《さん》

花筵月席《かえんげっせき》に嬉傲《きごう》を事《こと》とすれば
一身《いっしん》を百責《ひゃくせき》して逃《のが》るる所無《ところな》し。
口体《こうたい》は徒《いたず》らに暖飽《だんぽう》を為《な》す莫《な》かれ
我《わ》が衣《い》と我《わ》が食《しょく》は総《すべ》て民膏《みんこう》なり。

春秋の風流な宴会に楽しみ耽っていては、
我が身を何度責めとがめても弁解の余地はない。

衣食はいたずらに贅沢をしてはならない、
私の服も私の食も全て領民が汗を流し苦労して産み出してくれたものなのだ。

※『稿』No.六。

○花筵月席　春秋の美しい景色のある宴会の場。○嬉傲　歓楽にふけりたわむれる。○口体　「口体の奉」に同じ。体を養うためのもの。衣食の類。○暖飽　「暖衣飽食」に同じ。暖かい衣服を身に着け、飽きるほど食べる意。満ち足りた生活、または贅沢な暮らしをすること。○民膏　人民が汗を流し、苦労して得た利益・財産。

「雑詩」（年次不明）

其四
艨艟碩礮又刀槍
道路紛紛説海防
今日綱常何處在
休言溝壘是金湯

其《そ》の四《し》
艨艟碩礮《もうどうこうほう》　又《ま》た刀槍《とうそう》
道路《どうろ》は紛紛《ふんぷん》として海防《かいぼう》を説《と》く。
今日《こんにち》の綱常《こうじょう》は何処《いずく》にか在《あ》る
言《い》うを休《や》めよ　溝塁《こうるい》は是《こ》れ金湯《きんとう》なりと。

やれ戦艦だやれ大砲だいや刀槍こそ重要だといって、
海防の対策はこんな風に所説が入り乱れている。

それにしても肝心の人倫道徳はどうなってしまったのだろう、
その点をおろそかにして守衛は万全だなどと軽々しく口にしてはならない。

※『稿』No.七。

○艨艟　いくさぶね。船体が細長く、敵船に向かってぶつかって攻撃する戦艦。○碩礟　大砲。○道路　手段・方法。○溝塁　防衛用の水路と軍営の周囲にめぐらした囲い。一般に深い「溝」を掘り、掘り出した土石を積み上げて「塁」を作る。もと「講壘」に作るが、今『稿』に従って、これを「溝壘」に改めた。○金湯　「金城湯池」（極めて守りが堅固な城）の略。

其五

男兒爲事在丹誠
厭見世情如紙輕
圖報未成人欲老
池塘夢裡聽秋聲

其《そ》の五《ご》

男児《だんじ》は事《こと》を為《な》すに丹誠《たんせい》在《あ》り
見《み》るを厭《いと》う　世情紙《せじょうかみ》の如《ごと》く軽《かろ》きを。
図報《とほう》は未《いま》だ成《な》らずして人《ひと》老《お》いんと欲《ほっ》す
池塘《ちとう》の夢裡《むり》に秋声《しゅうせい》を聴《き》く。

男児が何かに奔走する際には誠心誠意の気持ちを重視し、
世態人情が紙のように軽薄なありさまを目にすることを憎み嫌う。

遠大な志はいまだ実現せずに人はただ老いて行く。
少年時代は夢と過ぎていつの間にか人生にも秋が訪れようとする。

※『稿』No.八。

○池塘夢裡　池の堤に春草の燃える頃、楽しくまどろんだ夢。少年時代の哀歓の思い出をいう。朱熹の有名な「偶成詩」の転句「未だ覚めず池塘春草の夢」をふまえる。

其六

富貴浮雲非所求
自期後樂而先憂
丈夫要樹千秋績
七十人生水上漚

其《そ》の六《ろく》

富貴《ふうき》は浮雲《ふうん》にして求《もと》むる所《ところ》に非《あら》ず
自《みずか》ら期《き》せん　後楽《こうらく》して先憂《せんゆう》するを。
丈夫《じょうふ》は千秋《せんしゅう》の績《いさお》を樹《た》つるを要《よう》す
七十《しちじゅう》の人生《じんせい》　水上《すいじょう》の漚《あわ》。

財産と地位は浮雲のように空しいもので手に入れようとは思わない、
私は確固たる信念をもって「先憂後楽」を理想に掲げる。
立派な男子は千年を経ても評価される偉功を残すことが大切だ、
わずか七十年の人生などあぶくのようにはかないのだから。

※『稿』No.九。

○浮雲　はかないものの喩え。また自分に無関係なものをも喩える。　○後楽而先憂　志士・仁人の心がけたる「先憂後楽」（天下の人に先だって天下のことを心配し、天下の人々みなが安楽に暮らせるようになった後に楽しむ）のこと。既出（四八三頁）。　○漚　水面の泡。あぶく。

其七

立臥無慙影與衾
好將鐵石作吾心
人間榮落都抛却
愛見窗前松色深

其《そ》の七《しち》

立《た》ちどころに臥《ふ》して慙《は》ずる無《な》きは影《かげ》と衾《ふすま》とに
好《この》んで鉄石《てっせき》を将《も》って吾《わ》が心《こころ》と作《な》さんとす。
人間《じんかん》の栄落《えいらく》は都《すべ》て抛却《てききゃく》し
愛《あい》し見《み》る　窓前《そうぜん》に松色《しょうしょく》の深《ふか》きを。

すぐに寝入ってともしびと夜具に恥じる様子もないくせに、
私は好んで鉄石のごとき堅固な意志を持つことを願っている。
世の中における自分の栄達や凋落などはどうでもよいこと、
窓の前に一年中色を変えずに立つ松樹の深い緑を私はこよなく愛す。

※『稿』No.一〇。

○影　下の「衾」（夜具）との並列により、ひとまず灯火の光と解した。○栄落　栄枯盛衰。○抛却　投げ棄てる。「却」には意味がなく、動詞に下接して語勢を強める。○松色深　松は樹齢が永く、葉の色が変わらぬ所から、堅固な人の節操に喩える。

其八

世味豈遑論苦甘
素尸元是丈夫慙
千年功業成何日
益友恨他未得三

其《そ》の八《はち》

世味《せいみ》は豈《あ》に苦甘《くかん》を論《ろん》ずるに遑《いとま》あらんや
素尸《そし》は元《もと》是《こ》れ丈夫《じょうふ》の慙《はじ》なり。
千年《せんねん》の功業《こうぎょう》は何《いず》れの日《ひ》にか成《な》る
益友《えきゆう》他《か》の未《いま》だ三《さん》を得《え》ざるを恨《うら》む。

世態人情について苦楽をあれこれ論じている暇などあろうか、位について禄を食みながら職務を果たさないのはもとより男子の恥辱である。千年たっても輝き続ける立派な事業はいつになったら完成するのだろう、孔子の説く「益者三友」に値する一緒に事をなす友がいまだ見つからぬのが恨めしい。

※『稿』No.一一。

○世味　浮世の味わい。世態人情。　○苦甘　苦楽。　○素尸　尸素。「尸位素餐」（位について禄を食みながら、職務を果たさないこと）の略。『漢書』朱雲伝を出典とする。　○丈夫　もと「大夫」に作るが、今これを「丈夫」に改めた。　○益友三　『論語』に見える「益者三友」の説。既出（三八五頁）。

久坂天籟詩文稿

凡　例

一、本編は福本義亮（号椿水）輯『久坂天籟詩文稿』（昭和四年刊）、ならびに同『松下村塾偉人久坂玄瑞』（昭和九年刊）の附篇「久坂天籟詩文稿補」に収載する久坂玄機（号天籟）の詩文を取り上げ、訓読、口語訳、及び語注を施し、また必要に応じて補説を加えたものである。『久坂天籟詩文稿』は国立国会図書館に所蔵がなく、いま山口県立山口図書館、及び同県立文書館、萩市立図書館等に若干冊が所蔵される薄冊である。

一、構成は第一部を「詩編」、第二部を「文編」、次いで第三部を「参考資料編」とし、最後に玄機の生涯を俯瞰できるように略年譜を附載した。

一、「詩編」は三部から成る。「詩編一」は、玄機の盟友月性が撰録した十七首を収める。来歴は福本によれば次のようである。外装上には実弟玄瑞（江月斎）の自筆で「亡兄天籟先生遺稿、僧月性の撰する所にして、先師松陰の録なり。壬戌（文久二年）三月江月斎識」と書かれ、また本編の後に吉田松陰の筆跡で「安政五年戊午、夏四月十七日、二十一回生（松陰）録。実甫（玄瑞）へ慥かにお届け下されたく候」と記載するという。要するにこの十七首は、多くの玄機詩の中から月性が佳作を選び、それを松陰が手録して、弟の玄瑞に贈ったという貴重なもので、本書もまずこれを冒頭に据えた。

一、福本は東京に住む玄瑞の遺児・秀次郎翁を昭和三年に訪ね、同家に保管する遺稿類を譲り受けたが、その中に漢詩草稿を発見した。『久坂天籟詩文稿』にはその分からの採録もあり、本書ではこちらを

「詩編二」とし、全六十六首を掲載した。ただし月性の撰と重複する詩については、題名を含めてその一切を省略した。

一、「詩編三」は「久坂天籟詩文稿補」中に「久坂玄機詩稿」と題して掲げる四首（大阪、渡邊得次郎氏蔵）を採録した。福本は『久坂天籟詩文稿』を上梓した後、さらに諸書に散見する玄機関連の資料を集め、新たに「稿補」として玄瑞伝の末尾に加えた。内容は書簡、関連記事、内演説類等で構成されるが、本項では玄機の漢詩のみを解説した。

一、玄瑞の詩と同様に玄機の場合も「一に某々に作る」とするものが見られる。こちらは少数のため参考までに全てを掲出し、訓読のみを添えることとした。

一、「文編」には文章六篇、書簡一篇を収録した。玄機の場合も虫損がひどく、文章はこの六篇のみが辛うじて読了できたという。その他、「能美子静に復するの書」、「烏田良岱兄に与うるの書」等は当時すでに保存状態が悪く、読み通すことは困難であったため、題目のみを掲げたと記しており、本書もこれに従った。なお玄機の詩文稿も玄瑞同様に散逸し、原文にあたっての確認作業は不可能となっている。

一、各文には段落が設けられていない。短いものならばそれでもよかろうが、少し長いものになると至って読みづらい。そこで本書では本文の紹介はそのままとするが、訓読・口語訳の際にはできる限り小段落に区切ることとし、利用者にとっての読みやすさを第一に心がけた。

一、現時点で確認され、活字化されている玄機の書簡はわずか二点である。本書ではこのうち最も資料的価値の高い両親宛書簡のみを収めることとし、『防長医家遺墨集』に掲載する和田正景宛は採らなかった。

一、「参考資料編」には玄機の伝記及び蘭学受容に関連する資料を収録した。「久坂天籟詩文稿補」に掲出する『もりのしげり』、『吉田松陰全集』からの引用、及び板原安十郎（和歌山藩医）書簡（二通）、竜護（月性の叔父、大坂長光寺住職）書簡（一通）、並びに松浦道伯、阪谷朗廬が寄せた詩については本書では割愛した。

一、訓読、註解、校訂等については、玄瑞の凡例を参照されたい。

第一部　詩編

詩《し》編《へん》（一）

深夜聽秋聲

細細聲來不是風
起挑燈火倚窗櫳
橋頭半夜行人絶
一派江流月色中

深夜《しんや》秋声《しゅうせい》を聴《き》く

細細《さいさい》たる声《こえ》の来《きた》るも是《こ》れ風《かぜ》ならず
起《た》ちて灯火《とうか》を挑《かか》げて窓櫳《そうろう》に倚《よ》る。
橋頭《きょうとう》の半夜《はんや》に行人《こうじん》は絶《た》え
一派《いっぱ》の江流《こうりゅう》に月色《げっしょく》は中《み》つ。

かすかな物音で目が覚めたがどうやら風ではなかったらしい、
寝床から起き出て灯心をかき立て格子窓にもたれて外を眺める。
深夜の橋のあたりはすっかり人通りも絶え、
細い川の流れには月の光が満ちあふれていた。

○窓櫳　格子窓。部屋の窓。　○一派　川の支流。

佛朗王

叱吒長驅入遠陬
憾君風雪就幽囚
馬頭横架他年夢
寂寞烟波海島秋

仏朗王《ふらんすおう》

叱吒長駆《しっしつちょうく》して遠陬《えんすう》に入《い》るも
憾《うら》むらくは君風雪《きみふうせつ》の幽囚《ゆうしゅう》と就《な》るを。
馬頭《ばとう》に架《ほこ》を横《よこ》たうるは他年《たねん》の夢《ゆめ》
寂寞《せきばく》たり　烟波海島《えんぱかいとう》の秋《あき》。

大軍を叱咤してはるばると遠くロシアまで攻め入ったが、
風雪に阻まれて身動きの取れなくなったことを君は恨んでいるだろう。
馬にまたがり架を横たえ縦横無尽に活躍したあのころは夢のようで、
波打ち寄せる大西洋の孤島の秋はまことに寂しい。

○仏朗王　フランス王ナポレオンⅠ世。一七六九―一八二一。○遠陬　遠く隔たった地。起・承句は一八一二年六～十二月にかけてのロシア遠征の失敗をいう。ナポレオンは自ら総司令官となって前線で指揮をし、後退するロシア軍を追ってモスクワまで進攻したが、飢えと寒さ、疫病に悩まされ、退却を余儀なくされた。ロシア皇帝アレクサンドル一世はこの機を逃さず追撃に転じ、冬用の装備も持たずに出発した仏軍は三十万の犠牲を出して未曾有の大敗北を喫した。○海島　一八一五年、いわゆる「百日天下」が終焉した後、ナポレオンはセント・ヘレナ島（英領）に追放された。アフリカ大陸の西海岸から二千キロも離れた絶海の孤島であり、再び祖国の地を踏むことなく、その地で五十一年の生涯を終えた。

無題

鐵衾霜壓不堪眠
江樹凄風欲曉天
欄外忽聞人語逝
知他伏水夜歸船

無題《むだい》

鉄衾《てっきん》は霜《しも》のごとく圧《おも》くして眠《ねむ》るに堪《た》えず
江樹凄風《こうじゅせいふう》　天暁《てんあ》けんと欲《ほっ》す。
欄外《らんがい》に忽《たちま》ち聞《き》く　人《ひと》の語《かた》りて逝《ゆ》くを
他《か》れ伏水夜帰《ふしみやき》の船《ふね》なるを知《し》る。

堅い蒲団は霜が降りたように冷えびえとして眠ることもままならない、川べりの木々が強風にうなりをあげているがそろそろ夜の明ける時分だ。おばしまの外から不意に通りすがりの人の話し声が聞こえてきたが、おそらくあれは伏見からの朝帰りの客を乗せて来た船であろうよ。

○欄外　おばしま（手すり）の外。欄干の外。　**○伏水**　京都市伏見。京～大坂は宇治川・淀川の水運で結ばれ、伏見はその中継商業都市として栄えた。また、伏見には京都島原に次ぐ規模を誇る中書島遊郭があった。

無題

坐對風光也送秋
遠人情意向誰投
孤燈半夜江樓雨
付與檐聲話客愁

無題《むだい》

坐《そぞ》ろに風光《ふうこう》に対《たい》して也《ま》た秋《あき》を送《おく》る
遠人《えんじん》の情意《じょうい》は誰《たれ》に向《む》けてか投《とど》けんや。
孤灯半夜《ことうはんや》　江楼《こうろう》の雨《あめ》
檐声《えんせい》に付与《ふよ》して 客愁《きゃくしゅう》 を話《かた》る。

ぼんやりと景色を眺めながら過ぎ行く秋を今年もまた見送る、遠く隔たる人への思いはいったい誰に向かって語ればよいのだろうか。一本のともしびが深夜の闇を照らして川べりの高どのに雨がそぼ降り、軒端にしたたる雨音を聞くとつい旅先での心細さをつぶやいてしまう。

無題

身在世塵千丈上
一呼吸外與天通
揮扇不煩驅熱策
高樓併引八方風

無題《むだい》

身《み》は世塵千丈《せじんせんじょう》の上《うえ》に在《あ》るも
一《ひと》たび外《そと》に呼吸《こきゅう》すれば天《てん》と通《つう》づ。
揮扇《きせん》を煩《わずら》わさず　駆熱《くねつ》の策《さく》
高楼《こうろう》に併《あわ》せ引《ひ》かん　八方《はっぽう》の風《かぜ》を。

私は人間世界で多数のごたごたに煩わされながら生きているが、
俗事から抜け出て一息つくだけで神仙界にいるような解放感にひたれる。
この道理が解れればもう扇を振り動かして暑さから逃れる苦労をせずとも大丈夫、
どれさっそく二階に上がって四方八方からの心地よい風に吹かれるとしよう。

○世塵　俗世間の煩わしい事柄。　○併　いっしょに。一斉に。本文はもと「⿰火幷」に作るが音義未詳。今ひとまずこれを「併」に改めた。

無題

橋頭水寓石城西
知己眼中看不迷
脱笠猶衝上人髪
清狂字面不須題

無題《むだい》

橋頭《きょうとう》の水寓《すいぐう》は石城《せきじょう》の西《にし》
知己《ちき》は眼中《がんちゅう》に看《み》て迷《まよ》わず。
笠《かさ》を脱《ぬ》げば猶《な》お衝《つ》く　上人《しょうにん》の髪《かみ》
清狂《せいきょう》の字面《じめん》　題《だい》するを須《もち》いず。

私が寄寓する水辺の家は橋に近く大坂の町の西側に位置する、
知己は我が家をよく知っていて迷ったりすることはない。

笠をとると上人の髪はぼさぼさで一本いっぽんが天に向かって逆立っている、この姿こそ彼の真面目《しんめんもく》で今さらわざわざ「清狂」などと題さずとも十分だろう。

○石城　大坂の雅称。もと石山本願寺の寺内町であったことに由来する。大坂城そのものをいう場合もある。○清狂　真宗僧月性。一八一七―一八五八。周防大畠（柳井市）の妙円寺住職。大坂では篠崎小竹に学んだ。詩文に優れ、勤王家（即今討幕論者）、海防僧として活躍した。玄機の最も信頼する盟友であった。なお「清狂」の語は、世俗にとらわれず、思いのままに振舞うことを意味する。○字面　字眼。一つの詩文においてその出来栄えを左右する最も重要な文字。

紀伊道上有碑。題曰、根來寺路自此。偶有一村夫跟余來者。覩圓頭顱而帶長劍、怪問云、「公爲何人。腰間所帶何等大物。豈莫擊劍先生也」。余笑而曰、「是乎活人劍已。子以爲根來法師流亞、亦宜也夫」。因戲口占得一絶句

紀伊《きい》の道上《どうじょう》に碑《ひ》有《あ》り。題《だい》して曰《いわ》く、「根来寺《ねごろじ》の路《みち》は此《ここ》よりす」と。偶《たま》たま一村夫《いちそんぷ》の余《よ》に跟《つ》きて来《きた》る者《もの》有《あ》り。円《まろ》き頭顱《とうろ》なるも長剣《ちょうけん》を帯《お》ぶるを覩《み》て、怪《あや》しみ問《と》いて云《い》う、「公《こう》は何人為《なんぴとな》るか。腰間《ようかん》に帯《お》ぶる所《ところ》、何等《なんら》の大物《たいぶつ》ぞ。豈《あ》に撃剣先生《げきけんせんせい》にある莫《な》けんや」と。余笑《わら》いて曰《いわ》く、「是《こ》れ人《ひと》を活《い》かすの剣《けん》なるのみ。子《し》、根来法師《ねごろぼうし》の流亜《りゅうあ》と以為《おも》うも亦《ま》た宜《むべ》なるかな」と。因《よ》って戯《たわむ》れに口占《こうせん》の一絶句《いちぜっく》を得《え》たり

滿袖春風入紀伊
自咍長劍遨游時
道傍碑表根來寺
想得當年惡法師

袖《そで》に春風《しゅんぷう》を満《み》たして紀伊《きい》に入《い》れば
自《おのずか》ら咍《わら》う　長剣遨游《ちょうけんごうゆう》の時《とき》。
道傍《どうぼう》に碑表《ひひょう》す　根来寺《ねごろじ》と
想《おも》い得《え》たらん　当年《とうねん》の悪法師《あくほうし》。

春風を袂いっぱいにあふれさせて紀州へとやって来たが、
長い刀を差して旅を楽しむ坊主頭の私を見て笑うものがあった。
路傍に立つ石柱には「これより根来寺」と刻んであったから、
さてはむかし悪名を馳せた山法師をいまに思い浮かべたに違いない。

○遨游　気ままに遊ぶ。あちこちに出かける。もと「傲清」に作るが意味をなさず、今これを「遨游」に改めた。
○根来寺　和歌山県岩出市にある新義真言宗総本山。最盛期には坊舎二千七百余、寺領数十万石、多数の僧兵（山法師）を擁した畿内の一大軍事勢力であった。

紀川

踏青人返晩霞間
沙磧渺茫天怡顔

紀川《きのかわ》

踏青《とうせい》の人《ひと》は返《かえ》る　晩霞《ばんか》の間《かん》
沙磧《させき》は渺茫《びょうぼう》として天顔《てんかお》を怡《よろこ》ばす。

一淺清流春可掬　　一浅《いっせん》の清流《せいりゅう》　春《はる》は掬《きく》すべきも
源頭遠出自芳山　　源頭《げんとう》は遠《とお》く芳山《ほうざん》より出《い》ず。

清明節の前後に郊外を遊覧した人々が家路を急ぐかすみのかかった夕暮れ時、河原にはもやが一面に立ちこめて見通しはよくないものの天気は上々。眼前の浅い清流にも春の訪れを察することができるが、この紀ノ川の源流は遠く吉野山に発することを心にとどめておきたい。

○紀川　奈良県南部の大台ケ原山と吉野山地を水源とし、ほぼ西流して和歌山市で紀伊水道に注ぐ大河。上流部を吉野川と呼ぶ。○踏青　青草を踏む。清明節（陰暦三月三日ごろ）の前後に、郊外を遊覧する習俗。○晩霞　夕方に立つかすみ。○沙磧　砂の河原。○渺茫　かすかで、はっきりしない様。○芳山　吉野山。南朝の拠点となる行宮《あんぐう》が置かれた。結句からは玄機が尊王思想の持ち主であったことが明快にうかがえる。

拙譯演砲法律成。錄鄙詩二首以代題言。節一
拙訳《せつやく》『演砲法律《えんぽうほうりつ》』成《な》る。鄙詩《ひし》二首《にしゅ》を録《ろく》して以《もっ》て題言《だいげん》に代《か》う。一《いっ》を節《はぶ》く

一篇翻譯腐爛文　　一篇《いっぺん》の翻訳《ほんやく》は腐爛《ふらん》の文《ぶん》なるも
投筆嗟歎當獻芹　　投筆嗟歎《とうひつさたん》して当《まさ》に献芹《けんきん》すべし。

顧憶廟堂無漏算
猶將結草斃胡軍

顧《かえり》み憶《おも》う　廟堂《びょうどう》に漏算《ろうさん》すら無《な》ければ
猶《な》お将《まさ》に草《くさ》を結《むす》んで胡軍《こぐん》を斃《たお》さんとす。

この翻訳は役に立たないつまらぬ文章に過ぎないが、我が憤りは抑えがたく本業の医学の勉強を中断してでも奉呈すべきだと考えた。ふりかえってみるに幕府は何の方策も示せぬ状況が続いているので、私はこの訳書を通じて列強の軍勢を撃退することで君恩に報いたいと思うのだ。

○演砲法律　西洋銃陣の書『ペロトン』の訳述書。「ペロトン」（蘭 peloton）とは、軍隊の小隊、あるいは分隊をいう。正式名称は『ペロトン・スクール』（軍隊号令書）であり、書中には手銃使用法や銃陣の号令が記してある。玄機は在坂中、藩命によってこれを翻訳した。全七冊合本二冊（玄瑞「備忘雑録」に記載あり）。現在は散佚し、所在不明である。○嗟歎　嘆き憤る。もと「嗟難」に作るが文意をなさず、今これを「嗟歎」に改めた。○献芹　人に物品を贈ることを謙遜していう言葉。○廟堂　天下の政治を行う場所。ここは朝廷ではなく、武家政権としての幕府を指すと解した。○漏算　手抜かりな方策・方針。○結草『左伝』宣公十五年に見える故事。自分の死後に人に恩返しをすること。春秋時代、晋の魏顆が戦争で敵と戦って危うくなった時、以前に魏顆に救われた女の父の亡霊が草を結んで敵をつまずかせ、魏顆を救った話に由来する。

笠置

昔日行宮迹已陳
白沙翠竹夕陽津
仰看山色留餘憤
大石張拳欲撲人

笠置《かさぎ》

昔日《せきじつ》の行宮《あんぐう》は迹《あと》已《すで》に陳《ふる》し
白沙翠竹《はくさすいちく》　夕陽《せきよう》の津《しん》にあり。
仰《あお》いで山色《さんしょく》を看《み》れば余憤《よふん》を留《とど》め
大石《たいせき》は拳《こぶし》を張《は》って人《ひと》を撲《う》たんと欲《ほっ》す。

かつての仮御所の跡はすでに古びてしまった、
夕暮れ時の船着場には白い砂と青い竹が美しい。
笠置山を遠くから眺めるとおさまりきらぬ怒りを発するかのように、
大きな石が今にも人に襲いかからんばかりに待ち構えているのが見える。

○笠置山　京都府相楽郡笠置町《そうらくぐんかさぎちょう》。元弘三年（一三三一）、倒幕計画の発覚した後醍醐天皇が逃れた地。天然の要害として知られ、いまも行在所址が残る。

七折坂

咿軋登來有酒亭

七折坂《ななおりざか》

咿軋《いあつ》として登《のぼ》り来《きた》れば酒亭《しゅてい》有《あ》り

兩山如袖海天青
一杯皷舞轎夫脚
復下羊腸勢建瓶

両山《りょうざん》は袖《そで》の如《ごと》く海天《かいてん》青《あお》し。
一杯《いっぱい》皷舞《こぶ》す　轎夫《きょうふ》の脚《あし》
復《ま》た羊腸《ようちょう》を下《くだ》らんとして勢《せい》もて瓶《へい》を建《かたむ》く。

あえぎながら急坂を登り切ったところに酒も供する峠の茶屋があった、
左右には山々が袖のように連なって海も空も青く澄んで見事な眺望である。
かごかき人夫にとっては頂きでの一杯の酒が疲労回復の妙薬、
再びうねうねとした山道を下るために勢いよく徳利を傾けている。

○七折坂　未詳。ただ詩意からは「海」が眺望される高い場所と判明する。次の詩が津を詠むから、この「海」は伊勢湾と見てよい。伊賀街道では伊賀市と津市の境界にある長野峠が最大の難所であったが、その山越えの道中に急坂の曲がりくねって続く場所があり、土地の人々はこれを「七曲坂」「七越峠」などと呼んだのであろう。
○咿軋　歩き方のぎくしゃくする形容。○羊腸　細くて曲りくねった山道の喩え。

阿濃津

節將端午日晴明

阿濃津《あのつ》

節《せつ》は将《まさ》に端午《たんご》にして日《ひ》は晴明《せいめい》ならんとす

戸戸旗旌風有聲
想得故園年少子
此間聯騎走環城

戸戸《ここ》の旗旌《きせい》は風《かぜ》に声有《こえあ》り。
想《おも》い得《え》たり　故園《こえん》の年少子《ねんしょうし》
此《こ》の間《かん》に騎《き》を聯《つら》ね走《はし》りて城《しろ》を環《めぐ》らん。

端午の節句を迎えて天気は皐月晴れ、
家々に立てられた祝いののぼりが薫風にはためいている。
それにつけても思い出すのは故郷の幼い弟（玄瑞）のこと、
今頃は仲間と竹馬にまたがって萩の城下を駆け回っていることだろう。

○阿濃津　三重県津市の古名。藤堂家三十二万石の城下町。○結句「此間聯騎試驊騮」（此《こ》の間《かん》騎《き》を聯《つら》ねて驊騮《かりゅう》を試《こころ》みるを）に作るものがある。

其二

萬松林外白砂平
一碧潮頭欲近城
知是治安不忘武
時傳巨砲突空聲

其《そ》の二《に》

万松《ばんしょう》の林外《りんがい》は白砂平《はくさたい》らかにして
一碧《いっぺき》の潮頭《ちょうとう》は城《しろ》に近《ちか》づかんと欲《ほっ》す。
知《し》る　是《こ》れ治《ち》は安《やす》らかなるも武《ぶ》を忘《わす》れざるを
時《とき》に伝《つた》うる巨砲《きょほう》の空《そら》を突《つ》くの声《こえ》に。

広大な松原を抜けた所にある浜辺は白い砂がどこまでも続き、
青緑の波頭が一線となって城に向かって打ち寄せている。
津藩が太平の御世にも武備をゆるがせにせずにいることを、
時おり大砲の音が空にとどろき渡ることによって知った。

○巨砲　津藩における西洋砲術（高島流）の導入は弘化三年頃から開始された。嘉永元年三月末〜五月末には、西洋式大砲の試射が阿漕浦で盛んに行われたことが『中川蔵人政挙日記《なかがわくらんどまさたかにっき》』に記録されている。

伊勢海

一盆平海碧泱泱
西是志洲東是張
兩地接頭餘寸欠
雲波直走大南洋

伊勢海《いせかい》

一盆《いちぼん》の平海《へいかい》は碧《みどり》泱泱《おうおう》たり
西《にし》は是《こ》れ志洲《ししゅう》　東《ひがし》は是《こ》れ張《ちょう》。
兩地《りょうち》は頭《こうべ》を接《せっ》して余寸《よすん》欠《か》け
雲波《うんぱ》は直《ただ》ちに走《はし》る　大南洋《だいなんよう》。

盆のように平らかな海が青緑色の水をたたえて広がり、
伊勢湾は西の志摩と東の尾張にはさまれた位置にある。

二つの地は頭をくっつけながらもわずかに海を隔てて間が欠けており、
そこからいくえにも重なる波が南に広がる大海へとまっすぐに走って行く。

○志洲　志摩国。現在の三重県南東部、伊勢湾の西岸入口に位置した。○張　尾張国。現在の愛知県北西部に位置し、南は伊勢湾に臨む。

津藩諸老才子、辱連聯過訪中無一醫人

津藩《つはん》の諸老才子《しょろうさいし》、連聯《れんれん》を辱《かたじけな》くして過《よ》ぎり訪《と》う中《なか》に一《いつ》の医人《いじん》無《な》し

倒屣相迎慰旅魂
小樓環酌酒盈樽
平生倦見俗醫面
好聽諸君海寇論

屣《くつ》を倒《さかしま》にして相迎《あいむか》えて旅魂《りょこん》を慰《なぐさ》む
小楼《しょうろう》の環酌《かんしゃく》　酒《さけ》は樽《たる》に盈《み》つ。
平生《へいぜい》は見《み》るに倦《う》みたり　俗医《ぞくい》の面《かお》
好《この》んで聴《き》く　諸君《しょくん》の海寇《かいこう》の論《ろん》。

津藩の碩学が遠来の客を心から歓待して長旅の労苦をねぎらってくれる、
ささやかな高どのでは酒が樽にあふれ心ゆくまで杯を傾けて楽しんだ。
変わり映えのせぬ凡庸な医家の顔を見るのにうんざりしていたものだから、
今日の諸士の海岸防備の議論は新鮮でじっくりと耳を傾けることができた。

○津藩諸老才子　斎藤拙堂、宮崎青谷、土井聱牙《どいごうが》、中内樸堂、川北梅山らの津藩儒を指す。歴代藩主は文教に意を用い、名家の招聘に熱心で、また藩内にも優れた学者が多く育った。藩校有造館の文武学は、弘化・嘉永期に斎藤拙堂が督学に就任していっそう発展し、海外事情や西洋兵学をも学ばせ、時勢に即応する経世致用の学が重視された。○倒屣　来客を心から歓迎すること。客を出迎えるのに、あわてて下駄やぞうりを逆さに履いてしまうことからいう。

其二

嘗誦紅毛碧瞳文
一嗟一笑有誰聞
海防諸策紛紛在
説至夷情似隔雲

其《そ》の二《に》

嘗《かつ》て紅毛碧瞳《こうもうへきどう》の文《ぶん》を誦《しょう》するも
一嗟一笑《いっさいっしょう》して誰《たれ》か聞《き》くもの有《あ》らんや。
海防《かいぼう》の諸策《しょさく》は紛紛《ふんぷん》として在《あ》り
説《と》きて夷情《いじょう》に至《いた》れば雲《くも》を隔《へだ》つるが似《ごと》し。

かつて人前で西欧の文章を声に出して読んだことがあったが、
多くは嘆き悲しんだり笑ったりするだけで耳を傾けるものなど一人もいなかった。
しかし当地では海防策があれやこれやと活発に議論されており、
私の語る海外の話にも真剣に耳を傾けてくれ萩城下とは全く雲泥の差がある。

○転句「海防泛泛多謀在」（海防《かいぼう》は泛泛《はんぱん》として多謀《たぼう》在《あ》り）に作るものがある。「紛紛」は乱れ混じる様、「泛泛」は誠意がなく、形式的に物事を行うこと。

與山鳴子毅別

倒指曾遊五六年
何圖再會訂前緣
菊花黄葉秋將老
又送西歸萬里船

山鳴子毅《やまなりしき》と別《わか》る

指《ゆび》を倒《たお》せば曾《かつ》て遊《あそ》ぶこと五六年《ごろくねん》
何《なん》ぞ図《はか》らんや　再会《さいかい》して前縁《ぜんえん》を訂《てい》せんとは。
菊花黄葉《きっかこうよう》　秋《あき》は将《まさ》に老《お》いんとし
又《ま》た送《おく》る　西帰万里《さいきばんり》の船《ふね》。

ともに学んでいたあの頃から指折り数えるともう五六年にもなろうか、それが再会してここに旧交を温めようとは夢にも思わなかった。菊の花が咲き木々の葉も黄色く染まってしだいに秋が深まるなか、船に乗って再び遠い西へと帰ってしまう君の姿を私は見送るばかりである。

○山鳴子毅　一八一四―一八六八。通称は剛三、弘斎と号した。備中梁瀬の人。適塾出身の蘭方医。○承句「尋盟縁」（盟縁《めいえん》を尋《たず》ねんとは）に作るものがある。

詩《し》編《へん》（二）

江南行
不知韶景滿人間
棄擲梅桃永鎖關
却向江南春暮日
飄然始渉葛城山

江南行《こうなんこう》
知《し》らず　韶景《しょうけい》の人間《じんかん》に満《み》つるを
梅桃《ばいとう》を棄擲《きてき》して永《なが》く関《かん》を鎖《とざ》す。
却《かえ》って向《む》かう　江南春暮《こうなんしゅんぼ》の日《ひ》
飄然《ひょうぜん》として始《はじ》めて葛城《かつらぎ》の山《やま》を渉《わた》らんとす。

世の中がこんなにも美しい春景色で溢れていようとは夢にも思わなかった、これまで私は美しい花々を愛でることにずいぶんと無関心であったらしい。この好ましい風景の中さらに晩春の紀州方面へと歩みを進め、足取りも軽やかにいよいよ葛城山を越えようとする。

○江南　ここでは大坂以南の紀州方面を指すか。「江」は紀ノ川であろう。○韶景　春の美しい景色。○葛城山　和泉山脈の主峰。標高八五八メートル。泉・紀国境をなす。奈良県にある同名の山と区別して和泉葛城山とも称する。

雨夜與板忠卿泛舟于和歌山城外。時夏目某亦來會

雨夜《うや》、板忠卿《ばんちゅうけい》と舟《ふね》を和歌山城外《わかやまじょうがい》に泛《うか》ぶ。時《とき》に夏目某《なつめぼう》も亦《ま》た来会《らいかい》す

一別參商南北天
果知萍會有因緣
悠然笑說來時事
酒影燈光雨裏船

一別参商《いちべつしんしょう》　南北《なんぼく》の天《てん》
果《は》たして知《し》る　萍会《ひょうかい》の因縁《いんねん》有《あ》るを。
悠然《ゆうぜん》として笑《わら》い説《と》く　来時《らいじ》の事《こと》
酒影《しゅえい》と灯光《とうこう》は雨裏《うり》の船《ふね》。

あれ以来我々は会うことのない参星と商星のように南北に隔って生きて来たが、いまこうして旅の途中で再会が叶い君とは深い縁で結ばれていたことを知った。友はその後の身の上話を落ち着いて笑いながら語ってくれたが、ともしびの光は酒盃に映じて船はそぼ降る雨の中を静かに行く。

○板忠卿　板原氏。一八一六―?。名は忠美、通称安十郎。字は忠卿、また孝卿とも称した。医称を孝庵という。天保期に京都で百々家および水原三折に医術を学んだ。あるいは適塾にも在籍したか。蘭医学や西洋兵学を修め、幕末に紀州藩医に召し抱えられたようである。玄機宛の「板原安十郎書簡」（二通）が「久坂天籟詩文稿補」に収

録されている。なお夏目某は国学を愛好した紀州藩士（「月性年譜」）である。○参商　参宿（オリオン座の三つ星）と商宿（さそり座のアンタレスを含む三つ星）は天球上で正反対の位置にあり、同時に見えることがない。このことから、常にすれ違いで、たがいに出会うことがないたとえに使用される。○萍会「萍水相逢」と同意で、旅の途中で偶然に人と知り合いになること。○来時　来日。むかし。○酒影灯光　酒に映る光りとともしび。頼山陽の「君彝（田能村竹田）の来り宿す」の結句に「灯光酒影両ながら依々たり」とある。

自紀抵深日浦途中作　　紀《き》より深日浦《ふけのうら》に抵《いた》る途中《とちゅう》の作《さく》

穿行麥隴卽林邱　　麦隴《ばくろう》を穿行《せんこう》すれば即《すなわ》ち林邱《りんきゅう》あり
一路殘花呴雉幽　　一路《いちろ》の残花《ざんか》　呴雉《こうち》幽《かす》かなり。
回首漸過南紀境　　首《こうべ》を回《めぐ》らせば漸《ようや》く南紀《なんき》の境《きょう》を過《す》ぎ
溪山又轉入泉州　　渓山《けいざん》は又《ま》た転《てん》じて泉州《せんしゅう》に入《い》る。

麦畑を通り抜けると林になった丘があらわれ、
道端には色あせた花が散り残ってキジが遠くで鳴いている。
ふり返って見るとしだいに紀州との国境は遠ざかり、
山も谷も様相を一変させながら泉州へと続いて行く。

○深日浦　和泉国日根郡（現泉南郡岬町）にある港。かつて大阪湾沿岸航路の風待港として栄えた。また古来、景勝の地としても知られた。○呴　キジが鳴く。「雊」に同じ。もと「呴」に作るが、今これを「呴」に改めた。

宿深日浦

青山欠處小漁邨
落日依稀海似盆
一次任佗傒媼駐
布颿明日駕潮奔

深日浦《ふけのうら》に宿《やど》る

青山《せいざん》の欠《か》くる処《ところ》に小漁邨《しょうぎょそん》あり
落日《らくじつ》は依稀《いき》として海《うみ》は盆《ぼん》の似《ごと》し。
一次《こよい》は任佗《ままよ》　媼《おう》に傒《ま》って駐《とど》まり
布颿《ふはん》は明日《みょうにち》　潮《しお》に駕《の》って奔《はし》らん。

緑濃い山々が尽きるところに小さな漁村があり、
夕日が名残り惜しそうに盆のごとく平らかな海にゆっくりと沈みゆく。
ままよ今宵ばかりは当地の老婆の情けをあてにして一夜の宿を乞い、
明日は帆に風をいっぱいうけて上げ潮にのって帰路を急ぐとしよう。

○一次　一回。いっぺん。○任佗　ままよ。さもあらばあれ。成り行きにまかせて放任する用法。○傒　もと「溪」（「渓」）に作るが意味をなさず、今これを「傒」（待・俟に同じ。期待をかける、あてにする意）に改めた。

舟中作

杳杳波光碧接天
輕帆曉破浦溆烟
群山次第呈顔現
鐵拐一峰先着鞭

舟中《しゅうちゅう》の作《さく》

杳杳《ようよう》たる波光《はこう》　碧天《へきてん》に接《せっ》し
軽帆《けいはん》は　暁《あかつき》に破《やぶ》る　浦溆《ほじょ》の烟《けむり》。
群山《ぐんざん》は次第《しだい》に顔《かお》を呈《てい》して現《あらわ》れ
鉄拐《てっかい》の一峰《いっぽう》　先《ま》ず鞭《むち》を着《つ》く。

薄暗くはっきりとしない波の光が深い緑の空とひとつに融け合い、足の速い帆掛舟は夜明けをついて舟出し浜辺には家々の煙が立ち上って見える。すっかり夜が明けると重なる山々が少しずつ姿を見せはじめたが、まず最初に視界に入ったのは六甲のあの有名な鉄拐峰であった。

○杳々　もと「沓々」（心のたるんでいる様。言葉数の多い様。速く行く様）に作るが詩意にそぐわず、今これを「杳々」（暗くはるかな様）に改めた。　○浦溆　うみべ。はまべ。もと「浦漵」に作るが、今これを「溆」に改めた。　○鉄拐峰　摂津の六甲山脈中にある一峰。源平合戦の古跡・鵯越の険があることで有名。

木津川

朝離深日浦
暮返浪花隈
雖莫家人待
吾心卽幷州

木津川《きづがわ》

朝《あした》に離《はな》る　深日《ふけ》の浦《うら》
暮《くれ》に返《かえ》る　浪花《なにわ》の隈《くま》。
家人《かじん》は待《ま》つ莫《な》しと雖《いえど》も
吾《わ》が心《こころ》は即《すなわ》ち幷州《へいしゅう》。

朝早く深日の浦を出発し、
夕暮れ時には大阪湾へと戻って来た。
故郷のように帰りを待ってくれる親兄弟はいないけれども、
私の気持ちは住み慣れた土地への懐かしさでいっぱいだ。

○木津川　堂島川と土佐堀川が合流し、南流して大阪湾に注ぐ河川。　○幷州　「幷州の情」のこと。今まで嫌に思いながら住んだ土地を、去って後に慕うこと。唐・賈島の「桑乾を渡る」詩を出典とする。賈島は十年の間、いやいや幷州に滞在していたが、さらに遠方の地に行くこととなって、嫌っていた幷州があたかも故郷のように思われたという故事。なおもと「幷洲」に作るが、今これを「幷州」に改めた。

其二

大颿又小颿
尾接遡長川
各帯斜陽色
映蒹新水鮮

其《そ》の二《に》

大颿《たいはん》又《ま》た小颿《しょうはん》
尾接《びせつ》して長川《ちょうせん》を遡《さかのぼ》る。
各《おの》おの斜陽《しゃよう》の色《いろ》を帯《お》び
蒹《よし》に映《えい》じて新水鮮《しんすいあざ》やかなり。

大小の帆が入り混じって、
後から後から木津川をさかのぼって行く。
どの舟もどの舟も夕日に赤く染まり、
ヨシも照り映えて春の川面は色鮮やかである。

○蒹　オギ。我が国では中古以来、「アシ」「ホソアシ」と訓じている。湿地・水辺に生える多年草。○新水　春の水。○結句　本文はもと「落花新水天」（落花《らっか》は水天《すいてん》に新《あら》たなり）に作るが意味がとりにくく、今これを一本に従って句を改めた。

和州道上

四面峰巒菀似城
遙青近緑入新晴
不妨路僻行人少
夏木陰陰有老鶯

和州道上《わしゅうどうじょう》

四面《しめん》の峰巒《ほうらん》は菀《うつ》として城《しろ》の似《ごと》く
遥青近緑《ようせいきんりょく》　新晴《しんせい》に入《い》る。
妨《さまた》げず　路《みち》は僻《へき》にして人《ひと》の行《ゆ》くこと少《まれ》なれば
夏木《かぼく》は陰陰《いんいん》として老鶯《ろうおう》有《あ》るを。

四方を囲む山々には樹木が生い茂ってまるで山城のようで、
遠近の青葉は雨上がりの陽光に鮮やかな色合いを見せている。
辺鄙な山路はめったに人通りもなく邪魔するものもないので、
生い繁った夏木立の奥では季節はずれのうぐいすが悠々と鳴いている。

○菀　草木の盛んに茂る様。　○新晴　雨がやんで晴れあがる。　○陰陰　木の茂って暗い様。　○老鶯　春が過ぎても鳴くうぐいす。

眺寧樂

一道長程雨後天

寧楽《なら》を眺《なが》む

一道《いちどう》の長程《ちょうてい》　雨後《うご》の天《てん》

山光秀處簇人烟
乃知寧樂舊都是
五層塔聳萬松巓

山光《さんこう》の秀《ひい》ずる処《ところ》　人烟《じんえん》簇《むらが》る。
乃《すなわ》ち知《し》る　寧楽《なら》の旧都《きゅうと》は是《こ》れなりと
五層《ごそう》の塔《とう》は聳《そび》ゆ　万松《ばんしょう》の巓《いただき》に。

一本の道を長いこと歩いて来たがすっかり雨も上がった、
美しい山の景色が広がって沢山の人家から煙が立ち上っている。
その様子を目にした時ここが奈良の旧都だと気づいた、
あまたの松の間にひときわ高く五重塔がそびえて見える。

○寧楽　大和国奈良。平城の古都。江戸期には奈良奉行が置かれ、幕府が直轄支配した。　○長程　長旅。長い道のり。　○山光　山色。山の景色。

春日神祠観鹿群而有感。戯賦

春日《かすが》の神祠《しんし》に鹿群《ろくぐん》を観《み》て感有《かんあ》り。戯《たわむ》れに賦《ふ》す

春日祠前青草肥
寝吪群鹿樂晴暉
不遭乳虎爲渠祝

春日《かすが》の祠前《しぜん》に青草肥《せいそうこ》え
寝吪《しんか》の群鹿《ぐんろく》は晴暉《せいき》を楽《たの》しむ。
乳虎《にゅうこ》に遭《あ》わざるを渠《なん》ぞ　祝《さいわい》と為《な》さんや

一吼争無忽駭飛

一吼《いっく》せば争《いか》でか忽《たちま》ち駭飛《がいひ》するもの無《な》からんや。

春日大社の社殿の前には青々とした芝草が一面に広がり、寝そべる鹿の群れがのんびりと日光浴を楽しんでいる。ここには子を守るために気の荒くなった母虎はいないが喜んでばかりもいられまい、いま私が一声叫べばきっとやつらは大慌てで逃げて行くに違いないのだから。

※原注に「大明神蓋應一笑而不罪妄言」（大明神《だいみょうじん》、蓋《けだ》し応《まさ》に一笑《いっしょう》して、妄言《もうげん》するを罪《つみ》せざるべし）とある。

○春日神祠　奈良市春日野町《かすがのちょう》に鎮座する春日大社のこと。藤原氏の氏神であるとともに、当初は平城京の鎮護神とされた。中世以後も、朝廷、武士の篤い崇敬を受け、本殿は国宝に指定されている。○乳虎　子持ちのトラ。子を保護するために気の荒くなっているトラ。○祝　めでたいと喜ぶ。

山城道中

青林緑樹入眸新
好是閑遊不及春
最喜前途經笠置
行行屢訊摘茶人

山城道中《やましろどうちゅう》

青林緑樹《せいりんりょくじゅ》　眸《ひとみ》に入《い》って新《あら》たなり
好《よ》し是《こ》れ閑遊《かんゆう》するは春《はる》に及《およ》ばず。
最《もっと》も喜《よろこ》ぶ　前途《ぜんと》に笠置《かさぎ》を経《ふ》るを
行行《ゆくゆく》茶《ちゃ》を摘《つ》むの人《ひと》に屢《しば》しば訊《と》う。

青々と茂る樹木の新緑が目にも鮮やかである、
のんびりと旅を楽しむ季節はやはり春に限るようだ。
この先は尊王の旧跡として名高い笠置の地を訪ねることが何よりの楽しみ、
茶摘みに精を出す土地の人に何度も道順を確かめながら彼の地を目指した。

○山城　旧国名。現在の京都府南東部。　○笠置　笠置山頂には元弘の乱（一三三一年）で後醍醐天皇の行在所《あんざいしょ》となった笠置寺がある。後醍醐帝はこの天然の要害に拠って鎌倉幕府軍と対峙、頑強に抵抗したが大軍の参戦によって敗れ、逃亡中に捕えられて京都に送還された。既出（五三九頁）。

上野

茅鞋竹笠客身孤
一道如坻入大衢
忽有茶亭管吾意
檐懸烈士復讐圖

上野《うえの》

茅鞋《ぼうあい》竹笠《ちくりゅう》　客身《かくしん》は孤《こ》なり
一道《いちどう》は坻《さか》の如《ごと》くして大衢《たいく》に入《い》る。
忽《たちま》ち茶亭《ちゃてい》有り　吾《わ》が意《い》に管《かん》し
檐《のき》に烈士《れっし》復讐《ふくしゅう》の図《ず》を懸《か》く。

粗末なちがやの草鞋を履き竹製の笠をかぶってひとりぼっちで旅を続けている、

渡し場からのひと筋の道は坂をなしてしばらく行くと大きな分かれ道へと出る。
そこには思いがけず私の心にかなう一軒の茶店があって、
軒先には不屈の精神を持つ剛強の武士を称える「伊賀越仇討図」が掛けられていた。

○上野　伊賀盆地の中心に位置する城下町。三重県上野市。上野城は津藩の支城であり、城代が置かれた。幕府は大和方面から東上する敵の押さえとしてこの城を重視した。○一道　奈良から笠置、島ケ原を通って上野城下に入る伊賀越え奈良街道。○坻　坂。承句は長田川の渡しから鍵屋《かぎや》の辻《つじ》に至るまでのごく短い距離の街道の様子を描写してある。○大衢　大きな分岐路。「鍵屋の辻」は伊賀街道と大和街道の分岐点の西端に位置する。街道は南北に分かれ、北は小田町より北谷をへて東海道に至る小径であり、南は塔世坂《とうせざか》、向島町をへて上野市の中心街に出る本町通りに続く。○茶亭　「鍵屋の辻」の由来となった茶店・鍵屋。西隣には明治初年まで商いを続けた万屋《よろずや》という茶屋があった。荒木又右衛門一行はここで仇敵の河合又五郎を待ち伏せた。代々の主人は喜右衛門を名のり、訪れる客に仇討ちの物語を話して聞かせていた。現在その建物は数馬茶屋として、伊賀越資料館前に移築されている。○管　気にかける。頓着する。○烈士復讐図　鍵屋の辻における渡辺数馬、荒木又右衛門の仇討（寛永十一年）を描いた錦絵。三代歌川豊国筆の「伊賀越仇討図《いがごえあだうちず》」が最も名高い。

平松驛

落寞孤村夕日天

平松駅《ひらまつえき》

落寞《らくばく》たる孤村《こそん》　夕日《せきじつ》の天《てん》

旗亭喚酒僅稱賢
此行無問途難易
且儲籃輿着一眠

旗亭《きてい》に酒《さけ》を喚《よ》べば僅《わず》かに賢《けん》と称《しょう》するのみ。
此《こ》の行《こう》は途《みち》の難易《なんい》を問《と》う無《な》きも
且《しば》らく籃輿《らんよ》を儲《ま》って一眠《いちみん》に着《つ》かん。

さびれた集落がぽつんとあって夕暮れが迫って一段とうら寂しい雰囲気が漂う、茶店に立ち寄って酒を注文するとただ「おつかれさま」とだけ答えが返ってきた。今回の旅はさして険しい道もなく楽な行程であったがさすがに疲れが出たらしい、しばしの間かごに揺られてひと眠りするとしよう。

○平松駅　伊賀市上阿波平松。津の本城と上野の支城を結ぶ伊賀街道に置かれた四宿の一つ。嘉永六年、吉田松陰は玄機と全く同じルートで津に入った。その時の様子は「癸丑《きちゅう》遊歴日記」に書かれているが、宿泊した平松も三軒茶屋も「寥落《りょうらく》たる一小村《いちしょうそん》のみ」（五月六日）と述べてある。○落寞　ものさびしい様子。○籃輿　竹を編んで作った乗り物。駕籠。

口占

輕簦卽似太陽圓
轉向伊東十里天

口占《こうせん》

軽簦《けいとう》は即《すなわ》ち似《に》たり　太陽《たいよう》の円《まど》かなるに
転《うた》た伊東《いんとう》に向《む》かう　十里《じゅうり》の天《てん》。

不是太神行賽客
津城菀處訪名賢

是《こ》れは太神行《たいじんこう》の賽客《さいかく》にあらず
津城《つじょう》の菀処《うっしょ》に名賢《めいけん》を訪《と》わんとす。

今日はあいにく雨の道中でお天道さまによく似た丸くて軽い唐傘をさしている、いよいよ伊州の東へ東へと進む旅もおよそ十里の伊賀街道を残すばかりとなった。とはいえ私は決してお伊勢参りの遊山客などではなく、津城下の藩校に高名な学者たちを訪ねるのが目的なのだ。

○口占　事前に草稿を作らず、その場でただちに口ずさんだ詩。　○簦　唐傘。柄のあるさしがさ。　○伊東　伊賀国の東方。目的地は伊勢国の津城下である。　○十里　伊賀街道の里程は十二里である。残りの距離が十里というのであるから、玄機はこの時点で、上野から二里となる伊賀側の平田宿辺りにいたと推測される。　○太神行　伊勢神宮へ参詣すること。　○菀処　文苑の意。ここでは丸の内にあった津藩校・有造館を指すと思われる。

三家店

早發三家店
纔分左右途
星光鶏外沒

三家店《さんかてん》

早《つと》に三家店《さんかてん》を発《はっ》すれば
纔《わず》かに左右《さゆう》の途《みち》に分《わ》かる。
星光《せいこう》は鶏外《けいがい》に没《ぼっ》するも

嶺樹尙模糊　　　　嶺樹《れいじゅ》は尚《な》お模糊《もこ》たり。

朝早く三軒茶屋の旅籠を出発した、
しばらく行くとかろうじて道が左右に分かれているのが認められた。
星の光は鶏の鳴く村はずれに消えてそろそろ夜が明けようかというのに、
山の木々は薄暗い中にまだはっきりと姿を見せていない。

○三家店　三軒茶家。津市美里町五百野《いおの》にある宿場。ここが津道、参宮道、奈良道との分岐点になる。寛政頃には旅籠ができ、難所の長野峠越えを控える宿場として旅装を解く人も多く、また油・塩買の商人、伊勢神宮への参拝者の往来もかなりあった。○鶏外　今ひとまず「鶏鳴の村外」の意に解した。類似の表現は、清・張南山「山村春暁」に「鶏鳴山外の村、村樹暁烟碧なり」と見える。

阿濃津　三　　　　阿濃津《あのつ》　三《さん》（二首《にしゅ》前掲《ぜんけい》）

一道長街二里程　　　　一道《いちどう》の長街《ちょうがい》　二里《にり》の程《てい》
茶亭酒肆若相迎　　　　茶亭酒肆《ちゃていしゅし》は相迎《あいむか》うるが若《ごと》し。
我行雖後春風日　　　　我《わ》が行《こう》は春風《しゅんぷう》に後《おく》るるの日《ひ》なりと雖《いえど》も
自是飄然足迹輕　　　　是《こ》れより飄然《ひょうぜん》として足迹《そくせき》は軽《かろ》し。

一本の道が長く延びた宿場を貫いているがここから津までは残り二里ほどで、
茶店も居酒屋もまるで私の訪れを歓迎してくれているかのようだ。
今回の旅は春の風情を満喫するには少しばかり遅すぎたが、
目的地まではあとわずかここからはうきうきと足取りも軽くなるというもの。

○二里程　津府の西方二里は片田宿であるが、距離はやや誇張したものと思われる。詩の内容は八町の様子に合致する。そこは約一キロにわたって直線の道が続き、津城下の入口に位置する商業地として大いに賑わった。

○飄然　速やかな様。

登千歳山

海上蒼蒼千歳山
登臨一笑充仙寰
喚號千歳何人始
欲詰徐生逝不還

千歳山《ちとせやま》に登《のぼ》る

海上《かいじょう》に蒼蒼《そうそう》たり　千歳山《ちとせやま》
登臨《とうりん》して一笑《いっしょう》すれば仙寰《せんかん》に充《み》つ。
千歳《ちとせ》と喚号《かんごう》するは何人《なんぴと》にか始《はじ》まる
徐生《じょせい》に詰《と》わんと欲《ほっ》するも逝《ゆ》きて還《かえ》らず。

海からほど遠からぬ地に樹木の鬱蒼と茂る千歳山がある、
山に登ってひと笑いするとその声は仙界に響き渡るかのようだ。

それにしても不老長寿を象徴する「千歳」とはいったい誰がつけた名であろうか、徐福にでも聞いてみたいがとうの昔に昇仙した彼が今さら俗界に戻るはずもあるまい。

○原注に「山在津城南一里。山名俗甚。豈亦徐市輩所命乎」（山《やま》は津城《つじょう》の南《みなみ》一里《いちり》に在《あ》り。山名《さんめい》、俗《ぞく》なること甚《はなは》だし。豈《あ》に亦《ま》た徐市《じょふつ》の輩《はい》の命《めい》ずる所《ところ》ならんや）とある。○千歳山　津市垂水にある低山。阿濃津八景の一。標高三十四、二メートルながら、眺望絶佳で、伊勢湾が一望できる。文政七年に初代藩校督学の津坂東陽が遊園地を整備して以来、多くの文人が来遊したが、安政六年に偕楽公園ができてからは荒廃した。現在は千歳ケ丘という住宅地となっており、当時を偲ぶ遺構は残っていない。○仙寰　仙人の住む里。俗界を遠く離れた清浄の地。○徐市　徐福。秦の始皇帝の命を受け、仙薬を求めに東海に船出した斉の方士。日本各地に漂着伝説がある。九州の有明海沿岸部と和歌山県熊野地方が最も有名である。

津藩諸老才子、辱連聯過訪中無一人醫人　三

津藩《つはん》の諸老才子《しょろうさいし》、連聯《れんれん》を辱《かたじけな》くして過《よ》ぎり訪《と》うも中《なか》に一《いつ》の医人《いじん》無《な》し　三《さん》　（二首前掲《にしゅぜんけい》）

太平議論塞人腸
二百年餘乕亦羊
一掃可無踈滌劑
從誰好借礟千張

太平《たいへい》の議論《ぎろん》は人腸《じんちょう》を塞《ふさ》ぎ
二百年《にひゃくねん》余《よ》にして乕《とら》も亦《ま》た羊《ひつじ》となる。
一掃《いっそう》するに踈滌《そでき》の剤《ざい》無《な》かるべけんや
誰《たれ》に従《よ》ってか好《よろ》しく借《か》らん　礟千張《ほうせんちょう》。

太平に慣れた人々の議論は腸が閉塞したかのように保守的となり、
二百有余年の間にあれほど武勇を誇った武士は虎から羊に変わってしまった。
この状況を一掃するには腹の中を徹底して洗い清める劇薬がぜひ必要である、
ならば海防の進んだ他ならぬ津藩からよし我が藩も多数の大砲を借り受けるとしよう。

○原注に「列之碧海之濱、曠寞之野、而萬發雷轟、突天撼浪、則吾人腸胃感洞豁也已」（之《これ》を碧海《へきかい》の浜《ひん》、曠寞《こうばく》の野《や》に列《つら》ねて、万発雷轟《まんぱつらいごう》して、天《てん》を突《つ》き、浪《なみ》を撼《ふる》わしむれば、則《すなわ》ち吾人《ごじん》の腸胃《ちょうい》は洞豁《どうかつ》を感《かん》ずるのみ）とある。○踈滌剤　「踈」は「疎」に同じ。通じをよくする薬。下剤。

雨中放吟

窗扇半開吟僅催
小樓閑臥日悠哉
酷嫌連雨纖如綫
不肯傾盆一寫來

雨中放吟《うちゅうほうぎん》

窓扇《そうせん》半《なか》ば開《ひら》けば吟《ぎん》は僅《わず》かに催《もよお》す
小楼《しょうろう》に閑臥《かんが》して日《ひ》は悠《ゆう》なるかな。
酷《はなは》だ嫌《いと》う　連雨《れんう》の繊《ほそ》きこと線《いと》の如《ごと》きを
傾盆一写《けいぼんいっしゃ》の来《きた》るを肯《がえん》ぜず。

窓の扉を半分ほど開けて小雨の降る様子を眺めると少しは詩を作りたいとの思いが湧く、

小さな二階家でのんびり横になっていると何と一日のゆったりと感じられることか。
細い糸のような長雨もたいそういやだけれども、
盆を一気に傾けたような土砂降りの雨もまた御免こうむりたいものだ。

○窓扇　窓のひらきど。　○一写　一瀉。次から次へと降り注ぐ。

僑居雑咏

鼎釜爐薪炭
屏風繞似城
二人小居住
一室談經營
隱几看新史
隔墻聽玉箏
比鄰催午炊
戸外賣魚聲

僑居雑咏《きょうきょざつえい》

鼎釜《ていふ》は炉《ろ》にかけて炭《すみ》を薪《く》べ
屏風《びょうぶ》は繞《めぐ》らして城《しろ》の似《ごと》し。
二人《ににん》の居住《きょじゅう》に小《せま》きも
一室《いっしつ》に経営《けいえい》を談《だん》ず。
几《き》に隠《よ》っては新史《しんし》を看《み》
墻《かき》を隔《へだ》てては玉箏《ぎょくそう》を聴《き》く。
比隣《ひりん》に午炊《ごすい》を催《もよお》さんと
戸外《こがい》に魚《うお》を売《う》るの声《こえ》あり。

茶釜を風炉にかけて炭を入れ、

屏風を立て広げるとまるで一城でも構えた気分になる。
この仮住まいは二人で住むには手狭ながら、
天下のあり方を議論するにはうってつけである。
机によりかかっては最新の史書を読み、
垣根を隔てては美しい箏《こと》の調べに耳を傾ける。
時に近隣の家々に昼食の準備をせきたてるかのように、
戸外から魚の売り声が聞こえて来る。

○鼎釜　後掲の「春情」に「芳鼎に茗を煎る」とあるので、湯を沸かす茶釜と見られる。○炉　涼炉。風炉。上部に炭を入れて湯を沸かす煎茶道具の一つ。仕組みは七輪と同じ。主に素焼きであるが磁器製もある。○屏風　風炉《ふろ》先屏風《さきびょうぶ》のこと。煎茶道具の一つ。座敷で茶を点てる際に道具畳の向こう側に置く二つ折の屏風。○城　中国では都市を取り囲む壁をいうが、ここは日本式の建造物をいうのであろう。○二人　玄機と親友の月性（清狂）上人であろう。月性の叔父周山は大坂島町（中央区）の長光寺に入り、竜護または覚応と称し、尊攘家として活躍した。月性はここに多く滞在した。玄機の僑居は適塾（北浜町）近傍の川べりにあったようであるから、長光寺にも近かった。○隠几　机または肘掛け（脇息）によりかかる。

其二

抛來酒罏代茶瓶
靜處療痾藥有靈
敝戸纔迎春月白
低軒不入曉山青
欲尋殘夢如雲影
自把癯身比鶴形
敢計文章身後事
區區猶是愛談經

其《そ》の二《に》

酒罏《しゅろ》を抛来《てきらい》して茶瓶《ちゃへい》に代《か》え
静処《せいしょ》に痾《やまい》を療《りょう》せば薬《くすり》に霊《れい》有《あ》り。
敝戸《へいこ》は纔《わず》かに春月《しゅんげつ》の白《しろ》きを迎《むか》うるも
低軒《ていけん》は暁山《ぎょうざん》の青《あお》きを入《い》れず。
残夢《ざんむ》を尋《たず》ねんと欲《ほっ》するも雲影《うんえい》の如《ごと》く
自《みずか》ら癯身《くしん》を把《と》りて鶴形《かっけい》に比《ひ》す。
敢《あ》えて計《はか》らんや　文章身後《ぶんしょうしんご》の事《こと》
区区《くく》として猶《な》お是《こ》れ経《けい》を談《だん》ずるを愛《あい》す。

酒徳利を放り出して茶瓶に代えて、
静かな場所で療養すれば薬もずいぶんと効果を発揮する。
このぼろ屋にもわずかに春の月の白い光は訪れてくれるが、
軒が低いため朝日に輝く新緑に彩られた山の姿を見ることはできない。
寝床で夢の続きを見ようにもまるで雲のようで掴み所がない有様、
すっかり痩せてしまった体は我ながらツルにそっくりだと思う。
これまで書きためた文章など死後どうなろうとも一向に構いはしない、

私は努めて経書を学び道を論ずることを愛して止まなかったのだから。
○酒罏　さかだる。かめ。もと「⿰缶盍」（音義未詳）に作るが、今これを「罏」に改めた。酒を入れる徳利の類をいうのであろう。○身後　死後。○区区　まじめな様。また努め励む様子。○談経　儒教の経典（四書五経）を学び、道を論ずること。

其三

未得結廬山百層
紅塵萬丈見飛騰
春眠動駭三竿日
夜坐偏憐一穗燈
路上狂歌多酒客
窗邊談話少詩朋
如今世道崎嶇甚
我已冰淵戒戰兢

其《そ》の三《さん》

未《いま》だ廬《いおり》を山《やま》の百層《ひゃくそう》に結《むす》び得《え》ずして
紅塵《こうじん》の万丈《ばんじょう》に飛騰《ひとう》するを見《み》る。
春眠《しゅんみん》は動《やや》もすれば駭《おどろ》く　三竿《さんかん》の日《ひ》
夜坐《やざ》は偏《ひとえ》に憐《あわ》れむ　一穂《いっすい》の灯《ともしび》。
路上《ろじょう》の狂歌《きょうか》は酒客多《しゅかくおお》く
窓辺《そうへん》の談話《だんわ》は詩朋少《しほうすくな》し。
如今《じょこん》の世道《せどう》は崎嶇《きく》たること甚《はなは》だしく
我《われ》は已《すで》に冰淵《ひょうえん》に戦兢《せんきょう》するを戒《いまし》む。

いまだに高い山に庵を結んで超然と暮らすこともできず、

相変わらず俗世にあって車馬の往来で舞いあがる砂ぼこりを見つめている。
春の眠りはともすると高く昇った日を見て驚くほどであり、
夜起きて勉強している時間はほんのわずかに過ぎない。
路端で騒がしく歌うのは酔客が多く、
窓辺で風雅なおしゃべりをするには詩友は数えるほどしかいない。
最近の社会人心の乱れは極めてひどい状況となっており、
私はいまや結氷した深淵を前にしても足がすくまぬようにと強く自戒している。

○紅塵　にぎやかな町のほこり。　○第三句　「春眠不厭」（春眠《しゅんみん》は厭《いと》わず）に作るものがある。　○三竿　太陽の高く昇った様子。竿を三本つないだほど（約三丈）の高さで、午前八時頃をいう。また朝寝坊の比喩としても用いる。　○世道　世の中の人々の道義。　○崎嶇　険しく安らかでない様。　○第八句　『詩経』小雅、小旻の「戦戦競競として深淵に臨むがごとく、薄氷を履むがごとし」をふまえる。つまり、危険な立場に身を置くことも辞さないと述べているのである。

其四

病客耽閑避世譁
都城未出弄韻華

其《そ》の四《し》

病客《びょうかく》は閑《かん》に耽《ふけ》って世譁《せいか》を避《さ》け
都城《とじょう》未《いま》だ出《い》でずして韻華《いんか》を弄《ろう》す。

半弓安得栽花地
六笏纔沾容膝家
夜氣衝衣仰星斗
春雲捲雨蟄龍蛇
枕頭時結還家夢
身在水郷天一涯

半弓《はんきゅう》安《いず》くんぞ得《え》んや　栽花《さいか》の地《ち》
六笏《りっこつ》纔《わず》かに沽《か》わんや　膝《ひざ》を容《い》るるの家《いえ》。
夜気《やき》は衣《ころも》を衝《つ》きて星斗《せいと》を仰《あお》ぎ
春雲《しゅんうん》は雨《あめ》を捲《ま》いて竜蛇《りゅうだ》を蟄《ちっ》す。
枕頭《ちんとう》に時《とき》として家《いえ》に還《かえ》るの夢《ゆめ》を結《むす》ぶも
身《み》は水郷《すいきょう》の天《てん》の一涯《いちがい》に在《あ》り。

旅先で病気となった私は静かな環境を求めて世間の騒がしさを遠ざけ、大坂の町中に外出することもなく病床でもっぱら詩作を楽しむ。小さな花を植える土地が欲しいがどうして手に入るだろう、わずかに膝を入れるほどのささやかな家が欲しいがどうして買うことなどできよう。夜気が衣の上からもしみ通って肌寒いなか空を見上げても星は見えず、春を告げるはずの雲は冷たい雨を捲き上げていつまでも竜蛇を穴ごもりさせている。枕もとでは時おり実家にもどる夢を見るけれども、現実はというと相も変わらず水の都・大坂で故郷を遠く離れて暮らしている。

○半弓　「弓」は土地の測量の単位。一弓は八尺。わずかな地積の意。　○六笏　六本の板笏を並べたほどの大きさ。単位の「尺」と通ずる。狭小な喩え。

其五

異鄉爲客我初懲
病謹少愈尤服膺
龍谷鐘聲春雨壓
石城松影夕烟騰
偶傳鄉信交悲喜
細閲人情判愛憎
臥數歸鴉小檐底
多閑且不喚書燈

其《そ》の五《ご》

異郷《いきょう》に客《きゃく》為《た》りて我《われ》は初《はじ》めて懲《こ》り
病《やまい》は謹《つつし》みて少《すこ》しく愈《い》ゆれば尤《もっと》も服膺《ふくよう》す。
竜谷《りゅうこく》の鐘声《しょうせい》　春雨《しゅんう》に圧《おも》く
石城《せきじょう》の松影《しょうえい》　夕烟《せきえん》騰《あ》がる。
偶《たま》たま 郷信《きょうしん》を伝《つた》うれば悲喜《ひき》を交《まじ》え
細《つぶさ》に人情《にんじょう》を閲《えっ》しては愛憎《あいぞう》を判《わか》つ。
臥《ふ》して帰鴉《きあ》を数《かぞ》う　小檐《しょうえん》の底《そこ》
閑多《かんおお》きも且《しば》らく書灯《しょとう》を喚《よ》ばず。

遊学中にひどい目にあって以来私はこんなことは繰り返すまいと初めて感じた、病気は療養の甲斐あって少しはよくなったのでこれを肝に命じて忘れぬようにした。

北の御堂から鳴り響く鐘の音はしとしとと降る春雨を震わせ、大坂城に高くそびえる松の樹々には夕もやがかかろうとしている。

たまたま故郷からの便りが届いたが書中には悲喜こもごもが綴られており、つぶさに人情にふれては愛憎の相半ばするのものがあった。

蒲団に横たわったまま低い軒先から見えるねぐらに帰るカラスの数をかぞえ、

暇な時間は多いけれども何をするでもなくしばらく書見の灯りも準備せずにいた。

○服膺　心によく覚えて忘れない。　○竜谷　西本願寺の山号を竜谷山といい、浄土真宗本願寺派の雅称としても用いられる。ここは大阪市中央区本町にある西本願寺津村別院（北御堂）を指す。　○石城　大阪城。中世に石山本願寺の寺内町があったことにちなむ。

其《そ》の六《ろく》

久《ひさ》しく上国《じょうこく》に成《な》って漫遊《まんゆう》に汗《あせ》するも
物《もの》に感《かん》じては家《いえ》を懐《おも》い幾《いく》たびか愁《うれ》いを引《ひ》く。
一枕《いっちん》の和風《わふう》に寒疾《かんしつ》は解《と》け
半鐺《はんとう》の芳茗《ほうめい》に暖烟《だんえん》浮《う》かぶ。
夢《ゆめ》に梅片《ばいへん》を追《お》って林径《りんけい》に迷《まよ》い
春《はる》は柳条《りゅうじょう》を動《うご》かして水流《すいりゅう》に低《ひく》し。
安《いず》くんぞ吾《わ》が疾《やまい》を医《い》するの手《て》を収《おさ》め
山田《さんでん》の十頃《じっけい》に耕牛《こうぎゅう》を策《むちう》つを得《え》んや。

其六

久成上國汗漫遊
感物懷家幾引愁
一枕和風寒疾解
半鐺芳茗暖烟浮
夢追梅片迷林徑
春動柳條低水流
安得收吾醫疾手
山田十頃策耕牛

長らく上方に暮らして各地の遊歴にも精を出したが、

ふと風物に反応しては実家を懐かしみ何度郷愁をかきたてられたか分からない。
この冬は久しく病床にあったがのどかな春風の到来とともに風邪も治り、
小鍋からはかぐわしい茶の香りとともに暖かい湯気が立ち上っている。
少し前までは夢に春を思い故郷に梅の花びらを追いかけて林の小道に迷っていたが、
今はすっかり春めき柳の枝が川面に低く垂れて流れる水に揺れ動くまでになっている。
このたび私は重い病に苦しんだがだからといってどうして診療から手を引き、
山間に隠棲して十頃のたんぼで耕作の牛にむちうつ暮らしなどできようか。

○寒疾　風邪。おそらく流行性感冒（インフルエンザ）に罹患したのであろう。　○半鐺　小さな鍋。

春晴。歩松岡良平韻

津頭小雨曉來晴
流水潺潺岸有聲
既苦隔家千里遠
寧言成客一身輕
料知梅氣有吹野
爲怕春寒不出城

春晴《しゅんせい》。松岡良平《まつおかりょうへい》の韻《いん》に歩《ほ》す

津頭《しんとう》の小雨《しょうう》　暁来《ぎょうらい》に晴《は》れ
流水《りゅうすい》は潺潺《せんせん》として岸《きし》に声《こえ》有《あ》り。
既《すで》に家《いえ》を隔《へだ》つること千里《せんり》の遠《とお》きに苦《くる》しまば
寧《なん》ぞ客《きゃく》と成《な》って一身《いっしん》は軽《かろ》しと言《い》わんや。
料《はか》り知《し》らんや　梅気《ばいき》の野《の》を吹《ふ》く有《あ》るを
春寒《しゅんかん》を怕《おそ》れて城《まち》に出《い》でざるが為《ため》なり。

何日杖藜冰泮日
欲随牛犢試村行

何《いず》れの日《ひ》にか藜《あかざ》を冰泮《ひょうばん》の日《ひ》に杖《つえ》つき
牛犢《ぎゅうとく》に随《したが》って村行《そんこう》を試《こころ》みんと欲《ほっ》す。

渡し場に小雨が降っていたが朝にはすっかり晴れ、
川の水は岸に触れながらさらさらと音を立てて流れて行く。
以前から故郷を遠く離れて暮らしていることを辛く思っているのに、
どうして「親許を離れて一人で生活できて気軽でよい」などと口に出来ようか。
昨今は梅の香りが野を吹き渡って来る頃になったのにまるで気づかずにいたが、
これはひたすら早春の寒気を恐れて町中へ出かけようとしなかったせいなのだ。
いずれそのうちすっかり氷の解け去る時分に軽い藜の杖をついて、
子牛に引かれながら郊外の散策を試みたいものだ。

○松岡良平　未詳。あるいは文久初に萩藩医に挙げられた大野毛利家医の松岡経平（良哉、一八〇五—一八八六）であろうか。京坂で医学を修め、紀州の本居太平に国学と和歌を学んだ。ただし玄機よりも十五歳上である。なお養嗣子の松岡勇記（一八三四—一八九六）は安政三年に適塾に入門するが、こちらは玄機より十五歳下である。
○潺潺　浅瀬を水がさらさらと流れる様。またその音。　○藜　あかざ。茎を用いて老人用の軽い杖を作る。
○冰泮　氷が融解する。

春晴
喜看樓外放新晴
歴歴山河連帝京
病起方煎芳鼎茗
春來最想故園鶯
雲收一碧天含海
雪盡萬紅花繞城
愧我佗鄉留滯久
錦衣何日炤柴荊

春晴《しゅんせい》
喜《よろこ》び看《み》る　楼外《ろうがい》に新晴《しんせい》を放《はな》ち
歴歴《れきれき》たる山河《さんが》　帝京《ていきょう》に連《つら》なるを。
病《やまい》起《お》こって方《まさ》に煎《に》る　芳鼎《ほうてい》の茗《ちゃ》
春来《はるきた》って最《もっと》も想《おも》う　故園《こえん》の鶯《うぐいす》。
雲《くも》は一碧《いっぺき》に収《おさ》まり天《てん》は海《うみ》を含《ふく》み
雪《ゆき》は万紅《ばんこう》に尽《つ》き花《はな》は城《まち》を繞《めぐ》る。
愧《は》ずらくは我《わ》れ佗郷《たきょう》に留滞《りゅうたい》すること久《ひさ》しく
錦衣《きんい》して何《いず》れの日《ひ》にか柴荊《さいけい》を炤《て》らさんや。

二階家の外に広がる雨上がりの新鮮な景色の向こうに、
幾つもの山河が京へとずっと連なる様子を眺めているとまことに気分がよい。
病気にかかってからは風炉釜に茶を煮るのを何よりの楽しみとしていたが、
春の訪れとともに茶よりも故郷の鶯が気にかかるようになってしまった。
雲は青い空に吸い込まれてその青い空と海が一つになり、
雪は一面の紅に取って代わられ美しい花々が町を囲む。
再び春がめぐって来たというのに恥ずかしいのは相も変わらず旅先にいることだ、

一体いつになったら立身出世をとげて故郷の両親を安心させることができるのだろうか。

○新晴　雨の後、晴れたばかりの時候をいう。　○歴歴　並んで列をなす様。　○一碧　見渡す限り、青一色になっている様子。　○万紅　赤い花が咲き乱れること。百花繚乱の意。　○錦衣　衣錦の栄。立身出世して故郷に錦を飾る名誉。　○柴荊　柴門。柴扉。隠者などの住む粗末な家。

送板原忠卿返紀藩。忠卿方有東行志

板原忠卿《いたはらちゅうけい》の紀藩《きはん》に返《かえ》るを送《おく》る。忠卿《ちゅうけい》方《まさ》に東行《とうこう》の志《こころざし》有《あ》り

病客尤多思故郷
聞君歸去意茫茫
未能杯酌壯行色
但把詩歌記別傷
日映一川春水面
鶯藏兩岸翠楊條
他時萍會知何處
函谷關東指武陽

病客《びょうかく》は尤《もっと》も故郷《こきょう》を思《おも》うこと多《おお》く
君《きみ》の帰去《ききょ》するを聞《き》きて意《い》は茫茫《ぼうぼう》たり。
未《いま》だ杯酌《はいしゃく》すること能《あた》わざるも壮行《そうこう》の色《いろ》あれば
但《た》だ詩歌《しいか》を把《と》って別傷《べっしょう》を記《しる》さんのみ。
日《ひ》は一川《いっせん》に映《えい》ず　春水《しゅんすい》の面《おもて》
鶯《うぐいす》は両岸《りょうがん》に蔵《かく》る　翠楊《すいよう》の条《えだ》。
他時《たじ》の萍会《ひょうかい》は何《いず》れの処《ところ》なるかを知《し》らんや
函谷関《かんこくかん》の東《ひがし》　武陽《ぶよう》を指《めざ》せば。

病気になった旅人こそ最も故郷を恋しがるものである、
君が帰郷すると聞いて私はぼんやりと気抜けしてしまった。
病み上がりの身で酒を酌み交わすこともできぬが君に東行の壮大な志があるのを知り、
とりあえず詩歌を作って別れの悲しみだけは述べておこうと思う。
太陽は春の穏やかな川面に姿を映し、
鶯は青々と葉を茂らせる両岸の柳の枝で鳴いている。
いったん別れたならば今後どこかで偶然に再会できるかはもはや分からない、
これから君は箱根のさらに東に位置する江戸を目指すのだから。

○板原忠卿　既出（五四七頁）。○茫茫　ぼうっとしてはっきりしない様。ここは「茫然自失」（ぼんやりとして気抜けする）の意に近い。○別傷　別愁。別離のつらさ。別れる時の悲しみ。○萍会　「萍水相逢」（浮草が水に漂う間に他の浮草に出会う意。転じて人が旅行中などで偶然に出会うことの喩えとなる）の意。○函谷関　箱根の関所。○武陽　武蔵国の南の地、すなわち江戸のこと。

其二

紀伊路自那邊通
菀柳亂花西又東

其《そ》の二《に》

紀伊路《きいじ》は那辺《なへん》より通《つう》ず
菀柳乱花《うつりゅうらんか》　西又《にしま》た東《ひがし》。

雲壓笠檐春野雨
山迎馬首暮天風
俗紛拋却胸襟外
豪膽難成談笑中
憐汝東方求益意
腰間一劍氣騰空

雲《くも》は笠檐《りゅうえん》を圧《あっ》す　春野《しゅんや》の雨《あめ》
山《やま》は馬首《ばしゅ》を迎《むか》う　暮天《ぼてん》の風《かぜ》。
俗紛《ぞくふん》は拋却《てききゃく》す　胸襟《きょうきん》の外《そと》
豪胆《ごうたん》は成《な》り難《がた》し　談笑《だんしょう》の中《うち》。
憐《あわ》れむ　汝《なんじ》の東方《とうほう》に益《えき》を求《もと》むるの意《い》あるを
腰間《ようかん》の一剣《いっけん》　気《き》は空《そら》に騰《あ》がる。

君は紀州への道中いったいどのあたりを通って帰って行くのだろうか、
今頃は勢いよく葉を茂らせた柳と咲き乱れる花が東西に広がってさぞや美しいことだろう。
だがそのうち雲は笠のひさしを押さえつけるほど低く垂れて春の野に雨を降らせ、
おまけに馬が山道にさしかかる夕暮れ時には強い風も吹きつけて来るに違いない。
俗世間のごたごたはいったん心の外に捨てたまえ、
和やかな談笑からはものに動じない肝っ玉など生まれはしないのだ。
私は君が江戸に出て学問を深めたいと考えていることを心からいとおしく思う、
君の腰に帯びた一刀からはただならぬ意気込みが天に向かって立ち上っている。

○那辺　俗語で「どこ」「どのあたり」の意。　○菀柳　茂った柳。　○笠檐　かさのひさし。かさのふち。
○俗紛　俗世のごたごたしたうるさいこと。俗世の煩わしさ。　○拋却　なげうつ。顧みない。構わない。

憑忠卿寄村田士正在東武

忠卿《ちゅうけい》に憑《よ》って村田士正《むらたしせい》の東武《とうぶ》に在《あ》るに寄《よ》す

別後風光千里違

春風漸已動芳菲

佗時要見芙蓉面

却愧斯身五尺微

別後《べつご》の風光《ふうこう》は千里《せんり》を違《たが》うも

春風《しゅんぷう》は漸《よう》や く已《すで》に芳菲《ほうひ》を動《うご》かす。

佗時《たじ》見《み》るを要《よう》す　芙蓉《ふよう》の面《おもて》

却《かえ》って愧《は》じん　斯《こ》の身五尺《みごしゃく》の微《び》なるを。

別れて以来いまでは住んでいる土地は千里も隔たっているが、こちらでは春風がやっとかぐわしい花を咲かせ始めている。私もいつかは富士山の堂々たる姿を見たいと思うが、その時かえって五尺しかない我が身を恥ずかしく思うことであろう。

○村田士正　未詳。旧適塾生の村田蔵六（大村益次郎、一八二四―一八六九）が江戸に出るのは安政三年四月のことで、玄機没後であるから該当しない。もし萩藩士であるとすれば、村田清風の嗣子次郎三郎（大津唯雪、一八二五―一八八七）か、藩医の村田文庵（一八二一―一八九三）あたりが年齢的には近い。ちなみに玄機の生年は一八二〇年（文政三）である。○芙蓉面　富士山の姿。

送秋本玄芝返周陽
攝城爲客久遲徊
旅店風光我幾哀
憐汝歸舟春淺日
幽芳去訪故山梅

秋本玄芝《あきもとげんし》の周陽《しゅうよう》に返《かえ》るを送《おく》る
摂城《せつじょう》に客《きゃく》と為《な》って久《ひさ》しく遅徊《ちかい》し
旅店《りょてん》の風光《ふうこう》　我《われ》は幾《いく》たびか哀《かな》しむ。
憐《あわ》れむ　汝《なんじ》の帰舟《きしゅう》は春浅《はるあさ》き日《ひ》なるを
幽芳《ゆうほう》は去《さ》りて訪《と》え　故山《こざん》の梅《うめ》に。

大坂に客寓してぐずぐずしているうちに随分と長い年月が経ってしまい、故郷とはまるで異なる宿舎からの眺めは私を何度悲しい思いにさせたことだろう。ただ気の毒に思うのは君の帰りの舟が早春のためにまだ梅の開花には早いことだ、奥ゆかしい薫りは向こうに着いてから心行くまで故郷に咲く梅の花で楽しみたまえ。

○秋本玄芝　一八一三―一八九四。名は里美。鷹洲と号した。防府の三田尻上新田の人。父岱寿（号椿斎）は在三田尻のまま厚狭《あさ》毛利家に医臣として仕えた。風雅者でもあり、居堂の「啜霞堂《せっかどう》」は清客・江芸閣《こううんかく》の命名、篠崎小竹に「啜霞堂記」（『小竹斎文稿』弘化二年）がある。玄芝は文政九年、萩に赴いて田中三宅に師事、天保五年には松村玄機門に転じ、同八年には厚狭の市川玄伯のもとで研鑽を積む。同十一年秋から再び萩に行って青木周弼に入門、十三年春に上坂して適塾に学び、同年秋には江戸に出て伊東玄朴門下となる。その医学修業は蘭方を主とし、都合十七年にも及んだ。弘化二年に故郷で開業、戊辰戦争には軍医として参加、後に萩藩医に挙げられ、藩主侍医を務めた。維新後は防府に開設された山口県立華浦《はなうら》病院に診察医官として勤務した。訳書に『越而実幾集録《えるじっきしゅうろく》』（佐賀県立図書館蔵）がある。また晩年を防府に過ごした野村望東尼《のむらぼうとうに》の主治医、歌友としても知られる。享年八十二。○周陽　周防国の南部地域、すなわち玄芝の故郷である防府（三田尻）のこと。

其二

十尺烟帆向曉開
銀濤崩處亂峯堆
休辭遠沙重回棹
護守燈檠竢汝來

其《そ》の二《に》

十尺《じっしゃく》の烟帆《えんぱん》は　暁《あかつき》に向《む》かいて開《ひら》く
銀濤《ぎんとう》の崩《くず》るる処《ところ》　乱峯《らんぽう》堆《うずたか》し。
辞《じ》するを休《や》めよ　遠沙《えんさ》回棹《かいとう》に重《おも》しと
護守《ごしゅ》の灯檠《とうけい》は汝《なんじ》の来《きた》るを竢《ま》つ。

もやにかすむ大きな白帆が夜明けとともに高くかかげられた、銀色の波の落ちかかる彼方には幾つもの山々が高く低く重なり合って見える。「遠浅の砂に棹をとられがちで無事故郷に帰りつくことか」などと気にかけてはいけない、航海の安全を守る灯台が君の来るのを待っていてくれるから何の心配もいらぬのだ。

○烟帆　もやの立ちこめた水面に浮かぶ帆船。ここはその帆をいうのであろう。○竢　まつ。「俟」に同じ。本文はもと「竢」に作るが、今これを「竢」に改めた。○灯檠　灯台。常夜灯。瀬戸内海の鞆の浦に現存する灯籠塔が有名である。

寄懐能美子靜

長鋏未歸千里身
關心只有倚門親
通都非乏横經士
故國誰爲奪席人
海水天遙鴻失信
江城雪盡柳占春
藩朝近報求賢急
努力君應計日新

懐《おも》いを能美子静《のうみしせい》に寄《よ》す

長鋏《ちょうきょう》は未《いま》だ帰《かえ》らず　千里《せんり》の身《み》
関心《かんしん》は只《た》だ倚門《いもん》の親《おや》に有《あ》るのみ。
通都《つうと》は横経《おうけい》の士《し》に乏《とぼ》しきに非《あら》ざるも
故国《ここく》は誰《たれ》か席《せき》を奪《うば》うの人《ひと》と為《な》らんや。
海水《かいすい》は天遥《てんはる》かにして鴻《こう》は信《しん》を失《うしな》うも
江城《こうじょう》は雪《ゆき》尽《つ》きて柳《やなぎ》は春《はる》を占《きざ》さんとす。
藩朝《はんちょう》　近《ちか》く報《ほう》あり　賢《けん》を求《もと》むること急《きゅう》なりと
努力《どりょく》して君応《きみまさ》に日新《にっしん》を計《はか》るべし。

私は長い刀に「もう帰ろうか」とも言い出せずいまだに故郷を遠く離れたままである、
気がかりなのは門にもたれて私の帰りを待っている両親のことばかり。
この京坂の大都会には学問に熱心な人物はたくさんいるが、
故郷長州には君よりも優れたものなどいはしない。
海と空が私たち二人をはるかに隔てて鴻雁も手紙の届け場所を見失いがちだが、

君の住む萩ではそろそろ雪も消えて柳が春のきざしを見せていることだろう。
近ごろ藩府では優秀な人材を急ぎ求めていると言うではないか、
君よ努力を惜しまずに日々改革の成果をあげてくれたまえ。

○能美子静　一八二五―一八九〇。萩藩医。藩医の中では最高の二七三石の食禄を誇った。通称は隆庵、号に雪水等がある。少年期を三田尻で過ごし、医学は萩で青木周弼等に学んだ。詩文結社の嚶鳴社《おうめいしゃ》を創始し、医業以上に文墨をもって知られた。○長鋏未帰　戦国時代、斉の孟嘗君の食客であった馮驩《ふうかん》が、待遇の悪さに不満を抱き、その刀の柄をたたいて「長鋏よ帰らんか」と歌った故事をふまえた表現。出典は『戦国策』斉策。既出（四九五頁）。○倚門　門に寄りかかること。転じて子を思う母親をいう。戦国時代、王孫賈の母親が、賈が朝出かけて夕暮れに帰るのを家の門に寄りかかって待ち望み、夕暮れに出かけて帰らないときには、村里の門に寄りかかって帰りを待ちわびた故事による。出典は同上。○通都　道が四方八方に通じている、交通の発達した大都会。
○横経　経書を携える。学問に熱心なこと。○奪席　座席を奪うことで、その地位を次のものが奪い取ること。
○江城　川のほとりに位置する町。ここは萩城下を指す。

適齋初春發會。余適抱痾不能莅筵。賦此以謝諸友

適斎《てきさい》、初春《しょしゅん》、発会《ほっかい》あり。余《よ》は適《たま》たま痾《やまい》を抱《かか》えて筵《えん》に莅《のぞ》むこと能《あた》わず。此《これ》を賦《ふ》して以《もっ》て諸友《しょゆう》に謝《しゃ》す

雅宴新開笑靦然

雅宴《がえん》新《あら》たに開《ひら》き笑《わら》いは靦然《てんぜん》たり

抱痾獨有涙連綿
玉缾插去梅如雪
銀燭炤來杯似船
慷慨吾人留白眼
切磋君輩恰青年
激昂佗日書堂上
擬執危論奮一拳

痾《やまい》を抱《かか》えて独《ひと》り涙《なみだ》の連綿《れんめん》たる有《あ》り。
玉缾《ぎょくへい》に挿去《そうきょ》して梅《うめ》は雪《ゆき》の如《ごと》く
銀燭《ぎんしょく》は炤来《しょうらい》して 杯《さかずき》船《ふね》に似《に》たり。
慷慨《こうがい》の吾人《ごじん》は白眼《はくがん》を留《とど》むるも
切磋《せっさ》の君輩《くんぱい》は恰《あたか》も青年《せいねん》のごとし。
激昂《げっこう》す 佗日書堂《たじつしょどう》の上《うえ》
危論《きろん》を執《と》って一拳《いっけん》を奮《ふる》わんと擬《おも》う。

面白い宴会が始まるとあちらこちらで笑い声が起こる、
私は病気にかかって出席できないからその残念さに涙がこぼれて仕方がない。
美しい花瓶に挿した梅は雪のように気高く、
銀の燭台は美しく光り輝いてさかずきは船の形をしている。
意気盛んな我々は気にくわないものは白眼視して冷淡に突き放すが、
志を同じくして競い合う仲間はまるでみな青年のように年齢に関わりなく交際する。
後日やまいが治ったら張り切って再び講義の場に出て、
容赦のない議論をやって塾頭として諸君を鍛えてやるとしよう。

○適斎　もと「斉」に作るが、今これを改めた。緒方洪庵の開いた適々斎塾（適塾）のこと。玄機は寄宿せずに通塾生として蘭学を学び、塾頭をつとめるまでに至った。○輾然　大いに笑う様子。本文はもと「輾然」に作るが意味をなさず、今これを「囅然」（『荘子』達生篇）に改めた。○杯似船　船型のさかずき。中国では玉（玉船）や銀（銀船）で製する。○白眼　人を冷淡に見る目つき。晋の阮籍が気に入った客に対しては「青眼」で迎え、気に入らない客には「白眼」で対した故事に由来する。既出（二七九頁）。○危論　「危言覈論」の略。はげしい言葉と厳しい議論。○擬　俗語の用法で「～しようとする」「～したいと思う」の意味。

盆梅

槎牙盆裡傲霜枝
玉蕾迎春取次披
昨夜暗香孤枕夢
西湖湖畔索詩之

盆梅《ぼんばい》

槎牙《さが》たる盆裡《ぼんり》　傲霜《ごうそう》の枝《えだ》
玉蕾《ぎょくらい》は春《はる》を迎《むか》えて取次《しゅじ》として披《ひら》く。
昨夜暗香《さくやあんこう》　孤枕《こちん》の夢《ゆめ》
西湖《せいこ》の湖畔《こはん》に詩《し》を索《もと》めて之《ゆ》く。

角張った鉢には霜にあっても枯れぬ強い梅が植えてあり、
玉のように潤いあるつぼみが春の訪れとともに次々に花を咲かせている。
昨夜は闇の中でほのかに匂う梅の香に誘われてひとり寝の夢を見たが、
西湖のほとりで詩句を考えながら歩いていたことよ。

○槎牙　角張った様。　○傲霜　霜に遭っても枯れない。　○西湖　浙江省杭州市にある湖。風光明媚にして、景勝の地として知られる。

偶成

菜客叫呼魚客奔
高低物價巷論喧
胸中別闢閑天地
不障紅塵日及門

偶成《ぐうせい》

菜客《さいかく》は叫呼《きょうこ》し魚客《ぎょかく》奔《はし》り
物価《ぶっか》を高低《こうてい》して巷論《こうろん》すること喧《かまびす》し。
胸中《きょうちゅう》別《べつ》に闢《ひら》く　閑天地《かんてんち》
障《さえぎ》らず　紅塵《こうじん》の日《ひ》び門《もん》に及《およ》ぶを。

青物を買おうとする客が大声で叫ぶいっぽうで魚を求める客が走り回り、
「高い」「安い」と値段の交渉が方々で行われて喧噪この上ない。
私は胸の中に別世界を作り出しているから、
我が家の門に車馬の往来で立ち上る砂ぼこりが日々迫って来てもお構いなしだ。

拙譯演砲法律成。錄鄙詩二首以代題言

拙訳《せつやく》『演砲法律《えんぽうほうりつ》』成《な》る。鄙詩《ひし》二首《にしゅ》を録《ろく》して以《もっ》て題言《だいげん》に代《か》う　（一首前掲《いっしゅぜんけい》）

遠海有夷眞虺蛇
西來蜿蜿逞羶牙
防秋亦管疾醫客
立策何無肉食家
須養三軍雄似虎
休隨巨礮亂如花
阿煙一戰淸人敗
我憶當時十百嗟

遠海《えんかい》に夷《えびす》有《あ》り　真《まこと》に虺蛇《きだ》たり
西来蜿蜿《せいらいえんえん》として羶牙《せんが》を逞《たくま》しうす。
防秋《ぼうしゅう》も亦《ま》た管《かん》す　疾医《しつい》の客《きゃく》
策《さく》を立《た》つるに何《なん》ぞ無《な》からんや　肉食《にくしょく》の家《いえ》。
須《すべか》らく三軍《さんぐん》を養《やしな》いて雄《たけ》きこと虎《とら》の似《ごと》く
巨礮《きょほう》に随《したが》いて乱《みだ》るること花《はな》の如《ごと》きを休《や》めしむべし。
阿煙《あえん》の一戦《いっせん》　清人《しんじん》は敗《やぶ》る
我《われ》は当時《とうじ》を憶《おも》いて十百《じっぴゃく》の嗟《なげ》きあり。

海の彼方に野蛮な民族で性格が実にマムシやヘビのような連中がおり、西から身をくねらせて這って進み来て生臭い牙を剥いて獲物を狙おうとしている。外敵の侵入を防ぐことに病気の治療が専門の医者までが関わっているというのに、海防策の立案に為政者たる武家がどうして素知らぬ顔をしていられようか。必ずや歩・騎・砲の三軍の兵を養成して虎のごとく勇猛な軍隊を作り上げ、巨砲の威力の前に花が乱れ散るように逃げ惑う軍隊など撤廃すべきである。

清国はアヘン戦争で無惨にも敗北を喫したが、
私は当時のことを思っては何度となく溜息をついてしまうのだ。

○虺蛇　マムシ。もと「虮蛇」に作るが、「虮」はカニであるから、今これを「虺蛇」に改めた。○防秋　北方の異民族の侵入を防ぎ守る。北狄は収穫後の中国に侵入して略奪した。○管　かかわる。関係する。○肉食家　肉を食べられる身分の人々。為政者。近世日本では上級武士が該当する。○阿煙一戦　アヘン戦争。一八三九—四二年に勃発したイギリスと清国の戦争。四二年の南京条約締結により終結した。この経緯は当時の我が国にも注目され、幕末期の有識者や、幕府・諸藩の海防策に多大な影響を与えた。

十月七日、暮水樓聞子規書感

十月七日《じゅうがつなのか》、暮《くれ》に水楼《すいろう》に子規《しき》を聞《き》き、感《かん》を書《しょ》す

石山城外暮時鐘
細雨霏微水閣昏
客去滿堂書狼籍
呼燈煮茶纔就閑
忽聞何來老蜀魂
飛飛近渡頭上啼

石山城外《いしやまじょうがい》　暮時《ぼじ》の鐘《かね》
細雨《さいう》は霏微《ひび》として水閣《すいかく》昏《くら》し。
客《きゃく》去《さ》りて満堂《まんどう》に書《しょ》は狼籍《ろうぜき》たり
灯《ひ》を呼《よ》び茶《ちゃ》を煮《に》て纔《わず》かに閑《かん》に就《つ》く。
忽《たちま》ち聞《き》く　何《いず》れより来《きた》るか老蜀魂《ろうしょくこん》
飛飛《ひひ》として近《ちか》づき渡《わた》って頭上《ずじょう》に啼《な》く。

其聲既哀如有情
當食吾乃停箸聽
嗚呼吾非天津賓
慷慨何用嘆南人
却疑汝非其時出
豈爲我來故促歸
落花新翠汝好侶
霜飛木墮天已寒
汝奚爲乎今而來
因憶世間窮途士
我有所感汝不知
起推囱戸試一望
瞑雲四合影不見
呼聲已過逐山遑

其《そ》の声《こえ》は既《すで》に哀《かな》しく情有《じょうあ》るが如《ごと》し
食《しょく》するに当《あた》り吾《われ》は乃《すなわ》ち箸《はし》を停《とど》めて聴《き》く。
嗚呼《ああ》吾《われ》は天津《てんしん》の賓《ひん》に非《あら》ざるも
慷慨何《こうがいなん》ぞ南人《なんじん》を嘆《なげ》かしむるを用《もち》いんや。
却《かえ》って疑《うたが》う　汝《なんじ》　其《そ》の時《とき》に非《あら》ずして出《い》で
豈《あ》に我《わ》が為《ため》に来《きた》りて故《ことさ》らに帰《かえ》るを促《うなが》さんや。
落花新翠《らっかしんすい》は汝《なんじ》の好侶《こうりょ》なるも
霜《しも》は飛《と》び木《き》は堕《お》ちて天已《てんすで》に寒《さむ》し。
汝《なんじ》は奚為《なんす》れぞ今《いま》にして来《きた》れるか
世間《せけん》の窮途《きゅうと》の士《し》を憶《おも》うに因《よ》るか。
我《われ》は感《かん》ずる所有《ところあ》るも汝《なんじ》は知《し》らず
起《た》って囱戸《そうこ》を推《お》して試《こころ》みに一望《いちぼう》せん。
瞑雲《めいうん》は四合《しごう》して影《かげ》は見《み》えず
呼声《こせい》は已《すで》に過《す》ぎ山《やま》を逐《お》って 遑《あわただ》し。

大坂の町に暮れ時を告げる鐘が鳴り渡り、細かい雨がしきりと降って川辺の二階家にも夕闇が迫ってきた。来客は帰ってしまい部屋いっぱいに書物が取り散らかっていたが、明かりをともして茶を煮るとやっと静かな時間が戻ってきた。
そこへ突然どこからともなく季節はずれのホトトギスの鳴き声が聞こえた、
ひらりひらりと飛び回って近づいて来たかと思うとついには私の頭の上で鳴き始めた。
その声はたいそう悲しくまるで人と同じ心を持っているかのようであった、
ちょうど夕飯を食べようとしていた所であったが私は思わず箸を置いて耳を傾けた。
ああ私は天津橋でこの声から天下の乱を察知できる優れた能力の持ち主でもないが、
かといってどうして江南の人のように不吉だと嘆いて感情を高ぶらせたりしようか。
私がかえって思い悩むのは君がこんな時季に現れたことなのだ、
おそらく迷い続ける私のために君はわざわざ帰郷を促しに来てくれたのだろうよ。
君にふさわしい取り合わせといえば晩春の散り落ちる花々と初夏の新緑のはず、
なのに今は霜が降り樹木も枯れ落ちてすでに寒さが身にしみる季節となった。
君はどうして今頃になってやって来たのか、
世の中にいる行き詰まった境遇におかれた士家たちを忘れずにいてくれるからなのか。
私は君の声を聞けば色々と思いをめぐらすのだが君はそんなことはつゆ知らぬだろう、
そこで立ち上がって窓を開けて鳴いている姿を一目見ようと声のする方を眺めやった。
しかし暗い雲が厚く重なり合ってその姿を目にすることは出来ず、
鳴き声はやがて遠ざかり山に向かってあわただしく消えて行った。

○蜀魂　ホトトギス。蜀王杜宇の魂が化してこの鳥になったと伝える。杜鵑、杜宇、時鳥、子規などの諸名がある。鳴き声が「不如歸去」（帰り去るに如かず）と聞こえることから、古来、帰心を促す鳥とされる。○天津賓　宋・邵康節が洛陽の天津橋上で、北方には棲息しないはずのホトトギスが鳴くのを聞いて、十年も立たずに江南の人が天下を乱すだろうと予言した故事にちなむ（『見聞録』）。○嘆南人　江南ではホトトギスの鳴き声は、離別をもたらし、鳴き真似をすると厠で血を吐いて死ぬとされ、不祥なものとして忌み嫌われた。やむなく声を聞いた場合は、厭勝（お祓い）をする必要があると信じられていた（『荊楚歳時記』）。○囱戸　もと「図文」に作るが意味をなさず、今これを「囱戸」（牖戸。窓の戸）に改めた。後掲の「無題」詩に「推窗起」（窓を推して起つ）の一句があるから、本詩の場合も同様に窓の戸を開けて外界の様子をうかがう動作と解した。

送阪谷子絢歸備中

石山城下水雲鄕
米鹽四集稱天倉
魚鱗比列千萬甍
到處賈兒爭利場
吾在其間聊僑寓
諷讀兀兀守木强
敬跪曲拳誰能誣

阪谷子絢《さかたにしじゅん》の備中《びっちゅう》に帰《かえ》るを送《おく》る

石山城下《いしやまじょうか》　水雲《すいうん》の郷《きょう》
米塩四集《べいえんししゅう》して天倉《てんそう》と称《しょう》す。
魚鱗《ぎょりん》比列《ひれつ》す　千万《せんまん》の甍《いらか》
到《いた》る処《ところ》の賈児《こじ》　利《り》を争《あらそ》うの場《ば》なり。
吾《われ》は其《そ》の間《かん》に在《あ》って聊《いささ》か僑寓《きょうぐう》し
諷読兀兀《ふうどくこつこつ》として木強《ぼっきょう》を守《まも》る。
敬跪曲拳《けいききょくけん》して誰《たれ》をか能《よ》く誣《あざむ》かんや

疎材既暗接世方
偶會佳客西省母
相見直許吐心腸
留宿幾旬交首脚
似我袖裏大文章
文章富贍寓流動
宛如春水漾芳塘
此際久缺文字益
一讀何異渴獲漿
矧其雄論出意表
使人不覺氣激昂
吾素謝絶杜康酒
爲君破箴且把觴
客中快事何有之
知己相遭共一堂
論志無問業同異
黃茅白葦本尋常
談及海寇防禦事

疎材《そざい》は既《すで》に暗《くら》ければ世方《せほう》に接《せっ》せんや。
偶《たま》たま佳客《かかく》の西《にし》のかた母《はは》を省《かえり》みんとするに会《あ》い
相見《あいみ》て直《ただ》ちに許《ゆる》す　心腸《しんちょう》を吐《は》くを。
留宿幾旬《りゅうしゅくいくしゅん》　首脚《しゅきゃく》を交《まじ》うれば
我《わ》が袖裏《しゅうり》に大文章《だいぶんしょう》あるが似《ごと》し。
文章《ぶんしょう》は富贍《ふせん》にして流動《りゅうどう》を寓《ぐう》し
宛《あた》かも春水《しゅんすい》の芳塘《ほうとう》に漾《ただよ》うが如《ごと》し。
此《こ》の際《さい》は久《ひさ》しく欠《か》く　文字《もじ》の益《えき》
一読何《いちどくなん》ぞ異《こと》ならんや　渇《かつ》えて漿《しょう》を獲《え》たるに。
矧《いわ》んや其《そ》の雄論《ゆうろん》は意表《いひょう》に出《い》で
人《ひと》をして覚《おぼ》えず気《き》を激昂《げっこう》せしむるをや。
吾《われ》は素《もと》より謝絶《しゃぜつ》す　杜康《どこう》の酒《さけ》
君《きみ》が為《ため》に箴《しん》を破《やぶ》り且《まさ》に　觴《さかずき》を把《と》らんとす。
客中《きゃくちゅう》の快事《かいじ》は何《なん》ぞ之《こ》れ有《あ》らん
知己《ちき》に相遭《あいあ》いて一堂《いちどう》を共《とも》にせんとは。
志《こころざし》を論《ろん》ずるに問《と》う無《な》し　業《ぎょう》の同異《どうい》を
黄茅白葦《こうぼうはくい》は本《も》と尋常《じんじょう》。
談《だん》じて海寇防禦《かいこうぼうぎょ》の事《こと》に及《およ》べば

我乃説出泰西洋
洋夷狡黠雖可醜
要須洞照悉八荒
客曰可矣吾亦念
豈啻礟箭與刀槍
我願益修聖賢道
贊輔名教令永昌
言笑一瞬日月逝
忽覩菊花及重陽
客曰有期吾應返
阿母倚門久相望
嗚呼孝子思親情已切
離恨未由駐歸航
行矣黄薇白雲外
我將長歌遡彼蒼
赤石之濱須磨浦
海氣澄朗好秋光
想君泊處還懷我

我《われ》は乃《すなわ》ち泰西《たいせい》の洋《うみ》に出《い》でんことを説《と》く。
洋夷《ようい》の狡黠《こうかつ》は醜《にく》むべしと雖《いえど》も
須《すべか》らく 悉《ことごと》く八荒《はっこう》を洞照《どうしょう》すべきを要《よう》すと。
客曰《きゃくいわ》く 可《よ》いかな吾《われ》も亦《ま》た念《おも》えり
豈《あ》に啻《ただ》に礟箭《ほうせん》と刀槍《とうそう》とのみならんや。
我《われ》は願《ねが》う 益《ます》ます聖賢《せいけん》の道《みち》を修《おさ》め
名教《めいきょう》を賛輔《さんぽ》して永《なが》く昌《さか》んならしめんと。
言笑《げんしょう》は一瞬《いっしゅん》にして日月《じつげつ》逝《ゆ》き
忽《たちま》ち観《み》る 菊花《きっか》の重陽《ちょうよう》に及《およ》ぶを。
客曰《きゃくいわ》く期《き》有《あ》り 吾応《われまさ》に返《かえ》るべし
阿母《あぼ》門《もん》に倚《よ》って久《ひさ》しく相望《あいのぞ》まんと。
嗚呼《ああ》孝子《こうし》の親《おや》を思《おも》うの情《じょう》たるや已《すで》に切《せつ》なり
離恨《りこん》は未《いま》だ帰航《きこう》を駐《とど》むるに由《よ》らず。
行《ゆ》け 黄薇《きび》白雲《はくうん》の外《そと》
我《われ》は将《まさ》に長歌《ちょうか》して彼蒼《ひそう》に遡《うった》えん。
赤石《あかし》の浜《はま》 須磨《すま》の浦《うら》
海気《かいき》は澄朗《ちょうろう》として秋光《しゅうこう》好《よ》し。
君《きみ》が泊処《はくしょ》を想《おも》えば還《ま》た我《われ》を懐《おも》え

烟波惨澹月在檣

烟波《えんぱ》は惨澹《さんたん》として月《つき》は檣《ほばしら》に在《あ》り。

大坂は川のもやが名物の水の都であるが、
全国各地から米や塩が集散することから「天下の台所」として知られる。
魚のうろこのように千万の家々がびっしりと屋根を連ね、
町のいたるところで商人が利益を争う商都である。
私はこの町に来てしばらく仮住まいをしているが、
ひたすら学問読書に精を出してぶこつな生活を押し通している。
見せかけだけ礼儀正しくしていったい誰をあざむいたりしようか、
元来粗雑で至って道理に暗い私が俗世間のならわしにうまく馴染めたりするものか。
ときにたまたま西国の母のもとに帰省する途中の好ましい客人に出会い、
お互いにすぐさま本音をぶつけ合える相手と知れた。
何十日かの滞在中に子絢とじっくりと語り合ったが、
その間は私の袖の中には立派な文章があるような気分になった。
彼の文章は才識が豊かで躍動感にあふれ、
まるで春の水がかぐわしい池に揺れ動いているかのようであった。
当時私には長らく文章の方面に益友がいなかったが、
一読ののどの乾きを潤す飲み物を手に入れたようであった。

まして雄渾な議論は意表をつき、
思わず気持を高ぶらせてしまうのもなおさらのことである。
私はここのところずっと酒を遠慮しているのだが、
君のために誓いを破って酒杯を手にとることにしよう。
故郷を離れて暮らすものにとってこれほど楽しいことがあるだろうか、
知己とめぐりあって一室でともに時をすごせるとは何とも嬉しいことだ。
志を語り合うのに職業の同異など何ら関係ない、
我々は地味の痩せた土地に生える黄茅と白葦のようなもので本来は同じ仲間なのだ。
話題が海防策へと移ったとき、
私はこう自説を述べた。「我が方から西洋の海域に進出することが大切だ。
西洋列強のずるがしこさは悪むべきであるが、
何としても遠い国々の動きをはっきりと把握しておく必要がある」と。
客はこう答えた。「同感だ。私も以前からそのように思っていた、
まさかただ大砲や弓箭・刀槍といった武器で戦うばかりではあるまい。
私は今後さらに聖賢の道を学び、
儒教の発展を支えて永遠の隆盛に向かわせたい」と。
談笑して過ごすうちに月日はあっという間に流れ、
気づけば菊の花の美しい重陽の節句となっていた。

客は「そろそろ期限が来たようだ。私はもう帰郷せねばならない、
母が首を長くして私の帰りを今かいまかと待ちわびていることだろう」と告げた。
ああ孝行な息子が親を思う気持ちはまことに切実である、
別離の恨みは残るがもはや帰り行く彼の船旅を止めることはできない。
さあ備中を目指して白雲のかなたへ旅立つがよい、
私は今ここに長歌を作って天に向かって訴えよう。
明石の浜、須磨の浦、
海は清らかに澄んで明るく秋の景色を味わうには申し分ない。
私は君の泊まっているところを思うから君もぜひ私のことを思ってくれ、
そのとき海面はもやで薄暗くとも君の乗る船の帆柱高くに月が輝いていることだろう。

○阪谷子絢　一八二二―一八八一。名は素、朗廬と号す。備中井原の人。一橋家領の郷学・興譲館主。大塩中斎、古賀侗庵等に学ぶ。朱子学を宗としながらも、終始、開明的な意見を持つ儒者であった。名文家として知られ、詩も好くした。既出（二一二頁）。　○木強　素朴で気が強い。無骨。　○敬跪曲拳　『荘子』人間世篇は「敬跪」を「擎跽」に作る。手をささげ、足をひざまずき、身を曲げ、首を俯せる。すなわち人臣として礼をつつしむ様子。　○杜康　酒造法を発明したという伝説上の人物。　○黄茅白葦　キイロチガヤと白いアシ。ともに痩せた土地に生える雑草。もと「黄第」に作るが、今これを「黄茅」に改めた。蘇軾の「張文潜県丞に答うるの書」（『唐宋八家文読本』巻二十三所収）を出典とする。　○尋常　「尋常一様」の略。格別に他と変わりがないこと。

○八荒　あらゆる方角の最も遠い地。　○洞照　どこまでも知る。　○倚門　倚門の望。村の入口の門によりかかり、遠くを眺める。すなわち、我が子の帰りを首を長くして待つこと。既出（五八二頁）。　○黄薇　三備（備前・備中・備後）の古名「吉備」を漢語的に表記したもの。　○彼蒼　天。空。天を仰いで訴えるときなどに使用される語。

遊榎坂山

郭北青山二里程
吟行好是得秋晴
松陰一榻呼茶酒
啼鳥不驚雲隔城

榎坂山《えさかやま》に遊《あそ》ぶ

郭北《かくほく》の青山《せいざん》　二里《にり》の程《てい》
吟行《ぎんこう》は是《こ》れに好《よ》し　秋晴《しゅうせい》を得《え》たれば。
松陰《しょういん》の一榻《いっとう》に茶酒《ちゃしゅ》を呼《よ》べば
啼鳥《ていちょう》は驚《おどろ》かずして雲城《くもしろ》を隔《へだ》つ。

大坂城の北のかた緑濃い丘陵の続く二里ほどの道のり、
今日は吟行にもってこいの秋晴れとなった。
松の木陰の長椅子に座って茶や酒を持って来させたが、
鳥は穏やかにさえずり雲は城を隠している。

○榎坂山　えさかやま。吹田市江坂町（旧豊島郡榎坂村）の北部、千里丘陵の南端に位置する山。吹田は離城二里の距離。土地は清曠、風俗も落ち着き、多数の名勝があった。○承句「茅鞋偶弄好晴行」（茅鞋《ぼうあい》偶《たま》たま弄《もてあそ》んで晴行《せいこう》に好《よ》し）に作るものがある。○結句「泉紀雲連大坂城」（泉紀《せんき》の雲《くも》は大坂《おおさか》の城《しろ》に連《つら》なる）に作るものがある。「大坂」はもと「木坂」に作るが、今これを改めた。

其二

一來先與野翁謀
指道前林簟少抽
不問價錢高幾緡
殘芳買得半籠秋

其《そ》の二《に》

一《ひと》たび来《きた》るや先《ま》ず野翁《やおう》と謀《はか》り
道前《どうぜん》の林《はやし》に指《む》かいて蕈《たけ》を少《いささ》か抽《ひ》く。
問《と》わず　価銭《かせん》の高《たか》さ幾緡《いくびん》なるかを
残芳《ざんぽう》に買《か》い得《え》たり　半籠《はんろう》の秋《あき》。

この地にやって来るとまっさきに村の老人に相談して、
道の前にある林に行って少しばかりのキノコを採らせてもらう。
値段がいくらになるかはいっこう気にも止めない、
残り香に籠半分ほどの秋の風情を買えればそれでよいのだから。

同歸途作

緩步歸來趁暮天
黄粱帶露月鮮妍
北樓華燭絃歌客
不見梅田一片烟

同《おな》じく帰途《きと》の作《さく》

緩歩《かんぽ》して帰《かえ》り来《きた》れば暮天《ぼてん》に趁《おもむ》く
黄粱《こうりょう》は露《つゆ》を帯《お》びて月鮮妍《つきせんけん》たり。
北楼《ほくろう》の華燭《かしょく》　絃歌《げんか》の客《きゃく》
見《み》えず　梅田一片《うめだいっぺん》の烟《けむり》。

ゆっくりと歩いて帰ったものだからすっかり日も暮れてしまった、実った粟がしっとりと露に濡れて空には美しい月がかかっている。キタの妓楼は華やかな明かりに満ちてにぎやかに三味の音に興ずる客があるばかりで、今日は珍しく梅田の火葬場からは一筋の煙も立ち上っていない。

○原注に「梅田大阪七荼毗處之一」（梅田《うめだ》は大阪《おおさか》の七荼毗処《しちだびしょ》の一《いつ》なり）とある。○黄粱　本文はもと「粱」に作るが誤。今これを「粱」に改めた。ここはいわゆるコーリャン（おおあわ）ではなく、粟畑が一面に黄熟した様子をいう。また「黄粱一炊の夢」（人生栄華のはかなさ）の故事をも連想させようとする意図がある。○北楼「キタの色里」にある妓楼。曾根崎新地には茶屋・遊女屋が多数集まり、全国屈指の遊興地として繁栄を極めた。○梅田　明治以前は大坂市街の北はずれの寂しい水田地帯であり、また大坂七墓の一つ、梅田墓地も存在した。

與津藩三宅源藏・高橋忠三良二士、會於淸狂師僑居枕江亭、分韻得兵

津藩《つはん》の三宅源藏《みやけげんぞう》・高橋忠三良《たかはしちゅうざぶろう》の二士《にし》と与《とも》に、清狂師《せいきょうし》の僑居枕江亭《きょうきょちんこうてい》に会《かい》し、韻《いん》を分《わ》かちて兵《へい》を得《え》たり

夜會江亭已幾更　　夜江亭《よるこうてい》に会《かい》して已《すで》に幾更《いくこう》
酒光燈影試談兵　　酒《さけ》は灯影《とうえい》に光《ひか》り試《こころ》みに兵《へい》を談《だん》ず。
興來起立人呼快　　興《きょう》来《きた》り起《お》き立《た》って人《ひと》は快《かい》を呼《さけ》ぶ
滿目秋雲一水橫　　満目《まんもく》の秋雲《しゅううん》　一水《いっすい》横《よこ》たわる。

こよい沈江亭に集まってからもうどれほどの時間が経ったろうか、杯の酒は灯火に輝いてひとつ皆で兵事を語り合おうということになった。座が盛り上がり立ち上がって大声で「愉快だ」と叫ぶものもある、夜空には見渡すかぎり秋の雲が広がってその下を一筋の川がゆったりと流れる。

○三宅源蔵　津藩士。二百三十石。篠崎小竹門（天保七年六月二十九日入門）。天保十四年入門の月性にとっては先輩となる。当初は儒臣であったが、幕末には郡奉行に転じた。○高橋忠三良　津藩士。幕末の分限帳には同名の掲載がないが、同姓は一家しかなく、あるいは高橋勇之進（百七十石）が該当するか。○沈江亭　月性は天保十四年の冬に長光寺を去って、浪華橋南岸の寓居に移り、これを枕江亭と命名して住んだ。

水樓曉起記所見

濛濛大霧曉籠河
櫓響纔知艇子過
對岸人家看不見
紅暾隱在一山阿

水楼《すいろう》、暁《あかつき》に起《お》きて見《み》る所《ところ》を記《しる》す

濛濛《もうもう》たる大霧《たいむ》　暁《あかつき》に河《かわ》を籠《こ》め
櫓響纔《ろきょうわず》かに知《し》る　艇子《ていし》の過《す》ぐるを。
対岸《たいがん》の人家《じんか》は看《み》れども見《み》えず
紅暾《こうとん》は隠《かく》れて一山《いちざん》の阿《くま》に在《あ》り。

濃霧が川に立ちこめて明け方だというのに薄暗く、
辛うじて櫓の響きで舟の通り過ぎるのが知られた。
向こう岸の人家も今朝は目を凝らしてもよく見えず、
朝日はいまだ山のかげに隠れたままである。

○濛濛　霧や雨などが立ちこめて暗く、辺りがはっきりしない様。　○紅暾　赤い朝日。

二月初午（二日）遊石山城外記所見

二月初午《にがつしょご》（二日《ふつか》）、石山城外《いしやまじょうがい》に遊《あそ》び見《み》る所《ところ》を記《しる》す

譙樓拔水四門開

譙楼《しょうろう》は水《みず》を抜《ぬ》いて四門《しもん》を開《ひら》く

蒼翠是松紅是梅
滿地春風金皷絕
香軍粉隊捲沙來

蒼翠《そうすい》は是《こ》れ松《まつ》　紅《くれない》は是《こ》れ梅《うめ》。
滿地《まんち》の春風《しゅんぷう》　金皷《きんこ》絶《た》え
香軍《こうぐん》の粉隊《ふんたい》　沙《すな》を捲《ま》いて来《きた》る。

物見櫓の南には空濠がめぐり今日は初午の祭日なので四方の城門も開けてある、
昔の三の丸界隈には松が青々と茂って紅梅が美しい花を咲かせている。
地上には穏やかな春風が吹いて久しく太平が続いているというのに、
今日は脂粉の香を漂わすあでやかな一団が砂塵を巻き起こしながらやって来た。

○二月初午（二日）「初午《はつうま》」（「初午詣《はつうまもうで》」）は二月最初の午の日をまつる行事。各地の稲荷社で縁日として祭礼が行われた。大坂城の南東（旧三の丸に位置）に鎮座する玉造稲荷《たまつくりいなり》神社は錦城の守護神として崇敬され、当日は「馬馳《うまは》せの神事」があり、大勢の参詣客で賑わった。なお旧暦二月二日が初午（丙午）となるのは嘉永元年である。また玄機の在萩両親宛書簡（嘉永元年一月十七日付と推定。後掲）の中に、この年の初午がすこぶる賑わいを見せた事実が述べられ、手紙に添えて自作の漢詩を送ったことも記されている。○譙楼　城門の上に設けた物見櫓。○抜水　徳川期の大坂城は、北、東、北西半を水濠とし、南西半と南は空濠であった。玉造稲荷との位置関係から見て、ここは南外濠のことであろう。大坂城は弘化二年～嘉永元年にかけて大規模な改修工事が実施された。○四門開　玄機書簡（後掲）に「此許《ここもと》御城外、初午《はつうま》の日は、例年四つ相開《ママ》け、男女雲のごとく相集《つど》ひ、稲荷社参詣《いなりしゃさんけい》仕《つかまつ》り候」とあるが、本詩により「四つ」（午前十時頃）は「四門」の誤と考えられる。玉造稲荷の近くには玉造門（別名黒門）があった。本詩の「四門」は、玉造口の他、平野口、生玉口など東西南北にあった各城門、出入口をいうのであろう。○金鼓　戦争のこと。進軍には鐘を鳴らし、停止には太鼓を打った。書簡に「城外曠莫《こうばく》の沙場《さじょう》、一面に群集仕《つかまつ》り候《そうら》いて、稲麻竹葦《とうまちくい》のごとく、当時合戦《かっせん》の趣《おもむき》も斯《か》くやと推《お》す計《ばか》りに御座候」との記載が見える。○香軍粉隊　化粧を整え、美しく着飾った粋筋の女性たちが、一団となって初午詣でをする様子を軍勢に見立てた表現。

其二

暖靄輕雲水郭隈
羣童競放紙鳶來
憐他一縷微風力
飛戾半天聲若雷

其《そ》の二《に》

暖靄軽雲《だんあいけいうん》は水郭《すいかく》の隈《くま》にあり
羣童《ぐんどう》は競《きそ》い放《はな》つに紙鳶《しえん》もて来《きた》る。
憐《あわ》れむ他《かれ》　一縷《いちる》微風《びふう》の力《ちから》
飛《と》んで半天《はんてん》に戻《もど》れば声《こえ》は　雷《かみなり》の若《ごと》し。

水辺の町の一角は春がすみに包まれて空には雲が薄くたなびき、
大勢の子供たちが競って凧揚げを楽しんでいる。
ただ気の毒なのは一すじの糸が弱々しい風の力を受けているため、
凧が大空の半分ほど揚がっただけで彼らがどっと歓声をあげることだ。

○暖靄　暖かな春のかすみ。　○転句　「憐他手裡一糸力」（憐《あわ》れむ他手裡《かれしゅり》一糸《いっし》の力《ちから》）に作るものがある。

月下梅

碧磵疎籬寂寞郷
一枝烟月好文章
懶聞桃李成蹊徑
獨向清光發異香

月下《げっか》の梅《うめ》

碧磵《へきかん》の疎籬《そり》　寂寞《せきばく》の郷《きょう》
一枝《いっし》と烟月《えんげつ》は文章《ぶんしょう》に好《よ》し。
聞《き》くに懶《ものう》し　桃李《とうり》蹊径《けいけい》を成《な》すを
独《ひと》り清光《せいこう》に向《む》かって異香《いこう》を発《はっ》す。

青々と澄んだ谷川にまばらな垣根をめぐらした静かな村里があり、
一枝の梅と朧月の取り合わせはまことに趣き深い。
今宵は「桃李成蹊」などという言葉はうっとうしいだけだ、
梅花は清らかな月の光に向かって妙なる香りを放っている。

○承句　「半輪烟月照成章」（半輪《はんりん》の烟月《えんげつ》照《て》って章《しょう》を成《な》す）に作るものがある。　○桃李成蹊径　「桃李《とうり》もの言はざれども、下自《したおの》ずから蹊《こみち》を成《な》す」（『史記』李将軍伝）。モモやスモモは言葉を発しないが、きれいな花や美味しい実をつけるため、人が集まり、下には自然と小道ができる。つまり、立派な人の周囲には自然と人々がその徳を慕い集まって来ることのたとえ。

春寒不出。聞野梅半殘落而賦

春寒《はるさむ》くして出《い》でず。野梅《やばい》、半《なか》ばは残り落《ち》ちたりと聞《き》いて賦《ふ》す

郊梅早計半將殘
不待先生往一看
反笑愛花情自薄
家居徒解怕春寒

郊梅《こうばい》は早計《そうけい》にして半《なか》ばは将《まさ》に残《ち》らんとす
先生《せんせい》の往《ゆ》きて一《ひと》たび看《み》んとするを待《ま》たず。
反《かえ》って笑《わら》う　花《はな》を愛《あい》するの情《じょう》の自《みずか》ら薄《うす》く
家居《かきょ》して徒《た》だ春寒《しゅんかん》を怕《おそ》るるのみと解《かい》されんことを。

郊外に咲く梅は何ともせっかちでもう半分が散ろうとしている、私が一度でも梅を見に出かけるのを待つ気はさらさらないらしい。かと言って行かずにいると「あの人は花を愛する気持ちがもともと薄く、余寒を心配して外出しないだけなのさ」と思う人もいるから苦笑せずにはいられない。

○転・結句「欲是閑人無意出／逢春一倍怕新寒」（是《こ》れ閑人《かんじん》は意無《いな》くして出《い》でんと欲《ほっ》するも／春《はる》に逢《あ》いて新寒《しんかん》を怕《おそ》るること一倍《いちばい》なり）に作るものがある。

無題

秋風吹髪不曾知
嘆息書生落寞姿
入足千帆雲集港
馳心萬卷縷紛岐
人言海冦醒談夢
孰慣人情病忌醫
五大之洲茫渺際
放吟好着一篇詩

無題《むだい》

秋風《しゅうふう》 髪《かみ》を吹《ふ》くも曽《かつ》ては知《し》らず
嘆息《たんそく》す　書生落寞《しょせいらくばく》の姿《すがた》。
足《あし》を入《い》る　千帆雲集《せんぱんうんしゅう》の港《みなと》
心《こころ》を馳《は》す　万巻縷紛《まんがんるふん》の岐《ちまた》。
人《ひと》は海冦《かいこう》を言《い》うに醒《さ》めて夢《ゆめ》を談《だん》ずるがごときも
孰《たれ》か人情《にんじょう》に慣《な》れて病《や》んで医《い》を忌《い》まんや。
五大《ごだい》の洲《しゅう》　茫渺《ぼうびょう》の際《さい》
放吟《ほうぎん》して好《この》んで着《な》さん　一篇《いっぺん》の詩《し》を。

秋風が鬢の毛を吹いても以前は気にも止めなかったのに、最近では自分の落ちぶれた姿を見てはため息が出てしまう。私は諸国の船舶がひっきりなしに入港する大坂にやって来て、万巻の書に出会える賑やかな都会に大きな期待を抱いていた。当地の人々は目が覚めて夢を語るような調子で外敵の脅威を説くが、一体どこに病気になっていながら悠然と構えて医者にかからぬものがあるだろう。かくなる上は果たしなく広い世界の片隅にあって、大声で歌をうたい進んで一篇の詩を作りたいと願うばかりだ。

無題

世上風塵耳已聾
好隨黃卷問羣雄
快心到處推窗起
月在前灣淺水中

無題《むだい》

世上《せじょう》の風塵《ふうじん》　耳《みみ》は已《すで》に聾《ろう》し
好《この》んで黄巻《こうかん》に随《したが》いて群雄《ぐんゆう》を問《と》う。
快心《かいしん》の到《いた》る処《ところ》　窓《まど》を推《お》して起《た》てば
月《つき》は前湾浅水《ぜんわんせんすい》の中《なか》に在《あ》り。

俗世のつまらぬ物事に煩わされ続けていつの間にか耳が遠くなってしまったから、いまはもっぱら書物を手にとって歴代の英雄の事跡を知ることに努めている。書中に心にかなう場面が現れて思わず立ち上がって窓を開けると、家の前を流れる河湾の浅い水面に美しい月がぽっかりと浮いていた。

○黄巻　書籍。昔の書籍は防虫のため、きはだで染めた黄色い紙を用いたのでこう言う。

無題

水郷秋色欲殘時
詩酒何人慰所思
欲向故園酬一字
近來無事邇珍奇

無題《むだい》

水郷《すいきょう》の秋色《しゅうしょく》残《つ》きんと欲《ほっ》するの時《とき》
詩酒《ししゅ》は何《なん》ぞ人《ひと》の思《おも》う所《ところ》を慰《なぐさ》めんや。
故園《こえん》に向《む》かいて一字《いちじ》を酬《むく》いんと欲《ほっ》するも
近来《きんらい》の事《こと》無《な》きは珍奇《ちんき》に邇《ちか》し。

水の都・大坂の秋興もいよいよ終わろうとする頃、
どうして詩酒は憂いを片時なりとも忘れさせてくれるなどといえよう。
淋しさのあまり故郷に手紙を書くことを思いついたのはよいが、
最近は特にこれといった出来事もなく面白い話題がないのが何とも残念である。

○邇　もと「禰」に作るが、今これを改めた。　○結句　「近來無事耐爲奇」（近来《きんらい》の事《こと》無《な》きは奇《き》と為《な》すに耐《た》えたり）に作るものがある。

無題

讀歇茶消不耐間

無題《むだい》

読《よ》み歇《つ》き茶《ちゃ》は消《き》え間《かん》に耐《た》えず

高樓好可望人寰
欠伸起處天還霽
磨出北東秋後山

高楼《こうろう》より好《よろ》しく人寰《じんかん》を望《のぞ》むべし。
起処《きしょ》に欠伸《けっしん》して天還《てんま》た霽《は》れ
北東《ほくとう》に磨出《ましゅつ》す　秋後《しゅうご》の山《やま》。

本を読み終え茶もなくなって暇を持て余したときは、家の二階から人間世界を遠く眺めるに限る。寝床であくびをしていると雲が切れて再び晴れ間がのぞき、北東に晩秋の山々が姿を見せてきらきらと輝いていた。

無題

借取山堂涼萬斛
攜來火宅客三人
文章本要江山祐
交道獨看情意眞
一笑世塵炎熱外
開襟對月露華新

無題《むだい》

借《か》り取《と》る　山堂《さんどう》の涼《りょう》万斛《まんごく》
携《たずさ》え来《きた》る　火宅《かたく》の客《きゃく》三人《さんにん》。
文章《ぶんしょう》は本《もと》と要《よう》す　江山《こうざん》の祐《たす》け
交道《こうどう》は独《ひと》り看《み》る　情意《じょうい》の真《まこと》。
一笑《いっしょう》す　世《せ》塵炎熱《じんえんねつ》の外《そと》
襟《えり》を開《ひら》き月《つき》に対《たい》して露華《ろか》新《あら》たなり。

山中の堂屋からいっぱいの冷涼の気を借り受けて、
煩悩に満ちあふれる俗界に暮らす三人の客のもとに持って来た。
よい詩文を作るにはもとより山川の佳景の手助けを必要とするが、
交際の道はただ心のなかにある誠意を見るだけでこと足りる。
俗世の煩わしさや耐えがたい熱さから逃れて互いに笑い合うと、
やっと本音の議論が始まり月の出た頃には夜露が鮮やかに輝いていた。

○火宅　煩悩の充満するこの世のこと。　○江山祐　江山の助。山水の風景が人の詩情を助けて佳作を生むこと。

無題

一庭苔色夕曦時
風動幽芳入講帷
開落寂然餘味在
不須狂蝶醉蜂知

無題《むだい》

一庭《いってい》の苔色《たいしょく》　夕曦《せきぎ》の時《とき》
風《かぜ》は幽芳《ゆうほう》を動《うご》かして講帷《こうい》に入《い》る。
開落《かいらく》は寂然《せきぜん》として余味《よみ》在《あ》り
狂蝶《きょうちょう》と酔蜂《すいほう》は知《し》るを須《もち》いず。

夕暮れ時になると庭を覆う苔の青色がいっそう鮮やかに見え、
風がかすかな香りを動かして講義のために下ろしてあるとばりの中へと届ける。

苔花の開落はひっそりとしながらも尽きぬ味わいがある、
気ままな蝶や夢中で飛び回る蜂たちはその興趣を理解することはできない。

○開落　詩語に「苔花《たいか》」（こけのはな）があり、そこから「開落」（咲いたり、散ったりする）に結び付けたものと思われる。地苔の疎密、色彩を含めていうのであろう。

無題

一剣乗晴午出城
郊雲野樹望分明
游蹤竟是無帰着
且指天王寺塔行

無題《むだい》

一剣《いっけん》晴《は》れに乗《じょう》じて城《まち》に午出《ごしゅつ》すれば
郊雲野樹《こううんやじゅ》は分明《ぶんめい》に望《のぞ》めり。
游蹤《ゆうしょう》して竟《つい》に是《こ》れ帰着《きちゃく》する無《な》く
且《しば》らく天王寺《てんのうじ》の塔《とう》を指《さ》して行《ゆ》く。

腰に長剣を差して天気がよいから昼下がりに郊外へと出かけてみると、
ずっと野原が広がり青空に浮かぶ雲の姿も遠く連なる木々の様子もはっきりと見える。
余りの心地よさについ遊び過ごしてとうとう戻るのを止めてしまい、
ひとまず四天王寺の五重塔を目指してさらに歩き続けることにした。

○天王寺　聖徳太子の創建と伝える四天王寺。大阪市天王寺区にある和宗総本山。幕藩期は天台宗であった。伽藍は度々焼失したが、文化九年に再建された。

無題

天長地遠日思郷
木落山危雲半蔵
過眼年光如疾弩
當頭月色似飛霜
柔靡最惡群羊犬
冐戾何堪與豺狼
野鶴亦知遊子意
北風高叫轉悲壯

無題《むだい》

天《てん》は長《なが》く地《ち》は遠《とお》く日《ひ》び郷《きょう》を思《おも》うも
木《き》落《お》ち山《やま》危《けわ》しく雲《くも》は半《なか》ばを蔵《かく》す。
過眼《かがん》の年光《ねんこう》は疾弩《しつど》の如《ごと》く
当頭《とうとう》の月色《げっしょく》は飛霜《ひそう》の似《ごと》し。
柔靡《じゅうび》にして最《もっと》も悪《にく》む　群《むれ》なす羊犬《ようけん》を
冐戻《ぼうるい》にして何《なん》ぞ堪《た》えんや　豺狼《さいろう》と与《とも》にするを。
野鶴《やかく》も亦《ま》た知《し》る　遊子《ゆうし》の意《い》
北風《ほくふう》に高《たか》く叫《さけ》んで転《うた》た悲壮《ひそう》なり。

天地はるかに遠くから私は毎日ふるさとを思い続けているが、
木々の葉は落ち山の姿は険しく雲がその半ばを覆い隠している。
眼前を過ぎていった年月はすばやい弩《いしゆみ》のようであり、
頭も月光を浴びたごとくいつしか霜が降りたかと見紛うばかりに白一色となった。

私は惰弱であってむらがっているつまらぬ連中を最も憎む、
また貪欲で残忍な奴らと一緒にいるのはとても堪えられない。
ただ超然と山野に生きる孤鶴だけは遠く異郷に暮らす私の気持ちをよく理解し、
吹きつける北風に高く鳴くその声はいよいよ悲しく勇ましく我が胸を打つのである。

○柔靡　気性が弱く、へつらい従う。意気地なし。　○羊犬　犬羊。つまらぬものの喩え。　○冐戻　貪欲にむさぼる様。　○豺狼　山犬やオオカミ。欲深く、むごい人間の喩え。

始謁拙堂先生
風姿絶俗拜峨羊
何幸輙升君子堂
平日論鋒不漫屈
忽逢堅陣欲撓柔

始《はじ》めて拙堂先生《せつどうせんせい》に謁《えっ》す
風姿《ふうし》は俗《ぞく》に絶《ぜっ》して峨羊《がよう》を拝《はい》す
何《なん》ぞ幸《さいわ》いならんや　輙《すなわ》ち君子《くんし》の堂《どう》に升《のぼ》れるとは。
平日《へいじつ》の論鋒《ろんぽう》は漫《みだ》りに屈《くっ》せざるも
忽《たちま》ち堅陣《けんじん》に逢《あ》いて撓柔《どうじゅう》ならんと欲《ほっ》す。

人品は世間一般よりはるかに優れて今日その偉容を仰ぎ見ることが叶った、
高名な拙堂先生とたちまち語り合えるとは何と幸運なことか。
いつもはそう簡単には負けない私の鋭い主張であるが、

今日は先生の堅固な論陣に阻まれてあっというまに屈服してしまった。

○原注に「欲字書生氣慨所存、冀賜寛恕」（書生《しょせい》、気概《きがい》の存《そん》する所《ところ》を字《じ》せんと欲《ほっ》すれば、冀《ねが》わくは寛恕《かんじょ》を賜《たま》わらん）とある。○莪羊　儀容のいかめしく盛大な様子。○撓柔　たじろぐ。屈服する。勢力を弱める。

無題

故園柚橘味應識
客裏逢秋空寄思
想見秀郎偸母看
碧金枝底伸猿臂

無題《むだい》

故園《こえん》の柚橘《ゆうきつ》は味《あじ》わい応《まさ》に識《しる》すべし
客裏《きゃくり》秋《あき》に逢《あ》いて空《むな》しく思《おも》いを寄《よ》す。
想《おも》い見《み》る　秀郎《しゅうろう》は母《はは》の看《み》るを偸《ぬす》んで
碧金《へききん》の枝底《してい》に猿臂《えんぴ》を伸《の》ばさんとするを。

ふるさとの美味い蜜柑がそろそろ食べ頃になっているはずだ、
異郷に滞在する身ゆえ秋になるとそんなことばかりが頭に浮かぶ。
たぶん今ごろは弟の秀三郎（玄瑞）が母親の目を盗んでは、
黄金に色づいた実に猿のように腕を伸ばしていることだろうよ。

○原注に「秀郎僕弟名」（秀郎《しゅうろう》は僕《ぼく》の弟《おとうと》の名《な》なり）とある。すなわち秀三郎《ひでさぶろう》、後の玄瑞のことである。○識もと「成」（下平八庚）に作るが、本詩の押韻は去声四寘の韻であって一致しない。よって今これを「識」（記憶する意）に改めた。

和秋玄芝有感韵

落花飛絮奈徂春
遠在他鄉隔二親
志似舐糠將及米
才同化石欲成人
窮通問世終如此
禍福無門定有因
一笑屠龍技已濶
抗顏何事自爲珍
看來廿九閲秋春
未有涓埃報二親
嘗誦紅毛碧瞳史
纔成一笑萬嗟人
江聲飲雨波無跡

秋玄芝《しゅうげんし》の感《かん》有《あ》りの韵《いん》に和《わ》す

落花《らっか》と飛絮《ひじょ》は徂《ゆ》く春《はる》を奈《いか》んせん
遠《とお》く他郷《たきょう》に在《あ》って二親《にしん》を隔《へだ》つ。
志《こころざし》は糠《ぬか》を舐《な》めて将《まさ》に米《こめ》に及《およ》ばんとするに似《に》て
才《さい》は石《いし》を化《か》して人《ひと》を成《やしな》わんと欲《ほっ》するに同《おな》じ。
窮通《きゅうつう》は世《よ》に問《と》えば終《つい》に此《かく》の如《ごと》く
禍福《かふく》は門《もん》無《な》きも定《さだ》めて因《いん》有《あ》りと。
屠竜《とりゅう》の技《わざ》の已《すで》に潤《うと》きを一笑《いっしょう》し
抗顔《こうがん》もて自《みずか》ら珍《ちん》と為《な》すは何事《なにごと》ぞ。
看来《みきた》る廿九秋春《にじゅうくしゅうしゅん》を閲《えっ》するに
未《いま》だ涓埃《けんあい》すら二親《にしん》に報《むく》ゆること有《あ》らず。
嘗《かつ》て紅毛碧瞳《こうもうへきどう》の史《し》を誦《しょう》するも
纔《わず》かに一笑万嗟《いっしょうばんさ》の人《ひと》と成《な》るのみ。
江声《こうせい》は雨《あめ》を飲《の》みて波《なみ》に跡《あと》無《な》く

樹影疑龍月是因
只取微軀供苦死
斯心或尚耐爲珍

樹影《じゅえい》は竜《りゅう》かと疑《うたが》うも月是《つきこ》れ因《いん》なり。
只《た》だ微軀《びく》を取《と》って苦死《くし》に供《きょう》さば
斯《こ》の心《こころ》も或《あるい》は尚《な》お珍《ちん》と為《な》すに耐《た》えんのみ。

花は散り柳の綿毛が風に舞う季節となって今年の春もまた空しく過ぎ行こうとするが、私はいまだに故郷を遠く離れて両親を残したまま一人この地に暮らしている。抱いた志はしだいにしぼんでついには全く消え尽きてしまいそうであり、医術の腕前ときたらまるで仙薬で人を治療するかのごとき水準である。困窮と栄達の話を世間の人々に尋ねると「天命だから所詮どうにもならぬ」と答えが返り、「禍福には決まった入口はなく各自の心がけ次第でどうにでもなる」とも言う。それなのに私はただでさえ役立たぬ技術がいっそう疎略になりつつあるのを笑って済ませ、しかも高慢な顔つきで威厳を示そうとするとはいったい何たる事であろうか。ところで自分のこれまでの二十九年間の人生を振り返って見ると、今もって両親にこれっぽっちも恩返しできていないことに気づく。

それからまたかつて欧米諸国の歴史を説いたとき、一笑に付されて相手にされなかった苦い思い出もよみがえって来る。

川流は雨を取り込み響きを増すが波上には何の痕跡もないから人々は理由に思い至らず、樹影が竜に見えるのも月光の仕業と知らぬが全て結果には原因があると心得ておきたい。

私もひたすら卑賤の身を捧げて本来の志を忘れずに一生懸命に努力するならば、あるいは今ここに述べた存念も立派な意見だと言われるかも知れない。

○編者注に「秋本里齋三田尻之醫也」（秋本里斎《あきもとりさい》は三田尻《みたじり》の医《い》なり）とある。既出（五七九、五八二頁）。○舐糠将及米　もと「糠」を「糖」に作るが、今これを改めた。「糠を舐めて米に及ぶ」（『史記』呉王濞伝）とは、糠をなめ尽くすと必ず米を食べるようになることから、被害が次第に拡大して、ついには本体に及んでしまうことを喩えた言葉。○化石欲成人　「化石」は仙術で用いる丹薬・煉丹の類、「成人」は人を治療する意に解した。○窮通　困窮と栄達。貧乏と立身出世。なお白居易の「論友詩」に「窮通各おの命有り」といい、いずれになるのも天命によると述べる。○禍福無門定有因　災いと幸せに至る道には、定まった入口があるわけではない。災難や幸福は各自の行いが招いた結果であり、心がけ次第でどうにでもなるということ。○屠竜技　もと「技」を「枝」に作るが、今これを改めた。『荘子』列禦寇篇に見える竜を殺す技術のことであり、巧みでも実用に役立たない技能を喩える。○濶　事情にうとく、なおざりなこと。○抗顔　高慢な顔つき。○廿九閲秋春　玄機の生年については、文化十年説と文政三年説がある。本詩には「廿九、秋春を閲す」とあるから、前者を採ればこの詩は天保十二年の作となり、後者とすれば嘉永元年となる。秋本玄芝とは適塾の同門であり、内容的にも大坂での交際を詠じた詩であることは疑いない。玄機の京坂遊学期間に照らせば、本詩は嘉永元年晩春の作となり、そこから逆算すれば玄機の生まれは文政三年と確定する。○涓埃　一滴の水と一つの塵。ごくわずかなもののたとえ。○苦死　命がけで努力すること。

浪華江

阜積邱堆奈腐陳
商奴面貌恃金銀
却咍一綫潺湲水
活得城中鉅萬人

浪華江《なにわえ》

阜積邱堆《ふせききゅうたい》して腐陳《ふちん》するを奈《いか》んせん
商奴《しょうど》の面貌《めんぼう》は金銀《きんぎん》を恃《たの》む。
却《かえ》って一線潺湲《いっせんせんえん》たるの水《みず》を咍《よろこ》ぶ
城中鉅万《じょうちゅうきょまん》の人《ひと》を活《い》かし得《え》たれば。

財産を小山ほども蓄えてそれが宝の持ち腐れとなるのをどうするつもりなのだろうか、
商人というのは誰も彼も金銀に執着する強欲な顔つきをしているようだ。
かえって私はさらさらと流れる一筋の川に感謝したい、
大坂城下に生活する何十万の人々の命はこの川の水で維持されているのだから。

○原注に「土人炊爨一資江水」（土人《どじん》、炊爨《すいさん》するに一《いつ》の江水《こうすい》を資《し》とす）とある。　○阜積邱堆　山のように積もる。極めて分量の多い様。　○潺湲　水のさらさらと流れる様。またその音。　○咍　もと「眙」に作るが、今これを「咍」（よろこぶ）に改めた。　○鉅万　数えきれないほど多いことの喩え。

途中

雲脚遠連山脚低
西苔寺在杏花西
行人不解英雄意
斜日松梢杜宇啼

途中《とちゅう》

雲脚《うんきゃく》は遠《とお》く連《つら》なり山脚《さんきゃく》低《ひく》し
西苔寺《さいたいじ》は杏花《きょうか》の西《にし》に在《あ》り。
行人《こうじん》は英雄《えいゆう》の意《い》を解《かい》せず
斜日《しゃじつ》の松梢《しょうしょう》に杜宇《とう》は啼《な》く。

雲が遠くまで連なり山々を隠して裾のあたりしか見えぬので山が低く感じられる、
西苔寺はアンズの花の咲くずっと西のほうにある。
すれちがう旅人は英雄の気持ちなど理解できないだろう、
夕陽の照らす松のこずえではホトトギスが鳴いている。

○西苔寺　未詳。洛西の苔寺（西芳寺／京都市西京区）の意か。あるいは当時いずれかに西苔寺と称する寺院が存在したものか。玄機がどこへ行く旅の「途中」であったのか判然としないため、今ひとまず寺院の名と解しておく。　○杏花　アンズは三月～四月にかけて花を咲かせる。「杜宇」（ホトトギス）とともに詠まれているから初夏の詩であることは間違いない。

宿間間田

未到前村日已斜
青煙一抹映濃霞
今宵好傍楳花宿
却是此生安樂窩

間間田《ままだ》に宿《しゅく》す

未《いま》だ前村《ぜんそん》に到《いた》らずして日《ひ》は已《すで》に斜《なな》めなり
青煙一抹《せいえんいちまつ》　濃霞《のうか》に映《えい》ず。
今宵《こよい》は好《よ》し傍《そ》わん　楳花《ばいか》の宿《やど》
却《かえ》って是《ここ》に此《こ》れ生《しょう》ず　安楽窩《あんらっか》。

ひとつ先の村にたどりつく前に早くも日は西に傾き、
一筋の青白い煙が濃く立ちこめた夕もやの中に姿をとどめている。
よしこうなったら今夜は梅の花の咲く宿にとまるとしよう、
どこよりもかえってのんびりとくつろげる場所となりそうだ。

○原注に「右出喜連川潜行中之作」（右《みぎ》、喜連川潜行中《きつれがわせんこうちゅう》の作《さく》に出《い》ず）とある。喜連川は下野国塩谷郡喜連川（現栃木県さくら市）のこと。奥州街道の喜連川宿を形成した。また鎌倉公方・足利氏の後裔である喜連川氏（外様、十万石格）の陣屋が置かれた。○間間田　栃木県小山市。日光街道の宿場の一つ間々田。宇都宮藩領に属した。なお千住〜宇都宮間は日光街道であるが、奥州街道も兼ねる。○安楽窩　静かでのんびりとくつろげる住まい。もと宋・邵康節の居をいう。また明・洪自誠『菜根譚』後集、第五十九項に、「只だ是れ尋常の家飯、素位の風光のみ、纔《わず》かに是れ個《こ》の安楽の窩巣《かそう》なり」（日常的な食事、環境をあるがままに生きてこそ安住できる）とある。

※現在まで玄機の「喜連川潜行」に言及した論著は全くないが、本詩の存在から事実と認定される。ただし目的は未詳。年次は嘉永元年か同二年の春ではなかろうか。次の「上巳感懐」の詞書からは、遅くとも三月には帰坂していたことが分かる。また同詩中に「吾曹」とあるから一人旅ではなく、誰かと同道したことは明らかである。

上巳感懐

風急雲高雨未收
良辰何不慰吾曹
夢中却有山陰興
客枕覺來是楚囚

上巳《じょうし》の感懐《かんかい》

風《かぜ》急《きゅう》にして雲《くも》高《たか》く雨《あめ》未《いま》だ収《おさ》まらず
良辰《りょうしん》に何《なん》ぞ吾曹《ごそう》を慰《なぐさ》めざらんや。
夢中《むちゅう》は却《かえ》って山陰《さんいん》の興《きょう》有《あ》るも
客枕《きゃくちん》は是《こ》れ楚囚《そしゅう》たるを覚《おぼ》え来《きた》る。

風が激しく吹きつけ空は高くまで雲におおわれて雨もいまだ収まる気配がない、よりによってこの吉日にどうして我々の心を安んじてくれないのだろうか。夢の中にかえって山陰の故郷での思い出の数々が現れて楽しいが、旅先の宿の眠りから覚めた後は他郷にままならぬ身の辛さを実感してしまう。

○原注に「右歸喜連川閑居中之作」（右《みぎ》、喜連川《きつれがわ》より帰《かえ》り、閑居中《かんきょちゅう》の作《さく》）とある。○上巳　陰暦の三月三日。五節句の一つ。古くは川辺での禊・祓、曲水の宴などが催された。近世初期には雛祭の節句となり、女子の成長を祝う年中行事として定着した。　○客枕　旅先の宿の枕。旅先で寝ること。たびまくら。　○楚囚　とらわれて他郷にある人。春秋時代、楚の鍾儀が晋にとらわれの身となったが、楚の国の冠の纓を結んで冠をとらず、故国を忘れなかった故事（『左伝』成公九年）にちなむ。

陳思《ちんし》

丈夫《じょうふ》は古来苦辛《こらいくしん》多《おお》し
南船北馬《なんせんほくば》して身《み》を休《やす》めず。
何《いず》れの時《とき》にか意《い》に随《したが》って雄志《ゆうし》を得《え》て
腰剣《ようけん》もて掃磨《そうま》せん　四海《しかい》の塵《ちり》を。

陳思

丈夫古來多苦辛
南船北馬不休身
何時隨意得雄志
腰剣掃磨四海塵

男子たるもの昔から苦労はつきもの、
各地を旅して回り身体を休める暇などありはせぬ。
いつかは思いのままに困難に立ち向かう気力を手に入れて、
腰の日本刀で天下のけがれを掃い清めたいものだ。

○南船北馬　各地を忙しく旅して回ること。東奔西走に同じ。

登桑山

九和之山丹復童
青松作髪石縈躬
不似尋常凡山態
乃識天翁異化工
今日攀躋輟書課
半肩吟具付奚僮
絶頂回望氣勃勃
指點人間蟻蛭同
海面蒼茫潮水滑
數幅晴帆斜照中
遠巒界天留寸碧
水村落霞春抹紅
山靈使人忘旅況
得喪是非總如聾
吾胸既廣寧呑海
吾形既輕且御風

桑山《くわのやま》に登《のぼ》る

九和《くわ》の山《やま》は丹《いろあか》く復《ま》た童《はげやま》なり
青松《せいしょう》は髪《かみ》を作《な》して石《いし》を躬《み》に縈《まと》う。
尋常《じんじょう》凡山《ぼんざん》の態《すがた》に似《に》ざれば
乃《すなわ》ち識《し》る　天翁《てんおう》の異化《いか》の工《こう》を。
今日《こんにち》の攀躋《はんせい》は書課《しょか》を輟《や》め
半肩《はんけん》の吟具《ぎんぐ》は奚僮《けいどう》に付《ふ》す。
絶頂《ぜっちょう》に回望《かいぼう》すれば気《き》は勃勃《ぼつぼつ》として
人間《じんかん》を指点《してん》すれば蟻蛭《ぎてつ》に同《おな》じ。
海面《かいめん》は蒼茫《そうぼう》として潮水《ちょうすい》滑《なめ》らかに
数幅《すうふく》の晴帆《せいはん》　斜照《しゃしょう》の中《なか》。
遠巒《えんらん》は界天《かいてん》に寸碧《すんぺき》を留《とど》め
水村《すいそん》の落霞《らっか》は春《はる》を紅《くれない》に抹《そ》む。
山霊《さんれい》は人《ひと》をして旅況《りょきょう》を忘《わす》れしむれば
得喪是非《とくそうぜひ》は総《なべ》て聾《ろう》せんとするが如《ごと》し。
吾《わ》が胸《むね》は既《すで》に広《ひろ》く寧《なん》ぞ海《うみ》を呑《の》まん
吾《わ》が形《かたち》は既《すで》に軽《かろ》く且《か》つ風《かぜ》に御《ぎょ》せん。

御風呑海何所用
一掬清泉漱喉嚨
歸來雪堂吟閣上
還瞻山影倚窗櫳

御風《ぎょふう》と呑海《どんかい》は何《なん》の用《もち》うる所《ところ》ならんや
一《ひと》たび清泉《せいせん》を掬《すく》いて喉嚨《こうろう》を漱《すす》がん。
帰《かえ》り来《きた》る　雪堂吟閣《せつどうぎんかく》の上《ほとり》
還《ま》た山影《さんえい》を瞻《み》て窓櫳《そうろう》に倚《よ》る。

桑山の山肌は赤茶けて草木もまばらで荒れた感じがするけれども、
緑濃い松葉は髪のように伸びて大樹の根元には石が絡みついている。
この山の姿はそこらの並みの山とは似ても似つかず、
自然を創造した神々の不思議な力を垣間見ることができる。
今日は登山のために学業をとりやめ、
作詩に必要な道具は供の少年に肩からかけさせて持参した。
山頂から遠くを見渡せば気持ちが雄大になり、
下界を見下ろすとまるで小さな蟻が巣にむらがっているかのようだ。
海原は果てしなく広がり潮流はつやつやと光り輝き、
いくつかの白帆が斜めにさす日の光の中にある。
遠くどこまでも続く山々は天に接してわずかに青い色を残すが、
沿岸の村々には夕焼けが迫り春景色は紅く染まろうとしている。
山に宿る神霊は行楽の記憶を消し去ろうとするため、

私はすっかり俗気が抜けてただぼんやりとたたずむばかり。
わが胸中は至って伸びやかで何と大海をも呑み込もうとする、
わが肉体はどこまでも軽やかで風に乗って天空を飛行しようとする。
しかし風に乗り海をひと呑みにしたとてどれほどの意味があろう、
今は清らかな湧き水をすくってまずは喉の渇きを癒すとしよう。
桑山をあとに学問詩作の場である雪堂（能美氏の学塾）に戻っては来たものの、
また山の姿を仰ぎ見ては恋しさの余り窓の格子によりかかってしまった。

※玄機が適塾以外のどこで医学を修めたかについては、青木周弼（田中助一説）、小石元瑞（池田哲郎説）の二つがあるが、ともに推論の域を出ない。しかし、本詩と次詩によって、早く三田尻の能美洞庵の医塾に学んでいたことが確定する。能美氏が一家を挙げて萩城下に移るのは天保十三年四月二十三日のことである。後年の隆庵（洞庵の男）と玄機の親交も本件を裏付けている。修学年次は未詳ながら、まず天保後期と見てよいだろう。

○桑山　くわのやま。山口県防府市にある山。防府平野の中央に位置する独立丘陵。東西二峰に分かれ、東峰の標高は一〇七、四メートル。○九和之山　桑山は雅称を九和山《きゅうかざん》（九華山）といった。これにちなんで防府の地を華浦《かほ》（「はなうら」とも）と呼ぶ。○丹復童　「丹」は赤土のような色、「童」は童山（はげ山）の意で、山に草木がない様子。○天翁　天帝。宇宙を支配する神。造物主。○異化　特別に優れたものを生み出すこと。○攀躋　よじのぼる。○奚僮　童僕。子供の召使い。○勃勃　気力の盛んに湧き起こる様。○蟻蛭　蟻垤。

ありづか。○斜照　斜めにさす日の光。夕日。入り日。○遠巒　遠くに見える峰々。○落霞　夕焼け。○山霊　山の神。山の精。山に宿り、その山を支配する神霊。○使人忘旅況　旅の途中で見た景物や感じた思いを忘れさせる。『抱朴子』登渉篇（巻十七）によれば、山には大小となく神霊があり、不心得な入山者には諸々の患害がふりかかるという。その中に「常に迷惑せしめ、道径を失わしむ」という災厄がある。○得喪是非　損得や善悪、成敗や褒貶などの卑俗なものを求める欲念をいうのであろう。○如聾「聾」は物事の道理に暗い、おろかなこと。「如」は「将」に近い用法と思われる。○喉嚨　のど。○雪堂　能美洞庵（一七九四―一八七二）の堂号。法号は雪堂居士。萩藩は内海航路の要地である三田尻（防府市）に、能美（上町）、庄原（同）、原（沖ノ町）の譜代医家を定居させ、さらに幕末になってから、秋本玄芝、梅田幽斎らが一代藩医に取り立てられた。能美洞庵は幕末の萩藩医界の中心的人物。藩主敬親の主任侍医を二十六年の長きにわたって勤め、医学館の創設を推進、坪井信道、青木周弼（洞庵門下）ら有為の医家を推挙して、西洋学興隆の端緒を開き、萩藩の医事を盛大ならしめた。○窓櫳　まど。

春日雪堂書懐

自負笈離郷
三旬忽電過
山水點佳麗
楳柳競陽和

春日《しゅんじつ》、雪堂《せつどう》にて懐《おもい》を書《しょ》す

笈《おい》を負《お》って郷《きょう》を離《はな》れてより
三旬《さんしゅん》は忽《たちま》ち電過《でんか》せり。
山水《さんすい》は佳麗《かれい》に点《てん》じ
楳柳《ばいりゅう》は陽和《ようわ》を競《きそ》う。

久坂天籟詩文稿

倉庚上籬棘
睍睆發嬌歌
懐土情雖切
他郷趣亦多
所恨鮮文友
廢巻涕滂沱
藻思渾掃却
風塵困睡魔
一龍又一猪
分別在琢磨
思之汗浹背
寸陰自譴訶
鴻業非容易
前途恐蹉跎
庭階昨夜雨
花落春若何

倉庚《そうこう》は籬棘《りきょく》に上《のぼ》り
睍睆《けんかん》として嬌歌《きょうか》を発《はっ》す。
懐土《かいど》の情《じょう》は切《せつ》なりと雖《いえど》も
他郷《たきょう》は趣《おもむ》き亦《ま》た多《おお》し。
恨《うら》む所《ところ》は文友《ぶんゆう》鮮《すくな》く
巻《かん》を廃《はい》して涕《なみだ》は滂沱《ぼうだ》たり。
藻思《そうし》は渾《すべ》て掃却《そうきゃく》して
風塵《ふうじん》と睡魔《すいま》に困《くる》しむ。
一竜《いちりゅう》又《ま》た一猪《いっちょ》
分別《ふんべつ》して琢磨《たくま》するに在《あ》り。
之《これ》を思《おも》えば汗《あせ》は背《せ》を浹《うる》おし
寸陰《すんいん》に自《みずか》ら譴訶《けんか》す。
鴻業《こうぎょう》は容易《ようい》に非《あら》ざれば
前途《ぜんと》に蹉跎《さた》するを恐《おそ》れんや。
庭階《ていかい》に昨夜《さくや》雨《あめ》ふって
花《はな》落《お》ちて春《はる》を若何《いかん》せん。

書物を背負い故郷を離れてこの三田尻に遊学してから、

あっという間にひと月が過ぎてしまった。
今や山水の景色はまことに美しく、
梅と柳が春ののどかさを競い合っている。
ウグイスは生け垣の突き出た枝先にとまって、
美しい音色で巧みに囀っている。
しきりと故郷のことを思いはするが、
だが仮寓の地にも趣き深いものは多い。
ただ恨めしいのは文事を愛好する仲間が少ない点で、
そのことを思うにつけ書物を読むのを途中でやめては涙がとめどなく溢れて来る。
優れた詩文を作ろうとする気持をすべて心中から取り除いてしまうと、
取るに足らぬことばかりが脳裏に浮かび果ては眠気に悩まされることになる。
人間は各自の取り組みしだいで竜にもなれば豚にもなる、
大切なのはしっかり思慮分別して学問人格を身につけるために努力することだ。
それは頭では分かっているのだが実際の状況に照らすと冷汗が背中を伝うばかりで、
我ながら恥ずかしく少しの時間もむだにせぬようにと自らに厳しく言い聞かせてある。
大事業はそう簡単になしとげられるものではないから、
どうして将来の失敗を恐れたりしようか。
庭のきざはしには昨夜の雨によって、

花が散っているが過ぎ行く春は二度と戻らず時を惜しんで勉学に励む他ないのだ。

○末尾に「靜再拜乞電矚」（靜《せい》、再拜《さいはい》して電矚《でんしょく》を乞《こ》う）とあるから、本詩が添削を願ったものと分かる。ただしその相手が誰であったかは不明。○倉庚　ウグイス。○睍睆　鳴き声のよい様。『詩経』邶風、「凱風」に「睍睆たる黄鳥」とある。○嬌歌　美しく快い音色。○懐土情　ふるさとを思う気持ち。○藻思　詩や文章を作る才能。文才。○風塵　取るに足りない物事。世を騒がせる言行。○一竜又一猪　一竜一豬。一人は竜となり、一人は猪（ブタ）となる。つまり、学問の有無によって甚だしく賢愚の差が生ずる喩え。

詩《し》編《へん》（三）

送飄庵木兄赴長崎

崎奥秋光足往還
白雲黄葉鎭西山
一鞭輸着猶爲快
昨夢先君渉赤關

飄庵木兄《ひょうあんぼっけい》の長崎《ながさき》に赴《おもむ》くを送《おく》る

崎奥《きおう》の秋光《しゅうこう》は往還《おうかん》に足《た》り
白雲黄葉《はくうんこうよう》　鎮西《ちんぜい》の山《やま》。
一鞭《いちべん》輸《おく》り着《つ》かば猶《な》お快《かい》と為《な》さん
昨《さく》は夢《ゆめ》む　先《ま》ず君《きみ》の赤関《せっかん》を渉《わた》るを。

長崎の秋の景色は風趣に富むから往来して賞玩するには十分であり、今ごろは澄み渡る空に浮かぶ白雲と黄金に色づく木々の葉が九州の山々を彩っていよう。馬に一鞭あてて痘苗を急ぎ送り届けてくれるならこれにまさる快事は他にあるまい、はやる気持ちの私など昨夜はもう君が馬関から渡海する夢を見てしまった。

○飄庵木兄　萩藩医・青木研蔵（一八一五―一八七〇）。周弼（一八〇三―一八六三）の弟。兄の没後は萩藩の医政、医育、軍陣医療等の分野で中心的役割を担った。今回の研蔵の長崎行は藩命によるもので、牛痘接種法の習得と痘苗を持ち帰るという重大な任務を帯びていた。研蔵は嘉永二年九月九日に出発、同二十二日に帰萩した。
○秋光　秋の景色。○赤関　赤間関。現在の山口県下関市。のちの「馬関」も同じ。当地は古来、海陸交通の要衝に位置し、近世では山陽道の起終点、九州への渡海口として大いに栄えた。

其二

遠到西州刻日還
不同徐市唱仙山
可憐一萬三千里
牛痘移將踰馬關

其《そ》の二《に》

遠《とお》く西州《せいしゅう》に到《いた》って日《ひ》を刻《きざ》み還《かえ》り
同《おな》じからず　徐市《じょふつ》の仙山《せんざん》を唱《とな》うるに。
憐《あわ》れむべし　一万三千里《いちまんさんぜんり》
牛痘《ぎゅうとう》移《うつ》し将《お》って馬関《ばかん》を踰《こ》ゆるとは。

はるばる肥前長崎まで赴いてきっちり期日を定めて帰萩する律儀さは、始皇帝に帰国の時期を言わずに仙薬探しに出かけた徐市の輩とは大違いだ。すばらしいことは我が国を一万三千里も隔たるオランダから、牛痘苗が船載されていよいよ馬関を越えようとしていることだ。

○原注に「輿地志云、喝蘭距我約萬三千里」（輿地志《よちし》に云《い》う、喝蘭《おらんだ》は我《われ》を距《へだ》つること約万三千里《やくまんさんぜんり》と）とある。
○末二句はもと「紅毛所齎徵牛痘／青木移將踰馬關」（紅毛《こうもう》の齎《もたら》す所《ところ》の牛痘《ぎゅうとう》を徴《ちょう》し／青木《あおき》移《うつ》し将《お》って馬関《ばかん》を踰《こ》ゆ）

に作っていたが、玄機は「天造妙對、吾恐迫鬼神嫉、故今改之」（天造《てんぞう》の妙対《みょうつい》なれば、吾《われ》は鬼神《きしん》の嫉《ねた》まんことを恐迫《きょうはく》し、故《ゆえ》に今之《いまこれ》を改《あらた》む）と、自分の手で改めている。○刻日　期日を定める。○徐市　秦の方士。徐福ともいう。始皇帝の命をうけ、不死の薬を求めて東海に船出したが、行方不明となって帰国しなかった。日本各地に徐福の漂着伝説が残る。既出（五六二頁）。○将　おくる。送り届ける。

無題

羨那奇編梱載還
忍看顔鼻大如山
平生不羨王公富
打破難通此是關

無題《むだい》

羨那《じぇんなー》の奇編《きへん》　梱載《こんさい》して還《かえ》れば
看《み》るに忍《しの》びんや　顔鼻大《がんびだい》なること山《やま》の如《ごと》きを。
平生《へいぜい》は羨《うらや》まず　王公《おうこう》の富《とみ》
通《つう》じ難《がた》きを打破《だは》するは此《こ》れ是《こ》の關《かん》。

君はジェンナーの発明した種痘に関するすぐれた書物を荷造りして帰還したが、大きな顔をして鼻高々で何とも誇らしげな様子を見るのは実にたえがたいものだ。ふだん私は王公の富でさえ羨ましく思ったりしたことはないけれども、今度ばかりは困難を乗り越えて無事に馬関まで戻って来た君が羨ましくて仕方ない。

○この七絶二首は青木研蔵が長崎で牛痘を入手し、無事に帰萩したことを祝す詩である。題名は付されていないので、いま仮に「無題」一、二としておいた。○原注に「異日余亦將有西行事、則想沿道俊杰相迎一笑、何等愉快。神魂一注躍々飛動、不覺推案而起、勢如渇驥之奔水。不復暇適人之適也。行哉飄菴子、馬既秣矣」（異日《いじつ》余《よ》も亦《ま》た将《まさ》に西行《さいこう》の事《こと》有《あ》らんとすれば、則《すなわ》ち沿道《えんどう》俊杰《しゅんけつ》の相迎《あいむか》えて一笑《いっしょう》するを想《おも》うは、何等《なんら》の愉快《ゆかい》ぞ。神魂《しんこん》一注《いっちゅう》すれば躍々《やくやく》として飛動《ひどう》し、覚《おぼ》えず案《あん》を推《お》して起《た》ち、勢《せい》、渇驥《かっき》の水《みず》に奔《はし》るが如《ごと》し。復《ま》た適人《てきじん》の適《ゆ》くに暇《いとま》あらず。行《ゆ》け、飄菴子《ひょうあんし》よ、馬《うま》は既《すで》に秣《まぐさ》せり）とある。なお萩藩では嘉永二年九月末、赤川玄悦、青木周弼、久坂玄機の三名を引痘掛に任命したが、それ以前に玄機は牛痘関係の蘭書を翻訳して「治痘新局」と題して秘蔵し、また青木研蔵においても同種の翻訳を完成させていたが、ともに刊行されなかった。○義那　英国の医家エドワード・ジェンナー。一七九六年に天然痘（疱瘡）の予防法である牛痘接種を考案した。○梱載　本文はもと「稛」（稲の花）に作るが意味をなさず、今これを「梱」（貨物を荷造りして車に載せる意）に改めた。

其二

玄君去日木兄還
遞見鎮西千里山
沿道主人多俊傑
憑君寄語掃柴關

其《そ》の二《に》

玄君《げんくん》去《さ》るの日《ひ》　木兄《ぼっけい》還《かえ》る
遞見《ていけん》す　鎮西《ちんぜい》千里《せんり》の山《やま》。
沿道《えんどう》の主人《しゅじん》俊傑《しゅんけつ》多《おお》し
君《きみ》に憑《よ》って寄語《きご》せん　柴関《さいかん》を掃《はら》えと。

親友の玄芝君が去ったその日に研蔵兄が萩に帰還した、

長崎から遠く連なる九州の山々を眺めながらの旅であった。
街道の各地には立派な人物がずいぶんと住んでいるので、
君から「次は久坂が来るのでよろしく」と伝えておいて貰えばよかった。

○玄君　三田尻在住の萩藩医・秋本玄芝。玄機とは適塾の同門。嘉永二年九月二十二日に玄芝がいかなる理由で萩に滞在していたのかは分からない。なお嘉永三年正月、萩の医学館で種痘法の講習を受けた一人に玄芝の父・秋本岱寿（厚狭毛利家医）があり、同年三月から宮市の勘場で引痘を開始し、防府地域に種痘の恩恵をもたらした功労者とされる。子息玄芝も慶応二年から引痘掛となって藩立三田尻病院での実施に関与した。既出（六一六頁）。　○逓見　「遞」は「逓」の本字。はるかに見やる。　○寄語　寄言。寄声。ことづてをする。人に頼んで言葉を伝えてもらう。　○掃柴関　「掃門」と同意。人の家の門前を掃除する。転じて、人に面会を求める手立てを講じることをいう。「柴関」は「柴門」（木の小枝を編んで作った粗末な門）に同じ。

第二部　文　編

醫《い》黌《こう》

醫校之設、漢土古來、寥寥無聞。蓋道落方技而人人恣其說、不以有攝其統者。故其流弊至此也耳。西洋諸國、往往立造醫校、聚徒講究、其道日闢、人材輩出、進取無怠、其盛蓋可想矣。吾邦神聖、自肇闢醫方、而漢唐方技亦傳、益以弘其規模矣。然有醫校之設、實昉於後世、而止於江戸及二三侯國而已。未可與西洋比其盛者、不亦可嘆歟。蓋醫林亦雖不無豪傑達才、然槪其力足能及其私塾、而不能及乎醫校之大。或志但在奮私見、立門戸、而未嘗有醫校之念者。或有有志而無勢者。此乃醫校之設、所以絶無而纔存也。今官新設醫校、將以鑄造良醫、周濟士民。豈可不謂盛事乎。豈可不謂仁政乎。當此之時、凡國中醫人、皆將欲企足而及之。況身食君祿者乎。然昔之所無、於今創之、其事之難、寔有良平苦其籌措者。世之蠢者反易、而見之亦其暗乎大故也。蓋醫家既有大弊、而世之人士亦或不免焉。是之不除、而直企造校、乃校就而業不起焉、則將哈笑於四方矣。如此則校雖設也尚如不設、是豈國家濟民之意耶。今也校既設。而未及行焉。欲其盛於業、而永傳悠久、則醫家之弊與世人之弊、竝不容不先正之也。

医校《いこう》の設《せつ》は、漢土古来《かんどこらい》、寥寥《りょうりょう》として聞《き》くこと無《な》し。蓋《けだ》し道《みち》、方技《ほうぎ》に落《お》ちて、人人《ひとびと》其《そ》の説《せつ》を恣《ほしいまま》にし、以《もっ》て其《そ》の統《とう》を摂《と》る者有《ものあ》らず。故《ゆえ》に其《そ》の流弊《りゅうへい》、此《ここ》に至《いた》るのみ。西洋《せいよう》の諸国《しょこく》、往往医校《おうおういこう》を立造《りつぞう》して、徒《と》を聚《あつ》めて講究《こうきゅう》し、其《そ》の道《みち》、日《ひ》び闢《ひら》け、人材《じんざい》輩出《はいしゅつ》し、進取《しんしゅ》して怠《おこた》る無《な》く、其《そ》の盛《さか》んなること、蓋《けだ》し想《おも》うべし。

吾《わ》が邦《くに》は神聖《しんせい》にして、医方《いほう》を肇闢《ちょうへき》してより、漢唐《かんとう》の方技《ほうぎ》も亦《ま》た伝《つた》わり、益《ます》ます以《もっ》て其《そ》の規模《きぼ》を弘《ひろ》む。然《しか》れども医校《いこう》の設有《せつあ》るは、実《じつ》に後世《こうせい》に昉《はじ》まりて、而《しか》も江戸《えど》及《およ》び二《に》、三《さん》の侯国《こうこく》に止《とど》まるのみ。未《いま》だ西洋《せいよう》と其《そ》の盛《さか》んなるを比《ひ》すべからざるは、亦《ま》た嘆《たん》ずべきにあらずや。

蓋《けだ》し医林《いりん》も亦《ま》た豪傑達才無《ごうけつたつざいな》からずと雖《いえど》も、然《しか》れども概《おおむ》ね其《そ》の力《ちから》は能《よ》く其《そ》の私塾《しじゅく》に及《およ》ぶに足《た》りて、医校《いこう》の大《だい》に及《およ》ぶこと能《あた》わず。或《あるい》は志《こころざし》は但《た》だ私見《しけん》を奮《ふる》い、門戸《もんこ》を立《た》つるに在《あ》って、未《いま》だ嘗《かつ》て医校《いこう》の念有《ねんあ》る者《もの》あらず。或《あるい》は志有《こころざしあ》って勢無《せいな》き者有《ものあ》り。此《こ》れ乃《すなわ》ち医校《いこう》の設《せつ》、絶無《ぜつむ》にして纔《わず》かに存《そん》する所以《ゆえん》なり。今《いま》、官《かん》、新《あら》たに医校《いこう》を設《もう》け、将《まさ》に以《もっ》て良医《りょうい》を鋳造《ちゅうぞう》して、士民《しみん》を周済《しゅうさい》せんとす。豈《あ》に盛事《せいじ》と謂《い》わざるべけんや。豈《あ》に仁政《じんせい》と謂《い》わざるべけんや。此《こ》の時《とき》に当《あた》り、凡《およ》そ国中《こくちゅう》の医人《いじん》は、皆将《みなまさ》に企足《きそく》して之《これ》に及《およ》ばんと欲《ほっ》す。況《いわ》んや身《み》、君禄《くんろく》を食《は》む者《もの》をや。

然《しか》れども昔《むかし》の無《な》き所《ところ》を、今《いま》に於《おい》て之《これ》を創《はじ》むるは、其《そ》の事《こと》の難《かた》きこと、寔《まこと》に良平《りょうへい》の其《そ》の籌措《ちゅうそ》に苦《くる》しむ者有《ものあ》り。世《よ》の蠢者《しゅんじゃ》は反《かえ》って易《やす》く、而《しか》して之《これ》を見《み》ること亦《ま》た其《そ》の大故《たいこ》に暗《くら》ければなり。

蓋《けだ》し医家《いか》には既《すで》に大弊有《たいへいあ》って、世《よ》の人士《じんし》も亦《ま》た或《あるい》は免《まぬか》れず。是《これ》を之《こ》れ除《のぞ》かずして、直《た》だ造校《ぞうこう》を企《くわだ》つれば、乃《すなわ》ち校就《こうな》って業起《ぎょうた》たず、則《すなわ》ち将《まさ》に四方《しほう》に咍笑《かいしょう》せられんとするのみ。此《かく》のごとくんば則《すなわ》ち校設《こうもう》くと雖《いえど》も、也《ま》た尚《な》お設《もう》けざるがごとく、是《こ》れ豈《あ》に国家済民《こっかさいみん》の意《い》ならんや。

今《いま》や校既《こうすで》に設《もう》けたり。而《しか》るに未《いま》だ行《おこな》うに及《およ》ばず。其《そ》の業《ぎょう》を盛《さか》んにして、永《なが》く悠久《ゆうきゅう》に伝《つた》えんと欲《ほっ》せば、則《すなわ》ち医家《いか》の弊《へい》と世人《せじん》の弊《へい》と、並《なら》びに容《まさ》に先《ま》ず之《これ》を正《ただ》さざるべからざらんや。

医学校の設置は、古来、中国ではほとんど聞いたことがない。多分その理由としては、本来の医道が単なる技芸の領域に堕落して、医者が好き勝手に根拠のない学説を唱え、医学を統制することができなかった点に原因があり、そのために昔からの悪い習慣が現在まで続くことになったと考えられる。

これに対して、西洋の諸国は例外なく医学校を設立し、学生を集めて医学の講究に余念がない。その結果、医学は日ごとに発展し、人材も輩出し、学生も怠けることなく、新しい学問を積極的に修めている。これらを見ても西洋医学の隆盛の様子は、十分に理解できるであろう。

我が日本は神聖なる国家であり、開闢以来の医学が存在し、しかも漢唐の医術が伝来して益々の進歩を見た。だが医学校の設置は後世を待たねばならず、しかもそれは江戸や二、三の藩に限られたもので、実情は西洋の足もとにも及ばず、何とも嘆かわしい限りである。

決して医学界に立派な人材がいなかった訳ではないのだが、しかし、大体その実力は私塾教育の範囲に止まり、医学校の創設という高い次元の発想にまでは結びつかなかった。ある医家は、自説を誇り、みずからの権勢を拡大することを目的とし、医学校を作ろうなどとは思いもよらなかった。またある医家は篤志を抱いてはいたが、実行力が伴わなかった。こういった点が医学校のほとんど造立されなかった理由である。

いま藩府は医学校を新たに設置し、優れた医者を育成して、士庶の区別なく、万民をあまねく救済しようとしている。これは天下の盛事であり、仁政の極みに他ならない。この時節の到来に際して、御領内の医家はこぞって医学校で学問を修めることを希望している。まして藩医として俸禄を頂戴する身分のものにとってはなおさらのことであろう。

しかし、従来は存在せず、新たに制度を始めるに際しては、多くの困難が予想される。それはあたかも漢朝創立に際しての、張良・陳平の苦悩にも匹敵しよう。世間の愚かなものたちはかえって簡単なことだと感じようが、それは本件の一大事たることを認識できないからに他ならない。

思うに、医家には今日すでに大きな弊害が生じているが、世間の人士にもまた同様の欠点が指摘できる。これらを除去しないままに、ただ医学校の設立を目指しても、学校はできたが教育は失敗したということになりかねず、これでは世間の物笑いとなるのは必定である。そうなれば、学校は有名無実の存在となってしまい、せっかく藩府の万民を救おうとする意図も無意味なものになってしまおう。

はやすでに学校は設立された。しかしながら、いまだ真の教育が行われるには至っていない。本藩の医学教育を隆盛に導き、医学を永劫に伝えようと思うのならば、まずは医家の弊害と世人の悪い点をともに矯正することが必要不可欠と思われる。

○企足　願い望む。　○良平籌措　良平とは漢の高祖の謀臣として名高い張良と陳平のこと。転じて知略に長けた人物の喩えとしても用いる。「籌措」ははかりごとの意。つまり設立後の医校の運営を、国家の未来像を計画するのに匹敵するほどの困難があると表現した。　○蠢者　おろかもの。　○大故　おおきな出来事。

※天保十一年（一八四〇）九月十一日、萩八丁の南苑内にある藩主別邸（御茶屋）に医学所が創設された。これが萩藩における初の医育施設となる「南苑稽古所」（医学稽古場、南苑医学所）である。開設に際して中心的役割を担ったのは、賀屋恭安（一四七石）と能美洞庵（一九三石）の藩医界長老であり、天保の改革を進める村田清風の協力のもとに実現された。ただし、正式な学館建築までの仮校舎としての使用であった。学問は漢蘭併習とされ、初代の教授役は、漢方に馬屋原大庵、李家尚謙、熊野玄宿ら六名、蘭方は赤川玄成（内科）、烏田良岱（外科）、和田正景（眼科）の三名、また蘭書翻訳の講座は青木周弼が担当した。

嘉永二年（一八四九）、医学校の組織改正が行われ、教官には少壮有為の医家が起用されることとなった。すでに賀屋恭安は天保十三年に没しており、頭取役には能美洞庵が就いた。洞庵は赤川玄悦と青木周弼を会頭役に、玄機を都講役に抜擢する人事を行った。これにより大坂遊学中の玄機は藩許期間の途中であったが、急きょ萩に召還されたのである。医学所は建物も同じ南苑に新築されることとなり、完成するまでは一時、明倫館内に移ることとなった。移転後しばらくは「済生堂」と称したが、六月には「好生館」と改められた。

嘉永三年（一八五〇）八月十一日、新築なった好生館の開館式が挙行された。このとき、玄機（三十一歳、嫡子雇）は教官中の最年少ながら、青木周弼とともに藩主毛利敬親に蘭書の進講を行った。藩主は藩医一同に医道が「済世救民の要務」であることを再確認させ、学術研究と医学教育に精勤するようにとの沙汰書を下した。おそらく「医黌」はこれに対して玄機の思いを述べた文章と思われ、開館式より後に書かれたものと思われる。

醫《い》家《か》之《の》弊《へい》

醫家之弊有大小。而害於道一也。一曰偏執。專守私說、自言獨得古人旨、斷然墨守、張臂梗途。他人之美雖有而唾棄不知之、雖知而故斥之。是其迹似有特操而不省、其心陰險頻與古人相背馳也。夫儒者之學者心學也。心之學者具諸己而非外鑠也。故其讀書講道者、正以發其心眞知也。故古聖人之教、亘今古而莫得替之者爲是故耳。醫之道然乎。有病而後有醫。而藥石之說從是而起、察病處方正出醫心。然病之所以、發藥之所以的其理豈在我心哉。是病與我爲二也。夫旣病與我爲二也、則雖聖人必驗然得察、必試然後得知也。聖人之明尚不免驗試。驗試或以人而殊、或以時而異、不可以一概也。故雖聖人有不能盡者、而期之天下後世。聖人之明尚且如此、則非聖人者乎。然則聖人書或無不可法者、然則醫供所取於聖人歟。豈其然乎。必所取於聖人者乃其心也。聖人之心專在於濟物。故不以立私見在於成美。故不以忌淺近。故苟有以益於濟物、則漁樵婢奴之言、蠻貊之論必察而明之、以取其可取、捨其可捨。此其心之公平正大、眞亘天下萬世而不可渝者也、醫之所當拳拳服膺以爲法也。噫夫立私說者亦何心哉。謂其心不背聖人者吾不信也。欲醫校之盛、是在所必正。

医家《いか》の弊《へい》に大小有《だいしょうあ》り。而《しか》して道《みち》を害《がい》するは一《いっ》なり。一《いっ》とは偏執《へんしゅう》を曰《い》う。専《もっぱ》ら私説《しせつ》を守《まも》り、自《みずか》ら独《ひと》り古人《こじん》の旨《し》を得《え》たるのみと言《い》い、断然墨守《だんぜんぼくしゅ》して、臂《ひじ》を張《は》り、途《みち》を梗《ふさ》ぐ。他人《たにん》の美《び》は有《あ》りと雖《いえど》も唾棄《だき》して之《これ》を知《し》らず、知《し》ると雖《いえど》も故《ことさ》らに之《これ》を斥《しりぞ》く。是《こ》れ其《そ》の迹《あと》は特《た》だ操《もてあそ》びて省《かえり》みず、其《そ》の心《こころ》は陰険《いんけん》にして頻《しき》りに古人《こじん》と相《あい》背馳《はいち》する有《あ》るに似《に》たるのみ。

夫《そ》れ儒者《じゅしゃ》の学《がく》は心学《しんがく》なり。心《こころ》の学《がく》は諸《これ》を己《おのれ》に具《そな》えて外《そと》に鑠《かがや》かすに非《あら》ざるなり。故《ゆえ》に其《そ》の書《しょ》を読《よ》み、道《みち》を講《こう》ずる者《もの》は、正《まさ》に以《もっ》て其《そ》の心《こころ》の真知《しんち》を発《はっ》せんとするなり。故《ゆえ》に古《いにしえ》の聖人《せいじん》の教《おし》え、今古《きんこ》に亘《わた》りて之《これ》に替《か》わる者《もの》を得《う》る莫《な》きは是《これ》が為《ため》の故《ゆえ》なるのみ。

医《い》の道《みち》は然《しか》らんや。病有《やまいあ》って而《しか》る後《のち》に医有《いあ》り。薬石《やくせき》の説《せつ》は是《これ》によって起《お》こり、病《やまい》を察《さっ》するの処方《しょほう》は正《まさ》に医《い》の心《こころ》より出《い》ず。然《しか》れども病《やまい》の所以《ゆえん》、発薬《はつやく》の所以《ゆえん》の其《そ》の理《り》は豈《あ》に我《わ》が心《こころ》に在《あ》らんや。是《こ》れ病《やまい》と我《われ》とは二《に》と為《な》すなり。夫《そ》れ既《すで》に病《やまい》と我《われ》と二《に》と為《な》せば、則《すなわ》ち聖人《せいじん》と雖《いえど》も必《かなら》ず験《ため》して然《しか》して察《さっ》するを得《え》、必《かなら》ず試《こころ》みて然《しか》る後《のち》、知《し》るを得《う》るなり。聖人《せいじん》の明《めい》すら尚《な》お験試《けんし》するを免《まぬか》れず。験試《けんし》、或《あるい》は人《ひと》を以《もっ》て殊《こと》なり、或《あるい》は時《とき》を以《もっ》て異《こと》なれば、一《いっ》を以《もっ》て概《がい》すべからざるなり。故《ゆえ》に聖人《せいじん》と雖《いえど》も能《よ》く尽《つ》くさざる者有《ものあ》って、之《これ》を天下後世《てんかこうせい》に期《き》す。聖人《せいじん》の明《めい》すら尚《な》お且《か》つ此《かく》のごとくんば、則《すなわ》ち聖人《せいじん》に非《あら》ざる者《もの》をや。

然《しか》らば則《すなわ》ち聖人《せいじん》の書《しょ》は或《あるい》は法《のりと》るべき者《もの》あらず、然《しか》らば則《すなわ》ち医《い》は供《おお》いに聖人《せいじん》に取《と》る所《ところ》ある無《な》からんか。豈《あ》に其《そ》れ然《しか》らんや。必《かなら》ず聖人《せいじん》に取《と》る所《ところ》の者《もの》は乃《すなわ》ち其《そ》の心《こころ》なり。聖人《せいじん》の心《こころ》は専《もっぱ》ら物《もの》を済《すく》うに在《あ》り。故《ゆえ》に以《もっ》て私見《しけん》を立《た》てて美《び》を成《な》すに在《あ》らず。故《ゆえ》に以《もっ》て浅近《せんきん》を忌《い》まず。故《ゆえ》に苟《いやし》くも以《もっ》て物《もの》を済《すく》うに益有《えきあ》らば、則《すなわ》ち漁樵婢奴《ぎょしょうひど》の言《げん》、蛮貊《ばんばく》の論《ろん》にても必《かなら》ず察《さっ》して之《これ》を明《あき》らかにし、以《もっ》て其《そ》の取《と》るべきを取《と》り、其《そ》の捨《す》つべきを捨《す》つ。

此《こ》れ其《そ》の心《こころ》の公平正大《こうへいせいだい》は、真《しん》に天下万世《てんかばんせい》に亘《わた》って渝《か》うべからざる者《もの》にして、医《い》の当《まさ》に拳拳服膺《けんけんふくよう》して以《もっ》て法《ほう》と為《な》すべき所《ところ》なり。噫夫《ああそ》れ私説《しせつ》を立《た》つる者《もの》も亦《ま》た何《なん》の心《こころ》かあらんや。其《そ》の心《こころ》、聖人《せいじん》に背《そむ》かずと謂《い》う者《もの》は吾《われ》は信《しん》ぜざるなり。医校《いこう》の盛《さか》んならんと欲《ほっ》すれば、是《こ》れ必《かなら》ず正《ただ》す所《ところ》に在《あ》らんや。

医家の持つ欠点には大小さまざまなものがある。けれども医学の発展を阻害するという点においては、「偏執」（偏見をもって他の意見を受け付けないこと）にまさるものはない。自分の説にこだわり続け、自分だけが古人の趣旨を理解できていると思い込み、これを堅く守って改めず、臂を張って道をふさいでしまっている。他人の卓説などは軽蔑してかえりみず、たとえ知っていようとも、わざと排斥するのである。その状況はあたかも医学を弄んで反省することもなく、その心根は陰険で、はっきりと古人との食い違いが認められるのである。

そもそも儒学とは心の学問である。心の学問とは、自己の品性を養い高めるための教えであり、他人に見せびらかすのが目的ではない。それゆえ儒者が経書を読み、儒学の講義を行うのは、物事の道理を認識する能力を明らかにし、発揮しようとするためなのである。いにしえの聖賢の教えが古今を問わず重視され、いまだこれに替わる学問が現れないのは、以上のような理由からなのである。

ところが医学の場合はそうではない。医学は疾病がまず存在して、その後にはじめて学問が誕生した。薬物に関する諸説はこれによって生起し、診察や治療の方法も病気に向き合う医家の心から発生した。しかしながら、病気が発生する原因、用薬の根拠となる道理は、どうして自らの心の中に芽生えたりしようか。疾病と自己とは二つの別々のものである。そもそも病気と自己とを別物と考えるならば、たとえ聖人であっても必ずや実験と推理が必要で、検証を行った上でこそ道理を察知することが可能となる。聖人の英明さをもってさえ検証を軽視しなかったわけで、しかも、その検証の結果は人ごと、時ごとに異なるため、これをひとくくりにして論ずることは不可能である。そのため、聖人でも医学については十分に論じ尽くすことができず、後世の人々に期待した。聖人の叡智をもってしてもこのような状態であるから、まして凡俗の人々においてはなおさら努力を怠ってはならないだろう。

では、聖人の著作には参考とすべき内容はなく、医家は聖人の教えからは何ら学び取るものはないと考えてよいのだろうか。いやそんなことはない。聖人の教えに学ぶべきものは、心のありように他ならない。聖人の心はもっぱら人民の救済に向けられた。だからわざわざ独自の意見を述べて、学問を誇示することなどしなかったのである。また聖人は浅はかで俗っぽいことも無視することはなく、それゆえに少なくとも万民の救済に裨益する可能性があれば、たとえそれが身分が低く、無学な人々の言葉であっても、あるいは野蛮な人々の所説であっても、十分に検証して、必ず真偽を確かめた上で、取捨選択を行って上手に活用したのである。

この公平正大な堂々たる心は、医家たるもの、未来永劫に失ってはならず、常に背くことなく、自らの行為の基準とすべきものである。ああ、独自の意見にこだわる医家は一体どういうつもりなのだろうか。その心は聖人の教えに背いていないと彼らが言っても、私は決して信じない。将来、医校を隆盛に導こうとするならば、必ずやこの点を是正しなければならない。

○墨守　自分の意見や態度をかたく守って改めないこと。　○頻　しばしば。何度も。もと「頓」に作るが、今これを改めた。〇心学　心を修め、品性を養い高める学問。〇真知　まことの知識。この場合は、よく物事の道理・原理・真理をわきまえ知ることであり、外界を認識する作用の方面をいう。〇薬石　病気治療のための薬と鍼。また薬物や治療法の総称。〇漁樵婢奴　身分の低いものたち。〇蛮貉　野蛮な人々。〇拳拳服膺　人から受けた教えなどを常に忘れず、大切に守るよう心がけること。

※近世後期になると、官民の医家中には学問をおろそかにし、道義をかえりみず、出世殖財に心を奪われるものが増加した。玄機はこの悪弊の蔓延を嘆くとともに、医道の有する「司命済世」の本義を見失った医人たちを厳しく指弾した。この点は弟の玄瑞も全く同じ意見をもち、腐敗した医家を舌鋒鋭く攻撃している。久坂兄弟の論調は、宝暦・明和期に活躍した下関出身の儒医・永富独嘯庵の時医批判と共通性があり、かなりな影響を受けているように思われる。

藩国の危難を前に堕落するばかりの医家に対する批判は、前掲の「医賛」にも「志は但だ私見を奮ひて、門戸を立つるに在り」と述べられていた。しかも末尾において、医学校を隆盛に導くには「医家の弊」と「世人の弊」を正しいものに改めることが重要なのだと、語気強く指摘していたことも忘れてはならない。

玄機はこれらの点をふまえて、自分の考える「医家の弊」とは何か、どうすればその悪害が解決できるのか、そういったことを提示したのが本編である。この文章がいつ書かれたのかははっきりしないが、内容的に見て「医賛」とほぼ同時期の作ではなかったかと推論される。

引痘要訣《いんとうようけつ》

醫家方法之古無而今有、而能益乎人者、蓋僂指靡能數矣。古無而今有、而能足泣鬼神駭賢聖者、吾乃於牛痘接法乎獨覩之矣。惟其法之原、雖出于海外夷蠻、正是天意所在而非人力所爲也。夫世之爲父母者、誰不愛子。愛子之情、常願其康健生長以爲人焉。然而嬌顔華容者、化爲蛇皮蛙面、則雖有冠笄衣巾之備、或無吉士之誘之。嬉笑遊戲者忽爾遠逝、則雖有朝泣晩慕之切、或無幽鬼之知之。其乎何物使然。非天花之災致之耶。今能濟乎此厄、而俾夫父母者、轉憂爲喜、無復泣慕者、是牛痘之賜也。若能以是術、推及四海、惹達萬劫、則其功其德、豈其可測哉。恭惟呈。

医家《いか》の方法《ほうほう》の古《いにしえ》無《な》くして今有《いまあ》り、而《しか》も能《よ》く人《ひと》を益《えき》する者《もの》は、蓋《けだ》し僂指《ろうし》して能《よ》く数《かぞ》うる靡《な》し。古《いにしえ》無《な》くして今有《いまあ》り、而《しか》も能《よ》く鬼神《きしん》を泣《な》かせ、賢聖《けんせい》を駭《おどろ》かすに足《た》る者《もの》は、吾《われ》は乃《すなわ》ち牛痘接法《ぎゅうとうせっぽう》に於《おい》て独《ひと》り之《これ》を覩《み》るのみ。惟《おも》うに其《そ》の法《ほう》の原《もと》、海外夷蛮《かいがいいばん》に出《い》ずと雖《いえど》も、正《まさ》に是《こ》れ天意《てんい》の在《あ》る所《ところ》にして、人力《じんりき》の為《な》す所《ところ》に非《あら》ざるなり。

夫《そ》れ世《よ》の父母為《ふぼた》る者《もの》は、誰《たれ》か子《こ》を愛《あい》せざる。子《こ》を愛《あい》するの情《じょう》は、常《つね》に其《そ》の康健生長《こうけんせいちょう》して、以《もっ》て人《ひと》と為《な》らんことを願《ねが》えり。然《しか》り而《しこう》して嬌顔華容《きょうがんかよう》なる者《もの》の、化《か》して蛇皮蛙面《じゃひあめん》と為《な》らば、則《すなわ》ち冠笄衣巾《かんけいいきん》の備《そな》え有《あ》りと雖《いえど》も、或《あるい》は吉士《きっし》の之《これ》を誘《さそ》う無《な》し。嬉笑遊戯《きしょうゆうぎ》する者《もの》の忽爾《こつじ》として遠逝《えんせい》せば、則《すなわ》ち朝泣晩慕《ちょうきゅうばんぼ》の切《せつ》なる有《あ》りと雖《いえど》も、或《あるい》は幽鬼《ゆうき》の之《これ》を知《し》る無《な》し。其《そ》れ何《なん》の物《もの》か然《しか》らしめん。天花《てんか》の災《わざわい》、之《これ》を致《いた》すに非《あら》ざるか。

今能《いまよ》く此《こ》の厄《やく》を済《すく》いて、夫《か》の父母者《ふぼしゃ》をして、憂《うれ》いを転《てん》じて喜《よろこ》びと為《な》し、復《ま》た泣慕《きゅうぼ》すること無《な》からしむるは、是《こ》れ牛痘《ぎゅうとう》の賜《たまもの》ならんや。若《も》し能《よ》く是《こ》の術《じゅつ》を以《もっ》て、推《お》して四海《しかい》に及《およ》ぼし、惹《ひ》きて万劫《まんごう》に達《たっ》すれば、則《すなわ》ち其《そ》の功《こう》、其《そ》の徳《とく》、豈《あ》に其《そ》れ測《はか》るべけんや。恭《つつ》しみ惟《おも》んみて呈《てい》す。

医家が用いる治療法で、古くは行われなかったが近年になって登場し、しかも人体に有益なものとなると、おそらく指折り数えるほども存在しないだろう。これら昔はなかったが昨今現れたものの中で、なおかつ神々を感涙させ、聖賢をアッといわせるのに十分なものといえば、私は種痘法だけがただこれに該当すると思っている。その技法の大もとは、海外の蛮夷によって発明されたが、これは天の意志で創造されたものであって、とても人の力で考え出せるようなものではない。

そもそもこの世に父母となったもので、子供を愛しく思わないものがどこにいようか。子を愛する気持ちは、常にその健康と長寿の人物にすくすくと育ってくれることを願っている。それなのに、可愛らしい容貌が病で変じて、蛇や蛙の体表のようにブツブツで覆われてしまえば、いくら豪華な嫁入り道具を準備していても、男性から声をかけられることもないであろう。またニコニコと笑い戯れていても、あっという間にこの世を去ってしまえば、朝晩、涙にくれて追慕の情が極まっても、死児の霊はそんな親の気持ちを知る訳がない。いったいそれは、何がそうさせたのかというと、天然痘への感染がこの災厄を招いたのではないか。

今この災難を救済して、父母の心配を喜びに変え、その上、泣いたり、哀慕したりすることをなくしてくれるのは、種痘の恩恵に他ならないだろう。もし、この医術を全国各地に広め、永久に根づかせることができるならば、その功徳は計り知れぬものがあるに違いない。以上つつしみ考えてこの一文を進呈する。

○僂指　指折り数える。○牛痘接法　種痘。引痘。植え疱瘡。人体に牛痘を接種して天然痘に対する免疫力を得た。○天意　玄機の訳述した『治痘新局』下の「預防法」の条に、「尹涅児《ジェンナー》（人名）の発明（発明せる牛痘を接する法は前に見ゆ）、豈《あ》に其《そ》れ偶然《ぐうぜん》ならんや。実《じつ》に是《こ》れ天《てん》より下民《かみん》に賜《たまわ》るの一大恵徳《いちだいけいとく》と謂《い》うべし」（原漢文）とある。○吉士　男子の美称。○天花　天然痘（疱瘡）の別称。○呈　もと「吾」に作るが意味をなさず、今これを「呈」に改めた。

※我が国に幾度も大流行し、容赦なく幼い命を奪った天然痘（痘瘡）は恐るべき伝染病であった。しかし幕末長崎に牛痘接種法が伝来して以来、徐々に瘡害は除かれ、多数の人命が救われるようになった。

嘉永二年、蘭医モーニッケは長崎で本邦初の種痘に成功した。牛痘接種法は長崎から大村、佐賀へと伝播し、官民の医家の努力によって各地で良果を収め、次第に普及を見た。

萩藩では早く青木周弼が牛痘接種法に関心を抱き、痘苗の渡来を期待していたが、そこに長崎遊学中の門人阿部魯庵から一報が届いた。これを藩府に諮ると、速やかに医員を長崎に派遣し、痘苗を持ち帰るようにとの下命があり、周弼の実弟研蔵が大任を果たすこととなった。研蔵は同年九月九日に城下を発ち、同二十二日には種痘術の習得を終え、良好な痘苗を携えて帰萩した。

萩城下では九月末から、引痘掛の青木周弼、赤川玄悦、久坂玄機の三名が中心となり、本格的な種痘が開始された。翌三年正月、藩府は領内引痘の円滑を期すため、各宰判の代官に、陪臣医・町医・地下医の中から適材を選抜して出萩させ、種痘術に関する研修を行わせるよう下令した。これに応じて多数の医家が萩医学館で引痘術を伝授され、公認の種痘医となって、藩内各地で種痘業務に従事し、以後あまたの命が救われることとなった。

この「引痘要訣」を詩編（三）で紹介した種痘関係の絶句四首とあわせ読むと、当時の種痘に対する玄機の期待感や昂揚感が実によく伝わって来よう。

なお玄機の翻訳した『治痘新局』（未刊自筆稿本）は、現在、萩博物館が所蔵する。内表紙には「治痘新局下／附録接痘篇／未定譯稿」と題するが、本編は上・下篇で構成され、「接痘篇」は附録されていない。また巻下の冒頭に「遠西《えんせい》・貎弗涅児《ワフネル》の著《あら》わす所《ところ》に係《よ》る」（原漢文）と明記するから、独医エルンスト・ワフネルの蘭訳本を重訳したものである。かつて萩藩医学校にはワフネルの病理学の蘭訳本が所蔵されており、その種痘関係書が所蔵されていた可能性も十分にあり得よう。前者は福田正二（青木周弼・研蔵門。萩藩医）の手により翻訳され、明治十年に『窊氏原病論』と題して出版された。玄機による訳業の完成は、嘉永二年秋〜三年頃と推定される。

謝任舍長（舍長《しゃちょう》に任《にん》ぜらるるを謝《しゃ》す）

頓首再拜謹白。靜也以去歳夏六月、載贄於先生之門。自然以來、俛焉叩乎斯業者、今且半歳餘。雖然資稟不完、才鈍識愚、碌々眞與衆異焉。唯夫小霤之穿石、鑽燧之飛焰、研尋寖久、開悟僅至、廼仰先生教澤之恩大矣。曩先生不捨其不敏、輒許以代診事。靜既多幸、今復命任舍長。嗚乎、先生待遇過厚、一何至此耶。靜退自省、慚懼交至、非所敢當也。惟人之患莫大於自畫。莊周云、適千里者三月聚糧。夫行旅人、猶欲遠則必有其備焉。人不志乎高遠則止。苟志乎高遠、其備可不大乎哉。故小得不以爲足、必也極其大也。靜也雖蹇駑、密冀千里。雖鈆刀、猶欲一割。發硎鞭撻、望力於其人也。吾當爲下于人也、不可爲上。當見教于人也、不可教也。今以乳臭黃口遽立乎人上、其不爲隋弊之歸者殆少。是靜之所爲懼也。夫舍長代師率其徒者也。則凡古今典籍之略、藥石疾病之說、足腹藏焉口弁焉者。而后可以握指麾之柄、興起怠惰、發暢才氣、相扶以事師也。靜未足倶能焉、欲爲人之長難矣哉。孰信我乎。不笑則幸也。徒居乎其名而喪其實、是靜之所大慚也。誠惶謹謝斯命決不可當也。雖然如其業、則不敢勉勵乎哉。不敢勉勵乎哉。

三月十四日　久坂　靜　再拜

頓首再拝《とんしゅさいはい》、謹《つつし》んで白《もう》す。静《せい》や、去歳《きょさい》の夏六月《なつろくがつ》を以《もっ》て、贄《し》を先生《せんせい》の門《もん》に載《と》る。然《しか》るより以来《いらい》、俛《ふ》して斯《こ》の業《ぎょう》を叩《と》う者《こと》、今且《いままさ》に半歳余《はんさいよ》ならんとす。然《しか》りと雖《いえど》も、資稟《しりん》完《まった》からず、才鈍《さいにぶ》く識《しき》は愚《ぐ》、碌々《ろくろく》として真《まこと》に衆《しゅう》と異《こと》なれり。唯《た》だ夫《か》の小霤《しょうりゅう》の石《いし》を穿《うが》ち、鑽燧《さんすい》の焔《ほのお》を飛《と》ばすがごとく、研尋《けんじん》寖《ようや》く久《ひさ》しうして、開悟《かいご》僅《わず》かに至《いた》るは、廼《すなわ》ち先生《せんせい》の教沢《きょうたく》の恩《おん》を仰《あお》ぐこと大《だい》なればなり。

曩《さき》ごろ、先生《せんせい》、其《そ》の不敏《ふびん》を捨《す》てず、輒《すなわ》ち許《ゆる》すに代診《だいしん》の事《こと》を以《もっ》てす。静《せい》、既《すで》に多幸《たこう》なるに、今《いま》復《ま》た命《めい》じて舎長《しゃちょう》に任《にん》ぜらる。嗚乎《ああ》、先生《せんせい》の待遇《たいぐう》の厚《あつ》きに過《す》ぐること、一《いっ》に何《なん》ぞ此《ここ》に至《いた》らんや。静《せい》、退《しりぞ》きて自《みずか》ら省《かえり》みるに、慚懼《ざんく》交《こもご》も至《いた》り、敢《あ》えて当《あた》る所《ところ》に非《あら》ざるなり。

惟《おも》うに人《ひと》の患《かん》は、自画《じが》より大《だい》なるは莫《な》し。荘周《そうしゅう》云《い》う、「千里《せんり》を適《ゆ》く者《もの》は、三月《みつき》の糧《かて》を聚《あつ》む」と。夫《そ》れ行《こう》旅《りょ》の人《ひと》、猶《な》お遠《とお》くゆかんと欲《ほっ》すれば、則《すなわ》ち必《かなら》ず其《そ》の備《そな》え有《あ》るがごとし。人《ひと》、高遠《こうえん》に志《こころざ》さずんば則《すなわ》ち止《や》む。苟《いやしく》も高遠《こうえん》に志《こころざ》せば、其《そ》の備《そな》え大《だい》ならざるべけんや。故《ゆえ》に小得《しょうとく》して以《もっ》て足《た》れりと為《な》さず、必《かなら》ずや其《そ》の大《だい》を極《きわ》めんとするなり。

静《せい》や、蹇駑《けんど》なりと雖《いえど》も、密《ひそ》かに千里《せんり》を冀《ねが》えり。鈆刀《えんとう》なりと雖《いえど》も、猶《な》お一割《いっかつ》せんと欲《ほっ》す。発硎鞭撻《はっけいべんたつ》は、力《ちから》を其《そ》の人《ひと》に望《のぞ》むなり。吾《われ》は当《まさ》に人《ひと》に下《しも》と為《な》るべく、上《かみ》と為《な》るべからず。当《まさ》に人《ひと》に教《おし》えられて、教《おし》うべからざるなり。今《いま》、乳臭黄口《にゅうしゅうこうこう》なるを以《もっ》て遽《にわか》に人《ひと》の上《かみ》に立《た》てば、其《そ》の隋弊《だへい》の帰《き》する者《もの》殆《ほとん》ど少《すく》なしと為《な》さず。是《こ》れ静《せい》の懼《おそ》れを為《な》す所《ところ》なり。

夫《そ》れ舎長《しゃちょう》は師《し》に代《かわ》って其《そ》の徒《と》を率《ひき》いる者《もの》なり。則《すなわ》ち凡《およ》そ古今典籍《ここんてんせき》の略《りゃく》、薬石疾病《やくせきしっぺい》の説《せつ》、腹蔵《ふくぞう》して口弁《こうべん》するに足《た》る者《もの》なり。而《しか》る后《のち》に以《もっ》て指麾《しき》の柄《え》を握《にぎ》り、怠惰《たいだ》を興起《こうき》し、才気《さいき》を発暢《はっちょう》し、相扶《あいたす》けて以《もっ》て師《し》に事《つか》うべきなり。

静《せい》、未《いま》だ倶《とも》に能《よ》くするに足《た》らず、人《ひと》の長為《ちょうた》らんと欲《ほっ》するは難《かた》いかな。孰《たれ》か我《われ》を信《しん》ぜんや。笑《わら》われずんば則《すなわ》ち幸《さいわ》いなり。

徒《た》だ其《そ》の名《な》に居《お》りて其《そ》の実《じつ》を喪《うしな》うは、是《こ》れ静《せい》の大《おお》いに慚《は》ずる所《ところ》なり。誠惶謹謝《せいこうきんしゃ》するも斯《こ》の命決《めいけっ》して当《あ》たるべからず。然《しか》りと雖《いえど》も其《そ》の業《ぎょう》のごとくせば、則《すなわ》ち敢《あ》えて勉励《べんれい》せざらんや。敢《あ》えて勉励《べんれい》せざらんや。

三月十四日《さんがつじゅうよっか》　久坂《くさか》　静《せい》　再拝《さいはい》

畏れながら申し上げます。私は去年（弘化四年）の夏六月に先生（緒方洪庵）に入門しました。それ以来、医学について教えを頂き、ちょうど半年余りが過ぎようとしております。しかし、生まれつき愚かなたちで、頭も鈍く、人様のあとからついてゆくのが精一杯でございました。ただ小さな雨だれが石を穿ち、ささやかな火おこしの火が焔へと変わるように、研鑽を重ね、わずかなりとも理解が進みましたのは、ひとえに先生のご教導の賜物と感謝しております。

先ごろ、先生は私の不才をお見捨てにならず、代診をお許しになったことは、既に身に余る光栄でございましたのに、今また塾頭に任命して下さいました。ああ先生の私への過分な恩遇があったからこそ、私はここまで成長できたのです。翻って考えますに、深く恥じ入るとともに、恐れ多いという心情が交錯して、思い切ってお引き受けすることができそうにありません。

思うに、私は人間の持つ欠点の中で、自画自賛の手前みそが最も始末に悪いと考えます。かつて荘子は、「千里の旅へ出かけるものは三か月分の食料を用意する」と申しました。そもそも旅人はより遠くへ行こうと思えば、必ず相応の準備をしなければなりません。人は高遠の志を抱かなければ、きっと中途で投げ出してしまいます。もし高遠の志を抱くのであれば、その準備は十分にしておかなければなりません。私はそれゆえ小さな利得では満足せず、必ずや遠大を極めようと心に誓っているのでございます。

私は才能に乏しいものですが、心中ひそかにいつも千里を行く旅人であることを目指しています。切れ味の鈍い刀ですが、一太刀で切り裂く力を身につけたいと思っています。砥石となり、鞭打つ役目は、それにふさわしい力量のものに期待して頂きたい。私は人の下につくものであって、人の上に立つ才はなく、教えられる側であって、教えることなどできはしません。今もって経験の少ない未熟者でして、そのようなものがにわかに人の上に立っては、色々な弊害が現れて参りましょう。それが私の懸念している点でございます。

そもそも舎長は、師になり代って門弟を率いるものですから、古今の書籍の要点、医薬疾病の諸説に広く通じ、弁舌が巧みでなければなりません。その上で後進を指導して、怠惰を奮い立たせ、才能を発揮させ、彼らの手助けを行い、そうやってこそ師に仕えることができるのです。

私はいまだ他人のことにまで十分に目が向きませんので、人の上に立つことは困難かと存じます。一体誰がそんな私を信じましょうか。皆の笑いものにならなければ幸いです。

いたずらにその地位にあって、実を伴わないのは、私どもの大いに恥じ入る所です。従って真に恐懼の至り、心から感謝申し上げる次第なのですが、ご下命は決して当を得ぬものと心得ます。さりながら、仰せの通り舎長の仕事を引き受けるようなことになれば、どうして進んで尽力しないことがありましょうか、積極的に取り組まないことがありましょうか。

○舎長　弘化二年に過書町へ移転してからの適々斎塾（適塾）は、常時百人を超える塾生を擁し、組織立った蘭学教育が行われた全国第一の蘭学塾であった。入塾生全体を統括する立場に塾頭（一名）があり、その下に塾監（一名）を置いてこれを補佐させた。最高級の一級生を含めて、これらが会読の際に会頭をつとめ、塾生の成績を採点・評価した（長与専斎『松香私志』）。玄機のいう「舎長」は、本文の記載内容に照らして「塾頭」のことと理解される。玄機が塾頭になった年次は未詳ながら、嘉永元年説（適塾記念会編『緒方洪庵と適塾』）が有力で、筆者も同意見である。同年の入塾者には、武田斐三郎、佐野常民、渡辺卯三郎等、十九名がある。なお翌嘉永二年から村田藏六（大村益次郎）に交代した。○載贄　執贄。初めて会うときに礼物を持参して敬意を表すこと。転じて束脩の礼をおさめて門人となること。「載」は「執」と同義。○小霤　屋根からしたたり落ちる雨水。○鑽燧　木の棒をきりもみして火をおこすこと。○適千里者三月聚糧　『荘子』逍遥遊篇にある言葉で、遠地へ行くものは、前もって十分に食糧の準備をするという意。○蹇駑　才能が乏しいこと。○鈆刀　「鈆」は「鉛」の別体。切れ味の悪い刀。役に立たない人や物に喩える。○発硎　砥石で磨くこと。○隋弊　悪弊。弊害。「隋」は「堕」と同義。○帰者　もと「帰省」に作るが意味をなさず、今これを「帰者」に改めた。

深《しん》慮《りょ》の論《ろん》

夫天地之大、自有風雨雷霆之變。萬國之廣、自有治亂廢興之變。蓋必見冥雲黑霧、然後始知風雷之將來焉。而察之天青日白之時難矣。必眼覩兵戈、耳聞鼙鼙、然後始知治廢之方來焉。而察諸文恬武熈之日難矣。天青日白之時而慮有風雷焉、則人必以爲愚矣。文恬武熈之日而慮有鬪亂焉、則人必以爲狂矣。是所以雷風之常發於意外、而鬪亂之常起於不測也歟。我日東之邦、百王一世、甲于天下。而曩有伊・鄂二虜之或窺或侵、而皆不能有得志焉。及至近年、英機藜更挾詭計、欲敢曳虎鬚東西、出沒殆不可測。此之時、我之士民洶洶懼懼、皆恐其必有亂。於是謀防之徒四起、敵愾之兵振臂而起。或曰長槍大劍。或曰巨砲大礮、接戰具日設、扞禦之術日講。誠有如見陰雲黑霧、而知風雷之將來者矣。然而後寇不復至、海靜濤平者一二年、乃謀寇之士倦於徒奮、敵愾之兵怠於無事、而鮮復言邊防者矣。夫遇陰雲黑霧、而終不見乎風雷焉。風雷之至、或在天青日白之下、而不必在於陰雲黑霧之時焉。先遇陰雲黑霧、而俄爲之備乎風雷、而風雷之果不終來也、則直撤之備、以謂天青日白、安有風雷而倏有得焉則可也。不亦危哉。防寇之術亦豈不然哉。足復慮則苟知青天日白之不能終無陰雲黑霧焉、則必知文恬武熈之或不保無兵甲爭鬪焉。然後昧者不察、有事則駭、無事則安、猶如航海者之無針盤、而徒柁櫓之恃矣。無遇風濤雨霾、則或揆指方而達矣。而遇颶雨濤驚則迷、而莫知所天晴浪和、安能不所覆沒耶。

夫《そ》れ天地《てんち》の大《だい》には、自《おのずか》ら風雨雷霆《ふううらいてい》の変《へん》有《あ》り。万国《ばんこく》の広《こう》には、自《おのずか》ら治乱廃興《ちらんはいこう》の変《へん》有《あ》り。蓋《けだ》し必《かなら》ず冥雲《めいうん》黒霧《こくむ》を見《み》て、然《しか》る後始《のちはじ》めて風雷《ふうらい》の将《まさ》に来《きた》らんとするを知《し》る。而《しか》して之《これ》を天青日白《てんせいにっぱく》の時《とき》に察《さっ》するは難《かた》し。必《かなら》ず眼《め》に兵戈《へいか》を覩《み》、耳《みみ》に皷鼙《こへい》を聞《き》き、然《しか》る後《のち》に始《はじ》めて治廃《ちはい》の方《まさ》に来《きた》らんとするを知《し》る。而《しか》して諸《これ》を文恬武熙《ぶんてんぶき》の日《ひ》に察《さっ》するは難《かた》し。

天青日白《てんせいにっぱく》の時《とき》にして風雷有《ふうらいあ》るを慮《おもんぱか》れば、則《すなわ》ち人《ひと》必《かなら》ず以《もっ》て愚《ぐ》と為《な》さん。文恬武熙《ぶんてんぶき》の日《ひ》にして闘乱有《とうらんあ》るを慮《おもんぱか》れば、則《すなわ》ち人《ひと》必《かなら》ず以《もっ》て狂《きょう》と為《な》さん。是《こ》れ雷風《らいふう》の常《つね》に意外《いがい》に発《はっ》して、闘乱《とうらん》の常《つね》に不測《ふそく》に起《お》こる所以《ゆえん》なればならんか。

我《わ》が日東《にっとう》の邦《くに》は、百王一世《ひゃくおういっせい》、天下《てんか》に甲《こう》たり。而《しか》して曩《さき》ごろ伊《い》・鄂二虜《がくにりょ》の或《あるい》は窺《うかが》い、或《あるい》は侵《おか》す有《あ》るも、而《しか》るに皆能《みなよ》く志《こころざし》を得《う》ること有《あ》らず。近年《きんねん》に至《いた》るに及《およ》んで、英機藜《いぎりす》は更《さら》に詭計《きけい》を挟《さしはさ》み、敢《あ》えて虎鬚《こしゅ》を東西《とうざい》に曳《ひ》かんと欲《ほっ》し、出没《しゅつぼつ》殆《ほとん》ど測《はか》るべからず。

此《こ》の時《とき》、我《われ》の士民《しみん》は洶洶《きょうきょう》懼懼《くく》として、皆其《みなそ》の必《かなら》ず乱有《らんあ》るを恐《おそ》る。是《ここ》に於《おい》て謀防《ぼうぼう》の徒《と》は四起《しき》し、敵愾《てきがい》の兵《へい》は臂《うで》を振《ふ》るいて起《た》つ。或《あ》るものは長槍《ちょうそう》大剣《たいけん》と曰《い》い、或《あ》るものは巨砲大礮《きょほうたいほう》と曰《い》い、接戦《せっせん》の具《ぐ》をば日《ひ》び設《もう》け、扞禦《かんぎょ》の術《じゅつ》を日《ひ》び講《こう》ず。誠《まこと》に陰雲黒霧《いんうんこくむ》を見《み》て、風雷《ふうらい》の将《まさ》に来《きた》らんとするを知《し》る者《もの》のごとき有り。

然《しか》り而《しこう》して後《のち》に寇復《こうま》た至《いた》らず、海静《うみしず》かにして濤平《なみたい》らかなる者《こと》一二年《いちにねん》なれば、乃《すなわ》ち謀寇《ぼうこう》の士《し》は徒奮《とふん》に倦《う》み、敵愾《てきがい》の兵《へい》は無事《ぶじ》に怠《おこた》りて、復《ま》た辺防《へんぼう》を言《い》う者《もの》鮮《すくな》からん。

夫《そ》れ陰雲黒霧《いんうんこくむ》に遇《あ》えども、終《つい》に風雷《ふうらい》を見《み》ず。風雷《ふうらい》の至《いた》るは、或《あるい》は天青日白《てんせいにっぱく》の下《もと》に在《あ》りて、必《かなら》ずしも陰雲《いんうん》黒霧《こくむ》の時《とき》に在《あ》らず。先《ま》ず陰雲黒霧《いんうんこくむ》に遇《あ》いて、俄《にわ》かに之《これ》が為《ため》に風雷《ふうらい》に備《そな》うるも、而《しか》るに風雷《ふうらい》の果《は》たして終《つい》に来《きた》らざれば、則《すなわ》ち直《ただ》ちに之《これ》が備《そな》えを撤《てっ》して、以《もっ》て天青日白《てんせいにっぱく》、安《いず》くんぞ風雷《ふうらい》有《あ》って倐《たちま》ち得《う》ること有《あ》らんやと謂《おも》うは則《すなわ》ち可《か》ならんか。亦《ま》た危《あやう》からずや。

防寇《ぼうこう》の術《じゅつ》も亦《ま》た豈《あ》に然《しか》らざらんや。復《ま》た慮《おもんぱか》って則《すなわ》ち苟《いやし》くも青天日白《せいてんにっぱく》の終《つい》に陰雲黒霧《いんうんこくむ》無《な》き能《あた》わざるを知《し》らば、則《すなわ》ち必《かなら》ず文恬武熙《ぶんてんぶき》の或《あるい》は兵甲争闘《へいこうそうとう》無《な》きを保《たも》たざるを知《し》るに足《た》らんや。

然《しか》れども後昧《こうまい》の者《もの》は察《さっ》せずして、事有《ことあ》れば則《すなわ》ち駭《がい》、事無《ことな》ければ則《すなわ》ち安《あん》、猶《な》お航海者《こうかいしゃ》の針盤《しんばん》無《な》くして、徒《た》だ柁櫓《たろ》を之《こ》れ恃《たの》むがごとし。風濤雨霾《ふうとううばい》に遇《あ》うこと無《な》くんば、則《すなわ》ち或《あるい》は指方《しほう》を撲《ぼく》して達《たっ》せん。而《しか》るに颶雨濤驚《ぐうとうきょう》に遇《あ》うときは則《すなわ》ち迷《まよ》いて、天晴浪和《てんせいろうわ》の所《ところ》を知《し》る莫《な》くんば、安《いず》くんぞ能《よ》く覆没《ふくぼつ》する所《ところ》にあらざらんや。

そもそも広大な自然界には風雨電雷の変化があり、国家においてもおのずと治乱廃興の転変が存在する。（自然の変化の発生については）おそらく必ず黒い雲霧を見たあとで、始めて強風や雷雨が来ることを知るのであって、これを晴れ上がった天気のよい時期に察知するのは困難である。（人事の転変についても同様で）まず兵戈を実見し、攻め太鼓の音を耳にして、始めて国家の治乱興廃の行方を知ることになるのであって、これを太平無事の日々に予見することは難しい。

快晴の時分に風雷が起こることを口にしても、人々はきっと愚かものと思って相手にしないだろう。平穏な時代に戦乱の起こることを説いても、人々は必ず狂人扱いするにちがいない。というのも、「雷や風は常に思わぬ時分に発生する」、「戦乱は予測できない所に起こる」からであろうか。

我が日本は万世一系の天子が治める世界に比類なき国である。先にはイスパニアとロシアが侵略を企てたが、いずれも果たすことはできなかった。近年に及んでは、イギリスがずるい計略で国威を世界に示そうとしており、日本近海への出没もいよいよ頻繁となって来たのである。

この時にあたって、我が士民は怯えながら、必ずや戦乱が起こるであろうことを予感している。かかる折柄、海防論者が各地に現れ、攘夷を叫ぶ武闘派の人々もあいついで起こった。あるものは長槍大剣の必要性を説き、またあるものは巨砲の不可欠であることを語り、接戦の武器を着々と準備し、防禦の術を工夫している。それはあたかも暗雲や黒霧を見て、風雷の発生が間近であることを知った状況とよく似ている。

しかしながら、その後、敵がやって来る気配もなく、太平無事に一、二年が過ぎてしまえば、もはや外夷の防禦にあれほど熱心であった人々も、いたずらな奮闘に疲れてしまい、敵愾心を燃やしていたつわものたちも、事変の起こらぬことに倦怠を生じ、海辺の防備を論ずることもしだいに減ってゆく。

この話はそもそも暗雲・黒霧に接しても、最後まで風雷を目にすることがないという例である。そもそも風雷が発生するのは、時には晴天の場合もあるわけで、必ずしも暗雲・黒霧という前触れがあってから起こるとは限らないのである。また、まず暗雲や黒霧に遭遇してから、あわてて風雷に備えたものの、結果として風雷がやって来なかったからといって、すぐさま備えを撤去してしまい、「天気はよい。どうして風や雷が襲って来ようか」などと思うのはいかがなものであろう。それこそなんと危険な考え方ではないだろうか。

海防についてもまた同様のことが言えよう。繰り返し考えてみて、かりそめにもよく晴れた天気に真の静安の存在せぬことを理解したならば、太平無事の時節においても、争乱のない時代が永久に続くとはいえないことが十分にわかるであろう。

しかしながら、おろかな者はその点が理解できず、いったん事が起こった際には慌てるくせに、何事も起こらなければ平安が続くと信じ込んでいる。それはあたかも船乗りが羅針盤のない状態で、ただ柁や櫓を頼みとして航海するようなものである。彼らは天候が荒れなければ、目指す方角にまっすぐ進んでたどりつけようが、いったん天候が荒れると大海に迷うこととなり、青空がのぞく風波の穏やかな場所も知らないので、転覆の災厄を免れることは到底できないのである。

○雷霆　かみなり。もと「雷霆」に作るが、今これを「雷霆」に改めた。○文恬武熙　文恬武嬉。世の中が平和で、文官も武官も喜び楽しむ様子。文武の諸官がのんびり暮らす太平のさま。○伊鄂　イスパニア（スペイン）とロシア。イスパニアは、慶長元年（一五九六）のサン・フェリペ号事件（土佐に漂着した同船乗組員中に、スペインはキリスト教布教の次に軍隊を派遣し、相手国の植民地化を開始すると吹聴するものがあり、二十六聖人の殉難へとつながる）を指す。また十八世紀以来、我が国と南下策を取るロシアとの間に緊張状態が続いた。中でもロシア船による樺太、択捉への二度の襲撃は文化露寇事件（一八〇六～〇七）と称され、これ以後、北辺防備はいっそう厳重となった。○英機藜　イギリス。文化五年（一八〇八）、長崎湾内に侵入して幕府を狼狽させたフェートン号事件、延いては天保期に隣邦で起こった阿片戦争をも含む。○虎鬚　いかめしく張り出た頬ひげ。○後昧者　おろかもの。○駭　「駭」の別体。おどろき騒ぐ。○針盤　羅針儀。盤の中央に磁針を装置し、方位を測る器械。船の進路測定に用いる。○柁櫓　船のかじとかい。○撲指方　「指方を撲す」と訓み、目指す方角に向けて直進することをいう。

送齋藤德太郎序

（斎藤徳太郎《さいとうとくたろう》を送《おく》るの序《じょ》）

丁未之夏、余與拙堂先生令嫡德太郎、始訂交於難波之津。周旋數月、既而別復會。蓋以余之醫生、而喜論海寇也、往往有其言入而見可者。茲年季冬、君將歸其國、言余云、吾子其爲我貽一言、以爲締交之信。余笑曰、吁吾不肖之子、負父母恩、未能安其志。傲然時議武夫之事。吾知其爲罪非小。又奚陳列腐辭以博咍笑乎。然以其强不止、乃試爲言曰。吾聞、通天地人、謂之儒。又聞、上醫醫國。君儒者也。我醫者也。惟今之爲儒爲醫、呻佔畢已。備顧問已。候腹脈已。調方藥已。韓愈氏曰、巫醫、樂師、百工之人、君子卑之。巫醫説姑措之、古人率愧以醫與儒竝稱、是自有故焉。以今之儒論今之醫、其功乎世、孰優孰劣、未知其如何已。或云、儒者卽無所益世、不至於殺人之慘。醫者則否。一診之謬、半匙之失、或有轉輕爲重、曳生陷死者。吁此洵醫者之罪大也。然儒者之殺人、有或甚於此者。以何謂之也。吾講近以淸國事論之。蓋淸人之創立國也、西洋諸蕃卑辭厚幣、以求通好。儒臣輒筆之史、謂德化光被、遠夷歸王。余讀當時西洋史、乃知其求通好、一出於謀利養志。而如近世阿烟一戰、其萌既見于此時矣。豈慕德化云乎。但以其盛强難犯故未遽擧事已。草創之際、蓋當時儒臣、未及知外國事情、則猶有可恕者矣。在後世則宜不然也、皆孰乎太平因循不悟。或雖粗知其可疑、亦只以幺麼小醜蔑視之、以至我之虚實全露、彼之計算已稔焉。而始行拂逐之策抑末也。故賊能得乘機逞毒、而清人披靡竄奔不暇支也、遂至割地講和。其間馳艮民、供敵餌幾萬人。嗚乎通天地人、謂之儒、則外國情狀、固宜照悉也。儒者人之耳目也。耳目既蔽、其餘無學士大夫又何責焉。君今生儒家。職兼天地人。可謂其事重且難矣。蓋今之士、身際太平、居薄俗、不可莫所擇焉、唯夫莫所擇、故有如清儒之弊也。余醫生也。請以病喩乎。蓋嬰兒喜泣、嗜甘貪食、面色蒼慘、意思不爽者、是曰蟲証。世之曲謹小節、以希利祿者類之。喜喫土壁、咬炭沙、不欲穀味者、是曰異嗜。世之奇僻是求、皷人釣名者類之。情欲發動、不能自止、頭暈寒熱者、是曰花風。世之顚風月、耽詩酒、以爲命者類之。豪食不化、胸悶肚疼、一吐一瀉、其臭突人鼻者、是曰食停。世之專勉博雜、理義紊溷、言多支離者類之。更有一病。四體不遂、舌痱智昏、寒熱痛痒、褎如充耳者、是曰中風。世之高談性命、泛然晏居、利害之機動而不知、禍福之形見而不悟者類之。蓋病之類非一、而此最多者也。至中風、則雖名醫哲匠、率難之治矣。病最重故也。然是猶可目以覩也、則人得藥以攻之。西醫說云、病人外形佳康、人不覩其患、而躬自知之者、名曰自觀病。其人不覺惱處、而醫若佗人傍觀、以懷憂愁者、名曰傍觀病。嗚呼此言也可以喩天下國家歟。蓋名稱治平無事、而其實或不然者。庸人愚夫恬然安之、而識者之所甚愁也。君以名家號、懷卓偉志、凡前之所謂諸病者、蓋知避而遠之矣。又奚竢言。余願其益發憤厲志。凡五大州之事、烱照如炬、洞徹不遺、一洗清儒因襲之陋、永使國家無所病、而識者得高枕寝焉、則其功業之布世赫赫。果通天地人之儒也、豈曰今世儒乎。蓋葛蕘之言、君子取焉、則余醫國之效亦或有在焉。此以爲序。

丁未《ていび》の夏《なつ》、余《よ》、拙堂先生《せつどうせんせい》の令嫡徳太郎《れいちゃくとくたろう》と始《はじ》めて交《まじ》わりを難波《なにわ》の津《つ》に訂《てい》す。周旋《しゅうせん》すること数月《すうげつ》、既《すで》にして別《わか》れて復《ま》た会《あ》う。蓋《けだ》し余《よ》の医生《いせい》にして喜《この》んで海寇《かいこう》を論《ろん》ずるや、往往其《おうおうそ》の言《げん》の入《い》って可《か》とせらるる者有《ものあ》るを以《もっ》てなり。

茲《こ》の年《とし》の季冬《きとう》、君将《きみまさ》に其《そ》の国《くに》に帰《かえ》らんとし、余《よ》に言《い》いて云《い》わく、「吾子《ごし》、其《そ》れ我《わ》が為《ため》に一言《いちげん》を貽《おく》りて、以《もっ》て締交《ていこう》の信《しん》と為《な》せ」と。余笑《よわら》いて曰《いわ》く、「吁《ああ》、吾不肖《われふしょう》の子《こ》にして、父母《ふぼ》の恩《おん》を負《お》い、未《いま》だ其《そ》の志《こころざし》を安《やす》んずる能《あた》わず。傲然《ごうぜん》として時《とき》に武夫《ぶふ》の事《こと》を議《ぎ》す。吾《われ》、其《そ》の罪《つみ》を為《な》すことの小《しょう》に非《あら》ざるを知《し》れり。又奚《またなん》ぞ腐辞《ふじ》を陳列《ちんれつ》して以《もっ》て咍笑《かいしょう》を博《ひろ》うせんや」と。然《しか》れども其《そ》の強《し》いて止《や》まざるを以《もっ》て、乃《すなわ》ち試《こころ》みに言《げん》を為《な》して曰《い》わん。

吾《われ》は聞《き》く、「天地人《てんちじん》に通《つう》ずる、之《これ》を儒《じゅ》と謂《い》う」と。又聞《またき》く、「上医《じょうい》は国《くに》を医《い》す」と。君《きみ》は儒者《じゅしゃ》なり。我《われ》は医者《いしゃ》なり。惟《おも》うに今《いま》の儒《じゅ》と為《な》り、医《い》と為《な》るものは、畢《ひつ》を呻佔《しんせん》するのみ。顧問《こもん》に備《そな》うるのみ。腹脈《ふくみゃく》を候《うかが》うのみ。方薬《ほうやく》を調《ととの》うるのみ。韓愈氏曰《かんゆしいわ》く、「巫医《ふい》、楽師《がくし》、百工《ひゃっこう》の人《ひと》は君子之《くんしこれ》を卑《いや》しむ」と。巫医《ふい》の説《せつ》は姑《しば》らく之《これ》を措《お》くも、古人《こじん》は率《おおむ》ね愧《は》ずかしむるに医《い》と儒《じゅ》とを以《もっ》て並称《へいしょう》するは、是《こ》れ自《おの》ずから故有《ゆえあ》り。

今《いま》の儒《じゅ》を以《もっ》て今《いま》の医《い》を論《ろん》ずれば、其《そ》の世《よ》に功《こう》あること、孰《いず》れか優《まさ》り孰《いず》れか劣《おと》るは、未《いま》だ其《そ》の如何《いかん》を知《し》らざるのみ。或《あるい》は云《い》う、「儒《じゅ》は即《すなわ》ち世《よ》に益《えき》する所無《ところな》けれども、人《ひと》を殺《ころ》すの惨《さん》に至《いた》らず。医《い》は則《すなわ》ち否《しか》らず。一《いっ》診《しん》の謬《びゅう》、半匙《はんし》の失《しつ》、或《あるい》は軽《かろ》きを転《てん》じて重《おも》きと為《な》し、生《せい》を曳《ひ》きて死《し》に陥《おとしい》るる者有《ものあ》り」と。吁《ああ》、此《こ》れ洵《まこと》に医者《いしゃ》の罪《つみ》は大《だい》なり。

然《しか》れども儒者《じゅしゃ》の人《ひと》を殺《ころ》すは、或《あるい》は此《これ》より甚《はなは》だしき者有《ものあ》り。何《なに》を以《もっ》て之《これ》を謂《い》わんや。吾《われ》は講《こう》ずるに、近《ちか》き清国《しんこく》の事《こと》を以《もっ》て之《これ》を論《ろん》ぜん。蓋《けだ》し清人《しんじん》の国《くに》を創立《そうりつ》するや、西洋諸蕃《せいようしょばん》は辞《じ》を卑《ひく》うして幣《へい》を厚《あつ》うし、以《もっ》て好《よし》みを通《つう》ぜんことを求《もと》む。儒臣《じゅしん》は輒《すなわ》ち之《これ》を史《し》に筆《ふで》し、「徳化光被《とっかこうひ》し、遠夷王《えんいおう》に帰《き》す」と謂《い》う。

余《よ》、当時《とうじ》、西洋《せいよう》の史《し》を読《よ》み、乃《すなわ》ち其《そ》の好《よし》みを通《つう》ぜんことを求《もと》むるは、一《いっ》に利《り》を謀《はか》り、志《こころざし》を養《やしな》うに出《い》ずるを知《し》れり。而《しか》して近世《きんせい》の阿烟《あえん》の一戦《いっせん》のごときは、其《そ》の萌《きざし》、既《すで》に此《こ》の時《とき》に見《あら》われたり。豈《あ》に徳化《とっか》を慕《した》うと云《い》わんや。但《た》だ其《そ》の盛強《せいきょう》にして犯《おか》し難《がた》きを以《もっ》ての故《ゆえ》に未《いま》だ遽《にわ》かには事《こと》を挙《あ》げざるのみ。

草創《そうそう》の際《さい》、蓋《けだ》し当時《とうじ》の儒臣《じゅしん》、未《いま》だ外国《がいこく》の事情《じじょう》を知《し》るに及《およ》ばずんば、則《すなわ》ち猶《な》お恕《ゆる》すべき者有《ものあ》り。後世《こうせい》に在《あ》れば則《すなわ》ち宜《よろ》しく然《しか》らざるべきも、皆孰《みないず》れも太平《たいへい》の因循《いんじゅん》を悟《さと》らず。或《あるい》は粗《ほ》ぼ其《そ》の疑《うたが》うべきを知《し》ると雖《いえど》も、亦《ま》た只《た》だに幺麼小醜《ようましょうしゅう》なるのみを以《もっ》て之《これ》を蔑視《べっし》し、以《もっ》て我《われ》の虚実《きょじつ》の全《すべ》て露《あら》わるるに至《いた》っては、彼《かれ》の計算已《けいさんすで》に稔《みの》れり。而《しか》して始《はじ》めて払逐《ふっちく》の策《さく》を行《おこな》うは抑《そも》そも末《まつ》なり。故《ゆえ》に賊《ぞく》は能《よ》く機《き》に乗《じょう》じて毒《どく》を逞《たくま》しうするを得《う》るも、而《しか》るに清人《しんじん》は披靡竄奔《ひびざんぽん》して支《ささ》うるに暇《いとま》あらざれば、遂《つい》に地《ち》を割《さ》き、和《わ》を講《こう》ずるに至《いた》れり。其《そ》の間《かん》、良民《りょうみん》を馳《は》せて、敵餌《てきじ》に供《きょう》するは幾万人《いくまんにん》ぞ。

嗚乎《ああ》、天地人《てんちじん》に通《つう》ずる、之《これ》を儒《じゅ》と謂《い》わば、則《すなわ》ち外国《がいこく》の情状《じょうじょう》、固《もと》より宜《よろ》しく照悉《しょうしつ》すべきなり。儒《じゅ》なる者《もの》は人《ひと》の耳目《じもく》なり。耳目既《じもくすで》に蔽《おお》われなば、其《そ》の余《ほか》の無学《むがく》の士大夫《したいふ》は又何《またなに》をか責《せ》めんや。

君《きみ》は今儒《いまじゅ》の家《いえ》に生《う》まる。職《しょく》、天地人《てんちじん》を兼《か》ねたり。其《そ》の事《こと》、重《おも》く且《か》つ難《かた》しと謂《い》うべし。蓋《けだ》し今《いま》の士《し》、身《み》は太平《たいへい》に際《さい》し、薄俗《はくぞく》に居《お》れば、択《えら》ぶ所莫《ところな》かるべからず。唯《た》だ夫《そ》れ択《えら》ぶ所莫《ところな》くんば、故《もと》より清儒《しんじゅ》のごときの弊《へい》有《あ》るのみ。

余《よ》は医生《いせい》なり。請《こ》う、病《やまい》を以《もっ》て喩《たと》えん。蓋《けだ》し嬰児《えいじ》の泣《な》くを喜《よろこ》び、甘《かん》を嗜《この》んで食《しょく》を貪《むさぼ》るも、面色蒼惨《めんしょくそうさん》にして、意思爽《いしさわ》やかならざるは、是《これ》を 虫証《ちゅうしょう》 と曰《い》う。世《よ》の謹《つつし》みを曲《ま》げ、節《せつ》を小《しょう》にして、以《もっ》て利禄《りろく》を希《ねが》う者《もの》は之《これ》に類《たぐい》す。

喜《この》んで土壁《どへき》を喫《くら》い、炭沙《たんしゃ》を咬《か》んで、穀味《こくみ》を欲《ほっ》せざる者《もの》は、是《これ》を異嗜《いし》と曰《い》う。世《よ》の奇僻《きへき》をば是《こ》れ求《もと》めて、人《ひと》を皷《こ》して名《な》を釣《つ》る者《もの》は之《これ》に類《たぐい》す。

情欲《じょうよく》 発動《はつどう》し、自《みずか》ら止《とど》むること能《あた》わず、頭暈寒熱《とううんかんねつ》する者《もの》は、是《これ》を花風《かふう》と曰《い》う。世《よ》の風月《ふうげつ》に顛《くる》い、詩酒《ししゅ》に耽《ふけ》り、以《もっ》て命《めい》と為《な》す者《もの》は之《これ》に類《たぐい》す。

豪食《ごうしょく》して化《か》せず、胸悶《むねつか》へ、肚疼《はらうず》き、一吐一瀉《いっといっしゃ》、其《そ》の臭《におい》、人《ひと》の鼻《はな》を突《つ》く者《もの》は、是《これ》を食停《しょくてい》と曰《い》う。世《よ》の専《もっぱ》ら博雑《はくざつ》に勉《つと》め、理義紊溷《りぎびんこん》して、言《げん》の至離多《しりおお》き者《もの》は之《これ》に類《たぐい》す。

更《さら》に一病《いちびょう》有《あ》り。四体不遂《したいふずい》にして、舌痱《したもつ》れ、智昏《ちくら》く、寒熱痛痒《かんねつつうよう》して、褒《ほう》として充耳《じゅうじ》のごとき者《もの》は、是《これ》を中風《ちゅうぶう》と曰《い》う。世《よ》の性命《せいめい》を高談《こうだん》して、泛然晏居《はんぜんあんきょ》し、利害《りがい》の機《き》の動《うご》いて知《し》らず、禍福《かふく》の形《かたち》の見《あらわ》れて悟《さと》らざる者《もの》は之《これ》に類《たぐい》す。蓋《けだ》し病《やまい》の類《るい》は一《いつ》に非《あら》ずして、此《こ》れ最《もっと》も多《おお》き者《もの》なり。中風《ちゅうぶう》に至《いた》っては、則《すなわ》ち名医哲匠《めいいてっしょう》なりと雖《いえど》も、率《おおむ》ね之《これ》を治《ち》し難《がた》し。病《やまい》 最《もっと》も重《おも》きが故《ゆえ》なり。然《しか》れども是《これ》に猶《な》お目《もく》して以《もっ》て観《み》るべきは、則《すなわ》ち人《ひと》、薬《くすり》を得《え》て以《もっ》て攻《せ》むるあり。

西医《せいい》の説《せつ》に云《い》う、病人《びょうにん》の外形佳康《がいけいかこう》にして、人其《ひとそ》の患《かん》を覩《み》ずして、躬自《みみずか》ら之《これ》を知《し》る者《もの》は、名《な》づけて自観病《じかんびょう》と曰《い》う。其《そ》の人《ひと》、悩処《のうしょ》を覚《おぼ》えずして、医《い》は佗人《たにん》のごとく傍観《ぼうかん》して、以《もっ》て憂愁《ゆうしゅう》を懐《いだ》く者《もの》は、名《な》づけて傍観病《ぼうかんびょう》と曰《い》う。嗚呼《ああ》、此《こ》の言《げん》や以《もっ》て天下国家《てんかこっか》に喩《たと》うべけんや。蓋《けだ》し名《な》は治平無事《ちへいぶじ》を称《しょう》するも、其《そ》の実《じつ》は然《しか》らざる者或《ものあ》り。庸人愚夫《ようじんぐふ》は恬然《てんぜん》として之《これ》に安《やす》んずるも、識者《しきしゃ》の甚《はなは》だ愁《うれ》うる所《ところ》なり。

君《きみ》は名家《めいか》の号《ごう》を以《もっ》て卓偉《たくい》の志《こころざし》を懐《いだ》き、凡《およ》そ前《さき》の所謂《いわゆる》諸病《しょびょう》は、蓋《けだ》し避《さ》けて之《これ》を遠《とお》ざくるを知《し》れり。又奚《またなん》ぞ言《い》うを竢《ま》たんや。余《よ》は其《そ》の益《ます》ますの発憤厲志《はっぷんれいし》を願《ねが》うのみ。

凡《およ》そ五大州《ごたいしゅう》の事《こと》、烱照《けいしょう》すること炬《たいまつ》のごとく、洞徹《どうてつ》して遺《のこ》さず、清儒《しんじゅ》因襲《いんしゅう》の陋《ろう》を一洗《いっせん》して、永《なが》く国家《こっか》をして病《や》む所無《ところな》く、識者《しきしゃ》をして枕《まくら》を高《たか》く寝《い》ぬるを得《え》しむれば、則《すなわ》ち其《そ》の功業《こうぎょう》の世《よ》に布《し》くこと赫赫《かくかく》たらん。果《は》たして天地人《てんちじん》に通《つう》ずるの儒《じゅ》は、豈《あ》に今《いま》の世儒《せいじゅ》たりと曰《い》わんや。蓋《けだ》し芻蕘《すうじょう》の言《げん》、君子焉《くんしこれ》を取《と》らば、則《すなわ》ち余《よ》の医国《いこく》の効《こう》も亦《ま》た或《あるい》は在《あ》る有《あ》らん。此《ここ》を以《もっ》て序《じょ》と為《な》す。

送斎藤徳太郎序（斎藤徳太郎を送るの序）

丁未（弘化四年）の夏、私は斎藤拙堂先生のご嫡男徳太郎君と初めて大坂の地で親しく交際した。世話をすること数ヶ月に及んだ。やがて別れたが、その後に再会を果たした。思うに私が医家でありながら好んで海防を論じ、それがつねづね彼の考えと一致するものであったからであろう。

今年の十二月、君は故郷に帰ることになったが、その際、「君、私のために一文を贈り、深交の証を見せてくれ」と頼まれた。私は笑って「ああ、私は不出来な子で、父母の期待を一身に背負いながら、いまだに安心させてやれずにいるのだ。それどころか権威者ぶっては、本来ならば武士が担う分野に度々意見を述べている始末。昨今、自分の犯した罪の大きさはこんな風で計り知れない。そんな私が今さらありふれた言葉を並べて、人さまに笑われることなどできるものか」と答えた。しかし、それでもぜひにというのなら仕方がない、試しに私の思うところを述べてみよう。

私はこう聞いている。「天・地・人の三界に精通しているものを儒というのだ」（『法言』君子）と。また「優れた医者は国家を治療する」（『国語』晋語）とも聞いている。君は儒者であり、私は医者である。

だが今日の儒者や医者ときたら、儒は書物の内容をしっかりと理解せず、ただ文字をうかがい読むだけである。また意見を聞かれた時にそつなく答えるだけである。いっぽう医者はといえば、腹脈を診断するだけである。調剤するだけである。かつて韓愈は「君子たるものは、巫女、医者、演奏家、職人を軽蔑した」(「師説」)と述べた。巫医の説はしばらくおくとして、昔の人々はだいたい蔑視する際には、医者を儒者と並べて書いた。これには必然的な理由があったのだ。

今日の儒者と医者を比べて考えるに、世の中への功績という点でみると、どちらが優れ、どちらが劣っているかはよく分からない。ある人はこういう。「儒者は世の中の役に立つことはないけれども、人を殺すという悲惨な事態を招くことはない。だが医者はそうではない。たった一度の誤診、わずか匙半分の過ちが、軽症を重症へと変化させ、生きているものの命を奪うことになるのだ」と。ああ、この話からも理解できるように、医者の罪は本当に大きい。

しかし、儒者が人を殺すことは、これよりもはるかに甚大である。どうしてそういうことがいえるのか。私は近年における清国の状況に照らしてこれを論証しようと思う。

思うに、清人が王朝を創始すると、西洋諸国はうやうやしい態度でたくさんの貢物を捧げて、親しく交際を求めてきた。儒臣はそのたびにこの事実を史書に記録し、「徳化は海外の隅々にまで行き渡り、遠方の異国までが我が皇帝に帰服した」と書いた。

私は当時の西洋の歴史書を読み、彼らが親しく交際を求めてくるのは、一つには自国の利益を考え、目的を達成しようとするための行為であることを知った。近年のアヘン戦争などは、その兆候はすでにこの段階で現れていたのである。どうして徳を慕って朝貢したなどといえようか。ただ当初はまだ清朝の国力が強盛で、簡単には侵略することができないと考えていたから、ただちに事を起こさなかったに過ぎない。

清朝の草創期には、おそらく当時の儒臣たちは、まだ外国の事情を知らなかったので、目をつぶることもできよう。しかし、後世の場合、決してそれは許されるべきことではない。誰もが太平の世に慣れ、古くからの決まりに従うばかりで改めもせず、何となく怪しさを感じてはいながらも、相手が取るに足りない弱国であることを理由に蔑視し、そうして油断したすきに自国の内情が残らず相手にキャッチされてしまえばもはや手遅れで、相手側の計略は成就したにも等しい。

そうなって初めて国内から列強を追い払おうとしても、それこそ本末転倒というものである。だから侵略者は上手にチャンスをつかんで、侵略の計画を着々と進めているのである。

それなのに、清人はつまらぬことに気を取られて、国防をゆるがせにしているから、やがては領土を割譲し、講和を願い出ることになるのだ。その間、罪もない人々を敵のえじきに追いやったが、その数はいったい何万人にのぼることだろう。

ああ、天・地・人の事象に精通するものを儒者というのならば、当然、彼らは外国の事情を漏れなく把握しておかねばならなかった。儒者は人の耳目である。情報をキャッチする肝心の耳目が塞がれてしまっては、他の無学の官僚・政治家たちをいくら責めてもどうにもならないだろう。

君はいま儒者の家に生を受けた。その職は天・地・人の三界に兼ね通ずることが求められる。藩儒の責務は重く、かつ待ち受ける困難も多い。思うに、現今の武士は、その身は太平に生き、軽薄な風俗に慣れているので、儒者がしっかりと進む方向を選ばねばならない。ただもう世俗に流されて適切な選択をしなければ、必ずや清儒のような弊害を生むことになろう。

私は医家であるから、病気に喩えて説明しよう。思うに、幼児は泣くことを喜び、甘いものを好んで口にするが、顔色が青黒く、すぐにむずがったりするのは、寄生虫症である。世の中にあっては、慎みをなくし、節度を軽視して、自分の出世や利益と俸禄の増すことばかりを願っているものがこれと全くよく似ている。

土壁を好んで食べたがり、炭や砂を口にして、穀物を食べようとしないものは、異嗜という病気である。これは世間があっと驚くようなことを求め、人々の注目を集めては名声を手に入れようとする連中によく似ている。

情欲が発動して自制がきかず、めまいに襲われて悪寒がしたり、発熱したりするものは、花風という病気である。これは世の中の風雅なことに心を奪われ、詩酒を愛してやまず、これこそ我が命と思っているものはこれとそっくりである。

うまいものを腹いっぱい食べて消化不良を起こし、胸がつかえ、腹痛が激しく、吐いたり下したりして、たえがたい悪臭を放つものは、食停という病気である。これは世間で広く雑多なことを勉強し、筋道がぐちゃぐちゃに乱れて、支離滅裂なことをしゃべるものによく似ている。

さらにもうひとつ病気がある。全身が動かず、舌がしびれ、意識も混濁し、寒気がしたり熱が出たりして、身体が痛がゆく、ただ笑うばかりで耳をふさいで何も聞かないようにしているのは、これを中風という。これなどは世間で高遠な理気性命の説を声高に論じて、のんびりと気楽に暮らし、利害が及ぼうとしても反応せず、禍福が前兆として姿を現わそうとしても察知しない学者の姿に酷似している。思うに病気に同じものはなく、諸物の中で最も種類の多いものである。中でもこの中風にかかってしまえば、どんな

らに他ならない。しかし注目すべきは、それでもこの難症を薬物で治療しようとする人々がいる点である。に優れた名医であろうとも、まずこれを治療することはむずかしい。それは中風が最も重い病気であるか

さてまた西洋医学の説によれば、「病人の外見が健康で、他人が病気を発見できず、自分自身でこれを知るものは、自観病という。また当人は苦痛を感じないのに、医者が他人のように傍観して心配するものは、これを傍観病という」とある。ああ、この言葉は天下国家に対しても、比喩として用いることができるだろう。思うに、表向きは太平無事というけれども、現実はそうではないものがある。つまらぬ愚かなものたちは、安らかでのんびり過ごして、この状況に安心しきっているが、達識の士は現状をたいそう憂慮している。

君は名家に生まれ、立派な大志を抱いているから、前に掲げたすべての諸病については、避けて遠ざける方法を知っているに違いない。こういう人物に対して今さら何をあれこれ述べる必要があろう。私は君がいっそう心を奮い立たせて、職務に励んでくれることを願うばかりである。

常に五大陸の様子を松明のように照らし出して明察し、漏らさずはっきりと見抜いて欲しい。また清儒のように旧来のしきたりに従い、かたくなで浅はかな態度をきれいさっぱり洗い流し、永く国家を病気にかからぬようにせよ。そうやって見識が高く、判断力のある人物が枕を高くして熟睡できるようにすれば、君の功績は世間に認められ、名声が盛んとなること疑いない。果たして天・地・人の三界に通じる儒者は、どうして今の俗儒と同じであるなどと言えようか。いや、これはもう全く別次元の存在なのである。

およそ取るに足りないことを長々と述べてしまったが、君が我が真意を理解してくれるならば、もしかすると私の医国の効果もそこに現れることになるだろう。以上をもって序とする。

送斎藤徳太郎序（斎藤徳太郎を送るの序）

○斎藤徳太郎　一八二六―一八七六。津藩儒・斎藤拙堂の嫡子。名は正格、字は致卿、誠軒と号す。性格は温良寡黙、詩文は拙堂を凌ぐ才を見せた。若くして京摂芸防の諸州に遊学、多数の人士と交際して識見を高めた。明治二年、川村竹坡の後を受けて有造館督学に就任、新時代の学政充実に尽力した。廃藩後は出仕せず、文墨を友として暮らした。享年五十一。なお玄機の弟玄瑞が禁門の変に敗れ、鷹司邸で自刃したことはよく知られるが、実は徳太郎の長男小太郎（正熙、誠堂）もほぼ同じ時期に亡くなっている。出征して朔平門の守備に加わったが、九月に戦病死した。玄瑞（名誠）の死から二カ月後、わずか十七才という夭死であった。○丁未　弘化四年（一八四七）。○咍笑　あざわらう。○呻佔畢　もと「伸佔嗶」に作るが、『礼記』学記の「呻佔畢」（佔《うかが》いし畢《ひっ》を呻《しん》するのみ）を出典とするから、今これを改めた。経義を解せず、ただ文字のみを口で読み上げること。「佔」は見る、「畢」は書物のこと。「呻」は唱えつぶやく。○候腹脈　もと「侯」に作るが、今これを改めた。○光被　あまねく及ぶ。○因循　古くからのやり方・習慣を守るばかりで、積極的に改めようとしない様子。○幺麼　小さい。かぼそい。取るに足りない。○竄奔　逃げ隠れること。○披靡　相手の勢いに圧倒されること。○照悉　明らかに見抜きつくす。○蒼惨　青くなってつやがなくなる。○風月　風雅・詩文。○紊溷　秩序が混乱する。○不遂　「不随」に同じ。思い通りに動かない。○褎如充耳　本文は「哀」に作るが誤り。今これを改めた。出典は『詩経』、邶風、旄丘篇。ただ笑っているばかりで、耳を塞いで聞かないようにしていることをいう。○泛然晏居　しっかりした考えも持たずに気楽に暮らす。○恬然　安らかでのんびりしている。○識者　見識・判断力の備わる人。○竢　本文はもと「螇」に作るが、今これを「竢」（俟に同じ。まつ）に改めた。○烱照　炯照に同じ。物事をつまびらかに推察する。○洞徹　真相を十分にさとる。○因

送斎藤徳太郎序（斎藤徳太郎を送るの序）

襲　本文は「裏」に作るが、今これを「襲」に改めた。昔からの決まりやしきたり。○赫赫　名声が盛大であるさま。○世儒　俗儒。学問が浅く、見識の狭い学者。世間にもてはやされる軽薄な学者。○蒭蕘之言　自分の詩文を謙遜していう言葉。

書簡《しょかん》（在萩《ざいしゅう》両親《りょうしん》宛《あて》）

御教諭被仰付候件々、逐一奉承知候。當時之弊、實に御同意と奉存候。勿論醫術は吾家之本職、第一肝心之儀に存候。他之諸輩等は行々御傭之念より職外之事に及候。此方には其の望は無御座事、左すれば何も別事に心を勞候儀無之、唯只行先侍醫にも相成候樣、手續可然との儀、此も御尤に奉存候事に御座候。然ども元來職外之事をも兼學仕候儀は、當時防夷之際に御座候得ば、何卒少々に而も報國之寸忠をも達度存念故、此迄區々として相勤候儀に而、獨り立身出世之俗情より出候事に而は無御座（「候」を脱するか）。然ども當時引立之人退去仕候上は、增不如意に相成、書籍等萬事相談之手筋も無之樣に罷成候へば、不得已本業專一と覺悟仕候外は無御座候（もと「儀」に作る）。然ども元來其人罷在候而も、此迄之模樣に而は所詮報國之寸忠も難相立に付、昨年來は兼而獨立報國之志を懷き、少々其策を廻し候儀に御座候。先達赤川喜より高杉小左（もと「右」に作る）衞門へ之內意に、源藏儀、當時例の一人退去之上は、或は退屈仕候樣なる事も可有之哉。然ども其人は人也。蘭學之一事は兼而申合候都合も有之儀に候得ば、彼人退去候共、必御屈志無之、隨分御研精相成候樣と申候由、高又より其噂御座候得共、私は元より出世之念よりして翻譯抔にも意を掛候儀に而も無之候得ば、御內意之儀は兎も角も此に係り候儀に而も無之候。乍併本業之餘暇を以ては何卒傍々職外之學も少々相試度、此も全く慷慨報國之寸忠（もと「念」に作る）奉存候。但翻譯之一儀は自分之隨意にして好書を見當候節之事と落着仕候。御內用之儀は却而任と相成候故、不適意之書に而も强而筆を取候事にも行立候得ば、此儀は已來御斷り申上度候（今「候」の衍を削る）。例之砲術書譯掛は如尊諭、春中に相調差出可申候。御安心可被下候。尤雜費之儀は別段申遣候に及不申、此は私報國之一端と存候。扨又我より起り色々對策相求候儀、萬々不宜との御事、此儀尤と奉承知候。兼而私方に而も此所は得と相心得居候。尤吾策と申は格別之儀に而は無之、兼而好書を得候はゞ、翻譯差出度存念（もと「念存」に作る）之處、此迄は兎角不如意之儀も有之、旁他人と計り、好書相求候上は、矢張國家へ報效之手續と相成候儀と存候より起り候事に御座候。何も御掛念被下候儀無御座奉存候。當時大坂（もと「阪」に作る）邊に而も儒者醫者共に少々有志之徒は皆々外國之說相競申候時節と相成、江戶抔は猶更之儀と被相察候。此時に於て寔に束手候儀は千萬殘念に奉存候、則本業は勿論第一、餘暇には好書手に入候次第、些々地理兵學等も□□候儀と奉存候。此等之所、心中工面之筋も御座候間、徒に俗醫之伍に落候儀は生涯の遺恨と奉存候。右之段、御照覽奉仰候。昔馬文淵曰、老當增壯窮當增固。此言千古之名言に有之候。窮は天然に出候事とは乍申、人力を以て防ぎ申候時は、亦隨分術も有之事也。只志は益堅固にして鐵石之如くあり度奉存候。

立身出世も随分好し、然ども過て氣を熬ち候時は大に丈夫之累と相成候。人間萬事塞翁馬に而、浮沈榮辱は誠に不足言事共に御座候。

過る七八日之頃、和蘭通詞江戸へ獻上物持登候節、此地に而も二滯留仕候。兼而緒方と手筈仕候事故、着掛直様御知せ相成、一同御通詞宿所へ相尋、「ニューエケウル」と申書九册、外に三本合して拾（もと「捨」に作る）弐册、代金拾五兩餘に相成候。「ニューエケウル」は西洋諸邦之英主豪將之傳、所々之合戰、及諸國之地理、及日本之地理、物語等も詳に相見候。始め左程之物とも不考候所、奇々妙々、頃日に至り而、誠に愉快至極、仰天仕候。此書昨年新渡に而、六十州中別に無之、當時無雙之好書と相誇申候。右、價十金計は兼而吟味仕居殘り不用之書賣拂、殘り三金は脇方に而借用仕候。此は春中には差返可申、手續有之候。何時拂候而も三拾已下には成不申書に御座候。此書さへ有之候得ば、好手續如山如海。何卒好き所、見當次第、行々翻譯を仕可候也。又上覽にも奉供度奉存候。緒方にも「ニウーエンホイス」及「スコールブーク」等、三拾金餘に相成候。此も好書に而御座候。砲術書抔は數部有之候へ共、一册六十金、又は四十、三十と申、高價に而被寄付不申。緒方も昨年來は砲術書抔をも懇望仕候故、色々通詞へ相談に及び候得共、價は少も不減（もと「憾」に作る）、其儘江戸へ持登候。此に而（今「て」の衍を削る）東都武學之盛□計に御座候。

一、御轉居之事、彼是御心配被爲成候得共、未だ能程之事無御座候由、尤餘り手

廣きは悪しく御座候と雖も、小に過ぎ而も見苦敷可申候。思召相當之處、御吟味被遊候様奉存候。少々雑用多入り申候共不苦、秋迄には小拾金位は此元より吟味仕、差送可申と奉存候。御引當に可被成候。何も大に御心痛被成間布候。
一、伊東玄朴儀、先達而鍋島へ徴招に預り罷越、彼地病人次第に快路に赴き候に付、不遠東歸仕候由にて、同行人卽ち玄朴養子玄圭并びに門生兩三輩より書狀差越、當時江戸表塾長相當之人無之、何卒御所御引去被下、且玄朴歸掛御同道仕度に付、其迄に御用意被成置候様、重々御賴可申段、玄朴より得貴意候様、申付候との趣、先達而中參上、玄朴よりは緒方へ當て、右賴狀差越候。緒方より右之趣、早速相談の上、願は只今此地を引去吳而は、此元書生等之人氣一時に動立候間、大抵なれば今暫延引致吳との望、塾も逐々相續り可申との賴に付、其段承知致候上、身柄は只今之事に而は所詮叶不申、國元へも其趣は兼而請合不申而は不相成、兎にも角にも先生家の御指圖に任せ候旨申置申候。然る所、右伊東氏、一昨十五日夜中着坂相成、緒方より早速右知らせ有之候に付、直様罷越、伊東へ相對し、段々物語等をも仕候。卽ち私東行之儀、頻に被相勸候得ば、前文之趣、且緒方へ氣兼之筋等も有之に付、孰れ東行も致度存念、其節は宜御指揮相願候抔、程好相諭し置候。緒方よりも吾同斷申聞候。玄朴サスガ當時之名物、英雄之氣を取り候事、此男に限る様相見申候。然は何分他日御東行之節は必弊家へ御滯留御引立被下度、決而粗末に御取捌は不仕抔申事に而、昨日は緒方へ朝より參り、酒飲之供應も有之、私取持に被相願、總而雅俗談話に及び、七ツ過上船相成、船場迄見送申候。他日東行仕候はゞ、能々取捌吳可申樣被相考候。何卒當秋か又は來春は東行仕度、其迄此地に而十分に用意仕置可申與奉存候。鍋島には此度兵書類三百兩分被相求候由。此は伊東方に而は何時も取捌相成候由に御座候。御國抔は蘭學相開申候得共、當時中々三百金投申候勢は無御座、殘恨至極に御座候。高又も吾東行之儀は大に相勸申候。○此元御城外初午之日は、例年四門（もと「つ」に作る）相開け、男女如雲相集、稻荷社參詣仕候。今年は殊に甚き樣に相見申候。私も其日は兩三輩同行仕候。大坂十萬戸中より大半皆出申候故、城外曠莫之沙場、一面に群集仕候而、稻麻竹葦のごとく、當時合戰之趣も斯く哉と推計に御座候。其日一詩を賦し申候。卽別紙錄して入尊覽。昨年來、詩も大分作り申候。逐々整錄可入御覽奉存候。廣瀨旭莊より度々談に參吳候樣申越、只樣無音に罷過候所、漸一昨日相尋、頗る快談に及申候。書生境界も又難得。今日學事多々亦可也。

十七日朝　　玄機　拜上

御兩親樣　御膝下

御教諭《ごきょうゆ》仰《おお》せつけられ候《そうろう》件々《けんけん》、逐一《ちくいち》承知《しょうち》奉《たてまつ》り候《そうろう》。当時《とうじ》の弊《へい》、実《じつ》に御同意《ごどうい》と存《ぞん》じ奉《たてまつ》り候《そうろう》。勿論《もちろん》、医術《いじゅつ》は吾《わ》が家《や》の本職《ほんしょく》、第一肝心《だいいちかんじん》の儀《ぎ》に存《ぞん》じ候《そうろう》。他《た》の諸輩等《しょはいら》は行々御傭《ゆくゆくおやとい》の念《ねん》より職外《しょくがい》の事《こと》に及《およ》び候《そうろう》。此方《こなた》には其《そ》の望《のぞみ》は御座《ござ》無《な》き事《こと》、左《さ》すれば何《なに》も別事《べつじ》に心《こころ》を労《ろう》し候儀《そうろうぎ》之《こ》れ無《な》く、唯只《ただただ》行先《ゆくさき》、侍医《じい》にも相成《あいな》り候様《そうろうよう》、手続《てつづ》き然《しか》るべしとの儀《ぎ》、此《これ》も御尤《ごもっと》もに存《ぞん》じ奉《たてまつ》り候事《そうろうこと》に御座候《ござそうろう》。

然《しか》れども元来《がんらい》、職外《しょくがい》の事《こと》をも兼学《けんがく》仕《つかまつ》り候儀《そうろうぎ》は、当時《とうじ》防夷《ぼうい》の際《さい》に御座候《ござそうら》えば、何卒少々《なにとぞしょうしょう》にても報国《ほうこく》の寸忠《すんちゅう》をも達《たっ》したき存念故《ぞんねんゆえ》、此《これ》まで区々《くく》として相勤《あいつと》め候儀《そうろうぎ》にて、独《ひと》り立身出世《りっしんしゅっせ》の俗情《ぞくじょう》より出《い》で候事《そうろうこと》にては御座無《ござな》く候《そうろう》。

然《しか》れども当時《とうじ》引《ひ》き立《た》ての人《ひと》、退去《たいきょ》仕《つかまつ》り候上《そうろううえ》は、増《ます》ます不如意《ふにょい》に相成《あいな》り、書籍等《しょせきとう》、万事相談《ばんじそうだん》の手筋《てすじ》も之《こ》れ無《な》き様《よう》に罷《まか》り成《な》り候《そうら》えば、已《や》むを得《え》ず、本業専一《ほんぎょうせんいつ》と覚悟《かくご》仕《つかまつ》り候外《そうろうほか》は御座無《ござな》く候《そうろう》。然《しか》れども元来《がんらい》、其《そ》の人罷《ひとまか》り在《あ》り候《そうら》いても、此《これ》までの模様《もよう》にては、所詮報国《しょせんほうこく》の寸忠《すんちゅう》も相立《あいた》ち難《がた》きに付《つ》き、昨年来《さくねんらい》は兼《か》ねて独立報国《どくりつほうこく》の志《こころざし》を懐《いだ》き、少々《しょうしょう》其《そ》の策《さく》を廻《めぐ》らし候儀《そうろうぎ》に御座候《ござそうろう》。

先達《せんだっ》て赤川喜《あかがわき》より高杉小左衛門《たかすぎしょうざえもん》への内意《ないい》に、源蔵儀《げんぞうぎ》、当時例《とうじれい》の一人退去《いちにんたいきょ》の上《うえ》は、或《あるい》は退屈《たいくつ》仕《つかまつ》り候様《そうろうよう》なる事《こと》も之《こ》れ有《あ》るべきや。然《しか》れども其《そ》の人《ひと》は人《ひと》なり。蘭学《らんがく》の一事《いちじ》は兼《か》ねて申《もう》し合《あ》わせ候都合《そうろうつごう》も之《こ》れ有《あ》る儀《ぎ》に候《そうら》えば、彼《か》の人退去候《ひとたいきょそうろう》とも、必《かなら》ず御屈志《おくっし》之《こ》れ無《な》く、随分御研精相成《ずいぶんごけんせいあいな》り候様《そうろうよう》と申《もう》し候由《そうろうよし》、高又《たかまた》より其《そ》の噂御座候《うわさござそうら》えども、私《わたくし》は元《もと》より出世《しゅっせ》の念《ねん》よりして翻訳《ほんやく》などにも意《い》を掛《か》け候儀《そうろうぎ》にても之《こ》れ無《な》く候《そうら》えば、御内意《ごないい》の儀《ぎ》は兎《と》も角《かく》も此《これ》に係《かかわ》り候儀《そうろうぎ》にても之《こ》れ無《な》く候《そうろう》。併《しか》し乍《なが》ら、本業《ほんぎょう》の余暇《よか》を以《もっ》ては、何卒傍々職外《なにとぞかたがたしょくがい》の学《がく》も少々相試《しょうしょうあいこころ》みたく、此《これ》も全《まった》く慷慨報国《こうがいほうこく》の寸忠《すんちゅう》と存《ぞん》じ奉《たてまつ》り候《そうろう》。

但《ただ》し翻訳《ほんやく》の一儀《いちぎ》は自分《じぶん》の随意《ずいい》にして、好書《こうしょ》を見当《みあ》て候節《そうろうせつ》の事《こと》と落着《らくちゃく》仕《つかまつ》り候《そうろう》。御内用《ごないよう》の儀《ぎ》は、却《かえ》って任《にん》と相成《あいな》り候故《そうろうゆえ》、意《い》に適《かな》はざるの書《しょ》にても、強《し》いて筆《ふで》を取《と》り候事《そうろうこと》にも行《ゆ》き立《た》ち候《そうら》えば、此《こ》の儀《ぎ》は已来《いらい》、御断《おことわ》り申《もう》し上《あ》げたく候《そうろう》。例《れい》の砲術書訳掛《ほうじゅつしょやくがかり》は尊諭《そんゆ》の如《ごと》く、春中《はるじゅう》に相調《あいととの》え、差《さ》し出《い》だし申《もう》すべく候《そうろう》。御安心下《ごあんしんくだ》さるべく候《そうろう》。尤《もっと》も雑費《ざっぴ》の儀《ぎ》は、別段申《べつだんもう》し遣《つか》わし候《そうろう》に及《およ》び申《もう》さず、此《これ》は私《わたくし》、報国《ほうこく》の一端《いったん》と存《ぞん》じ候《そうろう》。

扨又我《さてまたわれ》より起《お》こり、色々対策相求《いろいろたいさくあいもと》め候儀《そうろうぎ》、万々宜《ばんばんよろ》しからずとの御事《おんこと》、此《こ》の儀《ぎ》、尤《もっと》もと承知奉《しょうちたてまつ》り候《そうろう》。兼《か》ねて私方《わたくしかた》にても此《こ》の所《ところ》は得《とく》と相心得居《あいこころえお》り候《そうろう》。尤《もっと》も吾《わ》が策《さく》と申《もう》すは、格別《かくべつ》の儀《ぎ》にては之《こ》れ無《な》く、兼《か》ねて好書《こうしょ》を得候《えそうら》わば、翻訳差《ほんやくさ》し出《い》だしたき存念《ぞんねん》の処《ところ》、此《これ》までは兎角不如意《とかくふにょい》の儀《ぎ》も之《こ》れ有《あ》り、旁々他人《かたがたたにん》と計《はか》り、好書相求《こうしょあいもと》め候上《そうろううえ》は、矢張《やは》り国家《こっか》へ報効《ほうこう》の手続《てつづ》きと相成《あいな》り候儀《そうろうぎ》と存《ぞん》じ候《そうろう》より起《お》こり候事《そうろうこと》に御座候《ござそうろう》。何《なに》も御掛念下《ごけねんくだ》され候儀《そうろうぎ》、御座無《ござな》く存《ぞん》じ奉《たてまつ》り候《そうろう》。

当時《とうじ》、大坂辺《おおさかへん》にても、儒者《じゅしゃ》、医者《いしゃ》どもに少々有志《しょうしょうゆうし》の徒《と》は、皆々外国《みなみながいこく》の説《せつ》、相競《あいきそ》い申《もう》し候時節《そうろうじせつ》と相成《あいな》り、江戸《えど》などは猶更《なおさら》の儀《ぎ》と相察《あいさっ》せられ候《そうろう》。此《こ》の時《とき》に於《おい》て、寔《まこと》に手《て》を束《つか》ね候儀《そうろうぎ》は、千万残念《せんばんざんねん》に存《ぞん》じ奉《たてまつ》り候《そうら》えば、則《すなわ》ち本業《ほんぎょう》は勿論第一《もちろんだいいち》、余暇《よか》には好書手《こうしょて》に入《い》り候次第《そうろうしだい》、些々地理《いささかちり》・兵学等《へいがくとう》も□□候儀《そうろうぎ》と存《ぞん》じ奉《たてまつ》り候《そうろう》。此《こ》れ等《ら》の所《ところ》、心中工面《しんちゅうくめん》の筋《すじ》も御座候間《ござそうろうあいだ》、徒《いたず》らに俗医《ぞくい》の伍《ご》に落《お》ち候儀《そうろうぎ》は、生涯《しょうがい》の遺恨《いこん》と存《ぞん》じ奉《たてまつ》り候《そうろう》。右《みぎ》の段《だん》、御照覧仰《ごしょうらんあお》ぎ奉《たてまつ》り候《そうろう》。昔《むかし》、馬文淵曰《ばぶんえんいわ》く、「老《お》いては当《まさ》に壮《そう》を増《ま》すべし、窮《きゅう》しては当《まさ》に固《こ》を増《ま》すべし」と。此《こ》の言《げん》、千古《せんこ》の名言《めいげん》に之《こ》れ有《あ》り候《そうろう》。窮《きゅう》は天然《てんねん》に出《い》で候事《そうろうこと》とは申《もう》し乍《なが》ら、人力《じんりき》を以《もっ》て防《ふせ》ぎ申《もう》し候時《そうろうとき》は、亦《ま》た随分術《ずいぶんすべ》も之《こ》れ有《あ》る事《こと》なり。只《た》だ志《こころざし》は益《ます》ます堅固《けんご》にして、鉄石《てっせき》の如《ごと》くありたく存《ぞん》じ奉《たてまつ》り候《そうろう》。立身出世《りっしんしゅっせ》も随分好《ずいぶんよ》し、然《しか》れども過《す》ぎて気《き》を熬《いらだ》ち候時《そうろうとき》は、大《おお》いに丈夫《じょうふ》の累《るい》と相成《あいな》り候《そうろう》。人間万事塞翁《じんかんばんじさいおう》が馬《うま》にて、浮沈栄辱《ふちんえいじょく》は誠《まこと》に言《い》うに足《た》らざる事《こと》どもに御座候《ござそうろう》。

過《す》ぐる七《しち》、八日《はちにち》の頃《ころ》、和蘭通詞《おらんだつうじ》、江戸《えど》へ献上物《けんじょうもの》持《も》ち登《のぼ》り候節《そうろうせつ》、此《こ》の地《ち》にても二滞留《ふたたいりゅう》仕《つかまつ》り候《そうろう》。兼《か》ねて緒方《おがた》と手筈仕《てはずつかまつ》り候事故《そうろうことゆえ》、着《つ》き掛《が》け直様《すぐさま》、御知《おし》らせ相成《あいな》り、一同御通詞宿所《いちどうごつうじしゅくしょ》へ相尋《あいたず》ね、「ニューエケウル」と申《もう》す書九冊《しょきゅうさつ》、外《ほか》に三本《さんぼん》、合《がっ》して拾弐冊《じゅうにさつ》、代金拾五両余《だいきんじゅうごりょうよ》に相成《あいな》り候《そうろう》。「ニューエケウル」は西洋諸邦《せいようしょほう》の英主豪将《えいしゅごうしょう》の伝《でん》、所々《しょしょ》の合戦《かっせん》、及《およ》び諸国《しょこく》の地理《ちり》、及《およ》び日本《にほん》の地理《ちり》・物語等《ものがたりとう》も詳《つまび》らかに相見《あいみ》え候《そうろう》。始《はじ》め左程《さほど》の物《もの》とも考《かんが》えず候所《そうろうところ》、奇々妙々《ききみょうみょう》、頃日《けいじつ》に至《いた》りて誠《まこと》に愉快至極《ゆかいしごく》、仰天仕《ぎょうてんつかまつ》り候《そうろう》。此《こ》の書《しょ》、昨年新渡《さくねんしんと》にて、六十州中《ろくじっしゅうちゅう》、別《べつ》に之《こ》れ無《な》く、当時無双《とうじむそう》の好書《こうしょ》と相誇《あいほこ》り申《もう》し候《そうろう》。右価十金計《みぎあたいじっきんばか》りは、兼《か》ねて吟味仕《ぎんみつかまつ》り居《お》る残《のこ》り不用《ふよう》の書売《しょう》り払《はら》い、残《のこ》り三金《さんきん》は脇方《わきかた》にて借用仕《しゃくようつかまつ》り候《そうろう》。此《これ》は春中《はるじゅう》には差《さ》し返《かえ》し申《もう》すべく、手続《てつづ》き之《こ》れ有《あ》り候《そうろう》。何時払《なんどきはら》い候《そうら》いても三拾已下《さんじゅういか》には成《な》り申《もう》さざる書《しょ》に御座候《ござそうろう》。此《こ》の書《しょ》さえ之《こ》れ有《あ》り候《そうら》えば、好《よ》き手続《てつづ》き、山《やま》の如《ごと》く、海《うみ》の如《ごと》し。何卒好《なにとぞよ》き所見当《ところみあ》て次第《しだい》、行々翻訳《ゆくゆくほんやく》を仕《つかまつ》るべく候《そうろう》なり。又上覧《またじょうらん》にも供《そな》え奉《たてまつ》りたく存《ぞん》じ奉《たてまつ》り候《そうろう》。

緒方《おがた》にも「ニウーエンホイス」及《およ》び「スコールブーク」等《とう》、三拾金余《さんじっきんよ》に相成《あいな》り候《そうろう》。此《これ》も好書《こうしょ》にて御座《ござ》候《そうろう》。砲術書《ほうじゅつしょ》などは数部《すうぶ》之《こ》れ有《あ》り候《そうら》えども、一冊六十金《いっさつろくじっきん》、又《また》は四十《しじゅう》、三十《さんじゅう》と申《もう》す高価《たかね》にて寄《よ》り付《つ》かれ申《もう》さず。緒方《おがた》も昨年来《さくねんらい》は砲術書《ほうじゅつしょ》などをも懇望仕《こんぼうつかまつ》り候故《そうろうゆえ》、色々通詞《いろいろつうじ》へ相談《そうだん》に及《およ》び候《そうら》えども、価《あたい》は少《すこ》しも減《げん》ぜず、其《そ》の儘《まま》、江戸《えど》へ持《も》ち登《のぼ》り候《そうろう》。此《これ》にて東都武学《とうとぶがく》の盛《さかん》、□計《ばか》りに御座候《ござそうろう》。

一《ひとつ》、御転居《ごてんきょ》の事《こと》、彼是《かれこれ》御心配成《ごしんぱいな》らせられ候《そうら》えども、未《いま》だ能《よ》き程《ほど》の事御座無《ことござな》く候由《そうろうよし》、尤《もっと》も余《あま》り手広《てびろ》きは悪《あ》しく御座候《ござそうろう》と雖《いえど》も、小《ちい》さきに過《す》ぎても見苦《みぐる》しく申《もう》すべく候《そうろう》。思《おぼ》し召《め》し相当《そうとう》の処《ところ》、御吟味遊《ごぎんみあそ》ばされ候様存《そうろうようぞん》じ奉《たてまつ》り候《そうろう》。少々雑用多《しょうしょうざつようおお》く入《い》り申《もう》し候《そうろう》とも苦《くる》しからず、秋《あき》までには小拾金位《こじっきんぐらい》は此元《ここもと》より吟味仕《ぎんみつかまつ》り、差《さ》し送《おく》り申《もう》すべしと存《ぞん》じ奉《たてまつ》り候《そうろう》。御引《おひ》き当《あ》てに成《な》さるべく候《そうろう》。何《なに》も大《おお》いに御心痛成《ごしんつうな》さるまじく候《そうろう》。

一《ひとつ》、伊東玄朴儀《いとうげんぼくぎ》、先達《せんだっ》て鍋島《なべしま》へ徴招《ちょうしょう》に預《あず》かり罷《まか》り越《こ》し、彼《か》の地病人《ちびょうにん》、次第《しだい》に快路《かいろ》に赴《おもむ》き候《そうろう》に付《つ》き、遠《とお》からず東帰仕《とうきつかまつ》り候由《そうろうよし》にて、同行人即《どうこうにんすなわ》ち玄朴養子玄圭《げんぼくようしげんけい》、并《なら》びに門生両三輩《もんせいりょうさんぱい》より書状差《しょじょうさ》し越《こ》し、当時《とうじ》、江戸表塾長相当《えどおもてじゅくちょうそうとう》の人之《ひとこ》れ無《な》く、何卒御所御引《なにとぞおんしょおひ》き去《さ》り下《くだ》され、且《か》つ玄朴帰《げんぼくかえ》り掛《が》け御同道仕《ごどうどうつかまつ》りたきに付《つ》き、其《そ》れまでに御用意成《ごよういな》され置《お》き候様《そうろうよう》、重々御頼《じゅうじゅうおたの》み申《もう》すべき段《だん》、玄朴《げんぼく》より貴意《きい》を得候様申《えそうろうようもう》し付《つ》け候《そうろう》との趣《おもむき》、先達《せんだっ》て中《ちゅう》、参上《さんじょう》、玄朴《げんぼく》よりは緒方《おがた》へ当《あ》て、右頼《みぎたの》み状差《じょうさ》し越《こ》し候《そうろう》。緒方《おがた》より右《みぎ》の趣《おもむき》、早速相談《さっそくそうだん》の上《うえ》、願《ねが》わくは只今此《ただいまこ》の地《ち》を引《ひ》き去《さ》り呉《く》れては、此元書生等《ここもとしょせいら》の人気一時《じんきいちじ》に動《うご》き立《た》ち候間《そうろうあいだ》、大抵《たいてい》なれば今《いま》暫《しばら》く延引致《えんいんいた》し呉《く》れとの望《のぞ》み、塾《じゅく》も逐々相籠《おいおいあいまとま》り申《もう》すべしとの頼《たの》みに付《つ》き、其《そ》の段《だん》、承知致《しょうちいた》し候上《そうろううえ》、身柄《みがら》は只今《ただいま》の事《こと》にては所詮叶《しょせんかな》い申《もう》さず、国元《くにもと》へも其《そ》の趣《おもむき》は兼《か》ねて請《う》け合《あ》い申《もう》さずては相成《あいな》らず、兎《と》にも角《かく》にも先生家《せんせいけ》の御差図《おさしず》に任《まか》せ候旨《そうろうむね》、申《もう》し置《お》き申《もう》し候《そうろう》。

然《しか》る所《ところ》、右伊東氏《みぎいとうし》、一昨十五日夜中《いっさくじゅうごにちやちゅう》、着坂相成《ちゃくはんあいな》り、緒方《おがた》より早速右知《さっそくみぎし》らせ之《こ》れ有《あ》り候《そうろう》に付《つ》き、直様罷《すぐさままか》り越《こ》し、伊東《いとう》へ相対《あいたい》し、段々物語等《だんだんものがたりとう》をも仕《つかまつ》り候《そうろう》。即《すなわ》ち私東行《わたくしとうこう》の儀《ぎ》、頻《しき》りに相勧《あいすす》められ候《そうら》えば、前文《ぜんぶん》の趣《おもむき》、且《か》つ緒方《おがた》へ気兼《きが》ねの筋等《すじとう》も之《こ》れ有《あ》るに付《つ》き、孰《いず》れ東行《とうこう》も致《いた》したき存念《ぞんねん》、其《そ》の節《せつ》は宜《よろ》しく御指揮相願《ごしきあいねが》い候《そうろう》など、程好《ほどよ》く相諭《あいさと》し置《お》き候《そうろう》。緒方《おがた》よりも吾《わ》が同断《どうだん》に申《もう》し聞《き》かせ候《そうろう》。玄朴《げんぼく》サスガ当時《とうじ》の名物《めいぶつ》、英雄《えいゆう》の気《き》を取《と》り候事《そうろうこと》、此《こ》の男《おとこ》に限《かぎ》る様相見《ようあいみ》え申《もう》し候《そうろう》。然《しか》らば何分他日御東行《なにぶんたじつごとうこう》の節《せつ》は、必《かなら》ず弊《へい》家《け》へ御滞留御引《ごたいりゅうおひ》き立《た》て下《くだ》されたく、決《けっ》して粗末《そまつ》に御取《おと》り捌《さば》きは仕《つかまつ》らずなど申《もう》す事《こと》にて、昨日《さくじつ》は緒方《おがた》へ朝《あさ》より参《まい》り、酒飲《しゅいん》の供応《きょうおう》も之《こ》れ有《あ》り、私取《わたくしと》り持《も》ちに相願《あいねが》われ、総《そう》じて雅俗談話《がぞくだんわ》に及《およ》び、七《なな》ツ過《す》ぎ上船相成《じょうせんあいな》り、船場《せんば》まで見送《みおく》り申《もう》し候《そうろう》。他日東行仕《たじつとうこうつかまつ》り候《そうら》わば、能々取《よくよくと》り捌《さば》き呉《く》れ申《もう》すべき様相考《ようあいかんが》えられ候《そうろう》。何卒《なにとぞ》当秋《とうしゅう》か又《また》は来春《らいしゅん》は東行仕《とうこうつかまつ》りたく、其《そ》れまで此《こ》の地《ち》にて十分《じゅうぶん》に用意仕《よういつかまつ》り置《お》き申《もう》すべしと存《ぞん》じ奉《たてまつ》り候《そうろう》。

鍋島《なべしま》には此《こ》の度《たび》、兵書類三百両分《へいしょるいさんびゃくりょうぶん》、相求《あいもと》められ候由《そうろうよし》。此《これ》は伊東方《いとうかた》にては何時《なんどき》も取《と》り捌《さば》き相成《あいな》り候《そうろう》由《よし》に御座候《ございそうろう》。御国《おくに》などは蘭学相開《らんがくあいひら》け申《もう》し候《そうら》えども、当時中々三百金投《とうじなかなかさんびゃっきんとう》じ申《もう》し候勢《そうろうせい》は御座無《ござな》く、残恨《ざんこん》至極《しごく》に御座候《ございそうろう》。高又《たかまた》も吾《わ》が東行《とうこう》の儀《ぎ》は大《おお》いに相勧《あいすす》め申《もう》し候《そうろう》。

○此元御城外《ここもとごじょうがい》、初午《はつうま》の日《ひ》は例年四門相開《れいねんしもんあいあ》け、男女雲《だんじょくも》の如《ごと》く相集《あいつど》い、稲荷社参詣仕《いなりしゃさんけいつかまつ》り候《そうろう》。今年《こんねん》は殊《こと》に甚《はなは》だしき様《よう》に相見《あいみ》え申《もう》し候《そうろう》。私《わたくし》も其《そ》の日《ひ》は両三輩《りょうさんぱい》同行仕《どうこうつかまつ》り候《そうろう》。大坂《おおさか》十万戸中《じゅうまんこちゅう》より、大半皆出《たいはんみない》で申《もう》し候故《そうろうゆえ》、城外曠莫《じょうがいこうばく》の沙場《さじょう》、一面《いちめん》に群集仕《ぐんしゅうつかまつ》り候《そうら》いて、稲麻竹葦《とうまちくい》のごとく、当時合戦《とうじかっせん》の趣《おもむき》も斯《か》くやと推《お》す計《ばか》りに御座候《ございそうろう》。其《そ》の日《ひ》、一詩《いっし》を賦《ふ》し申《もう》し候《そうろう》。即《すなわ》ち別紙録《べっしろく》して尊覧《そんらん》に入《い》る。昨年来《さくねんらい》、詩《し》も大分作《だいぶつく》り申《もう》し候《そうろう》。逐々整録《おいおいせいろく》して御覧《ごらん》に入《い》るべしと存《ぞん》じ奉《たてまつ》り候《そうろう》。

広瀬旭荘《ひろせきょくそう》より、度々談《たびたびだん》じに参《まい》り呉《く》れ候様申《そうろうようもう》し越《こ》し、只様無音《ただざまぶいん》に罷《まか》り過《す》ごし候所《そうろうところ》、漸《ようや》く一昨日相尋《いっさくじつあいたず》ね、頗《すこぶ》る快談《かいだん》に及《およ》び申《もう》し候《そうろう》。書生《しょせい》の境界《きょうがい》も又得難《またえがた》し。今日学事多々《こんにちがくじたた》なるも亦《ま》た可《か》なり。

ご教諭の各件、一切承知致しました。昨今の悪弊については私も全く同じ意見をもっております。もちろん医術は我が家の本職であり、第一に肝要なことと考えます。他の連中は将来どこかの藩に召し抱えられたいとの思いがあって、家業以外のことにも手を染めていますが、私にはそんな望みはありません。そういう訳ですから、何ら他のことに心を悩ませずに済み、「将来は侍医にでもなるつもりで、ひたすら精進するように」との父上のお言葉、もっともなご意見と存じます。

しかし、私が家業以外の学問をも学んでおりますのは、目下は西洋列強の侵略を防ぐ手立てを講ずべき時期でして、何とか少しでも国恩に報いるために、わずかなりとも忠義を実践したいと、今日までつまらぬことを続けて参ったのでして、それは決して自らの立身出世を求める私欲から出た行為ではないのです。

ところが当節、よき理解者が退去してしまいましたので、ことは益々思うようにはかどらず、書籍購入をはじめ、万事につけ相談の手づるを失い、やむなくもっぱら本業に励む覚悟をしております。しかしながら、元来その人が居続けたとしても、これまでの状況では、所詮ご奉公の実現は困難と思われまして、昨年来、独自に報国の志をいだき、いささか打開策をめぐらしております。

先日、赤川喜兵衛から高杉小左衛門への内意ということで、「北条源蔵の件、近頃、例の人が退去したので、もしかすると彼も意を屈して退去するかも知れない。しかし、その人はその人である。蘭学の件は以前に申し合わせた都合もあるので、例の人物が退去したからといって、必ず当初の志を曲げることなく、しっかり研精するように」と申し寄こしている様子、この件は高杉又兵衛から聞いた噂なのですが、私の場合、元々が出世したいという気持ちで翻訳などをはじめた訳でもないので、ご内意の一件はともかくも自分とは無関係です。しかしながら、本業の余暇には医学以外の学問に少しは取り組みたいと思っておりまして、これとても藩国の行く末を憂え、わずかでもご恩返しがしたいという一心から出たことに他なりません。

ただし翻訳については、自分の意にかなう良書を見つけた際に行うものと決めています。藩府からの御用命については、かえって公務となりますので、気に入らない書物であっても強いてやらねばなりませんから、これは今後お断り申し上げたいと思います。例の砲術書の翻訳掛の一件については、父上のお言葉通り、今春中には完成させて差し出すつもりですので、どうぞご安心下さい。もっとも雑費の件は、別段お伝えするには及びません。これは私が国恩に報いるためのご奉公の一部と考えております。

さてまた、私の側から藩府に色々と対策を求めております件について、父上はこれを「よくないことだ」

とおっしゃいますが、確かにその通りかと存じます。以前からこの点は十分に心得ております。もっとも私の対策と申しますのは、格別のものではなく、前々から良書を手に入れた場合、翻訳して差し出したいというものでして、これまでは何かと思い通りにならぬこともありましたが、機会をみては他の人々と相談して、良書を入手した上は、やはり恩に報いる手立てとなるにちがいないと考える気持ちから起こったことでございます。ですから何のご心配にも及びません。

このところ、大坂あたりの儒者も医者も、少しでも志のあるものは誰も彼も外国の説を競って口にする時節となり、まして江戸などはなおさらのことと察せられます。このような状況の中で、腕組みして何もせずにいるのは、まことに残念至極なことと存じます。本業第一は当然ながら、その余暇には良書が手に入り次第、少しは地理、兵学なども勉強したいと考えます。この点については自分なりに工夫の手立てもあります。何もしないまま、むやみに凡庸な医者の仲間に転落することは、生涯の後悔につながると思っております。右のこと、まずはご覧頂きたいものと存じます。後漢の馬文淵は「年老いたらますます元気を出せ。ピンチになったらいっそう意志を堅く持て」と語りました。この言葉は遠い昔からの名言です。ピンチは自然に発生しますが、人の力で防ごうとするときは随分と名案も浮かびましょう。ただ志はますます堅固に保ち、鉄石のようにしておきたいものです。立身出世は決して悪いことではありませんが、気持ちを焦らせ過ぎると、男子には大きなわざわいとなります。人生はまさに「人間万事塞翁が馬」であり、人事の栄枯盛衰はまことに取るに足らないものです。

過ぐる七、八日の頃、オランダ通詞が江戸へ献上物を持って行くというので、当地にも二日ほど滞在致しました。以前から緒方と下準備を整えていましたので、一行が大坂に到着するとすぐに知らせが届き、一同で通詞の宿所を訪問し、「ニューエケウル」という書籍九冊、その他三種を合わせて計十二冊買い求め、代金は十五両余になりました。「ニューエケウル」には西洋各国の優れた君主や勇猛な将軍たちの伝記、及び各地の戦争、また諸国の地理、日本の地理や物語なども詳細に見えています。当初はさほどの書物とは思っていませんでしたが、とても非凡な内容を備えており、昨今まことにすばらしい書物と仰天しております。この書は昨年新たに舶載されたもので、日本全国で他に所蔵はなく、天下無双の蘭書と自慢しております。右の書籍代のうち、まず十両は以前から解読に取り組みながら手元に残っていた不用の書籍を売り払い、残り三両は知人から借用致しました。こちらは今春中に返金すると約束しています。これはいつ売却しても三十両以下にならない本ですから、この書物さえ所持していれば、借用できる金子もあまたとなり、まず金に困る心配はなくなるでしょう。面白い箇所を見つけ次第、行くゆくは翻訳をしたいと思っておりますので、何とぞお許しを願います。また殿様のご上覧にも供したいと考えております。

緒方のほうは、「ニウーエンホイス」と「スコールブーク」などを購入し、三十両余になりました。これらも良書でございます。砲術書なども数部あったのですが、一冊六十両、または四十、三十という高値で、とても手が出ません。緒方も昨年来、砲術書などをも懇望していましたから、色々と通詞へ相談したのですが、値段は少しも下がらず、そのまま江戸へと持って行かれました。この一事をとっても、江戸の西洋兵学がどれほど盛んであるかが推測できます。

一、ご転居のこと、あれこれとご心配なさっていらっしゃるようですが、まだ適当な物件が見つからないとのこと。もっとも、余り手広いのはよくありませんが、小さすぎても見苦しいと申すようでございます。お考えに見合うものを入念にお調べになって下さい。少々雑多な出費がかさんでも構いませんので、秋までには十両位はこちらから調えてご送金申し上げたいと思います。費用の足しになさって下さい。何にせよ、余り御心痛なさってはいけません。

一、伊東玄朴の件、先日、鍋島家からお呼び出しがあって佐賀へ出向いたところ、あちらの病人（諫早《いさはや》石見《いわみ》）はだんだんと快方に向かいましたので、近々江戸に帰ることになったとかで、同行の人々、すなわち玄朴の養子玄圭、ならびに門人二、三名から手紙が送られてきました。それによると、当時、「江戸表の象先堂《しょうせんどう》では塾長にふさわしい人材が見つからず、何とぞ大坂を引き払って江戸に来て下さいますようお願い申し上げます。加えて玄朴が帰りがけにお連れ申し上げます。本件に関しては玄朴当人からも、あなた様のご用意をなさっておいて下さるよう重々お頼み申し上げたいとのことですので、それまでにご意向を聞いておくようにと申し付けられております」という内容でした。先般、適塾へ参上した際、玄朴から緒方へ宛てて、右の依頼状が届いている旨を聞きました。緒方から本件について早速相談したいとのことで、「今この地を貴兄に去られては、当塾の書生たちの気持ちも一斉に動揺しましょうから、できればいましばらくとどまって下さい」との希望を伝えられました。「そのうち塾生も次第に落ち着いて来るでしょうから」との頼みでしたから、そのことを承諾しました。現状から考えても、今回の江戸行は所詮叶わぬものであり、国元へもその話をした上で藩許を得なければならず、ともかくも「洪庵先生のご指示にお任せ致します」と申し上げました。

そうこうするうちに、右の伊東氏が一昨日十五日の夜中に大坂に到着し、緒方から早速この知らせがありましたので、すぐさま適塾へ参上し、伊東と対面して世間話なども致しました。その折、私に東行をしきりと勧めるものですから、前述のことや、また緒方への気兼ねなどもあり、「そのうち東行致したいと考えておりますので、その節はよろしくご指導を願います」などと、やんわりとお断りしておきました。緒方からも私と同様の回答を申し聞かせました。玄朴はさすが当節の大物、彼をしのぐ英雄の風格を持つ人物は他にいないように拝見しました。玄朴は「では後日江戸にお下りの折は、必ず拙宅へご滞在になってご加勢下さるようお願いします。決して疎略にはご処遇致しませんから」などと申しました。昨日は緒方へ朝から参って酒食の供応があり、私がその場の接待役を頼まれましたが、総じて雅俗のさまざまな話題に及び、七つ過ぎ（午後四時頃）に船に乗り、船場までお見送り申し上げました。後日、東行致しましたならば、十分に世話をしてくれそうに思われました。私も何とかして今秋か来春には江戸へ行きたいと考えますので、それまでは大坂にとどまり、しっかりと準備を整えておくつもりです。

佐賀藩では今度、三百両分もの兵書類を購入したとか。これは伊東の家でいつでも自由に手に取ることができるようになっているとのことでございました。我が藩などは蘭学も興ってはおりますが、現在のところ、三百両もの大金を注ぎ込むほどの意気ごみはなく、極めて残念で恨めしいことでございます。藩邸の高杉又兵衛も私の東行の件は、大いに勧めてくれています。

〇当地のご城外では、毎年初午の日は四方の城門を開け放ち、男女が雲のように群がり湧いて、城内に鎮座する玉造稲荷神社に参詣を致します。今年はとりわけ人出が多いように見受けました。私もその日は二、三人と連れ立って参詣しました。大坂の十万戸の家々の大半から出かけてきているような賑わいでした。そのため、普段は閑散とした砂漠のような城外も、人々が一面に群集致しまして、まるで稲麻竹葦が生い茂るようで、かつての合戦の様子というのも多分こんな感じだったのだろうと、推測されるほどでした。その日、一詩を作りました。別紙に書きましたのでご覧に入れます。昨年来、漢詩もだいぶ作っております。少しずつ整理して、ご覧に供したいと考えております。広瀬旭荘から、度々「話に来てくれるように」との誘いがありましたのに、もっぱら連絡もせずに過ごしていましたところ、ようやく一昨日、訪問することがかない、大変に面白い話ができました。学問と向き合う書生の身の上は何とも得がたいものです。今日も学ぶことは山ほどあるのですが、それもまた楽しいものです。

○赤川喜　萩藩士（大組、百八十石）赤川喜兵衛。名は忠通、揚雪斎、独柳亭と号した。斉熙、斉元、斉広、敬親の四代に歴仕、文政元年～嘉永二年まで三十二年間にわたって藩政の要務に参与し、その間、村田清風とともに財政・兵制改革を推進し、文武教育の興隆を図った。天保十四年～弘化元年まで当職手元役にあった。また蘭学の導入にも熱心で、諸藩の蘭学事情に通じ、弘化二年十二月には松村太仲（吉敷毛利家医）の招聘を建策、同四年二月に太仲は西洋書翻訳掛に任命された。太仲は玄機と蘭学の才が伯仲したが、玄機に先立つ嘉永四年の秋に病没した。○高杉小左衛門　「右」は「左」の誤。萩藩士（大組、二百石）高杉小左衛門春樹（一八一四—一八九一）。晋作の父小忠太（丹治）のこと。小姓役、小納戸役、奥番頭（他藩における側用人）、直目付役等を歴任した。○源蔵　萩藩士・北条源蔵（伊勢煥、号竹潭。一八三一—一八八三）。萩藩における最初の西洋渡航者である。家格は大組、家禄は百九石余。次男であったが兄の養子となって家督を継いだ。早くより蘭学を修め、江戸、長崎の間を往来、幕府の海軍伝習所、軍艦操練所に学び、勝海舟の知遇を得た。万延年間に幕府の遣米使節に従い、海外の形勢を視察して帰国した。萩藩の軍艦運用、銃砲鋳造、火薬精錬等に尽力し、兵備の洋式化に功績を残した。実兄の北条瀬兵衛（伊勢華、号小淞。一八二二—一八八六）も能吏として藩府に重んぜられ、対幕戦の輜重会計を監督した。〇高又　萩藩士・高杉又兵衛春豊（?―一八五八）。小左衛門の父、晋作の祖父にあたる。高杉家中興の祖とされる春明の養子となり、右筆、上関宰判代官を経て、大坂蔵屋敷頭人（大坂留守居役）等を歴任した。なお春明の末子が蘭学者、西洋兵学者として知られる田上宇平太（一八一七―一八六九）であり、伊東玄朴の象先堂で蘭学を修業した。晋作にとっては大叔父にあたる。〇例の砲術書　西洋銃陣書『ペロトン』（中隊教練書）のこと。玄機はこれを翻訳し、『演砲法律』と題した。〇馬文淵　名は援、字は文淵、諡を忠成という。後漢の官僚、軍人。この話は『後漢書』馬援伝にある。六十二歳となった馬援は老いてなお甲冑を身につけ、馬の鞍にまたがり、元気のあるところを光武帝に見せた。これがいわゆる「馬援拠鞍」の故事である。〇和蘭通詞江戸へ献上物持登　弘化五年（嘉永元年）はオランダ商館長の江戸参府（四年に一度）はなかったため、この「和蘭通詞」は江戸番通詞ではなく、参府休年出府通詞（オランダ商館長の参府の行われない年、将軍への献上物と幕府高官への進物に付き添って東上した通詞）のことである。該当者は大通詞・植村作七郎、小通詞・岩瀬弥七郎であった。〇緒方　緒方洪庵（一八一〇―一八六三）。蘭学者、蘭方医。備中足守の人。中天游、坪井信道門下。大坂過書町に営んだ適塾からは、近代日本の担い手が数多く育った。西洋医学の研究をはじめ、種痘事業、コレラ治療等にも大きな業績を残す。文久二年、幕府奥医師、西洋医学所頭取を命ぜられ江戸に赴任したが、翌年江戸で急死した。〇「ニューエケウル」　Nieuwe keur van nutige en aangename mengelingen,jaarg という隔月刊の雑誌。誌名は『新選趣味と実益』の意味。〇「ニューエンホイス」　ニューエンホイス（一七七七―一八五七）は蘭人名。我が国ではこの人名をもってその一著作である『技術・学芸一般辞典』(Algemeen Woordenboek van Kunsten en Wetenschappen) を指す。この書については、早く伊東玄朴が天保十四年二月に、佐賀藩主・鍋島直正（閑叟）に翻訳を奉呈している。他に箕作省吾『坤輿図識』の「引用書目」に

「ニューウェンホイス／十本」、宇田川榛斎『和蘭薬鏡』の「凡例」中にも「紐宛催斯《ニューエンホイス》」の書名が見られるが、こちらは「療術薬剤辨正書」と訳してある。○「スコールブーク」　教科書類のこと。どの分野の教本か未詳。例えば、宇田川榛斎訳述の『遠西医方名物考』の「凡例」中には「掲幾斯哥児《クェーキスコール》」（＝医学校諸科教授集成書）があり、また川本幸民の『気海観瀾広義』の原書は、ボイス著『アルゲメーネ・ナチュールキュンヂフ・スコールブーク』（『格物綜凡』）である。○伊東玄朴　一八〇〇―一八七一。佐賀の人。江戸の三大蘭方医の一。佐賀藩医から幕医に登用された。その医塾を象先堂といった。弘化四年六月、鍋島家側医に昇格した玄朴は、同年十一月、重態の佐賀藩家老・諫早石見の治療のため佐賀へと下った。翌正月、病人平癒により江戸へ戻るが、その帰途、大坂に立ち寄った。○玄圭　伊東（御厨）玄敬。一八二九―一八六〇。肥前出身。玄朴の甥（姉の子）にあたる。天保七年、八歳で伊東家に養子に入る。弘化三年九月十二日に適塾入門。のち玄朴二女の婿となって伊東家を継いだ。安政五年に奥医師見習となるが、万延元年五月に病没。享年三十二。また同じ時期、一度は玄朴の義子となり、のち本姓に復した野中玄英（弘化四年三月二十三日入門）も適塾に在籍していた。○一詩　本書詩編に収める「二月初午（二日）、石山城外に遊び、見る所を記す」（七絶二首）が該当する。なお第一首の起句に「四門」とあれば、本信中の「四つ」は、平仮名の「つ」と草書体の「門」が酷似する点からの誤読と思われ、今これを改めた。不定時法の「四つ」（午前十時）と解してはいささか遅すぎるし、しかも何が「相開け」るのかも分明でない。加えて少し前の行に見える「七ツ過」が片仮名表記となっている点にも留意したい。これらを根拠として今ひとまず「四門」の意にとった。○広瀬旭荘　一八〇七―一八六三。豊後日田の人。漢学者、漢詩人。咸宜園二代塾主。弘化三年十月、大坂に寄寓中の旭荘は淡路町の新居に移り、緒方洪庵らと活発に交流した。咸宜園では儒学を修めた後、上坂して適塾で蘭方を学ぶものも少なくなかった。旭荘の日記『日間瑣事備忘録』には、弘化四年九月四日、及び嘉永二年三月十三日に玄機との交流記事が確認できる。○十七日　中野操（「適塾と久坂玄機」、大阪市北区医師会会報六十三号、昭和三十八年）は「嘉永元年正月十七日」付とし、また田中助一（『防長医学史』）もこれに従うが、書簡中の初午の記事、及び漢詩の題名（二月二日）から考えると、東行の一件を述べた部分までは一月十七日に書かれ、その後、何らかの事情ですぐには出されず、○印以下を翌月に追記の上、萩に発信したように思われる。なお嘉永改元は二月二十八日のため、厳密には弘化五年である。

萩両親宛）

第三部　参考資料編

参考資料（伝記及び蘭学関係）

㈠『俟采択録《しさいたくろく》』より「久坂玄機」の条

玄瑞が編述した『俟采択録』（近世の忠勇義烈の偉人たちの伝記集）には、玄機も取り上げられているので、ここにその全文を示す。簡略ながら、後世の「玄機伝」は殆どこれに依拠する。なお文中に月性が捧げた玄機追悼詩をはさみ、また末尾には玄機作の漢詩十一首を付載するが、これらはすでに本書に取り上げたものであるから割愛した。

亡兄久坂玄機、名眞、一名靜、字某、號天籟。倜儻而有氣節。常憂夷狄之害駸駸日迫、折節讀郭索文。翻譯者數十種。大抵係大砲銃隊、亦大譯引痘書。藩之種痘行絶無痘者、天籟與有力云。曾有一蘭學醫。以某月日當彼正朔、將酌酒陳祝招天籟。天籟慨然、大罵詈曰、病癡子、吾安奉彼正朔。而屈膝於窮廬、吾讀洋書、取之內不足、取諸外者耳。病癡何得令我賀彼正朔哉。援筆作數萬言、辨駁之云。先是、天籟游上國、與時鴻儒碩士、上下議論。得周防僧月性交最善。曾令鍛工作長劍、佩之自豪。酒酣月性拔其劍起舞。天籟乃高吟以爲快。甲寅春、墨夷來金川、鄂虜來長崎、輿情騷然。藩府命天籟策海防。玄機時病篤。扼腕而起、作對策數萬言。不寢者數夜。既而沒。實二月廿七日也。月性作詩哭。（哭詩は既出ゆえ省略）月性將梓其詩、未果竟沒。

亡兄久坂玄機《ぼうけいくさかげんき》、名《な》は真《しん》、一《いっ》の名《な》は静《せい》、字《あざな》は某《ぼう》、天籟《てんらい》と号《ごう》す。倜儻《てきとう》にして気節有《きせつあ》り。常《つね》に夷狄《いてき》の害《がい》、駸駸《しんしん》として日《ひ》び迫《せま》るを憂《うれ》い、節《せつ》を折《お》って郭索《かくさく》の文《ぶん》を読《よ》む。翻訳《ほんやく》する者《もの》、数十種《すうじっしゅ》あり。大抵《たいてい》は大砲銃隊《たいほうじゅうたい》に係《かかわ》る。亦《ま》た大《おお》いに引痘《いんとう》の書《しょ》を訳《やく》す。藩《はん》の種痘行《しゅとうおこな》われ、絶《た》えて痘者無《とうじゃな》きは、天籟与《てんらいあずか》って力有《ちからあ》りと云《い》う。

曾《かつ》て一《いっ》の蘭学医《らんがくい》有《あ》り。某月日《ぼうげつじつ》は彼《か》の正朔《せいさく》に当《あた》るを以《もっ》て、将《まさ》に酒《さけ》を酌《く》み祝《いわい》を陳《の》べ、天籟《てんらい》を招《まね》かんとす。天籟《てんらい》、慨然《がいぜん》として大《おお》いに罵詈《ばり》して曰《いわ》く、病痴子《びょうちし》、吾《われ》、安《いず》くんぞ彼《か》の正朔《せいさく》を奉《ほう》ぜんや。而《しか》して膝《ひざ》を窮廬《きゅうろ》に屈《くっ》して、吾《わ》が洋書《ようしょ》を読《よ》むは、之《これ》を内《うち》に取《と》りて足《た》らざれば、諸《これ》を外《そと》に取《と》る者《もの》なるのみ。病痴《びょうち》、何《なん》ぞ我《われ》をして彼《か》の正朔《せいさく》を賀《が》せしむるを得《え》んやと。筆《ふで》を援《と》って数万言《すうまんげん》を作《な》し、之《これ》を弁駁《べんばく》すと云《い》う。

是《これ》に先《さき》だち、天籟《てんらい》、上国《じょうこく》に游《あそ》び、時《とき》の鴻儒碩士《こうじゅせきし》と議論《ぎろん》を上下《じょうげ》す。周防《すおう》の僧月性《そうげっしょう》を得《え》て、交《まじわ》り最《もっと》も善《よ》し。曾《かつ》て鍛工《かこう》をして長剣《ちょうけん》を作《つく》らしめ、之《これ》を佩《お》びて自《みずか》ら豪《ごう》なり。酒酣《さけたけなわ》にして月性其《げっしょうそ》の剣《けん》を抜《ぬ》き、起《た》ちて舞《ま》う。天籟乃《てんらいすなわ》ち高吟《こうぎん》して以《もっ》て快《かい》と為《な》す。

甲寅《こういん》の春《はる》、墨夷《ぼくい》、金川《かながわ》に来《きた》り、鄂虜《がくりょ》、長崎《ながさき》に来《きた》り、輿情騒然《よじょうそうぜん》たり。藩府《はんぷ》、天籟《てんらい》に命《めい》じて海防《かいぼう》を策《さく》せしむ。玄機時《げんきとき》に病篤《やまいあつ》し。扼腕《やくわん》して起《た》ち、対策数万言《たいさくすうまんげん》を作《な》す。寝《ね》ざる者数夜《ことすうや》。既《すで》にして没《ぼっ》す。実《じつ》に二月廿七日《にがつにじゅうしちにち》なり。月性《げっしょう》は詩《し》を作《つく》って哭《こく》す。（中略）月性《げっしょう》、将《まさ》に其《そ》の詩《し》を梓《し》せんとするに、未《いま》だ果《は》たさずして竟《つい》に没《ぼっ》す。

亡くなった兄の玄機は、名は真、また別に静ともいい、字は詳らかでないが、天籟と号した。抜群の才能を有し、非凡な志気と節操を備えていた。

つねづね西洋列強の侵略が、刻々と迫り来る状況を憂慮し、正しいと信ずる主義・主張を潔く捨てて、蘭学を学んだ。翻訳書は数十種にのぼる。その大半は大砲や銃隊に関する軍事学の本であるが、いっぽうで大いに種痘関係の書をも訳述している。萩藩の種痘がしっかり実行され、患者の発生が以後見られないのは、天籟の尽力が大きく影響している。

かつてこんなことがあった。ひとりの蘭方医があった。「某月某日は西陽暦の正月元旦にあたる。酒を酌み交わし、賀詞を述べ合おう」といって、天籟にも声をかけた。天籟はひどく憤り、相手をこういって罵倒した。「おろかな奴め。私はどうして西洋の正月などをあがめて、おもねったりしようか。私が西洋の書物を読むのは、我が国の学問で不足する分野があれば、それを向こうの学問で補おうとしているだけなのだ。大馬鹿ものよ、どうして私に西洋の正月を祝わせることなどできようぞ」と。その上で筆を取って数万言に及ぶ文章を書き、自らの正しさを主張し、相手の誤りを攻撃したという。

これより前、天籟は京都・大坂に遊学したことがあった。その地で当時の錚々たる儒者や名士と議論を戦わせた。中でも周防の僧月性と最もむつまじく交際した。玄機はかつて鍛冶職人に長い刀を作らせ、これを腰に差して意気盛んであった。酒宴が盛り上がってくると、月性はその長刀を抜き、立ち上がって剣舞を披露した。天籟はこれに合わせて高らかに詩を吟じ、その様子は痛快この上なかった。

甲寅（安政元年）の春、アメリカ軍艦（ペリー再訪）が神奈川に、またロシア使節（プチャーチン）も長崎に来航して、世情は騒然となった。藩政府は天籟に海防に関する諸策を立案させた。このとき玄機は重い病にかかっていた。それでも憤りの余り腕まくりをして病床から起き上がり、数万言に及ぶ対策を起草した。数日の間、徹夜を重ねたが、やがて逝去した。実に二月二十七日のことであった。月性は詩を作って玄機の死を悼んだ。（中略）月性は玄機の詩を刊行しようとしたが、果たさぬうちにとうとう自身もこの世を去ってしまった。

○倜儻　才能や力量が衆人にかけ離れて優れている。○郭索文　欧米の横文字。「郭索」は蟹のがさがさと歩く様子。蘭文・蘭字のことを「蚊脚蟹行《ぶんきゃくかいこう》」などと形容した。○病痴子　おろかな男。馬鹿者。○上国　上方。京都・大坂方面。○鍜工　鍛工。かじや。

(二)「備忘雑録《びぼうざつろく》」（安政三年「骨董録」所載）より三種

(1)玄機略伝メモ

前掲の略伝と若干内容が異なるものもあるので、併せて掲出する。このうち三〜六条は漢文で書かれており、いま書き下して示した。

○亡兄毎《ぼうけいつね》に浩歎《こうたん》して人世俗事《じんせいぞくじ》の眼前《がんぜん》に攢集《さんしゅう》するを患《うれ》う。慈母毎《じぼつね》に「山《やま》の奥《おく》にも鹿《しか》ぞ鳴《な》くなり」の歌《うた》を以《もっ》て之《これ》を慰《なぐさめ》られしとぞ。

※藤原 俊成《ふじわらのとしなり》（一一一四―一二〇四）の「世の中よ道こそなけれ思ひ入る山の奥にも鹿ぞ鳴くなる」（千載集、雑）という和歌の下の句である。「小倉百人一首」の第八十三番。歌意は「この世の中には、悲しみや辛さから逃れるすべはないのだよ。思い詰めて分け入った山の奥でさえ、哀しげに鳴く鹿の声が聞こえるようだ」で、俗世のままならなさを慨嘆する歌である。

○亡兄曾《ぼうけいかつ》て「時平人能病」（時平《ときたい》らかにして人能《ひとよ》く病《や》む）の句《く》を得《え》、畢生其《ひっせいそ》の対《つい》を得《え》ずと云《い》う。
○亡兄曾《ぼうけいかつ》て周防《すおう》の月性《げっしょう》、伊勢《いせ》の土井幾之助《どいいくのすけ》と遊《あそ》び、曾《かつ》て長刀《ちょうとう》の数尺《すうしゃく》なるものを作《つく》り、紀州《きしゅう》に遊《あそ》ぶ。土人《どじん》、目《もく》して以《もっ》て撃剣先生《げきけんせんせい》ならんと云《い》うと。
○亡兄蘭書《ぼうけいらんしょ》を学《まな》ぶ。翻訳《ほんやく》する者《もの》、数十種《すうじっしゅ》、大抵《たいてい》、大砲銃陣《たいほうじゅうじん》の事《こと》に係《かかわ》る。亦《ま》た大《おお》いに引痘《いんとう》の書《しょ》を訳《やく》す。藩《はん》の引痘行《いんとうおこな》われ、今人《きんじん》の絶《た》えて痘者《とうじゃ》無《な》きに至《いた》るは、亡兄与《ぼうけいあず》かって力有《ちからあ》りと。
○曾《かつ》て一蘭学者有《いちらんがくしゃあ》り。彼《か》の正朔《せいさく》に当《あた》るを以《もっ》て、将《まさ》に酒《さけ》を酌《く》んで祝《いわ》い、来《きた》りて亡父《ぼうふ》を招《まね》かんとす。亡兄慨然《ぼうけいがいぜん》として罵詈《ばり》す。竟《つい》に万言《まんげん》を作《な》し、之《これ》を弁駁《べんばく》するに至《いた》ると。
○亡兄 病《ぼうけいやまいあつ》 きに至《いた》るも、大《おお》いに海防《かいぼう》を談《だん》ずと。

(2)「亡兄天籟先生著書《ぼうけいてんらいせんせいちょしょ》」

一、新撰海軍砲術論《しんせんかいぐんほうじゅつろん》　十一冊
一、演砲法律《えんぽうほうりつ》　七冊　合二冊
一、新訳小史《しんやくしょうし》　全
一、和蘭紀略内篇《おらんだきりゃくないへん》　全
一、抜《ば》太《た》（虫《び》）亜《あ》誌《し》　全
一、治疫局法《ちえききょくほう》　二冊
一、海防策《かいぼうさく》　上書は家に在らず。

※抜太（虫）亜誌　虫損の箇所は「比」と推定される。すなわち「抜太比亜誌《ばたびあし》」である。オランダは革命時フランスの影響を受け、一七九五―一八〇六年までフランスの衛星国バタビア共和国として存立した。またインドネシアのジャカルタの旧名もバタビアであり、蘭領東インド総督府の所在地で、交易拠点として繁栄した。後に蕃書調所から「官板バタビヤ新聞」（文久二年刊）も翻訳されているから、この翻訳も後者に関係するものであろう。

※治疫局法　現存する「治痘新局」のことと思われる。

※海防策　この「上書は家に在らず」と注された対策については、松陰に「久坂玄機の上書の事を記す」（安政六年春、在野山獄）と題する一文があり、中村道太が「相模の営庫にあるはずだ」と述べたことが書かれている。しかし、今はもう陣所は取り払われたので、行方が知れなくなっているといい、ぜひ玄瑞に探し出させて、抄録の上、手もとに置いておきたい旨を述べてある。それが「賢者の用心なり」と松陰はしめくくった。

(3)「新町《しんまち》久坂《くさか》に預《あず》け置《おき》し書《しょ》」

以下は玄瑞が久坂本家（七十三石、本道、道三流）に寄託した蘭医学関係の書籍である。当時の当主は八代目の文斎であった。玄機が亡くなったとき、久坂別家は葬儀代の一部十三両を青木研蔵から借りたが、これを立て替えて返却したのは本家の七代文仲であった。文斎はその嫡子である。こういう事情もあって、半ば借金のかた同然に蘭書を預けたのであろう。これら十三種三十八冊はすべて玄機が収集したものと考えてよく、全体の一部に過ぎないが、玄機の蘭医書の所蔵状況の一端がうかがえる資料である。

これとほぼ同様の備忘が「秋湖遺稿補」所収の「こゝろびか倍帳」（文久二年三月）にも「右新町久阪《ママ》

へ預置候分」として見える。両者は基本的には同じ内容であるが、若干異同があるので（帳）として併載した。なお（帳）の冒頭には「七番　八番　九番」と記しており、これは玄機が整理のために付した書套の分類番号と思われる。

①ブール　キンヂルシキーテン　　二冊
（帳）ブール　キンドルシキーテン　　二冊
※ブールの小児科書。「ブール」とは、ヘルマン・ブールハーフェ（蒲爾花歇）の略称。十八世紀オランダを代表する内科学者で、坪井信道によって『万病治準』、『診候大概』等が翻訳されている。

②リセランド　ナチユルキユンデ　　二冊
（帳）リセランド　ナチユルキユンデ　二冊
※リセランド（利摂蘭度）は仏人。「ナチュラルクンデ」は、自然哲学、自然科学の概論のような書。もしくは物理学のような性格を帯びた科学書のこと。

③昆斯《こんす》　病理書《びょうりしょ》　　一冊
（帳）昆斯　病理書　一冊
※「医学百科全書」のうち、独・コンスブルック（混斯部児屈）が担当した部分。

④ヘーロス　病理書《びょうりしょ》　一冊
（帳）ヘーニス病理書　一冊
※人物未詳。

⑤ゲネースキヌンデ　一冊
（帳）ゲネースキユンデ　一冊
※前掲全書のコンスブルックが担当した内科治論の部分。「ヌ」は「ユ」の誤。

⑥貌弗涅禄《わふねる》　一冊
（帳）貌弗涅禄　一冊
※書名はないが、独・ワフネルの『原病論』（病理学書）の蘭訳本か。あるいは玄機の『治痘新局』の原書となった種痘方面の著作であろうか。これらに関しては「引痘要訣」の補説を参照されたい。

⑦俚錫蘭陊《りせらんど》　話字入門《わじにゅうもん》　上一冊　下欠
（帳）俚錫蘭侈《りせらんど》　活学入門《かつがくにゅうもん》　上〇下欠
※仏・リセランドの生理学書であろうから、書名は『活学入門』が正しいと思われる。

⑧洞盧窟《どるっく》　上下二冊

（帳）洞廬窟　全二冊

※未詳。独 Druck（人名）か。

⑨斯哥而夫乎校《すこーるぶふく》　三冊

（帳）斯哥而夫乎杭　全二冊

※書籍未詳。おそらく書簡に見えた緒方洪庵が購入したとあった「スコールブーク」（教科書類）のことであろう。

⑩ビスロッフ　全八冊

（帳）書名不明　全八冊

※独・ビスコッフ（毘斯骨夫、ビショップ）著、伊東玄朴訳の『医療正始《いりょうせいし》』（八冊本あり）であろう。「ロ」は「コ」の誤。

⑪依氏活機論《いしかっきろん》　全五冊

（帳）依氏活機論　全五冊

※蘭・イペイ（依百乙）の生理学書。

⑫華爾托満《はるとまん》　七冊

（帳）華爾托満　全七冊

※ハルトマンの原病書と思われる。緒方洪庵『病学通論』（嘉永二年刊）の「題言」中に、華爾篤満《はるとまん》『病理書』が参考文献の一種としてあげられている。

⑬デリーレアテル　一冊

（帳）未掲載

※未詳。

「リセランド窮理書《きゅうりしょ》二巻」及び「ブール小児書《しょうにしょ》二巻」は、青木研蔵（萩藩医）に五両で買い上げてもらっている（㈠「江月斎日乗」文久二年三月二日）。両書は久坂本家に預けていた①②に相違ない。玄瑞はもはや不要となったこれら多くの亡兄愛蔵の蘭医書を借金のかたに手放していたことが分かる。

㈢「こゝろびか倍帳」（文久二年三月）所載の旧蔵蘭医書

前述青木からの借金のすぐ後に、次の八種二十四冊が掲げられているが、これらも同様の経緯で人手に渡ったものではないかと思う。

①横民病名字書　全一冊

※未詳。

②薬名類彙《やくめいるいい》　一冊

※未詳。

③泊乙蘭度《うぇいらんど》　一冊

※オランダの言語学者・ピーター・ウェイランドの文法書か。『和蘭語法解』等がある。

④フルプリプチング　写　一冊

※未詳。「フルプ」は「救助」、「リプチング」は「素早い対応」。おそらく『救急摘方』（全二冊）と同様の応急手当、救急医療の書と思われる。

⑤ヒユヘラント　原病論《げんびょうろん》　全二冊

※独・フーヘランド（扶歇蘭士）の病理学書。

⑥原本　五冊

⑦スフレンゲル　写本《しゃほん》未備《いまだそなわらず》　一冊

※独・シュプレンゲルの医書か。前掲『病学通論』の「題言」中に私布斂傑児《しゅぷれんげる》『治方総説』が参考書の一として掲出があり、林洞海増訂『窊篤児薬性論』の凡例中にも「私佛楞業爾《すぷれんげる》……等ハ合薬家及ビ舎密家ノ説ニ随テ之ヲ

分ツ」とある。

⑧原書　七冊　書名相不分《しょめいあいわからず》

㈣山口県立山口図書館「久坂家旧蔵書」中の蘭医書

同館には「久坂家旧蔵書」と称する書籍がある。これらは昭和三年五月に東京本郷にあった有名な書肆・楠林南陽堂《くすばやしなんようどう》（店主・楠林安三郎）から、二十八部五十二冊（合計百円）で一括購入されている（『図書原簿』）。萩博物館所蔵の『治痘新局』を注意深く見ると、最終丁の綴目下端に小さく「南陽堂」の印判が見えるから、これも楠林氏が同時に仕入れた書冊の別れであることが判明する。但しこちらは貴重書として市島春城（政治家、早稲田大学初代図書館長）に納められ、その後、藤浪剛一（医史学者）、田中助一（在萩医史学者）と所蔵者が移った。田中氏は昭和二十年代になって二千円で入手している。

当初、この久坂家蔵書中にはわずか一冊ではあるが、基礎医学系のHearst.Natuur《ハーストナチュール》 beschouwingen《ベンケオウウィンゲン》 Amsterdam《アムステルダム》.1820という原書も含まれていた。しかし残念ながら今日では確認できない。ここでは玄機の蔵書と考えられる蘭方系の医書のみを掲げる。

一部の医書には「久坂蔵書」（縦三・一糎×横二・六糎。『治痘新局』の旧蔵印と一致）、または「長養堂日下氏蔵書印」（縦三・一糎×横三・五糎）の朱文方印があり、これらについては玄機の手沢本と判断される。「長養堂」が玄機の堂号であったことは既に述べた。

該当する蘭方医書は以下の六部二十冊である。なお④⑤⑥はこれまで看過されて来たが、どれも書型

（天地八寸の中本）・体裁が等しい。また筆跡を『治痘新局』と比較すると、玄機自写本の可能性もあるかと思う。もちろん確定にはさらなる精査を必要とするが、これが事実となれば、医学史・蘭学史分野の研究に際し、重要な新資料を提供することになろう。なお［　］内は蔵書印の種類を示してある。

①『和蘭《おらんだ》内景《ないけい》医範《いはん》提綱《ていこう》』　刊一冊　［長養堂日下氏蔵書印］

※宇田川榛斎訳、諏訪士徳（藤井方亭）筆記。文化二年刊の弘化復刻本。大半は三巻三冊であるが、三巻一冊本も存在する。朱・墨二色を用いての細字による欄外及び別紙への書き込みが極めて多い。

②『済生三方《さいせいさんぽう》』　刊三冊　［上中下の全冊に長養堂日下氏蔵書印・久坂蔵書］

※独・フーヘランド著、杉田成卿訳。嘉永二年刊。

③『医戒《いかい》』　刊一冊　［長養堂日下氏蔵書印・久坂蔵書］

※独・フーヘランド著、杉田成卿訳。嘉永二年刊。『済生三方』附刻。

④『扶氏経験遺訓《ふしけいけんいくん》』　写十冊　［第一冊のみ蔵印なし。他は全て久坂蔵書］

※独・フーヘランド著。緒方洪庵・同郁蔵共訳。成稿は天保十三年。安政五年～文久元年にかけて刊行。二十五巻、薬方編二巻、付録三巻、二十八冊。中村昭「緒方洪庵『扶氏経験遺訓』翻訳過程の検討」（『日本医史学雑誌』三十五巻三号、一九八九年）によると、同書には初稿本（十五巻九冊）、再稿本（十六巻十二冊）、安政四年刊本

の三種が確認され、しかも初訳の稿本は一種類ではなかったという。玄機手沢本（十六巻十冊。第十六巻は「扶氏経験遺言薬方篇」。巻一、四、八にも「遺言」が混在する。初稿の「凡例」に「原本題スルニ『五十年間経験之遺言』ヲ以テス」とあり、実際に「遺言」を用いたものが、金沢市立玉川図書館近世史料館に存在する）の場合、「凡例」の内容、病名の訳語からも初稿本系であることは疑いなく、ことに「凡例」中に後の『病学通論』を『原病約論』と記す点が決め手となる。しかし「凡例」の細部を検討するに、両者では百か所を超える字句の相違が見られ、病名に関しても初稿・刊本とも異なるものがある。よって幾つかある初稿本の一つ、または初稿と再稿の間にある加筆本のどちらかと見られる。いずれにせよ、かかる早期段階の訳本を所持できたのは、やはり玄機が適塾々頭をつとめ、洪庵から厚く信頼された事実と無関係ではあるまい。

⑤『増補《ぞうほ》窊篤児《わーとる》薬性論《やくしょうろん》』　写四冊　［一冊：「□□蔵書」と二字切取。二冊：「□坂蔵書」と一字切取。三冊：蔵書印切取。四冊：「□□蔵書」と二字切取。但し蔵印は他の久坂蔵書と全く同一］

※蘭・ワートル著。林洞海訳。天保十一年成稿。その後、嘉永二年に旧稿を訂し、諸書を参考にして薬説を補い新稿とし、安政三年に二十一巻十八冊を刊行。久坂家本は、㈠巻一～巻三上、㈡巻三下～巻六、㈢巻七～巻九、㈣巻十～巻十七・附録の四冊で、研医会図書館所蔵本（弘化二年洋々斎主人澤橘正辰写）と構成は同じ。また安政刊本と序文を比較してみると字句が異なるから、玄機旧蔵本は初稿の筆写本と思われる。

⑥『西洋度量考《せいようどりょうこう》』　写一冊　［長養堂日下氏蔵書印・久坂蔵書］

※県立山口図書館の書誌情報では、本冊を青山幸哉（美濃郡上藩主）の著した『西洋度量考』（安政二年刊）の写

本とするが、これは正しくない。末尾に附載する「度量考二十四韻府」の凡例には、「此編《このへん》ハ柳圃《りゅうほ》先生ノ嘗《かつ》テ稿ヲ起《おこ》セシ者ニ基キ外《ほか》ハ僅《わずか》ニ見聞スル所ヲ増加セルノミ云々」と見えており、これによって中野柳圃（志筑忠雄）の著述を馬場佐十郎が補校した『度量考』（別名『西洋度量考』）の写本であると判明する（本冊の遊紙にも「度量考」と標題を記載する）。増補成稿は文化九年であるが、玄機旧蔵書の本文中には「轂里《こくり》先生（馬場佐十郎の号）曰ク」、「榛斎先生（宇田川玄真）曰ク」、「貞由（佐十郎の名）曰ク」の他に、「榕（宇田川榕庵の名）按ニ」とあるから、馬場の門人・宇田川榕庵が再増補したものに拠ったと思われる。現在榕庵の自筆稿本は杏雨書屋が所蔵するが、現時点において筆者は未見である。

㈤「江月斎《こうげつさい》久坂《くさか》玄瑞《げんずい》遺稿《いこう》略解《りゃっかい》」

福本椿水は久坂秀次郎から預かった数々の遺稿の内容を整理して世に発表したが、その中に含まれる玄機に関係する文書を漏れなく拾い上げ、以下に一覧として掲げておく。ただしその一切が現在では散佚している。

「江月斎《こうげつさい》雑輯《ざっしゅう》巻二《まきに》」

○明神宗万暦三年云々《みんしんそうばんれきさんねんうんぬん》　以上二枚　久坂天籟筆《くさかてんらいひつ》

○仏朗王詞十二首《ふらんすおうしじゅうにしゅ》　以上二枚　久坂天籟筆

○籌海私議《ちゅうかいしぎ》　宕陰《とういん》（塩谷《しおのや》）迂夫未定稿《うふみていこう》。審夷情上《いじょうをつまびらかにすじょう》、同下《どうげ》、修戦艦《せんかんをおさむ》、七算《しちさん》、陸闘《りくとう》。以上の十二枚中、
審夷情下の「北条相州斬云々《ほうじょうそうしゅうざんうんぬん》」までは天籟筆。

「その他」

○演砲法律《えんぽうほうりつ》　三より四大尾に至るまで。一冊　入江九一《いりえくいち》筆・表紙は江月斎筆《こうげつさいひつ》

※玄瑞の安政三年九月二十一日付入江宛書簡に「演砲法律《えんぽうほうりつ》、是《これ》は亡兄《ぼうけい》の訳述《やくじゅつ》にて、僕家蔵《ぼくかぞう》に無之《これなく》、一本謄写致置度《いっぽんとうしゃいたしおきたく》、欲煩老兄也《ろうけいをわずらわさんとほっす》。至嘱至嘱《ししょくししょく》」と見える。すなわちこれが玄瑞の依頼により、入江が筆写して送ったものである。「演砲法律」はもと四冊本（『明倫館国書分類目録』）であったが、現在は全て散佚している。

○久坂天籟詩文稿《くさかてんらいしぶんこう》　一冊　久坂天籟筆　その他

江南行《こうなんこう》九首　和州道上《わしゅうどうじょう》十九首　僑居雑詠《きょうきょざつえい》十七首

拙訳演砲法律成録鄙詩二首以代題言《せつやくえんぽうほうりつなりひしにしゅをろくしてもってだいげんにかふ》二首　其他二十六首

謝任舎長《しゃちょうににんぜらるるをしゃす》　深慮論《しんりょろん》　医黌《いこう》　医家之弊《いかのへい》　送斎藤徳太郎序《さいとうとくたろうをおくるのじょ》

○朝埜記事《ちょうやきじ》　天保丙申冬十一月　長養堂　一冊　久坂天籟筆

○雑書　与烏田良岱兄書（烏田良岱兄《からすだりょうたいけい》に与《あた》ふるの書《しょ》）　送神村千之扈従赴東都序（神村千之《かみむらせんし》の扈従《こじゅう》して東都《とうと》に赴《おもむ》くを送《おく》るの序《じょ》）　始謁拙堂先生（始《はじ》めて拙堂先生《せつどうせんせい》に謁《えっ》す）

復能美子静書（能美子静《のうみしせい》に復《ふく》するの書《しょ》）　其の他　久坂天籟筆　二冊

久坂玄瑞略年譜

天保十一年（一八四〇）　庚子　　一才

五月（日未詳）　長門萩平安古に誕生。

嘉永　六年（一八五三）　癸丑　　十四才

八月四日　　母富子没。

安政　元年（一八五四）　甲寅　　十五才

二月二十七日　長兄玄機没。

三月四日　　父良廸没。

六月晦日　　秀三郎を玄瑞と法体名替。

九日　　家督跡職。知行高二十五石。幼少年期には吉松塾に通い、またこのころ、中村淡海、土屋蕭海、月性、口羽憂庵ら、玄機盟友による教導も行なわれた。

安政　三年（一八五六）　丙辰　　十七才　『丙辰草稿』

三月六日　　九州遊学に出発。（『西遊詩稿』上・下）

五月十一日　「題邏羅軍艦図」。
下旬　好生館に学ぶかたわら、吉田松陰に書（「奉呈義卿吉田君案下」、「再与吉田義卿書」、「与吉田義卿書」）を送り、教えを乞う。松陰は「評久坂生文」、「復久坂玄瑞書」、「再復玄瑞書」によって将来を戒飭鞭撻する。
冬　「温史蠡測序」

安政　四年（一八五七）　丁巳　十八才　『丁巳鄙稿』

六月五日　「送口羽君序」
十一月四日　「与南亀五郎書」
（月日未詳）「再与南亀五郎書」
十二月五日　杉百合之助四女文子（松陰実妹）を娶る。（「答半井発問一則」、「張敞論」、「藺相如論」、「答口羽発問一則」）

安政　五年（一八五八）　戊午　十九才

正月五日　「送松浦松洞序」
十三日　「上国相益田弾正君書」
二月二十日　医学、洋学修業のため東上。
十八日　「与富永有隣書」

四月七日　江戸着、麻生藩邸に入る。（『東遊稿』）
　十三日　芳野金陵（下谷）に入門。
　二十四日　梅田雲浜の寓居に投じて滞京、しばしば国事を論ずる。
八月二十三日　「送生田良佐西帰序」
　三十一日　梁川星巖を訪ね時事を談ず。
九月五日　「上大原三位卿書」
　二十日　京都を発し、この日江戸着。

安政　六年（一八五九）　己未　二十才　『己未鄙稿』

正月（日不詳）　「吉田寅二郎訴免状」
三月三日　「与中谷賓卿書」
　二十八日　「与二十一回先生書」
五月十日　「自警六則」
　十五日　「与福川才之助書」
　二十六日　「与某書」
十月二十七日　吉田松陰刑死。
十一月二十七日　高杉らと松下村塾に会し、先師の霊を祀る。

万延　元年（一八六〇）　庚申　二十一才　『庚申詩稿』『庚申草稿』

正月七日　松下村塾に講会を開き、先師の遺著を読む。

二十七日　二十三日〜二十八日まで生雲大谷家（楽山亭）に投宿。この日、亡兄玄機の七回忌にあたり、大谷家にて招僧読経、牌前に哭す。

三月十六日　宮市の岡本桜園宅に逗留中、桜田義挙を知る。

閏三月二十九日　『辺陲史略』なる。

五月九日　英学修業のため出萩、江戸着。

十二月除夜　「追懐古人詩十首」を作る。

文久　元年（一八六一）　辛酉　二十二才　『辛酉詩稿』

三月十五日　『俟采択録』なる。

二十五日　「航海遠略策」への反対意見を提出。

八月末〜九月初　このころ、長薩水土の有志が頻繁に会同し、四藩義盟の件などを協議する。

九月七日　周布とともに上京、二十二日夜、伏見で和宮要駕を策するも実現せず。

十二月朔日　「一灯銭申合」を作る。

文久　二年（一八六二）　壬戌　二十三才

三月十四日　馬関の白石正一郎（薩州御用）方で、西郷吉之助、平野国臣らと密議を行う。

四月十九日　佐世八十郎（前原一誠）、中谷正亮らと長井雅楽の弾劾書を上呈。
六月晦～七月朔　松門同志と長井暗殺を策するも失敗。自訴して罪を待つ。
八月二日　藩主父子に『廻瀾条議』を奉呈。
閏八月二十八日　『解腕痴言』なる。
九月十五日　謹慎を解かれる。
十一月二十六日　京都発、翌月二日江戸着。
十三日　「気節文章」（攘夷血盟書）を起草。御楯組結成。
十二月十二日　高杉ら同志十一人と新築中の御殿山英国公使館を焼く。

文久　三年（一八六三）　癸亥　二十四才　『癸亥詩稿』

正月十一日　横浜外館襲撃事件、土佐藩士との葛藤事件につき遠慮の処分をうけ、十八日宥免。
四月十五日　攘夷先鋒として出京帰萩。
二十二日　京都藩邸御用掛となり、蓄髪を許され、大組士に加えられる。
二十六日　馬関派遣。集撰組（光明寺党）結成。
五月十日　馬関海峡にて外艦砲撃。
六月七日　藩主父子の一人召命の勅書を奉じて京都を発す。
二十一日　入京。列藩に掃攘の応援を請うための周旋に奔走。
七月十日　名を義助と改める。

八月十五日　学習院に出仕。
　十八日　大和行幸の廟議変更。尊攘派公卿の参朝停止、長藩は境町門警衛を解かれる。
　十九日　長州下向の七卿を兵庫まで護衛。
　二十一日　益田右衛門之介の指揮下に入り、兵庫より帰京。河野三平と変名する。
九月十九日　政務役に任ぜられ、京都駐在を命ぜられる。
十一月八日　井原主計に従い上京の途につく。遊撃軍の壮士を精選して、その護衛に当てる。

元治　元年（一八六四）　甲子　二十五才

正月二十七日　京都内用掛としての忠勤により、石高四十石（加切銭百五十目）になる。
三月三日　桂とともに、国司信濃、来島又兵衛の入京阻止を謀る。
四月十九日　来島ら激派入京し、世子進発論を主張。桂、宍戸九郎兵衛は反対。
五月二十八日　中村、品川らと帰国。各卿に謁し、会薩の跋扈、新選組の乱行を告げ、世子進発論を高唱するが、高杉らは慎重論を展開した。
六月十六日　遊撃軍上京の後、福原越後、久坂らも三田尻発船。
　二十四日　午後、山崎の南岸、橋本にいたり全軍上陸。
七月十三日　益田右衛門、率兵入京。その数六百余。山崎の陣営に達し、久坂らと軍議。
　十五日　男山本営（益田陣所）に会し、十八日夜をもって挙兵進撃と決定。
　十九日　禁門の変。鷹司邸において寺島忠三郎とともに自刃。遺骸は京都霊山に葬り、のち頭髪を萩松本村東光寺杉家墓地に葬る。法名は江月斎義天忠誠居士。

明治　二十四年（一八九一）　辛卯

四月八日　　特旨をもって正四位を贈られる。

久坂玄機略年譜

文政　三年（一八二〇）　庚辰　　一才

萩城下の平安古（石屋町と満行寺筋との交差点の東南角の家）に別家久坂氏（二十五石、本道、道三流）の長男として誕生。父は萩藩医久坂良廸（熊毛郡田布施の医家吉村祐庵の男。また吉村良菴の弟ともいう）、母は富子（萩藩士中井惣左衛門恒宛養女。実は阿武郡生雲村の大庄屋大谷忠左衛門の女）。

文政　七年（一八二四）　甲申　　五才

十一月十四日　次弟・慧質禅童子（名は不詳）没。享年三歳。

天保　七年（一八三六）　丙申　　十七才

十一月　『朝埜紀事』（畑鶴山著、文化六年刊、通史の類）を抄録して一冊となす。

天保十一年（一八四〇）　庚子　二十一才

三弟・秀三郎（玄瑞）、平安古本町の八軒長屋奥に誕生。

※この前後、三田尻（防府）の萩藩医・能美洞庵の学塾（雪堂）で漢医学を修業する。

弘化　三年（一八四六）　丙午　二十七才

八月　医薬学の研鑽を目的として、京都へ私費による遊学（期限は三年間）に出発する。

弘化　四年（一八四七）　丁未　二十八才

三〜五月　関西の各地を旅する。和歌山、吉野、奈良、津方面。

五月十日　萩藩、西洋銃陣書『ペロトン』を大坂の玄機に送り、翻訳を下命する。翌春『演砲法律』と題して訳述を完了する。

六月　蘭学を学ぶため大坂に至り、緒方洪庵の適塾に入門する。

夏　大坂で斎藤拙堂（津藩儒）の嫡男・徳太郎と初対面、親しく交わる。

初秋　五月に来坂した阪谷朗廬（備中井原郷儒）と意気投合、百年の知己となる。滞在数旬、朗廬の帰郷に際し、「阪谷子絢の備中に帰るを送る」と題する七言四十四句の長詩を贈る。

七月五日　和歌山の板原忠美（安十郎、孝庵）に玄機から書状が届く。忠美はこれに即日返信、有馬摂蔵（適塾門人）の訃を嘆ずる。

八月五日　萩の青木塾に入門した億川虎之介（洪庵義弟）が玄機を仲介役として、大坂との書簡の往復を開始する（発信は同十八日、九月十五日、九月二六日の三回に及ぶ）。

九月四日　月性の寓居（枕江亭）において、広瀬旭荘、阪谷朗廬、斎藤誠軒、山鳴剛蔵、高瀬大助、福島修斎らと面話する。

十二月　親友斎藤徳太郎（誠軒）の帰郷に際し、「斎藤徳太郎を送るの序」を作る。

嘉永　元年（一八四八）　戊申　二十九才

一月八日　将軍への献上品を持って江戸に下る途中の和蘭通詞一行が大坂に滞在、その際に洪庵らと宿所に出かけ、『ニューエケウル』など三種（計十二冊）を十五両余で購入する。

十五日　伊東玄朴（佐賀藩御側医師）が佐賀から江戸に戻る途中、大坂に立ち寄り、洪庵に自らの医塾・象先堂の塾頭として玄機を懇望するが、洪庵の要望もあり、辞退して適塾にとどまる。

十六日　緒方邸で玄朴を饗応し、接待役をつとめる。玄朴は七ツ過ぎに上船、船場まで見送る。

十七日　萩の両親に宛てて長文の手紙を書く。家学第一としながらも、国家多難の時節につき、西洋学をも修めて、地理、兵学書の翻訳を進めたいとの志を披瀝する。また江戸行に対する強い意欲を示し、大坂蔵屋敷役人の高杉又兵衛（晋作の祖父）からも大いに勧められている旨を記す。

二月二日　初午の祭礼で賑わう城外の玉造稲荷社に二、三の朋輩と参詣し、婦女が遊び興ずる姿や凧揚げを競う子供たちを見る。

春頃　洪庵から代診を託される。

三月十四日　「舎長に任ぜらるるを謝す」と題する一文を作り、洪庵に適塾の塾頭に任命されたことを感謝する。

二十一日　萩藩医・青木周弼、門人の大村達吉（京）の帰郷に際し、洪庵に書簡を送り、今後の後援を依頼、あわせて玄機の進歩に期待する旨を述べる。

晩春　「秋本玄芝（里斎、三田尻の医家）の感有りの韵に和す」と題する七言古詩を作る。
※春にかけての下野方面（間々田、喜連川）への潜行はこの年か。

嘉永　二年（一八四九）　己酉　三十才

一月二十七日　遊学の期限を待たず、至急帰藩の命が下る。帰藩後はただちに嫡子雇として手廻組に編入の上、南苑医学所（のちの好生館）都講役となる。
※和漢の医学及び蘭学出精により、藩府から金十両を賜ったのもこの頃か。
二月二十五日　板原忠美、玄機宛ての書簡をしたため、あわせて帰郷に際しての餞別を贈る。
三月十三日　広瀬旭荘が萩藩蔵屋敷に玄機を訪ね、帰郷の件を聞かされる。夜、旭荘邸を訪問すると約束したが、玄機側の事情により中止となる。
十四日　帰藩のため、大坂を出発する。
九月九日　痘苗確保のため、長崎に派遣される青木研蔵を壮行し、七絶二首を贈る。
二十二日　長崎から青木研蔵が無事に帰萩する。任務の成功を祝し、七絶二首を贈る。
九月晦日　藩内種痘実施のため、青木周弼、赤川玄悦とともに引痘掛（主任）を命ぜられ、以後、種痘の普及に尽力する。なおこの頃『治痘新局』の訳述を完成させる。
十月二日　萩の医学館において種痘を開始する。
十二月十九日　十七日、月性の叔父・長光寺龍護（大坂島町）が遠崎妙円寺に帰郷、この日、玄機に書簡を送り、返済の金子が七月に無事届いたことを伝えた。また送付した『浙西六家詩抄』の到着の有無を確認し、萩における海防の議論の状況などを尋ねた。

嘉永　三年（一八五〇）　庚戌　三十一才

五月二十六日　書籍購入のため再度上坂する。広瀬旭荘を訪ね、青木研蔵（旧宜園生）の書簡を手渡し、あわせて筆跡を乞う。

六月二十九日　萩藩の医学所は機構改革によって好生館と改称され、都講役兼書物方暫役として、医学教育に携わる。

八月十一日　好生館の新築なり、落成式を挙行する。その際、臨場の藩主・毛利敬親に対し、青木らと蘭書を進講する。

※「医嚢」及び「医家之弊」はこのころ書かれたか。

十五日　藩府から医育・種痘への尽力に対し、金三百疋を賞賜される。

十二月　小身困窮につき、京坂遊学中の借用金返済の延引（翌年末から）を藩府に申請する。

嘉永　四年（一八五一）　辛亥　三十二才

二月十一日　書物方の兼任を解かれる。

嘉永　五年（一八五二）　壬子　三十三才

五〜六月　月性が萩に来る。玄機宅（長養堂）に能美隆庵ら盟友が集まり、総勢六名で酒宴を開き、激論を交わす。

嘉永　六年（一八五三）　癸丑　三十四才

七月頃　月性、再び萩に来る。玄機は嚶鳴社の能美隆庵、北条瀬兵衛（伊勢小淞）、中村九郎（道太郎）らを招いて飲会を催し、海防を中心に大激論あり。

八月四日　母富美子逝去。

二十八日　江戸在勤中の青木周弼、玄機に書簡を発し、外国船の来航（六月）で世情は騒然としており、藩地でも砲台を設置して厳警を怠るべからずと述べ、また世子（毛利元徳）の出府が迫っていると聞くから、諸準備を抜かりなく進めておいて欲しい旨を伝える。加えて、気鋭の洋学者・東条英庵（周弼門下）の登用（同年六月九日付）を喜び、玄機に今後の指導を委ねる。

十月　体調不良につき、職務の続行は困難と判断し、好生館都講役を退任したい旨の届けを藩府に提出する。この頃から病床に臥せ、知己たる青木研蔵を主治医として、常にその診療を受ける。

安政　元年（一八五四）　甲寅　三十五才

二月二十七日　すでに重病となっていたが、昨年来の外艦来航につき、藩府から対策の要請を受け、徹宵して海防に関する数万言を上書した。その数日後に逝去。はじめ保福寺に葬り、のち松本村杉家抱の護国山および吉田家墓地に改葬。法号は霊光斎全道玄機居士。なお葬儀に際して十三両余を青木研蔵より借用。後に本家の久坂文仲が立て替えて返却した。

五月　玄機の故宅を月性が訪問、廃屋に旧交を思い、七絶二首を作る。

明治四十四年（一九一一）辛亥

六月一日　国事への寄与、ならびに種痘普及の功績により、正五位を贈られる。

あとがき

『久坂全集』には三百三十首をこえる漢詩が収録されている。旧師・芳野金陵は、楫取素彦の依頼で「久坂通武伝」(明治九年十月)を書いたが、そのなかで玄瑞の詩文を「奇想涌発し、往々人を驚かす」と評した。また木戸孝允は、『江月斎遺集』の序(明治九年三月)において、「正気紙に満ちて光焔凛然」と読後感を記した。両者の言葉は、老儒者と維新をなしとげた当事者という立場の違いはあっても、ともに久坂が気概と志略に満ちた個性的な漢詩を残したことを教えてくれる。

もともと久坂は、家業を継いで医者になることをひどく毛嫌いしていた。それからまた、天下国家のために働きたいとの思いが芽生えるまでには、もう少し時間を要した。このころ、十代の青年の胸中に強くあったのは、詩人に対する憧れである。その心境は早く「西遊稿」(十七歳)に見えている。後年の久坂日記には、こまめに詩と向き合い、熱心に想・意・辞を練る姿が散見する。この久坂の詩人志向は、志士へと成長してからも衰えず、意識的にその方面の精進を重ねる日々が続いた。こういった努力の結果、ひときわ光彩を放つ詩心の豊かな青年志士が誕生することになったのである。

久坂は詩文に関する書籍もよく読んだ。影響を受けた我が国の名家では、藤田東湖と頼山陽がいた。両者の詩文は当時の志士の間に大いに流行した。東湖の『回天詩史』、山陽の『日本楽府』などは、久坂の憂国詩や詠史詩にも相当な影響を及ぼしている。中国のものでは、宋の文天祥、明の楊椒山、清の魏源の文集を愛読した。南宋末の殉国の英雄・文天祥の生涯と作品には、とりわけ大きな感銘を受けたようである。詩文集では明末の徐枋(字昭法、号俟斎)の『居易堂集』、またこれを含む『明季三子合稿』を好んだ。三子とは萬寿祺、李確、徐枋であり、いずれも明末に抗清挙兵した忠節の士である。玄瑞は彼らの詩から忠烈の精神を学び、実際の尊攘行動の何たるかを学ぼうとしたのであろう。

久坂の足跡については、かつて明徳出版の叢書・日本の思想家の『高杉晋作・久坂玄瑞』で述べた。そのおり、若干の詩文を読んで、韻事に向き合う真剣な姿にふれ、初めて玄瑞の優れた詩才を知った。そして詩人としての玄瑞という視点は、伝記の構成上、不可欠の要素であると思われた。この三百篇を超える玄瑞の詩を活用せずに人物評論は成立しないだろう、というのが本書執筆のきっかけである。以来、当方が林田先生のご自宅にうかがっては熟読を重ねること六年。ようやくここに上梓の運びとなった。

この間、林田先生と二人でじっくり討議する時間ほど楽しいものはなかった。それでも知恵が出なかったり、意見がまとまらなかったりする。そんなときは先生が淹れて下さる濃い珈琲を味わい、気分転換をはかっては、再び詩句と格闘するのである。それは本当に豊かなひとときであった。

また玄機に関しては、詩文の訳注にとどまらず、最新の調査・研究の成果を盛り込むことができた。今日まで玄機に関する資料は極めて乏しく、久しく研究の停滞が続いていた。

しかし今回、山口県立山口図書館の所蔵する玄機旧蔵写本の存在をつきとめ、書籍のもつ意義を提示するまでに至った。今後この発見が医史学及び洋学史分野の研究を裨益し、その進展にわずかなりとも貢献できれば幸いである。

なお本書の刊行に際し、明徳出版社の佐久間保行氏にはひとかたならぬお世話になった。そのご苦労に対して衷心より御礼申し上げる次第である。

令和元年五月一日　　亀田一邦　識

林田慎之助《はやしだしんのすけ》
昭和7年生。昭和38年、九州大学大学院文学研究科（中国文学専攻）博士課程修了。文学博士。
現在、神戸女子大学名誉教授。
主著『中国中世文学評論史』（創文社）
『史記・貨殖列伝を読み解く』（講談社）
『幕末維新の漢詩』（筑摩書房）

亀田一邦《かめだかずくに》
昭和36年生。昭和61年、二松学舎大学大学院文学研究科（中国学専攻）修士課程修了。博士（文学）。
現在、九州国際大学客員教授。
主著『幕末防長儒医の研究』（知泉書館）
共著『高杉晋作・久坂玄瑞』（明徳出版社）

ISBN978-4-89619-977-2

久坂玄瑞全訳詩集
久坂天籟詩文稿　併録

令和元年十一月十日　初版印刷
令和元年十一月二十日　初版発行

著者　林田慎之助
　　　亀田一邦
発行者　佐久間保行
印刷所　㈱興学社
発行所　㈱明徳出版社
〒167-0052　東京都杉並区南荻窪一-二五-三
電話　〇三-三三三三-六二四七
振替　〇〇一九〇-七-五八六三四

林田愼之助
亀田　一邦　著

叢書・日本の思想家50

高杉晋作・久坂玄瑞

四六判上製　二六七頁　本体二、九〇〇円＋税

その短い生涯に尊攘倒幕の志士として、全力を出し切って生きた高杉晋作と久坂玄瑞。彼らがいかに学問し、苦悩し、藩のため、国のために行動したか。両者の感懐を吐露した詩を多く紹介し、また激動の時代背景にも十分に配慮して感銘深く描いた評伝。